Weitere Titel der Autorin:

Frostseelen

NATALIE SPEER

ROMAN

BASTEI LÜBBE TASCHENBUCH
Band 20927

Dieser Titel ist auch als E-Book erschienen

Originalausgabe

Copyright © 2018 by Bastei Lübbe AG, Köln
Textredaktion: Kerstin Ostendorf, Bonn
Titelillustration: © Quick Shot/shutterstock; Quick Shot/shutterstock;
Tithi Luadthong/shutterstock
Umschlaggestaltung: Guter Punkt, München –
Anke Koopmann | www.guter-punkt.de
Satz: two-up, Düsseldorf
Gesetzt aus der Garamond
Druck und Verarbeitung: Druckerei C. H. Beck, Nördlingen
Printed in Germany
ISBN 978-3-404-20927-9

1 3 5 4 2

Sie finden uns im Internet unter www.luebbe.de
Bitte beachten Sie auch: www.lesejury.de

*Ein verlagsneues Buch kostet in Deutschland und Österreich jeweils überall dasselbe.
Damit die kulturelle Vielfalt erhalten und für die Leser bezahlbar bleibt, gibt es die
gesetzliche Buchpreisbindung. Ob im Internet, in der Großbuchhandlung, beim
lokalen Buchhändler, im Dorf oder in der Großstadt – überall bekommen Sie
Ihre verlagsneuen Bücher zum selben Preis.*

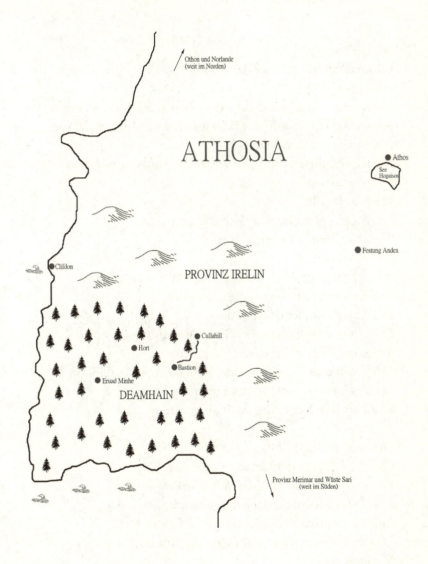

Figuren- und Namensübersicht

Bürger
Cianna Agadei, Tochter der Ipallin des achten Bezirks von Irelin
Maeve Agadei, Ciannas Schwester (vor vier Jahren verstorben)
Rhona Agadei, Ipallin des achten Bezirks von Irelin, Mutter von Cianna und Maeve
Finnegus Sullivan, Brennermeister im Auftrag des Agrarministeriums
Jannis, Händler
Christoph, Händler, Jannis' Neffe und Erbe
Tarasios Orestis, Drucker in Athos

Agenten und Kontaktleute der Cathedra Génea (CG)
Eva, Jägerin in der dritten Abteilung
Der Altmeister, Leiter der dritten Abteilung
Krateos, Sekretär der dritten Abteilung
Oran, genannt der Koch, Evas Kontaktmann in Clifdon
Die Archivarin, Leiterin der ersten Abteilung
Der Politiker, Leiter der zweiten Abteilung

Besatzung der Waldbastion
Quinn, Soldatin der Gefangenenwache
Leontes, Kommandant der Waldbastion
Rik, Hauptmann der Gefangenenwache
Luka, Hauptmann der Jäger
Horan, Heilermeister und Leiter der Sammler
Wylie, Jäger
Rois, Jäger
Alek, Hauptmann der Expeditionstruppen

REBELLEN
Brom, gewählter Anführer
Lydia, Broms Tochter
Ruan, Heiler
Barnabas, Barde
Magda, Pflanzenkundige
Sami, Magdas Sohn
Colin
Aylin
Jefan

WEITERE FIGUREN
Raghi, Ciannas Sklavin
Das Waldkind

ABTEILUNGEN DER CG
Erste Abteilung: Verwahrung der Vergangenheit
Zweite Abteilung: Vernichtung der Religion
Dritte Abteilung: Ausrottung der Albenrasse
Vierte Abteilung: Erforschung der Triebe

Wer entscheidet, wie viel unser Leben wert ist?

Die Republik, die jedem von uns mit seiner Geburt einen festen Platz zuweist? Oder wir selbst, mit unseren Taten und unserem Scheitern?

So viele habe ich sterben sehen, und ihr Leben war nicht weniger wert als meines.

Sanft streicht ihr Messer über meine Kehle. Ich habe keinen Zweifel, wie ihr Urteil lauten wird. Sie wird mich töten, so wie sie einst meine Schwester tötete.

Doch ich bereue nichts. *Kommt*, rufe ich in den Wald hinein, rufe die Katzen, die Schlangen, die dunklen Wesen des Deamhains. Schon meine ich, es im Unterholz rascheln zu hören, Schatten gleiten an Baumstämmen vorbei, Wurzeln regen sich im Erdreich unter den Pflastersteinen.

Mein Leben war niemals mehr wert als in diesem Augenblick, in dem ich es verliere.

Cianna

Mutter hat einen passenden Tag für die Hinrichtung ausgesucht. Der Himmel hängt fahlweiß wie ein Leichentuch über uns. Es riecht nach Regen, nach Moos und verrottendem Laub. Heute ist Frühlingsanfang, der Festtag der Gabe – doch die Welt riecht nach Tod.

Ich sitze am vorderen Rand der Bürgertribüne, die den Platz von zwei Seiten begrenzt. Mutter und der Scharfrichter harren vorne auf dem Galgenpodest aus, und auf dem schlammigen Platz in der Mitte wartet eng gedrängt die schweigende Menge der Gemeinen. Das einfache Volk muss stets zu uns aufblicken, so will es Mutter, und so will es die Ordnung unserer Republik.

Ich wünschte, es wären nicht so viele. Es müssen Hunderte sein, viel mehr als wir. Männer und Frauen, Alte und Kinder, die dunklen Haare und Filzumhänge durchtränkt vom Regen. Ihre Blicke sind wie Wespenstiche, ihre fremden, abgezehrten Gesichter machen mir Angst. Sie müssen seit dem Morgengrauen marschiert sein, um rechtzeitig hier anzukommen, auf dem Galgenplatz am Rande des Deamhains. Wie es Gesetz ist, muss das ganze Heimatdorf der Übeltäter ihrer Hinrichtung beiwohnen.

Ein Raunen geht durch die Menge.

»Da kommen sie.« Der greise Gelehrte Zenon, der neben mir sitzt, streckt seinen faltigen Hals.

Die Reihe der Ordnungswächter, die vor uns den ganzen Platz umgibt wie ein eiserner Ring, öffnet sich, um den Gefangenentransport durchzulassen. Vier Ordner schieben die Menge mit Stöcken beiseite, zwei Ochsen ziehen mühsam den großrädrigen Karren durch den Schlamm.

Ich erhasche einen ersten Blick auf die beiden Gefangenen, und mein Atem stockt. Das muss ein Irrtum sein. Das sind doch noch Kinder. Mein Blick eilt zu Mutter, doch sie steht aufrecht, die Hände gefaltet. Ihr Gesicht lässt keinerlei Regung erkennen, nur der Saum ihrer rubinroten Toga flattert im Wind.

Gefühle sind Schwäche. Ihre Worte. Meine Finger umklammern das Geländer der Tribüne.

»Sie haben einen Ordnungswächter erschlagen«, teilt mir Zenon ungefragt mit, und in seiner Stimme schwingt Entrüstung. »Lass dich von ihren unschuldigen Gesichtern nicht täuschen.«

Der Händler Jannis auf seiner anderen Seite nickt.

»Es sind harte Zeiten«, sagt er ernst. »Die Missernten, der Krieg im Norden gegen die Barbaren, für den ein Drittel der erwachsenen Männer eingezogen worden ist. Deshalb rekrutieren die Rebellen inzwischen schon Kinder.«

Rebellen? Ich schaudere. Mutter und ich reden nie über sie. Nicht seit Maeve. Und auch die anderen Bürger erwähnen sie nur mit vorgehaltener Hand, wie eine ansteckende Krankheit oder einen fauligen Geschmack im Mund.

Ich kenne die meisten der Bürger, die mit mir auf der Tribüne sitzen. Während der Karren durch die wogende Menge vor uns poltert, mustere ich ihre Reihen. Es sind etwa dreißig blonde Männer und Frauen, die zum Festtag erschienen sind. Hochgeborene Händler, Gelehrte, Beamte, Gutsherren der nahen Landgüter. Ihre Gewänder sind stilvoll, ihre Sessel mit Schaffell gepolstert, und Sklaven reichen ihnen heißen Assain-Tee, um die Glieder zu wärmen. Nur bei den Händlern gibt es ein paar Männer, die ich nicht kenne. Einer von ihnen hat für einen Bürger ungewöhnlich dunkelblonde, wild abstehende Locken. Sein Blick ist finster, als hätte er eine persönliche Rechnung mit den Gefangenen zu begleichen.

Die Haltungen der Bürger zeugen von Stolz und feierlichem

Ernst. Sie alle präsentieren sich selbstsicher den Blicken der Menge – viel selbstsicherer als ich. Auch der greise Gelehrte Zenon neben mir hält sich aufrecht und hat würdevoll seine Hände im Schoß gefaltet.

Spürt er nicht das Entsetzen der wogenden Volksmenge, die drückende Nähe des Waldes?

Ein scharfer Ruf ertönt, die Ochsen stoßen ein dunkles Brüllen aus. Gegen meinen Willen muss ich wieder hinschauen. Der Karren mit den Gefangenen hat vor dem Galgenpodest angehalten. *Lass dich von ihren unschuldigen Gesichtern nicht täuschen.* Sie sind etwa zwölf Jahre alt, ein Junge und ein Mädchen. Zwei magere Körper, die gleichen struppigen Haare und angstvoll aufgerissenen Augen. Geschwister.

Einer der Ordner stößt sie grob vom Karren hinab. Der Junge fällt kopfüber in den Schlamm. Die Menschenmenge stöhnt auf, Hände strecken sich nach ihm aus. Doch schon reißt ihn ein anderer Ordner in die Höhe und schubst ihn weiter. Mit dreckverschmiertem Gesicht taumelt er neben seiner Schwester die Treppe hinauf auf die Galgen zu.

Alles in mir wünscht sich fort von hier. Fort in meinen Garten oder unter mein Bettlager, wo Maeve und ich uns früher vor unseren Lehrern versteckten. Fort an einen sicheren Ort, in eine andere Zeit.

Träumerin. Fast meine ich, Maeves Stimme zu hören, ihr tiefes Lachen. *Du kannst dich nicht mehr verstecken, Schwester.* Sie hat recht. Von ihr ist nur noch tote Asche übrig, und an den Orten unserer Kindheit liegt knöchelhoch Staub.

»Versammelte hochwerte Bürger, Volk der Republik.« Der Scharfrichter erhebt das Wort. Schmal und aufrecht wie eine Lanze verharrt Mutter neben ihm, ihr Gesicht hat fast dieselbe Farbe wie ihr weißblondes Haar. Sie ist die Ipallin unseres achten Bezirks, unsere oberste Beamtin, die Befehlshaberin der Ordnungswacht und Richterin über tausende Gemeine. Immer noch ist ihr keine Gefühlsregung anzumerken, während die von ihr Verurteilten wankend ihren Platz an den Henkersstricken einnehmen.

Unwillkürlich senke ich den Kopf. Selbst wenn sie nicht zu mir blickt, ich weiß, sie sieht mich. Und später wird sie mich tadeln und mir wie so oft vorwerfen, dass meine Gefühle in meinem Gesicht geschrieben stehen wie in einem offenen Buch.

»Eon und Nata Amhla aus der Siedlung Gnair, achter Bezirk der athosianischen Provinz Irelin«, trägt der Scharfrichter aus einer Akte vor. »Ihr seid angeklagt der Wilderei und des Totschlags an einem Ordnungswächter der Republik. Inhaftiert und verhört wurdet ihr im Kastell Cullahill am fünfzehnten Tag des Ianoros. Die Ipallin hat euch für schuldig befunden. Der Tod durch den Strang wird heute vollstreckt, am ersten Tag des Martios.«

Das Mädchen stößt einen Schrei aus. Ein Stöhnen geht durch die Menge, das sich wie ein Schluchzen anhört. Doch der graue Ring der Ordner mit ihren Schwertern und Armbrüsten hält die Menschen in seiner Mitte fest.

Krampfhaft schlucke ich gegen meine Übelkeit an. Immer noch halte ich den Kopf gesenkt. Ich kann sie nicht anblicken, die kleinen Gestalten unter den Galgen. Die grauen Waldwipfel, die sich drohend über sie beugen. Mutters dunkelrotes Gewand, das wirkt wie in Blut getaucht. Dazu die Worte des Scharfrichters, monoton und unentrinnbar. Ich will mir Augen und Ohren zuhalten, doch ich darf nicht. Mutter beobachtet mich. Alle beobachten mich, selbst der Wald. Das Gefühl verdichtet sich zu einem Flattern auf meiner Haut, wie eine kalte Berührung.

Dann entdecke ich es. Ein kleines, bleiches Gesicht, halb verborgen unter einer Kapuze. Ein Kind. Kaum wahrnehmbar kauert es dort in den Schatten des Baumdickichts, hinter dem Rand des Galgenpodests. Es starrt mich an.

Ich halte den Atem an. Ist es wirklich da? Manchmal fällt

es mir schwer, Gedanken und Wirklichkeit zu unterscheiden. *Kleine Schwärmerin*, sagte Maeve stets.

In der Ferne predigt Mutter vor den Gemeinen. Ich könnte ihre Rede mitsprechen, erst eine Rezitation der Gesetze unserer Republik, dann strenge Worte über Frieden und Ordnung und Disziplin. Als ich blinzle, ist das Kind immer noch da. Es hebt seine Hand. Will es, dass ich zu ihm komme?

Hinter mir höre ich ein stoßartiges Ausatmen, flüchtig berührt mich eine Hand an der Schulter. Raghi. Meine Sklavin wacht hinter mir, stumm und reglos wie ein Schatten. Mutter hat sie mir nach Maeves Tod als Leibwächterin gekauft. Offenbar sieht sie das Kind auch.

Für einen Moment erleichtert es mich, dass mir nicht meine Fantasie einen Streich spielt. Doch das Kind blickt mich immer noch an, unverwandt und so intensiv, als könnte es direkt in mein Innerstes hineinsehen.

Wer bist du?, frage ich mich stumm.

Ich bin ... Die Worte dringen durch die Luft wie das Wirbeln der Blätter, die ein Windstoß von den Wipfeln herabfegt. Seine Lippen bewegen sich nicht, doch ich kann seine feine, klare Stimme hören, als spreche sie direkt zu meinen Gedanken. Ungläubig schnappe ich nach Luft. Doch dann wirft das Kind einen Blick über seine Schulter, und ich meine, Furcht in seinem Gesicht zu lesen. *Nicht jetzt.* Seine kleinen Hände sausen abwehrend. *Weg.*

Der Wind wirbelt stärker, Äste knacken, jemand kreischt auf. Ein Mensch? Ein Tier?

In diesem Augenblick zersplittert alles um mich.

Mit einem heiseren Schrei springen zwei Bestien auf das Podest. Dunkelgrüne Umhänge, schwarze Augen. Dreieckige Schädel, die mit gebleckten spitzen Zähnen grinsen. Auf ihren Stirnen biegen sich Widderhörner. Sie sind ein Albtraum, viel schlimmer und realer als die in meinen Nächten. Die Menge schreit auf, und ich mit ihnen.

Die Bestien schubsen den Scharfrichter beiseite und packen meine Mutter.

»Nein!«, schreie ich, noch während Raghi mich von meinem Stuhl reißt. Die Sklavin springt vor mich, mein lebender Schutzschild. Auch die anderen Bürger werfen sich auf den Boden. Ihr feierlicher Ernst ist weggewischt. Jene, die wie ich Sklaven als Leibwächter dabei haben, ducken sich schutzsuchend hinter ihren bronzefarbenen Körpern. Zwei Beamtinnen kreischen, ihre Münder so weit aufgerissen, dass ihre Gesichter grotesk verzerrt sind. Der alte Zenon sackt mit rudernden Armen neben mir auf die Holzbohlen.

»Wer ist das?«, ruft er.

»Ich weiß nicht«, stammele ich. Grauen hält meine Kehle mit eisigen Klauen umfangen. Ordner brüllen Befehle, vor der Tribüne blitzen Schwerter.

»Bleibt zurück!«, brüllen die Bestien mit ihrem höhnischen Grinsen. Ich richte mich hinter Raghi auf die Knie auf, um sie zu sehen. »Bleibt zurück, oder die Ipallin ist tot!«

Eine der Bestien presst einen Dolch an die Kehle meiner Mutter. Das Rot ihres Gewands verschwindet fast hinter dem Grün der Umhänge der beiden Bestien. Ihr Gesicht ist bleicher als der Tod.

»Mutter!«, krächze ich, aber sie sieht nicht zu mir. Sie blickt zu den Ordnern, die ihre Schwerter ziehen und ihre Armbrüste heben, doch sich nicht zu nähern wagen. Die Kindgefangenen kauern zwischen ihren Wachen und dem Scharfrichter auf dem Boden.

Hinter ihnen ist der Wald leer. Das Kind, das ich dort gesehen habe, ist verschwunden.

Die Schreie werden lauter. Auf dem Platz der Gemeinen herrscht Tumult. Frauen umklammern ihre Kinder, andere weichen zurück oder versuchen, auszubrechen. Immer noch sind sie innerhalb der Mauer der Ordner eingesperrt.

Doch das ist nicht alles. Ich stoße ein Keuchen aus. Neue

Farbe mischt sich unter das Braun der Gemeinen. Drei Mannslängen vor der Tribüne dreht eine Frau ihren erdfarbenen Umhang um, der plötzlich in hellem Grün erstrahlt. Dann zieht sie etwas unter ihrem Gewand hervor. Hörner. Einen zähnebleckenden Schädel, den sie sich übers Haar stülpt. Eine Maske. Die Widderfratzen sind Masken.

»Rebellen«, stößt Zenon aus. Einer der anderen Bürger greift das Wort auf, dann gellt es über die Tribüne und hämmert wie eine Keule gegen meine Stirn. Ich kann mich nicht bewegen, kann nicht atmen, während sich immer mehr Gemeine in Schlimmeres als Ungeheuer verwandeln. *Rebellen.* Feinde und Mörder, die mir schon einmal das Liebste nahmen.

»Werte Republikaner!«, ruft der Anführer der Bestien. Er meint uns Bürger. Unter der Maske klingt er dumpf, doch ich höre den Spott in seiner Stimme. So fest presst er seinen Dolch an den Hals meiner Mutter, dass dort ein Faden Blut hinabrinnt.

»Macht ihr euch Sorgen um eure vollen Wänste?« Er lacht. »Ihr, die gar nicht wisst, was Hunger heißt? Ihr, die Kinder vor den Augen ihrer Eltern umbringt und dabei noch Tee trinkt?«

Hinter ihm erklimmen drei weitere Maskenmänner das Podest und nähern sich mit erhobenen Keulen den Wachen und den Gefangenen. »Fürchtet euch zu Recht, denn bald schon wird euer Leben ein anderes sein!«

Zustimmende Rufe aus der Menge antworten ihm. Unter die Dorfbewohner mischen sich inzwischen mehr als zwanzig Maskierte. Sie recken Keulen und Messer in die Luft.

Und einige von ihnen bahnen sich einen Weg zur Tribüne. Wir ducken uns hinter unseren Sklaven. Die Ordner, die vor uns am Rand der Tribüne Stellung halten, heben ihre Waffen.

»Legt eure Schwerter nieder, Graumäntel, und weder ihr noch die reichen Wänste werden angerührt«, brüllt der Anführer. »Wir holen uns nur zurück, was uns zusteht – die Steuer, die ihr uns abgepresst habt.« Er drückt Mutter noch fester an sich, hebt sie mit dem freien Arm in die Luft, sodass ihre Füße über dem Boden baumeln.

»Sie wollen uns ausrauben«, keucht Zenon neben mir. »Sie wollen den Obulus.«

Natürlich. Die Bürger flüstern es, das Wispern geht wie eine Welle über die geduckten Köpfe. Heute ist Frühlingsanfang, das bedeutet Tag der Gabe. Einer der fünf großen Festtage der Republik. Manche Bürger haben Boten geschickt, um ihren Obulus zu entrichten, doch viele sind selbst gekommen, um Mutter nach der Hinrichtung die Gabe persönlich zu überreichen – und anschließend am Dinner in Cullahill teilzunehmen, unserem Kastell. Nicht nur mein Blick gleitet zu den prall gefüllten Beuteln, die hinter uns an der Tribünenwand lehnen. Sie sind gefüllt mit Münzen und Regierungswechseln. Für die meisten Bürger ist es eine symbolische Summe. Für die Gemeinen mag es allerdings viel sein.

»*C'raad ol rùda de ruith saorsa!*«, ruft der Rebellenführer. Er stimmt einen brüllenden Gesang an. Es sind fremdartige, hellklingende Worte. Die anderen Rebellen fallen mit ein. Sie reißen ihre Waffen in die Luft, stoßen sie klirrend und scheppernd aneinander. Die meisten von ihnen stehen nun dicht an dicht vor den Ordnern.

»*C'raad ol rùda de ruith saorsa!*«

Ihre Widderfratzen brüllen mit gebleckten Zähnen zu uns hinauf. Werden sie uns am Leben lassen, wenn wir ihnen das Geld geben? Ich recke den Kopf, um Mutter anzusehen.

Im gleichen Moment erhebt sie ihre Stimme. Durchdringend bahnt sie sich einen Weg durch den Gesang.

»Erschießt sie!« Ihre blauen Augen blitzen vor Zorn. Der Dolch ist immer noch an ihrem Hals. Sie wird sterben, doch das scheint ihr egal zu sein. »Im Namen der Republik«, ruft sie. »Tötet sie alle!«

Und jeder Ordner im Bezirk gehorcht ihr aufs Wort. Schon sausen Schwerter durch die Luft. Armbrustbolzen fliegen in die wogende Menge. Der Gesang endet in misstönendem Geschrei. Ich sehe einen Mann, dem sich ein Bolzen in die blutsprühende Kehle bohrt. Eine Frau, die über ihren Kindern zu Boden geht.

Ich springe auf und höre mich plötzlich selbst schreien, hoch und keuchend. »Nein! Nein!«

Wie als Antwort sirrt ein verirrter Bolzen heran und bleibt neben mir zitternd im Holz stecken.

Raghi packt mich und zieht mich erneut zu Boden. Ihre breiten Schultern bewahren mich vor weiteren Anblicken. Doch sie kann meine Ohren nicht abschirmen. Schrille, panische Todesschreie gellen von überallher.

Außerdem kann ich immer noch zum Podest sehen. Mutter. Ungeachtet allem steht sie frei, ungebrochen, flammend vor Hass. Der Anführer hat sie losgelassen. Er weicht zurück, reißt seine Maske herunter und wirft sie dem ersten Ordner entgegen, der mit gezogenem Schwert auf ihn zu schnellt. Schon springen andere Maskenmänner heran, schirmen ihren Anführer ab. Doch kurz sehe ich sein Gesicht. Es ist grob, verbeult wie das eines Raufbolds und von der Sonne verbrannt. Wut und Entsetzen zeichnen seine Miene. Er ruft etwas und macht mit der Hand befehlende Gesten. Dann springt er vom Podest in den Wald. Sofort ist er im Schatten der Bäume verschwunden. Die anderen Maskenmänner folgen ihm.

»Sie fliehen!«, rufe ich. »Hört auf zu schießen!« Doch keiner hört mich. Immer noch gellen die Schreie, treffen Bolzen und Schwerthiebe die Menschen auf dem Platz. Die Ordner metzeln sie nieder, und sie machen keinen Unterschied zwischen Rebellen und Kindern, Frauen, Alten.

»Hört auf«, schluchze ich. Da rempelt Zenon gegen meine Schulter. Er sieht mich nicht an. Die anderen Bürger drängen bereits zu den Treppen, die hinter dem Podest nach unten führen. Raghi reißt mich hoch, zieht mich hinter Zenon her.

Plötzlich knallt es. Der Donnerhall schlägt wie eine Faust

an mein Ohr, ein heißer Windstoß reißt mich nach hinten. Winzige, spitze Geschosse prasseln wie Sandkörner auf mich ein. Noch ein Knall, eine Kaskade von Donnern, gefolgt von weiteren Windstößen, die mich zu Boden pressen. Raghi ist weg. Stattdessen ist überall Rauch. In meinen Ohren dröhnt es, Sterne tanzen vor meinen Augen. Was war das? Und wo ist Raghi? Ich taste mich über den schwankenden Boden.

Meine Finger erwischen Stoff, dann Haut. Da ist jemand. Ein aufgerissener, faltiger Mund, verdrehte Augen. Zenon. Sein graues Haar leuchtet rot. Ich zucke zurück vor Schreck. Dann will ich erneut nach ihm greifen, doch ich erreiche ihn nicht mehr. Der Boden schwankt stärker. Jemand zerrt mich nach hinten, weg von ihm, meine Arme schaben über Holzbohlen. Es sind Raghis kräftige Hände, die mich halten. Ein Balken wird aus der Verankerung gerissen, und plötzlich falle ich nach unten, lande auf matschigem Gras.

Wir sind hinter der Tribüne. Raghi zerrt mich über den Boden. Es ist still bis auf das tonlose Dröhnen in meinem Kopf, um mich nichts als aufblitzende Sterne im Rauch. Mein Kopf tut so weh. Als die Sklavin mich loslässt, will ich mich auf dem Boden zusammenrollen, doch irgendein Instinkt zwingt mich, aufzublicken.

Zwei grüne Schemen springen auf uns herab. Widdermasken. Ein stachelbewehrter Prügel rast aus dem Dunst auf meinen Kopf zu. Ich kann nicht mehr ausweichen. Ich bin verloren.

Ein brauner Schatten, flink und klein, wirft sich gegen das Grün. Er bringt den Angreifer ins Taumeln. Der Prügel streift mich an der Schulter, und der Schmerz lässt mich aufschreien. Gedämpft höre ich plötzlich meine Stimme wieder, zusammen mit hundert anderen Geräuschen, die durch den Nebel dringen, Schreien, Stöhnen, Fußgetrappel, Knistern und Krachen. Schemen rennen und stolpern durch den Nebel.

Mein Angreifer liegt vor mir auf dem Boden, die Widdermaske gen Himmel gerichtet. Wer hat ihn zu Fall gebracht? Raghi weicht mühelos dem anderen Rebellen aus, schirmt mich dabei von ihm ab. Er fährt herum, schwingt die Keule auf ihren Kopf zu. Sie duckt sich, gleitet an ihm vorbei. Während er noch versucht, ihrer Bewegung zu folgen, rammt sie ihm die Schulter unter die Achsel und hebelt ihn von den Füßen. Dann wirbelt sie zu mir herum. Ihre Finger zischen in einer harten Geste durch die Luft, ihre Augen blitzen einen stillen Befehl. *Renn weg!*

Doch wohin? Meine Gedanken sind wirr. Schmerz und Angst färben den Dunst um mich rötlich, machen meinen Kopf leicht und schwer zugleich.

Und dann nimmt jemand meine Hand. Leicht und kühl ist die Berührung, und ich blicke in dunkle Augen, so tief und fremd wie ein Abgrund. Das Kind aus dem Wald. Es zieht an mir, und obwohl es so klein und zart ist, ist sein Griff fest. *Komm.*

Wie eine Schlafwandlerin folge ich ihm tiefer in den Dunst hinein. Waldkind. Hat es den Rebellen zu Fall gebracht und mich gerettet? Ich kann nicht denken. Vor uns schälen sich Holzbalken aus dem Nebel. Ich lasse das Kind los und greife danach. Die Tribüne, ein halb zusammengebrochenes Ungetüm. Wir sind zurück am Anfangspunkt. Oder gänzlich woanders. Nichts mehr ist wirklich. Und dann sehe ich sie. Ein menschlicher Körper verkeilt zwischen den Balken. Goldblonde Locken, ein in rosa Samt gehüllter Arm. *Maeve.*

Ich schluchze. Ein dunkler Strudel erfasst mich, reißt mich in die Tiefen eines Albtraums, den ich jede Nacht träume.

Ich falle auf die Knie, schluchzend krieche ich unter Balken hindurch und greife nach der Hand, die reglos im Matsch liegt. Das Kind folgt mir, doch ich merke es kaum.

Maeve. Ihre Finger in meinen, reglos, kalt.

Das Kind zieht an meiner Schulter. Sein kühler Atem streift meine Wange. Die Luft um mich dagegen ist heiß. Es knistert. Rauch lässt mich husten. Ich will nicht gehen. Ich will mich neben Maeve legen, mein Gesicht in ihre Arme betten. Flammen schlagen aus den Holzbohlen über uns, erhellen ihr Gesicht.

Jäh komme ich zu mir. Das ist nicht Maeve. Es ist eine der Beamtinnen. Ihre Finger entgleiten mir. Das Kind zerrt an mir. Ängstlich blickt es zu den Flammen. *Wir müssen hier weg!* Doch ich habe keine Kraft mehr.

»He!« Fremde Hände packen mich, reißen mich fort von den Funken. Feuer wogt um ein entschlossenes Gesicht, Locken lodern im Flammenwind, ohne zu brennen. Der Mann bewegt sich rückwärts durch die Flammen und schleppt mich mit sich. Gebälk kracht und knurrt über meinem Kopf wie eine Bestie. Ich halte die Hand des Kindes und ziehe es mit mir, während die Welt über uns zusammenbricht.

Eva

Postkutschen machen mich wahnsinnig. Sie holpern und rattern, dass einem die Ohren klingeln, und sie sind eng und stickig. Man sitzt in ihnen herum wie Vieh, ausgeliefert an einen unfähigen Kutscher. Ich hasse es. Ich bin eine Jägerin. Ich will nicht wie Beute transportiert werden.

Auch wenn ich wie leichte Beute aussehe. Meine Haare stecken in einem Beamtenkäppchen und meine Füße in Holzpantoffeln, mit denen ich weder rennen noch kämpfen kann. Den Kopf halte ich gesenkt, und meine Hände liegen gefaltet in meinem Schoß, ein Muster der sauber geschrubbten Sittsamkeit. Ein scheues, müdes Mäuschen in einer grauen Wolltunika, ein braves Rädchen im Getriebe der Republik.

Noch vierzig Stunden. Dann werde ich diesen Eindruck abstreifen, genauso wie die Pantoffeln und die anderen Fahrgäste.

Nach vier Tagen gemeinsamer Reise ertrage ich sie kaum noch. Ich kenne nicht nur ihren Geruch, sondern auch ihre Gewohnheiten so gut, dass ich jedes Geräusch zuordnen kann.

Schnaufen, Schnarchen, Furzen – das ist der fettleibige Landwirt, der einen Stapel Besitzurkunden und sein halbes Vermögen auf dem Amt in Athos abgeliefert hat, um die Genehmigung für drei Sklaven zu kaufen.

Räuspern, Knarzen und Gehstockgeklapper – die zwei Beamten, die ständig flüstern und alle anderen misstrauisch beäugen. Dabei reden sie über nichts anderes als über dröge Verwaltungsfälle.

Scharren, Seufzen und Getrippel – die nicht mehr ganz frische Witwe, die sich mit einer grellorangenen Toga den Schick einer Bürgerin gibt, ohne eine zu sein. Sie reist nach Clifdon, um Verwandtschaft zu besuchen, doch seit Fahrtbeginn macht sie dem Landwirt schöne Augen. Wenn er nicht aufpasst, wird er in seinen Bezirk nicht nur als künftiger Sklavenbesitzer, sondern auch als frischgebackener Ehemann zurückkehren.

Und dann ist da noch das Knacken der Fingerknöchel rechts von mir, das Knarren der Holzbank unter dem knochigen Hintern eines Kerls, der nie still sitzen kann. Das ist der Händlergeselle Nikolaios, genannt Niko. Er hält mit keiner seiner Ansichten hinter dem Berg, und seit wir losgefahren sind, hat er kein anderes Ziel, als mir das Leben schwer zu machen.

Nur ich bin still.

Je leiser du wirst, desto mehr kannst du hören. Die erste Lektion des Altmeisters. Gerade weil es mir so schwerfiel, sie zu lernen, habe ich sie perfektioniert. Mein Auftrag hat nichts mit den Personen in dieser Kutsche zu tun, doch meine Umgebung im Auge zu behalten, hat bei der Jagd noch nie geschadet.

Finger krabbeln über meinen Arm. »Athina? Athina, schläfst du noch?«

Einatmen, ausatmen. *Ich bin ein Kiesel im plätschernden Wasser, ein reglos schwebender Adler in der Luft.*

Niko schafft es, dass ich ihm Nadeln unter die Fingernägel treiben will. Ich würde ihm die Wunden danach wieder heilen – ich bin kein Unmensch. Doch dummerweise darf keiner hier erfahren, dass ich über den Heiltrieb verfüge. Sonst wird eine farblose Verwaltungsbeamtin ganz schnell zur Hauptattraktion dieser Fahrt – und eiternde Zehen, faule Zähne und sonstige Widerlichkeiten werden schneller ausgepackt, als ich aus dem Fenster springen kann.

Ich atme noch einmal tief durch und öffne die Augen.

»Sind wir schon da?«

»Aber nein!« Niko strahlt mich an. »In einer halben Stunde erreichen wir die Provinzgrenze von Irelin.«

Warum bei allen Barbaren hast du mich dann geweckt? Ich werfe einen Blick an ihm vorbei aus dem Fenster. Grüne Hügel bis zum Horizont, Tupfer von Heidekraut und dazwischen verwitterte Felsnasen. Sofort will ich die Vorhänge vor die Fenster ziehen und die Augen wieder schließen.

»Warst du schon einmal in Irelin?«, fragt Niko.

»Nein«, lüge ich. »Doch ich freue mich schon sehr darauf.«

»Mir geht es ebenso«, zwitschert die Witwe von gegenüber. »Die Menschen in diesem Landstrich sollen etwas ganz Besonderes an sich haben.« Sie wirft dem Landwirt einen schmachtenden Blick zu, der allerdings nur mit den Schultern zuckt. Vielleicht ist er doch nicht so leicht zu betören.

»Mich hat meine Arbeit schon öfter in diese Gegend geführt«, erklärt Niko. »Meistens mit größeren Handelsdelegationen. Doch etwas delikatere Aufträge verlangen es, dass ich den Weg manchmal allein auf mich nehme.« Er schafft es, gleichzeitig blasiert und beklommen dreinzublicken. Wahrscheinlich ist es seine erste Reise im Alleingang, und um sein Selbstbewusstsein in den Griff zu bekommen, umsorgt er die einzige vorgeblich noch schwächere Reisende – mich.

Ich tue ihm den Gefallen, nachzufragen: »Wie findest du Irelin?«

Er seufzt. »Diese Provinz ist ein einsamer Landstrich. Mehr Schafe als Menschen, so sagt man.«

»Die kleinen Dörfer sollen sehr pittoresk sein«, wirft die Witwe ein. »Ebenso die alten Festungen und Kastelle, die noch aus vorrepublikanischen Zeiten stammen.«

»Ach, das sind bloß Ruinen, die dem Gesindel Unterschlupf bieten«, brummt der Landwirt.

»Du meinst ... Rebellen?« Die Witwe reißt die Augen auf. »Stimmen die schlimmen Gerüchte, die man über diese Unmenschen hört?«

»Ach was. Das sind nur Gesetzlose und Streuner. Wenn die meinen Grund betreten, hetze ich meine Hunde auf sie.«

Auch die beiden Beamten werden nun auf das Gespräch aufmerksam. »Ich hörte, die Rebellen seien mehr als nur Streuner«, gibt der eine zu bedenken. »Es heißt, sie seien durchaus organisiert. Sie verteilen hetzerische Flugschriften in den Dörfern, und ihre Überfälle und Anschläge haben wohl in den letzten Monaten zugenommen.«

»Aber warum tun sie das?«, ruft die Witwe. »Warum stürzen sie so viele Menschen ins Unglück?«

»Weil sie Barbaren sind.« Der Beamte rümpft die Nase. »Statt zu begreifen, wie gewinnbringend es ist, Teil der Republik Athosia und Mitglied der zivilisierten Welt zu sein, wollen sie archaische Zustände und Chaos verbreiten.«

»Sie wollen zurück in die Dunkle Zeit.« Niko schaudert. Die anderen blicken ebenfalls unwohl drein.

Dabei haben sie keine Ahnung. Ich schaue aus dem Fenster, auf mein bleiches Spiegelbild und die ärgerlich lebendig wirkende Landschaft dahinter, das frische, vom Morgentau reingewaschene Grün. Das, was diese Leute für die Wahrheit halten, ist schon vor langer Zeit ebenfalls reingewaschen worden, und das ist auch besser so.

Die wahre Geschichte ist nichts für schwache Nerven. Denn unter der streng geordneten Realität unserer Republik versteckt sich ein grinsendes Raubtier, eine zweite, finstere und vor allem magische Wirklichkeit. Es dauerte eine Weile, bis ich das kapierte. Obwohl mich der Altmeister umfangreich aufklärte, als ich das Aufnahmeritual der Cathedra Génea hinter mich brachte, verstand ich die Tragweite erst, als ich unter seiner Aufsicht mein erstes Ungeheuer tötete.

Die Dunkle Zeit, die vor fünfhundert Jahren mit Gründung der Republik endete, barg nicht nur Chaos, Hunger und Krieg, sondern einen noch dunkleren Feind. Die Menschen waren einst nicht allein. Sie waren Sklaven einer nichtmenschlichen, ungleich stärkeren Rasse. Die nannte sich *Alfr*, was wir mit Alben übersetzten, und ihre Heimat war das Albental, eine

zauberische, fremdartige Welt. Mithilfe von Magie drangsalierten sie unsere Vorfahren und besaßen auch noch die Frechheit, sich jahrhundertelang als Götter anbeten zu lassen. Aber sie begingen auch Fehler.
Geh nie mit dem Feind ins Bett, denn er könnte dein Kind bekommen. Es gab unzählige sogenannter Halbblüter. Sie erbten nicht nur das glänzende Aussehen der Alben, sondern oft auch eines ihrer magischen Talente – meist die Beherrschung des Feuers oder die Heilkraft. Trotzdem waren sie Menschen und wurden von ihren artfremden Vätern und Müttern als solche verachtet. Wahrscheinlich fanden sie deshalb als Erste den Zorn und den Mut, gegen die Sklaverei zu kämpfen. Sie schlossen sich zu einem Bund zusammen und warfen nach einer blutigen Rebellion die Alben aus unserer Welt. Außerdem schlossen sie die Portale zum Albental, sodass die Alben nie wieder zu uns gelangen können.

Statt sich zu freuen, versank die Welt allerdings erst mal im Chaos. Da sie keine Götter mehr hatten, verfielen die Menschen den seltsamsten Sekten, beteten verrückte Halbblüter an und bekriegten sich.

Endlich nahmen ein paar der siegreichen Halbblutfamilien in der Stadt Athos die Sache in die Hand: Sie gründeten aus dem Bund, den sie zur Vernichtung der Alben geschlossen hatten, die Republik Athosia und erstellten eine neue Ordnung. Die Halbblüter und ihre Nachkommen wurden zu Bürgern, die gemeinsam die Regierung wählten und die Verantwortung über die Gesetze trugen. Die restlichen Menschen nannten sie ab sofort Gemeine, und die Kriminellen und Ausländer machten sie zu Sklaven. Außerdem schufen sie das Grundübel – die Religionen – ab und verbrannten und verboten in den nächsten Jahrzehnten alles, was noch an die Alben erinnerte. Heilmagie und Feuermagie, das Erbe der Alben im Blut vieler Bürger, benannten sie um in Heiltrieb und Feuertrieb, und komplexe wissenschaftliche Theorien wurden entwickelt, um sie erklärbar zu machen. Die Bürger mit magischen Fähigkeiten wurden an eigens gegründeten Akademien zu Heilern und Brennern ausgebildet und in den Dienst der Republik gestellt. Nach und nach eroberten die Regierenden die vier Provinzen und befriedeten sie, bis die Republik vor zweihundert Jahren mit der Einnahme von Irelin ihre jetzige Größe erreichte.

Und nicht zu vergessen: Sie gründeten in den ersten Jahren der Republik einen Geheimdienst. Den nannten sie Cathedra Génea, was so viel bedeutet wie Sitz der Erben, kurz CG.

Die Agenten der CG arbeiten so im Verborgenen, dass nicht einmal alle im Regierungsrat von ihnen wissen. Und ich gehöre zu ihnen. Wir schützen die schöne neue Welt der Republik vor dem alten Wissen. Wir sorgen dafür, dass die Ordnung erhalten wird und Religionen und andere archaische Übel im Keim erstickt bleiben – und die Alben verschwunden. Letzteres ist mein Job. Ich jage die letzten der langlebigen Biester, denen es nach der Vertreibung irgendwie doch noch gelungen ist, sich in unserer Welt zu verstecken.

Ich liebe die Jagd. Den Nervenkitzel. Das klar definierte Ziel. Mein aktueller Auftrag ist leider etwas komplizierter. Hab ich aufgestöhnt? Die anderen Reisenden starren mich an.

»Keine Angst, Athina.« Niko tätschelt meinen Arm. »Du wirst in Clifdon sicherlich keine Rebellen zu Gesicht bekommen.« Als ob das meine größte Sorge wäre.

»Die Hauptstadt von Irelin wird dir gefallen«, fügt er hinzu. »Die Häuser haben dort spitze Ziegeldächer.«

»Das klingt drollig, nicht wahr?« Die Witwe lächelt mir aufmunternd zu. »Wenn du magst, Kindchen, gebe ich dir die Adresse meiner Schwester. Du bist jederzeit willkommen, falls du dich einsam fühlst.«

»Das ist zu gütig.« Vermutlich will sie mit ihrer Mütterlichkeit vor allem dem Landwirt imponieren. Doch ihre Worte rühren etwas Tiefes, fast Vergessenes in mir an. Verfluchte Erinnerungen. Sie machen mich angreifbar.

Denn ich kenne die Dächer von Clifdon nur zu gut – und eigentlich dachte ich, alles unternommen zu haben, um sie nie wieder zu sehen. Der Altmeister hat das allerdings anders entschieden.

Ich weiß, dass dort ein paar unerfreuliche Erinnerungen auf dich warten. Vielleicht ist es Zeit, dich ihnen zu stellen. Recht viel Anteilnahme für seine Verhältnisse. In Athos hat er mir den Auftrag erteilt, und sein zerfurchtes Gesicht wirkte besorgter, als ich es von ihm gewohnt bin.

Genug. Ich sollte nicht grübeln, sondern versuchen, noch ein wenig zu schlafen.

Erst als die Kutsche so abrupt zum Stillstand kommt, dass mir der Hut des Landwirts in den Schoß fällt, öffne ich die Augen wieder.

Stimmen tönen dumpf und unverständlich durch die Holzwand der Kutsche. Der befehlsgewohnte Tonfall klingt nach Soldaten.

»Die Grenzstation«, ruft Niko aufgeregt. Ich gähne hinter vorgehaltener Hand. Wenn alles seinen geregelten Gang geht, werden wir nach einer Ausweiskontrolle rasch weiterfahren.

Schon wird die Kutschtür aufgerissen. Ein Soldat steckt den Kopf herein, das Abzeichen auf seiner braunen Uniformjacke weist ihn als Soldat der fünften Division aus – der Landeinheit von Irelin. Sein Blick ist wachsam und alles andere als freundlich.

»Aussteigen und Ausweispapiere bereithalten!«, ruft er barsch. »Einer nach dem anderen!«

Jäh bin ich hellwach. Dies ist keine Routinekontrolle. Während die anderen durcheinanderreden und in ihren Taschen kramen, schiebe ich meine Halskette mit dem Medaillon tiefer in den Kragen. Meine andere Hand wandert mein Bein hinunter, unter die Tunika und den knöchellangen Rock zu meinen Socken über den Holzpantoffeln. Ich ziehe das Messer mit der Silberschneide heraus und lasse es unter der Sitzbank verschwinden.

Mein Instinkt hat mich nicht getrogen: Als wir hintereinander aus der Kutsche steigen, empfangen uns mehr als ein Dutzend Soldaten. Ich lasse die Schultern hängen und gehe unter dem Wollrock etwas in die Knie, damit sie nicht merken, dass ich für ein graues Mäuschen recht großgewachsen und muskulös bin. Mit gesenktem Blick verharre ich.

Für Bürger ist das Reisen kein Problem. Doch alle Fahrgäste sind Gemeine. Wenn sie ihren Bezirk verlassen wollen, müssen sie sich erst einmal teure Ausweispapiere beschaffen – und brauchen außerdem für jede Reise eine Genehmigung ihrer Bezirksregierung. Die meisten Gemeinen bewegen sich deshalb kaum aus ihren Dörfern fort, was die Welt erfreulich geordnet und überschaubar macht.

Nur für ein paar Berufsgruppen gibt es Ausnahmen. Dazu zählen Beamte, Soldaten und Händler wie Niko. Solange ich nicht aus der Rolle der grauen Beamtenmaus falle, habe ich nichts zu befürchten. Mehr noch, der Staatsapparat ist auf meiner Seite: Meine Papiere sind Originale, ausgestellt im Meldeamt von Athos – auch wenn die Person, die sie beschreiben, nur für die Dauer dieses Auftrags existiert.

Während ein Soldat mir das Dokument abnimmt, tastet mich ein anderer nach Waffen ab. Die Halskette interessiert ihn zum Glück nicht.

Unauffällig lasse ich den Blick über die Grenzstation schweifen. Eine Brücke spannt sich über den gemächlichen Fluss Sair, der hier seit jeher die Grenze zwischen der Zentralregion und der Provinz Irelin bildet. Auf beiden Ufern säumen verwitterte Türme die Brückenpfeiler. Dahinter ducken sich Nebengebäude, in einem Pferch warten zwei Dutzend Pferde. Die Grenzübergänge sind zurzeit mannstark besetzt – in unruhigen Zeiten ist es wichtig, dass die Soldaten Präsenz zeigen. Das ist jedoch kein Grund für diese strenge Kontrolle.

Dafür gibt es nur zwei mögliche Ursachen: Rebellen – oder mich.
Paranoia hat noch nie geschadet. Und beim Anblick der beiden Männer, die sich soeben aus dem Schatten des rechten Turms auf unserer Uferseite lösen, kribbelt die Haut auf meinen Armen.
Sie könnten harmlose Beamte sein, denn sie tragen die üblichen Beamtenkappen und unauffällige Reisekleidung, und hinter ihnen warten zwei alte Gäule, die vor einen Karren gespannt sind. Doch etwas anderes verrät sie: ihre konzentrierten Blicke, die suchend über unsere Gesichter wandern. Ihre kalkulierten und sparsamen Bewegungen, wie ein Mühlwerk aufeinander abgestimmt. Ihre Umhänge sind außerdem weit genug, um Waffen zu verstecken.
CG-Agenten. Nicht der gleiche Stall wie ich, doch die gleiche Zucht. *Abschaum.* Ich knirsche mit den Zähnen. *Verräter.*
Der Altmeister hat mich gewarnt, dass das passieren könnte. Ich möchte einmal erleben, dass er nicht recht behält.
Wie viel können sie wissen? Stochern sie im Nebel, warten an jeder Grenzstation zwei von ihnen? So einen Aufwand würden sie kaum treiben. Oder doch?
Die Soldaten beenden ihre Leibesvisitationen ergebnislos, als die beiden Agenten zu uns treten. Sie mustern jeden von uns, und das beruhigt mich. Sie wissen noch nicht, wer ich bin.
»Was ist hier los?«, poltert der Landwirt. »Was soll die grobe Behandlung?«
Dienstbeflissen wenden sie sich ihm zu. Ihre Blicke mögen freundlich wirken, doch dahinter lauert höchste Konzentration. Ihre Prüfung hat begonnen.
»Wir bitten um dein Verständnis«, sagt einer. »Das Landesamt für Gesetztum und Inneres hat uns beauftragt, die Armee bei den Grenzkontrollen zu unterstützen. Es gibt eine

Meldung, dass Rebellen heute illegal diese Grenze überqueren wollen. Sie führen Sprengstoffe bei sich, um Anschläge in der Landeshauptstadt durchzuführen.«

Während die Reisenden keuchen, faltet er die Hände zu einer Geste der Demut. »Wir müssen deshalb das Gepäck durchsuchen und jeden von euch fragen, ob er etwas Verdächtiges beobachtet hat. Eure Weiterreise wird sich um einige Stunden verzögern.«

Das Gepäck. Mist. Ich hasse es, von den Umständen gejagt zu werden, statt selber darüber zu bestimmen. Meine Gedanken rasen. Ein paar Fäden habe ich noch in der Hand – und sie hängen einzig vom Verhalten meiner Mitreisenden ab. Ich schiebe mich unauffällig tiefer in ihre Mitte hinein. Meine Bewegung bewirkt, dass sie unwillkürlich alle zusammenrücken, als würden sie beieinander Schutz suchen.

»Wie unangenehm«, flüstert mir Niko zu, allerdings sieht er eher bestürzt als verärgert aus. »Ich werde mit meinen Terminen in Verzug kommen.«

»Die Rebellen machen mir Angst!« Schluchzend trete ich noch einen Schritt näher an ihn und die anderen heran. »Und ich fürchte meinen Vorgesetzten. Er wird mich bestrafen, wenn er erfährt, dass die vertraulichen Dienstunterlagen in meiner Tasche von Fremden durchwühlt wurden.«

Die beiden Beamten unserer Reisegruppe starren mich an. »Mein Gepäck muss von den Untersuchungen ausgenommen werden«, ruft der eine wichtigtuerisch. »Darin befinden sich streng geheime Dokumente.«

Die Agenten wechseln einen Blick, dann kommen sie auf ihn zu. »Es gibt leider keine Ausnahmen.«

Einer hebt entschuldigend die Arme und fasst den Beamten dabei wie beiläufig an der Schulter. »Doch du kannst auf unsere Diskretion zählen. Zeig uns dein Gepäckstück, und wir werden sorgsam damit umgehen.«

Sie führen ihn zur Kutsche, und während alle anderen ihnen hinterherstarren, schiebe ich mich neben die Witwe. Ärger malt rote Flecken in ihr Gesicht. Ich lege ihr die Hand auf den Arm.

»Werte Frau, du siehst blass aus«, flüstere ich. »Geht es dir nicht gut?«

Sie runzelt irritiert die Stirn.

»Steht ihr nicht der Schreck ins Gesicht geschrieben?«, sage ich zum Landwirt und dirigiere sie einen Schritt auf ihn zu. »Magst du dich setzen?«

Auch die anderen mustern sie nun besorgt.

»Mir geht es tatsächlich nicht gut«, flüstert sie. Sie seufzt und legt sich eine Hand auf die Stirn. »Die lange Reise im stickigen Wagen und nun diese Unannehmlichkeiten.« Sie wirft dem Landwirt einen schmachtenden Blick zu. »Ein Schluck Wasser vielleicht ...«

Ich stütze sie mit der rechten Hand, während meine linke zu ihrem Nacken wandert. »Vielleicht mag einer der Herren seinen Mantel ausbreiten, damit sie sich setzen kann?«

Niko streift sofort seinen Umhang von den Schultern und breitet ihn vor uns auf dem Boden aus. Weil ich der Witwe in diesem Augenblick mit Daumen und Zeigefinger unauffällig die Halsschlagader abdrücke, sackt sie bewusstlos darauf nieder. Mein Kreischen weckt die Aufmerksamkeit der Soldaten. Zwei von ihnen schieben Niko und den Landwirt beiseite und beäugen stirnrunzelnd die Witwe, die ohnmächtig im Gras liegt.

»Wir brauchen einen Heiler!«, ruft Niko. »Vielleicht hat sie einen Herzanfall!«

»Das sieht mir nur nach einer Ohnmacht aus«, wirft der Landwirt eher gleichgültig ein. »Ein Eimer Wasser, und sie ist wieder wach.«

»Ein Eimer Wasser? Oh nein!« Mit entsetzter Miene richte ich mich auf. »Ich habe eine Dose mit Riechsalz in meinem Gepäck. Manchmal leide ich selbst unter kleinen Schwächeanfällen.« Ich lege ein aufgeregtes Flehen in meine Stimme. »Darf ich es holen?«

Die Soldaten zögern.

»Nun lasst das Mädchen!«, ruft der Landwirt ungeduldig. »Was soll sie schon anstellen?«

»So ein Theater«, brummt einer der Soldaten, doch er nickt. Er führt mich zur Kutsche, wo die Agenten immer noch mit einem inzwischen ziemlich kleinlauten Beamten beschäftigt sind.

Ich deute auf meine Tasche, ein schweres, abgewetztes Monstrum aus braunem Tuch, das inmitten der anderen Gepäckstücke auf dem Gras liegt. Mit gesenkten Lidern warte ich, während der Soldat mit den Agenten redet.

Nach einem abschätzigen Blick auf meine Erscheinung lassen sie mich gewähren. *Dumme Kerle.* Unter der Aufsicht des Soldaten öffne ich meine Tasche, krame darin herum, bis aufgrund meiner nervösen Tollpatschigkeit mehrere Tuben und Dosen ins Gras purzeln. Mit schamhaft glühenden Wangen sammle ich sie wieder ein.

Zu meiner Ausbildung gehörten genug Taschenspielertricks, um nebenbei zwei kleine, in Wachstuch gewickelte Päckchen an mich zu bringen. Ich verstecke sie unter den Falten meines Rocks und händige das angebliche Riechsalz an die Soldaten aus – ein Döschen mit kleinen weißen Kristallen, die einen penetrant scharfen Geruch haben. Sie sind ein starkes Schlafmittel, ohne das ich während eines Auftrags selten Ruhe finde. Doch das braucht der Soldat nicht zu wissen. Während er daran schnuppert und angewidert das Gesicht verzieht, lasse ich die Päckchen in der Tasche eines anderen Reisenden verschwinden.

Danach geht alles seinen Gang. Die Witwe erwacht mit einem Stöhnen, was aber eher an dem feuchten Tuch in ihrem Nacken denn am Geruch meines Schlafmittels liegt. Nachdem der Beamte mit bleichem Gesicht zu uns zurückgekehrt ist, werden wir anderen nacheinander aufgefordert, unser Gepäck herzuzeigen, und dabei befragt – bis sie bei Niko angelangen. Ich beiße die Zähne zusammen, als sie ihn mit einem gezielten Schlag niederknüppeln und dann auf ihren Wagen schaffen. Es tut mir leid, dass es ihn erwischt hat.

Während die anderen entsetzt lamentieren, lehne ich mich auf der Bank der anfahrenden Postkutsche zurück und vergrabe mein Gesicht in den Händen. Meine Bestürzung ist nur teilweise gespielt.

Ich glaube nicht, dass sie Niko töten werden. Wenn sie nicht gänzlich unfähig sind, werden sie vorher merken, dass er harmlos ist. Das hoffe ich zumindest.

Mich verstört etwas anderes. Die Agenten waren keineswegs überrascht über den Inhalt der Päckchen – weder über die drei Blanko-Identitäten mit den Stempeln noch über die Handschellen. Sie sind wie mein Messer mit Silber bezogen. Das ist ein unglaublich kostbares, weiß glänzendes Metall, das den meisten heutzutage unbekannt ist – und nur einen Zweck erfüllt: einen Alben zu bändigen.

Wenn diese Männer bereits wussten, dass ich darüber verfüge, wissen sie von meinem Auftrag. Vielleicht erwartet die Bestie mich bereits.

Ich bin von der Jägerin zur Gejagten geworden.

Cianna

Kleine Traumtänzerin, neckte mich Maeve, wenn ich ihr von meinen Nächten erzählte. Früher waren meine Träume wunderbare Abenteuer, in denen ich sein konnte, wer ich wollte. Doch seit Maeve fort ist, sind meine Nächte voller Schreckgespenster. Ich träume von Krieg, von Ungeheuern und Tod – nur vom Wald träume ich nicht mehr.

Dabei ist der Deamhain wie geschaffen für Albträume. Seine Baumwipfel neigen sich bedrohlich über unsere Hügel. Sie sind so hoch, dass einem bei ihrem Anblick schwindlig wird, und ihre Äste greifen wie knorrige Knochenfinger nach dem Wind. Nachts schreien Eulen und andere Tiere in den Tiefen des Waldes wie kleine Kinder. Schafe, die ihre Herde verlassen, verlieren sich auf Nimmerwiedersehen in seinem Inneren – und manchmal auch Menschen, die sich unerlaubterweise auf die Suche nach ihnen machen. Falls einmal Bäume gefällt werden, wächst innerhalb eines Sommers an ihrer statt ein undurchdringliches Dickicht nach, das sich den Dörfern und Weidegründen immer mehr zu nähern scheint. Der Wald ist unbezähmbar, unbezwingbar. Nur Soldaten der Waldbastion und den Jägern ist es gestattet, ihn zu betreten.

Maeve schlich sich manchmal hinein, nur ein paar Steinwürfe weit, bei Mutproben mit den Dorfkindern. Ich verweigerte mich stets. Wenn sie mich deshalb verspotteten, blieb ich still. Sie glaubten, ich hätte Angst, doch sie irrten sich.

Als Kind fürchtete ich den Wald nicht, ich träumte von ihm. Jede Nacht rannte ich hinein und erlebte die fabelhaftesten Geschichten.

Komm, lockte er mich mit dunkler Stimme. Dann roch ich den Duft von Geißblatt und Farn, von Blütenkränzen und erdigem Wasser. Als Kind glaubte ich, wenn ich ihn nur einmal in Wirklichkeit beträte, würde ich wie im Traum auf Pfade stoßen, die er allein für mich öffnete. Sie würden mich in seine Tiefen locken, in die Schatten unter den Gehölzen, die so dicht wachsen, dass nicht einmal Tiere hindurchfinden. Lichtungen würden auf mich warten, die der Wald seit Menschengedenken vor allen anderen verschloss, doch mir würde er sich offenbaren. Und ich würde nie mehr zurückwollen zu den Menschen, die mir seit jeher eher Angst einjagten. Nur wegen Maeve widerstand ich, ihretwegen betrat ich den Deamhain niemals.

Und dann starb sie, und mit ihrem Tod endete meine Kindheit – und zeitgleich blieben abrupt meine Träume vom Wald aus. Gemeinsam mit Maeves Verlust rissen sie eine tiefe Leere in mir auf, die ich bis heute nicht zu füllen vermag.

Manchmal sehne ich mich nach seinen Tiefen, in denen ich mich und den Schmerz verlieren könnte. Denn irgendetwas wartet dort noch immer auf mich. Zwar ist die Stimme des Waldes mit Maeves Tod verstummt. Doch wenn er ebenfalls träumen sollte, dann träumt er bisweilen von mir.

*

Auch an diesem Mittag träume ich nichts. Der Beruhigungstrank des Heilers stürzt mich in das dumpfe Schwarz einer tiefen Bewusstlosigkeit, aus der ich nur mühsam wieder erwache. Meine Kehle ist rau, meine Brust tut weh, als hätte jemand einen Dolch hineingerammt. Langsam richte ich mich auf und blicke mich um. Ich liege in meinem Bett in Cullahill, um mich die vertrauten Ebenholzmöbel und die samtenen Vorhänge, dort meine Tuschezeichnungen, die ich an die Holzwand gepinnt habe, daneben der Blick aus dem Fenster auf die Wipfel des Deamhains.

Zwei Sklavinnen springen auf. Die Brandzeichen, mit denen manche Sklaven ihre dunklen Gesichter schmücken, glänzen.

Die eine eilt hinaus, doch Raghi kommt zu mir. Ihr Blick ist aufgewühlt, und sie stößt tiefe, kehlige Laute aus. *Wie geht es dir?*, gestikuliert sie in *Haraan*, den Gesten der stummen Sklaven, die sie mir beigebracht hat.

Verwirrt starre ich sie an. Woher hat sie die tiefe Schürfwunde auf ihrer Wange?

Dann stürzen die Ereignisse wieder auf mich ein. Blut auf Widderfratzen. Die Schreie der Gemeinen. Die verdrehten Augen des alten Zenon. Die Tote unter dem brennenden Gebälk, ihre leblose Hand in meiner. Ich keuche auf. Raghi stützt mich, bis ich wieder zu Atem komme.

»Wo ist … was ist …«, stammle ich.

Bevor ich einen klaren Gedanken fassen kann, öffnet sich die Tür, und Mutter stürmt herein. Nie war ich glücklicher, sie zu sehen.

»Du bist wach.« Mit einer Handbewegung scheucht sie Raghi zur Seite und setzt sich auf die Bettkante. Sie umfasst mein Gesicht und mustert mich prüfend. »Schmerzt deine Schulter noch?«

Mechanisch bewege ich den Arm auf und ab. »Nein.«

Sie nickt. »Der Heiler hat ordentliche Arbeit geleistet. Die Verbrennungen auf deiner Stirn sind ebenfalls nicht mehr zu sehen.«

Ich kann nicht anders, als sie anzustarren. Statt des roten Kleids von heute Morgen trägt sie die übliche schwere hellgraue Robe, und ihre weißblonden Haare sind in einem strengen Dutt zusammengefasst. Wie kann es sein, dass sie unverändert ist, nach allem, was geschehen ist?

»Mutter«, flüstere ich. »Was ist passiert?«

Sie lässt mich los und lehnt sich zurück.

»Sprengsätze«, sagt sie. »Als die Rebellen merkten, dass ihr Überfall gescheitert ist, zündeten sie drei davon.« Ihre Stimme ist monoton, doch ich höre die Anspannung darin. Ihre Finger flattern haltlos durch die Luft, verschränken sich dann fest in ihrem Schoß. »Einen beim Waffenlager der Ordnungswächter, zwei unter der Tribüne. Vier Bürger sind gestorben.«

»Zenon«, flüstere ich.

Sie nickt. Trauer umschattet für einen Augenblick ihre sonst so kühle Miene. Er war einer ihrer engsten Berater, vielleicht sogar ein Freund für sie. Ich wünschte, ich könnte sie trösten, doch als ich die Hand nach ihr ausstrecke, wendet sie sich ab.

»Melania Castor«, fährt sie fort. Ich schlucke. Die Beamtin, die ich für Maeve hielt. »Das Ehepaar Arvina und Manos Hintar. Außerdem gibt es zwei Dutzend Verletzte. Sie sind vorerst bei uns untergebracht. Der Heiler kümmert sich um sie.«

Ich zögere, doch ich muss sie fragen. »Und die Gemeinen? Wie viele von ihnen sind gestorben?«

Mutter hebt die Schultern. »Von den Rebellen? Viel zu wenige.«

Sie muss wissen, dass ich die Dorfbewohner meinte, die Frauen und Kinder. Doch ehe ich erneut fragen kann, spricht sie weiter.

»Die meisten Verbrecher sind im Chaos der Explosionen geflüchtet. Die beiden Gefangenen haben sie mitgenommen. Sie werden nicht weit kommen. Meine Ordner verfolgen ihre Spur, bis die Armee übernimmt. Ich habe Verstärkung von der fünften Division angefordert. Kommandant Leontes von der Waldbastion wird nicht zögern, seine Jäger den Deamhain durchkämmen zu lassen.«

Sie nimmt meine Hand, drückt sie so fest, dass es schmerzt. »Eine entsetzliche Tat«, murmelt sie. »Und mein entsetzliches Versäumnis. Ich habe uns alle zu sehr in Sicherheit gewiegt. Cianna, es tut mir leid, dass ich dich in Gefahr gebracht habe. Fast hätte ich auch meine zweite Tochter an die Rebellen verloren.«

Ich zucke zusammen. Mutter erwähnt Maeve niemals. Der

Tag muss sie doch aus der Fassung gebracht haben. Sie schaut mich nicht an. Ihr Gesicht wirkt seltsam schutzlos, ihre Wangen eingefallen, die Augen müde.

»Du kannst nichts dafür«, flüstere ich. Mein Blick bleibt an der kleinen Wunde unter ihrem Kinn hängen, dort, wo der Dolch des Rebellen sie geschnitten hat. »Das Wichtigste ist, dass wir beide überlebt haben.«

»Dass wir überlebt haben«, wiederholt sie. Jäh richtet sie sich auf, und alles Verletzliche verschwindet aus ihrem Gesicht. »Du hast recht. Und unser Überleben verpflichtet uns, die Hände nicht ruhen zu lassen.«

Sie erhebt sich, streicht ihre Robe glatt und kontrolliert den Sitz ihres Dutts. Aufrecht stehend nimmt sie das ganze Zimmer ein. Sie ist nicht nur die mächtigste Frau im achten Bezirk, sondern auch eine der größten. Und sie ist schön mit ihrem weißblond glänzenden Haar, den blauen Augen, der hohen Stirn.

Manche Leute sagen, ich ähnelte ihr, doch sie schauen nicht richtig hin. Wenn ich Mutters alte Kleider auftrage, muss der Bund stets geweitet und der Saum um eine Handbreit gekürzt werden. Ich habe ähnlich helles Haar, doch es ist wellig und widerspenstig wie Stroh, und meine Augen sind eher grau als blau. Außerdem werde ich niemals ihre Weltgewandtheit haben, und auch nicht ihren scharfen Verstand. Mutter und ich sind wie ein Fasan und ein Rebhuhn. Sie sehen sich ähnlich, doch der eine ist zum Fliegen geboren und der andere nicht.

Ihr Blick gleitet mit einem abschätzigen Seufzen über mich, die ich immer noch kraftlos im Bett liege. Ich weiß, ich bin ein schwieriger Fall für sie, und deshalb geht sie mir meistens aus dem Weg. Als ihre Nachfolgerin bin ich nicht geeignet. Die Universität oder eine andere Ausbildungsstelle hält sie für mich nicht für sicher genug. So bleibt ihr nur, einen geeigneten Ehemann für mich zu finden. Bisher ist dieser jedoch nicht in Sicht.

»Erhol dich ein paar Stunden, dann mach dich frisch«, sagt sie. »Nimm das dunkelblaue Kleid mit den Perlen. Ich erwarte, dass du am Dinner heute Abend teilnimmst.«

»Das Dinner?« Ich reiße die Augen auf. »Du sagst es nicht ab?«

»Natürlich nicht.« Sie seufzt erneut, dieses Mal ungeduldig über meine Begriffsstutzigkeit. »Heute ist der Tag der Gabe. Wir müssen Stärke zeigen, nach innen und nach außen. Gerade nach einem solchen Desaster. Das erwarten die Leute von uns, Cianna. Außerdem wirst du dich bei deinem Retter bedanken wollen.«

»Meinem Retter?«, echoe ich, doch schon ist sie fort. Während die Tür hinter ihr ins Schloss fällt, höre ich sie bereits Befehle an eine Schar wartender Sklaven verteilen.

Raghi löst sich von ihrem Beobachtungsposten an der Wand. Sie reicht mir einen Becher Wasser, und dankbar stürze ich es meine ausgedörrte Kehle hinunter.

»Was weißt du über meinen Retter?«, frage ich.

Sie zuckt mit den Schultern. *Nichts*, gestikuliert sie. *Du warst bewusstlos, er reichte dich mir und eilte davon.*

Ich runzle die Stirn. Doch eigentlich interessiert es mich kaum.

Vor meinen Augen blitzen weiterhin schreckliche Bildfetzen auf, und in meinen Ohren dröhnt es dumpf wie in der Stille nach den Explosionen. All die Toten. Zitternd umschlinge ich meinen Oberkörper. Was war Wirklichkeit, was war Traum?

»Das Kind aus dem Wald«, flüstere ich. Halb erwarte ich, dass Raghi mich verständnislos anschaut, doch sie nickt, als hätte sie die Frage bereits erwartet. Ihre muskulösen bronzefarbenen Finger fliegen so schnell, dass ich Mühe habe, mitzukommen.

Das Kind ist hier. Es wollte nicht von deiner Seite weichen, auch nicht, als ich dich zum Kastell trug. Es war sehr schwierig, es unbemerkt von dir zu trennen. Ich dachte mir, dass du mit ihm reden willst. Ich habe es versteckt. Im Garten.

»Ich muss dorthin.«

Von einem plötzlichen Impuls getrieben, werfe ich die Decke von den Beinen und stehe auf.

Raghis Augen weiten sich. So viel Tatendrang kennt sie sonst nicht von mir. Ich weiß selbst nicht, was in mich gefahren ist. Meine Glieder fühlen sich immer noch kraftlos an, und in meinem Kopf summt ein Bienenschwarm. Doch wenn ich mich erneut aufs Bett setze, werden die Bilder wieder auf mich einstürzen, die in meiner Erinnerung lauern. Ich kann alles besser ertragen als sie.

Ich bin so zittrig, dass Raghi mir helfen muss, in ein einfaches Gewand und meine Lederstiefel zu schlüpfen. Ohne dass wir uns absprechen müssen, gehen wir über die stillen Nebentreppen der Sklaven nach unten. Immer wieder greift Raghi stützend nach meinem Arm. Der Blick aus den Fensterluken zeigt mir das aufgeregte Kommen und Gehen auf dem Haupthof. Sklaven und Angestellte eilen hin und her. Karren transportieren Kisten zum Haupttrakt, und auf den Wehrgängen oben patrouillieren mehr Männer als üblich.

Wir verlassen das Gebäude über eine Seitenpforte und folgen einem der schlammigen Pfade, der zwischen den Gartenmauern entlangführt. Der Wind hat die Regenwolken des Vormittags fortgewischt, und über den Gärten leuchtet der Nachmittag in Fliedertönen, taucht die knorrigen Obstbäume und Gewächshäuser hinter den Mauern in ein sanftes Licht.

Ich muss mich nicht umblicken, um zu wissen, dass mein Zuhause in jedem Licht dunkelgrau und stumpf bleibt. Das Kastell ist ein verwitterter Greis, der seinen Zenit längst überschritten hat. Efeu wuchert die zwei Türme hinauf, die mit mürrisch zusammengekniffenen Fensterschlitzen vor sich hindösen. Der wuchtige Mittelbau wirkt halb im grünen Hügel versunken. In den Steinritzen wächst Moos, und in den hohen

Korridoren ist es so klamm und zugig, dass die zahlreichen Kamine erfolglos dagegen ankämpfen.

Es ist ungemütlich und unpraktisch, doch ich liebe mein Zuhause. Selbst wenn Mutter vor zwei Jahren meinen Wunsch erfüllt hätte und mich nach Abschluss meines Hausunterrichts auf die Universität nach Clifdon zum Botanikstudium hätte gehen lassen, wäre mir der Abschied schwergefallen. Doch aufgrund der Umstände von Maeves Tod kam das für sie nicht in Frage.

Keiner weiß, wie alt Cullahill wirklich ist – deutlich älter jedenfalls als die Republik, die sich in diesem Jahr zum fünfhundertsten Mal jährt. Manchmal finde ich in verstohlenen Winkeln Schriftzeichen in die Wände geritzt, geschwungene, fremde Ornamente, die niemand mehr lesen kann. Als Maeve und ich jünger waren, malten wir einige von ihnen ab und überlegten uns eigene Bedeutungen für sie – eine geheime Schrift, in der wir uns kindliche Botschaften schrieben.

Maeve. Die Toten. Ich schluchze erstickt. Raghi nimmt erneut meinen Arm, doch ich bleibe nicht stehen. Meine Beine sind ruhelos, als könnten sie mich von all dem Schrecklichen davontragen, wenn ich nur schnell genug ginge.

Endlich erreichen wir die Tür in der mannshohen Gartenmauer, die meinen Garten von den anderen trennt. Es gibt nur zwei Schlüssel, die diese Tür öffnen. Raghi zückt ihren aus der Tasche ihres Kittels und öffnet uns.

Ich trete hindurch, und zum ersten Mal, seit ich aufgewacht bin, habe ich das Gefühl, genug Luft zu bekommen.

Mit einem Seufzen bleibe ich stehen. Da ist der leicht modrige Geruch nasser Erde, doch darunter mischt sich etwas Frisches: der Duft nach Knospen und ersten hellgrünen Blättern, der erste Hauch von Frühling.

Auf einer Terrasse plätschert ein Springbrunnen, die kleine Fontäne wirft glitzernde Funken in der Nachmittagssonne. Halb zerfallene Säulen formen einen Gang, dazwischen ruhen steinerne Bänke und uralte, verträumt blickende Statuen. Es sind seltsame Wesen, aus der Zeit noch vor der Republik – mit Bocksbeinen und Flöten, halb Mensch und halb Tier, halb überwuchert von Büschen und Bäumchen, als würden sie Verstecken spielen. Doch ich kenne alle verborgenen Winkel hier. Der Garten ist mehr als mein Refugium, er ist ein Teil von mir.

Vor zwei Jahren noch war hier alles zugewachsen, doch seit Mutter mir die Schlüssel zum Geschenk machte, habe ich die Blumenrabatte freigelegt, die Statuen und Bänke von Moos befreit und die Rosenbüsche von Efeu. Mit Raghi habe ich den großen Oleander beschnitten, dessen weiße Blüten letzten Sommer einen süßen Duft verströmten. Raghi hat außerdem die alten Obstbäume gestutzt, deren Früchte sie jeden Herbst körbeweise in die Sklavenunterkünfte bringt. Ohne Mutters Wissen habe ich ihr den hinteren Teil des Gartens zur Verfügung gestellt, in dem sie fremdartige Kräuter und eine mannshohe Pflanze namens Manok anbaut, deren süßliche Wurzeln den Küchensklaven regelmäßig tonlose Entzückungsrufe entlocken.

Eine Bewegung weckt meine Aufmerksamkeit. Ein kleiner Schatten druckt sich tiefer zwischen die immergrünen Zweige der Lorbeerhecken.

»Hab keine Angst«, rufe ich und gehe auf die Knie.

Im nächsten Augenblick schnellt der Schatten aus dem Blattwerk heraus und auf mich zu. Ärmchen umfassen meinen Hals, eine Wange presst sich an die meine.

Ich bin so überrascht, dass ich einfach stillhalte. Schon lange habe ich niemanden mehr so nah gespürt. Die Kinderarme sind unter dem klammen Wollfilz zerbrechlich wie Vogelknöchelchen.

»Schscht«, flüstere ich. Tränen rinnen über meine Wangen. Wer von uns beiden sucht hier Trost beim anderen? Der Gedanke schnürt mir erneut den Atem ab, doch mein Herz wird plötzlich ganz weit. »Ist gut.«

Ich weiß nicht, wie lange wir so verharren. Irgendwann verschwindet die Sonne hinter einer Wolke. Ich pflücke vorsichtig die Ärmchen von meinen Schultern, schiebe das Kind ein Stück von mir weg und mustere es. Ihn. Seine Gesichtszüge sind ebenmäßig, die Haut zart wie Schmetterlingsflügel. Trotzdem weiß ich instinktiv, dass er ein Junge ist. Er blinzelt nach oben, als sei er den Aufenthalt unter freiem Himmel nicht gewöhnt. Seine Kapuze ist verrutscht, und ich bemerke überrascht, dass sein Haar ebenso weißblond ist wie meines.

»Ich bin Cianna«, sage ich. Ich deute auf die Sklavin. »Das ist Raghi. Und wie heißt du?«

Ich erhalte keine Antwort.

»Woher kommst du?«, versuche ich es weiter. »Wo sind deine Eltern?«

Er mag vielleicht sieben Jahre zählen, doch seine dunklen Augen, deren Blick nachdenklich auf meinem Gesicht ruht, sind viel älter als sein Gesicht. Er versteht mich. Statt etwas zu erwidern, nimmt er meine Hand. Seine Finger sind klein und schmal wie sein restlicher Körper, und sie starren vor Dreck. Auch sein Mantel ist voller Schlamm und Brandflecken. Er riecht nach Rauch und Regen. Und nach Blut. »Bist du verletzt?«, frage ich besorgt.

Ich streife den Mantel von seinen Schultern, was er sich widerspruchslos gefallen lässt. Bis auf verschlissene Beinlinge trägt er nichts, und seine Haut unter all dem Dreck ist makellos und weiß wie Milch.

»Du hattest aber Glück.« Ich lächle ihn an, und zu meinem Erstaunen erwidert er das Lächeln. Seine Zähne blinken weiß, seine Augen funkeln. Doch immer noch gibt er keinen einzigen Ton von sich.

Mein Lächeln erlischt. Ich wechsle einen Blick mit Raghi.

»Meinst du, er …?« Ich muss nicht weiterreden. Sie macht eine Handbewegung. *Sieh nach.*

»Öffnest du den Mund für mich?«, bitte ich den Jungen. Er nickt. Zwischen seinen Zähnen ruht wie eine Knospe eine kleine, rosenrote Zunge. Erleichtert atme ich aus. Er hat sie noch, anders als unsere Sklaven, denen sie entfernt wird, sobald sie von der Mutterbrust entwöhnt sind. So soll seit jeher verhindert werden, dass sie sich als Freie ausgeben können oder gar zur Revolte verabreden. Da die Sklaven über die Jahrhunderte ihre filigrane Fingersprache entwickelt haben, ist es allerdings töricht, zu glauben, wir könnten sie am Reden hinter unseren Rücken hindern. Eigentlich ist die Amputation der Zunge eine kaum mehr zu rechtfertigende Grausamkeit. *Halt.* Unwillkürlich schüttle ich den Kopf. Solche Gedanken sind verbotenes Terrain.

Ich mustere den Jungen. Er ist jedenfalls kein Sklave. Und aus seinen Augen spricht nichts als völliges Vertrauen. Ich ziehe ihm den Mantel wieder über die Schultern. Wir müssen ihm wärmere Kleidung besorgen.

»Woher kommst du?«, frage ich erneut. Doch er hebt nur die Schultern und lächelt, seinen Blick unverwandt auf mich gerichtet.

»Mutter wird klären, ob in einem der Dörfer ein Kind vermisst wird«, murmele ich. Doch noch während ich den Gedanken ausspreche, zweifle ich daran. Der Junge kam aus dem Wald, genau wie die Rebellen. Dass er sich weigert, seinen Namen zu nennen, macht ihn ebenfalls verdächtig – so würde es zumindest meine Mutter sehen. Was wird sie mit ihm tun, wenn ich ihn ihr übergebe?

Die Sonne kommt wieder hinter den Wolken hervor. Geblendet legt der Junge seine kleinen, schmutzigen Finger auf die Stirn und blinzelt darunter hervor. Ich schlucke. *Er ist noch ein Kind.* Außerdem hat er versucht, mich vor den Rebellen zu warnen. Und als er mich später unter die Tribüne zog, wollte er mich vor den Angreifern retten. Er gehört nicht zu ihnen. Aus irgendeinem Grund bin ich mir da sicher. Doch warum sucht er meine Nähe, als verbinde uns etwas? Warum vertraut er mir? Und dann ist da noch sein fast weißes Haar, das in der Sonne schimmert wie Tropfen von Milch. Bürgerhaar.

Die Rätsel lähmen mich. Ich bin nicht gut darin, Antworten zu finden. Ich will keine Fehler begehen, noch dazu in solch unruhigen Zeiten, in denen Mutter sich auf meine Unterstützung verlassen muss. Ich sollte zu ihr gehen.

Das Kind zuckt zusammen, als hätte es meine Gedanken gelesen. Seine Stirn ist in argwöhnische Falten gelegt. Doch es schaut an mir vorbei.

Schritte ertönen hinter uns.

Raghi und ich wirbeln herum. Ein Mann kommt durch den Säulengang in unsere Richtung. Ein Fremder in meinem Garten!

Er ist hochgewachsen, hat einen schwarzen Mantel und ungebärdige dunkelblonde Locken, die sich um sein Kinn kräuseln. Ein Schatten umwölkt seine Stirn, er scheint tief in Gedanken versunken. Gleich wird er uns sehen.

Ich springe auf und stelle mich vor das Kind. Raghi tritt schutzbereit einen Schritt näher zu mir.

Der Mann verharrt, als er uns erblickt. Der Schatten in seinen Zügen wird fortgewischt von einem Ausdruck der Überraschung. Sein herzförmiges Gesicht mit der breiten Stirn und den hohen Wangenknochen lässt ihn jung wirken, als wäre er kaum älter als ich. Ich erkenne ihn wieder. Er saß heute Morgen auf der Tribüne bei den Händlern.

Raghi scheint ihn ebenfalls zu erkennen, denn sie stößt einen überraschten Laut aus, und ihre Schultern entspannen sich.

»Ich wusste nicht, dass hier jemand ist«, ruft der Mann. Mit wenigen Schritten ist er bei uns.

Er starrt zuerst Raghi an. Sie ist wirklich respekteinflößend mit ihrer muskelbepackten Statur, dem dunklen, kahlrasierten Kopf mit den Feuerzeichen auf den Wangen und den schwarz funkelnden Augen. Zu meinem Erstaunen nickt sie ihm beinahe freundlich zu.

Erst dann sieht er mir ins Gesicht und beginnt zu lächeln.

»Cianna Agadei, Tochter der Ipallin. Es freut mich zu sehen, dass es dir wieder gut geht.«

Ich runzle die Stirn. Er ist einfach in meinen Garten eingedrungen, und jetzt redet er auch noch, als kenne er mich.

»Ja, danke«, murmele ich. »Wer bist du?«

Kurz wirkt er fast ebenso irritiert, wie ich mich fühle.

»Mein Name ist Finnegus Sullivar.« Er streicht sich über die Locken, die in alle Richtungen davonspringen. Eine arrogante Geste, doch vielleicht ist er auch nur verlegen.

»Brennermeister aus dem dritten Bezirk. Ich bin als Gast deiner Mutter in Cullahill. Ich wollte spazieren gehen und habe mich wohl verirrt.«

Seine letzten Worte höre ich kaum.

»Ein Brenner«, sage ich überrascht. Erst wenige Male bin ich den angesehenen Meistern begegnet, die den Feuertrieb beherrschen. Nur sie tragen die Farbe Schwarz, so wie die Heiler weiß tragen.

Er nickt. Er scheint sich wieder gefasst zu haben. Offen lächelt er mich an. In seinen blauen Augen funkeln im Licht der Lampe kleine, honigfarbene Diamanten.

Aus Verwirrung bleibe ich ungebührlich lange eine Antwort schuldig. Lange genug, dass sein Blick hinter mich wandert und sich auf den Jungen heftet, der auf dem Boden kauert. Das bringt mich abrupt zur Besinnung. *Er darf nichts über ihn erfahren.* Der Gedanke packt mich mit solcher Wucht, dass ich fast das Gleichgewicht verliere.

»Ich bin erfreut, deine Bekanntschaft zu machen, Meister Finnegus.« Endlich habe ich meine Stimme wieder. »Wenn du den Garten verlässt, musst du dich nach links wenden und an der zweiten Biegung nach rechts, und du stehst direkt wieder vor dem Hintereingang des Kastells.«

»Vielen Dank, *A'Bhean*«, erwidert er, doch so leicht ist er nicht abzulenken. Sein Blick weilt immer noch auf dem Kind. »Vergib mir die Frage, was machst du hier alleine in diesem Garten? Und dieser Junge, warum ist er ...«

»Meister, was ich hier tue, ist nicht von Belang für dich«, unterbreche ich ihn. »Dies ist mein privates Refugium. Der Zutritt ist niemandem außer mir gestattet, schon gar keinen Fremden.«

Raghi neben mir stößt ein Ächzen aus. Ebenso verblüfft über meine plötzliche Schärfe starrt der Brenner mich an.

»Tut mir leid, das war mir nicht bewusst«, stößt er aus. »Ich werde sofort wieder gehen.« Im Widerspruch zu seinen Worten regt er sich allerdings nicht, sondern starrt mich weiterhin an. Worauf wartet er?

Für gewöhnlich weiche ich den Blicken von Fremden aus. Neue Gesichter verunsichern mich. Doch heute verleiht mir meine Entrüstung ungeahnte Widerstandskraft, und ich halte sein Starren mit gestrafften Schultern aus.

»Wir werden diese unangebrachte Begegnung vergessen«, sage ich. »Sicher werden wir uns heute noch in offiziellem Rahmen vorgestellt. Bis dahin wünsche ich dir einen erholsamen Aufenthalt im Gästetrakt.«

Tatsächlich senkt Finnegus den Blick. Seine Miene wirkt allerdings eher verdutzt als beschämt. »Natürlich. Ich verspreche, ich werde über dieses Treffen schweigen wie ein Grab.« Er blinzelt mir zu. »Ich freue mich bereits darauf, deine Bekanntschaft zu machen.«

Während er davongeht, lasse ich mich mit geballten Fäusten auf einer der Bänke nieder. Welch peinliche Begegnung. Der Brenner hat gegen jede Etikette verstoßen, indem er meinen privaten Garten betrat, und trotzdem habe ich das Gefühl, mich lächerlich gemacht zu haben. Frustriert stoße ich den Atem aus. Ich weiß schon, warum ich Fremden lieber aus dem Weg gehe.

Der Brenner verschwindet durch die Tür aus dem Garten. Das Kind bettet seinen Kopf auf meinen Schoß. Geistesabwesend streiche ich ihm übers flaumige Haar. Wie als Antwort schmiegt es seine Wange in meine Hand, und eine plötzliche Woge an Zärtlichkeit wischt all meinen Ärger hinfort.

Ich weiß nichts über diesen kleinen Jungen, doch anders als der Brenner fühlt er sich nicht fremd für mich an. Im Gegenteil. Das Bedürfnis, ihn zu beschützen, ist so stark und unmittelbar, wie ich seit Jahren nichts mehr empfunden habe.

Ein paar Vögel zwitschern, ansonsten ist es still. Auch das Dröhnen in meinem Kopf ist verstummt. Ich lege den Kopf in den Nacken und lasse meine Stirn von der Sonne streicheln. Ein Windstoß treibt den Duft der ersten Blüten über uns hinweg, süß, flüchtig und kostbar.

Zum ersten Mal heute fühlt sich alles wieder richtig an. Als gehörten wir hierher, in diesen Garten, Raghi, das Kind und ich.

Ich atme tief durch. Mutter weiß alles von mir, bis auf das, was in diesem Garten geschieht. Solange der Junge hierbleibt, muss ich ihr nichts von ihm erzählen. Damit habe ich noch ein wenig Zeit, um mehr über ihn herauszufinden. Raghi schnipst mit den Fingern, um meine Aufmerksamkeit zu erhalten. *Der Mann*, signalisiert sie. Immer noch hält sie den Kopf wachsam Richtung Pforte gerichtet. *Ich habe ihn erkannt.*

»Ich auch«, sage ich. »Er war bei den Händlern auf der Tribüne, als ...«

Etwas an ihrem Blick lässt mich innehalten. *Das meine ich nicht*, malen ihre Finger in die Luft. Ihre Miene spiegelt eine Mischung aus Unbehagen und Verwirrung. *Er war es, der dich heute Morgen unter der Tribüne aus dem Feuer gezogen hat. Er hat dich gerettet.*

*

Die Tafel im Empfangssalon ist von Kerzen erleuchtet. Ihr warmer Glanz lässt die kalten, grauen Mauern im Schatten verschwinden. Das hohe Deckengewölbe wird von weißen, marmornen Säulen getragen, und auch die Samtvorhänge, der Marmorboden und die Tischdecken schimmern weiß und rein wie die Schneeglöckchen an den Rändern des Deamhains. Der Salon ist nicht der größte, doch bei Weitem der eleganteste Raum in Cullahill.

Zwei Bilder schmücken die Wände: ein Gemälde von meinem Großvater und eines, das meinen Vater als jungen Mann zeigt, gekleidet wie sein Vater in eine rote Robe mit dem Abzeichen des Ipalls. Weißblondes langes Haar wallt beiden über die Schultern, ihre ebenmäßigen Gesichter blicken ernst. Vater ist in Cullahill aufgewachsen, genauso wie ich, und er erbte das Amt des Ipalls von seinem Vater. Ich habe diese stolzen Männer kaum kennengelernt, die sich auf den Gemälden so ähneln wie Brüder. Großvater starb bei einem Sturz von der Treppe, lange bevor ich geboren war, und mein Vater bei einem Jagdunfall, als ich noch in Windeln krabbelte. Ich erinnere mich nicht an ihn. Doch in diesem Raum scheinen mich seine wachen blauen Augen stets zu verfolgen, und deshalb ist jeder meiner Schritte hier von Ehrfurcht erfüllt.

Ich wende den Blick von ihnen ab und der Tafel zu. Das Geschirr ist anders als sonst aus grauer Keramik, und die Speisen, die von den Hausklaven lautlos hereingetragen werden, sind ebenfalls einfach gehalten. Nichts ist zu erkennen von dem Festmenü, an dem unser Koch seit Tagen feilte, es gibt keinen Blumenschmuck, und die Harfenmusiker schickte Mutter wieder nach Hause. Angesichts der Ereignisse des Vormittags hält sie es für angebracht, uns alle zur Bescheidenheit zu mahnen.

Selbst ohne diese Mahnung wäre mir allerdings nicht nach Feiern zumute. Ich möchte nicht hier sein, und ich werde nicht den geringsten Bissen herunterbringen.

Niedergedrückt streiche ich über mein taubenblaues Kleid, dessen schwerer Stoff in Falten bis zum Boden gleitet, dessen Korsett mich in eine aufrechte Haltung zwingt, als könnte ein gerader Rücken all die schweren Gedanken besser tragen.

Auch die anderen Gäste sehen nicht hungrig aus, als sie vom Gästetrakt nach und nach im Eingangsbereich des Salons eintrudeln. Manche haben einen glasigen Blick von den Pflanzenpastillen, die der Heiler gegen starke Schmerzen verordnet, ein paar tragen noch einen Arm in der Schlinge oder humpeln. Die meisten wirken allerdings unverletzt.

Der Heiler muss völlig erschöpft sein. Er weilt nicht unter den Gästen, obwohl er eingeladen war. Und nicht nur er fehlt, fällt mir auf. Über die Hälfte der Bürger ist frühzeitig aufgebrochen, sodass nur ein knappes Dutzend Übernachtungsgäste bleibt. Ach, wären sie doch auch nur abgereist. Mein Herz schlägt stockend und schwer.

Während die Sklaven als Begrüßungsgetränk Becher mit wärmendem Assain-Tee herumreichen, betritt Finnegus den Salon. Die Gespräche verstummen. Ich bin nicht die Einzige, die ihn unwillkürlich anstarrt.

Er trägt immer noch schwarz; über knielangen Beinlingen eine hoch geschnittene Jacke, die mit der Feuerfibel der Brenner geschlossen ist. Mit seinem dunkelblonden Haar und dem etwas dunkleren Ton seiner Haut wirft er einen Schatten zwischen uns hellere Bürger. Auch sein Blick ist dunkel und ernst; seine Jugend und die ungebärdigen Locken wiegen das Düstere seiner Erscheinung allerdings wieder ein wenig auf.

Mein Retter. Warum hat er im Garten nichts erwähnt? Als er in meine Richtung blickt, senke ich rasch den Kopf.

Finger streichen über meine Schulter, zwicken für einen Augenblick tief in die weiche Innenseite meines Arms. Nur eine Person schafft es, eine beiläufige Berührung so schmerzhaft zu gestalten.

»Konzentrier dich«, murmelt Mutter in mein Ohr. »Halt den Kopf gerade und folge mir. Ich stelle dich unserem neuen Gast vor.«

Während sie mit eleganten Gesten durch das Zimmer rauscht, weichen die Anwesenden vor ihr zurück und suchen zugleich ihren Blick, von der Ehrfurcht ergriffen, die ihre hohe Stellung und ihr nicht minder hoheitsvolles Auftreten stets bewirken.

»Meister Finnegus Sullivar.« Sie reicht dem Brenner die Hand. Seine ernsten Züge werden von einem etwas verkrampft wirkenden Lächeln aufgehellt, nur der Schatten in seinen Augen bleibt.

»Sei herzlich willkommen in unserer Mitte«, fährt sie fort. »Ich hoffe, im Gästetrakt hast du alles zu deiner Zufriedenheit vorgefunden?«

»Aber gewiss, Ipallin«, erwidert er höflich. »Vielen Dank für die Gastfreundschaft in deinem Haus.«

Mit einer galanten Bewegung beugt er sich zu einem angedeuteten Kuss über ihre Hand. Das ist eine altmodische Geste, kaum mehr in Gebrauch, doch an Mutters Lächeln erkenne ich, dass sie das durchaus charmant findet.

»Wir sind es, die dir Dank schulden, Meister.« Mit einer Handbewegung fordert sie mich auf, neben sie zu treten. »Ich möchte dir meine Tochter vorstellen.«

Verlegen halte ich ihm meine Hand hin. Irre ich mich, oder wird sein Lächeln entspannter? Ehe ich zurückzucken kann, verbeugt er sich vor mir ebenfalls zu einem angedeuteten Handkuss. Seine Locken kitzeln meinen Handrücken. »Es ist mir eine Ehre, Cianna Agadei.«

»Mir ebenfalls, Meister«, murmle ich. Glut steigt meine Wangen empor. Hoffentlich besteht Mutter nicht darauf, dass ich ihm mit einer öffentlichen Rede danke. Das einzige Mal, als sie so etwas von mir verlangte, stammelte ich beschämenden Unsinn, verstummte dann gänzlich und wollte in Grund

und Boden versinken. Dabei will ich nichts weniger, als ihr Schande zu bereiten.

Sie scheint meine Gedanken zu lesen, denn sie hält meinen Arm fest, als wollte sie jede Flucht verhindern.

»Cianna, du weißt es noch nicht, doch wir sind diesem Mann zu großem Dank verpflichtet«, sagt sie. Sie klatscht in die Hände. »Mitbürger, es ist mir eine Ehre, euch Brennermeister Finnegus Sullivar vorzustellen. Er ist nicht nur ein treuer Diener unserer Regierung, sondern hat heute Morgen bei dem schändlichen Anschlag eine heroische Tat vollbracht. Er hat meine Tochter aus den Flammen gerettet.«

Die Gäste applaudieren, ein träges, hallendes Geklapper. Ihre feierlichen Mienen wirken leer. Finnegus sieht nur mich an. Sein Blick lacht nun offen und hell, honigfarbene Tupfen tanzen im Blau seiner Augen.

Ich senke den Kopf. Mein Herz flattert wie ein Vogel in einem Käfig.

»Ich weiß nicht, wie ich die Größe meines Danks ausdrücken soll, Meister«, stottere ich. »Es ist so, so ...« Ich verstumme. Meine Wangen werden noch heißer.

»Wir stehen tief in deiner Schuld«, sagt Mutter rasch. Sie lässt meinen Arm los, als wäre ich schmutzig. Mein Herz wird schwer. Ich habe sie erneut enttäuscht.

»Wenn du irgendeinen Wunsch hast, Meister«, fügt sie hinzu, »werden wir ihn dir erfüllen.«

»Ipallin, du beschämst mich.« Er wirkt tatsächlich ein bisschen beschämt. Wegen mir und meinem Gestammel?

»Eure Gesellschaft ist mir Dank genug.«

Mutter nickt huldvoll.

»Nun, dann bitte ich dich, neben meiner Tochter an der Tafel zu sitzen.« Sie lächelt mir zu, doch ihr Blick spiegelt eine Mischung aus Strenge und Sorge. *Blamiere uns nicht.*

Sie wendet sich an die Festgesellschaft. »Ich danke euch, dass ihr trotz der Vorfälle meine Gäste seid, um gemeinsam den Tag der Gabe zu feiern«, beginnt sie ihre Ansprache. Bei ihr ist niemals etwas von der Befangenheit zu spüren, die mich wie ein Schatten unter Menschen begleitet.

»Dieser Tag gemahnt uns zur Bescheidenheit«, sagt sie. »Denn der Obulus, den wir entrichten, erinnert uns daran, dass wir bei allem, was wir erreicht haben, Diener sind. Doch wir dienen weder Menschen noch Religionen, nein, wir beugen unser Haupt allein vor der Republik Athosia.«

Ihre Worte klingen sanft und warm, und doch schneiden sie durch den Raum wie eine Klinge, und ihr Blick fixiert uns so eindringlich, als wollte er jede Schwäche vertreiben.

»Athosia hat unsere Gesellschaft aus dem Dunkel der Vorzeit befreit. Ihre Grundpfeiler sind Vernunft, Verstand und der Gemeinwille, der über dem Willen des Einzelnen steht. Ihr Gesetz garantiert uns Wohlstand und Sicherheit – und das seit ihrer Gründung vor genau fünfhundert Jahren.«

Mutters Augen leuchten kurz auf, als sie das Jubiläum erwähnt. Ich weiß, weshalb: In einem Monat gibt der Regierungsrat zum Gründungstag einen großen Maskenball. Er hat dazu alle Ipalle der Republik geladen, auch jene aus den jüngeren Provinzen wie Irelin. Mutter hat bereits ihr Kostüm in Clifdon geordert und wird in wenigen Wochen in die Hauptstadt Athos reisen. Sie stammt von dort, und auch wenn sie selten von ihrer alten Heimat spricht, glaube ich manchmal, dann eine leise Sehnsucht in ihrer Stimme zu hören.

Zu gern hätte ich die prachtvollen, weißen Alleen von Athos, die Palmen und den See Hogaisos auch einmal gesehen, doch sie hat es abgelehnt, mich mitzunehmen.

»Bürger«, spricht sie weiter, und das Leuchten in ihrem Blick verglimmt. »Im Namen der Republik danke ich für eure Gaben. Doch auch weiterhin hängt unsere Zukunft von uns allen ab. Euer hoher Status bringt nicht nur Privilegien, sondern auch Verantwortung mit sich. Übt eure Aufsicht über die Gemeinen in euren Dörfern und Diensten mit strenger Hand aus. Bleibt wachsam und verbündet euch enger denn je mit mir, um dem schändlichen Treiben der Rebellen Paroli zu bieten. Sie wollen alles zerstören, was wir uns aufgebaut haben. Sie wollen die einfachen Geister des Volkes gegen uns aufwiegeln, Recht und Ordnung zu Fall bringen und in die dunklen Vorzeiten zurückkehren, als Tyrannen herrschten und jeder sich selbst der Nächste war. Wer kann ihnen Einhalt gebieten, wenn nicht wir?«

Ich bin nicht die Einzige, die schaudert. Auch der Brenner neben mir versteift sich für einen Augenblick, ehe er seinen Atem mit einem Ruck wieder ausstößt.

»Doch es gibt eine Zeit für Politik und eine fürs Essen«, fährt Mutter fort, und jäh wird ihr Tonfall leichter, ein mädchenhaftes Lächeln wischt die Strenge aus ihrem Gesicht. »So sehr es uns schmerzt, lasst uns der Vorfälle des heutigen Tages später gedenken. Jetzt werden wir uns erst einmal an einem einfachen Mahl stärken, um neue Kräfte zu sammeln. Ich bitte euch, setzt euch zu Tisch.«

»Es ist mir eine Ehre.« Finnegus ergreift meinen Arm. »Wo sitzen wir?«

Sein Griff ist warm und fest, und obwohl ich groß bin, überragt er mich noch um einen Kopf. Ich bemühe mich um eine aufrechte Haltung, während ich ihn durch den Salon führe.

»Ich wollte noch sagen, dass dein Geheimnis bei mir sicher ist«, murmelt er und bringt mich damit beinahe zum Taumeln. Ich nicke verkrampft und strebe weiter unserem Sitzplatz zu. Als ich neben meinem Stuhl stehen bleibe, hält Finnegus immer noch meinen Arm fest.

»Ich werde niemandem von dem Jungen erzählen«, flüstert er. »Bist du seine Mutter?«

»Was?« Perplex starre ich ihn an. Ich reiße mich aus seinem Griff. »Natürlich nicht.«

»Oh.« Er hebt die Hände und lächelt beschämt. Rote Flecken überziehen seine Wangen. »Es tut mir leid. Du wirkst auch zu jung dafür. Doch manchmal ist es unglaublich, welche Geheimnisse die Leute hüten.«

Noch ehe mir eine Antwort einfällt, zieht er meinen Stuhl zurück und lädt mich mit einer galanten Bewegung zum Sitzen ein.

Ich lasse mich nieder und atme tief ein, um meine Fassung zurückzugewinnen. Dieser freche Mensch hat immerhin mein Leben gerettet. Doch seine Nähe strengt mich an. Mir fällt es schwer, mich mit Fremden zu unterhalten, und er verwirrt mich. Ich wünsche mich zurück in die geborgenen Winkel meines Gartens. Ob das Kind schläft? Es hat einen sehr aufgewühlten Eindruck gemacht, als ich ging. Raghi hat versprochen, auf es aufzupassen, und ich hoffe, sie kommen ohne Sprache miteinander zurecht.

Mutter lässt sich auf der gegenüberliegenden Seite der Tafel nieder und vertieft sich in ein Gespräch. Ihr klirrendes Lachen dringt zu uns herüber.

Zwischen uns verteilen sich die übrigen Gäste. Finnegus nimmt den Platz neben mir ein. Hoffentlich geht der Abend rasch vorüber.

Zu meiner Erleichterung setzen sich zwei Männer auf meine andere Seite, deren Gesellschaft ich nicht als Last, sondern als Verstärkung empfinde. Der Händler Jannis Castor und sein Neffe Christoph. Jannis ist der wohlhabendste Bürger in unserem Bezirk, ein älterer, vierschrötiger Mann mit einem lauten Lachen und einer überströmenden Warmherzigkeit, die jedoch nur dumme Personen dazu verleitet, seinen Geschäftssinn zu unterschätzen. Mein Vater starb einige Monate nach meiner Geburt, doch Jannis' Fürsorglichkeit lässt mich erahnen, wie es hätte sein können, einen Vater zu haben. Früher brachte er Maeve und mir oft Mitbringsel von seinen Reisen mit, doch in letzter Zeit überlässt er eher Christoph das Reisen. Da Jannis weder Kinder noch Ehefrau hat, hat er ihn vor zwei Jahren in unseren Bezirk geholt, um ihn als seinen Erben im Gewerbe zu etablieren.

Christoph nickt mir ernst zu. Er trägt entgegen jeder bürgerlichen Mode einen Bart und ist ein wahrer Riese von Mann. Auf manche wirkt er ein wenig langsam und weltabgewandt. Doch ich mag seine Art, sich seine Worte durch den Kopf gehen zu lassen, ehe er sie ausspricht.

Beide Männer begrüßen Finnegus mit zurückhaltendem Interesse. Offensichtlich haben sie sich einander bereits vorgestellt.

»Wie geht es dir?« Jannis mustert mich so besorgt, als könnte ich jederzeit in Ohnmacht fallen.

»Ganz gut.« Mein Lächeln gelingt mir mehr schlecht als recht. »Dank meinem Retter bin ich am Leben, und das ist das Wichtigste.«

»Oh Kleine, das ist so wahr.« Jannis nimmt meine Hand. Seine Augen blicken warm. Er nickt dem Brenner zu. »Danke, dass du dich für sie in die Flammen gestürzt hast.«

Finnegus hebt die Schultern. »Das war keine große Tat«, sagt er leise. »Feuer verbrennt mich nicht.« Er lächelt mir zu. »Ich bin froh, dass ich dich dieser Welt erhalten konnte.«

»Ich auch«, sagt Christoph knapp, und Jannis fügt hinzu: »Ein Leben ohne unsere sanfte Cianna will ich mir gar nicht ausmalen.«

Ich schlucke und drücke seine Hand. »Seid ihr verletzt worden?«

Christoph schüttelt den Kopf.

»Kaum«, sagt Jannis. »Ich bin mit ein paar Kratzern davongekommen, die der Heiler rasch beseitigen konnte.« Er seufzt. »Ein nahezu unverschämtes Glück, das anderen leider nicht zuteilwurde.«

Ich nicke mit gesenktem Blick. Wir schweigen für einen beklommenen Moment und beginnen dann unsere Suppe zu löffeln. Auch die anderen Gäste essen jetzt, doch Mutter scheint die Einzige zu sein, die fröhlich ist – die Stimmung bleibt gedrückt. Die Sklaven schenken uns weiterhin Tee und verschiedene Säfte ein. Alkohol ist in der Republik verboten, und Mutter hält sich strikt daran, wobei manche Bürger das angeblich nicht so eng sehen. Ich vermute, dem ein oder anderen wäre nach einem stärkenden Trank zumute.

Als zweiten Gang gibt es Kartoffeln und mit Beeren gefülltes Wildbret. Die Schüsseln leeren sich kaum. Unsere Runde heute Abend ist zu klein, als dass Stimmengewirr das Gewölbe füllen könnte, und hinter den einzelnen Konversationen lauert die Stille. Dank Mutters Ansage spricht niemand den Rebellenüberfall an.

Finnegus stochert genauso schweigsam in seinem Essen wie ich, bis Jannis ihn anspricht.

»Was führt dich in diesen Bezirk, Meister?«

Der Brenner legt seine Gabel beiseite. »Ein Auftrag des Agrarministeriums«, antwortet er. »Ich arbeite zurzeit als Forstbrenner.« Er bemerkt unsere fragenden Blicke und fügt hinzu: »Ich organisiere unter anderem die Rodung und Urbarmachung verwilderter Landstriche. Die Bevölkerung von Irelin wächst, mehr Platz wird benötigt. Das Ministerium will prüfen, ob Teile des Deamhains für Landwirtschaft zu gewinnen sind.«

»Den Deamhain abbrennen? Dabei wünsche ich viel Erfolg.« Jannis stößt ein Lachen aus, das jedoch nicht böse gemeint ist, denn er mustert den Brenner freundlich. »Hast du unseren Wald bereits kennengelernt?«

»Nun, ich habe eine gewisse Vorstellung«, antwortet Finnegus. »Ich stamme aus dem dritten Bezirk, der ebenfalls an den Deamhain grenzt.«

Jannis wiegt den Kopf. »Das, was ihr im Dritten habt, sind ein paar lichte Ausläufer, Überbleibsel unzähliger Rodungen. Hier ist der Wald alt. Das Holz wächst dicht und heimtückisch, genauso tief verwurzelt wie die abergläubischen Legenden, die sich in der einfachen Bevölkerung um den Deamhain ranken. In den finstersten Ecken hausen Rebellen und weitere Raubtiere. Außerdem gibt es Moore, die werden schwer brennen. So ehrenwert das Ansinnen ist, diesem gesetzlosen Gebiet endlich zu Leibe zu rücken – das wird nicht einfach, Meister.«

Finnegus mustert den Händler. »Du kennst den Wald gut.«

Jannis nickt. »Christoph kennt ihn noch besser. Wir haben die einzige zivil ausgestellte Lizenz, die Waldstraße zur Bastion zu befahren. Wir sind die Hauptlieferanten der Armee-Division, die im Deamhain stationiert ist. Christoph übernimmt die meisten Fuhren persönlich, der Kommandant der Bastion ist ein Freund der Familie.«

»Was liefert ihr den Soldaten?«, fragt Finnegus.

»Alles, was sie brauchen«, brummt Christoph. »Lebensmittel, Ausrüstung. Waffen vor allem.«

Bei seinen letzten Worten umwölkt sich Finnegus' Stirn. Doch es mag auch eine Täuschung sein, denn ebenso rasch ist der Ausdruck wieder verschwunden.

»Nun, ich bin für jeden Hinweis über den Deamhain dankbar«, sagt er. »Morgen will ich mir ein erstes Bild vom Waldrand machen. Bei einem Ausritt durch die Hügel.« Offen lächelt er mich an. »Ich würde mich über kundige Begleitung freuen.«

»Ich?«, frage ich töricht. »Aber ich …«

Seine Augen weiten sich. »Du kannst doch reiten, oder?«

»Cianna reitet, als wäre sie mit ihrem Pferd verwachsen«, sagt Jannis. »Außerdem kennt sie die Hügel im Umland seit ihrer Kindheit. Ich halte das für eine gute Idee.«

Ich schüttle den Kopf. Der Gedanke, mehr Zeit mit diesem verwirrenden Mann zu verbringen, macht mich viel zu nervös.

»Ich reite nicht mehr.«

»Zeit, das wieder zu ändern«, entgegnet Jannis. Väterlich

tätschelt er meine Schulter. »Seit du dich in Cullahill unter Büchern vergräbst, bist du blass geworden, und noch stiller als früher. Doch jetzt ist Frühling.« Er blinzelt. »Außerdem bist du diesem Mann etwas schuldig.«

Ich zögere, denn ich möchte nicht mit Jannis streiten.

»Nun, wenn sie nicht will«, brummt Christoph. Jannis seufzt. Finnegus studiert mich so intensiv, dass ich den Blick abwende.

»Ich muss erst Mutter fragen«, gebe ich zu bedenken. Sein aufglimmendes Lächeln zeigt, dass er das bereits als Zustimmung auffasst.

»Ihr jungen Leute«, seufzt Jannis. »Genießt das Leben, solange ihr könnt. Apropos jung ...«, er wendet sich mit einem launigen Gesichtsausdruck an den Brenner, »- darf ich fragen, wie alt du bist, Meister? Du wirkst jung für deinen Titel.«

Finnegus pustet sich aufgebracht die Locken aus der Stirn.

»Ich bin dreiundzwanzig. Vor vier Jahren habe ich die Brenner-Akademie in Athos abgeschlossen.«

»Athos.« Christophs Mundwinkel kräuseln sich unter seinem Bart. Er ist in der Nähe unserer Hauptstadt aufgewachsen.

»Die Akademie dort ist die renommierteste im ganzen Land«, sagt er langsam. »Du musst sehr an Irelin hängen, wenn du hierher zurückkehrst.«

»So ist es.« Finnegus hebt mit einem ergebenen Lächeln die Schultern. »Die Heimat lässt mich nicht los. Ein Brenner zu sein ist zwar eine großartige Sache. Doch das erfüllt nur einen Teil meiner Wünsche.«

Die Händler schweigen. Doch ich weiß mit unerfüllten Wünschen etwas anzufangen.

»Was wünschst du dir noch?«, frage ich.

Er mustert mich nachdenklich. »Das, was sich alle erhoffen«, sagt er leise. »Glück. Frieden. Einen Ort, an dem ich sein kann, wer ich will.«

Ein Schauer durchfährt mich. *Sein, wer ich will.* Kann man denn jemand anderes sein? Hat nicht die Republik längst entschieden, wer man zu sein hat?

Doch der Gedanke verfliegt. Finnegus hebt die Hand und bläst sachte darauf. Eine Flamme springt aus seiner Handfläche, tanzt hell und fröhlich über seine Finger, dann hüpft sie in die Luft und wird zu einem Ball, ein orangefarbener Lampion, nur viel heller leuchtend. Gabeln verharren auf halbem Weg zum Mund, Gespräche verstummen. Auch ich starre staunend den Feuerball an, dann schaue ich zu Finnegus, der sich mit einem stolzen Lächeln das Haar aus der Stirn streicht, wodurch seine Locken noch wilder werden. In dem Licht seiner Flamme sieht er jünger aus als dreiundzwanzig, ein eifriger Junge, der sein Spielzeug vorführt. Ein Lachen steigt in mir auf, doch ehe es sich seinen Weg nach draußen bahnen kann, wird die Tür aufgestoßen.

Ein Ordner stolpert herein. Der Feuerball platzt mit einem Knall, ebenso die oberflächliche Illusion eines festlichen Abends. Im Kerzenlicht sehen die Schatten auf dem Gesicht des Wächters tief und erschöpft aus, das Grau seiner Uniform beinah schwarz. Mit gehetzter Miene eilt er zu Mutter und raunt ihr etwas ins Ohr. Sie schiebt ihren Teller zurück und erhebt sich mit einem Ruck.

»Entschuldigt mich«, stößt sie aus. Ihre Miene ist hart, beinah mürrisch. Sie hasst es, beim Essen gestört zu werden.

»Meine Anwesenheit wird anderweitig benötigt.« Ihr Blick gleitet über die Runde, doch sie sieht uns bereits nicht mehr. »Esst weiter, Bürger. Wartet nicht auf mich.«

Ohne weitere Erklärung verlässt sie mit dem Ordner den Salon.

Die Spannung in der Luft ist mit den Händen zu greifen. Manche Bürger murmeln, doch viele schweigen bedrückt.

Jannis ist bleich, Christoph kaut grimmig auf seinem Bart. Finnegus hat den Kopf gesenkt, sodass seine Augen im Schatten unter den Locken verschwinden. Seine Hände sind zu Fäusten geballt.

Ein Schluchzen kommt tief aus meiner Kehle. Ich habe Angst. Die Welt dort draußen war uns noch nie sonderlich freundlich gesinnt. Doch jetzt ist sie unser Feind geworden, und ich fürchte, weder Mauern noch Sklaven können uns noch vor ihr schützen.

Eva

Ich eile die dunklen Straßen der Provinzhauptstadt bergab. Pflastersteine hallen unter meinen Stiefeln. Die graue Beamtenmaus habe ich abgestreift, ebenso wie das Beamtenkäppchen und die Holzpantoffeln. Dicke, schwarze Haarsträhnen kratzen jetzt auf meiner Stirn. Ich habe sie noch an der Poststation einem Gaul von der Mähne abgeschnitten und danach in einem Hinterhof mit Klammern an meinem Kopf befestigt. Jetzt baumeln sie mir vor der Nase, als hätte ich eine üppig-exotische, wenn auch ungepflegte Haarpracht. Als oberflächliche Tarnung genügt das, es darf mir nur keiner die Kapuze vom Kopf reißen.

Im Augenblick habe ich sie tief ins Gesicht gezogen. Ich hatte vergessen, wie kalt die Nächte in Irelin sein können. Hier in Clifdon, so nah an der Küste, pfeift dazu noch ein eisiger Wind. Wenigstens hält er die Leute in ihren Häusern. Ich habe heute genug verbrauchte Luft geatmet.

Den anderen Mitreisenden war nach dem Vorfall an der Grenze auch nicht nach Herumstehen zumute. Nach einer raschen Verabschiedung verstreute es uns in alle Winde. Ich bezweifle, dass ich einen von ihnen wiedersehe. Auch den unglücklichen Niko nicht.

Ich beschleunige meinen Schritt. Meine Füße erinnern sich an die Stadt. Instinktiv finden sie den Weg durch die verschlungenen Gassen, vorbei an schiefen Häuschen mit Spitzdächern, die sich aneinander ducken wie ängstliche Hühner. Bergauf und bergab, dazwischen Pforten, die in Hinterhöfe führen, Marktplätze unter Laubbäumen und Mauern aus Geröllstein. Merkwürdig, wie hügelig Clifdon ist – und wie hell die Sterne hier leuchten, viel heller als in Athos.

Ich dachte, ich hätte alles vergessen. Doch das Wissen brodelt dicht unter der Oberfläche, ein Stausee, der mit Wucht gegen seine Dämme drückt. Ich kann nicht zulassen, dass mich die Erinnerungen überfluten. Wenn ich die nächsten Tage überleben will, brauche ich einen klaren Kopf. Also Konzentration auf die nächsten Schritte. Verfolger abschütteln (falls vorhanden). Eine neue Tarnung besorgen. Den Auftrag durchführen.

Endlich tauchen vor mir die Laternen des Clifdoner Nachtschwärmerviertels auf. Im Schummerlicht vor den Tavernen lungern Leute herum; ein paar Huren, Wolltücher über ihre schrillen Togen gewickelt, ein paar Glücksspieler und der ein oder andere Betrunkene. Die Republik mag ein Hort der Vernunft und Disziplin sein, doch der Mensch hat Laster – und die meisten Städte bieten schlauerweise ein Ventil dafür.

Niemand schaut auf, als ich ins orangefarbene Licht der Laternen trete. Ich weiß aber, dass sich Ordner in Zivil unters Pack mischen. Die Gemeinen halten die Nachtschwärmerviertel für Schlupflöcher in der strengen Ordnung, doch in Wirklichkeit werden sie sorgfältig überwacht. Die echten Schlupflöcher finden sich woanders – in den Villen der wohlhabendsten Bürger, bei denen, die glauben, die Kontrollierenden zu kontrollieren. Doch das ist ein anderes Thema.

Das Viertel ist überschaubar. Schon nach wenigen Schritten stehe ich vor Clifdons zwielichtigster Taverne. Das verwitterte Schild mit dem Schriftzug *Zum Schwarzen Schaf* ist immer noch dasselbe, genauso die verbeulte, von einem alten Feuer geschwärzte Eingangstür.

Statt sie aufzustoßen, gehe ich zur Nebenpforte. Ich ziehe mir die Kapuze noch tiefer in die Stirn und die schwarzen Strähnen wie einen Vorhang vor mein Gesicht, dann klopfe ich an. Dreimal lang, dreimal kurz – dieses Signal hat sich bestimmt auch nicht geändert. Nur wenige Sekunden später streckt ein kleiner Bärtiger den Kopf heraus und mustert mich misstrauisch. »Was willst du?«

»Eine Handvoll Zucker«, sage ich. »Und ein Gespräch mit dem Koch.«

Der Bärtige öffnet den Mund zu einem zahnlosen Grinsen. »Kriegst du, Zuckerpüppchen, kriegst du. Gibst du mir dafür einen Kuss?«

»Einen Fußtritt kannst du haben. Sag dem Koch, das Küken aus Andex ist hier.«

»Das Küken, soso.« Hurtig zieht der Kleine seinen Kopf wieder zurück und schließt die Tür. Unruhig warte ich einige Minuten. Gerade, als ich erneut klopfen will, öffnet er wieder und lässt mich hinein.

»Ich bring dich in die Küche.«

Wir kommen durch den offiziellen Gästeraum, ein dreckiges, verrauchtes Kabuff. Ich habe hier noch nie jemanden sitzen sehen außer ein paar amateurhaft verkleideten Ordnern. In den Hinterzimmern spielt sich das wahre Geschäft des Schwarzen Schafs ab: Dort wird illegal Alkohol ausgeschenkt, vor allem Zuckerrübenschnaps, den die Einheimischen Zucker nennen. Im Obergeschoss laufen Glücksspiele, und an einem zweiten Hintereingang werden Amulette und Döschen mit Zaubersprüchlein an die abergläubische Bevölkerung verkauft. Meist ist es Ramsch, doch manchmal finden sich tatsächlich magische Artefakte aus der Dunklen Zeit auf dem Verkaufstisch wieder. Unter anderem deshalb hat die CG hier vor Jahrzehnten einen Kontaktmann rekrutiert. Den Koch. Er ist allerdings vor allem ein Schnapsbrenner, und seine Küche ist im Keller.

Ich luge zwischen den kratzigen Strähnen hindurch, während ich mich in dunstigen Gängen an Schnapsfahnen und schrill kichernden Weibern vorbeidrücke. Es riecht nach Petroleumlampen, nach ungewaschenen Kleidern und säuerlich Erbrochenem. Erst auf der Kellertreppe wird die Luft wieder frischer. Ich erinnere mich: Der Koch mag es sauber in seinem Reich.

Der Bärtige stößt die Tür auf. Es ist warm hier unten. Aus Kesseln dampft und brodelt es, Glaskolben und bauchige Kannen füllen die Regale, und in den Schatten entdecke ich gleich mehrere große Destillen. Entweder zechen die Clifdoner noch mehr als früher, oder der Koch produziert inzwischen für die ganze Provinz.

Dort hinten sitzt er schwer und wuchtig auf einer Bank und spielt Karten mit zwei muskelbepackten Halbstarken, denen der Schnaps rot in den Augen brennt. Die drei beobachten träge, wie wir auf sie zukommen.

Ich schiebe den schwarzen Vorhang meiner Mähne ein Stück zur Seite, gerade so weit, dass der Koch einen kurzen Blick auf meine Züge erhaschen kann.

Er reißt die trüben Augen auf. »E…«

Ich hebe die Hand. Gerade noch rechtzeitig schluckt er meinen Namen wieder hinunter.

Er sieht aus, als hätte er seit Wochen nicht mehr geschlafen. Mühsam kommt er auf die Beine. Runzeln umspannen seinen Mund, und seine Nase ist blau geädert vom Trinken. Direkt vor mir bleibt er stehen und kneift die Augen zusammen. »Bei allen Barbaren, das Küken ist erwachsen geworden«, sagt er. »Ich hätte dich fast nicht erkannt.«

»Und du bist alt geworden.« Ich grinse ihn an, doch er reagiert nicht auf den Spruch. Sein Blick flackert unruhig über mich hinweg durch den Raum.

»Dass du noch mal auftauchst.« Er schüttelt den Kopf, um ihn klar zu kriegen. »Bist lang nicht mehr hier gewesen.«

»Vier Jahre.« Offensichtlich zu lang, um noch auf alte Freunde zu zählen. Ich runzle die Stirn.

»Und was verschlägt dich in die Provinz?«, fragt er.

»Das verrate ich dir«, sage ich. »Aber vorher schick die andern raus.«

Er mustert mich, dann wedelt er mit der Hand. »Ihr habt sie gehört.«

Nachdem sich die Burschen und der Bärtige getrollt haben, schiebe ich die Kapuze in den Nacken, entferne mit einem erleichterten Seufzen die schwarzen Strähnen von meinem Haar und lege sie vor mir auf den Tisch. Der Koch beobachtet mich. Ich setze mich auf die vorgewärmte Bank, schiebe die Spielkarten beiseite und greife nach der Schnapsflasche. »Darf ich?«

Er nickt. Ich nehme einen großen Schluck, der mir warm und scharf die Kehle hinabrinnt. Ich halte nichts von Alkohol und seiner berauschenden Wirkung – gut, dass die Republik ihn verboten hat. Der Koch hat allerdings eine Schwäche für sein Gebräu, und ich will für gute Stimmung sorgen.

»Wie geht es dir?«, frage ich. »Wie laufen die Geschäfte?«

»Ganz gut.« Er schielt zu den neuen Destillen hinüber. »Die Nachfrage wächst seit dem Krieg. Ich liefere erstklassige Qualität. Der CG ist das lieber, als dass sich die Leute mit Selbstgepanschtem vergiften.« Alles Trübe ist aus seinen Augen verschwunden. Sein Blick wandert argwöhnisch an mir auf und ab.

»Gut ist dein Schnaps, das stimmt.« Ich nehme noch einen Schluck, allerdings einen deutlich kleineren, dann schiebe ich ihm die Flasche hinüber. »Keine Sorge, Oran.« *Mit dem Vornamen anreden.* Noch so eine vertrauensbildende Maßnahme. »Ich bin nicht wegen irgendwelcher Kontrollen hier. Du kennst mich. Setz dich.«

»Natürlich.« Mit einem Ächzen lässt er sich nieder. Endlich scheint er sich zu entspannen, doch die Flasche lässt er unberührt. »Also, warum bist du hier? Als du damals gingst, sagtest du, das wär für immer.«

Daran erinnert er sich also noch. »Es kommt manchmal anders als man denkt. Ich brauche deine Hilfe.«

»Und hast immer noch keine Zeit für Plaudereien, wie?«

»Nie.«

Das erste Mal lächelt er, wenn auch nur kurz. »Was kann ich für dich tun?«

»Ich brauche ein Blanko für eine neue Identität.«

»Ein Blanko!«, wiederholt er ungläubig. »Das ist schwierig.«

»Ich bezahle gut.«

»Das ist nicht das Problem.« Sein Blick weicht mir aus. Seine Finger wandern über den Tisch und schieben mechanisch die Spielkarten zusammen, zucken zur Schnapsflasche und wieder weg. »Die Kontrollen sind strenger geworden. Wegen des Kriegs haben die Ämter das Dokumentenpapier rationiert. Und die Stempel wurden schon wieder geändert.«

»Du verstehst nicht.« Ich beuge mich vor. »Ich brauche diese Identität, und zwar vorgestern. Ich muss zur Grenzfestung Othon.« Ich senke die Stimme. »Sie sind hinter mir her.«

Seine Hände auf dem Tisch erstarren in der Bewegung. »Wer?«

»Das kann ich nicht sagen«, murmele ich. »Höchst geheimes internes Wissen. Es geht um eine Verschwörung gegen die Republik.«

Unter zusammengezogenen Brauen starrt er mich an. »Seit wann habt ihr die Rebellen nicht mehr im Griff? Und was willst du an der Nordgrenze?«

»Es geht um viel mehr als nur ein paar Rebellen«, erwidere ich. Ich hebe meine Stimme zu einem dramatischen Grollen. »Eine Verschwörung auf höchster Ebene. Wenn ich scheitere, steht unser aller Leben auf dem Spiel. Ich muss ins Nordland zu den Feinden. Mit einer wasserdichten Identität.«

»Ins Nordland«, echot er mit flackerndem Blick. Er ist nervös. Sehr sogar. Was setzt ihn so unter Druck?

»Ich dachte, du wärst nicht in der politischen Abteilung«, sagt er. »Ihr in Andex, ihr kümmert euch doch eher um Artefakte und solches Zeug.«

»Manchmal bleibt dieses Zeug eben für andere Aufgaben liegen.«

»Einfach so?« Er verengt die Augen. »Du sagst mir nicht alles.«

Ich seufze. »Ich weiß selbst viel zu wenig.« Ich fixiere ihn mit todernstem Blick. »Doch ich weiß, dass wir alle in Gefahr sind, jeder Agent, jeder Kontaktmann. Wenn mein Auftrag scheitert. Und das wird er, wenn ich die Papiere nicht bekomme.«

»Lass mich kurz nachdenken.« Er knetet seine Säufernase. Dabei sieht er allerdings nicht nachdenklich aus, sondern eher so, als wollte er weglaufen. »Versprechen kann ich nichts. Aber ich schaue, was ich tun kann. Brauchst du in der Zwischenzeit einen sicheren Unterschlupf?«

»Hast du einen?«, frage ich überrascht.

»Im Haus gegenüber hab ich ein paar Zimmer gemietet. Unter dem Namen eines Vetters. Als ganz privaten Rückzugsort.« Er senkt die Stimme. »Davon weiß bisher nicht mal die CG. Ich wollte die Wohnung natürlich anmelden, doch bisher hatte ich einfach zu viel zu tun.«

Von wegen. Ich atme tief durch. »Das ist die erste gute Nachricht, die ich heute höre.«

*

Die Wohnung des Kochs ist ein einziges Chaos. Ich bahne mir einen Weg zwischen Kisten, Hockern, Kissen, Kleidungsstücken und anderem Kram und lasse mich auf eine der drei gepolsterten Liegen fallen, die der Koch nach athosianischem Vorbild um einen niedrigen Esstisch drapiert hat. Er versichert mir, am Morgen mit den Papieren zurückzukehren. Sein Abschied fällt knapp aus, doch als er die Tür zuzieht, streift mich sein Blick mit einem gedankenvollen, beinah bekümmerten Ausdruck. Wenn ich nicht schon argwöhnisch wäre, dann spätestens jetzt. Sobald er draußen ist, eile ich zum Fenster.

Dort unten kommt seine bullige Gestalt aus der Tür. Ohne sich umzuschauen, verschwindet er gegenüber im Schwarzen Schaf. Vielleicht bleibt er dort, um tatsächlich meine Dokumente zu organisieren. Vielleicht schickt er auch einen Boten zu den Verrätern oder hetzt mir direkt seine zwei Halbstarken als Killer auf den Hals. Ich entscheide mich dagegen, ihm zu folgen. Zu viele Unbekannte sind im Spiel, da sondiere ich lieber das Terrain und empfange das, was da kommen mag, auf meine Weise.

Trotz des Chaos ist die Wohnung überschaubar. Ein Salon in der Mitte, rechts ein Schlafzimmer, links eine Küche mit Holzofen und einer Wasserpumpe. Alle Zimmer haben Fenster. Ich öffne jedes und blicke hinaus. Die Wohnung befindet sich im dritten Stock, somit fällt die Straßenseite als Fluchtweg aus. Einen Beinbruch könnte ich zwar heilen, aber einen Halsbruch nicht.

Die hintere Wohnungsseite ist schon besser. Vor dem Fenster des Schlafzimmers wächst ein Kastanienbaum, dessen Astgabeln ich erreichen kann. Ich lasse das Fenster angelehnt.

Ich schaue in jede Truhe, in jede Kiste. Müll und unsinniges Zeug. Eine Armbrust wäre schön, doch leider gibt es keine Waffen. Na ja, das stimmt nicht ganz. Die Küche bietet eine Handvoll scharfer, gut ausbalancierter Messer, was ich bei einem Koch auch nicht anders erwartet hätte. Ich wiege sie einzeln in der Hand, bis ich mich mit ihnen vertraut gemacht habe. Drei kleinere Messer stecke ich in meinen Gürtel, die übrigen verstecke ich an strategischen Positionen im Chaos in den Zimmern. Meinen Dolch lasse ich weiterhin in meinem Stiefel.

Außerdem schleppe ich schwere Truhen neben die beiden Verbindungstüren, um sie bei Bedarf verbarrikadieren zu können. Dann schiebe ich eine der Polsterliegen an die Wand direkt unters Fenster und drapiere Decken und Kissen darauf, sodass es aussieht, als schliefe dort jemand.

Mit einem Seufzer lösche ich die Petroleumlampe und lasse mich gegenüber der Wohnungstür im Schatten eines Wandschranks nieder. Sternenlicht fällt durch die Vorhänge über der Polsterliege und taucht die falsche Schlafende in ein fahles Schimmern. Jetzt heißt es warten.

Nach einer Weile unterdrücke ich ein erstes Gähnen. Meine Gedanken fangen an zu wandern.

Vier Jahre. Mir sind sie hoffentlich besser bekommen als dem Koch. Als ich ihn damals kennenlernte, war ich beeindruckt von seinem Geschäftssinn und seiner bulligen Kraft, aber ich mochte ihn wegen seines trockenen Humors. Davon ist nicht viel übrig geblieben.

Ich habe ihm viel zu verdanken. Er rettete mir mehr als einmal den Hintern. Außerdem zeigte er mir die Unterwelt der Gemeinen, brachte mir Kartentricks bei und die nötige Unerschrockenheit gegenüber Betrunkenen, Huren und anderem Gesindel. Dabei lernte ich eine erste wichtige Lektion: wie schwach die Leute sind und wie dringend es nötig ist, sie vor sich selbst zu schützen.

Ich war damals auch anders, als ich noch zur Akademie der Heiler ging, wo der Altmeister mich rekrutierte: euphorisch, endlich wieder einen Sinn in meinem Leben gefunden zu haben, und dabei noch so grün hinter den Ohren, dass ich mich wie ein frisch geschlüpftes Entenküken an die Fersen eines jeden vorbeikommenden Kontaktmanns oder Agenten heftete, als könnte er mir die Welt erklären. Das war damals auch Orans Spitzname für mich: Küken. Meine lächerlichen ersten Aufträge machten mich stolz, und ich hielt Clifdon für meine Welt. Doch dann gab es plötzlich neue Verwicklungen. Ich musste Irelin über Nacht verlassen, eingepfercht in einer Truhe auf einem Pferdekarren und in dem Wissen, niemals zurückkehren zu können.

Ich kam nach Andex, der Festung der Cathedra. Meine Hundejahre. So heißen die Lehrjahre dort, weil die Rekruten kaum besser behandelt werden. Wasser und Brot, eine harte Pritsche in einer kargen Zelle. Und immer die Masken. Der Altmeister besteht darauf, dass seine Rekruten sie tragen. Keiner soll wissen, wie wir aussehen, seine Paranoia kennt kaum Grenzen. Wir waren nie viele. Er nimmt nur Wenige auf – und die trainiert er so hart, dass Schweiß, Blut und Tränen rasch so alltäglich sind wie Atmen.

Kurze Pausen verschafften uns nur die Ausflüge in die beiden anderen Abteilungen der CG, in denen wir wochenweise hospitierten, um einen Einblick ins ganze Spektrum des Geheimdiensts zu bekommen.

Verwahrung der Vergangenheit ist der Auftrag der ersten Abteilung. In den Katakomben unter Andex lagern Abertausende Schriften und magische Artefakte der Dunklen Zeit. Dort arbeiten die Archivagenten, bleiche Gestalten mit dicken Augengläsern und wenig Kontakt zur Außenwelt. Doch die Relikte zu hüten ist nicht ihre einzige Aufgabe. Seit Jahrhunderten sammeln sie Informationen, und zwar über jede wichtige Persönlichkeit der Republik. Jeder Minister, jeder hochrangige Beamte, jeder Ipall hat dort eine Akte, die erst fünfzig Jahre nach seinem Tod verbrannt wird.

Unsere Kontaktleute sorgen für den steten Fluss an Informationen. Ihr eng gespanntes Netz überzieht die Provinzen, und in jedem Bezirk gibt es mindestens einen von ihnen. Wüssten die Bürger das, ginge ein Aufschrei durch ihre Reihen – doch sie wissen es nicht. Noch ein Grund, warum die Existenz der CG so geheim ist.

Wir brauchen diese Informationen, um die Ordnung der Republik aufrechtzuerhalten. Nur der Kanzler selbst und die Abteilungsleiter bestimmen darüber, was mit diesem Wissen geschieht – und wann es verwendet wird. Um zum Beispiel unerwünschte Persönlichkeiten auszuschalten oder ihre Hilfe bei gewissen Gesetzesvorhaben zu erpressen. Ein spannendes Spielfeld, wenn auch nicht immer astrein. Und Lesen und Dokumentieren ist nicht gerade meine Lieblingsbeschäftigung. Ich langweilte mich zwischen den Archivagenten beinah sofort.

Ihre Leiterin wird die Archivarin genannt – eine bucklige Frau mit spitzer Zunge und dem schärfsten Verstand, den ich kenne. Sie mochte mich ebenso wenig wie ich sie, und wir waren wahrscheinlich beide froh, als ich mich dort wieder verdrücken konnte.

Vernichtung der Religion ist der Auftrag der zweiten Abteilung. Wir nennen sie die politische Abteilung. Ihre Mannstärke umfasst sicherlich so viele Agenten wie die anderen beiden Bereiche zusammen. Sie ist außerdem oft die einzige Abteilung, von der unsere Kontaktleute und die Halbeingeweihten der Regierung wissen. Ihr Leiter wird der Politiker genannt. Ihn habe ich nie kennengelernt. Kaum einer kennt seine Identität, aber angeblich fast jeder sein Gesicht. Er soll nämlich tatsächlich ein wichtiger Politiker in der Öffentlichkeit von Athos sein – und seine Agenten nehmen sich mindestens ebenso wichtig. Die meisten von ihnen sind Männer in dunkelgrauer Kleidung, die zu langen Monologen in noch längeren Sitzungen neigen. Sie kümmern sich um alles, was von der offiziellen Weltanschauung der Republik abweicht. Oft werden sie von den gesammelten Informationen der Archivagenten darauf gestoßen, dass in einem Bezirk etwas schiefläuft. Ihnen geht es um rebellische Dissidenten, aber auch um Sektierer und Verrückte, um alte religiöse Riten und Aberglauben. Der sitzt so tief in den Gemeinen wie die Wurzeln des Deamhains im Waldboden und gipfelt regelmäßig in Kulten und Aufständen. Religiöse Fanatiker und Rebellen sind wie zwei Seiten einer Medaille. Spürst du die einen auf, sind die anderen nicht weit.

Ich dokumentiere wenig und rede noch weniger. Ich bin eine Jägerin und gehöre zur dritten, kleinsten und verschworensten Abteilung – mit dem Auftrag der *Ausrottung der Albenrasse*. Der Altmeister ist unser Leiter. Eigentlich heißt er Aegon, doch keiner nennt ihn so. Er ist wirklich alt, keiner weiß, wie alt genau. Denn er ist ein Meister der Tarnung, und sein wahres Gesicht kennt nur seine engste Mannschaft. Ich gehöre dazu. Alles, was ich heute bin, hat er erschaffen, und alles, was ich kann, hat er mir beigebracht. Deshalb habe ich ihm mit meinem Leben die Treue geschworen. Wobei ich mich hüte, das laut auszusprechen. Er würde eine solche Ergebenheit seiner Person gegenüber nur als Schwäche ansehen.

Er lehrte uns, dass unsere Körper und unser Verstand zu Waffen geformt werden können, das Herz jedoch unser wunder Punkt bleibt – wenn wir es nicht in den Griff kriegen. *Bevor der Feind deine Schwachstelle findet, merze sie selbst aus.* Diese Lektion war Wasser auf meinen Mühlen. Gefühle hatten mir bis dahin nichts als Schwierigkeiten gebracht. Er nahm mir eine Last von den Schultern und gab mir dafür etwas Besseres: ein Ziel außerhalb meines kümmerlichen Lebens und einen Weg, es zu erreichen.

Deshalb bin ich hier. Und ich töte diese Bestien, ohne zu zweifeln, ohne zu fragen. Sie zweifeln ebenfalls nicht. Oder fragen, bevor sie einen umbringen.

Einen Alben aufzuspüren und zu töten ist allerdings nicht gerade einfach. Wenn sie wollen, sehen sie aus wie wir. Nun gut, ein bisschen größer, attraktiver und beeindruckender, doch das reicht nicht, um sie festzunageln. Es gibt nur drei verlässliche Anhaltspunkte: Sie werden Jahrhunderte alt, deshalb müssen sie ihre Identität immer wieder wechseln. Ihre Magie ist unglaublich stark, und manchmal bekommt ihr Umfeld das mit. Und sie sind allergisch gegen Silber.

Um sie zu finden, jagen wir Gerüchten nach, manchmal auch Sichtungen ihrer Magie; immer dauert es Jahre und manchmal mehrere Generationen von Agenten, bis wir sie erwischen. Der Altmeister schätzt, dass es in Athosia nur noch sechs oder sieben von ihnen gibt, jeder von ihnen ein Einzelgänger und Überlebenskünstler. Das letzte Mal, dass einer gestellt wurde, ist drei Jahre her; ein müde wirkendes, halb verhungertes männliches Exemplar, das in einem Keller in

Jagosch hauste. Obwohl es beim Kampf fünf von uns umbrachte, glaube ich, es wollte erwischt werden.

Der letzte Alb, der wirklich mächtig war, starb vor fünfzig Jahren – und die Legende, wie der damals noch junge Altmeister ihn stellte, lässt heute noch jeden Agenten erschauern.

Und jetzt bin ich dran, eine Legende zu schaffen. Ich wickle mich fester in meinen Mantel. Dass mir kalt ist, kommt nicht allein von der Temperatur in der Wohnung. Meine Hand wandert an meinen Hals, zur Kette mit dem Medaillon. Es fühlt sich eisig an. Außerdem sieht es hübsch aus, aber vor allem kann es mehr: Es ist ein Magiemesser. Nicht einmal der Altmeister weiß, wie alt es ist. Wahrscheinlich haben die Alben es selbst in unsere Welt gebracht. Vier Stück davon gibt es. Eines ist in den Katakomben. Zwei waren in Irelin, beide verschwanden vor ein paar Wochen. Das letzte gehört dem Altmeister persönlich – und das trage ich jetzt.

Wenn in seiner Nähe Magie ausgeübt wird, wird es warm, ebenso, wenn der Träger einen Menschen berührt, der über die Triebe verfügt. An Schauplätzen starker magischer Entladungen zeigt der Messer diese noch einige Wochen lang an. Und wenn ein Alb in seiner Nähe auftaucht, so heißt es, wird er erst heiß – und beginnt durch dessen Berührung blau zu leuchten.

Seit Jahren gibt es Gerüchte über drei Alben – einen im Grenzgebirge zum Norden, einen im südlichen Merimar und einen in Irelin. Von dem im Grenzgebirge gibt es keine heiße Spur mehr, seit die Barbaren dort letztes Jahr einfielen und uns in diesen zermürbenden Krieg verwickelten, der sich jetzt in einem wackeligen Waffenstillstand befindet. Dem Alben in Merimar stellte ich die letzten zwei Jahre nach, dafür war ich über ein Jahr als Soldatin in der dortigen Wüstendivision stationiert. Leider verlief die Suche schon vor Monaten dermaßen im Sande, als wäre der Alb tatsächlich in den Dünen der Wüste Sari untergetaucht.

Ich war froh, abgezogen zu werden, bis mich der Altmeister in Athos über mein neues Ziel informierte. Ausgerechnet Irelin. Doch immerhin sind die Spuren hier neu – und vielversprechend.

Vor ein paar Monaten fing es an. Zunächst mit ein paar mysteriösen Ereignissen am Rande des Deamhains. Pflanzen, die plötzlich ein halbes Dorf überwucherten. Ganze Schafherden, die todkrank wurden und am nächsten Tag wieder gesund waren. Und immer wieder Kinder, die vom Spiel auf den Hügeln am Waldrand nicht mehr nach Hause kamen – als hätte der Deamhain sie verschlungen.

Agenten meiner Abteilung reisten an. Ihre Messungen zeigten starke magische Entladungen an allen Schauplätzen.

Dann verschwanden die ersten Agenten. Und mit ihnen die Messgeräte. Unschön, aber es passte ins Bild. Wahrscheinlich waren sie unserem Feind zu nahe gekommen.

Doch dann gab es vor ein paar Wochen ein Attentat auf den Altmeister. In Andex, unserer bombensicheren Festung. Nicht von einem Alben, sondern von einem Mann aus unseren eigenen Reihen. Einem der angeblich Vermissten, der sich heimlich eingeschlichen hatte. Den Altmeister haben nur Glück und seine immer noch genialen Fähigkeiten im Nahkampf gerettet. Allerdings humpelt er seither, das ist mir in Athos aufgefallen. Der Attentäter wurde in eine Zelle gesperrt, um vernommen zu werden, und am nächsten Morgen erstochen gefunden. Fremdeinwirkung, ganz eindeutig.

Außerdem ist der Altmeister sicher, dass jemand seine Brieftauben abfängt. Mehrere Nachrichten haben ihn erst mit großer Verspätung erreicht, zum Beispiel, dass wohl noch mehr seiner angeblich verschwundenen Agenten quicklebendig in Irelin herumlaufen. Die ersten Versuche, sie aufzuspüren, wurden sabotiert, noch ehe die Pläne unser Haus verlassen hatten.

Die Erklärung für all das kann nur sein, dass der Geheimdienst infiltriert wurde – mit dem Ziel, die Suche nach dem

Alben in Irelin zu stoppen. Doch von wem? Es muss der Alb selbst sein. Oder sogar mehrere von ihnen. Wer auch immer es ist, er rekrutiert fleißig in unseren Reihen. Und schafft es, Mordanschläge innerhalb unserer hermetisch abgesicherten Festung durchzuführen.

Der Altmeister traut keinem mehr. Außer mir. Weil er weiß, woher ich komme und wer ich bin, weil er an einem Tag vor fast fünf Jahren bis auf den tiefsten Grund meines Innersten geschaut hat.

Deshalb bin ich hier. Obwohl er mir einst versprochen hat, Irelin nie wieder betreten zu müssen.

Maeve hatte nicht gewollt, dass du Irelin für immer meidest. Wenn es nicht so traurig wäre, hätte ich gelacht. Maeve will gar nichts mehr. Sie ist tot. Wir haben sie getötet.

*

Es knarrt draußen im Treppenhaus. Ich schiebe alle Gedanken beiseite und greife nach meinen Messern.

Ein Schlüssel klickt. Die Tür wird aufgeschoben, und lautlos gleitet ein Schatten herein. Das ist nicht der Koch. Obwohl ich es ahnte, spüre ich einen Stich in der Brust. Er hat mich tatsächlich verraten. Ich ducke mich in die tiefe Dunkelheit neben dem Wandschrank. Da ist ein zweiter Schatten, ebenso lautlos wie der erste. Gemeinsam bewegen sie sich auf die Polsterliege am Fenster zu. Der eine Mann hebt ein unförmiges Stück Stoff. Ein Sack vielleicht? Er beugt sich nach vorne, als plane er, ihn über meine reglose Gestalt zu stülpen. Der andere wirft sich auf die Kissen und packt zu.

Es macht etwas mit einem, wenn einem Gewalt angetan werden soll. Manche lähmt es, andere ängstigt es. Mich erfüllt es mit Wut. Noch während die Männer verdutzt wieder auffahren, schleudere ich zwei Messer.

Der erste Mann fällt mit einem erstickten Schrei. Ich habe

ihn von hinten ins Herz getroffen. Der zweite brüllt auf und dreht sich zu mir um. Das Messer steckt in seinem Rücken. Mein drittes Messer erwischt ihn in der Brust. Er geht auf die Knie, sein Brüllen verebbt zu einem Röcheln.

Ein Schatten bewegt sich an der Tür. Etwas zischt durch die Luft, ein scharfer Schmerz durchzuckt meine Schulter. Mit einem unterdrückten Fluch werfe ich mich zu Boden.

Aber natürlich. Ich hätte mir denken können, dass sie nicht zu zweit kommen, wenn es um einen Agenten geht. Die Armbrust knarrt, als der Mann im Türschatten einen Hebel umlegt. Mist, er hat eine mehrschüssige Waffe.

Ich robbe Richtung Schlafzimmertür. Den Esstisch und die Liegen benutze ich als Deckung. Doch der dritte Mann weiß sicherlich, dass er mich getroffen hat. Dann weiß er auch, dass ich fliehen will. Er behält die Tür im Rücken und bewegt sich vorsichtig, doch rasch in den Raum hinein, schiebt dabei mit den Füßen Kisten und Hocker beiseite.

Noch zwei Schritte, dann kann er mich im Dämmerlicht sehen. Wie dumm, dass ich meine Messer schon verprasst habe! Lautlos ziehe ich den Dolch aus meinem Stiefel. Noch ein Schritt. Ich schleudere den Dolch unter dem Esstisch hindurch in Richtung seiner Knie, dann schnelle ich nach oben und über die Platte auf ihn zu. Mein Dolch kann ihn nur gestreift haben. Doch der Schmerz reicht aus, dass er vor Überraschung und Schmerz die Armbrust hochreißt. Im nächsten Augenblick pralle ich gegen ihn. Mit einem dumpfen Poltern gehen wir zu Boden. Er ist groß, größer als ich, und wahrscheinlich stärker. Ich habe ihn an der Kehle gepackt, doch den Griff muss ich aufgeben, als er die Armbrust loslässt und mir beide Ellenbogen gegen die Brust rammt. Keuchend vor Schmerz weiche ich zurück, entschlüpfe seinen zupackenden Fingern und stoße zugleich die Armbrust außer Reichweite.

Seine Hand schnellt zu seinem Gürtel, doch ich bin ebenso

schnell. Aus der Kiste, die er eben noch zur Seite geschoben hat, reiße ich eines der versteckten Messer. Gleichzeitig stürzen wir erneut aufeinander zu. Sein Gewicht und seine Wucht werfen mich von den Füßen. Doch ich schaffe es, seinen Messerstoß mit dem Arm abzuwehren. Er hat nicht so viel Glück. Gurgelnd sackt er über mir zusammen. Ich habe ihn an der Kehle erwischt, und sofort pulsiert sein Blut in einem Sturzbach über mich. Mühsam krieche ich unter ihm hervor. Er ist so gut wie tot. Keuchend vor Schmerz stelle ich mir vor, wie sein Blick bricht. Auch wenn es sein muss – ich hasse es, wenn ich dazu gezwungen bin, Menschen zu töten.

Ich robbe ein Stück von ihm weg, krümme mich auf dem Boden zusammen und schließe die Augen. In meiner Schulter tobt ein Inferno, mein Arm hat einen tiefen Schnitt, und meine Brüste müssen ein einziger Bluterguss sein. Doch ich bin eine Heilerin. Auch wenn ich noch nie jemanden außer mich selbst geheilt habe.

Ich konzentriere mich. Tief in mir spüre ich die Magie. Ein sanfter Strom warmen Wassers, der meine Haut kribbeln lässt. *Der Trieb ist dein Werkzeug*, das habe ich an der Akademie einst gelernt. Doch seit ich weiß, dass es eigentlich Magie ist, fällt es mir viel leichter, sie anzuzapfen. Der Strom umhüllt mich, schließt mich ein in einen warmen Kokon. Vor meinen Augenlidern flimmert es rötlich, und der Schmerz verebbt zu einem Pochen.

Irgendwann ist es geschafft. Mühsam richte ich mich auf. Ich bin müde, so unglaublich müde. Doch der Armbrustbolzen, der in meiner Schulter steckte, liegt neben mir, und die Wunde ist geschlossen, ebenso wie der Schnitt. Alle Wunden schmerzen noch, doch auch das wird bis morgen verschwinden. Ich humple in die Küche, betätige die kleine Wasserpumpe und trinke drei Becher leer. Dann halte ich den Kopf unter den Wasserstrahl. Die Kälte macht mich etwas wacher. Notdürftig säubere ich mich, dann esse ich gierig den Kanten

Brot, den ich noch in meinem Mantel hatte, und durchsuche die Taschen der Toten. Ein paar Münzen, sonst nichts von Belang. Die zwei am Fenster scheinen einfache Schläger von der Straße zu sein. Ihre Dolche sind schartig, ihre Gesichter aufgedunsen von langjährigem Alkoholkonsum. Der dritte dagegen war durchtrainiert und seine schwarze Kleidung gepflegt, die mehrschüssige Armbrust ist von bester Qualität.

Mir wird kalt. Ich habe einen Agenten getötet. Einen von uns.

Die Stricke, die die Männer bei sich tragen, und der Sack, den sie mir über den Kopf stülpen wollten, zeigen, sie wollten mich nicht umbringen – zumindest nicht gleich. Sie wollten mich mitnehmen. Um mich zu verhören? Oder für ihre Verschwörung zu rekrutieren? Allmählich schwant mir, wie sie es mit den anderen Agenten gemacht haben, die angeblich in Irelin verschollen sind.

Bleibt nur die Frage, ob der Koch die Männer selbst geschickt oder ob er mich an jemanden verpfiffen hat, der das hier organisiert hat. So oder so wird er äußerst beunruhigt sein. Falls er überhaupt noch da ist. Mir läuft die Zeit davon.

Zuerst brauche ich allerdings eine neue Tarnung. Ich schlüpfe in ein freizügiges, etwas muffig riechendes Frauenkleid, das ich im Gewühl der Wohnung gefunden habe, und schminke mich mithilfe des Kosmetiktopfs aus meinem Gepäck in den schrillsten Farben, die ich besitze. Dann wickle ich meine Haare in ein buntes Tuch, lasse noch ein paar schwarze Pferdesträhnen raushängen und packe meine Sachen und Waffen in einen Beutel.

Dieses Mal betrete ich das Schwarze Schaf mit wiegendem Schritt durch den Haupteingang. Mein Auftritt funktioniert. Keiner erkennt mich. Im Gegenteil, beifällige Blicke streifen mich, als ich nach hinten zu den Hurenzimmern schlendere. Nur, dass ich vorher zur Kellertreppe abbiege. Ich öffne die Tür mit abgewandtem Blick. Der Koch erkennt mich trotzdem sofort. Während er noch einen Warnruf ausstößt, reiße ich die Armbrust unter meinem Rock hervor.

»Rein da!« Meine Stimme klingt heiser, als ich auf die Tür einer Abstellkammer zeige, in der der Koch seine Erzeugnisse lagert. »Alle rein da bis auf ihn.«

Meine Armbrust schwenkt über die Kerle, die bis soeben mit ihm Karten gespielt haben. Die beiden Halbstarken sind dabei und ein bulliger, bereits etwas älterer Mann. Sie sind alle bis zu den Zähnen bewaffnet. Ich habe allerdings den Vorteil der Überraschung – und der geladenen Schusswaffe.

»Los jetzt!«, herrsche ich sie an.

Obwohl der Koch sie anschreit, zu bleiben, bewegen sich die Männer ruckartig zur Tür der Abstellkammer. Ich verschließe sie hinter ihnen mit dem massiven Riegel, mit dem der Koch seine heiße Ware sichert. Jemand rumpelt von innen gegen das Holz, gedämpft dringt aufgebrachtes Rufen heraus.

Oran hat sich inzwischen wieder auf die Bank gesetzt. Er ist bleich. Zügig trinkt er aus seiner Schnapsflasche, die Augen geschlossen. Offenbar will er betrunken in den Tod gehen.

»Beweg dich«, sage ich.

Er öffnet die Augen. »Wohin?«

»Du weißt wohin. Los jetzt!«

Er geht zwei Schritte vor mir. Tiefer in den Keller hinein, die Regalreihen mit den Flaschen und Bottichen entlang, bis er vor einem der letzten Regale stehen bleibt. Er zögert, bis ich ihm die Armbrust in den Rücken bohre, dann schiebt er es zur Seite. Sein Fluchtweg. Ich glaube nicht, dass die Kerle da draußen davon wissen. Oran ist ein Geheimniskrämer.

Hinter ihm bücke ich mich durch den niedrigen Tunnel, der uns in den Keller des Nachbarhauses führt.

Es geht Treppen nach oben, dann stößt der Koch die Haustür auf. Die Gasse ist leer. Die Laternen brennen noch, doch der Himmel färbt sich grau. Bald wird die Sonne aufgehen.

»Wo willst du hin?«, fragt Oran.

»Na, wohin wohl?«

Ich gestatte mir, kurz aufzuatmen, als ich die Wohnungstür hinter mir schließe. Ich glaube nicht, dass uns schon jemand auf den Fersen ist. Wahrscheinlich probieren Orans Kerle immer noch, die Tür ihres kleinen Verlieses aufzubrechen.

Angesichts der drei Leichen ist Oran noch bleicher geworden.

»Killerin«, sagt er leise.

»Verräter«, entgegne ich. Ich möchte ihn anschreien, ich möchte ihn schütteln und verprügeln. »Hast du mir die Kerle auf den Hals gehetzt? Setz dich dort drüben auf die Liege. Erzähl es mir. Alles. Dann verschone ich dich vielleicht.«

Er setzt sich, doch er schüttelt den Kopf. Er weiß, dass ich ihn nicht am Leben lassen kann.

»Ich habe niemanden zu dir geschickt.« Er tastet über die Matratze, doch dann sieht er meinen Blick und faltet die Hände im Schoß. »Ich habe sie nur über deinen Besuch informiert. Sie erpressen mich. Sie wissen, dass ich viel mehr Schnaps brenne als genehmigt.«

»Wer?« Ich setze mich ihm gegenüber auf einen Hocker, die Armbrust halte ich weiterhin auf seine Brust gerichtet.

Er hebt die Schultern. »Keine Namen. Sie sehen aus wie Agenten. Aus eurem eigenen Laden.«

»Und wie erreichst du deinen Kontakt?«

»Der wohnt im Händlerviertel. Unauffällige, kleine Dienststelle einer Handelsgesellschaft, zwei Angestellte.«

Er nennt mir die Adresse, und ich präge sie mir ein, um sie später dem Altmeister weitergeben zu können.

»Kommt dir einer von denen bekannt vor?« Ich deute auf die Leichen.

Oran zögert. »Der hier vielleicht.« Er zeigt auf den toten Agenten. »Den hab ich dort mal gesehen. Bin aber nicht sicher.«

»Seit wann erpressen sie dich?«

»Seit drei Monaten.«

So lange schon? Es dauert einen Augenblick, ehe ich mich wieder fange. Was auch immer hier los ist, das ist verdammt viel größer als ein einzelner Alb.

»Was wollten sie von dir?«

»Informationen über jeden Agenten der Cathedra, der ins Schwarze Schaf kommt. Sein Name, sein Ziel, sein Auftrag, falls ich es herausfinde. Meistens schickte ich ihnen direkt einen Boten mit einer Nachricht, dann kamen sie unauffällig und hefteten sich an seine Fersen. Ich wusste nicht, dass sie dich gleich umbringen wollen …«

Ich schüttle den Kopf. »Sie wollten mich entführen. Weißt du warum?«

Er schüttelt den Kopf.

»Sie wirkten in letzter Zeit nervös«, sagt er zögernd. »Aufgescheucht. Manchmal kam einer von ihnen sogar unangemeldet vorbei.«

»Seit wann?«

»Seit etwa sechs Wochen.«

Das passt zu den mysteriösen Sichtungen am Deamhain und den Agenten, die der Altmeister zur Aufklärung schickte.

»Kam irgendwann einmal ein Name zur Sprache?«, frage ich bedächtig. Der Koch schüttelt nach kurzem Nachdenken den Kopf. »Erwähnten sie den Deamhain? Oder die Waldbastion?«

»Die Waldbastion, ja.« Er zögert. »Einmal, als ich eine Postlieferung dorthin hatte, wurden sie hektisch und wollten jedes Detail wissen.«

»Und welche Informationen hast du ihnen über mich gegeben?«

Er seufzt. »Nur das Allernötigste. Dass du eine bürgerliche Tarnung brauchst, um zur Nordgrenze zu gelangen.«

Gut. Das sollten sie glauben. Doch ich habe ein anderes

Ziel. Und davon, dass ich unerkannt dort hingelange, hängt alles ab.

Oran schweigt. Seine mächtigen Schultern sind nach vorne gesunken, und die dünnen grauen Haare kleben schweißig an seinen Schläfen. Mir fällt nichts mehr ein, was ich ihn fragen könnte. Und doch fällt mir das Unvermeidliche so schwer, dass ich es hinauszögere.

»Es tut mir leid«, sagt er jäh. »Es hätte nicht so weit kommen dürfen. Du bist eine von den Guten. Eine von denen, die nie ...« Seine Stimme verebbt. »Ich habe etwas für dich. Ein Geschenk, wenn du so willst. Nimm es als Entschuldigung.«

Ich runzle die Stirn, als er auf die Bodendielen zeigt.

»Von der Küchentür aus die vierte«, sagt er. »Dort an der Wand.«

Neugierig schiebe ich den Kram auf dem Boden mit dem Fuß beiseite, dann gehe ich auf die Knie. Mit einer Hand rucke ich am Dielenbrett, doch mit der anderen halte ich die Armbrust weiterhin auf Oran gerichtet. Ich werde mich hüten, ihn zu unterschätzen.

Das Brett löst sich mit einem Knarzen. Darunter liegt ein großer Beutel. Ich schüttle seinen Inhalt auf den Boden. Münzen, Regierungswechsel. Die Blanko-Dokumente, die ich brauche. Ein riesiger Schlüsselbund, die Schlüssel ordentlich beschriftet. Kappen, Hüte, Perücken. Säuberlich gefaltete Uniformen. Für Ordner, für Beamten, für Soldaten. Ein unglaublicher Schatz!

Oran deutet auf den Schlüsselbund. »Damit kommst du in Clifdon überall rein. In jedes Amt, in jedes Regierungsbüro. Ich hab Jahre gebraucht, sie alle zusammenzukriegen.«

»Danke.« Ich schlucke. Dann räuspere ich mich. »Es gibt Ungeheuer, die sind schlimmer als Menschen«, sage ich.

Oran nickt. Dabei kann er gar nichts von den Alben wissen. Er kennt die Cathedra zwar als den Geheimdienst der Regierung, der alle Feinde der Republik jagt, doch mehr weiß er nicht. »Diese Ungeheuer müssen wir aufhalten«, sage ich. »Um jeden Preis.«

Wieder nickt er kraftlos. Er weiß, was ich meine. *Um jeden Preis.*

»Außerdem ist da noch mehr«, murmele ich. »Eine Verschwörung. Doch nicht unter Rebellen oder Politikern, sondern in unseren eigenen Reihen.«

Während er noch über meine Worte nachdenkt, erschieße ich ihn. Zwei Bolzen ins Herz, gnädig und ohne Vorwarnung. Ich schließe die Augen, während er stirbt.

So viele Tote. Doch ich kann nicht zurück. Ich habe auch in einem anderen Punkt die Wahrheit gesagt. Wenn ich scheitere, bedeutet dies vielleicht das Ende der Cathedra – und damit das Ende von allem, wofür ich noch lebe.

Cianna

Der Himmel ist getüpfelt von Schäfchenwolken, und wie ihr Spiegelbild grasen unzählige Schafe auf den Hügeln. Grün wellt sich das Gras vor uns, wie Wogen, die dem Blau des Himmels entgegenfluten. Die Sonne kribbelt in meinem Nacken, und der Duft von feuchtem Gras ist eine Erinnerung an unbeschwerte Zeiten.

Ich lehne mich zurück und lasse meine Stute selbst den Weg zwischen den Schafen hindurch suchen. Der Brenner Finnegus – *nenn mich Finn* – jagt sein Pferd dagegen lachend über die Wiesen, auf denen der graue Schleier des Winters bereits fast verschwunden ist. Mit einem empörten Mähen fliehen die Schafe vor ihm, nur um ein Stück weiter stehen zu bleiben und träge weiterzugrasen.

Raghi reitet hinter uns, nah genug, um mich vor jeder Gefahr beschützen zu können.

Es ist bereits unser dritter Ausritt. Gestern und vorgestern führte ich Finn zu den östlichen Hügeln, dorthin, wo der Boden steiniger und der Waldrand von Felsen durchbrochen ist.

Heute reiten wir nach Westen. Der Waldrand ist zu einem dunstigen Schatten zu unserer Linken geschrumpft.

Finn treibt sein Pferd neben meines. Seine Locken sind zerzaust von Wind und Schweiß.

»Wo hat sich nun das Dorf Blernai versteckt?«, fragt er ungeduldig.

Ich muss lachen. Finn bringt mich oft zum Lachen, und das lässt mich meine Zurückhaltung ihm gegenüber fast vergessen. Es ist ein ungewohntes Gefühl, so unbeschwert zu sein, genauso wie der Wind, der durch mein Haar wirbelt, und die Bewegung, die das Reiten mit sich bringt.

Danke, Jannis!, will ich rufen. Obwohl ich zuerst gar nicht wollte, hat er Mutter dazu gebracht, dass sie mir die Ausritte erlaubt. Sie sagten gestern Abend beide, die frische Luft tue mir gut. Offensichtlich haben sie recht.

»Nur noch über die nächste Hügelkette!«, rufe ich. »Dann siehst du das Dorf.«

Wir passieren ein paar Schafunterstände, dann erklimmen unsere Pferde den Hügel, und wir blicken wie angekündigt auf Blernai hinab. Drei Dutzend graue Steinhäuschen ducken sich in der Hügelkuhle um einen kleinen Marktplatz, einen Brunnen und das Verwaltungsgebäude, darum herum reihen sich Ställe, Äcker und Obstbaumgärten, alles gesäumt von einem Ring niedriger Bruchsteinmauern.

Finn streicht sich die Haare aus dem Gesicht. »Dann mal auf zum Dorfvogt«, sagt er vergnügt. »Mal schauen, ob er im Sommer ein paar Einheimische für die Rodungsarbeiten entbehren kann.«

Seite an Seite traben wir den Hügel hinab. Schon haben uns die ersten Kinder entdeckt und stürmen uns entgegen. Kichernd begleiten sie uns zum Marktplatz. Der Dorfvogt wartet bereits auf uns, augenscheinlich haben uns Mutters Ordnerpatrouillen wie vereinbart angekündigt. Der Vogt ist ein knochiger Mann in einem verblichenen Beamtenkittel, den er sich über sein Bauerngewand gestreift hat. Er begrüßt uns mit gesenktem Blick. Zu meinem Erstaunen steigt Finn von seinem Pferd, um dem Mann auf Augenhöhe die Hand zu schütteln.

Mutter hat mir verboten, in den Dörfern vom Pferd zu steigen, geschweige denn, die Gemeinen zu berühren. Seit Maeves Tod ist sie sehr vorsichtig geworden, was meinen Umgang betrifft. Ich bleibe also sitzen, obwohl es mir unhöflich vorkommt. Drei Kinder hüpfen weiter um uns herum. Sie sind schmal und biegsam wie junge Birken, und mit großen dunkelbraunen Augen starren sie vor allem die dunkelhäutige Raghi an, die das mit stoischer Miene erduldet.

Eine Frau kommt aus dem Verwaltungshaus, offenbar die Mutter, denn sie ist genauso zierlich. Sie reicht dem Vogt ein Holztablett mit Brot und dicken Scheiben von frischem Schafskäse.

»Wollt Ihr eine Stärkung, Herrin?«, fragt er mich und hebt mir das Tablett entgegen. Ich habe tatsächlich Hunger und will beherzt zugreifen, doch Finn fixiert mich mit einem ernsten Blick und schüttelt sachte den Kopf. Ich stocke.

»Nein, danke«, sage ich. »Wir haben vorhin erst gespeist.«

Auch Finn lehnt ab, und Raghi wird nichts angeboten. Die Frau trägt das volle Tablett wieder ins Haus. Die Kinder folgen ihr.

Warum hat Finn das Essen abgelehnt? Angst steigt in mir auf, als mir ein schlimmer Gedanke kommt. Fürchtete er, es wäre vergiftet? Schaudernd drehe ich mich zu Raghi um. Sie hält ihr Pony dicht an der Seite meiner Stute und behält argwöhnisch unsere Umgebung im Auge.

Es ist still. Die Kinder sind verschwunden, die meisten Fensterläden geschlossen. Irgendwo bellt ein Hund, doch er endet mit einem Jaulen, als hätte ihn ein Schlag zum Verstummen gebracht. Ich meine aus den Schatten verstohlene Blicke zu spüren. Gänsehaut kriecht meine Arme empor. Ich räuspere mich, um das Gespräch der Männer zu unterbrechen.

»Wo sind die Dorfbewohner?«, frage ich.

Der Vogt verzieht den Mund zu einem unbehaglichen Lächeln. »Sie arbeiten, Herrin. Es ist immer viel zu tun im Frühjahr, müsst Ihr wissen. Alle arbeiten hart für die Republik und für Eure Mutter.«

Ich nicke, doch seine ausweichenden Worte haben meine Angst nicht gemindert. Auch meine Stute schnaubt, als spürte sie, dass etwas nicht stimmt.

Erleichtert atme ich auf, als Finn endlich das Gespräch beendet und wir in raschem Trab aus dem Dorf hinausreiten. Nachdem wir die erste Hügelkette überquert haben und aus dem Blickfeld von Blernai verschwunden sind, zügeln wir unsere Pferde, als hätten wir uns abgesprochen.

»Der Mann war sehr hilfreich«, sagt Finn.

»Warum sollte ich das Brot nicht essen?«, stoße ich hervor.

»War es vergiftet?«

Er starrt mich an. »Ist das dein Ernst?« Sein Lächeln weicht einem Stirnrunzeln. »Hast du nicht bemerkt, wie mager sie alle sind? An diesem Brot kann sich die Familie des Vogts zwei Tage lang satt essen.«

»Oh«, bringe ich heraus. Beschämt senke ich den Kopf. Es stimmt, die Menschen waren tatsächlich dünn. Die arme Familie. Und ich unterstellte ihnen auch noch Heimtücke. Wie wenig ich weiß! Unwillkürlich fliegen meine Gedanken zum Waldkind, meinem kleinen Jungen, der versteckt im Schuppen meines Gartens lebt. Ich habe ihm einen Teil meines reichhaltigen Frühstücks abgezweigt, das er gierig verschlang. Musste er bis vor ein paar Tagen auch Hunger leiden?

»Die letzten zwei Jahre gab es in ganz Irelin Missernten«, stößt Finn aus. »Eine Krankheit, die die Hälfte des Korns vernichtete. Dann die Steuern, die wegen des Krieges letztes Jahr noch einmal erhöht wurden. Ein Drittel der Männer aus eurem Bezirk wurde eingezogen, wusstest du das? Nur ein kleiner Teil von ihnen ist bisher zurückgekommen. Leid und Tod, das hat dieser unnütze Krieg gebracht. Nichts als Leid und Tod.«

Seine Stimme bebt, und ich möchte ihn tröstend berühren, über seine Wange streicheln, unter der seine Zähne wütend knirschend aufeinanderstoßen. Stattdessen halte ich den Blick gesenkt. Von dem, was er erzählt hat, weiß ich kaum etwas, so zurückgezogen, wie ich in Cullahill lebe.

Eine weitere Frage brennt mir auf der Zunge. Ich traue mich kaum, sie Finn zu stellen, doch ich muss es wissen.

»Warum haben sich die Bewohner von Blernai vor uns versteckt?«

»Sie haben Angst«, sagt er.

»Vor den Rebellen?« Unwillkürlich werfe ich einen Blick über die Schulter.

Doch er schüttelt den Kopf. Sein wütender Blick bewirkt, dass ich mich noch kleiner und unwissender fühle. »Vor deiner Mutter.«

Ich zucke zusammen. *So ein Unsinn!*, will ich rufen, doch ich tue es nicht. Ich bin nicht gänzlich dumm. Ich weiß, worauf er anspielt.

»Sie ist eigentlich nicht so«, bringe ich lahm heraus. Doch ich meine es ernst. Jede Nacht träume ich von den Toten auf dem Hinrichtungsplatz, und ich bin sicher, sie tut es auch. Wenn sie überhaupt schläft. An jedem Morgen wirken die Ringe unter ihren Augen tiefer.

Finn weicht meinem Blick aus. »Warum verurteilt sie dann zwei Kinder zum Tode? Der Tod des Ordners, der sie beim Diebstahl ertappte, war eindeutig ein Unfall. Warum hält sie immer noch zwei Dutzend Bewohner aus Gnair im Karzer gefangen?«, murmelt er. Rote Flecken überziehen plötzlich sein Gesicht. »Es sind über vierzig Dorfbewohner gestorben, weil sie befohlen hat, auf die Menge zu schießen. Frauen und Kinder und Alte. Wegen eines einfachen Raubüberfalls, der keinen von uns an den Bettelstab gebracht hätte.«

Ich japse vor Schreck. Er darf so nicht reden. Niemand darf das! Außerdem, was ist mit den Explosionen? Mit den vier toten Bürgern? Doch ich kann es nicht aussprechen. Vier gegen vierzig. Darf man Leben von Bürgern und Gemeinen gegeneinander aufwiegen? Und wenn wir gezahlt hätten – wäre es dann vielleicht nie zu den Explosionen gekommen? Ich schlucke. Ich darf so nicht denken. Nicht ich, die Tochter der Ipallin.

»Du hast keine Ahnung«, stoße ich aus, und es klingt wie ein Schrei. »Gegen die Rebellen muss jedes Mittel eingesetzt werden, selbst wenn es Opfer kostet!«

Er zieht die Augenbrauen zusammen und will etwas entgegnen, doch ehe er den Mund öffnen kann, reiße ich die Zügel herum, ramme meiner Stute die Fersen in die Seite und galoppiere den Hang hinauf. Nur fort von ihm, fort von dem Vorwurf in seinem Gesicht und seinem verräterischen Gerede. Die Hufe prasseln auf den Grasbüscheln, der Wind bläst mir ins Gesicht. Schafe springen zur Seite, doch ich merke es kaum. Erst als ich auf der Hügelkuppe angekommen bin, werde ich ein wenig ruhiger. Ich lasse die Stute in einen langsamen Schritt fallen. Sie schnaubt, als ich sie am Rücken tätschle und still um Vergebung bitte. Im nächsten Augenblick ist Raghi neben mir, gefolgt von Finn.

Raghi wirft ihm böse Blicke zu und hält ihn mit ihrem Pferd auf Abstand.

»Ich wollte dich nicht verärgern«, ruft er zerknirscht.

Ich winke Raghi zu, damit sie ihn wieder an uns heranlässt.

»Ist schon gut«, sage ich zu beiden. Doch meine Schultern beben, und meine Arme fühlen sich kraftlos an. Mir ist jede Lust zum Weiterreiten vergangen.

Ich rutsche vom Pferderücken und setze mich ins Gras. Raghi will ihren Mantel ausziehen, damit ich mich darauf setzen kann, doch ich schüttle den Kopf. Eigentlich müsste ich den Brenner fortschicken, jetzt sofort. Ich müsste Mutter von seinen verstörenden Worten berichten. Doch etwas in mir sträubt sich dagegen. Etwas, das schon viel zu lange in mir weggeschlossen war. So offen wie er hat schon seit Jahren niemand mehr mit mir geredet. Niemand seit Maeve.

Er lässt sich neben mir nieder und mustert mich nachdenklich. Etwas in seinen Augen bringt mich zum Zittern. Als sähe er nur mich, nicht die geschmückte Tochter der Ipallin, sondern mein verletztes, unsicheres Inneres.

»Ich will nicht, dass du solche Dinge sagst.« Meine Stimme ist schrill. »Über Mutter und über die Gemeinen. Wenn ich darüber nachdenke, bekomme ich keine Luft mehr.« Ich wende den Blick von ihm ab. »Das Leben ist bitter genug. Ich will nicht noch mehr Angst haben.«

»Cianna.« Leise sagt er meinen Namen, beinahe zaghaft. »Wann hast du den Glauben an dich und die Gerechtigkeit in der Welt verloren?«

Ich will es nicht sagen. Wenn ich es ausspreche, tut es wieder weh. Doch ich tue es trotzdem.

»An dem Tag, als meine Schwester starb.«

Seine Augen weiten sich. In ihnen lese ich Bestürzung und zugleich etwas anderes. Schmerz. Als wüsste er, wie es ist, jemanden zu verlieren, der einem so nahesteht. Wie kann er es wissen? Doch er sagt nichts. Er wartet. Und obwohl ich Mutter geschworen habe, es niemandem zu erzählen, obwohl er ein Fremder ist, sprudeln die Worte plötzlich aus mir hervor.

»Es war nach Maeves siebzehntem Geburtstag vor fünf Jahren. Mutter gab einen Maskenball, um sie in die höhere Gesellschaft einzuführen. Ich war noch zu jung, um daran teilzunehmen. Es gab einen Aufruhr auf dem Ball. Eine verrückte Pferdemagd, die sich als Rebellin verkleidete und mehrere Gäste angriff. Maeve war auch darunter. Und nur einen Tag später schickte Mutter sie fort. Auf die Gilden-Akademie in Clifdon. Damit sie dort an der Seeluft vollständig gesund werden, sich von dem Vorfall erholen und eine Ausbildung beginnen könne, sagte sie. Doch Maeve wollte gar nicht gehen. Es war ein schwerer Abschied.«

Und das letzte Mal, dass ich sie lebend sah. Ich schließe die Augen, während ich weiterspreche. »Noch bevor das erste Schuljahr zu Ende war, bekam Mutter Post von der Akademie. Der Brief erzürnte sie so sehr, dass sie ihr Pferd satteln ließ und einfach hinausritt, eine große wütende Runde quer durch ihren Bezirk, bis sie am Abend wieder kreidebleich zurückkam. Das hatte sie noch nie getan. Ich konnte nicht anders. Ich schlich in ihr Büro und las den Brief.« Ich schlucke beklommen bei der Erinnerung daran. »Der Brief kam vom Direktor. Er schrieb, dass Maeve die Akademie binnen zweier Wochen unehrenhaft verlassen müsse. Das sei ein Skandal und in seiner Amtszeit noch nie vorgekommen, schrieb er. Maeve wisse noch nichts davon, ebenso wenig der Rest der Schülerschaft. Er bat darum, eine Kutsche zu schicken, damit Maeve ohne großes Aufsehen abgeholt werden könne.«

Ich hole Luft.

»Was in aller Welt hatte sie verbrochen?«, fragt Finn leise.

»Sie hatte sich wochenlang dem Unterricht verweigert. Sich trotz Ermahnung ständig unerlaubt vom Schulgelände entfernt«, erwidere ich. »Es war beobachtet worden, dass sie Umgang mit Gesindel und Gemeinen hatte. Dann war sie in eine Messerstecherei verwickelt worden, in der zwei Unbeteiligte verletzt wurden.« Ich schüttle den Kopf, auch wenn ich bei dieser Vorstellung nicht mehr so empört bin wie damals. »Ich konnte mir das nicht vorstellen. Nicht Maeve! Also schrieb ich ihr heimlich und schickte den Brief per Eilkurier. Ich informierte sie über ihren Rauswurf und fragte, was wirklich vorgefallen war. Doch ich hörte nichts von ihr. Zehn lange Tage schwieg sie. Dann schickte Mutter nicht nur eine Kutsche los, sondern fuhr selbst nach Clifdon, um sie abzuholen. Doch sie kam einen Tag zu spät.«

Meine Stimme stockt. Nach all den Jahren fällt es mir immer noch schwer, es auszusprechen. »Maeve war tot. Gestorben bei einer Explosion auf einem Marktplatz ganz in der Nähe der Akademie. Ein Attentat der Rebellen.«

»Wie furchtbar«, murmelt Finn. »So ein schlimmer Zufall, dass sie gerade dort gewesen war.«

»Verstehst du nicht?« Ich balle die Fäuste. »Das war kein Zufall. Maeve hat die Explosion ausgelöst.«

»Oh nein. Das …« Finn ist bleich und offenbar so erschüttert, dass ihm die Worte fehlen.

»Es ist so absurd«, stoße ich aus. »Ich meine, sie war immer dreist und voller verrückter Ideen, aber dabei so fröhlich. Niemals hätte sie sich diesen Verbrechern angeschlossen. Niemals hätte sie sich und andere einfach in die Luft gesprengt. Aber sie hat es getan. Und ich ...« Ich schluchze auf. All die Worte werden mir plötzlich zu viel. »Ich bin schuld daran. Weil ich sie gewarnt habe.«

Ich verstecke den Kopf zwischen den Knien. Was ist über mich gekommen, ihm das anzuvertrauen? Finn wird aufstehen und gehen. Er muss es tun. Die Republik lehrt uns, dass Fehlerhaftes sofort ausgemerzt werden muss. Niemand will die Gesellschaft eines Menschen teilen, der solche Schande auf sich geladen hat.

Doch er geht nicht.

»Du bist nicht schuld.« Er greift nach meiner Hand. Sein Griff ist warm und fest, aber er tröstet mich kaum. »Sie hat sich selbst dafür entschieden. Wahrscheinlich hätte sie das auch ohne deinen Brief getan.«

»Oder die Rebellen haben sie gezwungen«, murmele ich. Das ist Mutters Argument. Doch obwohl ich ihr sonst alles glaube, diese Begründung glaube ich nicht. Niemand hat Maeve jemals zu etwas zwingen können.

Finn blickt ebenfalls zweifelnd drein. Er öffnet den Mund, um etwas zu sagen, schließt ihn dann aber wieder.

Auch mir ist nicht mehr nach Reden zumute. Auf die Frage, was Maeve so verzweifeln ließ, dass sie sterben wollte, werde ich nie eine Antwort finden.

Plötzlich merke ich, dass Finn immer noch meine Hand hält. Mehr noch, mein Kopf schmiegt sich an seine Schulter, als würde er dort hingehören. Ich schrecke auf und will fort von ihm, doch er lässt mich nicht.

»Schscht«, murmelt er und nimmt sanft meinen Kopf zwischen seine Hände. Seine Augen leuchten blau, und in ihnen funkeln warme braune Funken, als tanze dort das Feuer des Brenners. Er beugt sich vor, um mich zu küssen.

Doch ich weiche zurück. Sofort lässt er mich los. Ich schlage die Hände vors Gesicht.
»Es tut mir leid.« Seine Stimme bebt. »Cianna, es tut mir leid.«
Vorsichtig luge ich zwischen meinen Fingern hervor. Finn fährt sich mit beiden Händen durch den Lockenschopf. Seine Wangen glühen, als würden gleich Flammen aus ihnen hervorbrechen. Ist er genauso verlegen wie ich?
»Es tut mir auch leid«, murmele ich. Mein Herz schlägt so rasch wie das eines Vogels. »Ich glaube, es zieht Regen auf. Wir sollten zurückreiten.«

*

Als ich mich auf dem Hof des Kastells vom Pferd schwinge, hängen die Wolken tatsächlich dunkel und grau über uns, und die Luft ist still in Erwartung eines der vielen raschen Frühlingsschauer, die Irelins karge Wiesen so feucht halten.

Finn nickt mir wortlos zu, ehe er sein Pferd Richtung Stall führt. Ich dagegen drücke Raghi die Zügel meines Pferds in die Hand und eile, Geschäftigkeit vortäuschend, über das Pflaster davon. Nur schnell fort von ihm, ehe er auf den Gedanken kommt, mich aufzuhalten. Doch vermutlich würde er es nicht tun. Auf seine jungenhafte Art kommt er mir manchmal genauso schüchtern vor wie ich, und ich kann nicht sagen, ob mich das freut oder enttäuscht.

Vor dem Eingang des Kastells scharen sich eine Handvoll Ordner zu einer Gruppe zusammen. Ich erkenne Kommandant Oisin unter ihnen. Er führt die Kastellwache an – ein älterer, mürrischer Mann, der meiner Mutter beinah hündisch ergeben ist. Seine Frau und seine Tochter sind vor einigen Jahren gestorben, und seither wohnt er inmitten seiner Männer in den Mannschaftsbaracken des Kastells. Mich ignoriert er meist, worüber ich ganz froh bin, doch als ich mich dieses

Mal unbemerkt an ihm vorbeihuschen will, spricht er mich an.

»Frau Cianna.« Seine Miene wirkt ungewohnt aufgeregt, und er verzieht sogar den Mund, als versuchte er sich an einem Lächeln. »Erinnerst du dich an Ian Monksell – meinen Großneffen? Er ist für einen kurzen Besuch hier.« Er macht eine ausholende Armbewegung und schiebt einen jungen Mann vor sich, der die braune Soldatenuniform der Ireliner Armeedivision trägt. »*Hauptmann* Ian«, sagt Oisin mit unüberhörbarem Stolz. »Er hat von der Regierung eine Tapferkeitsmedaille für seine Leistungen im Nordkrieg erhalten. Als Gefangener der Barbaren gelang es ihm, wertvolle Informationen zu sammeln.«

Ian wirkt nicht besonders glücklich über die Ansprache seines Großonkels. Ich erschrecke über sein Aussehen. Er ist mager geworden, seine breiten Schultern wirken eingefallen, sein Blick leer.

»Herzlichen Glückwunsch«, murmele ich etwas beklommen.

Er nickt steif. Seit Jahren habe ich ihn nicht mehr gesehen. Er ist ein Gemeiner, wenn auch aus einer der wenigen Familien, die größeren Landbesitz ihr Eigen nennen – und damit Mutter eigentlich ein Dorn im Auge sind. Doch als Kind spielten wir manchmal miteinander, und Maeve war ganz verrückt nach ihm, weil er genauso voller verwegener Ideen steckte wie sie. Ich weiß nur, dass er zur Armee ging – und sich vor ein paar Jahren mit einer unserer anderen damaligen Spielkameradinnen aus seinem Dorf verlobt hat. Sie ging ebenfalls zur Armee, wenn ich mich nicht irre.

»Wie geht es Thea?«, frage ich deshalb. »Plant ihr nun eure Hochzeit, da der Krieg vorbei ist?«

Seine Miene verdunkelt sich so plötzlich, als hätte der Regen über uns eingesetzt. Unwillkürlich weiche ich einen Schritt vor ihm zurück.

»Thea ist im Nordland verschollen«, stößt er aus. »Es wird keine Hochzeit geben.«

Abrupt wendet er sich ab und marschiert davon, und Oisin schaut mich so finster an, als hätte ich etwas überaus Wertvolles zerstört.

Dieser Krieg brachte nichts als Leid und Tod. Finns Worte fliegen mir durch den Sinn, schattenhaft und düster wie Krähen.

»Es tut mir leid«, flüstere ich, und dann flüchte ich ins Kastell und vergrabe mich in meinem Zimmer, bis es Zeit zum Abendessen ist.

*

Ausgerechnet heute hat Mutter Finn eingeladen, mit uns zu speisen. Die anderen Gäste sind bereits abgereist, und so sitzen wir zu dritt an der großen Tafel.

Mir geht Ian nicht aus den Gedanken, seine Leere, sein Schmerz. Wie klein ist dagegen mein eigenes Unglück!

Trotzdem kann ich Finn nicht ansehen.

Falls Mutter merkt, dass er und ich jeden Augenkontakt vermeiden, zeigt sie es nicht. Ihr Haar gleitet in vollendeten Wellen über ihre Schultern, ihre Augen blitzen in strahlendem Blau. Sie plaudert mit uns in diesem leichten, nonchalanten Tonfall, mit dem sie ihre Gäste in vertraulicher Runde gern verzaubert, den sie mir gegenüber jedoch nur selten anschlägt. Unsere Wortkargheit ist die willkommene Bühne für ihre Scherze. Heute fällt mir das Lachen darüber noch schwerer als sonst.

»Möchte noch jemand Limonade?« Ohne unsere Antworten abzuwarten, winkt sie den Sklaven, unsere Gläser nachzufüllen, und stürzt beinah im selben Augenblick das klebrige Süß ihre Kehle hinunter.

Dann betont sie noch einmal, dass Finn unbeschränkt unsere Gastfreundschaft genießen darf – als mein Lebensretter und Brennermeister im Dienste der Republik.

Warum durchbricht sie unser übliches, zurückgezogenes Leben für ihn? Die Vorstellung, dass er noch Wochen bei uns wohnen könnte, weckt eine Mischung aus Aufregung und Angst in mir.

Finn allerdings scheint sich über die Einladung zu freuen. Er wirft sogar ein vorsichtiges Lächeln zu mir herüber.

»Vielen Dank für diesen netten Abend.« Mutter nickt ihm zu, dann tupft sie sich mit einer Serviette die Mundwinkel ab und erhebt sich. »Ich fürchte, meine Arbeit ruht nicht. Doch wollt ihr beide nicht die Abendsonne nutzen? Cianna, zeig unserem Gast doch deinen Garten. Er hat sicherlich noch nie so wunderbare Blumenrabatte gesehen wie die deinen.«

Ich runzle die Stirn. Mutter war noch nie in meinem Garten, geschweige denn, dass sie jemals die Schönheit von Blumenrabatten bemerken würde.

Doch sie blinzelt mir zu. Sie blinzelt mir tatsächlich zu, bevor sie das Zimmer verlässt. Ich kann es kaum glauben. Hält sie Finn etwa für eine gute Partie für mich? Der Gedanke lässt ein hysterisches Lachen in mir aufsteigen. Ich muss nach Luft schnappen und mich erst einmal in meinem Stuhl zurücklehnen. Erst als Finn sich besorgt zu mir herüberbeugt, erhebe ich mich.

»Komm mit«, sage ich, ohne ihn anzuschauen. Sobald wir aus der Salontür treten, folgt uns Raghi, die wie ein Schatten in einer Mauernische auf uns gewartet hat. Schweigend wandern wir durch die hohen Korridore des Kastells. In meinem Bauch kribbelt es, als wäre mein Abendessen lebendig. Ich wage kaum zu atmen und schaue auch weiterhin nicht zu Finn hinüber. Endlich sind wir an der Pforte nach draußen, eine Ewigkeit später im Garten. Über uns leuchtet der Abendhimmel.

Schließlich blicke ich Finn doch an. Mit einem Lächeln auf

den Lippen und weit offenen Augen schaut er sich um, als wäre er nicht schon einmal hier gewesen.

»Deine Mutter hat recht, dein Garten ist wunderbar.« Immer noch lässt er den Blick schweifen. Ich trete unwillkürlich einen Schritt näher zu ihm, als könnte ich aus seiner Perspektive noch mehr von der Schönheit der im Abendlicht funkelnden Wasserfontänen sehen, von den Knospen und goldgelben Schlüsselblumen, der Ehrwürdigkeit der Säulen und der Anmut der Steinfiguren.

»Ein kleines Paradies«, murmelt Finn.

»Paradies?«, wiederhole ich verständnislos.

Er schüttelt mit einem leisen Lachen den Kopf. »Alte Legenden. Ist das Kind noch hier?«

Ich zögere mit der Antwort. Ich habe den kleinen Jungen bereits entdeckt. Er kauert hinter dem Oleander. Ich spüre seine Blicke, seinen Widerstreit zwischen Neugier und Furcht, als wäre er ein Teil von mir. Deshalb weiß ich auch, dass er nicht näher kommen wird, solange ich ihn nicht rufe. Finn bückt sich am Fuße eines Rosenbuschs und hebt etwas auf.

»Schau mal, das könnte ihm gefallen.« Er hält mir ein Schneckenhaus entgegen. Rosa und weiß schimmert die zarte Rundung der Spirale auf Finns kräftiger, leicht schwieliger Handfläche. Ich muss schlucken.

Und als ich die Hand ausstrecke und das Schneckenhaus ergreifen will, als Finn stattdessen meine Hand nimmt und einen Schritt auf mich zugeht, weiß ich: Würde er mich jetzt noch einmal küssen, würde ich nicht zurückweichen. Nicht vor diesem großen Jungen, in dessen Inneren ein Feuer brennt, so warm und stark wie sein Herz.

Doch er tut es nicht. Stattdessen legt er das Schneckenhaus in meine Handfläche und lässt mich los, dann deutet er auf eine der Bänke. »Wollen wir uns setzen?«

Ich nicke. Meine Finger schließen sich sachte um die kühle Schneckenmuschel. Raghi gibt mir mit ein paar Handbewegungen zu verstehen, dass sie beim Schuppen warten wird. *Ich kümmere mich um das Kind.* Täusche ich mich, oder blitzt in ihren schwarzen Augen ein Schmunzeln auf, bevor sie sich abwendet? Sie streicht sich über den rasierten Kopf, einmal vor, einmal zurück. Unser geheimes Zeichen für *Nur Mut.*

Mit flatterndem Herzen setze ich mich neben Finn, so nah, dass ich seinen Duft riechen kann: nicht herb wie die meisten Männer, sondern beinahe blumig, nach warmem Honig und Wiesenkräutern und einer ganz leichten Note von Ruß.

»Cianna, du musst etwas wissen«, murmelt er, ohne mich anzusehen. Ich halte den Atem an, und ich kann den Blick nicht von seinem Mund abwenden, von dem, was er sagen wird.

»Ich muss in zwei Tagen wieder fort.«

Ein Stoß geht durch mein Inneres.

»Warum?«, flüstere ich. »Du hast hier doch Arbeit zu tun?«

»Es geht nicht um meinen Auftrag.« Sein Tonfall ist plötzlich brüsk. »Ich könnte auch in einem anderen Bezirk mit den Rodungen anfangen. Nein.« Er stockt. »Ich bin aus einem anderen Grund hergekommen.« Endlich hebt er den Kopf. Sein Blick bohrt sich beschwörend in meinen. »Es ist ein Geheimnis. Ich dürfte es dir eigentlich niemals sagen. Doch du ...« Er beißt sich auf die Lippen. Ich entdecke ein kleines Grübchen an seinem Kinn, in das ich gerne meinen Finger legen würde. »Du hast mir heute dein Geheimnis anvertraut«, sagt er leise. »Außerdem brauche ich deine Hilfe.«

»Meine Hilfe«, echoe ich überrumpelt. »Worum geht es?«

»Es geht um meinen Bruder«, antwortet er. »Er war bis vor Kurzem ein Gefangener. Hier, im Karzer von Cullahill.«

Sein Bruder. Mein Herz flattert nicht mehr, es macht einen großen, dumpfen Schlag.

»Aber das ist nicht möglich«, stoße ich ungläubig aus. »Im Karzer werden niemals Bürger inhaftiert.«

Finn seufzt und nickt zugleich. »Er ist kein Bürger. Und

eigentlich ist er mein Halbbruder. Mein Vater ...« Er verengt die Augen. »Nicht jeder Gutsherr hält sich allein an seine Ehefrau, weißt du.«

Ich schlage die Hand vor den Mund. Offensichtlich weiß ich gar nichts. »Was hat dein Halbbruder verbrochen?«

»Nichts.« Finns Augen brennen. »Er ist unschuldig. So wie es vielleicht deine Schwester war.«

Sein letzter Satz schnürt mir die Kehle zu.

»Deine Mutter hat ihn nie verurteilt«, redet Finn weiter. »Zumindest nie öffentlich. Ich weiß nur, dass er vor fünf Wochen in meiner Heimat, dem dritten Bezirk, wegen angeblicher Umtriebe mit Rebellen festgenommen wurde. Die Ordner brachten ihn nach Cullahill. Und hier verliert sich seine Spur.« Er holt tief Luft. »Rebellen werden nicht von den Ipallinnen und Ipallen verurteilt, sie werden auch nicht von Ordnern in andere Bezirke gebracht. Rebellen sind Sache des Militärs. Doch jeder Armee-Stützpunkt, vom dritten bis achten Bezirk, verneinte meine Anfrage, ob er ihnen als Gefangener ausgeliefert wurde. Der einzige Stützpunkt, der mir nie eine Antwort auf meine Anfrage gab, war die Waldbastion im Deamhain. Ich muss wissen, ob er dort gelandet ist.«

»Bist du sicher, dass deine Informationen stimmen?«, frage ich skeptisch. »Ob er überhaupt jemals zu uns ins Kastell gebracht wurde? Wenn er im dritten Bezirk gefangen genommen wurde, ist das ein Weg von mehreren Tagesritten.«

Er hebt die Schultern. »Ich weiß aus sicherer Quelle, dass er hier war und nun fort ist«, sagt er leise. »Aber ich verstehe es nicht. Ich weiß nur, dass er nichts verbrochen hat. Er ist ein einfacher Mann, der es mit seinen Brennerfähigkeiten zum Gesell des Schmieds gebracht hat.«

»Dein Bruder ist auch ein Brenner?«, frage ich erstaunt.

»Er hätte einer sein können«, erwidert Finn grimmig. »Als Gemeiner hat er jedoch keinerlei Ausbildung bekommen.«

Ich überlege. Wie könnte ich ihm helfen.

»Du solltest meine Mutter nach ihm fragen«, sage ich. »Oder ist es das, worum du mich bitten willst? Dass ich sie für dich frage?«

Er schüttelt den Kopf. »Es ist ein bisschen komplizierter.«

Ich warte darauf, dass er weiterspricht. Es dauert eine ganze Weile, in der er zögert, als suchte er krampfhaft nach den richtigen Worten. »Er ist nicht der Einzige, der auf diese Weise verschwunden ist«, sagt er schließlich so leise, dass ich ihn kaum verstehe. »Es gab in den letzten Monaten noch andere wie ihn. Gemeine, die über Heiler- oder Brennerfähigkeiten verfügen. Die wegen fadenscheiniger Verdächtigungen gefangen genommen wurden und einfach verschwanden.«

Ich versuche, in meinem Kopf zu ordnen, was er gesagt hat. Meine Hand ballt sich um das Schneckenhaus zur Faust.

»Du glaubst, meine Mutter hat damit zu tun«, stoße ich ungläubig aus. »Deshalb willst du nicht, dass sie von deiner Suche erfährt. Aber was willst du dann von mir?«

Er holt tief Luft. »Als du mir von deiner Schwester erzählt hast, hast du erwähnt, dass du damals ins Arbeitszimmer deiner Mutter gegangen bist, um den Brief des Direktors zu lesen. In das streng bewachte und versiegelte Büro, in dem die Ipallin all die vertraulichen Akten eures Bezirks aufbewahrt.« Sein Blick bohrt sich in meinen. »Ich muss wissen, wie du hineingekommen bist. Ich brauche Zugang zu ihren Unterlagen, um herauszufinden, wohin sie meinen Bruder und vielleicht auch die anderen hat bringen lassen.«

Sein Blick kommt mir dunkler vor als sonst. Ich will mich abwenden, doch ich kann nicht. *Nein.* Ich drücke die Schneckenmuschel so fest zusammen, dass sie zwischen meinen Fingern knirscht. *Nein.* Hinter den Mauern meines Gartens fliegt ein Schwarm Krähen auf. Ihr Schreien im Abendlicht klingt wie eine Warnung. Ausgerechnet Finns Bruder. Welch dramatische Geschichte, die in meinen wunden Punkt stößt wie ein Dolch in weiches Fleisch.

Sei kein Schaf, würde Maeve sagen. *Du weißt, dass er lügt.*
Und was, wenn nicht?
Ich seufze. »Ich weiß, wann die Wachablösungen der Ordner vor der Tür des Arbeitszimmers sind. Und ich weiß, wo Mutter ihren Ersatzschlüssel versteckt hat.«
»Kannst du ihn mir ausleihen?« Finns flehender Blick wirkt so aufrichtig, und seine blaubraunen Augen schimmern wie Kiesel im Wasser. »Ich weiß, dass das viel von dir verlangt ist. Unglaublich viel. Aber würdest du das für mich tun?«
»Ich kann es versuchen«, murmele ich. »Wenn meine Mutter schläft. Aber nicht mehr heute. Morgen Abend.«
Ich will mich abwenden. Doch Finn hält mich an den Schultern fest. Sein Blick strahlt voller Dankbarkeit.
»Cianna. Du bist zu gut für mich.« Seine glühenden Fingerspitzen streichen über meine Wange. Etwas in meinem Inneren will unter seiner Berührung schmelzen.
Ich beiße mir so fest auf die Lippe, dass sich mein Gesicht verhärtet. Als er mich endlich loslässt und geht, ist mir kalt. Nur an meiner Faust rinnt etwas Warmes hinab. Ich öffne sie. Die Überreste des Schneckenhauses bohren sich in meine blutige Handfläche wie Scherben zerbrochenen Glücks.

Eva

»Frischfleisch und Rückkehrer. Wie reizend.«
Der Wachmann am Kontrollposten blinzelt mürrisch. Die Abendsonne scheint ihm direkt ins Gesicht. Die Soldaten, mit denen ich seit heute Morgen unterwegs bin, stehen neben dem Karren stramm und salutieren. Ich salutiere nicht. Stattdessen räuspere ich mich missbilligend. Mit einem Blick auf die Abzeichen auf meiner Uniform steht er plötzlich gerade.

»Hauptmann«, grüßt er mich säuerlich. Zwei weitere Wachen gesellen sich zu ihm und mustern uns. »Bevor wir euch passieren lassen, müssen wir eure Papiere sehen.«

»Natürlich.« Ich zücke meine brandneuen Dokumente, die mich als Hauptmann Effie ausweisen, gebürtig am 23. Martios 477 in Clifdon, Mitglied der fünften Division von Irelin.

Eher neugierig als kritisch überprüft der Wachmann meine Papiere und die der anderen vier Soldaten.

»Und er?« Ich deute auf den blonden Händler, der uns auf seinem Ochsenkarren ab der Poststation mitgenommen hat.

»Christoph?« Sie winken ab. »Der kommt fast jede Woche hier vorbei.«

Der riesenhafte Händler grinst unter seinem Bart. Mein Blick bleibt an der kleinen, halb versteckten Fibel an seinem Kragen hängen. Er ist ein Bürger. Und trotzdem fährt er seinen Karren selbst, gibt sich mit gemeinen Soldaten ab. Vielleicht ist er verarmt. Oder einfach exzentrisch. Die Marotten der Oberschicht werde ich nie verstehen.

Er kramt aus dem Wagen mehrere Päckchen, die er den Wachen gegen Münzgeld aushändigt. Offensichtlich verdient er sich nicht nur mit dem Transport von Soldaten etwas dazu.

»In Ordnung.« Der Wachmann gibt uns die Papiere zurück. Einer seiner Kollegen stapft gemächlich zur Schranke, die die Straße in den Deamhain versperrt. Er dreht an der Winde, und die Schranke hebt sich knarrend nach oben.

»Der Deamhain ist ruhig heute«, ruft er. »Gute Fahrt.«

Wir steigen wieder auf den Karren und suchen unsere Plätze zwischen den Kisten des Händlers.

Christoph schnalzt mit der Zunge, und die Ochsen setzen sich nach Westen in Bewegung. Gemächlich marschieren sie die gepflasterte Straße entlang, die sich vor uns in den Wald hinein windet. Hinter uns sinkt die Schranke knarrend wieder herab, dann biegen wir um eine Kurve, und bald schon hat uns der Deamhain verschluckt. Es ist düster. Vögel kreischen, Äste knacken. Turmhohe Baumriesen verdecken die Sonne. Auf beiden Seiten der Straße ist das Dickicht undurchdringlich. Lianen und Efeuranken greifen nach uns. Manche haben Dornen so groß wie Fingernägel. Nervös taste ich über die frisch rasierten Stoppeln auf meinem Kopf. Ungewohnt, die Soldatenfrisur. Außerdem juckt das pflanzliche Mittel, mit dem ich mir die Haare dunkel färbe. Ich hätte eine Kappe besorgen sollen.

Das Dickicht lasse ich nicht aus den Augen. Seit Jahren habe ich den Deamhain nicht gesehen. Der Wald stößt mich ab. Erst recht, seit ich mehr über ihn weiß. Er ist kein gewöhnlicher Wald. Er ist ein Albenwald.

Auch meine vier Mitreisenden mustern die Umgebung misstrauisch. Es sind zwei junge Neuankömmlinge, die das erste Mal in den Deamhain abkommandiert worden sind, außerdem zwei Soldatinnen auf dem Rückweg vom Heimaturlaub.

»Was meinte er mit: Der Deamhain ist heute ruhig?«, fragt einer der beiden Neuen mit beklommener Miene.

»Dass die Chancen gut stehen, dass keiner von uns bis zur Waldbastion gefressen wird«, sagt eine der Rückkehrerinnen mit boshaftem Blick. Sie ist mager, ihre Stoppelhaare sind grau. Sie sitzt mir gegenüber und hat sich vorhin als Tara vorgestellt. »Oder zertrampelt. Oder von Bäumen erschlagen.«

»Erschreck ihn nicht so«, sagt Quinn, die andere Rückkehrerin. Sie sitzt neben mir. Sie hat bleiche Haut und recht helles Haar. Ihre dunklen Augen wirken wach und intelligent. Ich schätze sie fünfzehn Jahre älter als mich. Stämmig und schwer wie sie ist, kann sie mit jedem Mann mithalten. Sie gibt ihrer Kameradin einen Klaps, der diese beinah vom Karren kippen lässt.

»Für die Uneingeweihten lauern im Wald zahlreiche Gefahren«, erklärt Quinn den Neuen mit erstaunlich gewählten Worten. »Doch solange wir im Tageslicht und auf der Straße bleiben, stößt uns nichts zu außer Mückenstiche.«

»Und gegen die hilft das hier.« Christoph dreht sich auf dem Kutschbock um und wirft uns zwei Tuben zu. Die Neuen rümpfen die Nasen angesichts der stinkenden, zähen Paste, doch die Rückkehrerinnen schmieren sich das Zeug sofort auf alle freiliegenden Körperteile. Ich tue es ihnen nach. Keinen Augenblick zu spät – der erste Mückenschwarm umschwirrt uns schon mit nervtötendem Gesumm. Nachdem die beiden Neuen die ersten Stiche abgekriegt haben, die sofort zu roten Pusteln anschwellen, nehmen auch sie die Paste.

Der Karren rumpelt einschläfernd langsam immer tiefer in den Wald hinein. Ich beuge mich hinaus und mustere die unebenen Pflastersteine. Sie sind schwarz vor Ruß. Trotzdem lugt zwischen ihnen überall Grünzeug hervor.

»Das ist ein zähes Kraut«, kommentiert Quinn. »Obwohl Meister Kori, der zweite Brennermeister unserer Bastion, wöchentlich die Straße freibrennt, wuchert es sofort wieder hoch. Da heißt es bei Fußmärschen aufpassen, weil im niedrigen Gras gern Skorpione lauern.« Sie gluckst. »Manchmal glaube ich, der Wald ärgert sich, weil wir nicht zulassen, dass er sich die Straße endlich einverleibt.«

Ein alter Reim geht mir durch den Kopf. *Halte dich stets vom Finsterwald fern / er frisst Kinder und Schafe so gern.* Aus den Augenwinkeln glaube ich, eine Bewegung wahrzunehmen. Mein Blick irrt über die Hecke, die den Weg begrenzt, eine dunkle Mauer aus blattlosen Ranken und Dornen, dazwischen Schattenspiele im Dämmergrau. Dahinter wachen die Baumriesen, schwarze Säulen, regungslos, still. Doch wenn ich den Kopf drehe, scheinen sie sich zu bewegen, nicht wir. *Unsinn.* Ich balle die Fäuste. Angst und Zwielicht gaukeln mir etwas vor.

»He, Hauptmann Effie«, raunzt mich Tara an. »Was verschlägt dich ausgerechnet in den Deamhain?«

»Eine Abordnung meines Vorgesetzten.«

»Seit wann schicken sie Hauptmänner alleine los? Wo ist dein Trupp?«

Ihr respektloser Ton gefällt mir nicht.

»Er ist größtenteils tot. Gefallen in einem Krieg, in dem du nicht gekämpft hast.«

Dieser Satz bewirkt, dass mich nun alle anstarren. Selbst der Händler dreht sich auf dem Kutschbock um.

Tara will etwas Scharfes erwidern, doch Quinn stoppt sie mit einer barschen Handbewegung.

»Entschuldige meine Kameradin, Hauptmann«, sagt sie. »In der Einöde des Deamhains vergessen wir manchmal, uns zu benehmen. Hast du dir im Krieg die Auszeichnung erworben?« Sie deutet auf die rote Schleife, die ich unterhalb des Hauptmannsabzeichens an meiner braunen Uniform trage. Ich habe sie im Kostümbeutel des Kochs gefunden.

»Ja«, sage ich. »Im Kampf gegen die nordischen Barbaren sind wir in einen Hinterhalt geraten. Eine Lawine. Mir ist es gelungen, acht meiner Leute zu retten, indem ich sie unter einen Felsüberhang zog und durch den Schnee einen Ausgang grub. Dafür wurde ich ausgezeichnet. Aber ich trage die Schleife zum Andenken an die anderen dreißig, die ich nicht retten konnte.« Ich balle die Fäuste. »Außerdem habe ich geschworen, für jeden von ihnen einen Feind zu töten. Fünf habe ich schon.«

Wie beabsichtigt lese ich Erstaunen und Respekt in den Blicken meiner Mitfahrer, sogar in den Augen von Tara.

»Barbaren gibt's hier nicht«, sagt sie. »Aber Rebellen. Wenn du von denen fünfundzwanzig erledigst, schneidere ich dir höchstpersönlich eine zweite Schleife, Hauptmann.«

Quinn zuckt zusammen, doch ich nicke Tara mit grimmiger Miene zu.

»Es gab hier kürzlich einen Überfall, hab ich gehört«, sagt einer der Neuen. »Die Rebellen sind unbehelligt davongekommen, stimmt das?«

»Frag Christoph.« Quinn deutet zum Kutschbock, wo der bärtige Händler wieder mit dem breiten Rücken zu uns sitzt. »Er war dabei.«

Christoph reagiert mit einem unwilligen Brummen.

»Bitte erzähl uns davon, Händler«, ruft der junge Soldat.

»Nein«, knurrt Christoph, doch dann dreht er sich mit einem Seufzen halb zu uns. »Da gibt es nichts zu erzählen. Sie haben versucht, uns auszurauben. In aller Öffentlichkeit. Am Tag der Gabe. Die Ipallin hat sich aber nicht einschüchtern lassen«, stößt er etwas unbeholfen aus. »Die Ordner haben die Rebellen verjagt. Es gab Explosionen, dabei sind vier Bürger gestorben.«

»Ganz zu schweigen von den Gemeinen«, murmelt Quinn. »Es heißt, es waren mehrere Dutzend Tote. Die werden jedoch nicht gezählt.«

»Die Ipallin ist eben eine harte Frau«, sagt Tara. »Die Leute fürchten sie. Aber sie versteht ihr Amt.«

Quinn hebt die Schultern. Offensichtlich ist sie nicht einverstanden mit Taras Einschätzung, doch sie ist schlau genug, in Anwesenheit des Bürgers nichts dazu zu sagen. Auch ich schweige, obwohl ich einiges über die Ipallin berichten könnte.

Quinn wendet sich an mich. »Wenn du auf Rebellen treffen willst, Hauptmann Effie, solltest du versuchen, den Waldpatrouillen der Jäger zugeteilt zu werden. Kommandant Leontes schätzt die Draußengänger besonders, obwohl er selbst die Bastion nie verlässt. Und er sieht keine Unterschiede zwischen Ruten und Kerben.« Sie blinzelt mir zu, als sie die umgangssprachlichen Ausdrücke für die Geschlechter verwendet. Weibliche Soldaten werden vom Kommandanten also ebenbürtig behandelt. Das ist keineswegs überall in der Armee der Fall.

Ich lehne mich mit geschlossenen Augen zurück. Die Wunde an der Schulter schmerzt wieder, ebenso mein Kopf. Während Tara die Neuankömmlinge mit Schauergeschichten über den Deamhain beglückt, versuche ich, das dumpfe Bedrohungsgefühl auszuschalten, das der Wald in mir weckt.

Mein neuer Name Effie klingt wie der Rufname eines Schoßäffchens. Doch das ist nicht entscheidend. Wichtiger ist, dass er so ähnlich wie Eva klingt – mir darf nicht der Fehler unterlaufen, meinen Namen zu überhören. Auch dann nicht, wenn ich so übermüdet bin wie heute.

Orans Schlüssel waren in Clifdon wahre Wunderwerkzeuge. In Verbindung mit der Beamtenkutte verschafften sie mir gestern noch im Morgengrauen Zugang zu den entscheidenden Ämtern. Hauptmann Effie basiert auf einer Bauerstochter aus dem Clifdoner Umland, die vor fünfzehn Jahren starb. Doch das weiß das Bevölkerungsregister der Provinzhauptstadt nicht. Ebenso wenig die Verzeichnisse der Armee, in denen ihr Lebenslauf regelmäßig aktualisiert wurde, bis zu ihrer Beförderung zum Hauptmann letztes Jahr. Unglaublich wertvoll, so eine Blanko-Identität. Und sie gehört mir.

Die Dokumente, die ich mir aus verschiedenen Behördenstellen zusammengesucht und ausgefüllt habe, sind nicht perfekt, doch das ist nicht zu ändern. Entscheidend ist, dass die Geschichte, die ich präsentiere, einfach und glaubwürdig ist – und mein Auftritt dazu passt. Ich weiß, wie Soldaten ticken, seit ich über ein Jahr in der Wüstenbastion von Merimar diente – der Elite unter den athosianischen Regimentern. Ich bin gerne Soldatin. Ich mag die strikten Regeln, die Ordnung, den Kampf.

Ich wusch mich in Clifdon am eiskalten Fluss, rasierte mein Haar mit dem Dolch und färbte es dunkel, mit einem pflanzlichen Färbemittel, das ich stets bei mir trage. Dann stahl ich ein Pferd, das mich zwei Tage und Nächte lang bis zu diesem entlegenen Bezirk trug. Eine Meile vor der Poststation ließ ich das völlig erschöpfte Tier frei. Den Rest der Strecke ging ich zu Fuß, um mich heute im Morgengrauen mit ein paar knappen Erklärungen den anderen Soldaten zur Waldbastion anschließen zu können.

Und jetzt bin ich Effie. Ich bin Hauptmann, und ich war im Krieg. Und keiner kann mir etwas anderes sagen.

Nun ist es wieder Abend, und wir fahren durch den immer finsterer werdenden Wald. *Finsterwald, Albenwald.* Ich muss diese irrationalen Gefühle wieder in den Griff kriegen. Aber vorher muss ich schlafen, ich bin völlig erschöpft. Mein Schlafmittel kann ich jetzt allerdings nicht nehmen. Von meiner Mission hängt zu viel ab.

Dieses Albenbiest schafft es, die Zukunft der Cathedra Génea zu gefährden. Und damit auch meine Zukunft.

Schon lange schwelen in der Regierung Vorbehalte gegen uns. Den Ältestenrat fuchst es, dass er längst nicht alles über unser Tun weiß. Wer überwacht die Überwacher?, fragen sie. Diese Dummköpfe sind so gesättigt von Sicherheit und Wohlstand, dass sie vergessen haben, niemals an einer Sache zu rütteln: dass die Cathedra nicht kontrolliert werden *darf.* Dass sie im Verborgenen arbeiten muss, damit niemand von ihrer Existenz erfährt. Geheimnis ist unsere Macht. Und manches von unserem Wissen ist so geheim, dass auch der Ältestenrat nichts vom Kuchen abhaben darf.

Die jüngsten Enthüllungen wären Wasser auf den Mühlen der Kritiker. Verräter in den Reihen der Agenten! Verbündete mit dem Feind! Wenn das rauskommt, ist das unser Ende. Dann werden wir von einer handzahmen Beamtentruppe abgelöst, die jeden Schritt ordentlich dokumentiert.

Wissen ist Verderben, sagt der Altmeister – und auf die Existenz von Magie trifft dies ganz sicher zu. Wenn die Politiker erfahren, was wir wirklich tun, weiß es auch die Welt. Und dann wird die brüchige Ordnung der Republik zusammenfallen wie ein Kartenhaus. Wenn nicht vorher ein Alb mit seiner verrotteten Bande an Verrätern die Welt ins Chaos stürzt. Immerhin – eine heiße Spur gibt es. Dem Altmeister ist es sofort aufgefallen: Die Sichtungen gruppierten sich alle um den Deamhain herum. Nur der einzige Ort, der sich *im* Deamhain befindet, meldet keinerlei Auffälligkeiten. Das ist fast schon *zu* verdächtig. Also bin ich auf dem Weg hierher, zu einem der abgelegensten Orte der Republik: dem Stützpunkt der fünften Armeedivision im Deamhain, auch genannt Waldbastion.

Ich schrecke hoch, als der Karren abrupt anhält.

Es ist dämmrig. Über uns erstreckt sich ein azurblauer Abendhimmel, und vor uns ragt die Festung auf. Schwere rußgeschwärzte Mauern, bestimmt vier Mannslängen hoch, umgeben von einem breiten Wassergraben und einer gerodeten Freifläche.

Mit einem kreischenden Lärm, bei dem sich die Haare auf meinen Armen aufstellen, senkt sich eine Zugbrücke über den mächtigen Wassergraben herab. Christoph schnalzt mit der Zunge. Wir rollen hinein in den dunklen Schlund.

Und das Medaillon auf meiner Brust wird warm.

Cianna

Der Korridor ist in tiefes Dunkel getaucht. Nur ein fahler Streifen Dämmerlicht fällt durch ein Fenster herein. Ich warte im Schatten des Mauerbogens vor der Salontür. Außer mir scheint niemand im ganzen Kastell noch wach zu sein.

Plötzlich tanzt eine Lichtkugel über die Mauersteine, taumelt durch die Nacht wie ein leuchtender Schmetterling, ehe sie über meinem Kopf anhält.

»Cianna.« Ich höre ihn, noch ehe ich ihn sehe. Die Wärme, mit der er meinen Namen ausspricht, lässt mich erschauern. Dann tritt Finn ins Licht seiner Feuerkugel. Die tanzenden Schatten lassen sein Gesicht älter wirken. Seine Augen glänzen vor Aufregung.

»Ich war mir nicht sicher, ob du kommst«, flüstert er. Als er die Hand nach mir ausstreckt, schrecke ich zurück.

»Ich habe, was du wolltest.«

Meine Stimme ist so leise, dass er mich kaum verstanden haben kann. Ich hebe die Hand mit dem Schlüsselring. Ein Lächeln zerteilt die Schatten in seinem Gesicht. Beinahe gierig reißt er mir den Schlüssel aus den Fingern.

»Danke«, sagt er. »Ich weiß gar nicht, wie ich dir danken soll.« Er nimmt meinen Arm, merkt gar nicht, dass ich erneut vor ihm zurückweiche. »Ich brauche nicht lange, versprochen«, murmelt er. »Dann komme ich wieder und gebe dir den Schlüssel zurück. Warte auf mich.«

Seine Feuerkugel erlischt mit einem Zischen. Wir tauchen zurück in die Dunkelheit. Rasch verklingen seine Schritte, und ich bin wieder allein.

Er kommt nicht zurück, hat Mutter gesagt. Ich glaube ihr. Sie hat immer recht. Trotzdem lasse ich mich zu Boden sinken. Vor dem Fenster rauscht Wind in den Bäumen. In meinem Rücken knarrt sachte das Holz der Salontür. *Er kommt nicht zurück.*

Mutter war nicht überrascht, als ich zu ihr kam. Natürlich nicht.

»Sein Auftauchen war von Anfang an verdächtig«, sagte sie. »Ich zog Erkundigungen über ihn ein. Im Ministerium ist kein Brenner seines Namens bekannt. Ich musste erfahren, was er vorhat.«

Deshalb hat sie mich mit ihm ausreiten lassen, wenn auch aus der Ferne von zwei Ordnern überwacht. Sie hat ihn umgarnt und in Sicherheit gewiegt, ebenso wie sie mir den Kopf verdrehte mit der Vorstellung, er könne mein Mann werden. Ich war ihr Werkzeug, damit er seine wahre Natur zeigte. Und für ihn war ich genau das Gleiche.

Ich schluchze auf vor Wut und Scham.

Er kommt nicht zurück. Endlich lasse ich zu, dass die Tränen meine Wangen hinabstürzen. Hier, wo keiner mich sieht.

Mutter hat dafür gesorgt, dass die Ordner heute Nacht nicht durchs Kastell patrouillieren. Niemand darf Finn im Weg stehen. Es genügt Mutter nicht, ihn dingfest zu machen, sie möchte auch seine Hintermänner zu greifen bekommen. Sobald er mit den gestohlenen Unterlagen Cullahill verlässt, wird sich ein Trupp Ordner an seine Fersen heften, bis er sie zu ihnen geführt hat.

Geschieht ihm recht, dem Verräter. Ich balle die Fäuste und weine noch mehr, hilflos und laut, bis die Tränen schließlich versiegen.

Ich weiß nicht, wie viel Zeit vergangen ist, als ich eilige Schritte höre. Eine Feuerkugel kommt auf mich zugeflogen, bleibt nur eine Handbreit über meinem Kopf stehen. Es ist Finn. Atemlos verharre ich, während er keuchend vor mir in die Knie geht.

»Es ist geschafft. Ich habe gefunden, was ich wissen wollte.«

Er holt tief Luft. »Cianna, ich muss mit dir reden. Ich muss dir etwas gestehen ...« Seine Locken hängen ihm wirr in die Stirn. Er wischt sie beiseite und greift nach meiner Hand, dann stockt er. »Du weinst ja. Was ist passiert?«

»Du bist zurückgekommen«, schluchze ich. »Warum?«

Schatten wandern über sein Gesicht. Er lässt meine Hand los. »Weil ich ein schlechter Lügner bin«, sagt er leise und rutscht ein Stück von mir zurück. »Und weil es mir leidtut. Ich habe dir nicht die Wahrheit gesagt.«

»Ich weiß.« Ich schiebe mich von ihm weg, bis ich hinter mir nicht mehr das Holz der Tür, sondern den kalten Stein des Mauerbogens spüre, dann erhebe ich mich auf zitternden Beinen.

»Du weißt es?« Er blinzelt ungläubig. »Aber warum hast du mir dann geholfen?«

»Ich habe dir nicht geholfen.« Wut und Trauer zerreißen mein Herz. Auf einmal ist es mir gleichgültig, dass ich ausgefeilte Pläne sabotiere. »Mutter weiß es. Sie weiß alles!«

Entsetzt weicht er zurück.

»Wie konntest du das tun?«, stößt er aus.

Die Salontür birst mit einem Knall. Metall blitzt, Männer brüllen. Die Feuerkugel erlischt.

»Finn!«, schreie ich in die Schwärze hinein. Jemand stößt mich beiseite, und ich taumle gegen die Wand.

Im nächsten Augenblick flammt eine Fackel auf. Zwei Ordner halten Finn gepackt, zwei weitere stehen schweratmend daneben. Ihre grauen Uniformen sind mit Blut gesprenkelt. Es ist Finns Blut. Rot rinnt es von einer Wunde auf seiner Stirn herab.

»Finn«, flüstere ich. Ich atme erstickt. Die Ordner waren direkt hinter der Tür. Die ganze Zeit. Weil Mutter mir nicht traut, hat sie mich überwachen lassen.

Finn hält die Fäuste geballt, sein glühender Blick durchbohrt mich, als wollte er mich verbrennen.

»Ich wollte dir alles erklären«, flüstert er. »Ich wollte, dass du mit mir gehst. Deshalb bin ich zurückgekommen.« Er spuckt vor mir auf den Boden. »Du bist nicht besser als deine Mutter.«

»Halt dein Maul, Rebell!« Einer der Männer schlägt ihm ins Gesicht. Finn sinkt in den Armen der Ordner zusammen. »In den Karzer mit ihm.«

Ich wende mich ab. Blind vor Tränen renne ich den Korridor hinunter, hinein in die Dunkelheit, fort von Finn. Zwei Ordner kommen mir mit Fackeln entgegengeeilt. Mutter schreitet mit erboster Miene hinter ihnen. Sie ruft mir etwas zu, doch ich weiche ihrem Griff aus und renne an ihr vorbei. Immer weiter, während Finns Worte in meinen Ohren dröhnen, während mein Herz fast zerbricht.

Er ist der Feind, ich habe das einzig Richtige getan. Doch warum fühlt es sich so falsch an?

Wie von selbst lenken mich meine Schritte zur Treppe, die hinauf zu meiner Kammerflucht führt. Raghi wartet dort auf mich. Doch ich will sie nicht sehen. Sie weiß nicht, was ich getan habe, und ich will nicht in ihre fragenden dunklen Augen blicken. Es gibt nur einen Ort, an den ich jetzt gehen kann.

Vorsichtig schiebe ich die Pforte zu meinem Garten auf. Mondlicht taucht das Gras in einen bleichen Schimmer. Wind rauscht in den Büschen, und eine plötzliche Bö zerzaust mir das Haar. Das Kind tritt hinter dem Oleander hervor. Im Mondlicht glänzen seine Haare silbrig, doch seine Augen sind in Schatten getaucht.

Ich schluchze auf, und im nächsten Augenblick ist es bei mir, schmiegt sich an meine Hüfte, bis ich hinabsinke und es in meine Arme schließe.

»Ich glaube, ich habe etwas Schreckliches getan«, flüstere ich. »Dabei wollte ich doch nur das Richtige tun.« Schluchzen bahnt sich erneut den Weg aus meiner Kehle. »Ach, hätte ich doch nie … wäre er doch nie …«

Das Kind streicht die Tränen von meinen Wangen. Seine dunklen Augen scheinen zu leuchten, und ich meine, Verwunderung in seinem Blick zu lesen, als verstünde es meine Trauer nicht. Ich versinke in seinem Blick wie in einem tiefen Brunnen, dessen Wasser mich auffängt und trägt, bis meine Gefühle allmählich zur Ruhe kommen. Sanft wandern seine Finger über meine Wangen bis zur Stirn. Seine Berührung ist federleicht und gleichzeitig schwer, in ihr wohnt eine merkwürdige Kraft, die mich müde werden lässt.

Ich muss wohl eingeschlafen sein, denn als ich die Augen wieder aufschlage, ist die Welt in Zwielicht getaucht.

Das Kind hat meine Hand genommen und führt mich durch die Korridore von Cullahill, die mir seltsam grau und leblos erscheinen, als wären sie schon seit Jahrzehnten verlassen. In den Fenstern spiegeln sich zwei seltsame Gestalten, die wir zu sein scheinen oder auch nicht. Eine groß und eine klein, und beide tragen eine Krone aus weißem Mondlicht um den Kopf, die in der Dämmerung leuchtet.

Ich glaube, dass ich träume, ich muss träumen. Gleichzeitig spüre ich unter den dünnen Sohlen meiner Pantoffeln die Kälte der Steine auf dem Hof, dann draußen vor dem Tor die Nässe der vom Morgentau benetzten Wiese. Ich wünschte, ich hätte bessere Schuhe an, denn wir betreten den Wald.

Es ist kühl. Ein Käuzchen schreit. Etwas streift mein Gesicht wie Spinnweben, und dann greift der Deamhain nach mir, zieht mich hinein in sein nebliges Grün.

Eva

Die Morgendämmerung beginnt mit Nebel und einer lauwarmen Hafersuppe, die ich in der noch leeren Soldatenkantine in mich hineinschaufle. Der Kommandant ist ein Frühaufsteher, sagte mir Quinn gestern, und ich will mich so bald wie möglich bei ihm vorstellen. Nach dem Frühstück trete ich vor die Tür. Der Nebel ist noch dichter geworden als vorhin. Kühl und feucht nimmt er mich in Empfang.

Das Medaillon ruht warm und schwer auf meiner Brust. Magie. Irgendwo hier in dieser Festung gibt es einen magischen Ausstoß, und ich muss die Quelle finden.

Ein paar ältere Soldaten marschieren an mir vorbei, salutieren im Gehen. Rasch verschwinden ihre Schemen im Dunst. Als auch das dumpfe Dröhnen ihrer Stiefel verschluckt wird, ist es ruhig. Zu ruhig für mich.

So wie der Deamhain kein gewöhnlicher Wald ist, ist die Bastion kein gewöhnliches Bauwerk. Sie war einst einer der Herrschersitze der Alben auf unserer Seite der Welt.

Von hier gab es einen Pfad auf ihre Seite, nach Albental. Und von dort brachten sie nicht nur ihre Magie mit, sondern auch einige ihrer Pflanzen und Tiere. Diese fremdartigen Wesen ließen sie auf unseren Wald los und machten ihn für immer zu verlorenem Terrain.

Ich mag diesen widernatürlichen Wald nicht. Und ich mag die alten Gemäuer der Alben nicht. Ich kenne sie viel zu gut: ihre seltsamen Türme, die Windungen und gebogenen Wege, wo kein Winkel passt. Die extravagant gewölbten Korridore, die verschachtelten Gebäude mit den flachen Dächern, die versteckten Pforten. Sie geben mir das Gefühl, hinter jeder Ecke lauere einer von ihnen.

Warum um alles in der Welt haben die Leute die Bauten nach dem Krieg nicht abgerissen? Vielleicht wollten sie sich wie Sieger fühlen in den alten Palästen ihrer Sklavenkönige. Das ist gründlich daneben gegangen. Wir Menschen wirken nur kleiner unter den hohen Decken mit den Fenstern und Türklinken auf Brusthöhe und den Treppenstufen bis zum Knie.

Ich atme tief durch. Keine Zeit zum Grübeln. Ich muss mir die Nebelsuppe für einen unauffälligen Rundgang zunutze machen.

Die Festung besteht aus zwei Maueranlagen: dem recht überschaubaren inneren Ring, in dem sich rund um einen einzigen Platz die Stabsgebäude, die Hauptmannsquartiere, die Waffenkammern und die Kantine tummeln – und dem äußeren Mauerring. Zwischen diesen beiden Mauerringen erstreckt sich das unüberschaubare Areal der Hauptfestung.

Ich verlasse den inneren Ring durch eines der beiden Tore und mache mich auf den Weg durch die Gassen der Hauptfestung, die sich ab hier spiralförmig durch die Anlage winden. Die Nebenpfade, Treppen und dunklen Winkel vermeide ich erst einmal. Nur nicht den Überblick verlieren in diesem Labyrinth. Die Festung ist riesig, einer Stadt gleich, und einer der größten Albenbauten, in denen ich jemals war. Viele Ecken wirken verwahrlost, an einigen Gebäuden fehlen Türen, und die Fenster sind vernagelt. Die Bastionsmauer, die die gesamte Anlage umschließt, ist mehr als vier Mannslängen hoch und sicherlich häuserbreit. Doch an vielen Stellen bröckelt der Stein, und mehrere Türme wirken baufällig. Der niedrige Tunnel des Abwasserkanals, den ich in der Nähe des Südtors passiere, ist nur mit ein paar dünnen Holzlatten vernagelt. Ich runzle die Stirn. Frieden macht leichtsinnig.

Ich komme auch an den dreistöckigen Mannschaftsgebäuden vorbei. Dahinter geht es zu den Werkstätten und Wirtschaftsgebäuden. Außerdem erblicke ich eine Falknerei. Just als ich vorbeikomme, schießt einer der großen grauen Vögel pfeilgerade aus dem Nebel und hinein in eine schmale Fensterluke. Er trug einen Zettel ans Bein gebunden, sicherlich eine Nachricht aus den umliegenden Bezirken. Die eigens für den Nachrichtenverkehr der Armee gezüchteten Heyki-Falken sind wesentlich schlauer und schneller als Brieftauben, sie können weitere Distanzen zurücklegen, und sie werden nicht so leicht von anderen Raubvögeln erwischt, die es im Deamhain sicherlich gibt.

Hinter der Falknerei sehe ich Konturen, die zu Schießständen passen, und zwei Höfe, groß genug zum Exerzieren. Halbleere Ställe und Lagerscheunen schälen sich aus dem Nebel, außerdem erblicke ich in den Seitengassen zwischen den Ruinen ein paar besser in Schuss gehaltene Wohngebäude der zivilen Angestellten und sogar ein paar Gärten und Koppeln.

Weil ich um die Gebäude der Jäger und Sammler einen großen Bogen schlage – die will ich mir für eine sorgfältigere Überprüfung aufheben –, habe ich bald einen groben Überblick. Die Wärme des Medaillons blieb die ganze Zeit konstant, offensichtlich bin ich der magischen Quelle noch nicht näher gekommen.

Angespannt mache ich mich auf den Rückweg. Immer mehr verfallene Ecken stechen mir ins Auge. Wurzeln bohren sich mancherorts aus dem Boden, als holte sich der Wald sein Areal zurück. Außerdem sind kaum Leute unterwegs. Zu wenige. Übersehe ich die Truppen im Dunst? Oder sind in dieser riesigen Anlage noch weniger Leute stationiert, als offiziell gemeldet?

Hundertzwanzig Fußsoldaten, heißt es in den Akten von Andex. Dazu vierzig zivile Angestellte, zehn Hauptleute und etwa dreißig spezialisierte Kräfte: die Jäger und Sammler.

Die Jäger sind Soldaten, die als Fährtensucher, Späher und Schützen mit Armbrust und Bogen ausgebildet sind, außerdem haben sie zwei Brenner in ihren Reihen.

Die Sammler rekrutieren sich dagegen vor allem aus zivilem Personal: Bei ihnen tummeln sich Kartographen, Geologen, Heiler, die sich auf die Erforschung von Heilpflanzen spezialisiert haben, und andere Forscher und Beamte, von diversen Ministerien beauftragt zu Erkundung von Wetter, Böden, Wurzeln und Getier; manche mit eher zwielichtigem Ruf. Unter den Sammlern befinden sich – wenig überraschend – auch unsere zwei Agenten. Ihr Auftrag ist es, die interessantesten Funde aus dem Wald für unsere Archive zu dokumentieren und beiseitezuschaffen. Und ihre Statusmeldungen sind seit Monaten absolut nichtssagend. Entweder sie sind so dumm, dass sie nicht mitbekommen haben, dass es hier ganz gewaltig nach Albenmagie stinkt. Oder sie gehören zu den Verrätern.

Mein Auftrag lautet: Unerkannt Zugang zur Bastion verschaffen – die zwei Agenten überprüfen – nach Spuren der Verschwörung und des Alben suchen – Letzteren direkt eliminieren, falls möglich – ansonsten Bericht erstatten.

Und wenn ich gar nichts finde? Oder an der Wahrheit vorbeilaufe, so wie in diesem Dunst an den Leuten?

Ich hasse Selbstzweifel. Es liegt an dieser Bastion, die mich wahnsinnig macht. Und diesem Nebel.

Ich bin froh, als ich endlich wieder im inneren Ring bin. Hinter diesem zweiten, etwas kleineren Verteidigungswall sind die Gebäude gepflegt, die Wege kurz und strukturiert. *Menschlich.* Auch das Stabshaus scheint neueren Datums zu sein: ein eckiger, weiß getünchter Bau, in dem sich das Büro des Kommandanten und die zentrale Verwaltung befinden.

Energisch klopfe ich an die Tür und werde prompt eingelassen – vom Kommandanten persönlich.

Nur an seinem Abzeichen erkenne ich ihn. Er wirkt nicht gerade wie ein altgedienter Soldat. Die braune Uniform schlottert an seinem Körper, seine hängenden Schultern und das fliehende Kinn machen einen kraftlosen Eindruck.

Auch seine Augen unter buschigen grauen Brauen blicken verschleiert, als wäre er kurzsichtig oder todmüde.

Ich salutiere. »Guten Morgen, Kommandant Leontes. Ich bin Hauptmann Effie. Ich soll mich heute Morgen bei dir melden. Bin ich zu früh?«

Er winkt ab. »Keineswegs. Ich bin immer vor der Dämmerung hier. Und deshalb bisher der Einzige. Komm herein.«

Er geht voran, eine schmale Treppe hinauf und dann in ein vollgestopftes Büro. Ein dampfendes Teegedeck balanciert auf Papierstapeln. In einem Regal an der Wand stehen große Einweckgläser mit seltsamen Pflanzen und bizarr verformten Kleintieren, die eher ins Archiv der Cathedra passen als ins Büro eines Kommandanten.

Leontes setzt sich hinter seinen Schreibtisch, dann weist er auf den Stuhl gegenüber.

»Tee?« Ohne meine Antwort abzuwarten, winkt er einem Dunkelhäutigen, der hinter ihm im Schatten wartet. Der Sklave gießt mir eine Tasse ein und verschwindet anschließend aus der Tür. Natürlich ist der Kommandant ein Bürger mit dem Vorrecht der Sklavenhaltung – in der Armee sind die Unterschiede zwischen den Klassen geringer, doch kein Gemeiner schafft es in eine so hohe Position.

Während ich an der Tasse nippe, faltet Leontes die Hände und mustert mich. Besonders erfreut wirkt er nicht.

»Ich hätte nicht erwartet, dass meinem Antrag auf Verstärkung so rasch Folge geleistet wird«, sagt er. »Ein neuer Hauptmann und zwei neue Soldaten. Drei neue Soldaten wären mir lieber gewesen, und auch sie wären nur ein Tropfen auf dem heißen Stein.« Er schüttelt den Kopf, als er meinen Blick sieht. »Versteh mich nicht falsch. Ich bin über jeden Mann und jede Frau dankbar. Aber meine Führungsriege ist gut ausgestattet. Mir fehlt es an Fußsoldaten und an Wachen.«

Und an Handwerkern, um die Festung vor dem endgültigen Verfall zu retten. Doch ich sage nichts.

Etwas ratlos blättert er durch meine Papiere, die gefälschte Akte meiner Abordnung.

Endlich blickt er auf. »Weißt du, was wir hier tun?«

Ich richte mich zu einer zackigen Antwort auf, doch sein abwesender Blick zeigt, dass er die Frage rhetorisch meinte. Also lehne ich mich wieder zurück, und schon beginnt der Monolog.

»Diese Bastion ist durchaus einzigartig«, setzt Leontes an. »Denn obwohl der Deamhain eine Fläche von einem Viertel Irelins bedeckt, ist sie das einzige Gebäude der Republik, das sich tiefer als einen Steinwurf in seinem Inneren befindet.« Er nickt mir ernst zu. »Das bringt eine große Verantwortung mit sich. Jeden Morgen hissen wir die Flagge der Republik über den Wipfeln. Denn die Republik zähmte die Wildheit des Menschen und lehrte ihn Verstand, wo sonst nur Aberglaube herrschte. Und auch die Natur muss von uns gezähmt werden. Dieser Wald ist jedoch äußerst widerspenstig. Seine Tier- und Pflanzenwelt, ja sogar sein Wetter sind für uns genauso bösartig wie fremd. Er ist ein Störenfried in unserer Ordnung und unserem Denken.« Der Kommandant legt eine Pause ein, um einen Schluck Tee zu trinken.

Fragt er sich jemals, warum der Wald so ist? Oder nimmt er das einfach hin, so wie er die Ordnung der Republik seit jeher ungefragt hinnimmt?

Er kneift die Augen zu, als spürte er, dass ich mehr weiß als er. Seine Brauen ziehen sich zu einem grauen Büschel zusammen.

»Der Wald ist nicht bezwingbar durch Rodung oder irgendeine andere Gewalt«, doziert er weiter, als wäre er nicht Soldat, sondern Wissenschaftler. »Kategorisierung, Kartierung, Erkenntnisgewinn, das sind unsere Waffen.

Dies mag mehr nach einer Forschungseinrichtung denn nach einem militärischen Stützpunkt klingen. Und doch ist es ein Krieg, den wir hier führen. Er ist ebenso entscheidend wie der Krieg an der Nordgrenze, nur dauert er bereits viel länger. Die Soldaten und Forscher, die Jäger und Sammler dieser Festung kämpfen seit jeher dafür, das Unerklärliche erklärbar zu machen oder zumindest weniger beängstigend.« Er seufzt. »Jedenfalls war die Erkundung des Deamhains früher unsere wichtigste Aufgabe. In den letzten Jahren hat für die Republik dagegen der Kampf gegen die Rebellen an Gewicht gewonnen.« Er runzelt missbilligend die Stirn.

Sieht er sich und seine Leute als zu gut an für die regulären Aufgaben eines Soldaten? Mein Verständnis hält sich in Grenzen.

»Wir haben die neuen Pflichten in unser Tätigkeitsfeld integriert«, fährt er fort. »Die Jäger spüren auf ihren Expeditionen jetzt auch noch Rebellen auf. Die eingefangenen Familien liefern wir alle paar Monate an die Ipalle der Bezirke aus, die Männer fallen im Kampf, oder wir bringen sie nach Mornerey. Nichtsdestotrotz stoßen wir immer häufiger auf illegale Siedlungen. Armselige Hütten, die kaum dem Deamhain trotzen können. Oft sind die Bewohner halb verhungert und in ständiger Gefahr angesichts der Tierwelt, doch sie kämpfen mit Äxten und Steingeschossen gegen uns, statt sich zu ergeben.«

Er blickt mich nachdenklich an. »Wahrscheinlich ähneln sie darin den Barbaren, gegen die du im Norden gekämpft hast. Der Kommandant von Mornerey riet mir, einen Vorposten im Wald aufzubauen, um ihnen besser Herr zu werden. Bisher verfügte ich nicht über genug Mann, doch das wäre vielleicht eine Aufgabe für dich. Kennst du dich mit der Errichtung einer solchen Stellung aus?«

Den neuen Hauptmann mit einem halsbrecherischen Auftrag direkt in die Wildnis schicken? Das kann nicht sein Ernst sein. Außerdem muss ich im Inneren der Festung bleiben, um die Verräter zu finden.

»Leider nein«, sage ich. »Ich habe zwar Erfahrung mit der Verteidigung einer befestigten Stellung, doch nicht mit einem

Aufbau einer solchen. Das Areal hier ist mir außerdem völlig unbekannt. Was tun die Rebellen überhaupt im Deamhain? Haben sie keine Furcht vor ihm?«

Der Kommandant wiegt den Kopf. »Nun, das wäre interessant zu wissen, nicht wahr? Doch sie sind allesamt zu verstockt, um uns irgendetwas zu erzählen.«

Er weiß also weder, wie sein Feind denkt, noch hat er eine Strategie, um ihn zu bekämpfen. Ich muss mich beherrschen, um ihn nicht zu schütteln. Wäre ich eine Rebellin, würde ich mich über ihn kaputtlachen.

»Kommandant, ich bin nicht stolz darauf«, sage ich, »doch in meinem Dienst im Nordkrieg musste ich mich mit einigen, nun, raueren Verhörmethoden vertraut machen, um die gefangenen Barbaren zum Reden zu bringen. Ich biete an, diese Kenntnisse hier anzuwenden, um Klarheit zu gewinnen.«

»Ach ja?« Er hebt die buschigen Brauen und mustert mich mit einer Mischung aus Abscheu und widerwilligem Interesse. »Nun, dann wäre das entschieden. Ich teile dich zur Gefangenenwache ein.« Geschäftig schiebt er plötzlich die Papierstapel auf seinem Tisch zusammen und erhebt sich. Offensichtlich will er nun wieder seine Ruhe haben.

»Wende dich an Hauptmann Rik. Du teilst dir ab jetzt die Schichten mit ihm. In seiner freien Zeit kann er mir dann für andere Dinge zur Verfügung stehen. Richte ihm aus, er soll nachher zu einer Dienstbesprechung vorbeikommen.« An der Tür verharrt er. »Ich erwarte regelmäßigen Bericht, Hauptmann Effie, über das, was du in Erfahrung bringst. Und ich erwarte, dass du die Gefangenen nicht allzu …« Er zögert, weiterzusprechen. »Das sind Menschen, Hauptmann. Keine Tiere.«

Ich salutiere. »Natürlich. Danke für diese verantwortungsvolle Aufgabe.«

Draußen vor seiner Bürotür verharre ich einen Augenblick, um meine Gedanken zu sammeln. Wenn ich ein Alb wäre, würde ich mir diese Bastion als Versteck und Stützpunkt meiner Verschwörung aussuchen. Zum einen, weil ich mich hier in diesen verrotteten Gemäuern wahrscheinlich wie zu Hause fühlen würde. Zum anderen ist der Kommandant ein harmloser Alter, der jeden Anschluss ans Soldatenleben längst verloren hat. Wahrscheinlich bekommt er noch nicht einmal die Hälfte von dem mit, was seine Leute so tun. Kein Wunder, dass die Soldatinnen Quinn und Tara gestern so ungezwungen mit mir umgingen.

Und ich bin nun Gefangenenwärterin. Nicht meine erste Wahl, ich hätte es jedoch schlimmer treffen können.

Ich trete auf den Hof hinaus, auf dem nun endlich mehr Menschen unterwegs sind als vorhin. Soldaten salutieren nachlässig, wenn sie an mir vorbeikommen, und ihre Blicke sind unverblümt neugierig. Die meisten von ihnen sind ziemlich alt, deutlich über dem Armeedurchschnitt jedenfalls. Wahrscheinlich kriegen sie hier ihr Gnadenbrot – und nicht oft neue Leute zu Gesicht.

Hauptmann Rik ist ein behäbiger Mann, der ebenfalls kurz vor dem Ruhestand steht. Er ist regelrecht begeistert davon, die lästige Aufgabe der Gefangenenaufsicht mit mir zu teilen. Wahrscheinlich werden er und der Kommandant die gewonnene freie Zeit mit Schachspiel oder Angeln im Bastionsgraben verbringen. Es ist mir egal.

Auf meine Bitte schleppt Rik sein beachtliches Gewicht in den Gefängniskeller hinab. Ich folge ihm. Auf der fünften Stufe stocke ich kurz, halte den Atem an und taste nach dem Medaillon. Bilde ich es mir ein? Nein. Es ist wärmer geworden, eine kleine Wärmflasche an meiner Brust. Endlich eine Spur.

Ich verstecke es wieder unter meiner Uniform und bringe die letzten Stufen hinter mich. Oberflächlich scheint im Kerker nicht viel los zu sein. Zwei Wachen lümmeln auf Stühlen vor den Haftträumen herum und erheben sich gemächlich, um zu salutieren. Keiner von ihnen wirkt groß oder hübsch genug für einen Alb. Die Zellen stellen sich als fensterlose, doch gar nicht unbehagliche Zimmer mit Pritschen und sogar Tischen und Stühlen heraus. Durch vergitterte Luken in den Türen blicke ich im Schummerlicht der Öllampen auf etwa dreißig zerlumpte Gestalten – Männer, doch auch ein paar Frauen und sogar Kinder.

»Die Jäger sind draußen, um die Spuren der Rebellen zu verfolgen, die die Bürger im achten Bezirk überfallen haben«, erklärt mir Rik, als wir wieder die Treppen hinaufsteigen. Er schnauft. »Wir erwarten sie jederzeit zurück. Sie werden bestimmt ein paar Gefangene bringen. Außerdem liefern uns die Ipalle der angrenzenden Bezirke ab und zu ein paar – da Rebellen politische Gefangene sind, ist das Militär für sie zuständig. Wir machen ihnen hier jedoch keinen Prozess, sondern sammeln sie nur und schicken sie dann alle paar Monate mit einer Eskorte nach Mornerey in den ersten Bezirk. Die Division hat dort ein Straflager für das Gesindel. Keine Ahnung, was da mit ihnen geschieht. Wir sehen jedenfalls keinen ein zweites Mal.«

Am Fuße der Treppe bleibt er keuchend stehen und blinzelt mir zu. »Hier unten, das ist nicht die angesehenste Stellung in der Bastion, aber eine der ruhigsten. Wenn du dich gut anstellst, Mädchen, wird dir Leontes bald ein anderes Amt übertragen.«

»Ich werde bei jeder Aufgabe mein Bestes geben«, erwidere ich etwas steif.

Er nickt und zuckt zugleich mit den Schultern. »Komm mit, dann stelle ich dir die restliche Mannschaft der ersten Schicht vor.«

In den Wachräumen im Erdgeschoss erblicke ich zu meiner Überraschung ein bekanntes Gesicht: Quinn.

»Hauptmann Effie!« Trotz ihrer stämmigen Figur springt sie leichtfüßig auf und ruft: »Das ist sie!«, ehe sie lachend salutiert.

Die anderen drei Soldaten salutieren ebenfalls. In ihren Gesichtern sind Neugier und Respekt zu lesen. Gute Quinn. Meine Geschichte hat bereits die Runde gemacht. Während sich Hauptmann Rik zum Kommandanten begibt, bemühe ich mich, mir ein Bild von meinen neuen Soldaten zu machen. Das Medaillon schlägt bei keinem von ihnen aus.

Sie sind ein lahmer Haufen. Entweder jung und unerfahren oder alt und antriebslos. Bis auf Quinn. Sie redet die meiste Zeit, und besonders die jungen Männer lauschen ihr mit liebevollem Respekt, als wäre sie ihre Mutter.

Ich lasse mir von ihr die Schichtpläne zeigen und die Abläufe erklären, über die ich künftig die Aufsicht haben soll. Regelmäßige Patrouillen vor den Hafträumen, Versorgung der Gefangenen mit Mahlzeiten, Wasser und Toiletteneimern, Eskorten bei Krankenstand, Verwaltung der Namen und Herkunftsorte (sofern die Rebellen sie nennen), Kontrolle der Eingänge und Abgänge und Überführung der Gefangenen an andere Standorte ...

Obwohl ich letzte Nacht wie ein Stein geschlafen habe, unterdrücke ich ein Gähnen. Klingt alles nicht allzu schwierig. Eine gute Tarnung, um mich in aller Ruhe in den Kellern umzuschauen.

Endlich habe ich die wichtigsten Informationen erhalten, und mir fallen keine Fragen mehr ein. Dass mich der Kommandant damit beauftragt hat, den Gefangenen künftig etwas härter auf den Zahn zu fühlen, erwähne ich nicht. Das kann ihnen Hauptmann Rik schonender beibringen.

»Hier ist noch eine kleine Kammer.« Quinn zückt einen Schlüssel und öffnet eine niedrige Tür, die sich im hinteren Teil des Wachraums befindet. »Dort lagern wir zusätzliche Waffen, Ersatz-Uniformen und ein paar andere nützliche Dinge.«

Ich ducke mich und trete hinter ihr ein. Mit einem Schrei zucke ich zurück. Ein Widder grinst mich aus der Dämmerung an, mit schwarzen Augenlöchern und bösartig gebleckten Zähnen. Neben ihm grinst noch einer und dann noch einer, bestimmt ein Dutzend stieren leer von den Wänden herab.

Quinn schnauft vor unterdrücktem Lachen. »Keine Angst«, ruft sie. »Das sind doch nur Masken. Die nehmen wir den Rebellen ab.«

Nur Masken. Die Worte dröhnen in meinem Kopf. Ich presse mir die Fingernägel in die Handballen. Natürlich sind sie das. *Widder sind wir. Fröhliches Maskenball-Getier.*

Und am Ende blieb nur eine von ihnen übrig. Hastig wende ich den Fratzen den Rücken zu.

Ich bin nicht mehr sie. Ich bin Eva. Nein. Ich bin Effie.

Die anderen Soldaten grinsen mich schadenfroh an. Ich ringe mir ein Lächeln ab.

»Ich hoffe, alle hatten ihren Spaß«, stoße ich aus. »Und jetzt machen wir weiter.« Ich wende mich an Quinn. »Bring mich auf die Wehrgänge der Bastion. Ich möchte einen Überblick über den Aufbau der Verteidigungsanlagen bekommen und über alle Wege, die in die Keller herein- und hinausführen.«

»Warum?«, fragt ein junger Soldat erstaunt.

»Für den Fall, dass die Gefangenen einen Ausbruch wagen«, sage ich barsch. »Oder uns jemand angreift, um sie zu befreien.« Unter meinem strengen Blick versinken zumindest die jungen Soldaten im Boden. »Gibt es bisher keine Strategien dafür?«

»Über die Mauern der Bastion kommt keiner«, sagt Quinn überzeugt. »Aber ich führe dich gerne herum.«

Ich folge der Soldatin hinaus auf den Hof. Wir gehen in Richtung Mauer. Ein paar Sonnenstrahlen schaffen es inzwischen durch die milchige Suppe der Wolken.

Ich atme tief aus. Erst jetzt kann ich die Erinnerung an die Widderfratzen endgültig abschütteln. Ich bin Hauptmann Effie. Keine Maskenbälle für mich.

»Da ist Christoph.« Quinn hebt grüßend die Hand.

Der blondbärtige Händler nickt uns zu, während er mit ein paar Soldaten über den Hof schlendert.

»Was macht der noch hier?«, frage ich verdutzt.

»Ach, er bleibt häufig für ein paar Tage, um Bestellungen von uns aufzunehmen. Außerdem ist er ein gern gesehener Gast des Kommandanten.« Sie hebt die Schultern. »Sie sind beide Bürger, und für Leontes gibt es hier sonst keinen Umgang mit Gleichgestellten.«

Das leuchtet mir ein. Diese Bastion ist eindeutig eine Sackgasse für jede Karriere – und das nimmt kein Bürger freiwillig auf sich.

»Hundertzwanzig Soldaten sind ziemlich wenige, um so eine Festung am Laufen zu halten«, sage ich.

»Hundertzwanzig?« Quinn lacht. »Wer hat dir das erzählt? So viele waren wir, bevor der Krieg losging. Die Hälfte von uns wurde in den Norden abgezogen.«

Sechzig Mann für diesen riesigen Kasten, und die meisten von ihnen kurz vor dem Ruhestand. Ich schüttle den Kopf. Das erklärt den Verfall, der hier überall offensichtlich ist.

Quinn deutet nach vorne. »Dort geht es zu den Wehrgängen hinauf, Hauptmann. Möchtest du dir einen Überblick über die Gegend verschaffen?«

Ich nicke, und sie führt mich Treppen hinauf und vorbei an mehreren Korridoren, die die Mauer aushöhlen wie ein Bienenstock. Mehr als ein Drittel der Korridore seien notdürftig verbarrikadiert worden, weil sie einsturzgefährdet seien, erklärt Quinn. Gut sechzig Stufen geht es hinauf, bis wir ins Freie treten.

Wir sind auf einem der sechs Ecktürme der Bastion. Weit und breit sind keine Wachpatrouillen zu sehen. Stattdessen pfeift mir kalt der Wind um die Nase. Ich trete an die bröckelnden Zinnen und blicke in den Nebel hinaus.

Dort unten erkenne ich die schwarze gerodete Freifläche wieder. Und dahinter beginnt der Wald. Ein Gewirr von Ästen und Gestrüpp, Schlingpflanzen und meterhohen Farnen. Dazwischen Stämme, so massiv wie mehrstöckige Häuser. Unglaublich viele Schattierungen von Grün, obwohl ich im Dunst nur zwei Steinwürfe weit sehen kann. Im Nebel liegen Schatten und Licht verwirrend dicht nebeneinander. Zwischen den Bäumen meine ich, Bewegungen auszumachen, doch es sind nur Wolkenfetzen, die der Wind vor sich her treibt. Immer wieder brechen Sonnenstrahlen hervor und lassen die nassen Blätter flimmern, ehe sie wieder in Schatten abtauchen.

»Beeindruckend«, murmele ich. *Unheimlich*, meine ich eigentlich.

Quinn nickt. »Einzigartig. Wunderschön.« Sie flüstert. »Und manchmal voller Gefahren.«

Ich mag keine mysteriösen Andeutungen. »Nenn sie mir.«

»Natürlich, Hauptmann.« Sie hat eindeutig auf diese Frage gehofft. Eifrig deutet sie zwischen den Zinnen hinab. »Siehst du die Metallspitzen dort unten in der Erde und die angespitzten Pfähle? Sie sind gegen die Wildschweine, die Elphons und die Baumkatzen. Die Elphons sind so eine Art Hirsche, aber deutlich massiger. Sowohl sie als auch die Schweine sind äußerst aggressiv, vor allem die Männchen. Sie stürmen auf dich zu und spießen dich mit ihrem messerscharfen Geweih oder ihren Hauern auf, und dann war es das. Die Baumkatzen hingegen sind Kletterer. Mit ihren Krallen kommen sie sogar die Mauern der Bastion empor. Manche nennen sie auch Nachtkatzen, denn es heißt, wo sie sind, sähen sie selbst Zwielicht und Dunkelheit, und deshalb sieht man sie erst, wenn es zu spät ist. Sie lassen sich von oben auf ihre Opfer fallen, und so bringen sie ohne Weiteres einen ausgewachsenen Mann zur Strecke.

Außerdem gibt es Spinnen und Schlangen dort draußen, die dich mit einem Biss innerhalb von Minuten töten können, wenn du nicht einen Heiler in Rufweite hast. Es gibt giftige Beeren und tödliche Stacheln. Schlingpflanzen, die sich um dich wickeln, bis du erstickst, und dann dein Blut aussaugen.« Sie schaudert mit einem wohligen Ausdruck im Gesicht.

»Und das sind nur die offensichtlichsten Gefahren. Ich habe Bäume gesehen, deren Rinde je nach Tageszeit die Farbe ändert und deren Harz rot ist wie Blut. Ein Soldat hat das Harz angefasst, und ihm sind die Finger angeschwollen wie Ballons. Er konnte sie nie wieder richtig benutzen. Es gibt Vögel, die noch nie jemand gesehen hat, doch ihre Rufe klingen angeblich wie Kinderweinen. Wir nennen sie Bansei. Der, der ihr Weinen in der Abenddämmerung hört, erlebt die nächste nicht mehr.«

Ich runzle die Stirn. »Das ist verbotener Aberglaube.«

»Nun, vielleicht.« Sie stemmt die Hände in die Seiten. »Doch einer meiner Kameraden hat eines Abends am Rand unseres Lagerplatzes jemanden weinen gehört. Und am nächsten Tag hat ihn eine Schlange gebissen, und er ist unter furchtbaren Krämpfen gestorben.«

Ich zucke mit den Schultern. Das mag stimmen oder auch nicht.

»Du weißt sehr viel über den Wald für eine Gefangenenwärterin«, sage ich. *Mehr noch*, denke ich. *Dir macht der Wald keine Angst.* »Warum bist du nicht als Fußsoldatin bei den Jägern?«

Quinn zögert mit der Antwort. Ihre massigen Schultern sinken nach vorne. »Dort war ich. Fünfzehn Jahre lang. Doch die Aufgaben haben sich verändert. Ich habe mich versetzen lassen, Hauptmann. Ich will meinen Ruhestand noch erleben.«

Nein. Du willst keine Rebellen jagen. Wie der Kommandant. Kein Wunder, dass sich die Verbrecher im Wald ausbreiten wie die Fliegen, wenn sogar die Armee nichts gegen sie tun will. Ich schlucke einen bösen Kommentar herunter.

»Was ist mit den Sammlern? Haben die überhaupt noch was zu tun, seit sich die Jäger auf die Rebellen konzentrieren?«

Quinn hebt die Schultern. »Für die gibt es immer etwas zu

tun. Außerdem sind sie nicht mehr allzu viele.« Sie beißt sich auf die Lippen. »Seit dem Vorfall letzten Herbst.«

»Vorfall?« Ich spitze die Ohren. »Was ist passiert?«

»Ein Erdrutsch«, sagt sie betrübt. »So etwas kommt manchmal vor. Es war trocken letzten Herbst, viel trockener als sonst. Die Expedition war nach Norden unterwegs, zu den Mooren. Die Sammler hofften, dass die Sümpfe trocken genug wären, um sie zu betreten. Das hat schon seit hundert Jahren keiner mehr geschafft. Es gibt alte Berichte über Heilpflanzen, die dort im Wasser wachsen und deren Beeren gegen jedes Schlangengift helfen. Zwei Tage nach ihrem Aufbruch hat es wie aus Eimern zu schütten begonnen. Eine ganze Nacht lang. Und drei Tage später kamen zwei Jäger und zwei Fußsoldaten zurück. Sie waren die einzigen.« Sie seufzt. »Das Unwetter hatte einen ganzen Waldhang ins Rutschen gebracht – und sieben Sammler und dreißig Soldaten waren verschüttet worden.«

»Wie furchtbar.« Mein Herz unter dem Medaillon tut einen einzelnen, dunklen Schlag. »Waren die Geologen Haro und Nik unter den Verschütteten?«

Sie runzelt die Stirn. »Es waren zwei Geologen dabei, doch die hießen anders. Außerdem waren zwei Tierkundler-Brüder aus Merimar dabei, ein Meteorologe namens Kelly und die beiden Heiler Antrim und Rosco.«

Kelly und Rosco. Hinter meinem Rücken balle ich die Fäuste. Unsere Agenten. Wir haben ihnen unrecht getan. Ganz offensichtlich waren sie keine Verräter, sondern Opfer. Doch wenn sie seit einem halben Jahr tot sind, warum wissen wir nichts davon? Und wer schickte uns die regelmäßigen Berichte in ihrem Namen?

»Wurden die Truppen ersetzt?«, frage ich.

Quinn zieht die Nase hoch, als käme ihr meine Frage etwas herzlos vor.

»Nach dem Waffenstillstand vor ein paar Wochen haben sie uns von den Nordgrenzen dreißig neue Fußsoldaten geschickt, alle noch grün hinter den Ohren. Außerdem kamen im Winter zwei neue Sammler und zwei Jäger hier an, doch die kenne ich kaum. Diese Leute bleiben meist unter sich.«

Natürlich tun sie das. Weil die Verräter ihre Reihen längst infiltriert haben. Meine Wut wächst. Auf den feindseligen Wald und seine tödlichen Fallen. Auf diese verwahrloste Albenfestung, in der sich keiner wie ein Soldat benimmt. Wenn ich die Verräter finde und den verfluchten Alben, der das alles angezettelt hat, werde ich sie einzeln, langsam und schmerzhaft töten.

»Jäger!« Quinn deutet zum Waldrand hinunter. »Sie kommen zurück.«

Ich schiebe meine Wut beiseite und konzentriere mich auf die dunstigen Schatten dort unten. Drei Männer mit dunkelgrünen Mänteln, Kapuzen auf dem Kopf, sodass sie vor dem Gestrüpp beinah unsichtbar wirken. Zwei von ihnen halten Spürhunde an kurzen Leinen. Hinter ihnen treten weitere Leute aus dem Baumschatten. Zwei Handvoll Soldaten in braunen Uniformen. Ein Heiler in schmutzig-weißer Kutte. Und dazwischen zerlumpte Gestalten in Ketten.

»Sie haben Gefangene«, sagt Quinn.

»Vier Männer«, zähle ich.

Sie nickt. »Folg mir, Hauptmann. Wir haben zu tun.«

Cianna

Ich schrecke hoch. Ein misstönendes Kreischen hat mich geweckt, doch jetzt ist es wieder verstummt.

Ich sitze auf nasser Erde, auch meine Arme und mein Gesicht sind nass. Mir ist kalt.

Überall um mich ist es grün. Spinnweben taumeln vor meinem Gesicht, darin glänzen Perlen aus Wasser. Wo bin ich? Erneut schreit etwas. Ich fahre herum. Es ist ein Vogel, so klein und braun wie eine Walnuss. Er hat sich im Spinnennetz verfangen, flattert und kreischt, doch mit jeder Bewegung verstrickt er sich tiefer in das Netz. Instinktiv will ich nach ihm greifen und ihm helfen, da packt jemand meine Hand. Das Waldkind kniet vor mir. Sein grüner Umhang lässt ihn mit Moos und Blättern verschmelzen, unwirklich wie ein Traum.

Der Junge schüttelt den Kopf. Seine dunklen Augen unter der Kapuze schimmern traurig. *Zu spät.*

Obwohl er seinen Mund nicht bewegt, höre ich seine Stimme in meinem Kopf, hell und klangvoll wie ein Glöckchen. Wie ist das möglich?

Mit einer Fingerspitze berührt er den Vogel. Das Tier verstummt beinahe sofort, und einen Augenblick später regt es sich nicht mehr.

Perplex starre ich den Jungen an. Ich versuche, über ihn nachzudenken, doch jeder Gedanke huscht mir davon wie ein weiterer Vogel, der am Rande meines Blickfelds herumflattert.

Soeben war es doch noch Nacht, und ich war im Kastell. Ich trage immer noch das grüne Kleid und darüber meinen hellgrauen Hausmantel aus besticktem Leinen, viel zu dünn für draußen, außerdem meine für einen Waldspaziergang völlig ungeeigneten Pantoffeln. Und doch bin ich hier, und mein Gefühl sagt mir, es ist mitten am Tag.

»Wo bin ich?«, flüstere ich. »Und wie bin ich hierhergekommen?«

Statt einer Antwort lächelt er bloß und breitet die Arme aus. *Du bist zu Hause.*

Schon will ich sein Lächeln erwidern, doch etwas lässt mich innehalten. Sein Blick. Das unheimliche Gefühl, dass mich ein Geschöpf, das ich niemals kennen werde, aus diesen riesigen Augen ansieht. Neben ihm huschen Spinnen durch das Netz zu ihrer Beute.

Die Schatten zwischen dem Grün wirken plötzlich bedrohlich. Schlingpflanzen scheinen nach mir zu greifen, Wurzeln rascheln im Moos und winden sich wie Schlangen unaufhörlich auf mich zu.

Ich bin im Deamhain. Mit einem Schrei springe ich auf.

»Wer bist du?«

Der Junge stößt einen überraschten Laut aus. Das Lächeln in seinem Gesicht weicht Schrecken, seine Augen weiten sich bestürzt.

Ein Kind, nur ein Kind. Doch ich weiche vor ihm zurück, tiefer zwischen die Stämme, und dann drehe ich mich um und renne los.

Ein Windstoß geht über mir durch die Bäume. In seinem Duft liegt etwas Blühendes und etwas Totes. Ich stolpere mit den Pantoffeln über Wurzeln, und Zweige und Dornen schneiden in meine Knöchel, doch ich bleibe nicht stehen. Weiter und weiter, zwischen den Stämmen hindurch. Trotzdem bin ich nicht schnell genug. Bald ist das Kind neben mir. Es packt im Laufen meine Hand und hält mich fest, fester, als man es von einem Kind erwartet.

Bleib stehen.

Keuchend zerre ich den Jungen noch ein paar Schritte weit, doch rasch ist meine Kraft erschöpft. Ein stechender Schmerz durchfährt meine Beine. Ich stolpere und lasse mich einfach ins Moos fallen. Um mich herum sieht der Wald ebenso aus wie vorhin. Habe ich mich überhaupt fortbewegt?

Der Junge kniet vor mir. Tränen laufen über seine Wangen, seine Miene ist gezeichnet von Furcht und Entsetzen.

Seine mageren Schultern beben.

Er ist noch so klein. Ich keuche noch, doch mein Atem beruhigt sich allmählich. Meine Angst weicht Schuldgefühl.

»Es tut mir leid.« Ich streiche ihm über den zerbrechlichen Nacken, fange seine Tränen mit meinen Fingern auf. »Du hättest mich nicht herbringen dürfen.«

Seine Schultern zucken erneut unter einem Schluchzer, doch schließlich nickt er. Seine Hände streichen über meine zerschundenen Knöchel. Der Schmerz verebbt, die Wunden schließen sich.

Er verfügt über Heilkräfte. Irgendwie wundert mich nichts mehr, was ihn betrifft. Ich stehe auf und halte ihm meine Hand hin. »Bring mich zurück nach Cullahill.«

Ich weiß nicht, wie lange wir gehen. Der Wald erstreckt sich schier endlos, ein Labyrinth aus Stämmen, massiv und schwarz und zerfurcht wie die Bohlen verbrannter Häuser.

Meine Gedanken kreisen eine Weile um den Jungen, der mit traurigem Gesicht an meiner Hand marschiert, doch genau wie der Wald ist das Rätsel um ihn ein Labyrinth, in dem ich mich verlaufe, ohne einen Ausgang zu finden.

So viele Geheimnisse. So viele Lügen.

Sofort denke ich an Finn. Ich habe ihn verraten. Schuld lässt meine Schritte schwer werden. Doch warum eigentlich? Er hat mich ebenfalls verraten und sogar noch mehr: die Republik, die Ordnung aller Dinge.

Ich will ihn hassen. Ich muss ihn hassen, doch ich kann es nicht. Stattdessen sorge ich mich, und das macht mich wütend. Ich stampfe so fest auf, dass Äste unter meinen Zehen krachen, und einmal schreie ich meine Wut so laut heraus, dass ein Schwarm Vögel aufsteigt und der Junge neben mir zusammenzuckt.

Allmählich lässt mich das stetige Gehen jedoch ruhiger werden. Nach einer Weile grübele ich weniger und schaue mich stattdessen um.

Über uns strecken sich Baumriesen wie majestätische Säulen gen Himmel, Moos schimmert wie ein Samtteppich unter meinen Füßen, unterbrochen von Felsen, auf denen in Sonnenflecken der Morgentau aufblitzt. Die Luft ist klar und rein und riecht nach Frühling. Überall sprießt es, beinah meine ich, das Leben vibrieren zu sehen, ein sachtes Beben im Boden und unter den Rinden. Hellgrüne Blattknospen recken sich aus den Büschen. Viele Pflanzen sind mir fremd, doch andere erkenne ich aus meinen Botanikbüchern wieder. Da sind Buchen und Eichen und Weißdornhecken. Buschwindröschen spitzen zwischen Farnen hervor, unter denen ich Mondrauten und Schachtelhalme erkenne. Gelbe Büschel von Waldschlüsselblumen wanken wie leuchtende Kronen im Grün. Und ringsumher summt und brummt es. Vögel zwitschern zwischen den lichten Baumkronen und zischen in ausgelassener Jagd durch die Luft.

Ich wusste es immer, und trotzdem bin ich überwältigt. Der Deamhain ist wunderschön.

Erst als das Kind abrupt anhält, bemerke ich das mannshohe Unterholz, das sich vor uns wie eine Mauer nach rechts und links erstreckt, so weit das Auge reicht. Zunächst halte ich es für undurchdringlich, doch das Waldkind zieht mich zu einer Lücke. Geduckt suche ich mir hinter ihm einen Weg. Dornen greifen nach mir, Zweige verfangen sich in meinen Haaren. Der Junge gleitet hingegen mühelos durch das Gestrüpp, als weiche es vor ihm zurück. Mühsam arbeite ich mich weiter und weiter. Dann endet das Unterholz so plötzlich, wie es begonnen hat. Eine Armlänge vor mir ist der Boden grau und stumpf. Pflastersteine. Eine Straße.

Es muss die Soldatenstraße zur Waldbastion sein. Schon oft bin ich am Wachposten mit der Schranke am Waldrand vorbeigeritten, doch betreten habe ich die Straße noch nie.

Ich strecke mich aufatmend. Im nächsten Augenblick fällt mir die Stille auf. Nur ein paar Mücken taumeln durch die Luft, doch keine Vögel singen, keine Bienen summen.

Auch auf der anderen Seite der Straße bildet das Unterholz eine undurchdringliche Mauer. Haben die Soldaten sie gepflanzt, um die Straße vor Wald und Feind abzuschirmen? Nein. Instinktiv weiß ich, dass Menschen nichts damit zu tun haben. Was hier wächst, bestimmt der Wald selbst. Will er sich vor den Menschen schützen? Vor dem graukalten Fremdkörper einer Straße, der sich wie eine Schlange durch sein Inneres windet? Ich schaudere plötzlich. Der Junge blickt fragend zu mir auf.

»Nach Hause«, flüstere ich, ohne recht zu wissen, was ich damit meine.

Nebeneinander marschieren wir die Straße entlang. Die Steine unter meinen nackten Füßen sind kalt. Der Junge wickelt sich in seinen Mantel, als friere auch er. Er greift nicht mehr nach meiner Hand.

Einmal höre ich ein Rascheln in den Büschen. Auch der Junge zuckt zusammen und späht misstrauisch in die Richtung, aus der es kam. Ich kann im Unterholz nichts erkennen, doch er beschleunigt plötzlich seinen Schritt. Hat er etwas gesehen? Ihn zu fragen wäre sinnlos. Ängstlich folge ich ihm.

Hinter der nächsten Windung der Straße verharren wir beide. Überrascht japse ich auf.

Ein Fuhrwerk kommt uns entgegen. Zwei Ochsen ziehen einen großen Karren, auf dem Kutschbock sitzen zwei Gestalten in vertrauten grauen Uniformen. Ordner.

Erleichterung überflutet mich wie eine warme Welle. Rufend laufe ich ihnen entgegen.

Als sie mich sehen, reißt der Kutscher so abrupt am Zügel,

dass die Ochsen aufblöken. Der andere Mann zieht eine Armbrust hinter seinem Rücken hervor.

»Stopp!«, ruft er.

Erschrocken bleibe ich stehen und reiße die Arme hoch.

Er hält die Waffe auf mich gerichtet. »Und jetzt langsam näher kommen.«

Ich senke die Hände, um das Kind an die Hand zu nehmen, doch es ist fort. Als hätte sich der Waldboden neben mir geöffnet und es verschluckt. *Wo bist du hin?* Ich widerstehe dem Drang, nach ihm zu rufen. Stattdessen stakse ich auf wackeligen Beinen vorwärts, bis ich nur noch drei Mannslängen von dem Karren entfernt bin.

»Das ist ja Cianna Agadei, die Tochter der Ipallin«, ruft der Kutscher. »Du kannst die Waffe senken, Korr.«

»Der Deamhain hat schon viel vorgegaukelt.« Mit finsterem Blick zielt der andere weiter auf mich. »Gib dich zu erkennen, Mädchen!«

Ich bleibe stehen. Die Worte bleiben mir im Hals stecken. Hinten im Karren sitzen zwei weitere Männer. Ein Ordner, angespannt nach vorne gelehnt – und Finn.

Er starrt mich aus aufgerissenen Augen an. Seine gefesselten Hände sind am Karren festgebunden. Sein linkes Auge ist zugeschwollen, sein Gesicht gesprenkelt mit getrocknetem Blut.

»He!«, brüllt der Armbrustmann.

»Ich bin es«, murmele ich, dann wiederhole ich es noch einmal laut. »Ich bin Cianna Agadei.«

Mit ein paar weiteren Schritten bin ich am Karren angelangt. Der Kutscher springt herab. Er will nach mir greifen, doch meine Stellung hindert ihn wohl, denn er lässt die Hand wieder sinken.

»Was tust du hier draußen, Herrin?«, fragt er mit besorgter Miene. »Ist dir etwas zugestoßen? Bist du alleine?«

Alleine. Ich nicke kraftlos. Ich muss mich kein weiteres Mal umsehen, um zu wissen, dass es stimmt.

»Ich will einfach nur nach Hause«, flüstere ich. »Könnt ihr mich hinbringen?«

Die Ordner wechseln einen Blick.

»Natürlich bringen wir dich nach Cullahill, Herrin«, sagt der Mann, der die Armbrust endlich hat sinken lassen. »Wenn wir den Gefangenen in der Bastion abgeliefert haben.« Er steigt vom Kutschbock. »Du kannst meinen Platz einnehmen, wenn du …«

Er ächzt. Seine Augen verdrehen sich in einem Ausdruck des Erstaunens, während er auf der Straße zusammensackt. In seiner Brust steckt ein Pfeil.

Ich will schreien, doch kein Ton kommt aus meiner Kehle. Die nächsten Sekunden tropfen zähflüssig wie Honig. Ein weiterer Pfeil fliegt an mir vorbei. Er trifft den Kutscher in die Schulter. Er brüllt auf und packt mich am Arm, reißt mich im Fallen mit auf den Boden.

»Rebellen«, keucht er. »Unter den Karren. Schnell.«

Er zieht mich vorwärts. Ich kann nicht atmen, Panik schnürt mir die Kehle zu. Weitere Pfeile regnen auf uns herab. Einer der Ochsen brüllt auf und geht plötzlich rückwärts, der andere tut es ihm nach. Ich zucke zurück. Ihre Hufe stampfen nur eine Handbreit an mir vorbei.

»Bei allen Barbaren!«, flucht der Kutscher. Gleichzeitig drehen wir uns um.

Bestien brechen hinter uns aus dem Gebüsch hervor. Ein halbes Dutzend Gestalten mit Widdermasken. Sie stürmen auf uns zu.

»Weg hier!«, ruft der Kutscher. Seine Augen sind schreckgeweitet. Schon springt er auf und rennt den Weg entlang, den ich gekommen bin. Ich folge ihm mit stolpernden, ungelenken Sprüngen auf den unebenen Pflastersteinen. Zu langsam. Vor mir verschwindet der Kutscher hinter der Biegung, als mich jemand von hinten packt. Ich werde herumgerissen. Eine Widdermaske ist plötzlich ganz nah. Die zerfurchte

Stirn, die riesigen Hörner aus grob bearbeitetem Holz. Braunrote Maserungen durchziehen sie wie Spuren geronnenen Bluts. Schwarze Augen blitzen mich aus den Öffnungen an.

»Wen haben wir denn da?«

»Lass mich los!«, schreie ich. Im Atem des Rebellen rieche ich Rauch und Schweiß und darunter etwas Scharfes, das mir die Tränen in die Augen treibt. Ich stemme mich gegen seinen Griff und trete mit den Füßen nach ihm, doch er lacht nur.

Die anderen Rebellen haben den Karren erreicht. Zwei packen die Ochsen an den Zügeln, die drei anderen springen auf die Ladefläche.

Ich höre einen Schrei, gefolgt von einem schrecklichen, tonlosen Gurgeln. Der dritte Ordner. Wenige Augenblicke später steigen die Rebellen wieder vom Karren. Ihnen folgt Finn. Seine Hände sind frei, doch sein Blick ist starr, sein Gesicht bleich.

»Lasst den letzten Ordner laufen«, ruft einer der Rebellen. Er ist schmaler als die anderen, und seine Stimme klingt wie Metall: hart und klar und hell. »Bis er bei der Waldbastion ankommt, sind wir längst weg. Wenn er ihnen berichtet, was passiert ist, wissen sie, dass wir uns nichts mehr gefallen lassen.«

Die drei kommen direkt auf mich zu. Mein Bewacher stößt mich auf die Knie. Der mit der hellen Stimme packt mich am Haar, reißt meinen Kopf nach hinten.

»Nein«, schreie ich. Im nächsten Moment spüre ich seinen Dolch an meiner Kehle. »Halt den Mund, du Zecke!«

»Das ist Cianna Agadei«, sagt Finn tonlos. Sein Gesicht gesellt sich zu den Widderfratzen über mir.

»Wir haben es mitgekriegt.« Die helle Stimme des Rebellen schneidet durch die Luft wie eine Klinge. »Die Tochter der blonden Dämonin. Ich mach ihr ein Ende.«

»Bitte nicht«, sagt Finn. »Sie ist zu wertvoll. Ein Pfand in unseren Händen.«

»Er hat recht«, stimmt einer der anderen Rebellen zu. »Lass sie am Leben, Lydia. Wir bringen sie zu Brom.«

Ich wage nicht, zu atmen. Endlich löst sich der Dolch von meiner Kehle. Der Rebell reißt sich die Widdermaske vom Gesicht. Dunkelbraunes, stoppelkurzes Haar. Kantige Wangenknochen, schmale pflaumenfarbene Augen unter einem dichten Wimpernkranz. Eine Frau.

»Ich hoffe, das bereuen wir nicht«, schnappt sie. »Bindet die Ochsen ab, wir nehmen sie auch mit. Los jetzt, *Geárds*.«

Die anderen setzen ebenfalls ihre Masken ab. Grobschlächtige, bärtige Kerle kommen darunter zum Vorschein.

»Colin, du übernimmst sie«, sagt Lydia und schubst mich auf den Kerl mit den schwarzen Augen zu, der mich gefangen hat. Als ich gegen ihn pralle, packt er mich an beiden Armen, doch statt mich wegzuschieben, mustert er mich. Ich schaudere unter seinem hasserfüllten Blick. Er hat langes, verfilztes Haar, wie ich es noch nie bei einem Mann gesehen habe. Vom scharfen Geruch seines Atems wird mir schlecht.

Ich stemme mich fort von ihm, bis er mich loslässt. Stattdessen stößt er mich vorwärts, auf das Gebüsch zu.

»Wo bringt ihr mich hin?«, keuche ich. Keiner antwortet. Ich suche nach Finns Blick, doch er hat sich abgewandt. Mit all dem Blut und Dreck im Gesicht wirkt er so finster wie die anderen. Sie sind Wilde, und sie führen mich tiefer und tiefer in den Wald hinein.

Eva

Ich blicke durch die vergitterte Luke in die Kerkerzelle zu den zerlumpten Gefangenen hinein.

»Das sind drei.«

Juhu, sie kann zählen. Die zwei Wachen vor der Tür grinsen sich an.

Ich seufze. »Quinn!« Die Wärterin tritt neben mich.

»Das sind drei, Quinn«, wiederhole ich ungeduldig. »Draußen am Waldrand waren es noch vier. Kannst du mir das erklären?«

Ihr Blick irrt über die Gefangenen und dann durch das Gewölbe über uns. »Vielleicht hast du dich getäuscht?«

Will sie mich für dumm verkaufen? Sie war dabei, als ich oben auf der Wehrmauer die Gefangenen zählte. Mit lauter Stimme.

»So kann ich nicht arbeiten!« Ich stemme die Hände in die Seiten. »Sperrt die Tür auf.«

»Aber ...«

»Aufsperren, habe ich gesagt!«

Mit einem Satz bin ich in der Zelle. Noch ehe irgendeiner reagieren kann, habe ich den kleinsten Rebellen an Nacken und Arm gepackt und presse ihn gegen die Wand.

»Wo ist der Vierte von euch?«

Der Rebell keucht unter meinem Griff. Er ist kaum mehr als ein Junge, starrt vor Dreck und stinkt, vor allem nach Alkohol. Wahrscheinlich hat er Flöhe und Läuse. Ich muss mich beherrschen, ihn nicht angewidert fortzustoßen.

Die anderen beiden wollen auf mich losgehen, doch die Wachen sind geistesgegenwärtig genug, sie mit Knüppeln in Schach zu halten.

»Wo ist euer Kumpan?«, wiederhole ich.
»Ich weiß nicht.« Der Junge stößt ein Jaulen aus, als ich ihn fester gegen die Wand drücke. »Sie haben ihn weggebracht.«
»Wer?«
»Die Soldaten, die uns gefangen haben. Vorhin, am Eingang eurer Burg.«
»Geht doch.« Ich lasse ihn los und streife mir die Hände an meiner Hose ab, dann wende ich mich an die Wachen.
»Isoliert die drei Gefangenen in Einzelzellen, damit sie sich nicht absprechen können. Falls sie das nicht längst getan haben. Und du, Quinn, kommst mit mir. Du begleitest mich zu den Jägern.«

*

Ich schreite so eilig aus, dass Quinn Mühe hat, mit mir mitzuhalten. Zum ersten Mal, seit ich sie kennengelernt habe, schweigt sie. Zumindest, bis wir die Forschungsgebäude der Jäger und Sammler auf der Ostseite der äußeren Festung fast erreicht haben.
»Hör mal, Hauptmann«, sagt sie leise. »Es ist nicht, wie du denkst.«
Ich bleibe stehen.
»Wie lange geht das schon? Dass sie Gefangene einfach behalten?«
Sie seufzt. »Seit ein paar Monaten.«
»Warum tun sie das?«
Sie hebt die Schultern. »Hauptmann Rik sagt, das gehe in Ordnung. Ein Rebell mehr oder weniger, das mache doch keinen Unterschied.« Sie beißt sich auf die Lippen. Für sie macht es sehr wohl einen Unterschied.
»Was weißt du darüber?«
»Mein Kontakt bei den Jägern sagt, diese Gefangenen seien krank. Irgendetwas aus dem Wald habe sie befallen. Bei den

Sammlern gibt es Heiler, zu denen werden sie gebracht.« Sie runzelt die Stirn, als zweifle sie selbst an ihren Worten.

Ich schüttle den Kopf und setze mich wieder in Bewegung. Eine ominöse Krankheit, das klingt ganz nach einer Ausrede.

»Hauptmann Effie, heute ist dein erster Tag hier«, gibt Quinn zu bedenken, als sie mich wieder eingeholt hat. »Du solltest die Jäger nicht gegen dich aufbringen.«

Ich zucke mit den Schultern. »Das habe ich nicht vor. Ich bin jedoch keine Soldatin geworden, um einen solch eklatanten Gesetzesverstoß zu ignorieren.«

Wir sind vor den Gebäuden der Jäger und Sammler angekommen. Zwei lange Flachbauten und ein gläsernes Gewächshaus neueren Datums befinden sich auf einem weitläufigen Hof, der nichts mit dem engen Labyrinth der restlichen Festung gemein hat. Dahinter erstreckt sich die Bastionsmauer wie eine riesige, graue Wand.

Quinn seufzt, doch sie sagt nichts mehr, als sie die Tür zum ersten Gebäude aufstößt. Drei Männer und eine Frau blicken von ihren vollgestopften Schreibtischen auf.

Ich atme tief durch. Jeder Agent lernt in seiner Ausbildung, sich bei seinen Aufträgen im Hintergrund zu halten. Erkundungen sind heimlich und ohne Aufsehen durchzuführen, nach allen Seiten abgesichert.

Das erwarten die Verräter von uns. Und genau das werden sie heute nicht bekommen.

»Ich bin Hauptmann Effie von der Gefangenenwache«, rufe ich. *Korrekt und ehrgeizig, patriotisch und überaus motiviert.* »Ich möchte den Leiter dieser Einrichtung sprechen.«

»Hauptmann Luka ist im Glashaus«, sagt einer der Männer gleichgültig. Vier Blicke senken sich zurück auf die Schreibtische, während ich mich umdrehe und wieder hinausstapfe, auf das gläserne Ungetüm zu meiner Linken zu. Rauch steigt aus einem Kamin über dem Glasdach auf, eine dichte, dunkelgraue Wolke, als würden sie feuchtes Holz verbrennen.

Die Tür des Gewächshauses öffne ich selbst. Der Anblick ist beeindruckend. Im Glas über mir bricht sich das Licht in einer Kaskade aus leuchtenden Farben. Überall wuchern Pflanzen, ein undurchdringlich scheinendes Dickicht. Purpurne Blüten, groß wie Köpfe, wanken im Zwielicht, krallenbewehrte Äste krümmen sich darüber wie Leguanrücken, und an der Decke baumeln seltsame, halbmondförmig leuchtende Früchte. Alle Gewächse sind mir völlig fremd.

»Nichts anfassen«, murmelt Quinn unnötigerweise hinter mir.

Vorsichtig folgen wir einem schmalen Pfad aus Holzplanken durch das Dickicht. Die Luft ist stickig und warm, Wasser tropft von den Scheiben über uns herab.

»Hauptmann Luka!«, rufe ich. »Hauptmann Luka.«

Die Pflanze neben mir krümmt ihre handbreiten Blattfächer zusammen.

»Nicht so laut«, zischt jemand über mir. »Die *Mimosoy* ist empfindlich.«

Ich reiße den Kopf hoch. Ein Mann mit dicken Augengläsern blickt mich durch das Blattwerk vorwurfsvoll an. Sein halblanges Haar ist grau, sein Körper wirkt vom Alter gebeugt, doch das Blitzen in seinen Augen zeugt von einem hellen, scharfen Intellekt.

»Wer hat dich hier hereingelassen?«, fragt er. Doch ehe ich antworten kann, schüttelt er den Kopf. »Wen interessiert das. Quinn, sei gegrüßt.« Er nickt der Soldatin hinter mir zu. »Ich bringe euch zu Luka, bevor diese junge Frau hier noch alles durcheinanderbringt.«

Erstaunlich behände klettert er aus dem Geäst herunter, dann nimmt er einen Gehstock, der am Baumstamm lehnt, und hinkt vor mir die Holzbohlen entlang, bis das Gewächshaus in Mauerwerk mündet.

Im Schatten der Wände reihen sich Regale und Tische aneinander. Auf ihnen steht eine Unzahl an Apparaturen und

Glaskolben. Sie erinnern mich an die Destillen im Keller des Kochs, doch ihre Mechanismen scheinen viel komplizierter. Sie sind mit Röhren und Schläuchen verbunden, aus denen an manchen Stellen Dampf aufsteigt. Dazwischen lagern Pflanzenteile, Schöpfkellen, Waagen, Kisten, Ständer mit Fläschchen und Gläsern mit bunten Flüssigkeiten. Ihre Anordnung wirkt wirr, doch ich erahne ein ausgeklügeltes System dahinter.

Die zwei Türen interessieren mich allerdings viel mehr. Sie sind halb im Schatten des hinteren Gewölbes verborgen. Eine ist völlig unauffällig, die andere jedoch wuchtig und massiv, aus dicken Holzbohlen und mit einem ungewöhnlich großen Metallriegel versehen, der jetzt allerdings offen steht. Anscheinend geht es dort in den Keller.

Ein Schild ist an die Tür genagelt. Ein Kreis, darin ein rot leuchtendes X. *Gesperrtes Terrain.* Ich würde zu gern wissen, was sich dahinter verbirgt – und was offensichtlich kein Unbefugter sehen soll.

Drei Leute eilen zwischen den Apparaturen hin und her, drei weitere haben ihre Nasen in Bücher vergraben. Zwei Männer in dunkelgrünen Filzmänteln und schweren Stiefeln waren ins Gespräch mit einem der Forscher vertieft und blicken nun auf.

»Da ist Hauptmann Luka, der Leiter der Jägertruppe«, sagt der alte Wissenschaftler. »He, Luka! Ich bringe dir eine Frau, die das ganze Glashaus nach dir zusammengeschrien hat.«

Der Größere der beiden Jäger schlendert zu uns herüber. Er hat einen gezwirbelten Schnurrbart und die athletische Figur eines Langstreckenläufers. Seine wettergegerbte Miene wirkt freundlich, doch die blauen Augen streifen mich so kühl, als wäre ich ein Insekt, das er achtlos zertreten will. Tja, da wird er eine Überraschung erleben.

»Mein Name ist Effie, Hauptmann der Gefangenenwache.« Statt vor ihm zu salutieren, reiche ich ihm die Hand. Nach kurzem Zögern ist der Druck seiner Finger knochenhart. »Ich bin hier, weil ich einen Gefangenen vermisse.«

Der Jäger hebt die Augenbrauen, lässt meine Hand jedoch nicht los. »Ist er dir davongelaufen?«

Der Alte lacht keckernd, und die anderen Forscher blicken neugierig zu uns herüber.

»Wohl kaum«, antworte ich gelassen. »Ich stand zufällig auf der Bastionsmauer und konnte eure Ankunft beobachten. Ihr hattet vier Gefangene dabei. Nur drei sind vorhin bei uns im Kerker angekommen.« Ich widerstehe dem Drang, meine Finger zu massieren, als ich ihm endlich die Hand entwinde. »Hauptmann Luka, versteh mich nicht falsch«, sage ich bedächtig. »Ich möchte niemanden beschuldigen. Allerdings möchte ich meine Arbeit korrekt ausführen, und dazu gehört die Auflistung und Verwahrung aller Gefangenen, die sich in der Bastion befinden. *Aller*.«

Luka schmunzelt immer noch über seinen eigenen Witz, doch sein Blick bleibt kühl. »Ich verstehe selten etwas falsch, Hauptmann. Allerdings kenne ich dich nicht. Ich war mehrere Wochen im Wald unterwegs, darum erlaube die Frage: Wann hast du deinen Dienst in der Festung angetreten?«

Ich straffe die Schultern. »Heute.«

»Heute!« Die Kühle in seinen Augen weicht Erstaunen. »Du verlierst keine Zeit.«

»So ist es. Deshalb bin ich hier und bitte um Aufklärung. Ich muss die Abläufe verstehen, wenn ich sie beaufsichtigen soll. Meine Wachmannschaft ...«, ich deute auf Quinn, die unter der Geste zusammenzuckt, »... konnte mir leider nur unzureichend Auskunft geben.«

Luka lässt sich Zeit. Statt zu antworten, mustert er mich mit erwachtem Interesse. Besonders lang verharrt sein Blick auf meinen Brüsten. Will er mich provozieren? Ich halte still, ohne mit der Wimper zu zucken, und nutze die Zeit, um ihn ebenfalls in Augenschein zu nehmen.

Männer interessieren mich meistens weniger, aber er sieht gut aus mit seinem scharfgeschnittenen Gesicht, auf eine wölfische Art und Weise, die ich durchaus attraktiv finde. Attraktiv genug für einen Alben? Nein. Das Medaillon an meiner Brust wird nicht heiß.

»Also gut.« Er grinst. »Der vierte Gefangene ist hier. Wir haben ihn behalten, weil er krank ist, wahrscheinlich von Giftpflanzen oder einem Tierbiss. Das kommt immer wieder vor bei den Rebellen, die sich im Wald verstecken. Kein Grund zur Sorge, aber wir wollen der Sache nachgehen. Die Sammler untersuchen ihn jetzt.«

»Welche Symptome zeigt er?«

Luka zuckt mit den Schultern. »Nichts Schlimmes. Wie gesagt, kein Grund zur Sorge.«

»Kann ich ihn sehen?«

»Das übersteigt deine Befugnisse, befürchte ich.«

Ich krause die Stirn. »Er ist ein Gefangener. Als solcher steht er unter meiner Aufsicht.«

»Nun, da irrst du dich«, mischt sich der Alte mit einem Lächeln ein. »Aufgrund seines Zustands und der laufenden Untersuchungen ist der Mann kein Gefangener mehr, sondern ein Studienobjekt. Er gehört damit in die Zuständigkeit der Sammlerabteilung. Meiner Abteilung.« Er hält mir die Hand hin. »Ich bin Heilermeister Horan.«

Sein Händedruck ist schlaff, sein Blick hinter den Augengläsern herzlich. Mir wird trotzdem kalt.

Studienobjekt? Wir reden doch von Menschen.

»Wenn die Untersuchung abgeschlossen ist, kann der Mann wieder als Gefangener gelten«, sage ich. »Liefert ihn an meine Abteilung aus, sobald dies der Fall ist.«

»Vielleicht«, murmelt Horan.

Ich hebe die Augenbrauen. »Wie darf ich das verstehen?«

»Es ist unrealistisch, dass das Objekt die Krankheit überlebt.«

So viel zu *Kein Grund zur Sorge*. Doch angesichts Lukas unbewegter Miene bohre ich nicht weiter nach.

Ich seufze. »Nun gut. Dann danke für die lehrreichen Informationen.« Ich schenke den beiden Männern ein kurzes, versöhnliches Lächeln. Zeit für ein bisschen Charme. »Zu schade, dass ich den Untersuchungen nicht beiwohnen kann. Sicherlich sind eure Forschungen sehr spannend, genau wie die Expeditionen in den Wald. Ein ganz anderes Betätigungsfeld als der Krieg.«

»Du warst im Krieg?« Luka beugt sich vor. Er erwidert mein Lächeln und garniert es noch mit einem interessierten Blinzeln. »Darüber würde ich gerne mehr erfahren. Vielleicht bei einem Abendessen im Hauptmannscasino?«

Charme kann er offensichtlich auch. Gerade als ich antworten will, zerreißt ein Schrei die Luft.

Wir fahren herum. Ein langgezogenes Heulen dringt aus der Tür mit den dicken Holzbohlen. Luka setzt sich ebenso schnell in Bewegung wie ich.

Wir sind noch ein Dutzend Schritte von der Tür entfernt, als sie von innen aufgestoßen wird. Ein Mann taumelt heraus, im Kittel der Wissenschaftler. Er ist blass wie der Tod.

»Sie ...«, stammelt er. »Sie.«

Er verdreht die Augen und sackt zu Boden. Hinter ihm ertönt erneut das fürchterliche Heulen, schrill und gellend wie von einem sterbenden Tier. Da erreicht Luka die Tür und knallt sie zu, wuchtet den schweren Riegel ins Schloss.

Ich knie mich zu dem Bewusstlosen. Seine Atmung geht schnell, Schweiß sammelt sich auf seiner Stirn. Steht er unter Schock? Ich berühre ihn an der Schulter und muss sofort den Drang bekämpfen, zurückzuzucken. Zwei Dinge geschehen gleichzeitig. Erstens: Das Medaillon wird glühend heiß.

Zweitens schrillt mein Heiltrieb Alarm. Krankheit dringt aus jeder Pore des Mannes, schwarz und klebrig wie Pech. Noch nie habe ich so etwas Widerwärtiges gespürt. Meine

Magie strömt sofort aus mir heraus, ohne dass ich sie aufhalten kann. Sie ist ein alles überwältigender Fluss, der in den Mann eindringt, um das zu stoppen, was ihn zerstört.

Zum Glück werde ich zurückgerissen.

»Nicht anfassen!« Luka funkelt mich an. Er zieht mich zur Seite, und sogleich beugen sich der Alte und zwei weitere Forscher über den reglosen Mann. Sie kommen zu spät, das weiß ich. Diese Perversion, die in seinem Körper wütet, kann keiner mehr aufhalten.

Ich ringe nach Luft und schiebe zugleich Lukas Hand von meiner Schulter. Das Glühen des Medaillons ist zu einem warmen Pochen herabgesunken.

»Ich glaube, nicht nur im Norden tobt Krieg«, stoße ich aus. »Eure Forschungen sind ein ähnliches Schlachtfeld.«

»Das kann man so sagen.« Luka behält jede Regung meines Gesichts genau im Auge.

Meine Gedanken sortieren sich rasch.

»Gibt es eine Möglichkeit, mehr darüber zu erfahren?«, frage ich in naivem Tonfall. Als er den Kopf schüttelt, seufze ich. »Nicht meine Befugnis. Schade.«

Ich werfe noch einen langen Blick auf den Halbtoten, über dem die Heiler knien. Ich weiß, dass Luka das erwartet.

»Der wird wieder«, sagt er. *Von wegen.* »Du weißt, dass ...«

»Natürlich.« Ich hebe die Hand und deute ein Salutieren an. »Forschungsgeheimnis. Wir haben nichts gesehen.«

Ich winke Quinn, die mit bleichem Gesicht am Beginn des Gewölbes ausgeharrt hat.

»Wir haben noch einiges zu tun«, sage ich. »Drei Gefangene verhören.«

»Und danach Abendessen. Ich hol dich ab.« Er blinzelt mir zum Abschied zu.

Ich spüre seinen Blick im Rücken, während wir uns durch das Dickicht schlagen, zurück zum Ausgang des Glashauses. Sobald wir draußen stehen, drehe ich mich um.

Wieder fällt mir der dunkle Rauch auf, der sich über dem Glasdach ballt. Drinnen habe ich allerdings kein Feuer gesehen.

Meine Gedanken rasen. Mein Medaillon zeigte eindeutig: Was dem Mann zugestoßen ist, wurde durch Magie verursacht. Starke Magie. Albenmagie.

Außerdem habe ich mich geirrt. Diese massive Tür zu den Kellerräumen ist nicht dazu da, um jemanden auszusperren – sondern um jemanden einzusperren.

Sie.

Cianna

Seit einer Stunde marschieren wir schweigend in einer engen Kette durch den Wald. Lydia, die Anführerin der Rebellen, vorneweg, dicht gefolgt von Finn. Hinter ihm geht ein Mann, der wie ein Dachs dicke weiße Strähnen in seinem schwarzen Haar hat. Auf seinem Rücken baumeln ein riesiger Bogen, ein Pfeilköcher und seine Widdermaske. Ihr hölzernes Grinsen scheint mich bei jedem Schritt zu verhöhnen. Wenn ich langsamer werde oder stolpere, versetzt mir Colin einen Stoß, oder er haucht mir seinen warmen, abgestandenen Atem in den Nacken. Die zwei Rebellen, die die Ochsen führen, bilden das letzte Glied der Kette.

Buchen und Birken strecken ihre schlanken Stämme wie Säulen um uns in die Höhe. Wir marschieren durch altes Laub und kniehohen Farn, in dem sich Pfützen verbergen, weicher Matsch, der unsere Schritte verschluckt. Es gibt keinen Pfad, nichts, was darauf hinweist, dass andere Menschen diese Orte jemals passiert haben. Teilweise müssen wir uns einen Weg durch stachliges Unterholz bahnen, und mein einst so edler Hausmantel ist bald gespickt von Rissen und der Saum voller Schlamm. Wo der Wald lichter wird, säumen Weißdorn und Stechpalme die Lichtungen, dann wieder rücken die Bäume enger zusammen, als wollten sie beieinander Schutz suchen.

Die Rebellen wirken angespannt, ihre Blicke schweifen unablässig zwischen den Bäumen umher. Wenn Lydia die Hand hebt, verharren alle abrupt und warten, während sie sich hinkniet oder mit einem scharfen Blick die Bäume in der Umgebung prüft. Manchmal nimmt Colin währenddessen einen Schluck aus einer kleinen Flasche, die er in seinem Gürtel trägt, und danach ist sein Atem noch schlimmer.

Erst, wenn Lydia die Hand wieder sinken lässt, gehen wir weiter. Einmal lässt sie ihre Finger über den moosigen Stamm einer Eiche tanzen. Als ich an dem Baum vorbeikomme, sehe ich dort eine Wegmarkierung in der Rinde. Sie ist unauffällig und muss bereits älter sein, denn der Baum hat eine kleine Wulst darum gebildet, als wollte er sich vor der Verletzung schützen.

Wo bringen die Rebellen mich hin? Es fällt mir schwer, darüber nachzudenken. *Ein Pfand*, so hat Finn mich genannt. Das bin ich jetzt für sie. Doch was bedeutet das? Meine Gedanken sind wirr, ich bin viel zu aufgewühlt, um sie zu sortieren. Außerdem schmerzen meine Füße, denn immer häufiger bohren sich inzwischen die Nadeln und Äste des Waldbodens durch die dünnen, zerfetzten Pantoffelsohlen.

Irgendwann bleibt Lydia erneut stehen. Statt ihre Hand zu heben, dreht sie sich jedoch zu uns um.

»Kurze Pause«, verkündet sie. »Bevor wir uns aufteilen.«

Ich stolpere noch ein paar Schritte, dann lasse ich mich in den Farn sinken, ziehe die Pantoffeln aus und massiere meine nackten Füße.

»Hier.« Finn. Er beugt sich über mich und streckt mir einen Wasserschlauch hin. Ich zögere, doch als er zuerst einen großen Schluck nimmt, tue ich es ihm nach. Das Wasser schmeckt warm und brackig, und es schwappt unangenehm in meinem leeren Magen hin und her.

»Cianna, ich ...« Finn steht immer noch vor mir. Seine Miene ist traurig. Mein Herz zieht sich in einer Mischung aus Abscheu und Angst zusammen. Ich wende mich ab.

Lydia meinte, wenn ich unterwegs einen einzigen Ton von mir gäbe, würde sie mir die Zunge herausschneiden. Nun, ich habe sowieso kein Verlangen, mit irgendeinem dieser Wilden zu reden.

Während sich Colin mit einem Schnauben viel zu dicht neben mich setzt, macht Finn kehrt und geht zu den anderen

Rebellen zurück. Bereitwillig machen sie ihm Platz. Er muss wichtig sein, wenn sie einen Trupp losschicken, um ihn zu befreien.

Und schon beugt sich einer der Männer zu ihm.

»Sag, Finn, hast du was rausfinden können?«

»Nicht jetzt!«, unterbricht Lydia ihn. »Ruan, kümmere dich um seine Wunden.«

Bis auf die Ochsen ist sie die Einzige, die noch steht. Wachsam behält sie die Umgebung im Auge. Ihre Kraft muss unerschöpflich sein. »Esst, trinkt, lasst Wasser, dann geht es weiter«, befiehlt sie. »Wir müssen Strecke machen, bevor sich die Markierungen schließen.«

Die Markierungen schließen sich? Ich bin zu erschöpft, um mich noch über irgendetwas zu wundern. Zittrig schlinge ich die Arme um meine Beine und lehne mich an den Birkenstamm hinter mir. Mein Blick wandert hinauf zu den Wipfeln. Ich wünschte, ich wäre einer dieser majestätischen Riesen, die sich still gen Himmel recken. Wenn mich die Rebellen an dieser Stelle töten und vergraben würden, würden sie sich einfach weiterhin sanft im Wind wiegen, unbeeindruckt von Mensch, Getier und dem Wechsel der Zeiten.

Der Gedanke hat etwas seltsam Tröstliches.

Lydia zischt scharf durch die Zähne. Beim nächsten Herzschlag hält sie Pfeil und Bogen in der Hand. Finn und Dachshaar schnellen sofort in die Höhe, Dachshaar mit seinem gespannten Bogen, und Finn hat plötzlich glühende Feuerhände, die er wie Waffen vor sich spreizt. Die anderen ziehen sich hinter Baumstämme zurück.

»Runter.« Colin packt mich im Nacken wie eine junge Katze und drückt mich zu Boden.

Trotz seines Griffs drehe ich den Kopf, sodass ich zwischen dem Farn auf den Weg lugen kann. Eine kleine Gestalt in einem dunklen Filzmantel tritt zwischen den Bäumen hervor. Mein Herz zieht sich zusammen.

»Das ist ja ein Kind«, staunt Dachshaar.

»Das kann alles Mögliche sein«, zischt Lydia.

»Stehen bleiben, oder wir schießen!«

Zu meinem Entsetzen hört der Junge nicht auf sie. Langsam, beinahe traumwandlerisch kommt er näher und sieht mich dabei aus großen Augen unverwandt an.

»Nicht schießen! Er gehört zu mir!« Ich winde mich unter Colins Griff. »Lass mich los.« In meiner Verzweiflung beiße ich ihn in die Hand. Fluchend lässt er mich gehen. Ich rapple mich hoch und laufe auf das Kind zu.

»Sie hat recht«, ruft Finn. »Ich kenne den Jungen.«

Niemand schießt. Der Junge rennt mir entgegen, und ich schließe ihn in die Arme.

»Wo warst du?«, flüstere ich. »Lass mich nie mehr allein.«

Zwei Herzschläge später löst er sich von mir.

Die Rebellen umringen uns. Sie mustern uns mit argwöhnischen Blicken über ihren Bärten. Das ist jedoch nichts gegen die Feindseligkeit, mit der das Kind sie anstarrt.

»Der Kleine muss uns gefolgt sein.« Finn kniet sich neben uns. Seine Hände glühen immer noch. Er weicht zurück, als der Junge ihn anfaucht wie eine Katze.

»Wer ist er?«, fragt Lydia ihn, als wäre ich nicht vorhanden. Sie hält immer noch den Pfeil im Bogen gespannt. »Ihr Bruder? Ihr Sohn?«

»Mein Neffe«, sage ich, ohne mich an der Lüge zu verschlucken. Finn runzelt die Stirn, doch da ich ihm nie etwas über den Jungen erzählt habe, kann er mich nicht korrigieren.

»Er hat mich begleitet«, sage ich. »Er hat sich zwischen den Bäumen versteckt, als ihr mich entführt habt.«

»Du schleppst ein kleines Kind in diesen Wald?« Lydia mustert mich voller Abscheu. »Was habt ihr überhaupt auf der Bastionsstraße gemacht?«

Diese Frage hat sie mir vorhin bereits gestellt, doch erneut gebe ich keine Antwort. Ich weiß es ja selbst nicht.

»Wahrscheinlich hat sie einen Liebhaber in der Bastion«, knurrt Colin. »Die falschen Schlangen sind doch alle gleich!« Er reibt sich die Hand. »Sie hat mich gebissen!«

Die anderen ignorieren seinen Einwurf, was ihn offensichtlich noch wütender macht. Mit finsterem Blick beugt er sich über mich. »Wirst schon sehen, was du davon hast, Bürgerschlampe. Deinen Kerl hast du zum letzten Mal gesehen. In vier Tagen werden wir die Bastion ordentlich aufmischen!« Er lacht auf.

»Colin, halt deinen Mund!« Lydia wirft ihm einen bösen Blick zu.

Er zuckt mit den Schultern. »Sie kann's eh nicht weitersagen.«

Ich senke den Kopf, um nicht zu zeigen, wie sehr mich seine Worte erschreckt haben. In vier Tagen. Wie hat er das gemeint? Wollen sie die Bastion überfallen? So, wie sie uns am Tag der Gabe überfallen haben?

»Wir nehmen das Balg mit«, sagt Lydia. »Colin, du passt auf beide auf. Kriegst du das hin, ohne dich noch mal beißen zu lassen?«

Die Männer lachen bellend auf. Colin knurrt eine unverständliche Antwort. Sein wütender Blick veranlasst mich, das Kind an die Hand zu nehmen und ihm widerspruchslos zurück an den Sitzplatz zwischen dem Farn zu folgen.

Der Junge und ich kauern uns nebeneinander. Er lehnt seinen Kopf an meine Schulter. Seine Hand ruht auf meinen Knöcheln. Und wieder spüre ich die wohltuende Wärme, die heilende Kraft, die von ihm ausgeht. Mit einem Kribbeln beginnen sich die Wunden an meinen Füßen zu schließen.

Rasch nehme ich seine Hand.

»Nicht«, flüstere ich. »Das würde ihnen auffallen.«

Der Junge zieht einen Schmollmund, doch er akzeptiert meine Bitte.

Erneut blicke ich zu den Wipfeln empor, doch jetzt wünsche ich mir nicht mehr, ein Baum zu sein. Ich bin jetzt nicht nur für mich, sondern auch für den Jungen verantwortlich. Denn jetzt ist mir klar, was ich vorher eigentlich schon wusste. Er gehört nicht zu ihnen. Und wenn sie herausfinden, dass er auch nicht zu mir gehört, ist er in noch größerer Gefahr als ich.

Es gibt nur einen Weg: Wir müssen fliehen. Doch wie? Unter gesenkten Augenbrauen mustere ich die Rebellen. Lydias scharfen Augen werde ich nie entkommen, außerdem sind sie alle mit Schusswaffen ausgerüstet.

Plötzlich muss ich an Maeve denken. *Mir gelingt alles, wenn ich nur eisern genug daran arbeite.* Ihr Grundsatz. Was hätte sie sich einfallen lassen, um zu fliehen? Einen Kampf? Eine Ablenkung?

Nichts. Mir wird kalt. Sie wäre nicht davongerannt. Sie hätte auch nicht gekämpft. Sie war eine von ihnen.

Ich balle die Fäuste. *Bitte.* Tränen schießen mir in die Augen, als ich erneut zu den Wipfeln emporblicke. *Helft mir.* Die Bäume beugen sich unter einem plötzlichen Windstoß. Fast, als antworteten sie mir. Das Kind blickt auf, sieht mich aus seinen uralten Augen an und lächelt.

Lydia reißt den Kopf hoch. Ihre Augen sind jung und hart und braunrot wie getrocknetes Blut.

»*Deamhar tannasgan*«, zischt sie. »*Sguir.*«

Ich schaudere unter dem Hass, der in ihren fremden Worten schwingt.

Sie springt auf die Beine. »Auf die Füße, *Geárds!* Wir müssen weiter!«

*

Die zwei Männer mit den Ochsen schlagen nach kurzer Zeit einen anderen Weg ein, und bald verstehe ich, warum. Der Wald verändert sich. Jäh geht es steil bergauf. Felsen mischen sich unter die Bäume, Tannen ersetzen die Birken und Buchen, und das Unterholz wird immer dichter. Hier hätten die Ochsen Schwierigkeiten gehabt, vorwärtszukommen. Die dichten Tannenzweige verdunkeln den Himmel, sodass wir alsbald in braungrünem Dämmerlicht auf einer weichen, dunklen Nadeldecke marschieren, die unsere Schritte verschluckt.

Immer noch geht Lydia voran, gefolgt von Finn. Der Junge läuft mit leichten, beinah tanzenden Schritten zwischen uns, und Colin schnaubt mir in den Nacken, wenn ich zu langsam bin. Dachshaar und die anderen bleiben hinter uns.

Als wir an einem Strauch mit roten, schrumpeligen Beeren vorbeikommen, pflückt der Junge eine Handvoll und steckt sie sich in den Mund.

»Nichts Unbekanntes essen aus diesem Wald!« Colin will nach dem Jungen greifen, doch das Kind weicht ihm leichtfüßig aus und streckt mir mit braunrot verschmiertem Grinsen die Beerenhand hin. Ich kenne die Beeren nicht. Doch in einem Anfall aus Trotz greife ich tatsächlich zu und stecke sie mir in den Mund, ehe Colin es verhindern kann. Ihre Schale ist rau und ein bisschen bitter, doch als ich hineinbeiße, zerplatzen sie mit einer honigartigen, würzigen Süße in meinem Mund.

»Lecker«, murmele ich und pflücke mir eine weitere Beere.

Lydia und Finn starren mich in einer beinah synchronen Mischung aus Irritation und Schreck an.

Colin stößt mich so fest in den Rücken, dass ich fast in den Strauch hineinfalle. »Macht doch, was ihr wollt«, knurrt er. »Ist euer mieses Leben, das ihr aufs Spiel setzt.«

Auf den nächsten Mannslängen breitet sich eine wohlige Taubheit in meinem Bauch aus, die sich bis in meine Arme und Beine fortsetzt und den Schmerz in den Füßen weit weniger schlimm erscheinen lässt.

Tief atme ich den Tannenduft ein, das Zwielicht, die Stille. Die Nadelzweige scheinen mich nicht mehr zu piken, sondern zu streicheln. Ein Käuzchen starrt mich mit weißglänzenden Augen aus dem Dickicht an, ehe es lautlos davonfliegt. Der Junge liebkost im Vorbeigehen beiläufig die vernarbte Markierung an einem Fichtenstamm, und die Rinde schließt sich über der Stelle, als wäre sie nie von Menschen verletzt gewesen.

Mit einem Lächeln nehme ich die Kinderhand, und er schmiegt sich im Weitergehen an mich. Wohin die Rebellen uns auch bringen, eines weiß ich – der Deamhain ist nicht auf ihrer Seite, sondern auf unserer.

Nach einer Weile stoßen wir auf einen Bachlauf. Glucksend bahnt er sich den Weg zwischen Bäumen und Felsen hindurch. Die Betäubung der Beeren hat nachgelassen, und ich spüre meine Füße wieder schmerzhaft bei jedem Schritt. Ehe mich jemand daran hindern kann, tauche ich sie ins eiskalte Nass. Ich schreie kurz auf, doch sofort setzt die Linderung ein, und ich seufze nur noch.

»Sie braucht eine Pause«, sagt Finn. Ich meine, Besorgnis in seinem Blick zu lesen. Weil er Angst hat, sein kostbares *Pfand* zu verlieren? Ich wende mich ab.

»Nein«, sagt Lydia. »Wir sind schon spät dran.« Sie mustert mich und zögert. Das, was sie sieht, scheint ihr nicht zu gefallen, denn sie verdreht die Augen. »Zwei Minuten, Bürgerzecke«, stößt sie aus. »Dann bewegst du dich weiter, und wenn ich dich persönlich durch den Wald zerren muss.«

Ich nicke und schließe die Augen, um nicht einen Atemzug der geschenkten zwei Minuten zu vergeuden.

»Wo zum Teufel ist das Kind?«, stößt Lydia nur einen Augenblick später aus.

Ich blinzele. Tatsächlich, der Junge ist fort. Doch dieses Mal beunruhigt es mich nicht. »Er ist gleich wieder da«, murmele ich und schließe die Augen bereits wieder. »Er muss nur ...«

»Er muss was?« Lydia schüttelt mich am Arm und reißt mich unsanft aus meiner Entspannung heraus. Ich hebe nur die Schultern.

»Ausschwärmen!«, befiehlt sie, während sich ihre Fingernägel in meinen Arm bohren. »Er kann noch nicht weit sein. Dieses Bürgerbalg! Er war mir von Anfang an nicht geheuer mit seinen Sìdh-Augen und seinem plötzlichen Auftauchen ...«

»Da ist er wieder.« In Finns Stimme schwingt Erleichterung. Tatsächlich. Der Junge tritt aus dem Dickicht neben dem Bach heraus, mit völlig unbeteiligter Miene, als wüsste er nicht, was sein Verschwinden ausgelöst hat.

»Du!« Lydia schießt auf ihn los und will ihn am Arm packen. Mit einem Zischen weicht er zurück. »Wo warst du, du ...«

»Er ist doch noch ein Kind.« Der Rebell mit dem Dachshaar tritt neben sie. »Kleiner, du kannst nicht einfach abhauen«, sagt er in besänftigendem Tonfall und geht auf die Knie. »Du musst bei deiner Tante bleiben, bis wir am Ziel sind. Wie heißt du eigentlich?« Als er keine Antwort bekommt, deutet er auf seine eigene Brust. »Ich bin Ruan. Und du?«

Der Junge starrt ihn feindselig an.

»Er ... heißt Ben«, sage ich schnell. »Ben, komm zu mir. Versprich mir, dass du mich nicht mehr verlässt.«

Der Junge kommt tatsächlich, blickt mir in die flehenden Augen und nickt auf langsame, fragende Weise, als wollte er wissen, ob er alles richtig mache. Ich streiche ihm über die Wange. »Wir können weitergehen.«

Wir folgen dem Bachlauf, der sich immer tiefer in die Felsen gräbt, sodass sich sein Glucksen in ein Rauschen verwandelt und er bald mehr als eine Mannslänge unterhalb von uns durch eine kleine Schlucht schießt.

Plötzlich bleibt Lydia stehen. Mit gerunzelter Stirn schaut sie sich um. »Hier müsste eigentlich eine Markierung sein«, sagt sie. »Der Weg zweigt hier irgendwo nach Norden ab.«

Sie bedeutet uns, stehen zu bleiben, und eilt einige Schritte weiter, untersucht dabei sorgfältig jeden Baumstamm. »Dieser verdammte Elfenwald«, flucht sie. »Normalerweise heilen sich die Bäume erst in der Abenddämmerung. Hier stimmt etwas nicht. Wir müssen uns aufteilen. Finn, du kommst mit mir. Ruan, Jefan, ihr geht zurück und guckt nach, ob wir etwas übersehen haben.«

»Und ich?«, brummt Colin.

»Du bleibst mit den beiden hier«, bestimmt Lydia. »Ihr rührt euch nicht von der Stelle!« Ihr Blick gleitet gleichgültig über mich hinweg und bleibt auf dem Jungen haften. Ihr Gesicht verfinstert sich, als erwäge sie, dass er etwas mit dem Verschwinden der Markierungen zu tun haben könnte. Dann dreht sie sich um.

»Zehn Minuten«, ruft sie. »Dann treffen wir uns wieder hier.«

Ich blicke ihr hinterher, wie sie davonstapft. Für einen Wimpernschlag begegne ich Finns Blick. Er wirkt unglücklich, und ich wende mich sofort wieder ab.

»Setzt euch«, knurrt Colin. Wir folgen seiner Bitte. Ich senke den Kopf und verfolge aus den Augenwinkeln, wie die Rebellen im Unterholz verschwinden. Dann sind wir mit Colin alleine. Ich habe Angst, und mein Herz schlägt so rasch wie das eines Kaninchens. Wenn wir fliehen wollen, müssen wir es jetzt tun. Der Junge nimmt meine Hand und drückt sie fest. Er denkt dasselbe.

»He, Schlampe.« Colin stößt mich mit dem Fuß an. »Steh wieder auf.«

»Aber ich ...«

»Aufstehen, hab ich gesagt.« Er packt meine freie Hand und zieht mich hoch. Er schiebt mich rückwärts über den Weg, bis ich mit dem Rücken gegen Baumrinde stoße. Jäh ist er ganz dicht vor mir. Sein Grinsen hat etwas Schmieriges.

»Bisschen Spaß gefällig?«

»Nein!« Ich winde mich unter seinem Griff. Ich will schreien, doch dann kämen die anderen zurück. »Lass mich los.«

»Ist das ne Masche, dich so zu zieren?« Die Finger seiner freien Hand spielen mit meinem blonden Haar, sein Blick gleitet über meine Brüste. »Ihr Bürgerinnen würdet doch alles tun, wenn's um euren Vorteil geht. Aber falsch gedacht.« Plötzlich ist seine Hand an meinem Hals. »Ich war mal ein ehrbarer Mann, bis eine wie du alles zerstört hat. Ich würd dich nicht mal in meiner Todesnacht ficken.«

Er drückt zu. Schmerz explodiert in meiner Kehle. Ich kriege keine Luft mehr. Panisch schlage ich gegen seine Arme.

Ein Schatten rast heran. Das Kind. Es springt ihn von hinten an, umklammert seinen Nacken und beißt ihn ins Ohr.

»He!« Colin lässt mich los und taumelt einen Schritt von mir weg. Krampfhaft ringe ich nach Luft, fasse an meine malträtierte Kehle.

»Verdammtes Balg!«, brüllt er und schlägt nach hinten, doch er erwischt den Jungen nicht. Dann keucht Colin plötzlich tonlos auf. Er reißt die Hände an seinen Hals, mein verzerrtes Spiegelbild, und wankt einen weiteren Schritt rückwärts.

Der Junge gleitet mit einer katzenhaften Bewegung von ihm herunter. Plötzlich ist er zwischen ihm und mir. Colin greift nach ihm, und der Kleine streckt die Arme aus. Er stößt Colin von sich. Richtung Schlucht.

Ich öffne meinen Mund für einen Warnruf, doch zu spät. Der Rebell tritt ins Leere. Mit aufgerissenen Augen kippt er nach hinten und verschwindet in der Schlucht. Ein Rumpeln, ein Stöhnen, dann nichts mehr.

Ich presse mir die Hand vor die Lippen, um meinen Schrei zu ersticken. Schon bin ich an der Kante.

Colin liegt dort unten auf den Steinen, eine Armlänge neben dem Bachbett. Sein rechtes Bein ragt verdreht in die Luft, von seiner Schläfe tropft Blut. Doch er lebt. Ich ringe erleichtert nach Luft. Er stöhnt mit halbgeschlossenen Augen, seine Finger tasten über die Kiesel.

Der Junge packt meine Hand. Er zieht mich von der Kante

weg. *Wir müssen gehen.* Seine Miene ist entschlossen, und in seinen Augen spiegelt sich das Zwielicht des Waldes.

Ich zögere einen letzten Augenblick. Ein Teil von mir fordert, dem Verletzten zu helfen. Doch der größere Teil entscheidet sich für die Flucht. Ich wende mich ab und folge dem Jungen ins Unterholz.

»Bring mich zur Waldbastion!«

Eva

Mein zweiter Tag auf der Bastion beginnt mit Sonnenschein. Von dem ich allerdings nichts habe.

Ich sitze in einer der Kerkerzellen, auf dem Tisch vor mir ein reich beladenes Tablett. Mir gegenüber kauert der jugendliche Gefangene – derselbe, der mir gestern Rede und Antwort über den Verbleib des vierten Rebellen stand. Mit gehetzten Augen stiert er erst mich an, dann das Tablett. Auf meine Anweisung hat er seit gestern Nachmittag nichts mehr zu essen bekommen.

»Greif zu«, sage ich freundlich. Schon will er sich das Brot schnappen. Seine Hand verharrt jedoch, als ich hinzufüge: »Und währenddessen unterhalten wir uns ein bisschen.«

Misstrauisch starrt er mich an, hin- und hergerissen zwischen Hunger und Angst. So naiv. So durchschaubar.

Ich lächle besänftigend, reiße ein Stück Brot ab und stecke es mir in den Mund. »Keine Sorge. Deine beiden Freunde haben das bereits hinter sich. Ihnen hat es auch nicht geschadet.«

Das lässt er sich nicht zweimal sagen. Wie ein ausgehungertes Tier macht er sich über das Essen her.

In den ersten zwei Minuten lehne ich mich zurück und schaue ihm zu. Meine Gedanken wandern zum gestrigen Abend zurück. Das Abendessen mit Luka verlief angenehm. Äußerst angenehm. Auch wenn ich nichts aus ihm herausbekommen habe. Und er nichts aus mir, außer aufregende Kriegsgeschichten und ein paar hoffentlich ebenso aufregende Augenaufschläge. Luka ist amüsant, und er versteht sein Handwerk – als Soldat und als Frauenheld.

Natürlich habe ich mich auf nichts eingelassen. Zum einen sind in der Armee Liebeleien verboten, auch wenn in dieser Bastion so ein Lotterleben herrscht, dass es wahrscheinlich keinen interessieren würde. Zum anderen vermeide ich es, meinen Körper auf diese Weise als Werkzeug einzusetzen, wenn ich auch anders ans Ziel komme. Wobei ich bei Luka durchaus eine Ausnahme machen könnte ...

Eine unwillkommene Wärme steigt in meinem Bauch empor. Ich atme tief durch und konzentriere mich wieder auf die Gegenwart. Der Junge isst inzwischen langsamer, wenn auch immer noch mit offensichtlichem Appetit.

»Ich freue mich, dass es dir schmeckt«, sage ich. »Eine Frechheit, dass sie euch gestern kein Abendessen gegeben haben. Ich werde dafür sorgen, dass sie euch heute besser behandeln.«

Er nickt zögernd. Offensichtlich hat er Schwierigkeiten, meine heutige Freundlichkeit und meinen harten Auftritt von gestern zu einem Bild von mir zusammenzufügen.

»Euren vierten Mann habe ich ausfindig machen können«, rede ich weiter. »Das war nichts als ein Missverständnis. Die Heiler kümmern sich um ihn.«

Er runzelt die Stirn. »Aber warum denn?«

Das ist das erste Mal, dass er spricht.

»Nun, weil es ihm nicht gut geht. Ist dir nichts an ihm aufgefallen?«

»Nö.« Er nimmt einen tiefen Schluck aus der Wasserkaraffe.

»Er war nicht krank?«

»Ulek war *noch nie* krank«, behauptet der Junge und lehnt sich zurück. »Hat das was mit seinem Feuertrieb zu tun?«

»Aber nein.« Ich verberge meine Verblüffung sorgfältig. »Wie kommst du darauf?«

»Wegen dem Stein an der Kette. Den der Hauptmann festgehalten hat, als er uns die Hand auf die Schultern legte. Bei Ulek ist er warm geworden.«

»Ach, du meinst das hier.« Ich ziehe die Kette mit meinem Medaillon hervor. Der Junge nickt.

Ich schüttle den Kopf. »Das ist etwas anderes.«

Meine Gedanken rasen. Und es sind nicht Hauptmann Effies Gedanken, sondern Evas.

Ich lasse mir Zeit, den Magiemesser wieder in meiner Uniform zu verstauen. Ausgerechnet Luka hat also eins der vermissten Medaillons. Hat er es von unseren Agenten geklaut? Ist er selber einer der Abtrünnigen? Eines ist jetzt sicher: Bei dem vierten Rebell ging es nie um eine ansteckende Krankheit. Sondern um Magie.

Meine nächsten Schritte müssen mich in die Keller unter dem Glashaus führen. Gestern nach dem Abendessen mit Luka bin ich noch einmal hingeschlichen. Drei seiner Männer standen Wache an den Eingängen, und über ihren Köpfen waberten erneut die mysteriösen Rauchwolken, als wollten sie mir zuwinken. Doch der direkte Weg ist aussichtslos, wenn ich unentdeckt bleiben will. Ich muss einen anderen Zugang zum Keller finden. Ich muss wissen, was sie dort verbergen. Was sie mit den Gefangenen anstellen – nein, was *der Alb* mit ihnen anstellt. Das verfluchte Monster muss hinter all dem stecken.

Der Junge scheint etwas in meinem Gesicht gesehen zu haben, denn er beugt sich über den Tisch.

»Du lügst!«, platzt er heraus. »Ihr habt Ulek doch wegen seinem Feuer geschnappt. Genau wie die anderen. Wenn es nach euch geht, sehn wir sie nie wieder.« Er fährt sich mit der Hand über die Augen. »Aber ihr werdet euch noch umschaun. Ha! Ihr alle hier.«

»Wie meinst du das?«

»Wie mein ich was?«, schnappt er.

»Dass wir uns noch umschauen werden«, erwidere ich.

Seine Augen weiten sich vor Schreck. Ich schiebe Eva beiseite. Jetzt hat Hauptmann Effie meine volle Aufmerksamkeit zurück. Ich beuge mich vor.

»Ein paar Bauern und Knechte, die sich im Wald verstecken.« Ich lache abfällig. »Du glaubst doch nicht ernsthaft, ihr könntet gegen die Armee der Republik etwas ausrichten?«

Er senkt den Blick. Aber nicht, weil er sich schämt, sondern weil ich die Häme nicht sehen soll, die in seinen Augen aufblitzt. Er verbirgt etwas. Die Haare in meinem Nacken stellen sich auf. Die Plauderstunde ist beendet.

Ich fege das Tablett samt Essen vom Tisch. Es kracht zu Boden. Während er noch zusammenzuckt, packe ich ihn am Kragen.

»Was plant ihr?«

Er stemmt sich gegen meinen Griff und dreht den Kopf weg, die Lippen fest aufeinandergepresst. Dummer Junge. Hätte er es doch einfach abgestritten. Aber so verrät er viel mehr.

»Quinn«, rufe ich. »Bring mir den Werkzeugkoffer!«

*

Eine Stunde später stehe ich im Besprechungszimmer des Stabshauses. Kommandant Leontes hat alle Hauptmänner zusammengerufen. Nur der Wachhabende fehlt. Neun sind es, darunter zwei Frauen. Die meisten, wenig überraschend, in reiferem Alter.

Hauptmann Rik streckt schlecht gelaunt seinen Bauch heraus. Heilermeister Horan wirkt geistesabwesend und in seinem weißen Kittel zwischen den Uniformen fehl am Platz. Neben ihm baut sich Luka auf, einer der wenigen Jüngeren in der Runde. Er starrt mich an, bis ich seinen Blick erwidere, dann lächelt er zufrieden und blickt wieder weg.

»Das ist Hauptmann Effie«, stellt mich Leontes den anderen vor. Sein Haar ist zerrauft, seine Augenringe noch größer als gestern. Meine Neuigkeiten haben ihn sichtlich aufgewühlt. »Sie wurde von der Front zu uns versetzt, ich habe sie zu Hauptmann Riks Entlastung der Gefangenenwache zugeteilt. Ich habe euch zusammengerufen, weil sie äußerst beunruhigende Nachrichten hat.« Er erteilt mir mit einem Nicken das Wort.

Ich salutiere, dann trete ich vor.

»Ich habe vorhin einen der Gefangenen verhört, die uns die Jäger gestern aus dem Wald mitbrachten.« Ich versuche, jeden von ihnen wenigstens einmal anzuschauen. Ich weiß, wie viel von meinen Worten abhängt. »Er gestand Folgendes: Die Rebellen wollen die Bastion angreifen. In vier Tagen.«

Verblüffung. Schreck. Unglaube. In den meisten Gesichtern spielt sich das Gleiche ab. Nur Horan kratzt sich unbeteiligt hinterm Ohr. Luka dagegen verengt die Augen und fixiert mich wie gehabt, doch dieses Mal ist kein Lächeln auf seinem Gesicht.

Einer der älteren Wachleiter stößt ein bellendes Lachen aus. »Da hat der Rebell dir aber einen Bären aufgebunden, Mädchen!«

Ein paar andere stimmen offensichtlich erleichtert mit ein. »Das kann jedem mal passieren.« »Da hat er sie aber kalt erwischt.« »Wegen so einem Unsinn hat uns der Kommandant holen lassen?«

»Ruhe!«, ruft Kommandant Leontes mit wenig Durchsetzungskraft. »Ruhe, hab ich gesagt.« Dann nickt er mir erneut zu. Aufmunternd, wie er meint, doch ich sehe die Zweifel in seinem Blick.

Ich seufze. »Der Rebell hat die Wahrheit gesagt«, verkünde ich laut. »Wer gefoltert wird, kann nämlich nicht lügen.«

Jetzt verstummen sie endlich und starren mich an. Ich habe den Jungen nicht foltern müssen. Ich musste ihm die Werkzeuge nur zeigen, und schon hat er geredet wie ein Wasserfall. Doch das sage ich ihnen nicht.

»Zu Hauptmann Effies Expertise gehören, nun ja, bestimmte Verhörtechniken«, fügt Leontes erklärend hinzu. »Deshalb habe ich sie damit beauftragt. Um endlich mehr über die Rebellen und ihre Ziele zu erfahren. Dass sie so schnell erfolgreich ist, damit konnte keiner rechnen.« Er hebt beinah entschuldigend die Schultern.

Ich atme tief durch, um nicht die Augen zu verdrehen.

»Ich glaube Hauptmann Effie«, sagt Luka plötzlich. Er tritt vor und mustert die anderen mit ernstem Blick. »Die Rebellen sind in den letzten Wochen nicht nur immer frecher geworden, sondern auch organisierter. Die Überfälle auf die Bürger, und gestern erst der Angriff auf die Gefangeneneskorte. Der Ordner, der es als Einziger lebend in die Bastion geschafft hat, berichtete von einem zielgerichteten Manöver. Die Rebellen hätten sogar eine junge Frau als Köder benutzt. Sie hat sich als hilfebedürftige Bürgerin ausgegeben, um die Eskorte zu stoppen.«

Ich runzle die Stirn. Von einem solchen Überfall habe ich gar nichts mitbekommen.

»Wir sind in den letzten Wochen vermehrt auf Spuren von Rebellen im Umkreis der Bastion gestoßen«, fährt Luka fort. »Gleichzeitig haben wir so wenige von ihnen gesehen wie nie. Das passt dazu, dass sie irgendein großes Ding planen.«

Immer noch stehen den meisten Zweifel ins Gesicht geschrieben.

»Sollen sie es doch versuchen«, brummt Hauptmann Rik. »Sie werden sich ordentlich die Köpfe einrennen, und wir können sie anschließend einsammeln wie einen Korb Pilze.« Er zuckt mit den Schultern. »Mornerey wird anbauen müssen bei einer so großen Lieferung.«

»Da hat er recht.« Der Wachleiter stößt erneut sein Bellen aus. »Über die Festungsmauern kommt keiner.«

Er erntet beifälliges Gemurmel.

Für einen winzigen Augenblick zögere ich. *Nicht deine Aufgabe*, würde der Altmeister sagen. Er hätte recht. Ich bin nicht hier, um diese Hornochsen vor sich selbst zu schützen. Im Gegenteil, das Chaos eines Angriffs wäre die beste Gelegenheit für mich, die Labors im Keller in Ruhe zu untersuchen. Aber das eine schließt das andere ja nicht aus. Ich straffe die Schultern.

»Und was ist mit dem Kanal am Südtor?«, frage ich. »Der ist mit Zahnstochern vernagelt, die ein Waschbär aufbrechen könnte. Was ist mit dem Westturm? Der ist dermaßen einsturzgefährdet, ein kleiner Sprengsatz an seinem Fundament draußen, und er fällt. Das Gleiche gilt für ein Drittel der Mauern. Wir alle wissen, dass die Rebellen nicht nur über Sprengsätze verfügen, sondern auch damit umgehen können. Und die Patrouillen auf den Wehrgängen sind ein Witz.« Ich funkle den Wachleiter an, der den Blick mit der dumpfen Grimmigkeit eines alten Ebers erwidert. »Ein Rundgang alle zwanzig Minuten. In dieser Zeit hätte der Sprengmeister meiner alten Division die gesamte Festung vermint.«

»Ich lass mich nicht beleidigen von einer – einer …« Der Wachleiter schnappt zornrot nach Luft.

»Einer hochdekorierten Kriegsveteranin?« Luka hebt die Augenbrauen. »Oder einer Frau?«

»Ruhe.« Kommandant Leontes hebt die Hand. »Ich muss nachdenken.«

Ich recke das Kinn und halte den Blicken der Hauptleute stand, der Mischung aus Missbilligung, Wut und widerwilliger Achtung. Nur zu Luka schaue ich nicht. Dass er sich so eindeutig auf meine Seite schlägt, behagt mir nicht. Ich will ihm nichts schuldig sein.

Leontes starrt aus schmalen Augen zu Boden. Sein Schweigen zieht sich dermaßen in die Länge, dass ich schon fürchte, er sei eingeschlafen.

»Hauptmann Effie hat recht«, sagt er irgendwann. Er wirkt noch einmal fünf Jahre älter als vorhin. »Wir waren immer eine Forschungseinrichtung, kein Kriegshort. Wir haben einiges versäumt in den letzten Jahren. Nutzen wir die nächsten Tage, um die Festung wieder auf Vordermann zu bringen.«

»Und wenn das alles blinder Alarm ist?«, bellt der Wachleiter. »Soll ich umsonst meine Männer aufregen?«

»Nicht umsonst.« Leontes blickt ihn streng an. »Lass uns der Wahrheit ins Gesicht schauen, Orto. So ein Angriff wird kommen, wenn nicht in vier Tagen, dann in vier Monaten. Die Zeiten haben sich geändert. Bei der Republik! Wir sind alt geworden, aber in uns stecken doch immer noch Soldaten. Danke, Hauptmann Effie, dass du uns das wieder in Erinnerung gerufen hast.« Er reckt das Kinn und mustert die versammelten Hauptleute.

»Die Wachen auf den Mauern werden ab sofort verdoppelt«, ordnet er an. »Hauptmann Luka, schick deine besten Jäger als Späher in den Wald, sie sollen nach verdächtigen Bewegungen Ausschau halten. Mit Hauptmann Kurek und Hauptmann Antos suchst du danach gemeinsam mit Hauptmann Effie erneut den Gefangenen auf. Er soll seine Aussage noch einmal wiederholen, dieses Mal mit euch als Zeugen. Dann organisiert ihr vier die Errichtung der Verteidigungsanlagen. Ihr habt dafür alle Mann zur Verfügung, bis auf die Wachen und die Jäger. Die anderen Hauptmänner unterstützen euch, wo sie können. Sonst noch Fragen?«

Er blickt sich in der Runde um. Seine Entschlossenheit wirkt auf einige der Versammelten wie Medizin. Gebeugte Rücken straffen sich, Fäuste werden zustimmend geballt. Die mürrischen Mienen überwiegen allerdings, ebenso die feindseligen Blicke in meine Richtung. Ich nicke ihnen ernst zu, innerlich zucke ich mit den Schultern. Es ist mir egal, was sie denken. Hauptsache, sie stehen mir nicht im Weg.

Die Ersten fangen an zu tuscheln, und die Ordnung löst sich auf, noch bevor der Kommandant »Wegtreten« sagen kann.

Luka kommt zielstrebig auf mich zu.

»Seit zwei Tagen bist du hier, und es ist bereits mehr passiert als im ganzen letzten Jahr«, raunt er mir ins Ohr. Sein

Schnurrbart zuckt. Luka ist mir so nah, dass mir sein Duft in die Nase steigt. Er riecht herb und als käme er direkt aus dem Wald, nach Leder und Regen und wildem Thymian.

»Du bist der Einzige, der kein Problem damit zu haben scheint«, murmele ich zurück.

»Dass endlich Leben in den Kampf gegen die Rebellen kommt?« Sein Grinsen hat etwas Wölfisches. »Ich warte schon lange darauf. Doch bisher schien ich hier der Einzige zu sein, der nicht nur die Uniform trägt, sondern auch denkt wie ein Soldat.«

Er blinzelt mir zu. Ich schenke ihm ein nachdenkliches Lächeln. Ist er wirklich Soldat? Oder eher ein abtrünniger Agent?

»Freu dich nicht zu früh«, sage ich. »Wir haben viel zu tun. Die Verteidigung einer solch großen Anlage mit so wenigen Männern ist nicht einfach. Gibt es Pläne von der Festung? Grundrisse aller Geschosse?«

Er runzelt die Stirn. »Die lagern direkt hier, soweit ich weiß, im Archiv des Stabshauses. Ich kann sie dir bringen lassen.«

»Danke, nicht nötig«, erwidere ich. »Ich kümmere mich selbst darum.«

Nicht, dass er die Pläne fürs Kellergeschoss abzweigt. Ich muss einen Weg in die unterirdischen Laboratorien finden, koste es, was es wolle. Ich steuere auf den Kommandanten zu, als die Tür aufgerissen wird.

»Kommandant, Kommandant!« Ein älterer Soldat hastet herein, wirft einen gehetzten Blick auf die Versammelten und steuert dann direkt auf Leontes zu.

»Ja?«, fragt Leontes barsch.

»Vor dem Osttor der Festung ist eine fremde Person aufgetaucht.« Der Soldat wischt sich nervös über die Stirn. »Eine junge Frau. Ganz allein. Sie sagt, sie wolle uns vor einem Überfall der Rebellen warnen.«

»Sie will was?«, ruft Leontes. Er ist genauso verblüfft wie der Rest von uns. *Eine junge Frau.* Hatten wir das nicht gerade schon mal? Luka hat offensichtlich den gleichen Gedanken, denn mit besorgter Miene tritt er neben den Kommandanten.

»Woher kommt sie?«, fragt er.

»Wissen wir noch nicht.« Dem Soldaten sind unsere Blicke sichtlich unangenehm. »Sie ist entkräftet auf dem Hof zusammengesunken.«

»Ihr habt sie eingelassen?«, hakt Luka nach. Wir wechseln einen ungläubigen Blick. »Habt ihr sie untersucht? Nach Sprengstoffen zum Beispiel?«

»Aber nein.« Der Soldat macht ein erschrockenes Gesicht. »Sie sagt, sie sei eine Bürgerin. Ihr Name ist Cianna Agadei. Sie ist die Tochter der Ipallin des achten Bezirks.«

Cianna

Beim Anblick der Waldbastion stockt mir der Atem. Die unregelmäßig geschwungenen Mauern, die Flachdächer und die verwinkelten Türme sind mir so vertraut, dass ich im ersten Augenblick glaube, ich sei zu Hause. Doch ich bin nicht zurück im Kastell. Noch nicht.

Die Füße knicken mir weg, und wenn mich nicht einer der Soldaten aufgefangen hätte, wäre ich auf das Pflaster gestürzt. Mir ist schwindelig, meine Lippen sind rissig und ausgedörrt.

»Setzt Euch, Herrin.« Der Soldat führt mich zu einer Bank im Schatten der Bastionsmauer. Er hat ein gütiges Gesicht, schrundig wie der harte braune Boden ringsum. »Ich hole Euch etwas zur Stärkung.«

»Der Überfall«, krächze ich und presse seine Hand, so fest ich kann. »Der Überfall.«

»Keine Sorge.« Beruhigend nickt er mir zu. »Der Kommandant ist bereits unterwegs. Wenn er hier ist, könnt Ihr erzählen, was Ihr wisst.«

Behutsam löst er sich aus meinem Griff und eilt durch eine Pforte in ein kleines Gebäude, das wohl die Wachstube ist.

Rauchfäden aus dem Kamin versprechen ein behagliches Feuer, doch er bittet mich nicht herein.

Der Hof ist nahezu leer, nur auf den Mauern und vorne am Tor bewegen sich träge vereinzelte Schemen von Wachsoldaten im Gegenlicht. In meiner Nähe sitzen drei Krähen auf dem Schieferdach in der Sonne und beäugen mich mit ihren schwarzen Knopfaugen. Ihre Blicke erinnern mich an den Jungen, den ich vorhin fortgeschickt habe. Ich wende mich ab, um den stummen Vorwurf in ihren Vogelaugen nicht sehen zu müssen.

Mit einer tönernen Flasche und einer zugedeckten Schüssel kommt der Alte zurück. Ich rieche frisch gebackenes Brot, und das treibt mir die Tränen in die Augen. Seit gestern habe ich nichts mehr gegessen.

Ich will gerade zugreifen, als eine barsche Stimme ruft: »Halt!«

Sie gehört einem Mann in einem dunkelgrün wehenden Mantel, der über den Hof auf uns zueilt. Sein scharfgeschnittenes Gesicht mit dem Schnurrbart blickt finster drein, und ihm folgen drei weitere Männer mit ebenso ernsten Mienen. Die Abzeichen auf ihren Uniformen kennzeichnen sie allesamt als Hauptmänner.

Ehe ich Luft holen kann, sind sie da. Der Schnurrbärtige reißt mich grob in die Höhe.

»Bürgerin, ja?«, fährt er mich an. Der Ausdruck seiner blauen Augen ist so kalt wie der Gebirgsbach von gestern. »Ihr müsst uns für völlig beschränkt halten, den gleichen Trick zweimal zu probieren.« Er schüttelt mich. »Warum haben sie dich geschickt?«

»Was?« Entsetzt winde ich mich in seinem Griff. »Das ist ein Missverständnis.«

»Oh nein.« Er schüttelt mich erneut, so fest, dass die Welt vor meinen Augen verschwimmt. »Diesmal kommst du nicht davon, Rebellenschlampe!« Dann pralle ich mit dem Kopf gegen die Mauer, und die Welt wird schwarz.

*

»He!« Jemand rüttelt mich an der Schulter. »Aufwachen!«

Ich fahre in die Höhe, dann schnappe ich nach Luft und sinke mit einem Stöhnen zurück. Ich bin ein Blatt, auf- und abgeworfen vom Tosen des Winds.

»He!«

Langsam öffne ich die Augen wieder. Ich vermeide jede Bewegung, bis sich das Schwanken allmählich beruhigt. Ich liege in einem düsteren Raum auf einer Pritsche. Eine Soldatin sitzt im Zwielicht vor mir, in der Hand eine abgedunkelte Petroleumlampe. In den flackernden Schatten wirkt ihr Gesicht wie grob bearbeitetes Leder, ihre Schultern sind massig wie die eines Mannes. Die dunklen Augen blicken allerdings nicht unfreundlich drein. Sie legt mir eine Hand auf die Stirn und mustert mich prüfend, dann dreht sie sich zur Tür um. Licht fällt auch von dort herein, wie ich jetzt erst wahrnehme, ein helles, von schwarzen Strichen durchbrochenes Viereck. Eine vergitterte Luke. Ein Gefängnis. Ich reiße die Hand vor den Mund.

»Sie ist wach!«

»Na endlich.« Eine volltönende Stimme, eindeutig ebenfalls die einer Frau. Ich erschauere unter ihrer samtigen Rauheit bis ins Mark, als würde jemand mit Metall über Porzellan kratzen, als würde etwas Totes plötzlich wieder lebendig.

Die Tür wird aufgestoßen, im Gegenlicht steht eine große, schlanke Gestalt. Ich richte mich ungläubig auf. Ich träume. Ich träume wie einst vom Wald, noch ehe ich ihn kannte.

»Danke, Quinn«, sagt die Stimme. »Und jetzt geh.«

Die Soldatin erhebt sich nur zögerlich, die Lampe schwankt in ihrer Hand. Plötzlich habe ich Angst. *Lass mich nicht allein*, will ich schreien, doch ich bringe keinen Ton hervor. Und so entfernt sie sich mitsamt dem zittrigen Licht, während ich mich im Dunkel auf der Pritsche zusammenkauere.

An der Tür wechselt die Lampe ihre Besitzerin, ich höre ein paar geflüsterte Worte, und dann fällt die Tür mit einem scheppernden Hall hinter der Soldatin ins Schloss. Sofort bewegen sich Lichter und Schatten wieder auf mich zu, nicht mehr schwankend, sondern ruhig und zielgerichtet. Ich kann nicht ausweichen, kann nur warten, bis sie nach mir greifen.

Direkt vor meinem Gesicht verharrt das Licht, dann zuckt es jäh in die Höhe, als hätte die Lampenträgerin für einen Augenblick die Kontrolle verloren.

Schließlich stellt sie die Lampe auf dem Boden ab und geht neben der Pritsche auf die Knie.

»Schscht«, zischt sie. »Still.«

Und dann sehe ich ihr Gesicht. Ich kann nicht mehr atmen. Das kann nicht sein. Sie ist tot. Sie ist … Ich öffne den Mund zu einem Schrei, doch da ist eine Hand auf meinen Lippen. Ihre Hand. Und ich kenne den Geruch. Er weckt lang vergessene Erinnerungen in mir.

Eva

Sie ist es. Sie ist es wirklich. In einem zerrissenen, dünnen Leinenmantel, dreckig und voller Kletten aus dem Wald. Doch darunter ist sie schön, noch schöner als vor fünf Jahren. Ihr Körper ist weich und verwirrend weiblich. Ihr Gesicht hat das Kindliche verloren, doch das Zarte ist ihr geblieben, das Sanfte, das mich früher dazu brachte, sie vor der ganzen Welt beschützen zu wollen – weil sie es nicht von Mutter hat, sondern von Vater.

Doch diese Zeiten sind vorbei.

Ihre graublauen Augen sind so weit aufgerissen, dass das Weiße in ihnen überwiegt. Sie starrt mich an, als wäre ich ein Ungeheuer. Nun. Fest presse ich die Hand auf ihren Mund. Ich *bin* ein Ungeheuer.

»Kein Mucks, wenn ich dich loslasse«, zische ich. »Sonst bist du tot.«

Sie reagiert erst nicht, doch als ich noch fester zudrücke, nickt sie mit schmerzersticktem Stöhnen. Ich lasse sie los. Sie bleibt in ihrer zusammengesackten Position, selbst ihre Augen bleiben starr, als wäre sie aus Porzellan, eine bleiche, bürgerliche Puppe. Ich will sie noch einmal anfassen, um sicherzugehen, dass sie auch wirklich lebendig ist. *Reiß dich zusammen.*

»Maeve«, flüstert sie. Und dann noch einmal. »Maeve.«

Ich hasse diesen Namen.

»Sprich ihn nicht aus«, zische ich. »Ich bin Effie. Hauptmann Effie.«

»Du ...« Sie schüttelt den Kopf, um ihn klar zu kriegen. »Was tust du hier?« Sie verengt die Augen. In ihrer Miene kämpfen Schrecken und Angst mit Entrüstung. »Warum bist du nicht gestorben? Warum trägst du eine Uniform?«

Ich bin so fasziniert von ihrem Mienenspiel, dass ich kaum höre, was sie fragt. Sie hier. Ausgerechnet. Mit allem hätte ich gerechnet, doch nicht damit. Und ich hasse es, wenn Dinge passieren, die ich nicht eingeplant habe.

»Du bist eine von denen, oder?«, stößt sie aus, lauter, als sie sollte. »Eine Rebellin.«

Meine Hand ruckt drohend hoch. Sie zuckt zurück, ihre Augen erneut aufgerissen. Immer noch so schreckhaft wie früher. Ich schnaube.

»Bist du eine Rebellin?«, frage ich zurück.

»Nein.«

»Ich auch nicht.«

»Aber dann ...«

»Zerbrich dir nicht dein hübsches Köpfchen«, fahre ich sie an. »Da kommt eh nichts bei raus.«

Schockiert verstummt sie. Ihr waidwunder Blick sagt mir die Wahrheit. Meine kleine Schwester beginnt, mich zu hassen. Und so muss es sein. Ich muss sie von mir fernhalten – das ist alles, was ich für sie tun kann.

Gefühle sind Schwäche. Dort, wo ich Traurigkeit fühlen sollte, ist nur ein schwarzer Klumpen. Ich habe mir das Bedauern herausgerissen, vor fünf Jahren.

»Ich sage es nur einmal«, zische ich. »Also hör mir gut zu. Dass ich hier bin, hat triftige Gründe. Gründe, die größer und wichtiger sind, als du dir jemals vorstellen könntest. Es geht um die Zukunft der Republik. Du wirst also schön den Mund halten. Verrate niemandem, dass du mich kennst. Ich sorge dafür, dass du rasch wieder nach Hause kommst. Aber ein Wort von dir, und du wirst die Bastion nicht lebend verlassen.«

Wir würden die Bastion nicht lebend verlassen, trifft es eher, aber das muss sie nicht wissen.

In ihrem Kopf arbeitet es. Ich starre sie an, ich kann nicht anders. Seit Jahren habe ich nicht mehr an sie gedacht. Fügsam, brav, so war sie. Hat immer getan, was ich von ihr wollte. Und mich weder aufgehalten noch gebremst, bis es zu spät war.

»Weiß Mutter, dass du ...«

»Nein«, falle ich ihr ins Wort. Ich packe sie am Arm. »Du redest mit niemandem. Das gilt auch für sie.«

Mein Herz rast, doch meine Miene bleibt steinern. Wenn Mutter erst mal Erkundigungen über mich anstellt, ist alles vorbei. Nicht, dass ich glaubte, sie täte es. Nicht meinetwegen.

Ich muss gehen, bevor sie noch mehr Fragen stellt. Ich springe auf und reiße die Lampe in die Höhe, sodass ich im Licht bin, Cianna dagegen in Schatten getaucht ist. Ich setze mein finsterstes Gesicht auf.

»Ich werde alles für deine Heimfahrt arrangieren. Wenn du schweigst, wirst du mich niemals wiedersehen. Wenn du redest, werde ich die Letzte sein, die du siehst.«

»Aber ...«

Ich drehe mich um und gehe zur Tür.

»Warte«, ruft sie. »Warte!« Sie ruft immer noch, als ich die Tür hinter mir schließe.

»Und?«, fragt Quinn mit neugieriger Miene.

Ich zucke mit den Schultern. »Ihre Geschichte stimmt«, brumme ich. »Eine verwöhnte kleine Bürgerin, die von ein paar Rebellen verschleppt wurde. Wahrscheinlich, um Lösegeld zu erpressen. Sie ist noch viel zu durchgedreht für ein richtiges Verhör. Bring ihr was zu essen und zu trinken.« Ich ziehe eine kleine Ampulle aus der Uniformtasche. »Und tu ihr ein paar Tropfen davon in den Tee. Nicht mehr als drei oder vier, dann wird sie ein paar Stunden schlafen und nachher wesentlich mehr bei Verstand sein.«

Quinn nimmt die Ampulle mit großen Augen entgegen und nickt.

Ich mache mich an den Aufstieg aus dem Keller. Mittendrin

bleibe ich für einen kurzen Augenblick stehen und schließe die Augen.

Dieser vermaledeite Auftrag! Bei der Republik, ich könnte eine Atempause gebrauchen. Erst der geplante Überfall, der mir dazwischenfunkt, und jetzt auch noch meine Schwester. Ich kann ihrem Schweigen nicht trauen, nicht langfristig zumindest. Aber wenn alles gut läuft, schläft sie immerhin lange genug, dass ich sie nicht mehr sehen muss. Sie weiß eh nichts von Belang, da bin ich mir sicher. Heute Nacht statte ich den Kellern einen Besuch ab, finde dort hoffentlich den Alben und töte ihn – und das ist das Letzte, was ich hier tue.

Sollen doch die Rebellen hinter mir aufräumen, oder die Agenten, die der Altmeister nach mir schickt. Ich werde jedenfalls aus dieser Bastion verschwunden sein, ehe das nächste Mal die Sonne aufgeht.

Cianna

Ich erwache nach Luft schnappend in völliger Dunkelheit. Die Schwärze packt mich wie ein Strudel, droht mich zu verschlingen.

»Maeve!«, rufe ich. Im nächsten Augenblick schlage ich mir die Hand vor den Mund. Hat sie mich gehört?

Doch nichts regt sich. Ich lege eine Hand auf mein Herz, das so heftig schlägt wie ein auskeilendes Pferd, und starre angestrengt in die Dunkelheit. Grau auf schwarz schälen sich Schemen heraus. Die Tür, die Umrisse der vergitterten Luke.

Vage erinnere ich mich an ein Geräusch, das mich geweckt hat. Jetzt ist es still. Nein, nicht völlig. Da ist ein Murmeln, ein Summen wie von Bienen.

Ich erhebe mich von der Pritsche und schleiche zur Tür. Die Dunkelheit scheint meine Sinne zu schärfen, denn ich höre es nun deutlicher: den dumpfen Klang mehrerer Stimmen, ein Stück entfernt.

Ich presse mein Gesicht an die Luke. Ein Licht flackert am Ende des Korridors, vermutlich eine Petroleumlampe. Niemand ist zu sehen. Das Murmeln kommt von links. Es ist lauter geworden, aufgeregter, fast kann ich einzelne Worte verstehen.

»Hallo«, rufe ich. »Hallo?«

Das Murmeln verstummt.

»Wer ist da?«, ruft jemand mit dumpf hallender Stimme, die sich im Korridor bricht. Ein Wachmann?

»Ich muss hier raus«, rufe ich zurück. »Ich bin keine Rebellin. Das war alles ein Missverständnis.«

»Ein Missverständnis?« Die Stimme hört sich freundlich an, wenn auch ein bisschen amüsiert. »Wie meinst du das?«

Ich überlege kurz. Ich möchte nicht die ganze Geschichte über den Korridor schreien.

»Ich bin eine Bürgerin«, rufe ich schließlich. »Mein Name ist Cianna Agadei.«

Statt einer Antwort vernehme ich erneut das mehrstimmige Murmeln.

»Cianna Agadei.« Die Stimme wiederholt meinen Namen mit seltsamem Unterton. »Wie die Tochter der Ipallin?«

Ich zögere. Mir schwant Böses. »Ja.«

»Das soll wohl ein Witz sein.« Ein hartes Lachen. »Die hohe Tochter hier unten bei uns.«

Noch mehr Lachen und dazwischen Flüche in hellen und dunklen Stimmen. Etwas schlägt von rechts gegen meine Zelle, und ich zucke zusammen. »Na, ich wüsst schon, was ich mit dir machen würde, Bürgerzecke!«, brüllt jemand dumpf durch die Wand.

Ich weiche von der Luke zurück. Ich bin so dumm. Meine Zelle ist nur eine von vielen, und in den anderen sitzen natürlich Rebellen. Obwohl ich nichts dringender möchte, als hier rauszukommen, bin ich plötzlich froh über die dicken Mauern.

Ich kauere mich zurück auf die Pritsche.

Wäre doch Raghi hier, meine Leibwächterin. Sie würde mich beschützen, was immer geschieht. Ich klammere mich an ihr Bild, das vor meinem inneren Auge aus dem Dunkel auftaucht. Ihre starken Schultern, ihr durchdringender Blick.

Doch statt ihrer dunklen Haut sehe ich plötzlich Sommersprossen, statt des kahlen Sklavenkopfes fliegen blonde Locken im Wind. Meine vor Lachen kreischende Schwester auf dem Rücken ihres Hengsts. Tanzend auf dem Kastellhof, atemlos kichernd im Stroh. Maeve. So, wie ich sie kannte.

Nicht die Soldatin mit den braunen geschorenen Haaren und dem steinernen Gesicht, als wäre sie weder Frau noch Mann, sondern ein fremdes, herzloses Wesen.

Nur ihre Augen sind gleich geblieben. Daran habe ich sie

erkannt. Strahlend blau und so kalt wie der Himmel im Winter. Mutters Augen. Früher ist es mir nie aufgefallen, doch sie haben auch beide den düsteren Zug um den Mund, das entschlossen gereckte Kinn.

Ich schluchze in meine Hände. Oh, Maeve. Ich habe sie vermisst, jeden Tag, jede Stunde, als ich dachte, sie sei tot. Doch die Wahrheit ist kein Trost, sondern ein grausamer Schlag gegen die Kehle, der mir den Atem abschnürt. Ich wünschte, sie wäre tatsächlich gestorben.

Alles, was ich glaubte, war falsch. Sie ist keine Rebellin. Sie hat sich nicht in die Luft gesprengt. Doch wer ist sie dann? Kann es sein, dass die Wahrheit noch schlimmer ist?

Fast hätte ich die eiligen Schritte überhört, die draußen durch den Korridor hallen. Sie stocken vor meiner Tür.

»Hier ist sie.« Ein Riegel wird zurückgeschoben, die Tür schwingt auf.

Licht fällt herein, malt die Umrisse eines Schattens nach, der einen großen Teil der Öffnung ausfüllt. Wuchtige Schultern, Hände, riesig wie Flossen, ein eingezogener Kopf.

»Cianna?«

Ich kenne die zögerliche Stimme, den stets brummigen Unterton. Rasch springe ich auf die Füße. »Christoph?«

Nie war ich froher, den Händler zu sehen, seine sanften Augen über dem blonden Bart. Ich eile auf ihn zu, und er hält mich an den Schultern, mustert mich prüfend. »Alles in Ordnung?«

Ich nicke atemlos. »Was machst du hier?«

»Erklär ich dir später.« Er schiebt mich aus der Zelle. »Wir müssen jetzt aufbrechen.«

»Ich … bin frei?«

Er nickt. »Ich bring dich nach Hause.«

Ich will aufatmen, will Erleichterung spüren, doch es gelingt mir nicht so recht.

»Hier.« Christoph hilft mir in weiche Lederstiefel, die mir

zu groß sind.»Zieh deinen Mantel aus, ich hab einen neuen für dich.«

Ich schlüpfe aus meinem zerrissenen dünnen Hausmantel und lasse ihn achtlos auf den Boden sinken, dann schlüpfe ich dankbar in das warme, wollene Kleidungsstück, das er mir reicht. Schon schieben mich seine starken Arme den Korridor entlang.

Aus den vergitterten Luken der anderen Zellen starren sie mich an. Verwilderte Bärte, finstere Blicke. Doch es sind nicht nur Männer. Nein, vor allem Frauen und Kinder sehe ich, mager und bleich, als hätten sie lange nicht das Tageslicht gesehen. Ich senke den Kopf unter ihren stechenden Blicken. Ihre Stille behagt mir nicht. Mir wäre es lieber, sie beschimpften mich wie vorhin.

Zwei Wachmänner nicken mir zu, dann geht es eine Treppe nach oben. Eine Tür klappt auf, und wir sind draußen.

Die Festung ist in graues Zwielicht getaucht. Am Himmelsrand über den Bäumen hängt der Mond wie eine ungestalte Perle.

»Ist es schon so spät?«, frage ich.

Christoph beäugt mich unter gerunzelter Stirn. »Es ist früh.«

Ungläubig schaue ich zum silbrig grauen Horizont, spüre den Morgendunst, der sich wie eine kalte, feuchte Haube über mein Gesicht legt. Habe ich wirklich einen halben Tag und eine Nacht verschlafen?

»Was ist mit Hauptmann Effie?«, frage ich.

»Sie war bei mir«, erwidert Christoph in seiner knappen Art. »Hat mir die warmen Sachen für dich gegeben und mich gebeten, dich mitzunehmen.«

»Aber ...«

»Komm. Mein Karren wartet am Tor.«

Wie eine Traumwandlerin folge ich ihm durch die menschenleeren Gassen der Bastion. Da vorne sehe ich schon die Mauern. Das Tor ist nicht mehr weit.

Der Mantel ist von ihr. Unwillkürlich schnuppere ich am Kragen, doch er riecht nur nach Wolle. Werde ich sie je wiedersehen?

Es ist so still. Gebäude recken sich bleich in die Höhe wie Felsen. Der Dunst verschluckt jeden Schritt, jede Regung, nur mein Atem weht wie ein Geist vor mir her. Alles kommt mir so unwirklich vor.

Vielleicht war auch Maeve nur ein Trugbild, ein Traum, so wie alles, was in den letzten Tagen geschehen ist. So wie das Waldkind.

Ich bin hier.

Meine Schritte stocken. Ungläubig schaue ich mich um. Wo?

Hier.

Ein Schatten löst sich von einem Mauersims. Lautlos wie eine Katze springt der Junge vor uns auf die Pflastersteine.

Christoph weicht zurück, seine Hand zuckt zum Gürtel.

»Tu ihm nichts!« Ich eile an ihm vorbei und schließe das Kind in meine Arme. »Was machst du bloß?«, flüstere ich. »Hab ich dich nicht weggeschickt?«

Ich kann hier nicht fort. Seine Augen suchen meinen Blick. Zu dunkel sind sie, als dass ich in ihnen lesen könnte. Redet er tatsächlich mit mir, oder deute ich bloß meine Gedanken in ihn hinein? Ich kann es nicht sagen.

»Du kommst mit uns.« Ich nehme seine Hand.

Er schüttelt den Kopf. Ich kann hier nicht fort.

»Warum nicht?«, murmele ich. Christoph ist an meine Seite getreten. Er mustert den Jungen mit so intensiver Konzentration, dass ich mich schützend zwischen sie stellen will.

Der Junge wirft dem Händler einen feindseligen Blick zu, dann wendet er sich ab und zieht an meiner Hand.

Ich brauche deine Hilfe.

»Was …« Christoph räuspert sich. »Wer ist das?«

»Das ist Ben.« Ich schau den Händler nicht an bei der Lüge,

die ich auch gegenüber den Rebellen gebraucht habe. »Er ist mein Neffe.«

»Dein Neffe.« In Christophs Stimme schwingt wütender Unglaube, und ich fahre zu ihm herum. Doch er hebt nur mit einem Seufzen die bärenhaften Schultern. Sein Blick ist so sanft wie immer. »Kommt er mit uns?«

»Ja«, sage ich, aber der Junge zieht mit solch unbändiger Kraft an meiner Hand, dass ich den Weg ein paar Schritte zurück stolpere.

»Nein, Ben«, sage ich und höre, wie falsch dieser Name klingt. »Wir müssen in die andere Richtung.«

Er stampft mit dem Fuß auf. Jäher Zorn umwölkt seine Stirn, lässt seine Züge älter und seine Augen noch größer wirken.

Ein Knall zerreißt die Luft. Seine Wucht wirft mich auf die Knie.

»Was war das?«, rufe ich. Der Junge hockt mit erschrockenem Gesicht neben mir. Für einen Augenblick glaube ich, er habe den Donnerschlag ausgelöst. Aber nein. Entsetzen packt mich mit eisigen Krallen. Seit dem Tag der Gabe weiß ich, wie sich eine Explosion anhört.

»Unten bleiben!« Christoph kauert hinter uns und wirft gehetzte Blicke um sich. Erneut ertönt ein furchtbarer Knall, dann ein Klirren wie von Scherben, ein Stück weiter weg.

Es kann nicht sein. Ich atme gegen die Angst an. Vier Tage, sagte Colin. Hat er gelogen? Oder haben die Rebellen den Angriff vorgezogen, weil sie wussten, ich würde die Soldaten warnen?

»Los.« Christoph zieht mich in die Höhe. »Wir müssen hier weg. Zum Tor.«

Er will mich vorwärtsstoßen, doch dann hält er inne. Der Junge hat sich von meiner Hand befreit. Er steht bereits zwei Schritte entfernt. Sein Gesicht ist bleich, sein Blick eine einzige große Bitte. Komm mit mir.

Eva

Die Explosion erwischt mich im Kellergang. Der Boden bebt mit solcher Heftigkeit, dass mein Herz fast stehen bleibt. Staub rieselt auf mich herab.

Das können nicht die Rebellen sein. Nicht jetzt. Fluchend robbe ich rückwärts. Ich schlage mir zweimal den Kopf an, bis ich wieder auf dem Korridor stehe. Ein verwaister Seitenzweig der Gefängnisgänge, abgesperrt wegen Einsturzgefahr. Die Pläne aus Leontes' Archiv haben mir gezeigt, dass es hier einmal einen langen, unterirdischen Verbindungsgang zum Ostteil der Festung gab. Zu den Kellern unter dem Glashaus. Seit zwei Stunden suche ich schon danach, krieche in jedes Loch, das größer als eine Rattenhöhle ist. Die Festung ist zerlöchert wie ein Termitenbau, doch die meisten Gänge sind inzwischen Sackgassen, zugemauert, eingestürzt oder durch Gerümpel verbarrikadiert. Erneut knallt es, dieses Mal ein Stück weiter entfernt. Ich klopfe mir den Staub aus der Uniform und eile den Korridor hinunter.

Einen schlechteren Zeitpunkt hätten sie sich nicht aussuchen können. Von den Verteidigungsmaßnahmen, die wir gestern beschlossen haben, sind kaum welche umgesetzt, keiner ist vorbereitet. *Als hätten sie es gewusst.*

Zwei Abzweigungen später überwinde ich die Absperrung und erreiche die Zellen. Ich ignoriere die Schreie, die aus den Gitterluken ertönen, nur bei Ciannas Zelle halte ich inne und spähe hinein. Sie ist leer. Ich atme aus. Der Händler wirkte wie ein verlässlicher Kerl. Hoffentlich sind sie rechtzeitig abgereist.

Jeder Verlust ist verschmerzbar, jeder Einzelne ist ersetzbar – das Wohl der Republik steht über allem.

Trotzdem poltert mein Herz bei dem Gedanken an Cianna – mein dummes, sentimentales Herz, von dem ich dachte, ich hätte es vor Jahren weggesperrt und den Schlüssel weggeworfen.

Merze deine Schwachstellen aus, sagte der Altmeister. *Bevor sie dich zu Fall bringen.*

Cianna ist meine Schwachstelle, deshalb muss sie von hier verschwinden. Denn meine Anweisungen sind glasklar: Wer mir im Weg steht oder meinen Auftrag gefährdet, stirbt. Cianna bildet da keine Ausnahme. Egal, wer sie mal für mich war – sie ist es nicht mehr. Darf es nicht mehr sein. Und ich werde mich jetzt ganz bestimmt nicht durch sie zu Fall bringen lassen.

Außerdem habe ich Dringlicheres zu tun, als um Gefühle zu kreisen wie eine alberne Gans. Ich erreiche das Ende des Korridors. Verdammt. Die beiden Gefängniswärter sind nicht mehr auf ihren Posten. Ich sprinte die Treppe hinauf und erreiche außer Atem den Wachraum. Quinn sitzt mit den zwei Wachen am Tisch.

»Hauptmann!«, ruft die Soldatin verblüfft. »Wo kommst du her? Ich hab einen Mann geschickt, um dich und die andere Wachschicht zu wecken. Hauptmann Rik ist zum Stabshaus …«

»Warum seid ihr nicht auf euren Posten?«, schneide ich ihr das Wort ab. Die beiden Männer ziehen die Köpfe ein. »Nehmt eure Waffen. Geht runter. Verbarrikadiert die Tür zum Treppenhaus. Redet nicht mit den Gefangenen. Und lasst nur ein, wen ihr eindeutig als Soldaten identifizieren könnt.«

»Aber …«

»Wir werden euch informieren, sobald wir herausgefunden haben, was draußen los ist. Geht!«

Während sie abziehen, hole ich mir eine Armbrust aus der Waffentruhe. An den Gürtel hänge ich mir ein Kurzschwert. Auch Quinn bewaffnet sich widerstrebend.

»Du wartest auf die anderen«, weise ich sie an. »Ihr bezieht hier Stellung. Schießt auf jeden, der sich Zugang zum Keller verschaffen will. Wenn Rebellen in die Bastion eingedrungen sind, haben sie vor, ihre Gefangenen zu befreien.«

Sie salutiert. Als sie ihre Armbrust spannt, zittern ihre Finger so sehr, dass sie es zweimal versuchen muss. Ich wende mich ab. Als guter Hauptmann wäre mein Platz hier, bei meinen Leuten. Aber, bei allen Bastarden, Rik ist auch nicht hier. Und ich bin kein Hauptmann. Ich habe andere Aufgaben, als ein paar unwichtige Gefangene zu verteidigen.

Ich gehe nach draußen. Der Himmel ist dämmrig, die Sonne noch nicht aufgegangen. Ich halte mich nah an der Hausmauer und behalte die Umgebung wachsam im Auge, während ich Richtung Stabshaus eile. Es ist nicht weit bis zum inneren Ring. Sind die Rebellen bereits dort? Kämpfe höre ich keine. Ich bin fast am Ziel, als mir ein Hauptmann mit einem Fußtrupp entgegenspurtet.

»Der Westturm«, ruft er mir zu. »Sie haben ihn gesprengt und wollen dort durch die Bresche.«

Der Westturm. *Habe ich es nicht gesagt?* Rennend erreiche ich den inneren Verteidigungsring. Ich habe Chaos erwartet, doch ich werde überrascht. Trupps marschieren geordnet über den Hof, Männer schaffen Steine und Fässer heran, um die Tore zu verbarrikadieren, Kanonen rollen vorbei, Boten rennen hin und her, und auf den Zinnen haben sich Wachen gen Wald positioniert. Kommandant und Hauptmänner besprechen sich vor dem Eingang des Stabshauses und verteilen Befehle. Unter ihnen sind auch Hauptmann Rik, der andere Gefängnisaufseher, und der Soldat, den Quinn geschickt hat. Ich eile zu ihnen.

»Das Gefängnis ist gesichert«, melde ich. »Allerdings nur von drei Mann. Quinn hat das Kommando. Die andere Wachschicht ist noch nicht aufgetaucht.«

Rik nickt grimmig. »Such sie und mach ihnen Dampf!«,

schickt er den Soldaten los. Er blickt zum Kommandanten.

»Du brauchst Effie hier?«

Der Kommandant nickt. Sein Gesicht ist teigig vor Müdigkeit, doch äußerst entschlossen.

»Dann geh ich zurück zu unserem Posten.« Rik salutiert und marschiert zielstrebig davon.

Anscheinend habe ich die alten Männer unterschätzt. Ich trete auf den freigewordenen Platz neben Luka.

»Wie viele?«, frage ich ihn leise.

»Hundert. Vielleicht mehr«, murmelt er finster.

Und wir sind nur sechzig. Ich hole tief Luft.

»Bisher nur hinten am Westturm«, fährt er fort. »Die Bresche ist allerdings wohl nicht tief genug, deswegen konnten sie nicht durchdringen. Wir haben sie mit zehn Mann unter Beschuss. Außerdem sind weitere dorthin unterwegs. Zehn sichern die Nordseite, zehn den Osten hinterm Glashaus. Den Süden ...«

»Übernehmt ihr.« Der Kommandant wendet sich uns zu. »Hauptmann Effie, du nimmst die acht Mann von Hauptmann Kulak. Ihn brauche ich auf der Mauer. Ihr begleitet Luka zum Südtor.«

»Ich habe noch sechs Jäger dort draußen«, sagt Luka düster.

»Sie haben den Befehl, sich bei Gefahr zum Südtor durchzuschlagen. Wir müssen sie reinholen, bevor die Rebellen sie in die Finger kriegen. Außerdem ist es von dort nicht mehr weit bis zur Ostseite und den Laboratorien. Die Heiler und Sammler haben den Befehl, sich im inneren Ring zu melden, doch die meisten sind noch nicht aufgetaucht. Wir müssen sie notfalls hierher eskortieren.«

Ob er plant, die Studienobjekte ebenfalls von dort fortzuschaffen? Um das zu erfahren, schadet es nicht, in seiner Nähe zu bleiben.

»Kulaks Männer zu mir«, rufe ich, dann salutiere ich vor dem Kommandanten. »Für die Republik!«

»Für die Republik!« Er salutiert ebenfalls. Schon haben sich die acht Soldaten bei mir eingefunden. Drei Schützen, der Rest Schwertträger. Die meisten sind älteren Kalibers, und mindestens zweien steht nackte Furcht ins Gesicht geschrieben. Na herrlich. Forsch nicke ich ihnen zu. »Folgt mir.«

Cianna

Wir schleichen durch die Gassen. Im Nebel regt sich nichts. Der Mond hängt als eine milchig trübe Scheibe über uns und scheint uns zu beobachten. Einmal hören wir Stiefelgetrappel und gebrüllte Marschbefehle, sonst ist es ruhig.

Auch Christoph ist noch stiller als sonst. Seine Miene bleibt grimmig. Ich weiß nicht, warum er bei diesem offensichtlich völlig unsinnigen Unterfangen mitmacht. Weil er mich beschützen will? Seine Augen sind allerdings die meiste Zeit auf den Jungen gerichtet.

Der Kleine geht vor mir her, langsam, zögerlich, als sondierte er immer wieder aufs Neue den Weg. Er führt uns durch von Efeu verhangene Nebenpforten und über versteckte Treppen, durch dunkle Winkel, an denen dicke Wurzeln aus dem Pflaster brechen, als holte sich der Wald sein Revier wieder zurück. Die Häuser hier werden schon lange nicht mehr bewohnt. Ihr Verfall macht mich traurig und beklommen zugleich. Die Bastion ähnelt Cullahill, ja, doch sie ist ein Ort des Niedergangs, lieblos dem Zahn der Zeit hingegeben.

Inzwischen habe ich die Orientierung verloren. Hat der Junge ein Ziel? Oder führt er uns im Kreis herum?

Gerade als ich den Mund öffne, um etwas zu sagen, dreht er sich zu mir herum.

Er hat die Lippen zusammengepresst, doch seine Wangen zittern. *Ich kann sie nicht finden.*

Eine Träne rinnt seine Wange hinab. *Ich spüre sie nicht mehr.*

Ich gehe auf die Knie, nehme behutsam sein Gesicht zwischen meine Hände.

»Wen?«, flüstere ich. »Wen kannst du nicht finden?«

»Hat er etwas gesagt?« Christoph schaut stirnrunzelnd auf uns herab. In seinem Blick lese ich Besorgnis, aber auch noch mehr, eine kaum zu verhehlende Irritation. »Was geht hier vor sich, Cianna?«

Ich will antworten, doch mir bleiben die Worte in der Kehle stecken. Wir stehen direkt vor einem Mauervorsprung, dahinter ist eine Treppe, die hinauf zu den Obergeschossen weiterer Gebäude führt. Und da, auf dem Flachdach, war eine Bewegung. Ein Gesicht, das einen Wimpernschlag lang auf uns herabblickte und dann wieder verschwand.

Ich bin vor Schreck wie erstarrt, und dann poltert es plötzlich hinter uns.

»Stehen bleiben!«

Wir fahren herum. Ein Mann in einem braunen Lederwams steht breitbeinig mitten in der Gasse und hält Pfeil und Bogen auf uns gerichtet. Jetzt springen noch zwei weitere Leute vom niedrigen Dach eines Schuppens – ein Mann und eine Frau. Rebellen. Es müssen Rebellen sein, auch wenn sie sich nicht mehr hinter Widderfratzen verstecken. Offenbar ist die Zeit für Spiel und Masken vorbei.

Der Junge zischt in meinem Arm wie eine Schlange, doch ich halte ihn fest umklammert. Christoph weicht einen Schritt zurück, seine Hand wandert zum Gürtel.

»Das würd ich lassen«, sagt der Mann mit dem Bogen. »Hände hoch! Rasch, knöpft ihnen die Waffen ab.«

Die beiden anderen Rebellen nehmen Christophs Messer und durchsuchen uns flüchtig. Dann mustern sie uns – grimmig und vielleicht auch ein bisschen ratlos. Die wachsamen Blicke, die sie über die Schultern werfen, zeigen, dass sie es eilig haben. Was haben sie vor?

»Lasst uns gehen«, sagt Christoph. Er hält die Hände immer noch oben, und seine Stimme ist erstaunlich ruhig. »Wir sind keine Soldaten. Wir ...«

»Maul halten.« Ihr Anführer zielt mit dem Pfeil auf ihn.

»Soll die Chefin entscheiden, was mit euch passiert. Setzt euch in Bewegung.«

»Aber ...«, setze ich an, doch da stößt die Rebellin mich so fest in den Rücken, dass ich vorwärtsstolpere, und ich schlucke meinen Protest hinunter. Ich hebe das Kind hoch und trage es. Es ist starr und still wie ein Stück Holz. Wir biegen im Laufschritt um zwei Ecken, und dann setzt mein Herz für einen Moment aus.

Geduckt rennen uns mehrere Leute entgegen, unter ihnen Lydia, Dachshaar – und Finn. Als sie uns sehen, halten sie abrupt vor uns an.

»Na, wen haben wir denn da«, knurrt Lydia.

»Die haben wir aufgegriffen«, erwidert der Rebell mit dem Bogen. »Wir glauben, sie ...«

Lydia schneidet ihm mit einer Handbewegung das Wort ab.

»Man trifft sich immer zweimal, nicht wahr?« Sie mustert mich mit einem höhnischen Grinsen. Ihr Blick leuchtet grau und gefühllos wie der Mond.

»Macht den Kerl kampfunfähig.« Sie deutet auf Christoph. »Dich allerdings, Hexe ...«, sie reißt ihren Bogen von der Schulter und legt einen Pfeil ein, »werde ich töten. Wie ich es dir versprochen habe.«

Sie zieht die Sehne straff, ihr Finger krümmt sich um den Abzug. Ich wende mich halb ab und schließe die Augen.

»Nein!« Jemand reißt mich nach hinten. »Du erschießt sie nicht«, knurrt Finn. Seine Arme halten meine Schultern gepackt, so wie ich den Jungen immer noch umklammert halte.

»Ach, nein?« Lydia kommt einen Schritt auf uns zu. »Hat sie dich verhext, kleiner *Draoidh*?«

»Red keinen Mist«, knurrt Finn. »Wir töten keine Unbewaffneten. Sonst sind wir nicht besser als *sie*.« Er lässt mich los, und ich sacke unwillkürlich über dem Jungen zusammen.

»Außerdem ist sie immer noch wertvoll. Genauso wie er.«

Mit zwei Schritten ist er an mir vorbei und bei Christoph,

der Finn entgeistert anstarrt, als wäre er ein völlig Fremder. »Er ist ebenfalls ein Bürger. Ich habe ihn im Kastell kennengelernt. Ein Händler, einer der Wohlhabendsten im ganzen Bezirk.«

Lydia hält immer noch den Bogen. Ihre Miene ist voller Wut, doch der Pfeil ist nicht mehr am Abzug.

»Was schlägst du vor?«

»Wir sperren sie ein«, sagt Finn. »Und auf dem Rückweg nehmen wir sie mit. Sie bringen uns sicher ordentlich Lösegeld ein.«

Lydia stößt ein Geräusch aus, eine Mischung aus Seufzen und Knurren. »Also gut. Aber macht schnell. Wir haben nicht viel Zeit. Wir müssen zum Glashaus.«

Sie treten die Tür zu einem der Gebäude ein und schubsen uns in die Dunkelheit, dann fesselt mich Dachshaar mit Lederstricken an einen modrigen Stützbalken.

Seine Berührung lässt mich zurückzucken. Sie erinnert mich an Colins Finger an meinem Körper, seine Hand an meiner Kehle. Außerdem stinken die Rebellen nach brackigem Abwasser, und ihre Mäntel und Hosen starren vor Schlamm.

Doch ich beiße mir auf die Lippen und schweige, so wie Christoph ebenfalls keinen Ton von sich gibt. Der Junge bleibt eng an meiner Seite. Er faucht, als Finn ihn fesselt. »Ruhig«, murmele ich. »Lass es geschehen.«

Finn sieht nicht, wie sich meine Lippen bewegen. Er sieht mir die ganze Zeit nicht ins Gesicht.

»Schlag sie bewusstlos«, zischt Lydia. Er zögert.

»Nun mach schon!«

Als er sich nicht regt, kommt sie auf mich zu. Ich sehe ihre hasserfüllte Miene, ihren Arm, der sich hebt, fühle einen stechenden Schmerz, und dann verschlingt mich die Dunkelheit.

Eva

Während wir die Gassen zum Südtor entlangeilen, Luka an meiner Seite, knallt es zwei weitere Male in rascher Folge, rechts und links von uns.

»Sie versuchen, die Soldaten zu zerstreuen«, keuche ich.

»Deshalb greifen sie von mehreren Seiten an.«

»Oder sie lenken uns ab.« Der Jäger verzieht den Mund, sein Blick bleibt allerdings besorgt. Das Dröhnen der Kanonen dringt zu uns herüber. Das Rückfeuern hat begonnen.

Wir passieren gerade die Werkstätten und verlassenen Mannschaftsquartiere, da kracht es erneut im Westen. Staub steigt in einer Wolke über den Flachdächern auf. Doch der Blick nach oben rettet uns. Ich sehe einen Schatten, der sich dort oben bewegt, zu schnell für Nebel, zu schmal für einen Vogel.

»Runter!« Ich reiße Luka zu Boden.

Pfeile sirren über unsere Köpfe, brechen klackernd auf den Pflastersteinen. Doch einige finden ihr Ziel. Zwei der Männer sind sofort tot. Einer wälzt sich schreiend auf dem Pflaster, ein Pfeil steckt in seinem Bauch.

»Sie sind auf dem Dach!«, rufe ich. »Nehmt den Verletzten, und dann in Deckung!« Mit geducktem Kopf renne ich in den Mauerschatten des nächsten Gebäudes. Ein paar Herzschläge später kauern wir dort wie ein verschrecktes Rudel Ratten. Alle starren erst auf die Toten im Staub, dann auf mich. Sie warten auf meinen Befehl.

Verdammt. Schweiß tritt mir auf die Stirn. Ich habe zwar über ein Jahr als Soldatin gedient. Doch nie als Hauptmann. Und nie war ich in einen Krieg verwickelt. Meine Tarnung wächst mir über den Kopf.

»Lasst mich sehen.« Ich knie mich über den Verletzten und lege ihm die Hand auf die Brust. Er verliert zu viel Blut. Seine Augen sind glasig, seine Brust hebt sich so rasch wie die eines Kaninchens.

»Das wird wieder«, murmele ich, ohne zu wissen, ob es stimmt. Ich darf ihn nicht heilen. Meine Kraft reicht auch gar nicht dafür. Doch einen Atemzug lang lasse ich etwas von meinem Heiltrieb in ihn überfließen, um ihm wenigstens die Schmerzen zu nehmen. Er schließt die Augen.

Die anderen Soldaten stoßen unterdrückte Flüche aus, einer schluchzt kehlig.

Ich räuspere mich. »Wir bringen ihn da rein.« Ich zeige auf die Tür des nächsten Mannschaftsquartiers.

Ein atemloser Spurt, das Krachen der Tür, und schon sind wir drin. Zwei Soldaten betten den Verletzten auf eine Decke und legen ihm einen Druckverband an, die anderen lehnen sich aufatmend an die Wände. Es riecht stickig hier, nach Männern und Schweiß und ungewaschenen Wollhosen.

Ich spähe aus einer der Fensterluken. Nichts regt sich.

»Wir lassen den Verletzten hier, bis der Heiltrupp kommt. Einer bleibt bei ihm, der Rest teilt sich auf«, sage ich. »Zwei mit Hauptmann Luka, zwei mit mir. Kleine Trupps fallen weniger auf.«

Luka wiegt den Kopf. »Mir reicht ein Mann. Wer von euch ist schwindelfrei?«

Er will aufs Dach. Ich pfeife durch die Zähne, und er grinst. »Ich bin Jäger. Klettern gehört da zur Grundausbildung. Lassen wir die Vögelchen fliegen.«

»Und deine Männer im Wald?«

Er blickt finster. »Die kriegen wir nicht mehr so einfach rein, wenn die Rebellen das Südtor schon unter Kontrolle haben. Erst müssen wir es uns zurückholen.«

Ich nicke. »Wir treffen uns dort.«

Wir wechseln einen langen Blick. Ich weiß nicht, woran er

denkt. Ich bemühe mich, nur an den Kampf zu denken. Hoffentlich waren die Dachschützen nur eine Vorhut. Wenn die Rebellen erst mal in größerer Zahl eingedrungen sind, haben wir keine Chance mehr, den äußeren Teil der Festung zu halten. Wir müssten uns in den inneren Ring zurückziehen und auf eine Belagerung einstellen. Das Glashaus wäre verloren – und mein Auftrag ebenfalls.

Wir geben Luka und seinem Mann eine Minute Vorsprung, dann gehe ich mit den drei Männern raus. Einer hält die Armbrust im Anschlag, die anderen haben ihre Kurzschwerter griffbereit.

Es ist still, bis auf entferntes Kanonendröhnen im Osten. Eine Mischung aus Rauch und Nebel wabert in den Gassen. Sie wird immer dichter und verhindert die Sicht.

»Folgt mir!« Ich gebe Handzeichen. Wachsam prüfen wir die Dächer, dann eilen wir von Deckung zu Deckung.

Ich kann schon die Bastionsmauer vor uns erahnen, als uns drei Mann unter einem Torbogen entgegenschnellen.

Eine nagelbesetzte Keule saust auf mich zu, so nah, dass die Luft pfeift. Gerade noch rechtzeitig springe ich zurück. Während der Mann den Prügel wieder hochstemmt, nutze ich seine fehlende Deckung. Ich ramme ihm mein Kurzschwert unters Schlüsselbein. Ächzend taumelt er zurück. Ich lasse das Schwert in ihm stecken und greife nach meinen Messern.

Ein Rebell treibt einen der Schwertkämpfer in die Enge. Ich greife ihn von hinten an. Hieb, Stich, Ausweichmanöver. Er ist gut. Doch zu zweit bringen wir ihn zu Fall.

Ich keuche vor Anstrengung, aber wir sind noch nicht fertig. Der Armbrustschütze krümmt sich auf dem Pflaster. Der dritte Rebell traktiert ihn mit einem Messer.

»He!«, brülle ich. »Mistkerl!«

Er fährt in die Höhe. Ein rascher Blick auf seine Kameraden am Boden, und er wendet sich ab, flieht mit großen, kraftvollen Sprüngen in den Nebel hinein.

»Lasst ihn!«, rufe ich den beiden Soldaten zu, die ihm folgen wollen. Es fehlt noch, dass wir uns in dem Nebel aus den Augen verlieren. Ich helfe dem Armbrustschützen auf. Der ältere Mann wimmert vor Schmerz, doch seine dicke Lederweste hat ihn vor dem Schlimmsten bewahrt.

»Kannst du gehen?«

Er beißt die Zähne zusammen und nickt.

Alle drei Männer blicken mich reichlich nervös an.

»Und jetzt?«, fragt einer der Schwertkämpfer.

Mit einem Schaudern ziehe ich mein Schwert aus dem toten Rebellen. Meine Hand zittert dabei. Ich hoffe, sie merken es nicht. Sie halten mich für ihren Hauptmann, sie vertrauen mir.

Ich will auf den Auftrag des Kommandanten pfeifen und die drei Männer nur noch hier rausbringen. Der Blutzoll ist einfach zu hoch. Doch so einfach ist es nicht.

»Drehen wir sie um.« Ich deute auf die Toten.

Beide haben Hosenbeine voller stinkendem Schlamm. Und beide tragen Bündel auf ihren Rücken, schwere Ledersäcke, die wir ihnen abschnallen. Vorsichtig ziehe ich aus dem einen erst Feuerstein und Zunder, dann zwei Dolche, mehrere lange Holzspäne und ein schmales, aber schweres Metallrohr heraus. Es ist mit zwei Pfropfen verschlossen, und auf der einen Seite baumelt eine wächserne Schnur. *Sieh an.*

»Ein Sprengrohr«, murmelt der Armbrustschütze.

Ich nicke und knirsche zugleich mit den Zähnen. Der andere Ledersack enthält eine identische Ausrüstung.

»Wie weit ist es noch zum Südtor?«, frage ich.

»Nicht mehr weit.« Der Schütze deutet die Gasse hinunter. »Zwei Steinwürfe.«

Ich verenge die Augen, versuche, durch den Nebel zu sehen. Tatsächlich, da ist der runde Bogen der Torzufahrt, schwarz vor dem Grau der Mauer. »Sieht alles noch intakt aus«, murmele ich. »Warum sind da keine Wachen auf den Mauern?«

Und dann sehe ich es. Dort in den Schemen bewegen sich Menschen. Geduckt an der Mauer, seitlich vom Tor.

»Was machen sie da?«, fragt der Armbrustschütze mit gerunzelter Stirn.

Es raschelt über uns. Ein Gesicht lugt über den Torbogen herab. Luka. Leichtfüßig springt er zu uns herunter, direkt gefolgt von dem Soldaten.

»Sie wollen das Tor aufsprengen«, sagt er. »Wir konnten es von oben sehen.« In diesem Moment erblickt er die Leichen der zwei Rebellen. Anerkennend hebt er die Augenbrauen. »Wir haben auch zwei erwischt, auf dem Dach. Doch da sind mehr. Die Frage ist: Woher kommen sie, wenn das Tor noch zu ist?«

Ich blicke auf die schlammigen Hosenbeine der Toten.

»Aus dem Abwasserkanal«, antworte ich.

»Zum Donner!« Luka stößt die Luft aus. »Du hast den Kommandanten selbst davor gewarnt.«

»Sie dürfen das Tor nicht sprengen«, sage ich. »Wenn es erst mal offen ist, überrennen sie uns.«

Ich mustere meine Männer. Alle vier nicken entschlossen, selbst der verletzte Schütze.

»Wir müssen aber auch das Leck am Kanal schließen«, gibt Luka zu bedenken. »Solange dort dauernd Rebellen durchschlüpfen, haben wir keine Chance.«

Ich nicke und hebe das Sprengrohr. »Das übernehme ich.«

»Aber ...« Die Männer starren mich überrascht an.

»Oder weiß einer von euch, wie man damit umgeht?« Ich schiebe das Rohr zurück in den Ledersack. Dann werfe ich mir beide Säcke über die Schulter. »Hauptmann Luka übernimmt ab jetzt das Kommando. Ich schleiche mich zum Kanal und jage ihn die Luft.«

Einen Augenblick sagt keiner was.

»Du brauchst einen Mann, um deinen Rückzug zu decken«, sagt Luka.

Ich schüttle den Kopf. »Wir sind zu wenige. Du kannst keinen entbehren.«

Jetzt fehlen auch ihm die Argumente. Unschlüssig zwirbelt er seinen Schnurrbart. Dann seufzt er.

»Du weißt den Weg dorthin?«

Ich nicke. Vor meinem inneren Auge sehe ich die Pläne der Festung. So lange habe ich sie studiert, dass sich ihr Bild für immer eingebrannt hat.

»Gebt mir zwei Minuten Vorsprung«, sage ich. »Dann greift sie an. Viel Erfolg.«

»Dir auch.« Sie heben die Hände zum Salut. »Für die Republik.«

»Für die Republik.«

Zwei Minuten später kauere ich auf einem Mauervorsprung unter einer kleinen Brücke, die über den brackig riechenden Kanal führt. Direkt neben mir tritt er an die Oberfläche und plätschert in einem gemauerten Graben durch eine Gasse, ehe er einen Steinwurf weiter in dem Tunnel unterhalb der Bastionsmauer verschwindet. Als ich vorgestern Morgen, bei meinem ersten Rundgang, hier stand, war dieser Tunnel über der Wasseroberfläche notdürftig mit ein paar Holzlatten vernagelt. Die Latten liegen jetzt zerstreut wie Zündhölzer, die Tunnelöffnung gähnt schwarz und leer.

Nein. Nicht ganz leer. Ein Mann kriecht heraus, dicht gefolgt von zwei weiteren. Geduckt hasten sie noch ein paar Mannslängen weiter, dann krabbeln sie aus dem Kanal und kauern sich unter ein Vordach. Ich höre sie unterdrückt fluchen, als sie sich den Schlamm von den Hosen wischen, dann verschwinden sie in einer der Seitengassen.

Die anderen müssten ihren Angriff aufs Südtor inzwischen begonnen haben. Ich höre allerdings nichts.

Drei Minuten verrinnen. Dann kriechen die Nächsten aus dem Tunnel, dieses Mal ein Mann und eine Frau.

Das habe ich vermutet. Sie müssen einen klugen Anführer

haben. Kleine Grüppchen sind geräuschlos und beweglich, leicht zu übersehen, falls sich Wachen oben auf den Mauern aufhalten. Keiner weiß, woher sie kommen. Sie können gezielt ausspähen, aber auch Unruhe stiften und für Ablenkung sorgen, solange das Tor noch geschlossen ist.

Ich schnalle mir einen der Ledersäcke vom Rücken und verstecke ihn unter dem Mauervorsprung. Für die Sprengung des Tunnels reicht ein Sprengrohr, ich will ja nicht die ganze Mauer zum Einsturz bringen. Das andere kann ich nachher vielleicht besser gebrauchen.

Die beiden Rebellen tauchen wie ihre Vorgänger in den Gassen ab. Jetzt darf ich keine Zeit mehr verlieren. Ich renne den schmalen Weg neben dem Kanal entlang zum Tunnel, in der einen Hand das Rohr, in der anderen mein Schwert. Mit dem Schwertgriff stemme ich direkt über dem Eingang einen bröckeligen Stein aus der Mauer. Das reicht nicht. Noch einer. Jetzt fädele ich vorsichtig das Rohr in die Öffnung. Es ragt schräg in die Luft, wackelt ein wenig, als ich daran stoße, doch es hält.

Während ich mit Feuerstein und Zunder nestle, höre ich im Tunnel bereits das Schlurfen und Plätschern des nächsten Trupps. Endlich springt der Funke vom Stein über, und dann brennt auch die wächserne Zündschnur. Mit einem Sprint bin ich wieder unter der Brücke.

Ich halte den Kopf unten, als die Explosion die Luft zerreißt. Steine krachen und poltern, dann wird es still.

Als ich hochschaue, verschleiert mir eine Staubwolke die Sicht.

War ich erfolgreich? Ich presse mir gegen den Staub eine Hand vor den Mund und bewege mich im Schatten der Gebäudemauern auf den Tunnel zu.

Ein Trümmerhaufen schält sich aus dem Dunst. Das Rohr ist weg, ebenso der Tunnel. Eine fast mannshohe und ebenso tiefe Delle ist in die Mauer gerissen, und über dem Kanal stapeln sich die Trümmer. Schon beginnt sich das Wasser zu stauen. Bald wird es über die Ufer treten und die Gasse überschwemmen.

Von den Rebellen, die ich im Tunnel hörte, ist nichts zu sehen. Ich atme aus. Der Trümmerhaufen vor dem Tunnelausgang wird sie eine ganze Weile aufhalten, vorausgesetzt, Luka und die Soldaten waren ebenfalls erfolgreich. Doch die Chancen stehen gut. Zumindest habe ich keine weitere Explosion gehört, das heißt, das Südtor steht noch. So oder so – die Soldaten müssen ab jetzt ohne mich zurechtkommen.

Aus einer der Gassen ertönt Fußgetrappel. Wahrscheinlich kommt das Rebellenpärchen zurück, alarmiert vom Explosionslärm. Ich renne zurück zu meinem Mauervorsprung unter der Brücke, schnalle das übrig gebliebene Sprengrohr um, dann ziehe ich mich vorsichtig zurück. Die Wolke aus Staub und Nebel kratzt in meiner Kehle, doch sie bietet mir Deckung.

Laut Leontes' Plänen verzweigt sich der Abwasserkanal unter der Festung zu vier verschiedenen Zuflüssen, die sich mit mehreren anderen Tunneln kreuzen. Und einer der Zuflüsse hat seine Quelle direkt unter dem Glashaus der Sammler. Genau dort, wo ich ihre unterirdischen Laboratorien vermute. Und wo ich hinmuss, um meinen Ermittlungen endlich zum Durchbruch zu verhelfen.

Statt mich auf den Rückweg zum Südtor zu machen, umrunde ich ein verfallenes Gebäude, auf dessen anderer Seite der Kanal erneut kurz an die Oberfläche tritt, bevor er dann endgültig in einem Tunnel unter der Erde verschwindet.

Hier hole ich ein letztes Mal tief Luft, dann steige ich ein. Der Tunnel ist so niedrig, dass ich den Kopf einziehen muss, doch wenigstens muss ich nicht kriechen.

Es ist dunkel und kalt, und es stinkt. Meine Stiefel versinken im Schlamm. Ich wate stromaufwärts. Das Wasser reicht mir bis über die Knöchel, und es wird rasch tiefer. Wenigstens hat es die letzten Tage nicht geregnet, sonst wäre der Pegel noch höher.

Vor mir scharrt und schabt es, wie Krallen auf Stein. Ich zünde einen der Holzspäne aus dem Rebellenrucksack an. Kulleraugen reflektieren das Licht, pelzige Körper, groß wie Katzen, huschen auf einem handbreiten Sims aus dem Schein der Flamme. Ratten.

Mir stellen sich die Nackenhaare auf. Doch ich muss weiter. Das Wasser schwappt mir inzwischen in die Stiefel, da vergrößert sich der Gang endlich zu einem Gewölbe, und der Sims wird breiter, sodass ich auf ihm gehen kann. Aufatmend steige ich aus dem Nass. Meine Stiefel schmatzen bei jedem Schritt. Ich bleibe stehen, um sie zu leeren. Erst jetzt fällt mir auf, wie still es hier ist. Die Gewölbe wirken uralt, seit Jahrhunderten unberührt. Als gäbe es keine Menschen.

Ich erinnere mich an ähnliche, schier unendlich lange Korridore, an die Versteckspiele mit einem Mädchen, so naiv und fröhlich, und so unglaublich weit entfernt.

Cianna. Ich muss sie endlich aus meinem Kopf kriegen. Nur ihretwegen steigen Maeves alte Gefühle in mir auf, die ich nie wieder spüren wollte. Ihretwegen muss ich an Cullahill denken, an Schlupfwinkel und Mädchengekicher. Und an Masken. Von Schneefüchsen und Widdern. Nein. Ein Frösteln überläuft mich. Nie wieder die Masken.

Ich packe das Medaillon, das an der Kette um meinen Hals hängt, reiße es ab und halte seine harte Wärme in der Faust fest. So rasch schreite ich aus, dass die Flamme des Holzspans flackert und die fauligen Pfützen unter meinen Tritten aufspritzen. Nach hundert Schritten habe ich endlich Maeve und Effie abgestreift. Ich bin Eva. Die Jägerin. Nichts lenkt mich mehr von meiner Beute ab. Den Alben finden und töten, das allein zählt.

Der Hall meiner Tritte übertönt das Gluckern des zähen Stroms, der mir unermüdlich entgegenfließt. Rechts und links münden immer wieder Steinrohre aus der Tunnelwand in den Kanal – die Abwasserleitungen der Gebäude und Gassen über mir. Nur aus wenigen tropft ein feines Rinnsal, die meisten sind seit Jahren stillgelegt, teilweise beschädigt oder gar völlig zerbrochen, sodass nur noch Schutthaufen von ihrer vormaligen Existenz zeugen. Dazwischen bohren sich Wurzeln durch die Steinmauern, schwarz und knorrig und teilweise mannsbreit, sodass ich über sie steigen oder mich darunter ducken muss. Meistens wachsen sie allerdings nicht von oben, sondern wuchern seitlich oder gar von unten durch die bröckelnden Pflastersteine. Bald ist es fast so, als hielten sie den Tunnel aufrecht, nicht mehr der Stein. Ich vermeide es, sie zu berühren.

Ich muss dem Wald meinen Respekt zollen. Während in den Gassen oben die Rebellen ihr spontanes Sturmmanöver durchführen, hat er eindeutig den längeren Atem. Wenn ihn niemand aufhält, ist es in ein paar Jahren egal, welche Menschen sich hier für die Herren halten, denn dann holt er sich die Bastion zurück.

Ich passiere die erste große Abzweigung, dann komme ich zur zweiten. Dort bleibe ich stehen. Von rechts kommt nur wenig Wasser. Und es riecht nicht faulig, sondern eher erdig – wahrscheinlich, weil es von den Pflanzen des Glashauses gefiltert wird. Hier muss ich entlang. Ich bücke mich und steige in den zweiten Kanal ein. Dieser Gang ist so schmal, dass ich erneut durchs Wasser waten muss.

Und dann ist der Kanal jäh zu Ende. Fluchend stehe ich vor einer von Wurzeln überwucherten Wand. Das Wasser plätschert aus einem kniehohen Rohr heraus, ein dünnes Rinnsal, das ganz schwach nach Kräutern riecht. Ich taste zwischen den Wurzeln hindurch. Meine Finger gleiten über eine massive Steinwand. Immer noch halte ich das Medaillon in der Hand. Als ich in Kontakt mit dem Stein komme, glüht es so heiß auf, dass ich es beinah fallen gelassen hätte.

Ich halte den Atem an. Hinter der Wand muss der Keller der Sammler sein. Das spüre ich am Flattern in meinem Bauch, am Jagdfieber, das durch meine Adern schießt. Ich stecke das Medaillon in die Tasche und schnalle das Sprengrohr von meinem Rücken. Dann zögere ich. Vor den Soldaten habe ich die Schnauze aufgerissen – aber ich kenne mich damit kaum besser aus als sie. Was, wenn ich keinen Durchgang freisprenge, sondern den halben Tunnel zum Einsturz bringe? Außerdem muss ich an meine eigene Sicherheit denken. Die letzte Abzweigung war sicherlich fünfzig Schritte entfernt. Wenn ich sie nicht rechtzeitig erreiche, bin ich der Druckwelle ungehindert ausgesetzt. Ich blicke hinter mich, wo die Dunkelheit nach vier Mannslängen alles verschluckt. Ich bin so kurz vor dem Ziel. Wenn ich jetzt umkehre, zurück zu den Soldaten und dem Kampf gegen die Rebellen – wird sich jemals wieder eine Möglichkeit bieten, den Kellern so nah zu kommen?

Ich muss es riskieren. Ich ramme das Rohr zwischen das Wurzelwerk und halte den brennenden Holzspan an die Lunte, ehe ich es mir anders überlege. Dann renne ich mit weit ausgreifenden Schritten in die Dunkelheit hinein. Schatten zucken über die Wände. Schneller! Mein Herz dröhnt wie ein Schmiedehammer. Da sehe ich das schwarze Loch des Abzweigs. Ich hechte mit dem Oberkörper noch hinein, gleichzeitig explodiert die Welt. Mein Kopf landet unter Wasser. Dröhnen und Brausen, lauter als der lauteste Donner. Ein heißer Windstoß versengt mir den Rücken, Wasser und Schlamm schießen durch den Hauptkanal und reißen an meinen Füßen. Prustend tauche ich wieder auf, spucke schmutzig-schleimiges Nass. Der Holzspan ist weg. Ich sehe nichts. Mein Kopf dröhnt, meine Beine fühlen sich an wie zerflossenes Wachs. Ich krabbele eine Mannslänge tiefer den Abzweig hinein. Immer noch braust und poltert es im Hauptkanal. Allmählich wird es ruhiger, das glaube ich zumindest. Das Dröhnen in meinen Ohren ist immer noch da. Ich taste in meiner Tasche nach

Feuerstein und Zunder, doch meine Finger zittern so stark, dass ich keine Flamme zustande bringe. *Leichtsinnig wie ein Sperling auf einem Affenbaum*, hätte mein Altmeister in einer anderen Zeit dazu gesagt. Und ich hätte grinsend entgegnet: *Aber erfolgreicher.*

Im Moment ist mir noch nicht nach Grinsen zumute. Vorsichtig suche ich mir meinen Weg zurück. Meine Finger tasten über bröseligen Stein und scharfkantige Wurzeln, meine Stiefel stoßen gegen Geröllbrocken. Doch es ist nicht mehr völlig dunkel. Am Ende des Kanals meine ich, ein fahles Licht zu sehen, nicht mehr als ein Schimmern, das die Schwärze dunkelgrau färbt.

Dann bin ich da – an der Stelle, wo der Gang vorhin zu Ende war. Zwischen Geröll und zerrissenem Holz dringt Licht hervor. Mit fliegenden Händen schiebe ich Steine beiseite. Ich habe es geschafft! Ich habe einen Durchgang gesprengt. Ich stoße ein kurzes, kehliges Lachen aus, das schmerzhaft in meinem Kopf widerhallt. Doch das Kopfweh wird bereits besser, mein Gehörsinn kehrt ebenfalls zurück. In diesem Moment bin ich froh über die Selbstheilungskräfte, die die Magie mir verleiht. Meine Finger sind wieder ruhig, als ich den Sitz meiner Waffen prüfe. Ich schiebe mir zwei der Rebellendolche in den Gürtel, den Ledersack lasse ich zurück. Als Letztes hänge ich mir das immer noch warme Medaillon um den Hals, dann krieche ich durch das Loch hindurch.

Ein Schatten sirrt durch die Luft. Ich ziehe sofort den Kopf zurück, und die Klinge, die für mich gedacht war, durchschneidet die Luft. »Verdammt«, flucht jemand, und im nächsten Augenblick stochert die Schwertspitze direkt vor mir im Loch. »Komm raus, Rebell!«

»Das ist ein Irrtum!«, rufe ich. »Ich bin Hauptmann Effie. Ich habe zwei Rebellen durch den Tunnel hierher verfolgt. Sind sie schon durchgekommen?«

Kurzes Schweigen auf der anderen Seite.

»Hauptmann Effie von der Gefangenenwache?«
»Genau die. Darf ich rauskommen, ohne dass ihr mir den Kopf abschneidet?«
»Aber langsam«, knurrt die Stimme. »Zuerst die Hände.«
Stück für Stück schiebe ich mich hindurch. Jemand packt mich an den Armen und zerrt mich das letzte Stück, sodass ich unsanft auf dem Boden lande. Ich bin in einem Korridor, von zwei Fackeln in Wandhaltern dämmrig erleuchtet. Vor mir steht einer von Lukas Jägern, ich erkenne ihn an dem Jagdmantel über dem ledernen Wams. Er mustert mich und meine Uniform genauso prüfend wie ich ihn, dann lässt er sein Schwert endlich sinken und salutiert. Ich springe auf die Füße und nicke ihm zu.
»Zwei Rebellen waren vor mir«, wiederhole ich. »Ich folgte ihnen mit etwa hundert Mannslängen Abstand in den Kanal. Die Explosion hat mich zurückgeworfen. Als ich herkam, waren sie weg.«
»Ich kam vor einer Minute hier an«, knurrt er. »Da war keiner.«
»Bist du allein?«
»Wir sind zu dritt hier. Vier andere eskortieren die Sammler zum inneren Ring. Die Rebellen haben gewartet, bis sie weg waren, und belagern jetzt das Glashaus.« Er ballt die Fäuste. »Den vorderen Teil mussten wir schon aufgeben. Wir haben uns verbarrikadiert. Verstärkung ist hoffentlich unterwegs. Ich kam allein hier runter, weil wir die Explosion gehört haben. Verfluchtes Pack, wie die Ameisen dringen die überall ein!«
»Gut, dass ich hier bin.« Ich schaue den Korridor hinab. »Wo können sie hin sein?«
Er deutet nach rechts. »Aus der anderen Richtung kam ich.«
»Dann los.« Ich packe mein Schwert.
Er zögert. Ich sehe, wie es in seinem Gesicht arbeitet. *Gesperrtes Terrain.*
»Ich weiß, ihr führt hier unten streng geheime Studien

durch. Mit den kranken Gefangenen«, sage ich. »Vielleicht sind die Rebellen genau deshalb hier. Um sie zu befreien.«
Der Jäger reißt die Augen auf. »Sie dürfen sie nicht herauslassen«, stößt er aus. »Wir müssen sie aufhalten!«
Meine Gedanken rasen, während ich hinter dem Jäger herrenne.
Nach kurzer Zeit spaltet sich der Korridor in zwei schmalere Gänge auf. Der Jäger zögert. Ich trete neben ihn und halte den Atem an. Der linke Gang ist dunkel und still. Ein Geruch steigt daraus hervor, der mich würgen lässt. Süßlich, faulig, nach Tod. Ich bin froh, als der Jäger sich nach rechts wendet. Dieser Gang ist kurz. Nach wenigen Schritten öffnet sich ein unregelmäßig geformtes Gewölbe vor uns, mit groben Felswänden wie eine Höhlengrotte und größer als alles, was ich erwartet habe.
Verblüfft bleibe ich stehen. Noch nie habe ich etwas Derartiges gesehen. Auch hier brennen Fackeln an den Wänden, dazwischen sehe ich schwere Holztüren mit vergitterten Luken, ganz ähnlich der Zellentüren im Gefängnistrakt. Ein Teil der linken Raumseite wird von einem bodentiefen, mehr als zwei Mann breiten Spiegel eingenommen. In der Mitte unter dem Gewölbe lodern Flammen in einer runden Feuergrube, Rauch entweicht durch einen Schacht in der Decke. Der Rauch. Jetzt weiß ich, wo er herkommt.
Doch das ist nicht alles. Drei schmale Tische stehen um die Feuerstelle herumgruppiert. Weiße Tücher sind darüber gebreitet. Unter mindestens einem erahne ich eine menschliche Silhouette. Auf weiteren Tischen liegen medizinische Werkzeuge, Messer, Spritzen und Salbentuben. Außerdem entdecke ich eine seltsame Vorrichtung neben dem Feuer: einen Apparat aus Holz und Metall, größer als ich und eckig wie ein Schrank. Schläuche führen hinein und wieder heraus, an seinen Seiten sehe ich in offenen Fächern Uhrwerke und Zahnräder rattern. Oben ist er mit einer Steinplatte eingefasst. Darauf stehen in

einen fahl glänzenden Metallrahmen eingebettete Glaskolben, in denen eine Flüssigkeit schwappt. Ein darüber gespannter Metallbogen glitzert im Feuerschein sonnengelb. Gold und Silber. Im Übermaß. Ich schnappe nach Luft. Die beiden magischen Metalle, die so selten geworden sind und deren Kräfte in der CG so begehrt sind, dass ihr Besitz inzwischen unter Strafe steht.

Führt der Alb hier Experimente mit den Gefangenen durch? Das Medaillon liegt wie eine Wärmflasche auf meiner Brust. Ich möchte es hervorziehen, um zu sehen, ob es blau leuchtet. Doch der Jäger durchquert den Raum mit riesigen Schritten, an der großen Spiegelfläche vorbei und auf die hintere Wand zu. Auf seiner Miene zeigt sich eine solche Mischung aus Angst und Unruhe, dass ich ihm folge. Die Wand dort liegt im Dunkeln. Doch ich meine, eine verstohlene Bewegung zu sehen und silberne Stäbe auszumachen. Gitterstäbe? Dann sind wir da. Tatsächlich. Es ist ein Käfig, groß wie ein ganzes Zimmer. Jemand stöhnt, ein Körper wälzt sich herum. Augen glänzen in der Dunkelheit, groß und bleich wie zwei Monde.

»Sie ist noch da.« Zittrige Erleichterung in der Stimme des Jägers.

»Wer ist sie?« Ich trete näher. Und springe mit einem Schrei zurück. Flammen lodern auf meiner Brust. Ich reiße mir das Medaillon vom Hals und werfe es von mir. Es glüht in einem irisierenden Blau, als es über den Boden rollt. Zwischen den Gitterstäben hindurch. Ein bleicher Arm streckt sich träge danach aus.

»Ein Magiemesser?« Der Jäger starrt mich an. »Was zum …« Er greift nach seinem Schwert, doch er ist zu langsam.

»Es tut mir leid«, murmele ich, als ich den Dolch des Rebells über seine Kehle ziehe. Er fixiert mich immer noch mit ungläubig aufgerissenen Augen, während er Blut gurgelnd auf die Knie sackt. Ich fange ihn auf und bette ihn auf den Boden.

»Ich hatte keine andere Wahl.« Als ob das für ihn eine

Rolle spielt. Doch für mich tut es das. Ich lasse den Rebellendolch neben ihm zu Boden fallen. Wut pulsiert in mir wie eine schwärende Wunde. Für die Albin werde ich mein eigenes Messer nehmen. Das mit dem Silber, dem gleichen Metall, mit dem auch der Käfig versetzt ist.

Ich trete an die Gitterstäbe. Da kniet sie, mit nichts als einem Hemdchen bekleidet. Die weißen Haare fallen wie ein Schleier um ihr Gesicht. In der Hand hält sie das Medaillon, dessen Glühen ihr Gesicht in einen blaukalten Schimmer taucht.

Sie ist wunderschön. Unmenschlich schön mit den perfekt ebenmäßigen Zügen, den langen, weißen Wimpern um große blaue Augen, die sie wie gebannt auf das Medaillon gerichtet hat. Ihr Körper ist jedoch eine Baustelle des Grauens. Narben und blaue Flecke, Schorf und getrocknetes Blut überziehen ihre Arme und Beine so dicht, dass kaum noch etwas von ihrer weißen Haut zu sehen ist.

Ich habe mich geirrt. Es gibt keinen Alben, der hier mit Magie und wehrlosen Gefangenen experimentiert. Die Albin ist selbst das Studienobjekt.

Und jetzt? *Finde heraus, welche Verschwörung der Alb angezettelt hat und welche Kreise sie zieht*, sagte der Altmeister. *Dann eliminiere ihn.* Doch hier hat kein Alb etwas angezettelt. Hier haben Menschen das Sagen. Agenten aus unseren eigenen Reihen.

Ich hasse es, wenn Auftrag und Fakten nicht zusammenpassen. Ich muss den Altmeister informieren. Er muss entscheiden, was ich wegen der Agenten tun soll.

Der zweite Teil seiner Order bleibt allerdings klar.

Ich ziehe mein Messer. Neben dem Medaillon mein wichtigster Besitz. Seine Schneide glänzt fahl, genauso wie die Gitterstäbe des Käfigs. Sie ist mit einer Schicht Silber bezogen. Hauchdünn, jedoch ausreichend, um einen Alben zu töten – wenn man ihm die Klinge direkt ins Herz rammt.

Die Albin blickt auf. Ihr Blick gilt erst dem Messer und

dann mir. Ist sie eine *Brandslai*? Dann muss ich mich vor ihrem Feuer hüten. Doch die *Brandslai* sind temperamentvoll und dumm – sie wäre direkt auf mich losgestürmt. Ich halte sie eher für eine *Leverai*. Eine Heilerin. Von dieser verschlagenen Spezies ist mir noch keiner begegnet.

Sie muss schwerer verletzt sein, als es den Anschein macht, wenn sie nicht mehr fähig ist, ihren Körper zu heilen. Doch egal, wer sie ist und warum sie hier gefangen ist: Sie ist kein Opfer. Alben sind niemals Opfer. Sie sind Raubtiere. Ich habe kein Mitleid mit ihr. Vielleicht kann ich noch ein paar Informationen aus ihr herauslocken, ehe ich sie töte. Doch wird sie überhaupt mit mir reden?

Ihre Augen glühen genauso fremd und kalt wie das Medaillon in ihrer Hand. Da ist kein Gefühl in ihrem Gesicht. Oder doch? Sie verzieht ihren Mund zu … einem Lächeln? Ich schnaube ungläubig.

Sie hat etwas vor. Sie kriecht über den Boden auf mich zu. Ihre Bewegungen sind schwerfällig und kraftlos. Als sie noch eine Mannslänge vom Gitter entfernt ist, stoppt sie und legt den Kopf auf die Arme, als wäre sie zu schwach, um das letzte Wegstück zu schaffen. Ihre Brust hebt und senkt sich unter schnellen Atemzügen.

»Endlich bist du da.« Ihre Stimme ist hell und melodiös, beinah ein Singen. »Töte mich.«

Verblüfft lasse ich das Messer sinken.

»Töte mich«, wiederholt sie und ringt in einer schwächlichen Geste die Hände. »Bitte.« Sie schließt die Augen und sinkt vollends zu Boden. Stirbt sie etwa, bevor ich sie verhören kann?

»He.« Ich trete an den Käfig und fasse nach den Gitterstreben. »He!«

Sie schnellt auf mich zu, packt meine Hand und reißt sie zu sich in den Käfig hinein, sodass ich mit dem Körper gegen die Streben knalle.

Ich bin so dumm. Ein Alb sagt nicht bitte. Er will auch nicht sterben. Sie hat mich ausgetrickst. Den Käfig kann sie aufgrund des Silbers nicht berühren, mich aber wohl.

Ich steche mit der Klinge nach ihr, doch sie weicht aus und verbiegt meinen Arm dabei so schmerzhaft, dass ich aufjaule. Voll aufgerichtet ist sie größer als ich, ihre schlanken Gliedmaßen sind kraftvoll und blitzschnell.

Das war's für mich.

»Du bist eine von ihnen«, murmelt sie. Ihr eisblauer Blick gleitet durch mich hindurch, als suchte sie etwas hinter mir.

»Und gleichzeitig nicht. Warum bist du hier?«

»Du weißt es doch schon.« Ich stemme mich gegen den Käfig.

»Bist du dir sicher?« Kurz bringt sie ihr Gesicht so nah an mich heran, dass ich ihren Geruch wahrnehme, süß und betörend wie Veilchen. Ehe ich erneut nach ihr stechen kann, ist sie schon wieder auf Abstand. Und dann spüre ich, wie meine Hand in der ihren taub wird. Eiseskälte wandert meinen Arm empor, bohrt sich wie frostige Nadeln durch meine Haut.

»Du Ungeheuer!«, zische ich mit zusammengepressten Zähnen. Die *Leverai* können nicht nur heilen, sie können auch Leben rauben. So würdelos will ich nicht sterben. Mein eigener Heiltrieb bäumt sich auf, eine warme Flutwelle, die durch meine Adern brandet und mir den Atem davonreißt. Sich gegen die Kälte stemmt, die unentrinnbar weiter meinen Arm emporkriecht. »Was machst du mit mir?«

»Das, was sie mit mir versuchten.« Ihr Gesicht ist wieder ganz nah. »Sie raubten mir meine Kraft, wollten mich aussaugen mit ihrer Apparatur.« Sie stößt einen Wutschrei aus. »Seelen verzehren, das tun sie, den *Deam* aus unserem Blut stehlen. Die Uralten haben es uns verboten, und auch ihr Menschen dürft diese Kraft nicht besitzen. Niemals!« Plötzlich fixieren mich ihre Augen, und ihre Nähe ist so mächtig, dass ich zurückschrecken will. Doch ich kann nicht. Ich spüre meinen

Arm nicht mehr. Ich spüre gar nichts mehr außer Kälte. »Dein *Deam* ist aus meinem Geschlecht«, sagt sie, und ihr Blick durchdringt mich bis auf den Grund. Ich höre sie kaum mehr. Graue Schlieren ziehen an meinem Blickfeld vorbei, und mein Körper schlottert unter einem plötzlichen Krampf. So kalt.

»*Leverai*«, flüstert sie. »Aber bei dir ist das Albenblut schwach, verdünnt durch menschliches Erbe. Ist es meines? Das meiner Schwestern? In den Jahrhunderten haben wir viele Kinder ausgetragen für eure hübschen Männer. Und für die unseren. Für *Leifr* und *Dweor* und all die anderen. Jetzt muss es aufhören.«

Ihr Blick trübt sich. Und plötzlich endet der Sog ihrer Magie. Ihr Griff lockert sich. »Mein Kleiner«, flüstert sie. »Mein Letzter. Es ist zu spät. Ich muss dich allein lassen.«

Sie lässt mich los und sackt zu Boden. Ich sacke ebenfalls auf die Knie. Alle Kraft ist aus mir gewichen. Doch aus ihr ebenfalls – und dieses Mal ist es vielleicht kein Schauspiel. Blut rinnt an ihren Armen und Beinen entlang. Ihre Narben und Wunden haben sich wieder geöffnet.

Ich schließe die Augen und atme, suche nach dem letzten Rest Heiltrieb in meinem Inneren. Ein und aus, ein und aus. Nur nicht das Bewusstsein verlieren.

»Töte mich.« Ihre Stimme ist ein Hauch direkt neben mir. »Töte diese Männer. Sie dürfen nicht …«

Ihre Stimme verebbt. Doch falls dies wieder eine List von ihr ist, lasse ich mich kein zweites Mal täuschen – außerdem muss ich es zu Ende bringen, bevor ich ohnmächtig werde. Mit einem Schrei, der alle Kräfte in mir mobilisiert, stoße ich die Silberklinge zwischen den Gitterstäben hindurch und bohre sie in ihre Brust. Ihr Gesicht verzerrt sich, ihre Augen verdrehen sich in irrsinnigem Schmerz. Sie bäumt sich auf und fällt in sich zusammen wie eine Puppe.

Es ist vorbei. Ich lehne mich ans Gitter. *Nichts ist vorbei.* Mein Kopf dröhnt. An den Rändern zerfasert mein Blickfeld erneut zu Grau. So kalt. Aber ich darf der Schwäche nicht nachgeben. Schwerfällig stemme ich mich hoch und taumle an die Feuergrube. Ich halte die Klinge hinein. Zischend schmilzt das Silber, tropft in die Flammen, bis das Messer schwarz und stumpf ist. Die Klinge muss heiß sein, doch ich spüre nichts. Ich taumle zurück ins Dämmerlicht, lege den Silberriegel vor der Käfigtür um. Da liegt das Medaillon. Ist es kalt, ist es warm? Es macht keinen Unterschied. Ich reiße es von der Kette, stopfe es mir in den Mund und würge es hinunter. Dann packe ich die Albin an den Füßen. Beinah hätte ich mich auf sie übergeben. Allein mit Willenskraft zerre ich sie noch bis zur Käfigtür, als die Welt sich zu drehen beginnt. *Nicht genug. Nie genug.* Ich sacke zu Boden, und dann ist da nichts mehr.

Cianna

Ich erwache von einem Schrei. Einem hohen, tonlosen Heulen voll solcher Verzweiflung, dass ich bis ins Innerste erschauere. Der Junge. Ich springe auf, noch ehe ich begreife, dass ich dazu imstande bin.

Er steht mit verzerrtem Mund und aufgerissenen Augen vor mir, meine gelösten Fesseln in der Hand.

»Was ist los?« Ich greife nach ihm, doch er weicht zurück und heult weiter, schrill und fremd wie ein Tier, und dann fährt er herum und rennt aus der halboffenen Tür hinaus.

»Warte!«

Doch schon ist er fort. Ich blicke zu Christoph. Bewusstlos hängt er in seinen Fesseln, die Augen geschlossen. Für einen Augenblick zögere ich. Doch mein Herz gewinnt, und schon eile ich in die Dämmerung hinaus.

Es muss Tag sein, Mittag vielleicht schon, aber der Nebel taucht alles in sein unwirkliches Zwielicht, das die Gebäude fahl und tot erscheinen lässt.

Wo bist du? Als Antwort ertönt nur ein weiterer furchtbarer Schrei. Ich sehe ihn am Ende der Gasse in die Schwaden tauchen. Er darf hier nicht schutzlos zwischen den Rebellen und Soldaten herumlaufen. *Komm zurück!* Ich renne und stolpere hinter ihm her, so schnell mich Maeves zu große Stiefel tragen.

Schatten flattern über mir durch die Luft. Erschrocken ducke ich mich. Zwei Raben fliegen über mich hinweg, ihre Körper wie zerknüllte schwarze Tücher im Wind. Sie folgen dem Jungen in die Schwaden hinein. Und da sind noch mehr Vögel. Ein kleiner Schwarm Amseln und Sperlinge schwirrt von den Dachrinnen herab, ein Waldkauz segelt auf braunen Schwingen vor mir durch die Gasse.

Nebelschwaden flackern, zerfetzt von weiteren Flügelschlägen. Angst beschleunigt meinen Herzschlag. Doch zum Umkehren ist es zu spät. Ich konzentriere mich auf meine Tritte, meinen keuchenden Atem. Der Junge ist nur ein Schemen vor mir, bald nah, dann wieder einen Steinwurf entfernt.

Und dann verharrt er. An der Ecke vor einem großen Platz. Keuchend komme ich neben ihm an. Ich will ihn berühren, doch sein steinernes Gesicht lässt mich davon Abstand nehmen. Ich folge seinem Blick und erstarre ebenfalls. Auf dem Platz ducken sich zwei fensterlose Flachbauten, in ihrer Mitte steht ein Gebäude aus Glas. Dahinter ragen die riesigen Festungsmauern wie Klippen aus dem Nebel. Doch das ist nicht alles.

Da sind Soldaten, nur ein paar Mannslängen vor uns. Sie kauern hinter Fässern und rasch aufgeworfenen Holzbarrikaden, schießen mit Armbrustbolzen auf das gläserne Haus, dessen Scheiben zwischen den Holzrahmen an vielen Stellen bereits zerborsten sind.

»Lass uns gehen«, murmele ich und weiche schon einen Schritt zurück, doch der Junge reagiert nicht. Und dann dreht sich einer der Soldaten um und entdeckt uns. Sofort richtet er seine Armbrust auf uns. Alarmiert fahren auch die anderen Männer herum.

»He!«, ruft der eine im waldgrünen Mantel. Und dann sieht er mich genauer an und erkennt mich sofort, so wie ich seinen Schnurrbart erkenne und das kühne Gesicht.

»Rebellenschlampe!«, brüllt er. »Wie bist du aus dem Gefängnis geflohen?«

Weiß er es nicht?

»Sie haben mich freigelassen«, rufe ich. »Ich bin keine Rebellin.«

»Natürlich.« Grimmig lacht er auf. Schon setzen sich er und ein anderer geduckt in Bewegung, direkt auf uns zu.

Ich stöhne auf. Alles in mir schreit nach Flucht. Doch sie

haben die Waffen auf uns gerichtet. Sie werden schießen, wenn ich wegrenne. Und da ist der Junge. Statt zurückzuschrecken, geht er ihnen entgegen.

»Achtet bei ihm auf Sprengstoffgürtel«, brüllt der Jäger. Er zieht sein Schwert, der Mann neben ihm tut es ihm nach. »Arme hoch und stehen bleiben!«

Sie sind fast bei uns. Doch der Junge bleibt immer noch nicht stehen. Schatten fallen über ihm aus den Schwaden herab. Die Raben. Ihre Flügel schlagen den Männern ins Gesicht, ihre Schnäbel hacken nach ihnen, sodass die beiden fluchend die Hände hochreißen, um sich zu schützen.

Noch etwas sirrt durch die Luft. Zu schnell, zu pfeilgerade für einen Vogel.

Das Kind taumelt, halb wendet es sich nach hinten um. Ich sehe sein schmerzerfülltes, bleiches Gesicht, den Armbrustbolzen in seiner Brust.

»Nein!« Ich renne auf ihn zu. Der Junge öffnet erneut seinen Mund. Sein gellendes Heulen zerreißt die Luft.

Ich greife nach ihm, als ich ins Taumeln gerate. Der Boden unter mir hebt und senkt sich unter raschen Stößen wie ein Boot in einem steinigen Bachlauf.

Und nicht nur unter mir schwankt die Welt. Die Soldaten schreien auf. Die Fässer und Bretter ihrer Barrikade wanken, dann poltert das erste Fass herab.

Schatten kräuseln sich auf den Pflastersteinen. Erst halte ich sie für Insekten, doch es sind Pflanzen. Grün bricht plötzlich zwischen den Steinen hervor. Grasbüschel, Löwenzahn, Farne entfalten ihre Blätter in einer Kaskade von kleinen grünen Eruptionen. Dazwischen winden sich Schlangen, braun und dunkel, erst dünn wie Halme, dann immer kräftiger. Wurzeln. Sie schießen überall um mich herum aus dem Boden, wälzen sich armdick über das Pflaster, ranken sich an Wänden und Laternen empor. Die erste Wurzel erreicht den Soldaten neben dem Jäger. Schon umschlingt sie seine Wade, dann seinen

Oberschenkel, und während er brüllend mit seinem Schwert nach ihr hackt, packt sie seinen Arm und fesselt ihn.

Der Junge kreischt weiter so schrill, dass es in meinen Ohren gellt. Seine Augen sind geschlossen, seine Hand ballt sich um den Bolzen in seiner Brust. Ich berühre ihn an der Schulter. *Lass mich helfen.*

Er stößt mich mit solcher Kraft von sich, dass ich zu Boden stürze. Mitten ins weiche Grün, das inzwischen kniehoch sprießt. Eine Wurzel kräuselt sich glatt und warm über meine Hand. Statt mich zu umschlingen, windet sie sich so eilig davon, als wäre ich giftig.

Ich keuche auf. Es ist der Junge. Ich hielte es für einen Traum, wären da nicht der Lärm, die Angst, der Schmerz. Der Junge verursacht dies alles.

Und ich bin nicht die Einzige, die das erkannt hat. Die Vögel haben vom Jäger abgelassen, und er starrt ebenfalls den Jungen an, mit einem staunenden und zugleich gierigen Ausdruck.

»Du!«, stößt er aus. Rasch weicht er den Wurzeln aus, die über den Boden gleiten. »Du!« Er reißt eine Kette mit einem leuchtend blauen Medaillon aus seiner Uniform und streckt sie dem Kind wie eine Waffe entgegen.

Ich rapple mich auf.

Der Junge verstummt. In der plötzlichen Stille höre ich das Knacken und Knistern der Wurzeln, das Rauschen des wachsenden Grüns.

Als er die Augen öffnet, geht sein Blick an uns vorbei. Sein wunderschönes Gesicht ist bleich wie Knochen. Er nimmt die Hand von seiner Brust, und der Armbrustbolzen scheppert vor dem Jäger zu Boden. Der Mann, der eben noch nach ihm greifen wollte, erschaudert. Ich weiß nicht, was er im Gesicht des Kindes sieht, doch er weicht mit schreckerfüllter Miene einen Schritt zurück. Er stolpert, und eine Wurzel packt ihn, zieht ihn zu Boden. Der Junge eilt an ihm vorbei, als wäre er nicht vorhanden.

Ich springe auf und renne hinter ihm her, und die Wurzeln und Gräser, auf die ich trete, halten für den Moment still, als wäre ich als Einzige eine willkommene Last.

»Packt sie!«, schreit der Jäger hinter uns.

Die Barrikade der Soldaten ist von Wurzeln überwuchert. Zwei Soldaten kämpfen ergebnislos gegen die grünen Fesseln, die sie mehr und mehr umschlingen. Zwei weitere fliehen blindlings, doch die anderen nähern sich uns mit erhobenen Schwertern. Der Junge weicht dem Ersten von ihnen mit einer fließenden Bewegung aus und rennt weiter unbeirrt auf das gläserne Haus zu.

Hinter den Scherben dort sehe ich jäh einen schwarzweißen Haarschopf wippen. Ruan. Er reißt seinen Bogen in die Höhe. Ein Pfeil sirrt auf uns zu, und während ich dem Jungen noch eine Warnung zuschreie, bohrt er sich dem Soldaten in unmittelbarer Nähe in die Brust.

Ich renne. Über mir krächzen die Raben, zetern die Amseln. Ein anderer Soldat springt auf mich zu und sticht mit dem Schwert nach mir. Er verfehlt mich um Haaresbreite.

Dort, hinter den zerbrochenen Scheiben, leuchtet es trotz des Nebels überbordend grün, ein üppiges Dickicht aus Wedeln und Stämmen und riesigen Blättern. Der Junge klettert bereits über das zerbrochene Glas, da packt mich eine Hand, wirbelt mich herum.

Ich stolpere. Es ist zu spät. Sie haben mich erwischt. Das Kind taucht vor mir ins grüne Dunkel des Dickichts.

Jemand brüllt hinter mir. Die Hand an meiner Schulter ist fort.

»Lauf!« Ruan hat den Mann mit einem Dolch in den Arm gestochen und hält ihn tänzelnd in Schach. Seine braunen Augen über dem Bart sind weit aufgerissen. »Rette das Kind!«

Ich rapple mich hoch und stürze vorwärts. Als ich die Glasscherben erreiche, schreit Ruan auf. Zwei Männer halten ihn gepackt, drücken ihn zu Boden, und hinter ihnen kommen weitere Soldaten angerannt, ein ganzer Trupp. Ruans letzter Blick gilt mir. *Lauf!*

Keuchend klettere ich über die scharfen Scherben in den Dschungel. Palmwedel klatschen gegen mein Gesicht, mein Herzschlag dröhnt in den Ohren. Ruan hat mich gerettet. Doch warum? Ich ducke mich unter der nächsten Palme hindurch. Da sind weitere Männer und Frauen, verteilt in Verstecken am Rande des Dickichts. Rebellen. Sie schießen Pfeile auf den Platz, wo sich die Soldaten erneut hinter den Barrikaden verteilen. Von Ruan ist nichts mehr zu sehen.

Ich schiebe mich tiefer ins Dickicht. Die Blicke der Rebellen piken wie Nadelstiche, aber sie lassen mich passieren. Konnten sie sehen, was Ruan für mich getan hat? Was machen sie hier, in diesem riesigen Gewächshaus, belagert von Soldaten? Mir wird schwindelig von all den Fragen. Auch der Junge wollte hierher, die ganze Zeit.

Sein Schatten bewegt sich dort vorne. Ich darf ihn nicht aus den Augen verlieren. Das Blattwerk öffnet sich vor ihm, und hinter ihm schließt es sich wieder, sodass ich Mühe habe, ihm zu folgen. Irgendwann umspinnt uns das Grün mit seinem unwirklichen Licht wie ein fremder Kokon. Da bleibt er stehen. Endlich. Seine Schultern sacken herab. Rasch überwinde ich den Abstand zu ihm, und dieses Mal stößt er mich nicht von sich. Ich knie mich vor ihn, nehme seine Hände in meine.

Es tut weh, wie fremd er mir ist. Seine versteinerte Miene wirkt zu alt für ein Kind, in starrer, unmenschlicher Schönheit gefangen, genau wie sein Blick, der immer noch ausdruckslos ist, dunkel und stumpf wie Kohle in erloschenem Feuer. Ich suche Wärme darin, doch ein kaum wahrnehmbares Erkennen ist alles, was ich erhalte.

»Ich bin bei dir«, flüstere ich. »Immer und immer.«

Ich umfasse seine schmalen Schultern und ziehe ihn an mich, öffne mein Herz völlig und ohne jeden Rückhalt für ihn. Das ist alles, was ich ihm geben kann.

Stille herrscht um uns herum. Alles lauscht, jeder Baum, jeder Vogel.

Plötzlich zuckt der Junge in meinem Arm zusammen. Sein starres Gesicht bricht auf und nimmt Ausdrücke an, die ich noch nie an ihm gesehen habe. Gefühle dringen in einem plötzlichen, verzweifelten Laut aus ihm heraus. »Ma.«

Ma. Ich versuche, eine Antwort zu formen, doch die Worte weichen mir aus. Es gibt zu viele oder zu wenige, um auf das zu antworten, was ich glaube, gehört zu haben.

Ich will meine Ma. Seine Stimme zittert in meinem Inneren wie Glöckchen im Wind.

»Wo ist sie?«, flüstere ich. »Ist sie hier?«

Er nickt und schüttelt zugleich den Kopf, klammert sich so verzweifelt an meine Arme, als würde er fallen.

Eine weitere Frage brennt auf meiner Zunge, doch ich komme nicht mehr dazu, sie zu stellen.

Eine Tür knallt. Schwere Stiefel donnern auf Steinboden, Stimmen reden durcheinander. Eine schält sich heraus, hell und voller Wut.

»Die Draoidhs sind alle tot!«

Finn. Ich reiße den Kopf in seine Richtung, sehe jedoch nichts außer Grün.

Tot, flüstert der Junge in meinem Kopf. *Tot.*

Mit einem Ruck biegt er sich nach hinten durch und kreischt markerschütternd. Ein Brausen erfüllt die Luft, als die Bäume sich unter einem jähen Windstoß ebenso biegen wie er.

Nein. Ich packe den Jungen und ziehe ihn mit aller Gewalt wieder an mich, auch wenn mir die Ohren gellen. Nein. Nein.

Stämme platzen auf, als neue Äste hervorschießen. Farne quellen aus dem Boden, Lianen und Efeu wuchern an Palmen empor, und die Palmen selbst recken und strecken sich wie erwachte Krieger auf dem Weg in die Schlacht. Über uns klirrt es, als die ersten Äste an das Glasdach stoßen. Wieder und wieder, und dann birst es in einem hellen Geläut von Glasscherben, die als Regen über uns niedergehen.

Wir müssen hier raus. Ich springe auf und reiße den Jungen in die Höhe. Er klammert sich an mich wie ein Äffchen, kreischt und kreischt, und ich renne durch den tosenden Pflanzensturm. Da sind Holzbohlen auf dem Boden. Darüber ein Tunnel aus Grün, der schwankt und beständig schrumpft, doch immer noch erkennbar bleibt – ein Weg.

Und dann sehe ich Finn. Im selben Augenblick entdeckt er mich.

»Hierher«, brüllt er gegen das Kreischen des Kindes an. Ich sehe nur die Bewegung seiner Lippen und sein Winken und folge ihm. Da sind die anderen Rebellen, sie alle rennen und stolpern mit uns auf die Glaswand zu, an der unsere Flucht abrupt endet. An einer Tür zwar, doch sie ist geschlossen. Zwei Rebellen schlagen mit Schwertern und Knüppeln auf sie ein, als sich der Junge erneut in meinen Armen aufbäumt. Eine Baumkrone über uns biegt sich nach hinten und schwingt dann nach vorne, ein riesiges Pendel, das die Scheibe durchbricht und die Glasscherben nach draußen schleudert.

Dann ist es plötzlich still. Die Bäume verharren, nur ein paar Blätter segeln noch weich herab. Finn packt mich am Arm und dirigiert mich über die Splitter. Der Junge hat sein Gesicht in meiner Halskuhle vergraben, sein Kreischen ist in ein Wimmern übergegangen.

»Was war das?«, flüstert ein Rebell neben mir. Sie alle sind gezeichnet von Schrecken. Einer übergibt sich auf die Pflastersteine.

Wir stehen in einer Gasse. Vor uns erhebt sich die Bastionsmauer, rechts und links ist niemand außer uns. Doch. Ein weiteres Dutzend Leute biegen um die Ecke. Die Rebellen greifen nach ihren Waffen, entspannen sich aber, als sie einen Herzschlag später ihre eigenen Leute erkennen. Unter ihnen ist Lydia.

»Rückzug, Geárds!«, keucht sie. »Verstärkungstrupps der Armee marschieren auf.« Sie mustert die Gruppe und erstarrt, als sie mich erblickt. Doch dann gleitet ihr Blick suchend weiter. »Wo ist Ruan?«

»Sie haben ihn«, stößt einer der Rebellen aus.

»*Bas mallaichte!* Und die Draoidhs?«

»Sie waren tot«, sagt Finn tonlos.

»Das kann doch nicht sein«, stößt sie mit aufgerissenen Augen aus. »Alle?«

Er nickt. Sein Gesicht ist bleich, seine Augen blank von Grauen. »Du hättest sehen sollen, wie ...«

»Später«, schneidet sie ihm das Wort ab. Ich sehe, wie sie um Fassung ringt. »Wir brauchen einen Fluchtweg. Die anderen fliehen über die Bresche am Westturm. Doch die Soldaten sind genau zwischen uns und ihnen.«

»Der Abwassertunnel?«, fragt einer.

»Den haben sie gesprengt. Und unsere Männer am Südtor sind tot.«

Ich will nach Hause. Der Junge zittert in meinen Armen. Er fühlt sich kalt an. Während die Rebellen diskutieren, schiebe ich mich unauffällig ein Stück nach hinten, zurück auf die Ruine des gläsernen Hauses zu. Wäre ich erst wieder im Schutz der Bäume ...

»Stopp!« Lydia fährt zu mir herum. »*Nighean*, verdammtes Gör. Noch einmal haust du uns nicht ab.«

Einer packt mich am Arm und dirigiert mich in die Gruppe zurück. Wo sollte ich auch hin? Der Gedanke erfüllt mich mit Schrecken. Was würden die Soldaten mit mir machen, mit dem Jungen?

Nach Hause. Er schmiegt sich an mich. Ich ahne, wo für ihn Zuhause ist. Wo es immer war. Während die Rebellen sich wieder abwenden, fasse ich einen Entschluss.

»Ich bringe dich nach Hause«, flüstere ich. »Versprochen.« Ich hole tief Luft. »Ebne du uns den Weg.«

Erst meine ich, er hätte mich nicht verstanden. Doch dann nickt er sachte, seinen Kopf in meine Halskuhle gepresst. Ich spüre, wie sein kleiner Körper sich anspannt, wie sich sein Atem beschleunigt.

Am Fuße der Mauer, zwischen Bruchstein und Straßenpflaster, sprießt eine kleine Pflanze aus dem Boden, dreht sich wie ein Schlangenkopf hin und her, ehe sie sich an das Mauerwerk krallt und weiterwächst. Gleich erscheint eine zweite, eine dritte, mehr als ein Dutzend sind es, die schnell in die Höhe klettern.

»*Abharsair!*« Einer der Rebellen springt fluchend zurück, als er sie ebenfalls entdeckt. »Was ist das?«

Inzwischen haben die Pflanzen Bauchhöhe erreicht, und während sich die Sprossen suchend nach oben winden, verzweigen sie sich, wuchern in die Breite zu einem riesigen, flechtartigen Gewächs, dessen Glieder sich strecken und kräftigen. Kleine herzförmige Blätter rollen sich dazwischen aus, wie Efeu, doch hellgrün und flaumig, eine Pflanzenart, wie ich sie noch nirgends gesehen habe. Sie zittern, plappern, wispern.

Die meisten Rebellen weichen zur gläsernen Wand des Gewächshauses zurück, nur Lydia und Finn bleiben stehen. Sie legen die Kopfe in den Nacken, weil die Pflanzen sie bereits an Höhe übertreffen.

»Wir sollten abhauen!«, ruft einer der Rebellen. »Bevor die Pflanzen uns zu fassen kriegen.«

Lydia zögert noch mit einer Antwort, da streckt Finn die Hand aus und packt eine der bereits armdicken Ranken. Sie tut ihm nichts. Im Gegenteil, die Pflanze scheint unter seinem Griff wartend zu verharren.

Ein entschlossener Zug zerfurcht seine Miene. Er packt mit der zweiten Hand zu und zieht sich an den Ranken in die Höhe. »Diese Pflanzen sind nicht unsere Feinde. Sie sind unser Fluchtweg.«

Eva

Ich wache auf und fahre in die Höhe. Grelles Licht blendet mich, sodass ich stöhnend zurücksinke und die Augen wieder schließe. Hinter meiner Stirn sticht und summt es wie in einem Hornissennest.

Einatmen, ausatmen. Ich rekapituliere, was ich in dem kurzen Augenblick gesehen habe. Strahlendweißes Bettzeug um mich herum. Zwei Fenster, durch die die Sonne in langen, schmalen Lichtstreifen hereinfällt. Ein weiteres Bett, allerdings leer. Drei Stühle um einen Tisch. Eine Tür mit einer Gitterluke. Ich stutze. Die Lichtstreifen an den Fenstern, dazwischen die Schatten. Da sind ebenfalls Gitterstäbe.

Ich will erneut auffahren, aber dieses Mal bin ich klüger. Ganz langsam und mit geschlossenen Augen richte ich mich auf. Ich blinzle, doch das Licht ist immer noch zu grell für mich.

Die Tür wird aufgerissen.

»Du bist wach!« Luka, aber so heiser, dass ich ihn fast nicht erkannt hätte.

»Nicht so laut«, stöhne ich. »Und mach das Licht weg.«

Ich höre Vorhänge rascheln. Vorsichtig öffne ich die Augen und blicke in rötliches Dämmerlicht.

Luka zieht sich einen Stuhl ans Bett und setzt sich vor mich. Seine braungebrannte Haut ist bleich, die Augen rot unterlaufen. Blauviolette Striemen winden sich um seine Handgelenke und seinen Hals.

»Du siehst fürchterlich aus«, murmele ich.

Er grinst. »Du auch.«

Meine Gedanken rasen.

Wenn er grinst, sieht er mich noch nicht als Feindin.

»Was ist passiert?«, frage ich. »Was ist mit den Rebellen?«

»Abgehauen.« Er lehnt sich zurück. »Sie hatten es auf die Gefangenen abgesehen. Alles andere war Ablenkungsmanöver. Allerdings hatten sie nur teilweise Erfolg. Aus Mornerey ist Verstärkung für uns angerückt, der Kommandant hatte sie schon am Vortag angefordert. Sie haben die Rebellen in die Flucht geschlagen.«

Mit einem Stöhnen rücke ich in eine etwas aufrechtere Position.

»Verluste?«

»Elf Soldaten.«

»Leute aus meiner Gefängniswache darunter?«

»Drei. Hauptmann Rik hat es auch erwischt.«

Mist. Ich atme tief durch und denke an Quinn. Hoffentlich lebt sie noch.

»Genug gefragt.« Luca rückt seinen Stuhl näher ans Bett. »Fühlst du dich fit genug, auch ein paar Fragen zu beantworten?«

Ich nicke und schüttle gleichzeitig den Kopf. »Erst, wenn du mir noch gesagt hast, wo ich hier bin.«

»In unseren Forschungsgebäuden. Genauer gesagt der Krankenstation der Sammler.«

Ich blicke zu den Vorhängen, durch die sich die Lichtstreifen abzeichnen. *Eine Krankenstation mit Gittern an den Fenstern.*

»Jetzt du«, sagt Luka. »Während wir am Südtor kämpften, hörten wir die Explosion am Kanal. Du hast den Tunnel gesprengt. Was hast du dann gemacht?«

Ich runzle die Stirn, als müsste ich erst in meiner Erinnerung suchen. Sein Blick ruht konzentriert auf meinem Gesicht.

»Der Tunnel flog in die Luft, ja«, sage ich langsam. »Ich habe die zwei Sprengrohre in der Wand darüber entzündet. Dann wollte ich wieder zu euch. Aber da waren zwei Rebellen. Sie hatten die Explosion gehört und kamen zurück. Ich versteckte mich vor ihnen und hörte, wie sie davon redeten, einen anderen Tunnel zu sprengen.« Ich fasse mir an die Stirn. »Ich weiß es nicht mehr so genau. Jedenfalls wollte ich sie aufhalten und bin ihnen gefolgt. Sie krochen in den Tunnel kanalaufwärts. Ich wollte sie dort im Dunkel erledigen, doch sie waren zu schnell, um sie einzuholen. Dann zündeten sie ihren Sprengstoff. Ich konnte mich in einem Abzweig des Tunnels gerade noch in Sicherheit bringen.«

»Riskante Aktion«, kommentiert er.

»Du meinst wohl eher: dumme Aktion.« Ich seufze. »Als ich wieder halbwegs klar denken konnte, bin ich ihnen durch das Loch in der Tunnelwand gefolgt.« Ich runzle erneut die Stirn. Der Schmerz, der dabei durch meine Schläfen rast, lässt mich zusammenzucken. Luka hebt die Augenbrauen.

»Da waren Korridore«, fahre ich nach einem tiefen Atemzug fort. »Fackeln in den Wänden. Stimmen. Noch mehr Rebellen vielleicht. Ich ging in die Richtung, aus der sie kamen, und stieß auf einen großen Raum. Offensichtlich ein Labor. Die Rebellen waren schon weitergegangen. Aber dort lag ein toter Jäger. Und … da war eine Frau.«

Natürlich geht es ihm um sie. Er beugt sich vor, fixiert mich mit seinen blauen Augen. »Eine Frau?«

»Eine Gefangene. Erst glaubte ich, sie bräuchte Hilfe. Sie lag am Boden, die Zellentür war offen. Als ich mich über sie beugte, griff sie mich an.«

»Wie?«, fragt er.

»Sie …« Ich schaudere bei der Erinnerung. Das muss ich nicht vortäuschen. »Sie berührte mich nur. Und das fühlte sich furchtbar an. Eiskalt. Dunkel. Als wollte sie alles Leben aus mir heraussaugen.«

Luka verengt die Augen, während ich spreche. Sein Ausdruck bekommt etwas Lauerndes.

»Wie hast du dich dagegen gewehrt?«

Ich zögere. Schaue auf meine Hände hinab, während Lukas Blick auf meinem Gesicht haftet wie eine Klette. Es kostet mich alle Kraft, nicht die Zähne zu fletschen. Ich hasse dieses Starren!

»Da gibt es etwas von mir, das keiner weiß«, flüstere ich. *Von wegen keiner.* Wäre Luka ahnungslos, würde er jetzt den Atem anhalten, doch er stößt die Luft mit einem leisen Seufzen aus. Natürlich hat er seinen Magiemesser an mir benutzt, als er mich bewusstlos am Boden fand.

»Ich verfüge über den Heiltrieb«, rede ich weiter. »Gerade genug, um ein paar Schrammen zu heilen oder mal einen glatten Bruch.«

»Wirklich?« Luka hebt die Augenbrauen. »Warum hast du das geheim gehalten?«

»Weil ich nicht stolz darauf bin.« Und auch das entspricht der Wahrheit. »Ich habe mir diese Fähigkeit weder angeeignet noch verdient.«

Luka streicht sich über den Schnurrbart. »Außerdem verschafft dir der Trieb einen gewissen Vorteil, nicht wahr?«, bemerkt er. »Beim Erwerb mancher Tapferkeitsorden in der Armee.«

Ich möchte ihn von seinem Stuhl schubsen. Stattdessen schüttle ich den Kopf. Sachte, damit er nicht noch mehr schmerzt. »Das ist Blödsinn, und das weißt du.«

Er zuckt mit den Schultern, offensichtlich enttäuscht, dass ich mich nicht provozieren lasse. »Du hast dich also geheilt. Während sie dir das Leben ausgesaugt hat. *Das* hört sich für mich wie Blödsinn an.«

Ist das sein Ziel? Mich dazu zu bringen, die Ereignisse für eine Halluzination zu halten? Das wäre zu einfach.

Ich bemühe mich, so unsicher und beklommen wie möglich dreinzuschauen. »Ich kann es nicht besser beschreiben«, murmele ich. »Ich habe so etwas noch nie erlebt. Irgendwann hat sie kurz von mir abgelassen. Und ich habe meinen Dolch gezogen und sie erstochen. Dann weiß ich nichts mehr.« Ich hebe den Blick. »Habt ihr mich dort gefunden?«

»Genauso, wie du es gerade beschrieben hast«, sagt er. »Der tote Jäger, die tote Gefangene. Allerdings war das Labor völlig verwüstet.«

»Das heißt, die Rebellen kamen später noch einmal zurück, als ich schon bewusstlos war«, murmele ich. »Suchten sie nach den Gefangenen?«

»Wahrscheinlich. Was für eine Zeitverschwendung.«

Ich frage lieber nicht, warum.

»Weshalb haben sie mich verschont?«, frage ich stattdessen.

»Offensichtlich hielten sie dich für tot. Wir hielten dich auch für tot. Erst Heilermeister Horan hat gemerkt, dass du noch lebst. Deine Selbstheilungskräfte haben dich gerettet.«

»Und die Gefangene?«, flüstere ich. »Warum haben die Rebellen sie nicht mitgenommen, bevor ich kam?«

Luka zögert mit einer Antwort. Nein. Er wartet darauf, dass ich meine Frage selbst beantworte.

Ich wähle meine Worte mit Bedacht. »Weil sie nicht zu ihnen gehörte«, sage ich. »Weil sie ... anders war. Anders als wir alle.«

»Stimmt«, sagt er. Seine blauen Augen blitzen auf, als er sich zu mir vorbeugt. »Sie war nämlich kein Mensch.«

»Was?« Ich will in die Höhe fahren, doch mein Körper lässt mich im Stich. Verdammte Schwäche!

»Ist das zu viel für dich?« Luka erhebt sich mit einem leisen Lachen. »Ruh dich erst mal aus, dann erzähle ich dir davon.«

»Untersteh dich«, herrsche ich ihn an. »Ich will alles wissen. Sofort.«

Er grinst und setzt sich wieder. Mehr noch, er lehnt sich zurück und verschränkt die Arme hinter seinem Kopf. Plötzlich sieht er sehr entspannt aus – selbstzufrieden und dabei unverschämt attraktiv. Ich traue mich jedoch noch nicht, aufzuatmen.

»Wer war diese Frau?«, bohre ich nach.
»Die Frage sollte lauten: Was war diese Frau«, bemerkt er. »Eine Albin. Das ist die Antwort. Die Angehörige einer uralten Spezies, die wir vor Jahrhunderten aus unserer Welt geworfen haben.«

Und während ich noch nach Luft schnappe, beginnt er zu erzählen.

Es gibt eine Welt, ganz nah und doch unerreichbar: das Albental, ein wundersames, reiches Land. Einst konnten die Menschen es zwar betreten, doch wenn sie zurückkehrten, waren für jeden Wimpernschlag zwei Jahre vergangen – so fremdartig und stark sind die Kräfte, die dort wirken. In Albental leben Jahrhunderte alte Wesen mit mächtigen Trieben: die Alben. Sie unterteilen sich in etliche Völker von unterschiedlicher Hautfarbe, Größe und Form, und genauso unterschiedlich sind ihre Triebe. Doch sie alle lieben Feiern und Eitelkeiten, und ihnen fehlt es in ihrer Welt an nichts, außer an Abwechslung. So haben sie kaum eine andere Beschäftigung als sich selbst. Zumindest war es so, bis sie die Zugänge in unsere Welt entdeckten: ein Dutzend unsichtbarer Portale, seit Urzeiten geschützt und getarnt.

Zunächst kamen sie alle zu uns, stifteten Chaos und Krieg. Doch bald nahm eines ihrer Völker alleine die Portale für sich in Beschlag. Dieses Volk nannte sich Lys. Die Lys ähneln uns in der Gestalt, wenn sie auch immer etwas großgewachsener und schlanker sind als wir, weißhaarig und hellhäutig – und von solch verführerischer Eleganz, dass kaum ein Mensch ihnen widerstehen kann. Die Lys teilen sich in die beiden Geschlechter Brandslai und Leverai – die Feuerkrieger und die Lebensspender.

Die Feuerkrieger sind unbesiegbare Kämpfer. Pfeilschnell und mit unglaublichen Reflexen, unempfindlich gegen Hitze und Kälte und mit einem Feuertrieb, mit dem sie jeden Gegner in Sekunden zu Asche verglühen können. Manche von ihnen sollen Flügel haben, und sie sagen von sich, sie stammten von Drachen ab.

Die Lebensspender sind sanfter, dafür hinterlistig. Sie be-

herrschen den Heiltrieb, den sie Lebenstrieb nennen. Sie können Pflanzen keimen und wachsen lassen, Menschen und Tier von jeder Krankheit heilen und angeblich sogar vom Tod zurückholen. Doch sie können auch mit einer Berührung töten – langsam, indem sie tödliche Krankheiten im Körper ihrer Feinde wuchern lassen, oder schnell, indem sie ihnen jede Lebenskraft entziehen.

Die Lys liebten unsere Welt aus mehreren Gründen. Zum einen wegen der Abwechslung, die sie ihnen bot. Zum anderen wegen des Glanzes der Diamanten und Metalle. Die gibt es in Albental nicht. Die eitlen Alben fertigten Schmuck für sich daraus an, schufen nützliche Instrumente wie die Magiemesser, unzerstörbare Rüstungen und andere Artefakte. Besonders Gold tat es ihnen an, da es die Eigenschaft besaß, ihre Triebe noch zu verstärken. Auf Silber hingegen reagierten sie tödlich allergisch, und sie ließen es schmelzen und in die tiefsten Bergwerke bringen, damit niemand es gegen sie einsetzen konnte.

Die Menschen wurden das Spielzeug der Lys. Die Lys ließen sich von ihnen als Götter anbeten. Die stärksten Menschen mussten ihnen Paläste bauen, und mit den schönsten lebten sie ihre Lust aus. Und so vereinten sie ihre Blutlinien mit den menschlichen, als sie Kinder zeugten. Diese Kinder blieben Menschen, sie erbten aber neben dem blonden Haar und dem stattlichen Äußeren oft auch die Triebe und die Hinterlist von den Lys. Und beides nutzten sie schließlich gemeinsam mit allem Silber, das sie horten konnten, um endlich gegen die Alben aufzubegehren. Viele von ihnen starben dabei, doch schließlich gelang es ihnen, die meisten Alben aus unserer Welt zu vertreiben. Sie versiegelten die Portale unwiederbringlich.

Doch damit war ihr Werk nicht getan. Die Menschen waren schwach geworden, verwirrt und ohne Halt durch die Jahrhunderte der Sklaverei. Unsere Länder versanken erneut in Chaos und Krieg. Deshalb schlossen sich die Erben der Triebe einige Jahre nach der Schlacht erneut zusammen. Sie zogen in die Stadt Athos, nannten sich fortan Bürger – und gründeten vor genau fünfhundert Jahren die Republik Athosia, eine neue Ordnung ohne Alben und ohne Unterdrückung, die es schaffte, in den folgenden Jahrhunderten den riesigen Landstrich zwischen den zwei Meeresküsten unter sich zu vereinen.

Obwohl ich furchtbar müde bin und all das auswendig kenne, obwohl ich merke, dass Luka einiges unterschlägt und anderes übertreibt, lausche ich widerwillig fasziniert.

»Dann war diese Gefangene eine … eine *Leverai*?«, murmele ich eine Frage, deren Antwort ich längst weiß. Ich lege eine ordentliche Portion Skepsis in meine Stimme.

Er nickt.

»Das würde immerhin dieses Gefühl erklären, als sie mich angefasst hat. So etwas habe ich noch nie gespürt.« Ich tue so, als würde ich über seine Geschichte nachdenken, und blicke zu Boden.

Nach kurzem Schweigen sehe ich wieder auf. »Und die Bürger sind ihre Erben?«, frage ich mit ungläubiger Miene. »Das ist die Erklärung, warum sie alle blond sind und so viele von ihnen über die Triebe verfügen?«

Luka wiegt den Kopf. »Nicht mehr viele«, sagt er. »Das Ganze ist Jahrhunderte her. Das Albenblut ist über die Generationen ziemlich verwässert.«

Ich nicke und fahre mir durch die braungefärbten Stoppeln auf dem Kopf.

»Und wegen meines Heiltriebs stamme ich auch von ihnen ab«, murmele ich.

»Na ja.« Er blinzelt mir zu. »Wahrscheinlich hat sich einfach ein Bürger in deinen Stammbaum verirrt. Der war sicherlich unglaublich gutaussehend, aber nicht unbedingt anständig.«

Er wird ernst. »Das, was ich dir hier erzählt habe, ist eines der geheimsten Geheimnisse unserer Republik. Nicht einmal die Kommandanten und Generäle wissen darüber Bescheid, nicht einmal unsere Regierung.«

Ich verziehe den Mund. »Aber du.«

Er nickt. »Ich arbeite für eine Organisation, die sich darum kümmert, dass die Vergangenheit vergangen und geheim bleibt.«

Jetzt kommt er also zum Wesentlichen.

»Da ist nur ein Problem«, sage ich. »Wenn das wirklich alles wahr wäre, würdest du mir nie davon erzählen.«

Er seufzt. »Sag niemals nie. Es gibt einen Grund dafür, dass ich dich einweihe.«

»Weil du mich sowieso töten musst?«

»Aber nein!« Er verengt die Augen, dann sieht er mein Schmunzeln. »Meine Güte«, stößt er aus. »Du bist die unerschrockenste Person, die ich kenne.«

»Dann kennst du nicht viele Leute.« Ich ächze unterdrückt. Es kostet mich inzwischen ziemlich viel Kraft, meine Konzentration aufrecht zu halten.

»Die Sache ist die«, sagt er. »Es gibt noch einen Alben da draußen.«

»Noch. Einen?« Ich stoße die Worte lauter hervor, als ich wollte. »Hier?«

»Oh ja.« Seine Augen werden hart. »Ein Kind erst. Aber ein noch stärkeres Exemplar, als die Gefangene es war. Dieses Kind hat mir das hier verpasst.« Er deutet auf die blauen Male an seinem Hals. »Mit einem Wurzelstrang, den es in Sekundenschnelle hat wachsen lassen.«

Ich ziehe ein fragendes Gesicht, doch er geht nicht darauf ein.

»Meine Männer konnten mich gerade noch rechtzeitig losschneiden«, sagt er. »Das Albenkind ist im Wald abgetaucht. Mit den Rebellen. Offensichtlich arbeitet es mit ihnen zusammen. Wir müssen es kriegen, bevor es noch mehr Schaden anrichtet.«

Er steht auf und beugt sich über mich. Plötzlich ist sein Gesicht ganz nah. Ich kann den wilden Thymian riechen, die Wärme seiner Haut spüren.

»Und dafür brauche ich dich«, murmelt er. »Drei meiner besten Männer sind während des Angriffs dort draußen verschollen, wahrscheinlich tot. Du könntest mindestens einen von ihnen ersetzen. Du bist uns ähnlich. Eine Jägerin. Das merke ich.«

Ähnlicher, als du glaubst. Ich halte die Luft an.

»Du musst dich entscheiden«, sagt er leise. Seine blauen Augen leuchten, sein Mund ist nur noch eine Handbreit von meinem entfernt. »Entweder du arbeitest für mich.«

»Oder?«, flüstere ich.

»Ich töte dich.« Seine gehauchten Worte kitzeln meine Lippen. Mich überläuft ein Schauer, eine Mischung aus Lust und Angst.

»Das muss ich mir gut überlegen«, flüstere ich.

»Tu das.« Er richtet sich auf und blinzelt mir zu. »Und ruh dich aus. In drei Stunden komme ich wieder.«

Schon ist er an der Tür. Er reißt sie auf und ist draußen, ohne sich noch einmal umzublicken. Doch er schließt sie äußerst sachte, und obwohl ich danach das Drehen des Schlüssels im Schloss höre, muss ich lächeln. Er hat mich rekrutiert.

Cianna

Wir marschieren einen Abhang hinab. Über den Bäumen zerfasern Rauchfäden im Wind. Obwohl sie noch fern sind, meine ich sie zu riechen, und meine Kehle schnürt sich zusammen. Meine Augen brennen, vom Rauch oder von Tränen. Ich fühle mich dreckig, erschöpft und elend. *Einen Fuß vor den anderen.* Etwas anderes denke ich seit Stunden nicht mehr.

Seit gestern Nachmittag marschieren wir durch den Wald, über felsige, verschlungene Pfade, durch Nadeldickicht und Unterholz, immer wieder an kleinen, glucksenden Bachläufen entlang. Ein paar Stunden rasteten wir unter dem Wipfeldach, über uns wachte ein bedeckter Nachthimmel ohne Sterne und Mond. Die Rebellen schürten kein Feuer, sie gaben mir nur einen Kanten Brot und eine Decke, und beides teilte ich mir mit dem Kind.

Warum hat Ruan mich gerettet? Sich sogar für mich geopfert, nachdem er gesehen hat, was das Kind tat? Ich finde keine Antwort auf diese Frage. Die anderen scheinen nicht verstanden zu haben, was passiert ist. Zumindest stellen sie mir oder dem Kind keine Fragen dazu.

Auf Lydias Anweisung redet keiner der etwa zwanzig Männer und Frauen mit uns. Nicht einmal Finn. Sosehr ich versuche, ihn zu hassen, wünscht ein Teil von mir, dass er mich wenigstens ansieht. Dass er den grimmigen, in sich gekehrten Ausdruck auf dem Gesicht verliert, der ihn seit der Schlacht wie ein Schatten begleitet. Doch er tut es nicht. Auch die anderen Rebellen wirken niedergedrückt und angespannt zugleich. Nicht nur der Kampf hat Spuren hinterlassen – keiner von ihnen lässt auch nur einen Herzschlag lang den Wald um uns aus dem Blick, als wäre er ein weiterer, steter Quell der Gefahr.

Ich weiß um die Finsternis, die der Deamhain verbirgt. Ich kann sie spüren, im Flüstern und Raunen seiner Blätter und im verstohlenen Rascheln der Tiere, im kalten Wind, der jäh durch die Wipfel fährt und sich dann wieder legt. Doch ich fürchte sie nicht. Sie ist mir vertraut wie ein Teil von mir selbst, als wäre der Wald kein Ort, sondern ein fühlendes, atmendes Wesen. Für die anderen Menschen ist er jedoch nur eine Ansammlung von Bäumen und dahinter lauernden Gefahren.

Wir kamen an Eichen, Buchen, Eschen, Ahorn vorbei, und dazwischen wuchsen immer mehr Pflanzen, die ich nicht kannte und die mein Staunen weckten, so fremd waren sie. Turmhoch oder in Miniatur, häuserbreit oder schlank wie meine Finger. Mit fleischigen und mit mageren Blättern, mit rosa Knospen und weiß leuchtenden Blüten, mit so dunkelgrünen Nadeln, dass sie fast schwarz wirkten. Und dann wieder Totholz, dürr und knochengleich, so morsch, dass es über uns ächzte und stöhnte, während wir geduckt darunter vorbeieilten.

Lydia läuft erneut vorneweg, Markierungen suchend, Zeichen lesend, die mir verborgen bleiben. Sie hebt die Hand, wenn sie etwas wahrnimmt, das ihr wohl Gefahr verheißt, und wir verharren, ein kleiner Trupp inmitten des nie enden wollenden Blattgrüns und Erdbrauns und Dunkels.

Einmal vernahm ich in der Ferne ein tiefes, gutturales Blöken, ähnlich dem Laut eines Horns. Alle hörten es und verharrten, und Lydia zischte: »Elphons!«

Sofort kauerten sich alle zu Boden, duckten die Köpfe ins Moos. Ich sah Messer in ihren Händen blitzen, bleiche Gesichter, starr vor Angst. Nur der Junge an meiner Seite hob den Kopf und blickte mit einem versonnenen Lächeln nach vorne.

Drei Herzschläge später donnerten Huftritte einen Steinwurf vor uns durchs Unterholz. Aus den Augenwinkeln sah ich gesträubtes schwarzgraues Fell, das Wirbeln von unzähligen Hufen und riesigen Geweihen, dunkelglänzende Augen, so groß wie mein Handteller. Noch lange waren ihre gutturalen Laute zu hören. Wir überquerten die Schneise, die sie durchs Unterholz geschlagen hatten, und sie war breit wie drei Häuser.

Wenig später trafen wir auf eine andere Rebellengruppe mit ebenfalls etwa zwanzig Männern und Frauen. Ihr Anführer redete mit Lydia. Bei ihrem raschen Austausch hörte ich mit, dass es noch zwei weitere solcher Gruppen gibt, die sich getrennt von uns von der Bastion entfernen. Sie waren auf verschiedenen Wegen gekommen und hatten nicht dasselbe Ziel, das hörte ich aus ihren leisen Gesprächen heraus. Zum Hort. Das waren wir. Zum Rand. Das waren die anderen. Verschiedene Orte, doch ich verstand sie nicht. Ich fragte auch nicht.

Einen Fuß vor den anderen.

Jetzt ist es bereits Mittag. Der Rauch in der Ferne ist verschwunden, vielleicht war er nur ein Wunschtraum. Wir kommen an einer riesigen Wurzel vorbei, die einen Abhang spaltet wie ein verwittertes Tor zu einer versunkenen Stadt. Dahinter sehe ich an einem Busch Trauben von goldgelben kleinen Beeren aufblitzen, leuchtend zwischen dem Nadeldickicht. Weiter und weiter geht es durch die Schatten der Tannen, bis sie plötzlich verschwinden. Um uns recken sich wieder Laubbäume in die Höhe, große, stolze Buchenstämme wie am Waldrand von Mutters Bezirk. Fast glaube ich, wir wären in einem großen Kreis gelaufen, doch etwas unterscheidet die Baumriesen von denen am Waldrand: Sie sind dicht belaubt, als wäre hier das Jahr schon weiter vorangeschritten als draußen.

Und da ist der Rauch wieder. Die erwartungsvollen Gesichter der Rebellen sagen mir, dass unsere Wanderung bald zu Ende ist. Wir laufen den Hang zwischen den Buchen hinab, immer auf die graue, sich kräuselnde Säule zu. Der Junge schlurft weiter an meiner Hand, den Kopf gesenkt, die Haare vom Blätterdach in einen grünlichen Schein getaucht. Gestern hat Finn ihn stundenlang getragen, so schwach war er, nachdem wir über die Mauern geklettert waren. Was auch immer der Junge dort mit den Pflanzen getan hat, um uns zu retten – es hat ihn völlig erschöpft. Er hat keinen erneuten Versuch unternommen, mit mir zu reden, im Gegenteil, er weicht meinen Blicken aus, als kostete selbst Blickkontakt ihn zu viel Kraft. Doch stets hat er eine Hand in der meinen, kauert auf meinem Schoß oder lehnt sich an meinen Rücken, als könnte er nicht existieren ohne eine Berührung von mir. Und ich nicht ohne ihn. Ich drücke seine Hand fester.

Am Fuße des Hangs bleibt Lydia stehen. Vor uns ist Dickicht.

»Heyo!«, ruft Lydia. »*Tha na seilleanan ann!*«

Ein Mann tritt aus dem Unterholz; eine große, bullige Gestalt mit dunkelgrauem Haar und kurz gestutztem Bart, die Haut von der Sonne zu ockerfarbenem Leder verbrannt.

Mit einem Keuchen zucke ich zurück. Ich kenne sein grobes Gesicht, verbeult wie das eines Raufbolds. Er war der Anführer der Bestien am Hinrichtungsplatz, der Mann, der das Messer an die Kehle meiner Mutter hielt.

»Heyo, Lydia!« Sein Lächeln entblößt kleine, weiße Zähne wie die eines Wiesels. »*Fàilte air ais.*«

»Brom!« Sie umarmen sich, und Lydia verschwindet fast in seinen kräftigen Armen. Sein Blick wandert über ihre Schulter zu uns, und ich kann nicht anders, als ihn voller Entsetzen anzustarren. Sorgfältig mustert er unsere Reihen.

Bei Finn verharrt er. Sein Lächeln wird breiter.

»Heyo, Neffe!«

Finn tritt zu ihm und erhält ein Schulterklopfen. Endlich sehe ich wieder einen Schimmer des vertrauten Lächelns auf seinem Gesicht, und ich kann nicht mehr wegschauen.

Wie sie da zusammenstehen, Finn und Lydia und Brom, ein zueinander geneigter Dreiklang aus Wispern und Blicken, der

Ältere mit stolzem Blick, die Jüngeren aufgeregt tänzelnd. Wie eine Familie. Mein Herz wird eiskalt.

Ich muss auf meine Füße starren, um nicht das Gleichgewicht zu verlieren, und als ich den Blick wieder hebe, steht der Bullige direkt vor mir. Seine Augen, um die das Alter bereits ein paar Falten gezogen hat, sind bronzefarben, durchdringend und undurchsichtig wie Metall.

»Dich kenne ich nicht«, sagt er in einem sachlichen Tonfall, ein wenig ungeduldig, als wäre ich eine begriffsstutzige Magd.

Aber ich kenne dich, will ich rufen, doch ich bekomme keinen Ton heraus.

»Das ist Cianna Agadei«, sagt Finn. Er tritt so nah neben mich, als wollte er mich beschützen. Oder als gehörte ich ihm. »Die Tochter der Ipallin aus dem achten Bezirk.«

»Ach was«, stößt Brom überrascht aus. Ich schlage die Augen nieder und ziehe gleichzeitig das Kind hinter mich. Was wird er mit uns tun?

»War das deine Idee, sie herzubringen, Finn?«, fragt er. »Ist das ihr Balg?«

»Das ist Ben«, sagt Finn. »Ihr Neffe. Sagt sie zumindest.« Er klingt kleinlaut. »Und ja, das war ... ich meine ...« Er stockt.

»Hat es dir die Sprache verschlagen?« Der Anführer gibt einen Ton von sich, der wie Husten klingt, doch ein Lachen sein soll, trocken und humorlos. Sein Blick bleibt scharf und klug, viel klüger, als das grobe Gesicht vermuten ließe. »Klärt mich auf.«

»Finn dachte, wir könnten die beiden als Geiseln nützen«, sagt Lydia. »Entscheide du, was mit ihnen geschehen soll, Brom.«

»Geiseln also.« Er wiegt den Kopf, während Lydia und Finn so unterwürfig dastehen wie Kinder. Auch ich traue mich nicht, zu atmen.

»Reden wir später darüber.« Er winkt den Trupp heran. »Wo ist Ruan?«

Lydia stößt einen Schrei aus, wimmernd und wütend zugleich. Ihr schmales Gesicht zeigt plötzlich unverhüllten Schmerz.

»Sie haben ihn.«

Brom kneift die Augen zusammen. Seine Kiefermuskeln mahlen. Er ballt die Fäuste und strömt jäh solch rohe Gewalt aus, dass ich mich zu Boden kauern will. Auch die Rebellen ducken sich.

»*Mo charaid*«, stößt er aus. »Die Besten gehen immer zuerst.«

Mit einem Satz ist er bei Lydia und reißt die Hand hoch, und wir erwarten wohl alle, dass er sie schlägt, doch stattdessen legt er den Arm um ihre Schulter.

»*Geárds*«, ruft er. »Wir haben euch sehnlichst erwartet. Willkommen zu Hause.«

Er dreht sich um und tritt mit Lydia an der Seite zurück ins Dickicht. Finn bleibt allerdings neben mir stehen, immer noch viel zu nah. Ich nehme die Wärme wahr, die von ihm ausgeht, das Feuer des Brenners, das nie erlischt. Seinen Duft nach Honig. Ich weiß nicht, ob ich einen Schritt von ihm wegtreten soll oder auf ihn zu.

»Mach dir keine Sorgen«, murmelt er. »Brom ist ein guter Mann. Ich gebe auf dich acht.«

Ich suche nach einer Antwort, doch meine Kehle ist immer noch so eng, dass keine Worte hindurchpassen. Wie will er auf mich achtgeben, wenn er mich soeben seinem Anführer ausgeliefert hat? *Ein guter Mann.* Ich möchte ihm glauben, aber ich kann es nicht. Mit gesenkten Köpfen schlüpfen das Kind und ich an ihm vorbei.

Das Gestrüpp ist so dicht, dass ich kaum vorwärtskomme. Erst im letzten Augenblick merke ich, dass ich direkt vor einer Hütte stehe. Die Holzbohlen sind mit Moos und Zweigen bedeckt und damit fast unsichtbar in all den Schattierungen von Waldgrün.

Einer der Rebellen zieht mich unsanft am Arm um die Hütte herum. Ich stolpere über einen kniehohen Ring aus Steinen, und er hält mich gerade noch fest, bevor ich falle. Dann öffnet sich eine Lücke im Wald – ein kreisrunder, ausgetretener Platz, in dessen Mitte eine Feuerstelle glimmt. Jetzt sehe ich die anderen Hütten, alle getarnt mit Zweigen und Moos. Fünf oder sechs kauern unter den riesigen Stämmen rund um die Lichtung, wie eine Schar schüchterner Waldtiere, die Deckung sucht. Die Menschen, die auf uns zulaufen, sind ebenso schattengleich in ihren grünen und braunen Filzmänteln, mit den dunklen Haaren und verstohlen wirkenden Bewegungen. Ein Dutzend Kinder sind darunter und mindestens ebenso viele Frauen, doch die meisten sind Männer, die Gesichter von wuchernden Bärten bedeckt. Wie passen sie alle in diese sechs Hütten?

Messer und Knüppel klappern an ihren Gürteln, als sie die Neuankömmlinge mit Umarmungen und Schulterklopfen begrüßen. Niemand ist laut, doch die Freude in ihren Gesichtern ist unübersehbar, ebenso die Tränen, derer sich auch die Männer nicht zu schämen scheinen. Auch Finn ist im Nu von Leuten umringt. Nur das Kind und ich stehen abseits, von misstrauischen Blicken gestreift, doch weitgehend ignoriert. Ich möchte mich auf den Boden setzen, so müde bin ich, stattdessen bleibe ich auf zitternden Beinen stehen, die Hand des Jungen umklammert. Was hat mich nur getrieben, mich erneut in die Hände der Rebellen zu begeben? Mich in die Wildnis verschleppen zu lassen, wo mich Mutter niemals finden kann – und auch nicht Maeve. Falls eine von ihnen es jemals wollte.

Der Junge zupft an meinem Ärmel. Er sieht nach oben, mit staunend aufgerissenen Augen. Ich folge seinem Blick. Dort, in den Astgabeln der turmhohen Bäume, hängen mehr als ein Dutzend seltsamer Gebilde. Es sind Klumpen aus Zweigen und Moos und Blättern, wie Eichhörnchen-Nester, nur ungleich größer. Dazwischen schwingen Strickleitern, Treppen aus Astgabeln und Seile, Lianen gleich, und an einem gleitet soeben ein Mann herab und gesellt sich wie selbstverständlich zu den anderen. Ich reiße nun ebenfalls vor Staunen die Augen auf. Deshalb reichen die kümmerlichen Hütten auf der Lichtung kaum aus für die Menschen, die sich hier tummeln; sie wohnen dort oben, in schwindelnden Höhen, wie Vögel im Blätterdach.

»*Frei wie ein Vogel, so möchte ich sein.*«
Ich zucke zusammen. Es ist, als ob jemand meine Gedanken gehört hat und nun davon singt.

»*Frei wie ein Vogel möchte ich sein*
Treiben mit dem Wind
Über Wolken und Ländergrenzen
Fliegen zu dir geschwind.«

Ein Mann tänzelt auf uns zu. Zumindest glaube ich, dass es ein Mann ist. Er hat langes, schwarzlockiges Haar und ein altersloses braunes Gesicht, symmetrisch und klein wie das eines Kindes. Auch sein Körper ist zierlich. Seine Stimme ist allerdings volltönend und kräftig, und die Finger, die an einer Laute zupfen, stören das Gesamtbild empfindlich – riesig und grob, beinah wie Pranken. Er kommt direkt auf mich zu.

»*Frei wie ein Vogel möchte ich sein*
Wüsste weder von mein noch von dein
Keine Habgier, kein Zwist, der uns trennt
Nur das Verlangen, das in uns brennt.«

Vor mir bleibt er stehen und verstummt, als wäre das Lied nur für mich bestimmt gewesen. Er ist einen Kopf kleiner als ich, doch seine Augen wirken alt, schwarz und tief wie zwei Brunnen. Blinzelnd blickt er von mir zu dem Jungen, der neugierig hinter mir hervorlugt.

»Eine Bürgerin und ein *deomhan leanabh*«, sagt er mit einem hüpfenden Singsang in der Stimme. »Als Schutzsuchende in unserem verlorenen kleinen Zufluchtsort. Wenn das keine Ironie des Schicksals ist.«

Schutzsuchende. Weiß er nicht, dass wir Gefangene sind? Er verbeugt sich mit einer galanten Bewegung. Kunstvoll gestickte Blumenranken glitzern am Kragen seines Mantels. »Gestatte, Bürgerin, dass ich mich vorstelle. Ich bin Barnabas, der Barde.«

»Cianna«, murmele ich. »Cianna Agadei.«

Seine schwarzen Brauen heben sich zu zwei perfekt gewölbten Bögen. »Die Tochter der Dämonin?«

Als ich die Stirn runzle, legt er sich eine Hand auf den Mund. »Oh nein, das war ungehörig von mir.«

Ich räuspere mich. »Was ist eine Dämonin?«

Jetzt ist es an ihm, überrascht die Lippen zu spitzen.

»Das ist eine längere Geschichte wert«, murmelt er. »Wenn nicht gar ein Lied.« Er blickt hinter mich und blinzelt suchend. »Wo ist Ruan?«

Als ich umdrehe, steht Finn hinter mir. Er schaut den Barden traurig an und wiederholt, was Lydia vorhin zu Brom sagte: »Sie haben ihn.«

»Nein.« Die feinen Gesichtszüge des Barden zerfallen zu einer entsetzten Grimasse. »Nein.«

»Es tut mir leid.« Finn tritt an mir vorbei und legt die Arme um den kleinen Mann. Mit einem misstönenden Klimpern fällt die Laute zwischen ihnen ins Moos.

Ich bin schuld. Gelähmt stehe ich da. Der Junge starrt mit verwundertem Blick auf das Musikinstrument.

Jemand packt mich am Arm und reißt mich aus meiner Starre. Brom, mit einer jungen Frau im Schlepptau.

»Aylin kümmert sich um euch beide«, sagt er. Die Frau nickt mir zu. Sie ist etwa in meinem Alter. Nach der perfekten Symmetrie von Barnabas' Lächeln wirkt ihr breites Gesicht schief, und dann sehe ich auch, weshalb. Von ihrer rechten Schläfe zieht sich eine Brandnarbe über die Wange bis zu ihrem Hals hinab, wie die schrumpelig aufgeworfene Haut einer Greisin. Ich schlucke und richte den Blick auf ihre braunen Augen, die mich ebenso neugierig wie freundlich mustern.

»Folgt mir«, sagt sie. Ich will mich nach Finn und dem Barden umschauen, doch schon geht sie mit wiegendem Schritt über die Lichtung davon. Eilig packe ich die Hand des Jungen und laufe ihr hinterher. Kastanienfarbenes Haar fällt ihr in einer dichten glänzenden Flechte bis zu den runden Hüften hinab, und so mancher Mann blickt ihr trotz der Narbe, die ihr Gesicht so verunstaltet, sinnend lächelnd nach. Mich allerdings mustern sie mit einer Mischung aus Abscheu und Gier, als wäre ich ein fremdes Tier in ihrer Mitte. Ein Beutetier.

Ich widerstehe dem Impuls, mich schutzsuchend nach Finn umzusehen. Stattdessen senke ich den Kopf und ziehe den Jungen hinter mir her, der immer noch den Barden beobachtet, als wäre nichts anderes von Interesse.

Aylin führt uns an grob gezimmerten Unterständen vorbei, in denen ein paar Ochsen und Maultiere angebunden sind. Dazwischen streifen Ziegen frei herum. Dann kommen wir zur wohl einfachsten der ebenerdigen Hütten, ein windschiefes, krummes Ding, das wirkt, als hätte es ein Kind gebaut. Aylin scheucht ein paar Hühner durch die offene Tür hinaus. Der Raum ist voller Dreck und Laub, kaum groß genug für ein einfaches Bettlager aus Moos, einen dürftigen Tisch und zwei aufgebockte Baumstämme, die als Bänke dienen.

»Ruht euch aus«, sagt sie. »Ich bringe euch nachher was zum Waschen.«

Ich setze mich auf das Moosbett. Daumengroße Käfer huschen davon, und in den laubbedeckten Ecken knistert es. Aylin schließt die Tür von außen, und ich höre, wie der Riegel umgelegt wird.

Der Junge schmiegt sich an mich. Ich wickle uns in die Decke, die mir die Rebellen gestern gaben und die ich seitdem als Dreieckstuch um die Hüften gebunden trug. Dämmerlicht umfängt uns. Die Hütte hat keine Fenster, doch zwischen den Holzbohlen der Wände klaffen fingerdicke Spalten, durch die ich hinausblicken kann. Eine Weile noch mustere ich die fremden Menschen dort draußen und versuche, sie zu zählen. Ich kann mir nicht vorstellen, dass ich schlafen kann. Doch als ich bei sechzig angelangt bin, beginne ich, mich zu verzählen, und dann fallen mir vor Erschöpfung die Augen zu.

*

Aylin weckt mich. Die Luft ist noch feuchter und kühler geworden, die Dämmerung noch intensiver.

Die Rebellin bringt eine Laterne mit einer Wachskerze darin, außerdem eine Tonschüssel mit klarem Wasser. Sie hat sich Kleidung über den Arm gelegt. Die Tür zieht sie sorgfältig hinter sich zu.

»Ich dachte, du möchtest dich vielleicht umziehen.« Sie reicht mir ein Untergewand. Es ist aus einfachem, kratzigem Leinen, doch noch nie war ich dankbarer. Ich schlüpfe aus Maeves Mantel und Stiefeln, dann aus meinem zerrissenen hellgrünen Kleid, das inzwischen grau ist vor Schmutz, und zuletzt aus meinem Unterkleid.

Erst als sie mich großäugig anstarrt, merke ich, dass ich ihr nicht nur meine Kleidung gereicht, sondern mich auch wie selbstverständlich vor ihr entblößt habe. Als wäre sie eine von Mutters Sklavinnen. Meine Wangen werden heiß vor Scham. Doch es ist zu spät, um mein Verhalten rückgängig zu machen. Fröstelnd beuge ich mich über die Schüssel und wasche mich mit dem kalten Wasser ab, dann schlüpfe ich nass und bibbernd in das neue Untergewand.

»Ich habe noch nie jemanden gesehen, der so weiß ist.« Aylin mustert mich immer noch staunend. »Als hättest du nie die Sonne erblickt. Und völlig unversehrt bist du! So wäre ich auch gerne aufgewachsen.«

Ihre Worte versetzen mir einen Stich. Zwar habe ich keine Narben am Körper, mein Inneres allerdings fühlt sich an wie eine einzige große Wunde. Doch was weiß ich schon. Auch diese Leute hier haben ihre Wunden zu tragen.

Als ich die Hand nach meinem Kleid ausstrecke, das sie immer noch festhält, schüttelt sie den Kopf. »Das ist viel zu dreckig und kaputt, um es wieder anzuziehen. Ich bring dir nachher ein neues. Wir sollten etwa die gleiche Größe haben.«

Sie deutet auf den Jungen, der immer noch auf dem Moosbett kauert und uns mit wachen Augen beobachtet. »Dein Kind? Wie alt ist er?«

»Ben ist mein Neffe«, murmele ich. »Er ist sieben.«

»Wirklich?« Sie geht vor ihm auf die Knie, lächelt ihn an. »Dann bist du genauso alt wie mein Ältester.«

Er starrt sie an, völlig unberührt von ihrem Lächeln.

»Du hast Kinder?«, frage ich erstaunt. Dabei weiß ich eigentlich, dass die Gemeinen oft recht früh heiraten – ehe die Republik ihnen einen Partner zuteilt.

»Drei.« Sie will dem Jungen über den Kopf streichen, doch er zuckt zurück.

»Sind sie hier?«

»Nein.« Das Lächeln in ihrem Gesicht verschwindet. Sie reibt sich über die Narbe, als würde sie schmerzen, dann packt sie die Lampe.

»Zieh deinen Mantel an«, sagt sie barsch. »Das Kleid bring ich dir später. Und der Junge kann sich nachher waschen. Jetzt hat Brom zum Feuer gerufen.«

Habe ich etwas Falsches gesagt? Ich will mich entschuldigen, doch sie tritt bereits vor die Tür. Also wickle ich mich in meinen Mantel und schlüpfe in die Stiefel.

»Kommst du?«, frage ich den Jungen leise. Doch er schüttelt den Kopf. Seine Augen flackern. *Bin müde.*

Das erste Mal, dass er wieder Kontakt zu mir aufnimmt – um mich abzuweisen. Ich will zu ihm gehen, will ihm über die

Haare streichen, doch er wendet sich ab und rollt sich auf dem Lager zusammen. *So müde.*

»Er ist völlig erschöpft«, sage ich zu Aylin, die ungeduldig hereinlugt.

Sie zuckt mit den Schultern. Ihr Blick wirkt für einen Augenblick ebenso besorgt wie meiner, doch ihr Ton ist betont kühl. »Er kann hierbleiben. Ich werde ihn einsperren. Aber du musst zu Brom.«

Ich nicke beklommen. Der Junge rührt sich nicht.

»Ich bin bald zurück«, flüstere ich ihm zu, ohne zu wissen, ob das stimmt. Dann trete ich hinter Aylin ins Freie. Über uns glitzern inmitten von Azurblau die ersten Sterne. Vor uns leuchten die Feuer. Drei sind es, die in einem Dreieck von etwa vier Mannslängen Abstand auf der Lichtung lodern. Keines brennt sonderlich hoch, doch die Menschen drängen sich darum, werfen in der Abenddämmerung zuckende Schatten auf den umliegenden Wald. Es sind mehr geworden, und sie lassen mich nur widerwillig durch, als ich hinter Aylin zwischen ihnen hindurchgehe.

Am dritten Feuer sitzen Brom, Lydia und Finn zusammen mit einem Dutzend anderer Menschen. Über den Flammen brät ein großes Tier am Spieß. Der Fleischgeruch lässt meinen Magen knurren.

Brom signalisiert dem Mann neben sich, Platz für mich zu machen, und der Mann leistet der Bitte mit mürrischer Miene Folge. Ich stolpere, stocke. Aylin schiebt mich forsch in die Lücke hinein. Ich falle eher auf die Knie, als dass ich mich setze. Die Menschen um mich herum, ihre Gerüche, ihr Wispern, ihre warmen Körper. Sie sind viel zu nah, viel zu viele, und dann noch die Hitze des Feuers. Ich keuche. Meine Kehle ist plötzlich viel zu eng, um genug Luft zu bekommen.

»Ganz ruhig«, murmelt Brom neben mir. Sein Raufboldgesicht verzieht sich zu einer Grimasse, vielleicht ein Grinsen. »Iss erstmal einen Happen.« Er schiebt mir ein großes Blatt zu, auf dem ein Stück Brot und ein Stück Fleisch eigentlich viel zu appetitlich aussehen, um sie zu verschmähen. Mein Hunger ist allerdings wie fortgewischt. Mit Mühe würge ich einen Bissen hinunter.

Warum hat er mich hergebeten? Die Menschen, die mich mit finsteren Blicken mustern, scheinen sich dasselbe zu fragen. Nur Finn schaut mich nicht an. Er stochert mit nachdenklicher, beinah traurig wirkender Miene mit einem Stecken im Feuer.

Und dann knurrt jemand hinter mir: »Wo zum Teufel habt ihr die wieder aufgegabelt?«

Ich zucke so sehr zusammen, dass ich mich beinah verschlucke. Mir wird übel. Ich muss mich nicht umdrehen, um den Sprecher zu erkennen. Colin. Doch Brom dreht sich um, und zögernd folge ich seiner Bewegung.

Colin stützt sich auf eine Astgabel, die ihm als Krücke dient. Sein Gesicht ist immer noch voller Schrammen von dem Sturz in die Schlucht, und darin blitzen seine Augen schwarz wie zwei Kohlen.

»Warum nimmt die Bürgerschlampe uns den Platz am Feuer weg?«, knurrt er. Er holt mit der Krücke aus und sticht damit in meine Richtung. Obwohl ich zurückfahre, hätte er mich wohl erwischt, aber Brom packt den Stock und hält ihn fest.

»Cianna Agadei wird vorerst als Gast behandelt«, sagt er kühl.

»Das kannst du nicht ernst meinen!«, ruft Colin. »Sie gehört zu unseren Feinden. Außerdem hat sie mich in die Schlucht gestoßen. Sie wollte mich umbringen!«

Ich ziehe den Kopf ein. Alle Gespräche um uns verstummen. Selbst der Wald scheint den Atem anzuhalten.

Brom mustert erst Colin, dann mich. Seine Augen sind hart und blank wie zwei Kupferlinge. »Stimmt das? Wolltest du ihn umbringen?«

Er war es doch, der mich umbringen wollte. Ich schlucke,

dann schüttle ich den Kopf. »Nein«, sage ich. »Ich wollte nur fliehen.«

»Aber du hast ihn in die Schlucht gestoßen?«, fragt Brom. Ich zögere. Der Junge hat Colin in die Schlucht gestoßen. Vielleicht erinnert sich Colin nicht, oder er schämt sich, dass ihn ein Kind niedergezwungen hat. Von mir wird jedenfalls niemand die Wahrheit erfahren. Also nicke ich. »Ja.«

Brom seufzt. Für einen Augenblick schaut er ins Feuer. Als er wieder aufblickt, malen die Flammen zuckende Schatten auf ihm, lassen seinen Körper noch bulliger, seine Züge noch härter erscheinen.

»Du hast ein wertvolles Mitglied unserer Gemeinschaft verletzt«, sagt er. Die sorgsam gewählten Worte passen nicht zu seinem groben Gesicht. »Dafür wirst du Wiedergutmachung leisten. Du wirst Colin bei all seinen Arbeiten zur Hand gehen, bis er die Krücke nicht mehr braucht.«

Nicht das. Nicht ihm! Ich will widersprechen, doch Broms Blick gebietet mir, zu schweigen.

Auch Colin sieht alles andere als glücklich aus.

»Was soll ich mit der! Die kann wahrscheinlich nicht mal ein Feuer anzünden.«

»Dann zeig es ihr«, sagt Brom. »Und benimm dich anständig. Wenn du sie misshandelst, erfahre ich das.«

»Aber was soll die Bürgerin überhaupt hier?«, fragt ein anderer Mann. »Ihre Leute werden uns jagen, um sie wiederzukriegen.«

»Sie jagen uns sowieso.« Brom springt auf die Füße. »Vertraut ihr mir?«, ruft er. Sein Blick wandert prüfend über alle Gesichter am Feuer und die dahinter. »*Boireannach agus fir.* Ihr tapferen Frauen und Männer – wollt ihr mich weiter als euren Anführer?«

Erst werden einzelne Rufe laut, dann immer mehr. »Ja!«, rufen sie. »*Tha!*«, »*Gu dearbh!*«, und dann heben sie ihre Fäuste und intonieren seinen Namen. »Brom! Brom! Brom!«

Ich erschauere.

»Dann lasst die Frau meine Sorge sein«, ruft er. »Und hört mir bei Wichtigerem zu.« Er hebt nun ebenfalls die Faust. Der Lärm verebbt.

»Gestern war ein guter Tag. Wir haben erreicht, was wir wollten. Wir haben fast fünfzig Gefangene befreit, darunter vor allem Frauen und Kinder. Die Hälfte von ihnen ist vorhin hier eingetroffen – wohlauf und dankbar, den Fängen der Republik entkommen zu sein. Die anderen werden von unseren *Geárds* an den Waldrand eskortiert, wo andere Rebellengruppen sie aufnehmen.

Wir haben es geschafft! Wir haben Schrecken unter den Soldaten gesät. Wir haben ihnen und der Welt gezeigt, dass sie angreifbar sind. Selbst in ihrer eigenen Festung sind sie nicht sicher vor uns! Außerdem …«, er hebt die Hände nach oben, in einer fast andächtigen Geste, »- müssen wir dem Deamhain danken. So unglaublich es klingt, er selbst hat in den Kampf eingegriffen. Unsere Leute berichten von Waldgeistern und Wurzelsträngen, die Soldaten überwältigten, von Kletterpflanzen, die die Mauern hochrankten und ihnen so halfen, zu fliehen.«

Die Rebellen lachen und raunen mit aufgerissenen Augen. Ich ziehe den Kopf ein. Mein Herz hämmert in der Brust. *Das war nicht der Wald,* will ich rufen, *das war mein Kind, das euch gerettet hat!* Doch ich schweige.

Und Brom stoppt den aufkommenden Jubel mit einer Handbewegung. Seine Miene wird finster.

»Gestern war aber auch ein schrecklicher Tag. *Daingit!* Wir haben einen hohen Preis bezahlt. Einen zu hohen. Fünfzehn unserer besten Männer und Frauen sind tot. Drei haben sie gefangen genommen, darunter unseren Heiler Ruan. Außerdem sind wir gescheitert. Acht verschollene *Draoidhs* wollten wir befreien. Kein einziger ist jetzt hier.«

»Weil sie alle tot sind!« Finn springt auf. Sein Gesicht glüht vor Wut. Seine Locken lodern wie Flammen, und Funken tanzen auf seinen Fäusten. »Wir haben ihre Leichen im Festungskeller gefunden. Gefoltert, geschunden und danach in einen leeren, dunklen Korridor geworfen wie Müll.«

Ein Stöhnen geht durch die Reihen.

»Mein Ulek«, schluchzt eine Frau auf, und dann kreischt sie: »Schlimmer als Tiere sind sie. Schlimmer als Tiere! Verdammt mögen sie sein.«

Andere stimmen mit ein. Ich halte den Kopf gesenkt, während ihre Rufe wie ein Gewitter über mir toben.

Gefoltert, geschunden. In meinem Kopf dröhnt es. Ich muss würgen. Warum sollten die Soldaten so etwas Schreckliches tun? Ich will es nicht glauben, ich kann es nicht. Doch dann denke ich an Finns Worte, damals in meinem Garten – in einer anderen Welt. *Ich suche meinen Bruder. Er wurde in die Waldbastion verschleppt.*

Ich reiße den Kopf hoch. Finn erwidert meinen Blick, als hätte er mich die ganze Zeit angesehen. Wut und Trauer brennen in seinen Augen. Mit dem Fellumhang um den Schultern und den Bartstoppeln ist er mir fremd, doch mit all den Gefühlen im Gesicht gleichzeitig wieder vertrauter als in den letzten Tagen – weniger wie der Rebell und mehr wie der jungenhafte Brenner, den ich einst zu kennen glaubte. Ich atme tief durch und halte seinen Blick aus. Ich kann nicht mehr davonlaufen.

Als die Schreie endlich verebben, erklingt das feine Klimpern der Laute. Der Barde wandelt zwischen den Menschen hindurch, mit halb geschlossenen Augen, als würde er schlafen. Seine Miene ist traurig, seine Lippen beben in unterdrücktem Schmerz. Alles Weinen und Wispern verstummt. Sie machen ihm Platz, und er findet seinen Weg zwischen den Feuern zu uns.

Seine Finger gleiten leichthändig über die Saiten. Töne perlen durch die rauchige Kühle der Nachtluft, reihen sich zu einer wehmütigen Melodie. Über uns rauschen die Blätter unter einem jähen Windstoß, als stimmten die Bäume in die Musik mit ein. Die Feuer malen zuckende Schatten im Takt.

»*Gur duilich leam mar tha mi*«, beginnt Barnabas zu singen. Eine Träne rinnt über seine Wange. »*'Smo chridhe'n sàs aig bròn.*«

Noch nie habe ich eine solch ergreifende Musik gehört. Und obwohl ich die alte Sprache der Provinzen nicht verstehe, zerreißt der Schmerz seines Liedes mir das Herz. Jäh verschleiern Tränen meinen Blick, und die Welt tritt hinter der Melodie zurück. Töne perlen um mich wie ein Sternenregen, der zwischen den Bäumen herabfällt und sich am Boden zu wunderbaren Blüten öffnet, als wäre ich an einem ganz anderen, ganz und gar zauberhaften und wehmütigen Ort, einem Land, das ich nie vorher betreten habe.

»*Bhon an uair a dh'fhàg mi.*«

Andere Stimmen fallen mit ein, zögerlich erst, durchsetzt von Schluchzern und Räuspern, dann kraftvoll und klar. Sie greifen die Melodie der Laute auf, und die Musik gewinnt noch an Fülle. Der Gesang wogt hinauf in die Dunkelheit unter den Bäumen und darüber hinweg, zu den kalten Sternen und direkt in mein Herz. So viel Traurigkeit. Sie zieht mich durch unsichtbare Pforten in das fremde Land hinein. »*Beanntan àrd a'cheò. Gleanntannan a'mhànrain.*«

Vor meinem inneren Auge steigen Bilder empor.

Ruan, wie er zu Boden fällt. Dann ein alter Mann mit einem Bolzen in der Brust. Der greise Gelehrte Zenon mit dem blutroten Haar. Eine Mutter, die über ihrem Kind zusammenbricht. Aufgerissene Münder, Schmerz und Blut überall.

Nie wieder wollte ich sie sehen. Ich kralle die Hände in die Falten meines Mantels, zugleich reiße ich die Augen wieder auf, starre krampfhaft in die Gesichter der Lebenden. Ich will die Ohren vor der Melodie verschließen, doch sie webt weiter ihr trauriges, machtvolles Gespinst um mich. Die Toten am Hinrichtungsplatz verschwinden nicht, im Gegenteil, es scheint mir, als wären es hinter dem Schleier meiner Tränen die gleichen Menschen, die sterben und singen, ein unendlicher Strudel des Leids, der mich verschlingen will. Ich keuche auf.

»Komm.« Eine Stimme durchbricht den Gesang. Hände legen sich von hinten auf meine Schultern und halten mich fest, zwei Rettungsanker für mein bebendes Herz. »Komm.«

Es ist Finn. Ich bemerke kaum, wie er mit dem Anführer redet, und dann führt er mich hinaus aus der Menge, fort von Feuerrauch und Gesang.

Äste knacken in der Dunkelheit, die Bäume stehen still. Unter dem Blätterdach ist die Luft kühl. Das Lied verebbt zu einem auf- und abschwellenden dumpfen Klang, immer noch anrührend, doch nicht mehr so überwältigend.

Eine Feuerkugel von Finn schwebt vor uns in die Höhe, ihr sanftes Glimmen reicht gerade aus, um den nächsten Schritt zu erhellen.

»Tief durchatmen«, sagt er, und dann spüre ich die kühle, klare Nachtluft in meiner Lunge, und mein Herz schlägt endlich ruhiger.

Wir setzen uns auf einen gefällten Baumstamm. Ein Zweig streift meine Schulter wie eine Liebkosung. Finns Honigduft steigt mir in die Nase, und ich atme wieder flacher.

Ich sage nichts, und auch er bleibt stumm. Zuerst bin ich froh darüber, doch nach einer Weile klingt das Schweigen plötzlich lauter in meinen Ohren als Reden. Und so bin zu meiner eigenen Überraschung ich es, die es bricht.

»Wovon handelt das Lied?«

»*An Eala Bhàn*«, murmelt er. »Von Abschied. Es ist eine der größten und schönsten Balladen von Irelin. Kennst du sie nicht?«

Ich schüttle den Kopf.

»Das Volk von Irelin hat unzählige Lieder«, sagt er leise. »Für Freude und Schmerz, für Trauer und für Wut.«

»Bürger singen nicht«, erwidere ich. »Nur das Herz singt, der Verstand denkt. Und der Verstand ist dem Herzen vorzuziehen.«

Mutter sagt das stets. Sie mag keine Lieder, sie hält sie für gefährlich, und ich glaube, sie hat recht. Noch nie habe ich so eine machtvolle Wirkung von Musik gespürt wie eben.

Wie als Bestätigung stimmen die Rebellen in der Ferne ein neues Lied an, das lebhafter klingt als das erste, beinah zornig.

»Hab keine Angst«, murmelt Finn. »Niemand hier wird dir etwas tun. Brom hat das Gastrecht für dich ausgesprochen, das heißt, du bist unantastbar.«

Unantastbar. Ich fröstele, spüre wieder Colins Finger auf meiner Kehle. Obwohl Finn nichts davon wissen kann, scheint er erneut meine Gedanken zu lesen.

»Colin ist kein angenehmer Kerl«, sagt er. »Er wird dich anmaulen und herumscheuchen, aber mehr auch nicht. Dafür hat er zu viel Angst vor Brom.«

»Vor deinem Onkel«, flüstere ich.

Er nickt.

Ich stelle die Frage, die mich schon seit gestern umtreibt. »Finn, war in der Bastion wirklich dein Bruder?«

Er wendet sich mir zu. Seine Augen glimmen im Schein der Leuchtkugel, als glühte ein Feuer in ihnen. »Nein. Aber jeder von den Toten hätte mein Bruder sein können. *Ich* hätte dort sterben können.«

»Aber du bist es nicht«, sage ich. »Und du hast mich belogen.«

»Ja«, gibt er zu, und in diesem einen Wort klingt so viel Reue mit, dass mein Herz weich werden will. Weil er der Einzige ist, dessen Gesicht mir hier vertraut ist, der sich anbietet als Strohhalm, an den ich mich klammern könnte. Doch Strohhalme knicken beim kleinsten Windstoß und faulen im Winter.

»Was wolltest du wirklich im Arbeitszimmer meiner Mutter?«, flüstere ich.

Er zögert. Und ich weiß mit plötzlichem Schmerz, dass er mir auch dieses Mal nicht die volle Wahrheit sagen wird.

»Unter anderem das, was ich dir sagte«, murmelt er. »Ich wollte herausfinden, was mit den Männern und Frauen geschah, die verschleppt wurden. Die alle mit der Anschuldigung, Rebellen zu sein, einfach verschwanden. In den Unterlagen deiner Mutter las ich, dass sie von Cullahill tatsächlich zur Waldbastion gebracht wurden.«

»Aber warum?«, flüstere ich.

»Wir sind noch nicht sicher«, antwortet er. »Ich weiß nur eines. Sie alle waren *Draoidhs*. Begabte.«

»Was meinst du damit?«

»Etwas, das nicht sein darf.« Er schnaubt. »Zumindest nicht in den Augen der Republik. Niedere Gemeine nämlich, die über den Trieb verfügen. Die Brenner oder Heiler sein könnten, wenn sie jemals eine Ausbildung erhielten. Doch das tun sie nicht. Weil es sie offiziell gar nicht gibt.«

»Du bist auch ein *Draoidh*.«

Trotz des Dunkels sehe ich, wie er nickt, eine ruckartige, wütende Bewegung. »Auch Ruan war einer. Viele von uns schließen sich den Rebellen an.«

»Aber warum?«

Finn zögert. Doch dann scheint er einen Entschluss zu fassen. Er wendet sich mir nun voll und ganz zu.

»Weil uns die Republik schon unrecht tut, bevor wir überhaupt geboren werden«, sagt er. »Kennst du das Recht der ersten Nacht?«

Bevor ich den Kopf schütteln kann, redet er weiter. »Du weißt, dass jedem gesunden Gemeinen ein Ehepartner zugewiesen wird, wenn er fünfundzwanzig ist. Doch die meisten finden vorher selbst jemanden, mit dem sie zusammen sein wollen. Unser Volk heiratet früh – denn keiner von uns will einen Angetrauten vom Staat. Allerdings müssen die, die sich selbst gefunden haben, ihre Ehe bei ihrem Gutsherrn beantragen, der wiederum die Genehmigung beim Ipall einholt. Die Gutsherren lassen sich diesen Amtsgang oft bezahlen. Allerdings nicht mit Geld. *Daingead!*« Seine Feuerkugel flammt auf, ehe sie wieder zu ruhigem Glimmen herabsinkt. »Sie nehmen sich das Recht heraus, die erste Nacht nach der Hochzeit mit der Braut zu verbringen.«

Ich schrecke zusammen. Ich will etwas sagen, doch ich bringe keinen Ton heraus. In Gedanken sehe ich die höflich lächelnden Mienen all jener Gutsherren vor mir, die so oft mit ihren Frauen bei uns zu Gast waren.

»Aber das tun doch nicht alle, oder?«, flüstere ich.

Er zuckt mit den Schultern. »Spielt das eine Rolle?«

Ich senke den Kopf. Der Wald hinter uns raschelt und seufzt wie ein Mensch, das Lied der Rebellen ist verstummt.

»Mein Ziehvater hat mich nie gemocht«, sagt Finn in die Stille. Als ich zu ihm hinüberblicke, hält er den Kopf gesenkt, seine Miene wirkt traurig und seltsam zerbrechlich. »Er hatte immer den Verdacht, dass ich nicht von ihm war. Mein Haar war einfach zu hell. Als sich dann mit zwölf das erste Mal meine Begabung zeigte, warf er mich hinaus.«

»Wie schrecklich«, murmele ich. Ich will die Hand ausstrecken und ihm die dunkelblonden Locken aus der Stirn wischen, will allen Gram aus seiner Miene streichen. Gerade noch rechtzeitig zucke ich wieder zurück.

»Und dann?«

Er hebt die Schultern. »Ich trieb mich herum, bis mich die Ordner aufgabelten. Sie brachten mich in eine ihrer Einrichtungen für Waisenkinder. Die ich vor Wut direkt in Brand setzte.« Er grollt. »Sie hätten mich ins Gefängnis gesteckt. Zum Glück kam der Bruder meiner Mutter und bestach sie, sodass sie mich mit ihm gehen ließen.«

»Brom.«

»Ja. Er gab mich zu einem anderen *Draoidh* in die Lehre. Einem Holzfäller. Der zeigte mir unter anderem, wie ich den Feuertrieb in den Griff bekomme.«

»Das heißt, du bist auch ein Holzfäller?«

»Ja.« Er lacht leise auf. Dann sucht er meinen Blick, und in seinen Augen funkelt das Feuer. »Kein angesehener Brennermeister aus der Hauptstadt. Enttäuscht dich das?«

»Darum geht es nicht«, flüstere ich. »Du bist vor allem ein Rebell. Ihr wollt alles vernichten, was die Republik aufgebaut hat. Ordnung und Wohlstand und Sicherheit.«

Er schüttelt den Kopf, und das Funkeln verschwindet, macht einer wütenden Härte Platz. »Wir nennen uns *Geárds. Bewacher und Beschützer.* Wir haben den Eid des Widders geschworen. Er ist das Symbol einer Zeit, in der Irelin noch frei war. In der wir alle Widder waren, unsere eigenen Herren, und keine Herde von Schafen, die vom Hirten zur Schlachtung und Scherung getrieben wird. Wir Ireliner wollten niemals zur Republik gehören«, stößt er aus. »Vor zweihundert Jahren bestand unser Land noch aus freien Dörfern mit selbst gewählten Führern, bis gierige Männer in Athos beschlossen, uns auch noch ihrem Staat einzuverleiben. Sie schickten ihre Armee, bestachen ein paar Verräter mit dem Bürgertitel, und als wir erobert waren, schickten sie ihre Blondschöpfe, um uns niederzuhalten und uns ihre ungerechten Gesetze aufzuzwingen. Die uns verbieten, zu singen, unsere eigene alte Sprache zu gebrauchen und an die alten Geschichten zu glauben. Die uns Steuern aufbürden, die ganze Familien in den Hungertod treiben.« Er atmet tief ein, und die Härte in seinem Gesicht macht Entschlossenheit Platz. »Wir wollen endlich Gerechtigkeit. Und dafür müssen wir unser Volk von den Ketten aus Athos befreien.«

»Und wen befreit ihr, indem ihr Unschuldige in die Luft sprengt?«, stoße ich aus.

Für einen Augenblick ist er still.

»Das mit deiner Schwester tut mir leid«, murmelt er dann. »Ich weiß nicht, zu welcher fanatischen Gruppe sie gehörte. Das, was sie getan hat, ist nicht entschuldbar. Und etwas ganz anderes als das, was wir hier tun.«

Mein Herz tut einen einzelnen, harten Schlag. Ich springe auf. Meine Schwester. Ausgerechnet. Sie war niemals eine Rebellin. Und alles, was ich wusste und glaubte und hasste, stimmt nicht mehr.

»Ich bin müde«, sage ich. »Bring mich zur Hütte zurück.«

Eva

Ich wache auf, als jemand die Vorhänge vor den Fenstern zur Seite reißt.
»Aufstehen, Hauptmann!« Quinn lächelt mich an.
Ich fahre in die Höhe, und ehe ich es bereuen kann, merke ich, dass mein Kopf gar nicht mehr schmerzt.
»Schön, dich zu sehen«, sage ich.
Sie nickt. »Ich bin auch froh, dass du lebst, Hauptmann. Der Kommandant schickt mich. Er hat im Stabshaus eine Besprechung einberaumt.«
Die Beine aus dem Bett schwingen. Aufrichten, stehen. Das fühlt sich gut an. Heilermeister Horan hat gestern Abend ganze Arbeit an mir geleistet, den Rest hat mein eigener Heiltrieb erledigt.
Quinn reicht mir Hosen, Uniformjacke und meine Stiefel.
Ich schaue mich noch einmal um. Mein Notizbuch liegt auf dem Tisch. Gut, dass ich nur verschlüsselte Einträge geschrieben habe. Ich stecke es ein. Keine Spur von meinen Waffen. Wahrscheinlich hat Luka sie noch.
Ich habe ja gesagt, als er gestern noch einmal kurz vorbeikam. Natürlich habe ich das. Die Spannung in der Luft zwischen uns war so dick, dass es jetzt noch in meinem Bauch kribbelt. Wäre der Heilermeister nicht eine Minute später hereingekommen, wer weiß … Jedenfalls bin ich jetzt eine frisch rekrutierte Agentin. Doppelagentin. Eine bessere Chance, mitzubekommen, was die Abtrünnigen vorhaben, gibt es nicht. Allerdings wird es Zeit, dem Altmeister einen Lagebericht zukommen zu lassen. Er soll mich auf keinen Fall für eine weitere Verräterin halten.

Hinter Quinn trete ich ins Freie und schnappe nach Luft. Sonnenstrahlen blitzen in der monströsen Ruine aus Scherben und wuchernden Pflanzen. Das Glashaus gibt es nicht mehr. Ein Dutzend Soldaten sind mit dem Aufräumen der riesigen Splitter beschäftigt, doch sonderlich weit sind sie noch nicht. Wurzeln und Gras überwuchern den Vorplatz. Die Pflastersteine sind aufgewölbt und zersprungen.

Magie. Die Haare auf meinen Armen stellen sich auf.

»Pass auf, wo du hintrittst«, warnt mich Quinn unnötigerweise.

Die Bastion liegt im Sonnenlicht wie ein längst abgetakeltes Schiff. Moos wächst an den Wänden empor, die verfallenen Gebäude haben ihren Zenit längst überschritten. Alles wie immer. Doch es muss größere Schäden geben. Zwanzig Mann marschieren an uns vorbei, mit Spitzhacken und Äxten bewaffnet, einen schweren Karren im Schlepptau. Ein weiterer Aufräumtrupp? Ich kenne ihre Gesichter nicht.

»Wo kommen die her?«, frage ich.

»Die Verstärkung aus Mornerey«, sagt Quinn. »Hundertfünfzig Mann sind noch hier.«

Während wir weitergehen, berichtet sie mir detailreich von den gestrigen Ereignissen, vom Umfang der Schäden und den Renovierungsmaßnahmen. Nur, was den Angriff auf das Gefängnis angeht, bleibt sie wortkarg. Ihre Miene ist blass, als sie Hauptmann Riks Tod und die Flucht der Gefangenen erwähnt.

Ich habe sie alleingelassen. Mein schlechtes Gewissen sticht mich, und ich hake nicht weiter nach.

Vor der Tür des Stabshauses schaut sie mich mit einem wehmütigen Lächeln an. »Du wirst nicht zur Gefangenenwache zurückkehren, habe ich recht?«

»Wahrscheinlich nicht.«

»Dann war es mir eine Ehre, unter dir zu dienen, Hauptmann Effie.« Sie salutiert, und dann marschiert sie davon, eine untersetzte, große Frau, das Haupt leicht gebeugt, doch den Rücken gerade.

Ich stoße zur Besprechungsrunde beim Kommandanten, der sie nur kurz unterbricht, um sich nach meinem Befinden zu erkundigen. Luka ist da, und sein verschwörerisches Lächeln jagt mir einen Schauer über den Rücken.

Wie immer, wenn viele Hauptmänner an einem Tisch sitzen, verlaufen die Gespräche schleppend und langatmig. Drei der Leute am Tisch kenne ich nicht. Hauptleute aus Mornerey.

»Sie bleiben noch zwei Wochen, um uns zu unterstützen«, berichtet der Kommandant. Er wirkt wie immer übernächtigt, doch die Ereignisse haben ihn offenbar mit neuer Tatkraft erfüllt – er sieht zehn Jahre jünger aus. »Mein Antrag bei der Division läuft, dass sie uns dauerhaft verstärken. Ipallin Agadei hat sich außerdem bereit erklärt, fünfzehn Handwerker und Holzfäller aus ihrem Bezirk zur Verfügung zu stellen. Wir müssen uns rüsten. Jederzeit kann es zu weiteren Angriffen kommen. Außerdem müssen wir noch ein paar Aufgaben neu verteilen. Da Hauptmann Rik und drei weitere Soldaten der Gefangenenwache bei dem Angriff gefallen sind, muss die Gefängnisaufsicht neu bemannt werden.« Er seufzt. »Ich übertrage die alleinige Aufsicht über das Bastionsgefängnis an Hauptmann Jiko.«

Und was ist mit mir? Aus den Blicken der anderen Hauptleute lese ich dieselbe Frage.

»Hauptmann Effie.« Der Kommandant wendet sich jetzt mir zu. »Deine Verdienste an der Front der Verteidigung zeigen, dass du für andere Aufgaben besser einsetzbar bist. Ich übertrage dir als rechte Hand neben Hauptmann Alek die Aufsicht über die Expeditionstruppen, um die Jäger bei der Verfolgung der Rebellen zu unterstützen.«

Die Expeditionstruppen. Ein anerkennendes Raunen geht durch die Reihen der alteingesessenen Hauptleute. Hauptmann Alek, ein graubärtiger Mann mit der Drahtigkeit eines Jagdhunds, nickt mir zu. Offensichtlich weiß er bereits Bescheid.

Eines ist klar: Ich habe den Posten bekommen, weil Luka mich dort haben will. Gut zu wissen, dass er so einen großen Einfluss auf den Kommandanten hat. Ich danke lächelnd, und dann ist die Sitzung auch fast schon zu Ende.

»Hauptmann Luka, Hauptmann Alek, Hauptmann Effie, bleibt noch kurz hier«, hält uns der Kommandant zurück.

»Hauptmann Alek wird dich einweisen und den Truppen vorstellen«, sagt er zu mir. »Hast du noch irgendwelche Fragen oder Wünsche?«

Ich wende mich an Alek, dessen wache graue Augen mich neugierig mustern. »Ich möchte Soldatin Quinn als Adjutantin mitnehmen.«

Er hebt überrascht die Augenbrauen, doch als der Kommandant nickt, nickt auch er, wenn auch zögerlich. »Sonst noch etwas?«

Ich schüttle den Kopf.

»Gut.« Der Kommandant zieht mit Verschwörermiene die Tür des Besprechungszimmers zu. »Da gibt es noch eine etwas delikatere Sache. Ich habe Nachricht von Ipallin Agadei. Es geht um ihre Tochter.«

Für einen Augenblick bleibt mir fast das Herz stehen. Doch natürlich meint er nicht mich.

»Cianna Agadei«, fährt er fort. »Alle Aussagen bestätigen, dass es tatsächlich sie war, die hier vor den Mauern auftauchte.«

»Zum Donner!«, flucht Luka.

Eine furchtbare Ahnung steigt in mir hoch.

»Ist sie nicht zurückgekehrt?«, frage ich. »Ich hatte den Händler gebeten, sie mitzunehmen.«

Der Kommandant nickt. »Bevor Christoph und sie die Bastion verlassen konnten, wurden sie von den Rebellen aufgegriffen. Christoph berichtet, dass es Streitereien zwischen den

Rebellen und Cianna gab. Vielleicht war das auch Tarnung. Sie schlugen ihn bewusstlos, und als er aufwachte, war Cianna fort. Außerdem«, fügt er stirnrunzelnd hinzu, »war da noch ein Kind.«

Luka nickt grimmig. Mir wird kalt.

»Ich traf sie beide vor dem Glashaus«, sagt er knapp. »Diese Frau gehört ganz offensichtlich zu den Rebellen.«

»Eine Bürgerin, die gegen die Republik kämpft?«, knurrt Hauptmann Alek. »Das ist ja unerhört.«

»Und darf niemals bekannt werden«, sagt der Kommandant. »Die Ipallin sieht das genauso. Bisher konnte sie das Verschwinden ihrer Tochter geheim halten. Sie bittet darum, Cianna, wenn möglich, unversehrt einzufangen und unauffällig zu ihr zurückzubringen. Sie hat sogar eine Sklavin geschickt, die die Expedition begleiten soll, um ihrer Tochter nach dem Auffinden Beistand zu leisten.«

Hauptmann Alek schüttelt den Kopf. »Wir können keine Sklavin bei einem Militäreinsatz mitnehmen. Sie wäre nicht nur eine Belastung, sondern eine Gefährdung.«

Der Kommandant nickt. »Das sehe ich genauso. Ich schicke die Sklavin zurück. Aber denkt daran: keine Gewalt gegenüber der Bürgerin. Die politischen Folgen könnten verheerend sein. Bringt das verwirrte Ding wohlbehalten her, und dann werden wir sehen, ob die Ipallin oder das Kriegsgericht in Mornerey entscheidet, was mit ihr geschieht. Was euren Einsatz morgen betrifft ...«

Mich kostet es alle Kraft, mit unbewegter Miene stehen zu bleiben, während er weiterredet. Wut brodelt in mir wie in einem Dampfkessel. Eine Rebellin! Dieses kleine Biest. Sie hat mich ausgetrickst. Und dann steckt sie auch noch mit dem Alben unter einer Decke. Ich muss sie aufhalten, bevor sie alles ruiniert.

Als ich hinter den beiden Hauptmännern ins Freie trete, bin ich immer noch dermaßen wütend, dass ich mit den Zähnen knirsche. Luka bemerkt meine Anspannung und blinzelt mir zu.

»Hauptmann Effie, komm doch nach deinem Termin mit Hauptmann Alek noch zu den Laboren«, sagt er. Wie zufällig streift sein Arm den meinen. »Ich möchte dir die Jägermannschaft vorstellen, bevor es morgen losgeht.«

»Natürlich.« Ich zwinge mich, sein Lächeln zu erwidern, dann eile ich hinter Alek her, der bereits mit grimmiger Miene über den Hof trabt.

Hauptmann Alek macht keine unnötigen Worte, und das macht ihn mir direkt sympathisch. Er führt mich zum Materiallager. »Unsere Soldaten sind heute größtenteils den Aufräumtrupps zugeteilt«, informiert er mich. »Du wirst sie also erst beim Aufbruch kennenlernen. Im Morgengrauen geht es los. Möglichst früh, um den Tag voll auszunutzen. Nachts ist der Wald zu gefährlich, um zu marschieren.«

Na und? Meine Hände kribbeln vor Anspannung. Meine Gedanken kreisen immer noch um Cianna. Unsere verkorksten Reste einer Familie. Statt Wut hat sich eine dumpfe Aggressivität in mir breitgemacht. Eine gefährliche Stimmung, die ich nur loswerde, wenn ich renne. Oder trinke. Oder irgendetwas Riskantes tue.

Alek stößt die Tür zum Materiallager auf. Die Soldatin hinter dem Tresen springt auf und salutiert. Statt sich an sie zu wenden, mustert Alek mich.

»Hast du noch einen besseren Mantel?«

Ich schüttle den Kopf und bemühe mich, keine Grimasse zu ziehen. *Den hat das Miststück von kleiner Schwester.*

»Dann brauchen wir die volle Ausstattung«, sagt er zur Soldatin. »Schlafsack, Hängematte, einen wasserdichten Filzmantel, Schild, Stiefel, Plane, Machete, Geschirr.«

Während die Soldatin dienstfertig nickt und dann in den Katakomben der Regalreihen verschwindet, marschiert Alek ruhelos auf und ab. »Eine gute Ausrüstung ist das Wichtigste.

Wir tragen die meisten Sachen selbst. Nur für Proviant und Wasser haben wir Maultiere. Pferde kommen im Gelände draußen nicht zurecht.« Er bleibt direkt vor mir stehen. Seine Augen sind grau wie Stahl. »Für den Todesmarsch, der uns bevorsteht, würde ich niemals unerfahrene Soldaten mitnehmen. Und erst recht keinen Hauptmann, der mit dem Gelände nicht vertraut ist. Doch der Kommandant wird seine Gründe haben. Allerdings kann ich dich nicht schonen. Du marschierst mit uns, du bleibst wachsam, und du lernst.«

»Ich war im Nordkrieg wochenlang auf unwegsamem Feindesland unterwegs«, blaffe ich. »Mit nichts als dem, was in meinen Rucksack passte. Ich brauche keine Sonderbehandlung.«

Er nickt. »Das werden wir sehen.«

Als die Soldatin die Ausrüstung bringt, prüft er die Gegenstände sorgfältig und schickt sie zweimal zurück, ehe er zufrieden ist. Währenddessen wirft er mir im Stakkato eine knappe Information nach der anderen zu. Zwischenfragen quittiert er mit abwehrendem Räuspern, sodass ich den Mund halte. Das ist mir auch lieber so.

»Die Jäger haben Späher draußen«, sagt er. »Sie sind in Zweiertrupps unterwegs und den Rebellen gefolgt. Damit wir uns an sie anhängen können, hinterlassen sie Duftmarkierungen für die Hunde. Das Einzige, was in diesem Wald länger überdauert, sind Gerüche. Rindenmarkierungen, Steinhaufen, Fußspuren – das lässt der Wald innerhalb eines Tages verschwinden. Die Späher und unsere Hunde sind unsere Augen und Ohren da draußen. Auf sie zu hören ist überlebenswichtig.« Er starrt mich an. »Du kannst deinen Sinnen im Wald nie vollständig trauen. Schlaf immer in der Hängematte, wegen der Schlangen und Ameisen. Trink nicht aus den Bächen, iss keine Früchte, balanciere nicht über Baumstämme. Nimm keine Abkürzungen, sondern bleib auf dem Pfad.« Er seufzt. »Ich weiß nicht, wie du auf Quinn kamst. Sie wird nicht begeistert sein, wieder in den Wald zu müssen. Aber sie ist eine gute Wahl. Halte dich an sie.«

*

Zwei Stunden später mache ich mich vom Hauptmannsquartier neben den Kantinen auf den Weg zu den Gebäuden der Jäger. Wenige Soldaten sind unterwegs. Die Sonne scheint, doch meine Stimmung ist immer noch gedrückt. Mein Kopf brummt, als kämen die Schmerzen zurück. All das Gerede über den Wald. Ich kann ihn fast spüren, wie er mit schweren, dunklen Blättern gegen die Mauern der Bastion drückt, wie Wurzeln unter den Pflastersteinen darauf lauern, dass sie uns den Garaus machen können. *Komm du nur.* Ich balle die Fäuste.

»Warum so ernst?«

»Luka«, stoße ich aus. Lautlos ist er aus einer der Seitengassen aufgetaucht. Ich habe mich nicht direkt vor ihm erschreckt. Es erschreckt mich eher, wie wenig ich meine Umgebung im Blick hatte.

»Hab ich dich erwischt«, sagt er. »Machst du dir Sorgen wegen der neuen Verantwortung? So kenne ich dich gar nicht.«

Sein unverschämt breites Grinsen lenkt meine Angriffslust in die richtige Richtung. »Du meinst, du kennst mich?«

»Nicht so gut, wie ich will.«

»Und mich soll interessieren, was du willst?«

»Natürlich!« In gespielter Empörung funkelt er mich an. »Ich bin dein Vorgesetzter in geheimer Mission. Folge mir, Rekrutin. Das ist ein Befehl.«

Rekrutin. Der Titel jagt mir einen Schauer über den Rücken. Doch Luka lässt mir keine Zeit für eine Erwiderung.

Er geht zurück in die Seitengasse und verfällt dort in einen raschen Trab.

»Was soll das?«, rufe ich sauer, während ich hinter ihm hereile. »Ist das irgendein blödes Jagdspiel?«

Er bleibt stehen, und im nächsten Augenblick packt er mich am Arm und zieht mich in den Schatten eines Hauseingangs.

»Kein Spiel«, murmelt er heiser, und dann presst er mich gegen die Mauer und küsst mich. Seine Lippen sind warm und fest. Ich will ihn beißen, will nach ihm treten – doch mein Mund öffnet sich wie von allein.

»Aber … eine … Jagd.« Er keucht die Worte zwischen weiteren wilden Küssen. *Zu nah.*

Japsend schiebe ich ihn von mir. *Hau ab*, sagt ein Teil von mir. Der andere weiß, das hier ist genau das, was ich jetzt brauche. »Bin ich die Beute?«

Der Hunger in seinen Augen lässt meinen Bauch vibrieren. »Nein.« Seine Finger fahren an meiner Uniformjacke herab, und dann packt er mich mit festem Griff an der Hüfte. »Du bist die Jägerin.«

Wenn er wüsste, wie recht er damit hat. Mit der Schulter schiebt er die Tür auf und dirigiert mich in eine dämmrige Eingangshalle. Sonnenstrahlen fallen durch die Spalten der zugenagelten Fenster, zerteilen das alte Gewölbe in ein leuchtendes Gitternetz.

Die Tür fällt hinter uns zu, und er drückt mich erneut gegen eine Wand. Ich schnappe nach Luft. Seine Finger sind flinke kleine Biester. Schon haben sie den Spalt zwischen meinem Hemd und der Hose entdeckt, krabbeln über meinen Bauch und tiefer.

»Du hast mich schon vor Tagen zur Strecke gebracht«, murmelt er. Und dann reißt er den Knopf an meiner Hose auf, zieht sie herunter und geht in die Knie.

Mit Nachdruck schiebt er meine Beine auseinander. Seine Finger arbeiten sich vor, unerbittlich neckend und forschend. Dann seine Lippen. Ich keuche und grabe die Hände in seinen Haarschopf. Was macht er da? Verdammt. Seine Zunge sorgt dafür, dass sich mein Verstand vollends verabschiedet.

»Komm – hoch«, japse ich und reiße an seinen Haaren. Er

fährt auf, mit einem blitzenden Grinsen in den blauen Augen, das mich noch wilder macht. Körper an Körper taste ich blindlings an seiner Hose hinab, packe zu. Luka keucht auf und reißt mit beiden Händen den störenden Stoff aus dem Weg. Er hebt mich auf einen Fenstersims. Ich umklammere ihn mit den Beinen. Hitze und Haut, nichts anderes zählt.

»Mach schon«, rufe ich, und er packt meinen Hintern und stößt in mich hinein. Staub wirbelt um uns auf, funkelt in einer Kaskade über uns in den Sonnenstrahlen. Er brüllt. Beim dritten Stoß habe ich meine Stimme wieder und schreie mit ihm, wieder und wieder, und es ist mir egal, ob uns jemand dabei hört.

Als es vorbei ist, lehnt er den Kopf an meinen.

»Bei der Republik. Das war perfekt.«

»Perfekt geplant, Hauptmann.« In meinem Bauch pulsiert die Hitze nach, lässt mich wohlig erschauern.

»Du hast mich ertappt.« Er lacht. »Aber einer musste die Sache doch in die Hand nehmen.«

»Die Sache.« Ich schiebe ihn sachte von mir, streiche ein letztes Mal beinah bedauernd über seine Schultern und den wohlgeformten Bauch unter dem aufgerissenen Hemd. »Die Sache ist die, dass das ein verbotenes Vergnügen war.«

»Ach was.« Er nimmt meine Hand und legt sie auf sein Glied, das unter der Berührung aufzuckt. »Wie kann etwas falsch sein, das so viel Spaß macht?«

»Du weißt, was ich meine.« Ich will vom Fenstersims steigen, doch er hebt mich hoch und trägt mich mühelos ein Stück in den Raum hinein.

»Ich hab noch mehr geplant«, sagt er schelmisch. »Hast du Hunger?«

Er setzt mich auf einem Tisch ab, um darunter einen Korb mit Brot und Käse hervorzuziehen. Er breitet eine Decke auf dem Boden aus und lässt sich darauf nieder, dann winkt er mir zu.

»Du hast an alles gedacht.« Ich springe vom Tisch herab. Grinsend klopft er mir den Staub vom Hintern, bevor er mich zu sich heranzieht.

»Wie viele Soldatinnen hast du hier schon flachgelegt?«

»Ein paar.« Er blinzelt. »Stört dich das?«

»Aber nein.« Ich muss lachen. Ich greife in den Korb und reiße mir ein Stück Brot ab. Keine Ahnung, wann ich zuletzt etwas gegessen habe.

Es gibt nichts Besseres als Essen und Sex, um die Stimmung zu heben – selbst, wenn es nur mit einem Kerl ist. Ich verschiebe die Gedanken an die Konsequenzen auf später. Wir schlagen uns den Bauch voll, und dann treiben wir es noch einmal.

Danach wissen wir beide, dass die Mittagspause zu Ende ist. Die Arbeit ruft. Ich schlüpfe in meine Uniform und bewundere heimlich noch einmal seine hintere Ansicht, während er sich ebenfalls anzieht. Er tritt zu mir und streicht mir ein imaginäres Staubkorn von der Wange. Seine blauen Augen leuchten, als er mich mustert, doch seine Miene ist ernst.

»Heute Abend«, sagt er. »Komm ins Glashaus. Dort werde ich dir mehr über unseren geheimen Auftrag erzählen.«

*

Es dämmert, als ich wenige Stunden später die Ruine des Glashauses betrete. Die Aufräumarbeiten sind für heute beendet, es ist ruhig. Nur die Palmen und anderen fremdartigen Gewächse rauschen im Wind, der ungehindert durch die Löcher in der Glasdecke streift. Im gemauerten Teil vor dem Kellerabgang brennt Licht. Im Schein mehrerer Petroleumlampen sitzen drei Jäger um einen Tisch, darunter Luka. Sie beugen sich über ausgebreitete Karten und diskutieren.

Lautlos trete ich aus dem Schatten. Sofort blicken sie auf. *Raubtierinstinkt.*

»Hauptmann Effie.« Lukas Miene ist sachlich. Ihm ist nichts von unserem kleinen Zwischenspiel anzumerken. »Darf ich dir zwei meiner Jäger vorstellen: Wylie und Rois.«

Wylie ist klein und bullig, mit breitem Gesicht, Knollennase und neugierigem Grinsen. Rois ist etwa so groß wie Luka und hat die gleiche athletische Figur. Seine Züge sind allerdings deutlich weicher, fast mädchenhaft, mit leicht hängenden Augenlidern, die ihm einen schläfrigen Eindruck verpassen. Der Blick darunter ist reserviert.

»Du bist die neue Rekrutin.«

»Ihr wisst darüber Bescheid?«, staune ich.

»Natürlich«, sagt Luka. Eine Spur seines üblichen Grinsens taucht auf seinem Gesicht auf, verschwindet jedoch gleich wieder. »Alle meine Jäger gehören dazu.«

»Zu *Cathedra Génea*«, spreche ich mit einem ehrlichen Hauch von Ehrfurcht den Namen aus. Wylie nickt, Rois und Luka wirken etwas peinlich berührt. Auch bei ihnen ist es nicht üblich, den Geheimdienst beim Namen zu nennen. Gut zu wissen. »Wer gehört noch dazu?«, frage ich. »Hauptmann Alek? Der Kommandant?«

Luka und Rois wechseln einen Blick. »Die beiden nicht«, sagt Luka. »Allerdings die Sammler. Alle, die hier in den Forschungsgebäuden arbeiten.«

»Alle?« Ich schnappe nach Luft. Das müssen beinah dreißig Leute sein. Eine solch hohe Agentendichte gibt es sonst nur in Andex. »Habt ihr sie hier rekrutiert, oder wurden sie von der Organisation bereits als Eingeweihte hergeschickt?«

»Du stellst viele Fragen«, stellt Rois säuerlich fest. Der Blick aus seinen schläfrigen Augen ist jetzt eindeutig misstrauisch.

»Normal für einen Rekruten.« Wylie grinst immer noch. »Einige von uns hat die Organisation letztes Jahr hergeschickt. Als hier ein paar Plätze frei wurden. Die anderen wurden von Luka hier rekrutiert. Vor allem die Hübschen sind niemals sicher vor ihm.« Er blinzelt erst mir zu, dann Rois. *Oha.*

»Halt den Mund«, schnaubt Luka, wirkt jedoch keineswegs böse. »Deine Fragen werden kurz warten müssen, Effie. Wir besprechen gerade die Route für morgen. Einer der Späher hat einen Falken zurückgeschickt, mit Nachricht von unterwegs. Anscheinend haben sich die Rebellen gestern aufgeteilt und verschiedene Wege eingeschlagen, um uns in die Irre zu führen. Es wird mühsam, ihr Lager aufzuspüren.«

Ein paar Minuten vergehen, in denen sie das Gelände und verschiedene Optionen diskutieren. Ich lausche aufmerksam, doch vor allem studiere ich ihr Verhalten. Lukas Umgang mit seinen Männern ist kumpelhaft, und sie begegnen ihm mit einem Respekt, der eher zu einem großen Bruder passt als zu einem Hauptmann. Beim Reden werfen sie sich mühelos die Bälle zu. Eine eingeschworene Mannschaft. Es wird nicht einfach, in ihre Gruppe reinzukommen.

»Das hätten wir erst mal«, sagt Luka abschließend. »Wylie, du informierst Hauptmann Alek und gehst mit ihm die Aufstellung der Vorräte durch. Rois, kümmere dich um unsere Leute. Wir brauchen außer den Brennern noch zwei Sammler in der Gruppe, am besten einen Heiler und einen Biologen. Falls das Essen unterwegs knapp wird.«

»Und was treibt ihr beide in der Zeit?« Wylie hebt lüstern die Augenbrauen.

Luka lässt sich davon nicht aus der Ruhe bringen. »Ich zeige Effie den Keller. Sie muss wissen, wofür wir das Kind brauchen.«

»Du zeigst es ihr jetzt schon?« Rois wirkt empört. »Sie soll erst einmal beweisen, dass sie das Vertrauen wert ist.«

»Das hat sie schon«, sagt Luka. »Als sie die Albin tötete.«

Rois verzieht das Gesicht. »Du meinst, Horans wichtigstes Studienobjekt.«

»Und unseren ärgsten Feind«, ergänzt Luka ruhig. »Ich will lieber nicht wissen, wie viele Menschen die Albin getötet hätte, wäre sie aus dem Keller rausgekommen.«

»Ich glaube nicht, dass ...«, will Rois erneut widersprechen, doch Luka schneidet ihm das Wort ab.

»Keine Diskussion mehr«, knurrt er. »Ihr wisst, was ihr zu tun habt.«

Er nimmt sich eine Petroleumlampe vom Tisch und winkt mir, ihm zur Kellertür zu folgen.

Ein Blick zurück zeigt mir, dass Rois die Hände in die Hüften gestemmt hat und uns finster nachblickt.

»Der kriegt sich schon wieder ein«, sagt Luka, als wir die dunklen Stufen hinabsteigen. »Er ist nur ein bisschen eifersüchtig.«

»Du meinst, du und er ...«

Er bleibt stehen, sodass ich in ihn hineinlaufe, und grinst im Schein der Lampe dermaßen wollüstig über die Schulter, dass ich auflachen muss.

»Du Tier.« Ich stoße ihn in den Rücken. »Wylie hat recht. Vor dir ist niemand sicher. Außer er offensichtlich.«

Er lacht. »Natürlich. Wylie ist mein ältester Freund. Und hässlich wie die Nacht. Außerdem habe ich im Moment eh nur Augen für dich.« Er dreht sich zu mir um. Er steht nur eine Stufe unter mir. Unsere Gesichter sind gleichauf und unsere Körper so nah, dass sie sich an viel zu vielen Stellen berühren. Ich seufze unwillkürlich auf, doch als seine Hand über meine Hüften wandert, weiche ich zurück.

»Hauptmann.« Meine Stimme klingt verräterisch heiser. »Dieses Verhalten kann ich nicht dulden.«

»Schade.« Er blinzelt mir zu. »Später vielleicht.«

Ich schüttle den Kopf, während ich hinter ihm die Treppe hinabsteige. Worauf habe ich mich da nur eingelassen?

Im Korridor verlangsamt Luka seinen Schritt, sodass wir nebeneinander gehen. »Bevor wir wieder ins Kellerlabor gehen, musst du noch ein paar organisatorische Dinge wissen«, sagt er. »Die CG gliedert sich in vier Abteilungen auf.«

Vier? Ich runzle die Stirn. Mir sind nur drei bekannt.

»Der Auftrag der ersten Abteilung ist die Verwahrung der Vergangenheit«, sagt Luka. »Die Vernichtung und Verfolgung aller Religionen erledigt die zweite Abteilung, Ausrottung der Alben die dritte. Die vierte Abteilung kümmert sich um die Erhaltung der Triebe.« Er bleibt vor der Labortür stehen und sagt stolz: »Willkommen in deinem neuen Aufgabengebiet. Willkommen in der vierten Abteilung.«

Mir wird kalt. Eine eigene Abteilung. Das muss eine Lüge sein. Diese Agenten hier sind Abtrünnige, nichts weiter. Verräter. Doch Luka, der mich so erwartungsvoll ansieht wie ein kleiner Junge, wirkt nicht, als ob er lügt. Ganz und gar nicht.

»Effie«, sagt er. »Was ist los?«

Erst jetzt merke ich, dass ich die Fäuste geballt halte.

»Es ist nichts.« Ich lasse die Hände sinken. »Nur … hier zu sein, wo diese … die Albin mich fast erwischt hätte …«

»Sie tut dir nichts mehr.« Seine blauen Augen blicken besorgt.

»Natürlich nicht.« Ich straffe die Schultern. »Gehen wir rein.«

Er nickt und stößt die Tür zum Laboratorium auf.

Angespannt schaue ich mich um. Wie bei meinem ersten Besuch brennen Fackeln an den Wänden des riesigen Raums, der auf der rechten Seite von schweren Zellentüren und auf der linken von einem großen, bodentiefen Spiegel gesäumt ist. Hohe Flammen lodern in der Mitte in der Feuergrube. Sie erfüllen das Gewölbe mit einem zuckenden Tanz aus Zwielicht. Von der Verwüstung, die die Rebellen angeblich anrichteten, während ich bewusstlos zwischen den Toten lag, ist nichts mehr zu sehen. Der Raum ist leerer als beim letzten Mal. Statt drei Pritschen steht nur noch eine da, daneben ein kleiner Tisch mit Werkzeug. Der große Apparat aus Metall ist verschwunden.

Die Luft ist warm, fast stickig. Hinten in den Schatten beim Käfig bewegen sich Menschen. Heiler. Ich erkenne sie an ihren weißen Kitteln. Einer davon ist Meister Horan. Er steht auf seinen Gehstock gelehnt und verteilt offenkundig Anweisungen. Als er uns in der Tür stehen sieht, winkt er uns heran.

Luka geht los, doch ich zögere, den Raum zu betreten. Eine diffuse Angst hat mich gepackt, ein abergläubisches Gefühl von Unheil, das mich schaudern lässt. So kenne ich mich gar nicht.

»Ist Horan der Leiter der vierten Abteilung?«, flüstere ich.

Luka schüttelt den Kopf.

»Wer dann?«

Er zögert, dann blickt er wachsam über seine Schulter. »Er zeigt sich selten«, murmelt er. »Du wirst ihn kennenlernen, wenn er es will.« Er blinzelt zum Spiegel hinüber.

Ich zucke zusammen. Natürlich. Ein Einwegspiegel, der jeden Beobachter vor uns verbirgt.

Meine Nackenhaare stellen sich auf. Hat jemand von dort mit angesehen, wie ich den Jäger und die Albin tötete? Aber dann hätten sie mich niemals rekrutiert. Oder doch? Jäh packt mich Wut. Ich will hinüberstürmen und das Glas des Spiegels mit bloßen Fäusten zertrümmern. *Zeig dich, du feiger Mistkerl!* Stattdessen atme ich tief durch und folge Luka an der Feuerstelle vorbei. Meine Gedanken klären sich langsam wieder.

Eine vierte Abteilung. Das kann unmöglich wahr sein. Als Abteilungsleiter der dritten wüsste der Altmeister davon. Also ist das nichts als ein geschickter Winkelzug der Abtrünnigen, mit dem sie ahnungslose Agenten abwerben. So wie Luka. Dem offensichtlich nicht bewusst ist, dass er für den Feind arbeitet.

»Hauptmann Effie.« Der alte Heiler bedenkt mich durch seine dicken Augengläser mit einem warmen Blick. »Schön, dass du zu uns stößt. Luka hat mich bereits informiert, dass er dich mit unseren Forschungen vertraut machen will, ehe ihr morgen aufbrecht.«

Ich nicke. Und erinnere mich an Rois' Vorwurf.

»Du bist mir nicht böse?«, frage ich.

»Böse?« Er sieht mich verwundert an. »Warum?«

»Weil ich euer bestes Studienobjekt getötet habe.«

Er seufzt. »Dass du eine Albin überhaupt mit einem einfachen Messer töten konntest, ist höchst verwunderlich.« Er schüttelt den Kopf. »Es zeigt, dass der Trieb von *Sonderobjekt Eins* bereits fast vollständig verbraucht war und sich auch nicht mehr regenerierte. Damit wäre sie sowieso nutzlos für uns gewesen.«

»Wie meinst du das?«

»Nur Geduld.« Er hebt einen Finger wie ein Lehrmeister. »Du wirst es gleich sehen.«

Die zwei anderen Heiler, kräftige Kerle, die kaum in ihre weißen Kittel passen, haben derweil die Tür des Albenkäfigs geöffnet. Erst jetzt sehe ich, dass dort im Schatten jemand auf dem Boden liegt. Sie zerren ihn hoch.

Kein Alb. Zumindest brennt mir mein Magiemesser keine Löcher in meine rechte Achsel, dort, wo ich ihn heute Morgen in meine Uniformjacke eingenäht habe. Ein gefesselter Mann. Nackt. Über dem Knebel starren uns zwei wütende braune Augen an, darüber knäult sich ein dreckiger schwarzer Haarbusch, durchzogen von dicken weißen Strähnen, die mich an Dachsfell erinnern.

»Ein verdammter Rebell«, knurrt Luka neben mir. »Wir haben ihn vor dem Glashaus erwischt.«

»Er ist jetzt Objekt 23. Ein Glücksgriff.« Horan blinzelt mir hinter seinen dicken Augengläsern zu. »Er verfügt über den Heiltrieb. Recht schwach allerdings, noch weniger ausgebildet als bei dir.«

Ich zucke zusammen, doch ich sage nichts. Auch Luka schweigt, ab jetzt offensichtlich ebenso Zuschauer wie ich.

Die beiden muskelbepackten Heiler wuchten den Gefangenen auf die Pritsche und schnallen ihn fest.

»Bringt den Absorbator«, ruft Horan, und zu meinem Erstaunen öffnet sich mitten im Spiegel eine Tür. Ein Mann, dessen schwarzer Kittel ihn als Brenner kennzeichnet, schiebt die Apparatur hervor, die ich bei meinem ersten Besuch hier unten sah. Sie wirkt verbeult und deutlich kleiner, als hätte sie jemand auseinandergeschraubt und nur in einer reduzierten Form wieder aufgebaut. Der Brenner schiebt sie direkt neben das Feuer und bleibt selbst dort stehen. Die Hitze macht ihm nichts aus, im Vergleich zu uns.

»Die Rebellen haben ihre Wut am Absorbator ausgelebt«, sagt Horan. Er wirft einen beinah ehrfurchtsvollen Blick zum Spiegel. »Der Gelehrte konnte allerdings die wichtigsten Mechanismen notdürftig wieder instandsetzen. Wir werden gleich sehen, ob sie funktionieren.«

Der Gelehrte. Nennen sie so den Leiter dieser ominösen Abteilung? Ich trete von einem Fuß auf den anderen.

»Wir schließen Objekt 23 jetzt an«, sagt Horan laut, als wollte er, dass ein unsichtbarer Zuschauer ihn ebenfalls versteht. Während die Heiler mehrere milchig-transparente Schläuche und Nadeln vom Werkzeugtisch nehmen, tritt er neben mich.

»Wir werden das Objekt nun stimulieren, bis es eine größere Menge seines Triebs freisetzt«, doziert er in lehrmeisterlichem Ton. »Der Absorbator dient dazu, den Trieb zu absorbieren, wie sein Name schon sagt. Denn das ist unser Ziel: den Trieb von seinem Träger zu isolieren.«

»Aber warum?«, frage ich, während ich zusehe, wie einer der Heiler dem Gefesselten eine Nadel in den Arm jagt.

»Nun, um einen Weg zu finden, die Triebe zu erhalten.« Horan seufzt. »Wahrscheinlich weißt du ebenso wenig über sie wie die meisten anderen Gemeinen, schließlich wurdest du nie an einer Akademie für Heiler ausgebildet.«

Oh doch. Die Erinnerung an sechs grauenhafte Monate steigt in mir auf. Als Mutter mich nach Clifdon zwang, weil sie mir nicht mehr in die Augen schauen konnte nach dem verdammten Maskenball. Und dem ersten Auftreten meines Triebs.

Ich senke den Kopf, um mein Schaudern zu verbergen. Das reicht Horan als Bestätigung.

»Wie Luka dir berichtet hat, sind die Triebe ein Erbe der Alben, weil diese ihr Blut mit dem unseren mischten. Doch früher war das albische Erbe bei den Bürgern wesentlich ausgeprägter. Es gab zahlreiche Brenner und Heiler, und sie waren stärker. Diese Zeiten sind leider vorbei. Nur noch jeder dreißigste Spross der vier alten Bürgerlinien verfügt überhaupt noch über die Triebe, bei den Gemeinen sind es noch viel weniger. Und bei den meisten sind sie inzwischen so schwach, dass sie gerade noch eine Kerze anzünden oder einen einfachen Bruch heilen können. Wenn es so weitergeht, werden die Triebe – oder die Magie, wie sie früher genannt wurde – in wenigen Generationen ausgestorben sein.«

Er seufzt.

»Wäre das so schlimm?«, murmele ich. Und das ist mein voller Ernst. Der Heiltrieb hat mir dieses Leben schließlich eingebrockt. »Die Alben sind unsere Feinde«, stoße ich aus. »Sie wurden doch nicht umsonst aus unserer Welt gesperrt, oder? Vielleicht sollten wir uns freuen, auch ihre Triebe los zu sein.«

Horan hebt die Augenbrauen.

»Erstaunliche Ansicht für eine Rekrutin«, sagt er. »Du klingst fast wie die konservative Fraktion unserer Organisation. Jene, die nicht einsehen können, dass wir mit den Herausforderungen der Zeit gehen müssen. Die nicht verstehen, dass wir der gleichen Bedeutungslosigkeit anheimfallen werden wie die Triebe, wenn wir deren Erlöschen zulassen.«

Ich merke auf. »Also ist das, was ihr hier tut, innerhalb der Cathedra umstritten?«

»Mutige Forschung ist immer umstritten.« Sein Blick wird reserviert. Im Gegensatz zu Luka weiß er offensichtlich, dass es gar keine vierte Abteilung gibt, sondern nur eine Gruppe

Verräter, die hier mit den tiefsten Geheimnissen der Cathedra Schindluder treiben.

Sei vorsichtig.

Ich sehe zum Rebellen auf der Liege, direkt in seine aufgerissenen Augen, und atme tief durch. »Ich verstehe.« Horan schenkt mir noch einen nachdenklichen Blick, den Kopf schräg gelegt wie eine alte Eule, dann wendet er sich dem Gefangenen zu.

Als die Heiler ihre Vorbereitungen beendet haben, ist der Mann von Schläuchen eingehüllt. Sie sind mit Nadeln an seinen Armen, Beinen, sogar an seinem Hals befestigt – und alle führen zur Apparatur.

»Das sind Kanülen, um den Trieb abzuleiten«, sagt Luka leise neben mir. »Die Schläuche sind aus Plasté. Es gibt da ein neues Brennverfahren aus Athos, das erlaubt, aus Baumharz einen halbfesten Stoff herzustellen. Wasserfest und belastbar. Manche Bürger lassen sich Schmuck daraus machen. Sehr kostspielig.«

Ich weiß. Und ich weiß auch, wie wenig die Gemeinen aus der privilegierten Welt der Bürger wissen. Also reiße ich staunend die Augen auf.

Der Brenner hat offensichtlich auf seinen Einsatz gewartet. Als Horan ihm zunickt, tritt er vor und öffnet eine Klappe auf der Seite des Absorbators. Er krempelt die Ärmel seines schwarzen Mantels hoch, dann greift er mit beiden Händen in die Flammen der Feuergrube. Natürlich ist er unempfindlich gegen die Hitze. Ich beiße bei dem Anblick trotzdem die Zähne zusammen. Er holt glühende Kohle aus den Flammen heraus und schaufelt sie in die offene Klappe des Absorbators hinein.

Dann schließt er die Augen, die Hände immer noch an der Apparatur. Aus einer Öffnung oben am Absorbator steigt plötzlich Dampf auf. Zahnräder setzen sich in Bewegung. Ich japse auf unter der glühenden Hitze, die plötzlich von dort ausströmt. Dampfkraft. Eine bisher eher selten eingesetzte Erfindung der Brenner, auf die sie allerdings ziemlich stolz sind.

»Fangen wir an.« Horan lehnt den Gehstock gegen den Tisch, als bräuchte er ihn nicht mehr, und schiebt seine Ärmel hoch. Um das linke Handgelenk trägt er einen Magiemesser gebunden. Ich stutze. Gibt es doch mehr von diesen kostbaren Geräten, als ich weiß? Doch ich habe keine Zeit, darüber nachzudenken. Horan nähert sich dem Gefangenen. In seiner Hand schimmert plötzlich ein Skalpell. Die Flammen spiegeln sich in seinen Augengläsern, lassen seine Augen glühen.

»Das Objekt ist gesund und bei vollem Bewusstsein«, sagt er laut. »Das Trieb-Messgerät verzeichnet keine größeren Aktivitäten. Fangen wir mit den Stimulationen an.«

Einer der Heiler schreibt mit. Von der Hitze steht bereits allen der Schweiß auf der Stirn – außer dem Brenner, der den Apparat weiterhin ungerührt mit Kohle versorgt. Hinter dem Spiegel herrscht lauernde Stille.

Dann geht es los. Erst mit kleinen Schnitten an Armen und Beinen, die Horan dem Gefangenen mit akribischer Sorgfalt zufügt. Der Rebell bäumt sich unter den Fesseln auf, Stöhnen dringt unter dem Knebel hervor. Die schwarzweißen Haare sind nass geschwitzt. In seinen Augen blitzt Wut. Als Horan tiefer schneidet, gesellt sich Schmerz dazu.

»Na endlich«, stößt der Heilermeister beinah triumphierend aus. Und dann sehe ich es. In den milchig-transparenten Schläuchen bewegt sich etwas. Es steigt vom Körper des Gefangenen auf, bläulich, flirrend wie leuchtender Rauch. Als es in den Schläuchen den Absorbator erreicht, surren dort neue Zahnräder los. Der Rauch sammelt sich in einem gläsernen Gefäß auf seiner Spitze, knäult sich blau wabernd wie ein lebendiges Wesen. Trotz der starken Hitze fröstele ich.

»Was ist das?«

»Das ist der An-Trieb«, sagt Luka leise. »Reiner, isolierter Trieb. Der Ursprung von allem, wie Horan sagt.«

Sinnend blickt er auf das Gefäß. »Wer den An-Trieb entschlüsselt, verfügt nicht nur über Feuer oder Heilung – sondern über die größte Macht unserer Welt.«

»Aber wie …?« Ich komme nicht mehr dazu, meine Frage zu stellen. Der Gefangene bäumt sich auf, so kraftvoll, dass eine seiner Handfesseln reißt. Er packt einen der Heiler am Kittel. Mit einem Fluch reißt sich der Mann los, und zu zweit bändigen sie den Rebellen und fesseln ihn wieder.

»Der Trieb verebbt schon wieder«, sagt Horan währenddessen mit Missbilligung in der Stimme. »Das Objekt ist tatsächlich nicht besonders begabt. Ich brauche den Glühstab.«

Einer der Heiler hält einen gusseisernen Stab in die Flammen, bis seine Spitze glüht, dann reicht er ihn an Horan – und der rammt ihn dem Gefangenen direkt in den Bauch.

Es zischt. Der Geruch von verbranntem Fleisch steigt auf.

Der Gefangene windet sich mit aufgerissenen Augen, aus denen Tränen laufen. Ich will mich abwenden, doch ich darf nicht. Ich balle die Fäuste so fest, dass sich meine Fingernägel in die Handflächen bohren.

»Wie lange?«, flüstere ich.

»Bis Horan wieder genug An-Trieb für weitere Experimente zur Verfügung hat«, sagt Luka. »Die verdammten Rebellen haben alle Vorräte zerstört.«

Da ich nicht antworte, wendet er sich zu mir. »Hast du genug?«

Steht da Spott in seinen Augen? Verflucht noch eins, seit wann bin ich auch so empfindlich! Ich schlinge die Arme um mich und nicke.

Als Luka mir die Tür zum Korridor aufhält, gehe ich nicht nur, ich fliehe in raschen Schritten.

Erst draußen bleibe ich stehen. Auf dem Platz vor dem Glashaus fegt ein kalter Wind die Grasbüschel herum, die die Soldaten aus den Ritzen zwischen den Pflastersteinen gerissen haben.

Ich blicke zu den Sternen hinauf. Experimente mit Rebellen. Warum trifft mich das überhaupt? Ich wusste doch schon vorher, was sie hier tun. Und auch ich habe Menschen gefoltert. Nicht oft allerdings. Und nie gerne.

Vielleicht ist es das. Die Selbstverständlichkeit, mit der sie vorgehen. Ihre eingespielte Routine bei der ganzen hässlichen Szene.

»Du hast bestimmt Fragen«, sagt Luka. Er tritt neben mich. In seinen blauen Augen lese ich keinen Spott mehr, sondern Verständnis. Trotzdem wische ich seine Hand von meiner Schulter.

»Natürlich habe ich die.« Ich verschränke die Arme und versuche, gleichzeitig schwächer und stärker zu wirken, als ich es im Augenblick bin.

»Gibt es keinen anderen Weg, als diesen Mann zu foltern?«

Luka seufzt. »Horan nennt es stimulieren. Aber Tatsache ist: Unter Schmerzen wird am meisten Trieb freigesetzt. Und der Gefangene kann es nicht verhindern. Weil sich sein Körper gegen die Stimulation wehrt und alles mobilisiert, was er zur Verfügung hat.«

»Und wenn ihr dem Gefangenen seinen gesamten Trieb entzogen habt, tötet ihr ihn.«

»So einfach ist das nicht.« Luka runzelt die Stirn. »Der menschliche Körper regeneriert sich. Genauso der Trieb, zumindest in dem Umfang, wie das Objekt über ihn verfügt. Mit genügend Pausen dazwischen könnte man das theoretisch sehr lange durchziehen. Solange das Objekt am Leben bleibt.« Er seufzt. »Beim Sterben allerdings wird der meiste Trieb ausgestoßen. Schlagartig, wie ein blauer Blitz, der durch den Absorbator rast und ihn richtig zum Dampfen bringt. Entladung nennt Horan das.«

»Objekte. Du redest hier von Menschen.«

»Von Rebellen«, knurrt Luka. »Sie haben jedes Recht verwirkt, wie Menschen behandelt zu werden.«

Vielleicht. Vielleicht auch nicht. Ein neuer Gedanke kommt mir, so widerwärtig, dass ich ihn kaum aussprechen mag. »Horan nannte die Albin Sonderobjekt Eins. Den Mann nannte er Objekt 23«, sage ich. »Du sagtest, der Trieb sei so wahnsinnig selten bei den Gemeinen. Du kannst mir nicht weismachen, dass ihr unter den Gefangenen, die ihr ab und zu aus den Wäldern mitbringt, bereits zweiundzwanzig verhinderte Brenner und Heiler für eure Experimente gefunden habt.«

Luka starrt mich an, seine blauen Augen unter dem Nachthimmel so dunkel, dass sie fast schwarz wirken.

»Du bist schlauer, als dir guttut«, knurrt er. »Natürlich haben wir sie nicht alle aus den Wäldern geholt. Das müssen wir auch nicht. Geh in jedes verdammte Dorf in Irelin, und wenn du dich unauffällig umhorchst, wirst du innerhalb von kürzester Zeit Unterstützer für die Rebellen finden. Sie haben hier so viel Zulauf wie in keiner anderen Provinz. Weil die Ireliner fehlende Schlauheit mit Sturheit wettmachen.« Er verzieht den Mund. »Dazu kommt noch das archaische Recht der ersten Nacht bei den Gutsherren in den dörflichen Gegenden. Da laufen viele kleine halbbürgerliche Sprösslinge herum. Und die Talentierten von ihnen landen früher oder später fast alle bei den Rebellen. *Druidhs* nennen sie sich dort. *Begabte*. Anscheinend sind sie noch stolz darauf, Bastarde zu sein.«

»Und wie findet ihr sie?«, frage ich. »Wenn ihr sie nicht aus dem Wald holt?«

»Wir haben zwei Agenten da draußen«, erwidert Luka. »Die reisen als Händler durch die Bezirke, und sie haben Magiemesser. Damit spüren sie sie auf. Die Ipallin des achten Bezirks unterstützt uns bezirksübergreifend bei Festnahme und Lieferung. Sie weiß nichts von den Gründen. Für sie ist es ein lukrativer Sonderauftrag der Regierung. Eine geschäftstüchtige Frau.«

Das ist sie in der Tat. Ich unterdrücke die aufsteigende Übelkeit.

»Also schnappt ihr euch einfach, wer euch über den Weg läuft«, stoße ich aus. »Unschuldige Leute, die das Pech haben, dass der Magiemesser bei ihnen anschlägt.«

Luka grollt. »Hast du nicht zugehört? Früher oder später würden sie eh alle bei den Rebellen landen.«

»Nicht alle«, sage ich leise. »Ich nicht.«

Seine Augen weiten sich. Er hat ganz vergessen, wer ich angeblich bin: eine Gemeine mit Trieben, aus einem kleinen Dorf in Irelin.

Und obwohl Hauptmann Effie gar nicht existiert, fühlen sich ihre Wut und ihre Enttäuschung so echt an, dass ich mich beherrschen muss, Luka nicht einfach im kalten Wind stehen zu lassen. Stattdessen seufze ich tief und blicke zu Boden, und er tritt auf mich zu und legt die Arme um mich.

»Es tut mir leid«, flüstert er. Vielleicht stimmt das sogar, vielleicht auch nicht. »Natürlich entführen wir nicht willkürlich jeden. Mach dir nicht so viele Gedanken darum. Das Wichtigste ist, dass du verstehst, warum wir das tun. Die Experimente, die Forschung. Wir tun es für die Republik. Unser Land braucht dringend eine Wiederauffrischung der Triebe. Sie allein machen uns stark genug, um den Feinden in den Hintern zu treten, die uns auf allen Seiten angreifen, innen wie außen. Und dafür brauchen wir dich.«

»Um ihnen in den Hintern zu treten?«, murmele ich.

Er lacht leise in mein Ohr.

Ich will ihn von mir wegschieben. Stattdessen verharre ich und lausche seinen Flüstereien, erwidere sie in dem neckischen Ton, den er so schätzt. Irgendwann trollt er sich, und ich mache mich mit fliegenden Schritten auf zur Falknerei. Es ist leichtsinnig, dem Altmeister eine Nachricht zu schicken. Sie könnte in die falschen Hände geraten. Noch leichtsinniger wäre es allerdings, all mein Wissen morgen mit in den Wald zu nehmen. Wer weiß schon, ob ich von dieser Expedition zurückkomme.

Cianna

Sonnenlicht fällt durch die Zweige und sprenkelt den Waldboden mit warmen kleinen Flecken. Ich trete aus der Tür der niedrigen Hütte, lehne mich an den Besen und biege den Rücken durch. Meine Schultern schmerzen von der ungewohnten Bewegung des Fegens.

»Pass doch auf!«, schnauzt Colin.

Ich fahre zu ihm herum und stolpere dabei beinah über den Besen. Colin sitzt auf einem umgedrehten Baumstamm in der Sonne, das verletzte Bein hochgelegt, und schüttelt den Kopf.

»Du stehst mitten im Dreck, den du gerade aus der Hütte gekehrt hast«, ruft er. »So kannst du gleich von vorne anfangen.«

Würde er das tun? Mich die ganze Arbeit noch einmal machen lassen, nur zu seinem Vergnügen? Den ganzen Vormittag scheucht er mich bereits herum. Manchmal kommen Leute vorbei und beobachten eine Weile amüsiert, wie er mich knurrend beschimpft. Ihre Blicke stechen durch meine Haut, als wäre ich nackt. Ich bin ihnen völlig ausgeliefert, ein Spielzeug zu ihrem Vergnügen. Auch jetzt stehen da zwei feixende Kerle hinter Colin.

Ich will nicht weinen. Nicht vor ihnen. Ich schlucke die Tränen hinunter, trete mit einem Seufzen beiseite und deute auf den Haufen aus Erde, Blättern und Moos zu meinen Füßen. Ein paar Hühner nähern sich bereits neugierig gackernd und beginnen, in dem Haufen zu scharren.

»Wo soll ich das hintun?«, frage ich.

»Was weiß ich.« Colin zuckt mit den Schultern. »Schmeiß es ins Gebüsch. Oder gib es deinem Balg zu futtern.« Er wendet sich seinen Kameraden zu.

Die Männer lachen. Ich beiße mir auf die Lippen und blicke zum Jungen hinüber. Er sitzt ein Stück entfernt vor der Hütte, die Brom uns gestern zugewiesen hat. Eine kleine, gebeugte Gestalt, die mit Stöcken und Steinen seltsame Muster auf dem Waldboden legt und sie dann mit einer raschen Handbewegung zerstört, wieder und wieder.

Als er meinen Blick spürt, schaut er auf. Mein verschämtes Lächeln erwidert er nicht, und seine großen dunklen Augen wirken genauso leer wie gestern. Ist das seine Art, Trauer zu bewältigen? Obwohl er nicht darüber spricht, weiß ich es doch, als hätte es der Wald mir zugeflüstert.

Seine Mutter war in der Bastion, und sie ist dort gestorben. Ich unterdrücke den Impuls, zu ihm zu eilen und ihn in die Arme zu nehmen. Sobald er meine Berührung spürte, würde er sich sofort an mich klammern, stumm und rettungslos. Colin würde mich anschnauzen, was mir einfiele, die Arbeit liegen zu lassen, und dann müsste ich mit aller Kraft die kleinen Ärmchen von meinem Hals lösen und ihn erneut alleine vor der Hütte zurücklassen, und der Schmerz darüber würde es für uns beide noch schlimmer machen. Dabei will ich nichts anderes, als ihn zu beschützen.

»He, Bürgerin!« Colin hat sich wieder zu mir umgedreht. »Bring uns Wasser zu trinken.«

Tränen verschleiern nun doch meinen Blick, aber ich halte den Rücken aufrecht. »Wo bekomme ich das?«

»Muss ich dir alles erklären?«, schnaubt er. »Du schnappst dir die Krüge in der Hütte, gehst zum Bach, und dann ...« Er verengt die Augen. »Heulst du etwa, du dumme Pute?«

Ich schüttle den Kopf und will mich abwenden.

»Wenn hier einer Grund zum Jammern hat, dann ich«, knurrt er. »Du hast mir das hier eingebrockt. Ich konnte nicht mal beim Angriff auf die Bastion dabei sein. Bei unserem Sieg.«

»Sieg?« Ich schlucke gegen den Kloß in meiner Kehle an.

»Du glaubst das nicht?«, knurrt er. »Ich will dir mal was sagen. Komm her!«

Ich zögere.

»Komm her!«, bellt er, und ich gehorche ihm eilig.

Ächzend richtet er sich auf, streicht sich das Filzhaar aus dem Gesicht, dann fixiert er mich mit seinen schwarzen Augen.

»Du glaubst, wir wollten die Festung erobern«, stößt er aus. Ich nicke zögernd.

»Weil du wie eine Bürgerin denkst«, knurrt er. »Raffen und schikanieren, das ist alles, was ihr könnt.« Beifallheischend wendet er sich seinen Kameraden zu. Sie nicken.

»Wir dagegen sind frei«, ruft einer von ihnen, ein hagerer Mann mit dünnem braunen Bärtchen. »Was sollen wir mit einer Festung? Wir wollen ganz Irelin wieder zurückhaben.«

»Genau!« Colin ballt die Fäuste. »Dafür haben wir nämlich unsere Leute befreit. Weil wir zusammenhalten. Weil wir uns umeinander kümmern, anders als ihr. Und das wissen die Menschen. In jedem Dorf, in jeder Stadt. Sogar die Soldaten in der Garnison wissen es, weil die auch Familien haben. Bald schlagen die sich auch noch auf unsere Seite. Und dann jagen wir euch Blondköpfe aus unserem Land.«

»So ist es«, stimmen die anderen Männer zu. Sie starren mich an. Da ist so viel Hass in ihren Augen, dass er mir in den Bauch schlägt wie eine Faust. Ich stolpere zurück.

Eine kleine Hand greift nach meiner. Das Kind steht neben mir. Mit gebleckten Zähnen faucht es die Männer an, seine Haare wirbeln in einem jähen Windstoß. Einer der Bäume hinter den Männern biegt sich knarrend zurück wie eine Bogensehne.

Nein. Erschrocken drücke ich seine Hand. *Nicht.*

Colin schnaubt. »Führ dich nicht auf wie ein Tier, du Balg. Mir jagst du keine Angst ein.«

Er hat keine Ahnung, in welcher Gefahr er schwebt. Ein

paar Ziegen, die neben uns auf dem Waldboden nach Essbarem stöberten, weichen meckernd zurück. Auch die Hühner suchen flatternd das Weite, als spürten sie die Gefahr.

Der Baumstamm hinter Colin bebt vor Spannung, nur noch von einem dünnen Faden Beherrschung des Jungen zurückgehalten. Wenn der Baum nach vorne schnellt, wird er alle drei Männer beiseitefegen wie die Ohrfeige eines Riesen.

Nein. Schritt für Schritt ziehe ich den fauchenden Jungen zurück, beschwöre ihn innerlich, ruhig zu bleiben.

»Wir holen Wasser«, rufe ich. »Wir sind gleich wieder da.«

Der Wald ist still, wartet mit angehaltenem Atem.

»Stopp.« Colin runzelt die Stirn. Mit jagendem Herzen bleibe ich stehen. Immer noch ist der Baum hinter den Männern bis aufs Äußerste nach hinten gespannt. Der Junge an meiner Hand krümmt sich.

»Kein Wasser«, sagt Colin. Er leckt sich über die Lippen. »Geh zu Magda. Sie soll mir was von ihrer Medizin geben.«

»Natürlich«, stoße ich aus, und dann reiße ich den Jungen herum und eile mit ihm zwischen den Hütten hindurch. Ein Blick über die Schulter zeigt mir, dass sich der Baum zitternd wieder aufrichtet.

Erst als wir aus Colins Blickfeld sind, bleibe ich stehen. Ich atme ruhiger. Der Junge blickt mich an.

»Du darfst ihnen nichts tun«, beschwöre ich ihn leise. »Niemandem von ihnen.«

Der Junge runzelt die Stirn. *Warum?*

Ich fröstele plötzlich. »Weil wir auf sie angewiesen sind«, flüstere ich. »Und … weil es Menschen sind. Wir verletzen sie nicht.«

Wir könnten gehen. Er schmiegt sich an mich. Und für einen Augenblick klingen seine stummen Worte so betörend wie Barnabas' gestriger Gesang. *Nach Hause. Du hast es mir versprochen.*

Ich schlucke. Er hat recht, das habe ich, in der Bastion, als er halb bewusstlos in meinen Armen lag. Ohne zu wissen, wovon er sprach.

Was nennst du Zuhause?, frage ich ihn stumm. Doch er gibt mir keine Antwort, blickt nur mit einem sehnsüchtigen Blick an mir vorbei in die dunklen Tiefen des Waldes.

Für einen kleinen Augenblick wünsche ich mir, er meinte Cullahill. Sehnsucht nach meinem alten Leben steigt in mir auf. Ich vermisse Raghi, ich vermisse meinen Garten. Doch ich kann nicht zurück. Nicht mit dem Jungen an meiner Seite. Er gehört nicht dorthin. Mutter würde ihn mir wegnehmen. Sie würde ihn in ein Waisenheim stecken, oder noch schlimmer, den Soldaten geben. Ich schaudere. Wenn sie bereits Draoidhs zu Tode foltern, was würden sie dann erst mit ihm machen? Was haben sie mit seiner Mutter gemacht?

Ich schiebe ihn ein Stück von mir weg und schaue ihn an, sein flaumfedriges Haar, das sich an den zerbrechlichen Nacken schmiegt, seine weichen Wangen, die langen Wimpern, so fein und weiß wie Spinnweben. Angst und Zärtlichkeit mischen sich in mir zu einem süßen, beinah melancholischen Gefühl. *Wer bist du?*

Und wieder erhalte ich als Antwort nur ein kleines Zucken seiner Mundwinkel. Ein Lächeln, beinah.

Doch schon erlischt es wieder. In seinen dunklen Augen leuchtet ein neuer Funke auf. Ich drehe mich um.

Eine Handvoll Kinder steht im Halbkreis hinter uns.

»He, Bürgerin«, sagt eines von ihnen vorwitzig. Ein Junge mit einem dreckverschmierten Gesicht, in dem braune, wache Augen blitzen. Seine ungebärdigen Locken erinnern mich an Finn, obwohl sie deutlich dunkler sind. Er scheint kaum älter als das Waldkind zu sein, und doch ist er wohl der Älteste der kleinen Truppe, die uns neugierig anstarrt, Finger in den Nasen, die Münder halb offen.

»Hallo Kinder«, sage ich etwas unsicher. Ich richte mich auf, und sie weichen einen halben Schritt zurück, ehe sie wieder stehen bleiben und ungeniert weitergaffen. Das Waldkind nimmt meine Hand und schmiegt seine Wange daran, während es aus dunklen Augen ebenso neugierig zurückstarrt. »Warum bist du nicht bei Colin, Bürgerin?«, fragt ihr Anführer und spuckt großspurig neben sich auf den Boden, eine Geste, die er sich von den Großen abgeschaut hat. »Du sollst ihm doch helfen.«

»Colin hat mich losgeschickt«, antworte ich. »Ich soll ihm Medizin holen. Von Magda.«

»Und warum sitzt ihr dann hier herum?«

»Weil ich den Weg zu Magda nicht weiß.«

»Aha.«

Die Kinder nicken und starren mich weiterhin an, bis ich mir einen Ruck gebe. »Könnt ihr mir zeigen, wo Magda wohnt?«

Der freche kleine Kerl wiegt den Kopf. »Könnten wir«, sagt er gedehnt. »Wenn ich dafür deine Stiefel kriege.«

»Meine Stiefel!« Ich blicke erschrocken auf meine Füße, dann auf seine. Unter den Kindern ist er der Einzige, der barfuß ist. »Tut mir leid«, sage ich kleinlaut. »Aber das ist das einzige Paar, das ich besitze. Ich brauche sie selbst.«

Er seufzt. »Was hast du sonst noch?«

»Nichts.« Ich beiße mir auf die Lippen. »Aber ich könnte dir ein Bild zeichnen. Wenn du Stifte und Papier hast. Magst du Pferde?«

»Pferde?« Er reißt die Augen auf. »Natürlich mag ich die.« Er wirft sich in die Brust. »Ich bin schon mal auf einem geritten.«

»Das ist ja wunderbar.« Ich reiche ihm meine Hand. »Du bringst mich zu Magda, und ich zeichne dir eines.«

Er nickt, und dann schüttelt er mir mit so ernster Miene die Hand, dass ich ein Lächeln unterdrücken muss. »Ausgemacht. Kommt mit.«

Die Kinderhorde stiebt über den Waldboden zwischen den

Hütten davon, und ich habe Mühe, hinter ihnen herzukommen. Das Waldkind klammert sich derweil an meine Hand und beobachtet sie mit großen Augen.

Meine Laune sinkt sofort beträchtlich, als die Kinder an einem Baumstamm anhalten, breit und massiv wie ein Haus. Mehr als ein Dutzend Seile und Strickleitern baumeln herunter.

Den ganzen Tag habe ich es schon vermieden, nach oben zu schauen, weil mir schwindelig wird beim Anblick der turmhohen Behausungen, die im Wind hin- und herschwanken.

»Magda wohnt dort oben?«, frage ich kläglich.

Die Kinder lachen. »*Alle* wohnen dort oben«, sagt der Junge. Nur ihr nicht und die Großmütter und Colin.«

Er greift nach einer der Strickleitern, und auch die anderen Kinder schwingen sich nun an Seilen und Leitern nach oben. Es sieht so leicht aus.

Zögernd greife ich nach einem der Seile, lasse das grobe Hanf durch meine Finger gleiten.

»Was ist?«, ruft der Junge. »Bist du noch nie geklettert?«

Ich schüttle den Kopf. »Nein.«

Über mir kichern und zappeln die Kinder wie Fische im Netz.

»Das ist ganz einfach«, ruft der Junge. »Schau her!«

Er breitet die Arme aus und lässt sich fallen. Während ich aufschreie, greift er im freien Flug nach einem anderen Seil und schwingt sich erneut in die Höhe, dann hält er inne. Mit roten Backen und breit grinsend stößt er eine der freien Strickleitern in meine Richtung.

Das Waldkind an meiner Hand stößt ein leises Grunzen aus. Überrascht schaue ich es an. Es lacht. Und dann packt es eines der Seile und zieht sich so leichthändig hoch, als hätte es nie etwas anderes getan.

Sei kein Angsthase. Maeves Stimme erklingt in meinem Ohr. Ich atme tief durch und packe die Leiter, wage den ersten

Schritt nach oben. Sofort pendelt die Strickleiter gegen den Baum, und beinah hätte ich mit einem Aufschrei wieder losgelassen. Stattdessen beiße ich die Zähne zusammen und ziehe mich eine weitere Stufe hoch.

Als ich etwa eine Mannslänge über dem Boden bin, keuche ich schon.

»Nicht mehr weit.« Zwei Mannslängen über mir sitzen die Kinder auf einer freischwingenden Plattform aus Seilen und Holzbrettern und lassen die Füße zu mir herunterbaumeln. Das Waldkind hat sie schon fast erreicht.

Ich schaue nicht nach unten. Stattdessen hebe ich einen Fuß über den anderen, warte, während die Strickleiter pendelt, dann den nächsten Fuß. Und irgendwann bin ich tatsächlich da.

Ich ziehe mich auf die Plattform, japsend wie nach einem tagelangen Lauf. Das Waldkind wartet dort mit geduldiger Miene auf mich, die anderen Kinder haben sich bereits wieder von der Plattform geschwungen und schaukeln ringsumher wie eine Schar Vögel auf den Stricken, die wie ein Netz miteinander verknüpft sind. Halten sie Abstand zum Waldkind? Mir scheint es fast so.

Die Baumhütten, die mit Stegen, Seilen und Leitern verbunden sind, befinden sich immer noch ein ganzes Stück über uns. Ich beuge mich vor, sehe den Waldboden weit unter mir, die Ziegen und Hühner wie kleine, hellbraune Flecken im Gebüsch. Schnell lehne ich mich wieder zurück. Der Anführer der Kinder schwingt sich mit einer lässigen Bewegung neben mich, wippt auf seinem Seil so rasch auf und ab, dass mir vom Zusehen noch schwindeliger wird. Ein kleiner, grünbraun getupfter Vogel hüpft neben ihm auf den Seilen und zwitschert dabei so schnell und hektisch, als wäre ihm das ganze Wippen ebenfalls zu viel.

»Ich bin übrigens Cianna.« Ich strecke dem Jungen erneut die Hand hin, in der Hoffnung, dass er dann aufhört zu wippen. Es klappt. Er rutscht neben mir auf die Plattform und packt meine Hand. Der Vogel landet mit einem zufriedenen Zwitschern auf seiner Schulter.

»Ich bin Samias«, sagt der Junge. »Alle nennen mich Sami. Wir …«, seine Handbewegung schließt die ganze Kindergruppe mit ein, »… sind die *Feòrags*, die Eichhörnchen. Und das …«, er deutet auf den Vogel, »… ist Max.«

»Hallo Eichhörnchen, hallo Max.« Ich nicke den Kindern zu, dann dem Vogel, und zu meinem Erstaunen nickt das Tier zurück.

»Sami, warum all diese Seile?«, frage ich, als ich wieder etwas zu Atem gekommen bin. »Könnt ihr nicht einfach Treppenstufen in die Baumstämme schlagen?«

»In die Bäume?« Sami lacht auf, als wäre das eine völlig abwegige Idee. »Die wachsen doch über Nacht wieder zu. Außerdem müssen wir die Leitern wegmachen, wenn die Soldaten uns finden. Damit die nicht zu uns heraufkommen können.«

Er springt auf die Füße. »Na los!«, ruft er ungeduldig. »Ich will mein Pferdebild.«

»Wie weit ist es noch zu Magda?«

»Sie wohnt in dem Nest da drüben.« Er deutet auf eine der Baumhütten – genau am anderen Ende der Netze.

Ich seufze. »Natürlich.«

Das Klettern fällt mir nun leichter, da wackelige Stege und Hängebrücken, die teilweise sogar mit Geländern versehen sind, die Strickleitern ablösen. Immer wieder kommen uns andere Rebellen entgegen, die meisten auf den gleichen Pfaden wie wir, doch manchmal schwingen sie auch an Seilen so schnell an uns vorbei, dass ich kaum hinsehen mag. Sie mustern mich und meine ungeschickte Kletterei mit herablassenden, teilweise finsteren Blicken, doch keiner spricht uns an.

Obwohl ich die meiste Zeit auf meine Hände und Füße schauen muss, um nicht abzurutschen, komme ich doch bei Atempausen dazu, mich umzusehen. Das Blätterdach ist über uns nun ganz nah, und die Sonne besprenkelt uns dazwischen mit hellgrünem Licht.

Die Hütten wirken tatsächlich wie Nester. Sie sind rundlich und klein und aus allem gefertigt, was der Wald bietet – Äste, Zweige und Blätter, Moose und Lianen. Auch sie sind nicht an die Bäume genagelt, sondern sämtlich mit Seilen befestigt. Körbe mit Nahrung und anderen Dingen gleiten in Hängekonstruktionen an Seilen von Hütte zu Hütte.

Dort, wo das Blätterdach aufreißt, sehe ich auf halber Höhe riesige Blätter, die zu Wannen aufgespannt sind und in denen Regenwasser glitzert. Armdicke Rohre aus Bambus führen von einigen der Blätterwannen zu den Nestern, an anderen balancieren Frauen kichernd und tratschend auf schaukelnden Brettern und walken ihre Wäsche. Zwei von ihnen tragen Kleinkinder auf ihre Rücken gebunden. Tropfende Kleider und Decken wehen unter ihnen an langen Leinen im Wind.

Mehrere Plattformen zwischen den Bäumen scheinen ebenfalls als Versammlungsorte zu dienen, denn dort sitzen Grüppchen von Menschen, die essen oder dösen oder miteinander debattieren. Obwohl ich unwillkürlich immer wieder nach ihm Ausschau halte, sehe ich Finn nirgends. Auch Aylin finde ich nicht unter ihnen, genauso wenig wie Lydia oder sonst ein bekanntes Gesicht.

Und überall sind Vögel – große und kleine, braune und grüne und gelbe, so wie Max, der beim Weiterklettern auf Samis Schulter verharrt, als würde er dort hingehören. Ich wundere mich, warum ich all das Gezwitscher unten nicht gehört habe. Als wäre dies hier oben eine eigene Welt, weit entfernt vom Erdboden, zu dem ich mich tunlichst hüte, hinabzublicken.

Das Waldkind bewegt sich hier oben freier als unten, schwingt sich ebenso sicher und geschickt an den Seilen entlang wie die Rebellenkinder.

»Pass auf!«, rufe ich ihm ein, zwei Mal besorgt zu, doch er

ignoriert mich oder schenkt mir nur ein Lächeln, so glücklich, wie ich ihn seit Tagen nicht mehr gesehen habe. Die anderen Kinder halten allerdings weiterhin Abstand zu ihm. Sie spüren, dass er anders ist. Das versetzt mir einen Stich.

Endlich erreichen wir die letzte der Hütten. Auf einer kleinen Plattform vor dem Eingang sitzen zwei Frauen nebeneinander auf einer Holzbank, beide in Näharbeiten vertieft.

»Sami!«, ruft die Ältere in strafendem Ton, als sie uns erblickt. »Ich sagte, du sollst nicht barfuß unterwegs sein. Es ist noch zu kalt!«

»Ja, ja«, knurrt Sami und schwingt sich zu ihr auf die Plattform. Sie klemmt sich die Nadel zwischen die Lippen und krault ihm das Lockenhaar. In der anderen Hand hält sie einen Schuh, der wirkt, als wäre er bereits Hunderte Male geflickt worden.

Sie blickt zu mir, und ihre Miene verdüstert sich. »Was willst du?«

»Colin schickt mich«, antworte ich. »Ich soll ihm Medizin bringen.« Zaghaft taste ich mich über die Hängebrücke näher. Die Frau zieht Sami zu sich und zischt mich an, als wäre ich eine räuberische Katze.

»Verschwinde! Du kommst mir nicht ins Haus!«

Ich verharre mit eingezogenen Schultern. Schon spüre ich es hinter meinen Augen brennen, Tränen aus Ärger und Frust. Noch nie war ich so unwillkommen, so fehl am Platz wie hier. Das Waldkind drückt sich an mein Bein. Um uns flattern die Kinder und Vögel in den Netzen und beobachten alles flüsternd und zwitschernd.

»Wer soll verschwinden?« Eine dritte Frau tritt aus der offenen Hüttentür. Sie erblickt mich, schnaubt und wischt den grauen Zopf beiseite, der ihr über die Schulter hängt. »Soso.«

Ihre wachen, ebenfalls grauen Augen mustern erst mich, dann die ältere Frau mit derselben leicht verärgerten Intensität.

»Das ist mein Haus. Ich entscheide, wer reinkommen darf.« Sie winkt mir. »Her mit dir, Bürgerin.« Dann deutet sie auf die Kinderhorde. »Und ihr Eichhörnchen verschwindet. Bis auf Sami.«

Vorsichtig betrete ich die Plattform. Obwohl sie ebenfalls leicht schwingt, ist es eine Erleichterung – endlich wieder so etwas wie fester Boden unter meinen Füßen.

»Bist du Magda?«, frage ich die Frau mit dem Zopf. Sie nickt, ist jedoch immer noch in ihren verärgerten Blickwechsel mit der Älteren vertieft. Diese klappt den Mund wütend auf und wieder zu, dann wendet sie sich ab. Offensichtlich hat Magda hier das Sagen.

»Sie malt mir ein Pferdebild«, ruft Sami. »Weil ich sie hergebracht hab. Hast du Papier, Mam?«

Magda ist seine Mutter? Verblüfft schaue ich zwischen den beiden hin und her.

»Papier?« Sie runzelt die Stirn. »Vielleicht auch eine Krone aus goldenen Federn? Wer hat dir diesen Floh ins Ohr gesetzt?«

Sami senkt so traurig den Blick, dass ich schlucken muss. »Ich war das«, murmele ich. »Ich wusste nicht, dass Papier ...«

»Gar nichts weißt du von uns!«, giftet die Ältere, doch ein weiterer Blick von Magda lässt sie den Mund wieder schließen.

Magda seufzt. »Wir finden eine Lösung. Jetzt komm endlich, Bürgerin. Damit wir das hinter uns bringen.«

Ich trete hinter ihr ein, das Waldkind fest an meiner Hand.

Die Hütte wirkt im Inneren deutlich größer. Das Zweiggeflecht, das von außen die Hüttenwand bildet, ist innen von hellen Tüchern verhängt, die durch Ritzen vereinzelte Sonnenstrahlen hereinlassen. Dadurch ist der Raum in ein warmes Dämmerlicht getaucht. An der Wand hängen drei Widderfratzen. Ich unterdrücke den Impuls, zurückzuzucken. *Nur Masken.* Trotzdem jagen sie mir einen Schauer über den Rücken.

Ich vermeide, sie erneut anzuschauen. Stattdessen lasse ich meinen Blick schweifen – über eine große Bettstatt, einen

Tisch mit mehreren Hockern, einen winzigen gusseisernen Ofen und ein paar einfache gezimmerte Holzregale. So eng, so karg, und doch strahlt der Raum eine urwüchsige Gemütlichkeit aus, ein von Leben und Lachen erfülltes Zuhause, leise schwankend im Wind.

Mein Blick bleibt an den Regalen hängen, die mit einigen Gefäßen gefüllt sind. Alte, geflickte Trinkschläuche, Holzkistchen, Krüge mit abgebrochenen Henkeln, tönerne Schalen, von Sprüngen verziert, und sogar gläserne Ampullen, die allerdings ebenfalls alle einen antiken Eindruck machen. In vielen sehe ich getrocknete Blätter oder Beeren, in anderen allerlei bräunliche Flüssigkeiten. Ist Magda eine Kräuterkundige?

»Medizin«, murmelt sie. »Ach, Colin. Das, was du willst, kann ich dir nicht geben. Außerdem hat Brom da noch ein Wörtchen mitzureden.«

Sie wendet sich an mich. »Welchen Eindruck macht er auf dich?«

»C-Colin?«, stottere ich.

»Ist er zittrig? Betrunken? Deprimiert?«

»Ich weiß nicht. Wie verhält sich ein Betrunkener?«

»Du meine Güte.« Ihr Blick verengt sich zu verärgerten Schlitzen. »Du hast wirklich gar keine Ahnung.«

»Piesacke das arme Mädchen nicht.« Die weiche, melodiöse Stimme lässt mich herumfahren.

Am Türstock lehnt Barnabas. Sami steht neben ihm, dahinter lugen die beiden Frauen herein.

Der Barde lächelt mich an, und seine schwarzen Augen lachen so herzlich mit, dass es sich anfühlt wie eine Umarmung. Unwillkürlich seufze ich auf.

»Ich habe dich mit den kleinen Äffchen klettern sehen«, bekennt er freimütig, »und bin dir gefolgt. Colin trinkt also wieder?«

Magda nickt mit einem Seufzen.

»Am besten setzen wir uns erst mal«, schlägt Barnabas vor.

Mit wiegendem Schritt kommt er herein und rückt sich einen Hocker zurecht. Ich sehe die Laute an einem Band über seinem schmalen Rücken baumeln. Er winkt mir.

»Die liebe Magda kocht uns einen Tee. Dann erzähle ich dir ein bisschen was über unsere Leute, und im Gegenzug erzählst du mir etwas über dich.« Einladend deutet er auf einen anderen Hocker.

Magda verengt erneut die Augen und starrt den Barden dieses Mal so streng an, dass ich an seiner Stelle im Boden versunken wäre. Er allerdings streicht sich unbeeindruckt die Locken zurück.

»Colin erwartet mich«, sage ich, doch das erklärt er mit einer Handbewegung für unwichtig. Und als Magda sich mit einem ergebenen Schulterzucken abwendet und zur Kochstelle geht, wo sie einen Topf mit Wasser auf den kleinen gusseisernen Ofen setzt, zögere ich nicht länger. Als ich mich auf den Hocker setze, lässt sich das Waldkind im Schneidersitz neben mir nieder. Wie bei ihrer ersten Begegnung starrt es den Barden so durchdringend an, als gäbe es niemand anderes hier im Zimmer für ihn.

Als Barnabas' Blick ihn streift, hebt der Junge die Hand und lässt die Finger wie kleine Schmetterlingsflügel durch die Luft tanzen.

»Du möchtest, dass ich Musik mache?« Barnabas deutet auf die Laute auf seinem Rücken.

Der Junge nickt mit einem strahlenden Lächeln. Ich staune. Das ist das erste Mal, dass er zu jemand anderem Kontakt aufnimmt als zu mir.

»Ich habe mir schon gedacht, dass dir das gefällt, *deomhan leanabh*.« Barnabas blickt ihn nachdenklich an. »Heute Abend an den Grenzsteinen spiele ich wieder das Lied für euch, einverstanden?«

Der Junge nickt erneut, offenbar zufrieden, und kuschelt seinen Kopf in meinen Schoß.

»Welche Grenzsteine?«, frage ich. »Welches Lied?«

Barnabas und Magda wechseln einen Blick.

»Lasst uns über Colin reden«, weicht Barnabas aus. »Behandelt er dich gut?«

»Nun ja.« Ich hebe die Schultern.

»Halte durch.« Barnabas blinzelt mir zu. »Noch zwei Tage, dann beendet Brom deinen Dienst für ihn, du wirst sehen. Und dann bekommt ihr einen Platz im Hort zugewiesen, der Junge und du.«

»Ist das hier der Hort?« Ich deute auf das Hütteninnere und dann hinaus auf die schwingenden Seile und Stege.

Er nickt. »Unser Zufluchtsort«, sagt er. »Für die Verlorenen und die Verfolgten, die Ärmsten unter den Gemeinen.«

Ich mustere Magda und ihn. Allzu verloren sehen sie nicht aus. Dann muss ich an Aylin und ihr verbranntes Gesicht denken.

»So wie Aylin«, murmele ich. »Sind ihre Kinder tot?«

Barnabas wechselt erneut einen Blick mit Magda. »Wir wissen es nicht«, sagt er. »Sie musste vor den Ordnern fliehen und sie bei Verwandten zurücklassen. Als sie die Kinder nachholen wollte, war die ganze Familie fort. Wahrscheinlich vor dem Hunger geflohen, wie so viele.«

Er seufzt. »Jeder hier hat seine Geschichte, Bürgermädchen. Selbst Colin.«

»Ich mag Colin«, sagt Sami. Er kauert sich neben uns auf den Boden, Max zwitschert mich von seiner Schulter aus an. »Er ist wie Aylin«, sagt Sami. »Er gibt mir immer was von seinem Essen ab, wenn er mich sieht.«

»Du sollst nicht bei anderen Leuten betteln«, weist Magda ihn zurecht. »Wir haben genug zu essen.«

»Ich bettele nicht«, ruft Sami gekränkt. »Sie machen das von selber.« Er nimmt meinen Arm. »Malst du mir endlich mein Bild?«

Ich nicke und beiße mir zugleich auf die Lippen. »Ich würde

dir gerne ein Pferd malen. Aber ich habe keinen Stift und kein Papier ...«

»Papier, Papier«, brummelt Magda. Mit einer schroffen Bewegung wirft sie etwas vor mich auf den Tisch. »Das muss der Dame reichen.«

Es sind mehrere gepresste Lindenblätter, hellgrün und groß und rund wie Teller. Außerdem ein Stück Kohle, das mir sofort die Finger schwarz färbt, als ich es in die Hand nehme.

»Danke«. Ich streiche das Blatt vor mir glatt und beginne zu zeichnen. Eine Weile ist nichts anderes zu hören als das Kratzen der Kohle und Magdas Hantieren am Ofen.

»Hat Colin auch Familie?«, frage ich irgendwann, um das Schweigen zu brechen.

Barnabas, der meine Finger ebenso fasziniert beobachtet wie die Kinder, blickt auf. Er zögert mit einer Antwort, bis Magda neben ihn tritt und ihm zunickt.

»Er hatte Familie«, sagt er. »Bis die Republik sie umgebracht hat.«

»Nicht die Republik«, sagt Magda. »Eine Bürgerin. Eine wie du.«

»Wie ich?« Meine Finger beginnen zu zittern, und der Schweif des Pferdes wird krumm. Ich balle die Faust um das Kohlestück. »Ich würde nie jemanden ...«

»Ach nein?« Magda beugt sich vor. »Hast du nicht seelenruhig zugeschaut? Oben auf der Tribüne? Wir waren da. Wir haben dich alle gesehen.« Ihre grauen Augen sind wie Nebel und Stein. »Ihr wolltet Kinder hängen! Und dann haben die Ordner Unschuldige niedergemetzelt, weil euch euer Geld mehr bedeutet als die Leben eines ganzen Dorfs.«

Ich keuche. Die Widderfratzen starren mich von den Wänden an, ebenso finster wie Magda. Sami ist zur Wand zurückgerutscht und versteckt das Gesicht zwischen den Armen. Max zischt aus dem Fenster, und das Waldkind verkriecht sich unter dem Tisch.

»Ihr habt die Tribüne in die Luft gesprengt«, stoße ich aus. »Euretwegen wäre ich fast gestorben.«

»Glaubst du, es ist Brom leichtgefallen, den Sprengstoff zünden zu lassen?«, faucht Magda. »Der war nur für den Notfall gedacht. Er tat es, um uns die Flucht aus diesem furchtbaren Gemetzel zu ermöglichen. Ihr dagegen wart dort von Anfang an versammelt, um zu töten. Ihr seid die Ungeheuer, nicht wir.«

Tränen rinnen meine Wangen hinab. Ich halte die Fäuste geballt und ringe nach Worten, doch ich finde keine. Sie hat recht. Wir sind Ungeheuer. Genauso wie sie.

»Es reicht«, sagt Barnabas sanft. Er legt eine Hand auf meine Schulter. »Sie ist unser Gast, Magda. Und sie kann nichts für das Tun ihrer Mutter.«

»Hat sie …« Ich schluchze auf, als mir ein neuer Gedanke kommt. »Hat sie Colins Familie getötet?«

Er schüttelt den Kopf und drückt meine Schulter. »Colin stammt aus Clifdon. Seine Frau und er arbeiteten dort als Bedienstete in einem der Ministerpaläste.« Er seufzt. »Seine Frau wurde schwanger und machte wohl den Fehler, damit zu prahlen. Die Gattin des Ministers konnte keine Kinder bekommen. Sie war so eifersüchtig, dass sie Colins Frau des Diebstahls bezichtigte. Eigentlich wollte sie sie nur hinauswerfen, aber ihr Mann, der Minister, wollte ein Exempel statuieren. Er ließ Colins Frau hängen.«

Ich ziehe schneidend die Luft ein. Der Barde nickt, als spürte er mein Entsetzen. Seine Augen sind so dunkel wie zwei Waldseen. »Colin verlor ebenfalls seine Stelle«, fährt er fort. »Er trieb sich von da an in den heruntergekommenen Tavernen von Clifdons Nachtschwärmervierteln herum und soff den Schnaps, den sie dort in den Kellern brennen und der einem Gesundheit und Charakter verdirbt. Brom gabelte ihn irgendwann halb tot auf der Straße auf. Er brachte ihn her.«

»Weiß der Teufel, was er in ihm sieht«, sagt Magda schroff.

»Colin ist ein Hohlkopf. Der Alkohol hat ihn völlig zerstört. Und weil Brom ihn hier im Hort nicht so viel trinken lässt, schluckt er jetzt Archa-Beeren, um seinen Schädel und die Erinnerung zu betäuben. Aber die kriegt er nicht mehr.« Sie schaut zu den Regalen hinüber, zu all den Behältern und Gefäßen. »Jedenfalls nicht von mir. Ich habe nämlich keine mehr.«

Ich atme tief durch und greife wieder nach der Kohle. Vielleicht kann ich Colin helfen.

»Meinst du die hier?«, frage ich und entwerfe auf einem weiteren Blatt eine rasche Skizze einer Beerentraube, ummantelt von fleischigen runden Blättern. »Gelb und etwa linsengroß?«

Sie beugt sich über meine Zeichnung. »Ja!«

»An denen kamen wir gestern vorbei«, sage ich. »Etwa zwei Stunden von hier, bei den Nadelbäumen. Kurz nach der großen Wurzel, die einen Abhang spaltet.«

Verblüfft starrt sie mich an. »Woher kennst du die Beere?«

»Aus meinen Büchern.« Ich schlucke. Sie vermisse ich fast ebenso sehr wie meinen Garten. »Ich wollte einst Botanik studieren.«

»Soso.« Barnabas mustert mich mit einem leisen Lächeln. »Ich wusste, dass auch du eine Geschichte hast. Wenn du mir mehr von dir erzählst, mache ich vielleicht ein Lied daraus.«

»Ach was«, sagt Magda. Ihre Augen blitzen. »Ich muss sofort zu Brom wegen der Beeren. Ich brauche dringend neue Vorräte. Die Archa-Büsche tragen immer nur wenige Tage lang, wir haben also nicht viel Zeit.«

Sie rollt das Blatt zusammen und steckt es in ihre Brusttasche. »Du kommst mit, Bürgerin«, bestimmt sie. »Colin muss warten.«

Ich stehe auf. So nahe mir Colins Geschichte auch geht, alles ist mir lieber, als zu ihm zurückzukehren.

Sami kommt herbeigeflitzt, und ich reiche ihm das Pferdebild. Ich habe versucht, einen Hengst im Galopp einzufangen. Es ist mir nicht besonders gut gelungen, die zum Wiehern geblähten Nüstern sind zu groß und die hinteren Flanken zu breit – doch der Junge starrt so staunend auf die Zeichnung, als spränge das Tier jeden Augenblick daraus hervor.

Ich muss schlucken. Früher habe ich dieses Pferd oft gezeichnet. Maeves Hengst. *Ihr freudiges Lachen, wenn ich ihr wieder eine Skizze von ihm reichte. Ihr stolzer Blick, wenn sie es mit Holznägeln über ihrem Bett befestigte.*

Was sie jetzt wohl macht, in der Bastion der Soldaten? Denkt sie noch je an mich und meine kleinen Bilder? Mein Herz flattert angstvoll auf, und ich weiß nicht, ob es ihretwegen ist oder wegen der Seilbrücken, deren schwindelerregendes Schwanken ich wieder betreten muss, ohne zu wissen, wo ich am Ende lande.

Eva

Mir rauschen die Ohren vom Lärm der Expedition. Das Hundegebell, das Rasseln und Scheppern der Töpfe und Pfannen auf den Maultierrücken, das Rufen der Soldaten. Jeder zweite von ihnen schlägt rhythmisch mit einem Stock gegen sein mit Leder bezogenes Holzschild, ein polterndes, monotones Trommeln.

Nur der Wald ist still. Unheimlich still. Wenn ich aus der Reihe tanzen würde, nur einen Steinwurf abseits der Marschrichtung, wäre der Lärm fort. Verschluckt vom Unterholz, gefressen vom Finsterwald. Das ist natürlich Unsinn, doch so fühlt es sich an.

Also atme ich tief durch und ziehe die Kappe tiefer über die Ohren. So gern ich den Lärm los wäre, so ungern will ich hier alleine sein.

Quinn hat mir erklärt, dass sie auf der Expedition absichtlich so viel Krach machen, um Schlangen und Raubtiere zu verschrecken. Rebellen verschrecken sie damit auch, sagte ich ihr, aber sie zuckte nur mit den Schultern, als wäre ihr das egal. So viel zur Loyalität der einfachen Soldaten gegenüber der Republik.

Jetzt marschiert sie vor mir, grämlich und in sich gekehrt. Sie nimmt es mir übel, dass ich sie zur Expedition verdonnert habe, deshalb lasse ich sie in Ruhe. Sie wird sich schon noch daran gewöhnen.

Da sie meine Adjutantin ist, könnte ich ihr meinen Rucksack und meinen Schild aufbrummen, der wie der schwere Panzer einer Schildkröte auf meinem Rücken sitzt. Doch ich trage meine Sachen lieber selbst. Die Riemen schnüren mir in die Schultern, denn ich habe mir noch ein paar Extrarationen

Essen eingesteckt. Ich bin gern unabhängig. Falls der Trupp und ich uns trennen müssen.

Wir sind mehr als siebzig Mann. Sechzig Soldaten, sieben Jäger, alle drei Brenner der Bastion – darunter der Brenner aus dem Labor – und zwei von Horans muskulösen Heilern. Vier Jäger sind in Zweiergruppen ausgeschwirrt, um nach Spuren zu suchen, wir andern ziehen im Gänsemarsch hinterdrein. Luka ganz vorne, seine beiden Hunde wie Schatten neben ihm, hinter ihm Wylie, der zwei abgerichtete Falken auf den muskulösen Schultern sitzen hat. Ich bin beim Schlusslicht des Trupps, sodass ich das Schnauben und Scheppern der Maultiere im Genick habe, die mit ihren Führern ganz hinten gehen.

Noch vor dem Morgengrauen sind wir aufgebrochen, das ist jetzt acht Stunden her. Stets nach Nordwesten, mit zwei kurzen Pausen, die ich für Nickerchen nutzte. Letzte Nacht habe ich kaum geschlafen. Stattdessen habe ich dem Altmeister alles geschrieben. Es hat mich Stunden gekostet, die Informationen zu verknappen und zu verschlüsseln, in einem schwülstigen, von Schwärmereien über Luka wimmelnden Brief, adressiert an eine angebliche Tante Lilli. Eine Tarnadresse natürlich. Wenn die Falken schnell sind und der Kurier zwischen der Adresse und Andex ebenso, sollte der Altmeister binnen dreißig Stunden über alles Bescheid wissen.

Ich wünschte, er wäre hier. Irgendjemand wäre hier, dem ich vertrauen könnte, der mir sagt, dass ich das Richtige tue. Lächerlich, ich weiß. Aber dieser Lärm geht mir an die Nieren. Krach habe ich noch nie gut vertragen. Und dazu der Wald. Das Licht ist düster, seltsam unwirklich.

Schwarze Tannen beugen ihre Wipfel über uns, umzingeln uns wie reglose Soldaten. Die neblige Luft ist klamm und schwer. Jeder Schritt ähnelt dem nächsten, jeder Baumstamm, jeder Auswuchs des dornigen Unterholzes, jeder moosbewachsene Felsbuckel. Ich hasse es, dass man hier nirgends den Horizont sieht, nicht einmal ein größeres Stück freien Himmels, da er fast völlig von Baumkronen verdeckt wird.

Wir könnten im Kreis laufen, ich wüsste es nicht. Und irgendwo dort draußen ist Cianna. Das lässt meine Nerven kribbeln wie Ameisen. Irgendein Instinkt hat mich getrieben, einen Fetzen ihres zerrissenen Hausmantels einzupacken, dieses nutzlosen, von Sklaven bestickten Kleidungsstücks, das für alles steht, was ich hasse – für ein Leben in oberflächlichem Überfluss, das Cianna all die Jahre weitergeführt hat, ohne es je zu hinterfragen. Doch warum ist sie dann hier?

Wenn sie immer noch das verträumte Angsthäschen von früher ist, werden die anderen Rebellen ihre Freude mit ihr haben. Heulend und zähneklappernd wird sie hier entlanggelaufen sein. Sie hat den Wald immer gemieden wie die Pest, nicht einmal bei den Mutproben mit den Dorfkindern hat sie mitgemacht. Kaum zu glauben, dass sie sich so geändert hat. Eine Rebellin. Eine, die sich mit Alben einlässt. Wie konnte es so weit kommen?

Du hast sie alleingelassen. Der Gedanke durchfährt mich wie ein Dolchstoß. Nicht zum ersten Mal heute. Es gelingt mir immer weniger, ihn wegzuschieben. Du hast sie alleingelassen.

Dabei habe nicht ich uns auseinandergerissen. Mutter war es. Am Tag nach dem Maskenball.

Nein. Nicht der Maskenball. Ich balle die Fäuste, doch der Gedanke wächst in mir zu einem schwarzen Klumpen.

Verdammt! Ich will die Augen schließen und mich vom Finsterwald verschlingen lassen. Ich will losstürmen und jeden niedermetzeln, der sich mir in den Weg stellt, will Luka die Kleider vom Leib reißen und mich von ihm nehmen lassen, hier vor allen gaffenden Soldaten.

Hauptsache, die Erinnerungen überrollen mich nicht. Doch sie packen mich, hier in der düsteren Gleichförmigkeit des Marschierens, dem eintönig ohrenbetäubenden Lärmen und Trommeln und der trüben Luft, die zu schwer zum Atmen ist.

*

Es riecht nach Puder, nach Schminke, nach Schweiß. Die Musikanten spielen einen Tusch, und dann stimmen sie dasselbe Lied von vorne an, die bedächtige, feierliche Musik, die die Republik für solche Anlässe gestattet.

Ich nehme die Hand des nächsten verkleideten Gutsherrn, der an der Reihe ist, und wir schreiten zum Tanz. Nach dem Eisbären und dem Kriegsherrn jetzt also ein alternder Habicht. Die Federn, die er in sein graues Haar hat flechten lassen, hängen schon lose herunter, und an seiner Schnabelmaske entdecke ich Essensflecken vom Buffet. Mich irritiert sein unruhig wandernder Blick. Er vermeidet es, mich anzuschauen. Warum ist er so nervös? Weil heute mein siebzehnter Geburtstag ist und ich ab jetzt als Erwachsene gelte?

Dann sehe ich, wie sein Blick an einer Gestalt hinter meiner Schulter hängenbleibt, und bei der nächsten Drehung weiß ich Bescheid.

Mutter. Natürlich geht es um sie. Unter meiner Maske ziehe ich eine Grimasse. Sie hat bisher noch nicht getanzt, stattdessen residiert sie in der Mitte des riesigen, vier Mannslängen breiten Diwans, den sie eigens für den Maskenball im großen Saal hat aufstellen lassen. Ihr Kleid verschmilzt mit den weißsamtenen Polstern und den hellgrauen Kissen, die mit silbernen Eiskristallen bestickt sind.

Ich bin ein Winterkind. Deshalb steht der Maskenball, den sie zu meiner Einführung in die höhere Gesellschaft veranstaltet, unter dem Motto Winter.

Mutter hat auch bestimmt, dass ich als Schneefuchs gehe. Meine weite Tunika ist blendend weiß, der Saum mit feinem Fell überzogen, dazwischen glänzen Glasperlen wie Schneeflocken. Unter der Maske mit dem flaumigen spitznasigen Gesicht schwitze ich, und die Ohren wippen bei jeder Bewegung. Trotzdem mag ich mein Kostüm. Ich mag Füchse, das Listige und Verschmitzte, für das sie in den Geschichten stehen.

Allerdings geht Mutter auch als Schneefuchs. Und sie trägt ein elfenbeinfarbenes, mit Hermelin besetztes Brokatgewand, das sich so eng an ihren Körper schmiegt, als wäre sie hineingegossen. Ihre Maske ist nur angedeutet, ein paar kleine Ohren, ein niedlicher Fellstups auf ihrer Nase. Sie ist wunderschön, während ich daherkomme wie ein verkleidetes Kind. Sie konnte noch nie in der zweiten Reihe stehen, und ich hasse sie dafür.

Ich wirbele ein bisschen heftiger über die Tanzfläche, als es dem Habicht zusagt, dabei dirigiere ich ihn in die andere Ecke des Saals. Ich bringe den alten Kerl kräftig ins Schnaufen. Eigentlich führen beim Tanz die Männer, doch das ist mir egal. Das ist mein Abend, nicht seiner!

Das Licht der Kerzenleuchter spiegelt sich in den Getränketabletts der Sklaven und Bediensteten, die zwischen den Tanzenden hindurcheilen. Fratzen und Masken ziehen an mir vorbei, ein Wirrwarr aus Seide, Gaze, silbernen Verzierungen, Hörnern, Samthüten und Kapuzen. Wölfe und Rehkitze sehe ich, Schneelöwinnen und fellbesetzte Barbaren, Fantasiewesen mit bunt getupften Federn und Schleiern.

Manche Gäste sind wie ich komplett verhüllt, doch viele tragen nur kleine Masken oder haben sie auf die Stirn geschoben, um ungestörter essen oder sich unterhalten zu können. Fast ausnahmslos sind es Mutters Geschäftspartner und ältere Bürger aus ihrem Bezirk.

Was ist der Sinn eines Maskenballs, wenn sich keiner richtig maskiert? Ich habe es mir anders vorgestellt, aufregender. Mit frechen kleinen Verfehlungen, die sich unmaskiert nie einer in Mutters Gegenwart trauen würde, mit Heimlichkeiten und verruchten Flirts hinter den Vorhangschleiern, die Mutter ringsum an den Nischen des Saals hat anbringen lassen. Stattdessen sitzen dort jetzt die alternden Matronen und tratschen über die Tanzenden, und Händler wie Jannis nutzen sie, um Geschäftsabschlüsse zu tätigen.

Gut, dass ich einen Alternativplan habe – sonst würde ich vor Enttäuschung und Langeweile verrückt werden. Als der Tanz vorbei ist, murmele ich ein paar vage Entschuldigungen und schiebe mich zwischen den Gästen zu einer Nebenpforte hinaus. Ich eile durch den Korridor, stoße eine Tür auf und springe die Stufen der Dienertreppe hinab. Dort unten am Fuß des Treppenhauses warten sie auf mich. Patricia, Mona und Alby.

»Alles Gute zum Geburtstag, Maeve!« Patricia packt mich an der Hüfte und presst ihre Lippen auf meine. Sie ist genauso groß wie ich, doch viel breiter und muskulöser. Außerdem schmeckt sie ein bisschen nach Bier. Ich sauge gierig an ihren Lippen, bis sie mich wieder loslässt.

Mona umarmt mich stürmisch, Alby rückt seine Augengläser zurecht und streckt mir dann seine Hand hin.

Sie alle haben sich schon umgezogen, tragen Stiefel, Handschuhe und schwarze Kittel. Am Boden stehen die Eimer mit Pferdemist, die Patricia mitgebracht hat, und die schweren Widdermasken aus Holz lehnen an der Wand. Mona hat sie aufgetrieben, irgendwo in den Kellern ihres Vaters, der Kommandant der Ordnungswächter von Cullahill ist. Alby sagte nämlich, er habe gehört, dass Rebellen diese Masken bei ihren Überfällen tragen. Und ich hatte die Idee zu unserer Aktion.

»Wollt ihr das wirklich tun?«, fragt Alby.

»Machst du Witze?«, rufe ich. Doch er blickt gar nicht mich an, sondern Patricia.

»Du hast am meisten zu verlieren«, sagt er.

Sie packt mich erneut an den Hüften. Ihre Hände sind groß und grob wie die eines Mannes. Ich bin verrückt nach ihren Händen, allein ihr Anblick macht mich kribbelig.

»Meine Lady hat Geburtstag, für sie tu ich alles!« Sie grinst. »Außerdem wissen die eh nicht, wer unter den Masken steckt.«

Ich schlinge die Arme um sie. »Genau!«

Alby wirkt skeptisch, doch er sagt nichts mehr. Er kann mit Patricia nicht viel anfangen. Wahrscheinlich ist er ein Spießer, der es komisch findet, wenn sich Frauen küssen. Außerdem ist Patricia keine Bürgerin wie wir anderen, sondern eine Gemeine – und drei Jahre älter als wir. Eigentlich ist sie meine Pferdemagd. Tagsüber kümmert sie sich um Onyx, meinen Hengst. Und nachts, wenn ich mich rausschleichen kann, um mich.

Widerstrebend löse ich mich aus ihren Armen, schlüpfe aus dem Rock und der weißen Tunika und schnappe mir den schwarzen Kittel, den Mona mir hinhält. Patricia verschlingt mich währenddessen mit ihren Blicken, Alby sieht verlegen weg.

Ich stopfe meine weißen Sachen in einen Sack, ziehe meine Reitstiefel und die Lederhandschuhe an. Dann bin ich so weit.

»Vier für immer«, flüstere ich ein bisschen beklommen. Die anderen nicken. Jeder nimmt einen Eimer und eine Maske, und wir eilen die Treppe empor. Nicht in das Stockwerk, aus dem ich kam, sondern eins höher.

Während unsere Stiefel auf den Stufen poltern, muss ich an Cianna denken, die ahnungslos in ihrem Bett liegt. Die Kleine weinte vorhin dicke Tränen, weil nur Erwachsene am Maskenball teilnehmen dürfen. Manchmal ist es anstrengend, wie sie versucht, mir auf Schritt und Tritt überallhin zu folgen. Sie hält mich für das reinste, herrlichste Wesen unter der Sonne. Wenn sie wüsste. Wäre sie hier, würde ich allerdings niemals das tun, was ich vorhabe. Da Mutter sich kaum um uns schert, bin ich für sie verantwortlich. Und sie würde das, was wir hier tun, weder verstehen noch verkraften. Aber sie schläft.

Wir sind da. Verschwörerisch nicken wir uns zu, stülpen uns die Masken über, und ich stoße die Tür auf. Musik, Gelächter, Kerzenschein dringt uns entgegen.

Wir betreten die Galerie über dem Saal. Sie ist leer, Mutter hat sie nicht für Gäste freigegeben.

Ich luge über das Geländer. Da unten tanzen die nichts ahnen-

den Maskierten. Mutter räkelt sich auf dem Diwan, ins Gespräch mit zwei Händlern vertieft, die ihr beide gierig ins Dekolleté glotzen. Einer davon ist Albys Vater. Monas Eltern sind sicher auch irgendwo, doch ich nehme mir nicht die Zeit, nach ihnen zu suchen.

Ich stülpe mir die Maske übers Gesicht, die anderen tun es mir nach.

»Für das Volk!«, brülle ich los und schleudere die erste Handvoll halbflüssigen Pferdemist nach unten. »Für das Volk!«

Mona stimmt mit ein, Patricia stößt ein Röhren aus wie ein Hirsch. Keine Ahnung, wie Rebellen sich benehmen. Doch allein Patricias Brüllen und die Mistbomben haben eine durchschlagende Wirkung. Eine Maskierte taumelt kreischend gegen ihren Tanzpartner. Braune Bäche laufen über ihre Stirn und ihren Nacken hinab. Die beiden stolpern gegen das nächste Tanzpaar und reißen es von den Beinen. Bedienstete lassen klirrend ihre Tabletts fallen. Die Kapelle verstummt mit einem misstönenden Klang. Als die nächsten Mistbomben fliegen, bricht Tumult aus. Ich ziele in Mutters Richtung und fluche unterdrückt, als mein Wurfgeschoss nicht weit genug kommt.

»Dort oben.« Einige zeigen zu uns, während sich andere ducken und wieder andere schreiend in alle Richtungen davonrennen. »Rebellen!«

»Für das Volk!«, kreischt Mona, und ich falle wieder mit ein. Wir laufen die Balustrade entlang und bombardieren weiterhin die Menge.

Auch Mutter hat uns entdeckt. Furcht sehe ich in ihrer Miene allerdings keine, nur Wut und Hass sprühen aus den eisblauen Augen.

»Ordner«, ruft sie und springt auf. »Jemand soll die Ordner verständigen!«

Einer der Männer reißt sich den Barbarenbart aus dem Gesicht und rennt los. Monas Vater, der Kommandant der Kastellwache. Wir haben nicht mehr viel Zeit.

Patricia formt eine Mistkugel und wirft sie auf Mutter, und sie zerplatzt braun und matschig auf ihrem weißen Kleid. Ich liebe Patricia so für diesen Treffer, dass mir für einen Augenblick der Atem wegbleibt.

Dann packe ich meinen Eimer und kippe den restlichen Inhalt übers Geländer. Mit einem satten Platsch landet der Mist auf dem Boden und spritzt dort in alle Richtungen.

»Rückzug«, rufe ich, lasse den Eimer fallen und sprinte los. Das Herz schlägt mir bis zum Hals. Ich renne zur Tür am anderen Ende der Galerie, so wie wir es geplant haben. Die anderen folgen mir in kurzem Abstand. In der Ferne hören wir schon das Getrappel von schweren Stiefeln. Die Ordner unter dem Kommando von Monas Vater. Doch ich habe keine Angst vor ihnen.

Ich lache auf. Mutters Republik und ihre Hofnarren. Wir haben es ihnen gezeigt!

Schon biege ich in den nächsten dunklen Korridor ein. Sternenlicht fällt durch die hohen Fenster, an denen ich vorbeistürme. Die anderen sind mir dicht auf den Fersen. Ich kenne mich im Kastell aus wie niemand sonst. Wir rennen durch weitere Korridore, Nebenpforten, schmale Gänge und leere Verbindungszimmer nach Westen. Einmal springt ein Sklave schreiend zur Seite, doch sonst ist es ruhig.

Dann sind wir im Westflügel. Er steht leer, seit Jahren schon. Es riecht muffig, nach Verfall und verschimmelten Möbeln, die Fensterläden hier wurden seit Ewigkeiten nicht mehr geöffnet. Ich stoße eine letzte Tür auf, und vor uns erstreckt sich das Treppenhaus des Westturms. Es ist verboten, ihn zu betreten. Angeblich, weil er baufällig ist. Doch ich glaube, Mutter will nur verhindern, dass sich Bedienstete hier unbeaufsichtigt herumtreiben. Sie hat gern alle im Griff. Aber ich lasse mich nicht von ihr kontrollieren.

Wir steigen die steilen Stufen fünf Stockwerke hinauf, dann kommen wir in eine kleine, runde Kammer. Sie ist vollkommen leer, die Fenster ohne Scheiben, sodass der Nachtwind hereinweht.

In einer Ecke liegen Decken und zwei große Beutel, die ich gestern schon für uns hochgeschleppt habe.

Ich ringe nach Atem, auch die anderen keuchen. Mona lacht mich an, Patricia hebt mit einem triumphierenden Grinsen die Fäuste. »Vier für immer!«

Ich schlüpfe in ein bequemes Kleid und einen Wollmantel. Auch den anderen werfe ich ihre Kleidungsstücke zu.

»Gebt mir eure Kittel und Masken!« Sie händigen mir die Sachen aus, und ich trete damit auf die Rückseite des schmalen Balkons, der den gesamten Westturm auf dieser Ebene umgibt. Immer noch schnappe ich nach Luft, aber mein Herz schlägt jetzt ruhiger. Die Luft ist frisch. Es ist eine klare, helle Nacht, am Himmel leuchtet ein fast voller Mond. Unter mir liegt die Wehrmauer, dahinter schwarz und ruhig die Gärten, dann ein weiterer Mauerring und der Wald. Mit Schwung pfeffere ich die Masken und Kittel hinab. Sollen sie doch glauben, die Rebellen seien dort über die Außenmauern in den Deamhain geflohen!

Stolz auf meine Gerissenheit will ich wieder zurück in die Kammer, als Mona neben mir auftaucht.

»Schau mal.« Sie zieht mich am Ärmel den Balkon entlang. »Sie suchen uns gar nicht mehr.«

Wir spähen geduckt auf den Kastellhof hinunter. Tatsächlich herrscht dort überraschende Ruhe. Die Wachen am Tor stehen unbewegt, auf den Mauern patrouillieren die üblichen Dreiergruppen der Ordner. Ein paar Gäste steigen soeben in eine Kutsche, begleitet von Bediensteten. Die Pferde traben los, und als sich das Tor hinter dem ratternden Gefährt wieder schließt, ist der Kastellhof wie leergefegt.

»Die sind doch nicht blöd«, murmelt Alby hinter mir. »Die wissen längst, dass wir das waren.«

»Von wegen«, stoße ich aus und schiebe mich an ihm vorbei zurück in die Turmkammer. Von ihm lasse ich mir nicht die Laune verderben. »Wo ist mein Bier?«

Patricia hat sich bereits auf einer der Decken niedergelassen.

Sie hat eine Öllampe angezündet und die große bauchige Tonflasche ausgepackt, die ich ebenfalls in den Beuteln hierhergeschleppt habe. Alkohol ist verboten, doch das heißt nicht, dass man nicht an ihn herankommt.

Sie zieht den Stopfen aus der Flasche und füllt Bier in vier Zinnbecher.

Mit einem Juchzen springe ich auf ihren Schoß und reiße ihr den letzten Becher aus der Hand. »Feiern wir!«

Beim Anstoßen klirren die Becher wie Siegesglocken.

»Auf dich«, sagt Patricia und küsst mich. »Unsere unerschrockene Anführerin.«

Ich drücke mich an sie, und wir knutschen, bis Mona ein Ächzen ausstößt. »Sucht euch ein Bett.«

Lachend fahre ich zu ihr herum. »Du bist doch nur neidisch.« Sie ist meine beste Freundin, fast meine zweite Schwester. Sie darf so etwas sagen. Albys verkniffene Miene allerdings stößt mir sauer auf. Warum hat er überhaupt mitgemacht?

»Schau nicht so dämlich, Alby«, sage ich. »Man könnte meinen, du willst dich verdrücken.«

Er hebt die Schultern, widerspricht jedoch nicht. Das ärgert mich noch mehr. Heute ist mein Geburtstag. Er kann froh sein, dass er dabei sein darf! Er ist zwar Monas Cousin, aber so ein verkniffener Angsthase, dass er mir oft auf die Nerven geht. »Mach dich mal locker«, sage ich. »Du brauchst mehr Alkohol.«

»Da hab ich das Richtige.« Patricia greift in ihre Jackentasche und holt eine kleine Flasche hervor. Sie zieht den Stopfen und lässt mich schnüffeln. Der scharfe Geruch von Schnaps steigt mir in die Nase. Ich reiße die Augen auf. »Wie bist du da rangekommen?«

»Mein Geheimnis.« Sie blinzelt mir zu. »Zur Feier des Tages.«

Ich schnappe mir den Schnaps und gehe zu Alby hinüber. Noch ehe er seinen halbvollen Becher wegziehen kann, gieße ich ihm ein paar große Schlucke ins Bier.

»Trink.«

Er zögert.

Ich stehe über ihm, stemme die Hände in die Seiten. »Trink!«
»Lass ihn doch«, sagt Mona. »Wenn er nicht will.«
»Er will.« *Ich funkle ihn an und stoße meinen Becher gegen den seinen.* »Sláinte. Oder bist du zu feige dazu?«

Hinter den Gläsern glänzen seine grünen Augen feucht wie die eines Frosches. Doch er hebt den Becher an die Lippen und nimmt den ersten Schluck, verzieht das Gesicht, dann trinkt er weiter. Ich warte so lange, bis er den Becher geleert hat. »Na also.« *Zufrieden klopfe ich ihm auf die Schulter.*

Zuerst plaudern wir nur und lachen über Patricias Witze. Selbst Alby lacht nach einer Weile mit, keckernd und schnaufend, als wäre es für ihn ungewohnt. Doch bald hält uns nichts mehr im Sitzen. Patricia schnappt sich die halbleere Tonflasche und trommelt darauf. Sie stimmt mit volltönender, überraschend musikalischer Stimme eines der Dorflieder der Gemeinen an, etwas Unanständiges mit Frauen und fliegenden Röcken und Betten aus Stroh, und dabei schaut sie nur mich an. Ich springe auf, reiße Mona auf die Füße, und wir werfen unsere langen blonden Haare in den Nacken und tanzen aufreizend zu Patricias Gesang durch die Kammer. Dann zerre ich Alby in die Höhe. Er torkelt mehr, als er tanzt, doch er hat ebenso viel Spaß wie wir, und sein Gesicht wirkt endlich gelöst.

»Ich bin ein Vogel«, *ruft er und springt zwischen Mona und mir hin und her, die Arme wie Flügel ausgestreckt. Wir drehen ihn kichernd im Kreis, und einmal fällt er mir in die Arme, und ich drücke ihm frech einen Kuss auf die Lippen. Er strahlt mich an, packt mich an der Hand und nimmt mich mit auf den Balkon hinaus.*

»Ich will mit dir fliegen«, *ruft er und beugt sich über das Geländer.* »Wie ein Vogel im Wind!«

»Nicht so stürmisch.« *Lachend ziehe ich ihn zurück zur Wand und halte seine Hände fest, als er versucht, meine Haare zu berühren.*

»Du bist so schön«, *wispert er. Sein Blick wandert über mein*

Gesicht, doch seine Augen kippen dabei immer wieder weg. »*So schön.*«

Das Lied im Inneren der Kammer ist verstummt. Patricia lugt um die Ecke.

»*Was treibt ihr da?*« *Ihr misstrauisches Lächeln hat etwas von einem Zähnefletschen. Ich lasse Alby sofort los und kehre zu ihr zurück.*

»*Der Kleine ist betrunken.*« *Ich kichere und presse mich an sie.* »*Und ich will nur dich.*« *Ich zerwühle ihr Haar und puste ihr in den Nacken, woraufhin sie ein lüsternes Schnauben ausstößt.*

»*He, da oben!*« *Der Schrei lässt uns aufschrecken. Wir blicken die Brüstung hinunter. Dort, sechs Stockwerke unter uns, stehen drei Ordner auf dem Kastellhof und blicken zu uns herauf.* »*Wer ist da? Das Betreten des Westturms ist verboten!*«

Einer von ihnen stößt einen Pfiff aus. Sofort marschiert vom Tor ein weiterer Dreiertrupp zur Verstärkung heran.

»*Oh nein, sie kommen uns holen*«, *schreie ich, löse mich von Patricia und eile in die Kammer zurück, stopfe chaotisch ein paar Sachen in die Beutel. Patricia hilft mir.*

»*Wir müssen abhauen!*«, *rufe ich Mona zu, die mit der Schnapsflasche im Arm auf den Decken kauert.*

Sie nickt und wankt auf den Balkon, um nur einen Augenblick später mit ihrem unwillig dreinblickenden Cousin im Schlepptau wieder aufzutauchen.

»*Jetzt fängt der Spaß doch erst an*«, *lallt er.*

Ich beachte ihn nicht weiter, renne zur Treppe. Patricia ist dicht hinter mir, Mona zerrt Alby mehr oder weniger hinter sich her. Wir stolpern hysterisch kichernd durch die Dunkelheit die Stufen hinab, Treppenwindung um Treppenwindung, an zwei Luken vorbei, die mit Klappen verschlossen sind. Doch bereits zwei Stockwerke über der Tür zum Westflügel, aus der wir vorhin gekommen sind, höre ich unter uns Stiefel durch die Korridore poltern. Die Ordner.

»*So ein Mist!*« *Vom Alkohol ist mir ein bisschen schwindelig,* und es fällt mir schwer, mich zu konzentrieren. Mutter darf mich nicht erwischen. Das ist das Einzige, was mir einfällt.

»Zurück«, zische ich. »Wir müssen über die Wehrmauer.«

Patricia starrt mich verständnislos an, also schiebe ich sie die Stufen hoch, auf die Luke zu, die wir eben passiert haben. Die drei kauern sich neben mich, als ich die Holzplatte zur Seite schiebe. Wind bläst uns entgegen. Der Vollmond hängt über den groben grauen Steinzinnen der Mauer. Einen Steinwurf weit erstreckt sie sich, ehe sie an einen der kleineren Wachtürme stößt. Dort gibt es einen weiteren Einstieg, und auch wenn ich mir im Zwielicht nicht ganz sicher sein kann, ich glaube, er steht ein Stück offen. »Folgt mir«, flüstere ich den anderen zu und taste mich auf den Mauersims hinaus. Die Mauer ist nur eine Armlänge breit, ehe sie abschrägt und dann steil zum Hof hinabfällt. Nur ein flüchtiger Schritt trennt mich also von den Pflastersteinen drei Stockwerke tiefer. Mein Herz schlägt wie ein Schmiedehammer. Noch ein Stück schiebe ich mich auf der Mauer entlang, dann drehe ich mich um. In der Luke regt sich niemand.

»Kommt schon«, zische ich und hoffe, keiner von ihnen bemerkt das Zittern in meiner Stimme. Ich spüre ihr Zögern. Doch dann kommen sie. Zuerst Mona und Alby, dann Patricia. Sie stehen eng beieinander und drücken sich mit den Rücken an die Turmwand. Der Wind zerwühlt Monas und Albys blonde und Patricias braune Haare.

»Ich halte das für keine gute Idee«, stößt Patricia aus. Sie blickt nicht nach unten, und ihre Lippen sind weiß vor Anstrengung, obwohl sie sich gar nicht bewegt.

»Ist es dir lieber, wenn sie dich erwischen?« Ich deute hinter mich, die Mauer entlang. »Es ist gar nicht weit bis zum nächsten Turm.«

»Es ist zu gefährlich.«

»Ach was.« Hinter meinen Augen beginnt es zu brennen. Soll so mein Geburtstag enden? Mit einem Streit? Ich erhebe mich. Meine Knie zittern, doch ich stehe. Und gehe einen Schritt rück-

wärts, weiter auf die Mauer hinaus. »*Ich dachte, wir halten zusammen. Vier für immer und so.*«
»*Ich halte zu dir, Maeve*«, *sagt Alby plötzlich. Er schiebt sich an Mona vorbei und balanciert auf die Mauer hinaus, die Arme zur Seite gebreitet wie Vogelschwingen. Hinter seinen Augengläsern leuchten seine Augen beinah entrückt.*
»*Ist das herrlich hier draußen*«, *ruft er. Doch ich blicke an ihm vorbei, sehe, wie Patricia Mona etwas zuflüstert und sich dann auf die Luke zuschiebt. Sie haut ab.*
»*Warte, Patricia.*« *Ich mache zwei rasche Schritte vorwärts, bis Alby mir im Weg steht. Ich reiße die Arme hoch.* »*Warte!*«
Mein Schrei und meine abrupte Bewegung lassen Alby zurückschrecken. Er taumelt. Seine Augen sind vor Schreck geweitet.
»*Wir fliegen*«, *wispert er, als sein Fuß ins Leere tritt.*
»*Alby, nein!*«, *schreie ich und packe seinen Arm. Seine Finger krallen sich so fest in meine Schulter, dass ich auch taumle.* »*Pass auf!*«
»*Alby!*« *Mona hastet auf uns zu. Sie streckt die Hände aus, will Alby in den Schutz der Turmwand ziehen.*
Panisch rudert er mit dem freien Arm und schlägt ihr mitten ins Gesicht. Sie schlingert, torkelt nach hinten, dann nach vorne. Über den Rand. Die Zeit verlangsamt sich, dehnt sich zu einem Band. Wir kreischen. Monas wehendes blondes Haar bauscht wie eine Krone über ihrem Kopf, dann ist sie weg.
Ich kann Alby nicht mehr halten. Er klammert sich an mich, sein Mund ein schwarzer Schlund, er schreit, wir fallen, fallen und dann nichts mehr.

*

Ich bleibe mit dem Fuß in einer Wurzel hängen, stolpere und fange mich gerade noch ab. Mit einem Aufstöhnen kehre ich in die Wirklichkeit zurück. Quinn dreht sich zu mir um, doch ich winke ab. *Alles in Ordnung.*

Dabei ist gar nichts in Ordnung. Meine Hände zittern, ich fröstle vom Schweiß, der mir den Rücken hinunterläuft. Und obwohl ich vorwärtsmarschiere, weiter und weiter, spüre ich meine Schritte kaum.

Diese verfluchten Erinnerungen. Warum ausgerechnet jetzt? Doch meine Gedanken sind ein sich wild drehendes Karussell, das ich nicht zum Stoppen kriege. Wieder und wieder rasen dieselben Bilder an mir vorbei.

Ich bin Maeve. Ich bin Eva. Ich bin Effie.

Doch vor allem bin ich schuldig. Ich habe drei Menschen in den Tod gestürzt. Zwei vom Dach und einen in den Henkersstrick.

Dass ich überlebte, war eine hämische Posse der Natur. Der Heiltrieb. Ausgerechnet nach dem Sturz zeigte er sich zum ersten Mal. Bei mir, die ich allen nur Unglück brachte. Doch ob ich wollte oder nicht, mein zerschlagener Körper auf den Pflastersteinen heilte sich selbst und tut es seither wieder und wieder.

Dabei bettelte ich damals um Strafe, genau wie um Patricias Leben. Doch Mutter verweigerte beides. Meine Liebschaft interessierte sie nicht – die Pferdemagd war einfach die perfekte Schuldige für sie. Patricia wurde der Rebellion und des heimtückischen Mordes an zwei minderjährigen Bürgern verurteilt und noch am Folgetag gehängt, ohne dass ich mich von ihr verabschieden konnte. Alles andere wurde vertuscht, und ich wurde nach Clifdon zur Akademie geschickt.

Zu deinem eigenen Wohl. Diese verdammte Heuchlerin. Als ob sie dabei an etwas anderes gedacht hätte als an ihren Ruf.

Ich schrie, außer mir vor Trauer und Wut, ich tobte und weinte, doch nichts davon drang zu ihr durch.

Also gab ich auf. Siebzehn, allein und lebensmüde landete ich in Clifdon zwischen lauter zwölfjährigen Adepten, die sich voller Eifer und Unschuld auf den Unterricht stürzten. Mit mir kamen sie nicht zurecht, ebenso wenig wie ich mit ihnen.

Ich fügte mir Schmerzen zu, die ich kaum spürte, Wunden, die sogleich wieder heilten. Wochenlang suchte ich nach der besten Methode, den Heiltrieb endgültig zu überlisten.

Ich bin alles, aber kein Feigling. Wenn ich von etwas überzeugt bin, dann tue ich es. Ich wäre heute nicht mehr am Leben, wenn nicht einer der Lehrer ein Agent der Cathedra gewesen wäre. Er erkannte, wie sehr ich mir Buße wünschte, und brachte mich zum Altmeister, der zu dieser Zeit in Clifdon weilte. Er war auf der Fährte eines *Brandslai*, der allerdings entkam. Dafür fand er mich.

Zuerst wusch er mir den Kopf. *Du bist und bleibst ein dummes, egoistisches Balg, wenn du den einfachen Ausweg wählst.*

Dann zeigte er mir etwas Größeres. Ich konnte das, was ich getan hatte, zwar nicht wiedergutmachen, doch ich konnte dafür büßen – indem ich das erbärmliche Leben, das mir trotz allem geblieben war, für etwas Sinnvolles einsetzte. Nicht für Einzelne, die verdorben sind wie meine Mutter und ich oder schwach wie meine Schwester. Sondern für das große Ganze – für die Republik.

Um eine gute Agentin zu werden, musste ich mein altes Leben hinter mir lassen und mich von allen Gefühlen lossagen, und nichts war mir mehr recht als das. Aus diesen Gründen habe ich mich entschieden, der Republik zu dienen. Mit dem, was ich am besten kann. Lügen, jagen und töten.

Die ersten Lektionen gingen mir nicht weit genug. Obwohl mich der Altmeister davor warnte, schwänzte ich die Schule und trieb mich in den finstersten Ecken von Clifdon herum, um auf eigene Faust Feinde der Republik aufzuspüren. Dann erwischten sie mich, als ich mit dem Koch ein paar streunende Hassprediger erledigte, die eine Sekte gründen wollten.

Cianna warnte mich. Ihr Brief mit der kindlichen Schrift schmerzte mich mehr als gedacht, doch er erleichterte mich auch. Denn er führte mir eines klar vor Augen: Ich wollte und konnte nicht zurück nach Cullahill. Nie mehr.

Maeve, die spaßsüchtige, oberflächliche Bürgerstochter, musste endgültig sterben, Eva, die Jägerin, auferstehen.

Der Koch half mir. Als Schnapsbrenner hatte er zu allen möglichen Trinkern Kontakte. Von ein paar Rebellen besorgte er Sprengstoff, von den Totengräbern eine weibliche Leiche. Wir inszenierten meinen Tod. Ich verließ Clifdon in einer Truhe auf einem Pferdekarren und dachte, ich würde meine Vergangenheit endgültig hinter mir lassen.

Von wegen. Die Erinnerungen haben mich eingeholt. *Cianna* hat mich eingeholt. Meine kleine Schwester, der ich jetzt durch den Wald hinterherjage. Die ich hassen will und doch nicht kann.

Cianna

Die Sonne steht bereits schräg am Himmel über den Wipfeln des Horts. Magda hat sich einen Dolch an die Hüften und einen Rucksack auf den Rücken geschnallt. Leichtfüßig gleitet sie an einem Seil zu Boden. Auch Barnabas begleitet uns, und Brom hat uns Finn zur Seite gestellt. Vermutlich soll er mein Bewacher sein. Doch ich kann nicht verhindern, dass mein Herz schneller klopft, wenn ich ihn ansehe. Er hat sich rasiert, sodass die Herzform seines Gesichts wieder zum Vorschein kommt. Seine Wangen wirken so jungenhaft glatt, dass ich darüberstreichen will. Seine Locken allerdings springen so ungebärdig wie eh und je, und seine Augen leuchten in der Nachmittagssonne vor Freude auf den Ausflug.

Ich atme auf, als ich endlich wieder festen Waldboden unter den Füßen spüre. Das Waldkind blickt dagegen eher mit Bedauern auf das Seil, ehe es loslässt und sich mir zuwendet. Ich wuchte mir den unförmigen Sack, den Magda mir gegeben hat, auf den Rücken. Er ist mit mehreren leeren Gefäßen für die Archa-Beeren gefüllt. Ein Messer oder eine andere Waffe hat sie mir nicht ausgehändigt.

Ich traue der Bürgerin nicht. Lydias scharfe Stimme klingt in mir nach. Magda und ich waren bei Brom im größten der Hortnester, zusammen mit einem halben Dutzend Männern und Lydia. Wir störten ganz offensichtlich eine Besprechung, doch Magda kümmerte sich nicht um ihre finsteren Gesichter, als sie von den Beeren berichtete. *Ich habe dort draußen keine Beeren gesehen*, sagte Lydia. *Das ist bestimmt eine List der Bürgerin, um wieder zu fliehen.*

Sie hasst mich, das sah ich in der Kälte ihrer zusammengekniffenen Augen. Mindestens genauso sehr wie Colin.

Zum ersten Mal frage ich mich, ob sie ebenfalls tiefere Gründe dafür hat, die in ihrer Vergangenheit wurzeln, *ihrer Geschichte*, wie Barnabas es nennt.

Eine weitere traurige Geschichte kenne ich – Finns. Dass er sie mir erzählt hat, hat mich ihm wieder nähergebracht. Ich kann nicht mehr böse auf ihn sein, selbst wenn ich es wollte. Es muss schrecklich sein, als Kind von seiner eigenen Familie verstoßen zu werden. Trotzdem ist er weder feindselig noch verbissen geworden wie Colin, sondern von ausgeglichener Natur. Woran liegt es, dass der eine von seiner schlimmen Vergangenheit so geprägt wird, der andere dagegen nicht? Ich werde andere Menschen nie verstehen.

Mit einem Seufzen nehme ich die Hand des Waldkinds und folge Magda und dem Barden zwischen den Hütten hindurch. Finn redet mit dem grummeligen Colin, der allerdings ebenso erleichtert wirkt wie ich, dass wir uns für ein paar Stunden nicht sehen müssen.

Wir verlassen die Lichtung und kommen an den kniehohen Ring aus Steinen, der das Unterholz rundum begrenzt.

Magda pfeift. Wenige Momente später springt ein Mann von einer Astgabel und landet zielsicher auf den Füßen. Erschrocken zucke ich zurück. Wie konnte ich ihn übersehen? Sein Name ist Jefan, ich erkenne ihn. Er war sowohl dabei, als die Rebellen mich das erste Mal aufgriffen, als auch bei der Flucht aus der Bastion. Er ist ein breitschultriger Hüne mit wucherndem Bart. Seine grün und braun gemusterte Kleidung bewirkt, dass man ihn kaum vom Wald unterscheiden kann. Auf seinen Rücken sind Schwert, Bogen und Pfeilköcher geschnallt.

»Ruhiges Wetter dort draußen«, brummt er. »Keine Sichtungen. Noch drei Stunden bis Sonnenuntergang.«

»Das wird knapp«, sagt Barnabas besorgt. »Beeilt euch. Wenn ich das *Oran Oidhche* anstimme, müsst ihr wieder da sein.«

»Kommst du nicht mit?«, frage ich.
Er schüttelt den Kopf, und in seinen Augen lese ich eine Schicksalsergebenheit, die ich merkwürdig finde.
»Los jetzt«, kommandiert Magda. »Ich gehe voran. Bürgerin, du und das Kind, ihr bleibt direkt hinter mir. Finn bildet das Schlusslicht.«
»Sie heißen Cianna und Ben«, sagt Finn.
»Meinetwegen«, knurrt Magda, und dann steigt sie über den Steinring und verschwindet im Dickicht.
Wachsam um sich spähend, eilt sie den Hang zwischen den Buchen hinauf. Ich werfe Jefan und Barnabas einen letzten Blick zu. Sie starren uns so ernst hinterher, als hätten sie Sorge, uns nie wiederzusehen. Fröstelnd wende ich mich um. Ich habe Mühe, Magda zu folgen. Das Waldkind bleibt wie ein Schatten neben mir. Sein Gesicht hat einen verträumten Ausdruck angenommen, und seine Füße trippeln einen flinken Tanz. Er streift mit den Händen über Büsche und Baumstämme, als wollte er sie begrüßen.
Ich genieße den Marsch zwischen den Sonnenflecken unter den Buchen, deren Blätter im warmen Licht glänzen wie Samt. Bis auf das Rascheln unserer Schritte auf Moos und dem verrotteten Laub vom Vorjahr ist es still. Überraschend still nach dem steten Zwitschern und Trillern im Hort.
»Warum kann Barnabas uns nicht begleiten?«, frage ich Finn.
Mit einem raschen Schritt schließt er zu mir auf und geht nun direkt neben mir. Das Waldkind auf meiner anderen Seite mustert ihn mit einem skeptischen Blick und nimmt meine Hand.
»Barnabas verlässt den Hort niemals«, sagt Finn. »Weil er dessen einziger Schutz ist.«
Irritiert bleibe ich stehen. »Wie meinst du das?«
Er nimmt mich am Arm. »Weitergehen«, sagt er. »Wir müssen immer dicht zusammenbleiben.«

Meine Haut kribbelt durch den Stoff hindurch unter seiner Berührung. Ich kann seine Anspannung spüren, wenn auch nicht verstehen. Doch ich beschleunige meinen Schritt, bis ich wieder zu Magda aufgeschlossen habe.

»Barnabas schützt den Hort? Vor wem?«, frage ich Finn.

»Vor dem Deamhain natürlich.« Wachsam schaut er sich um. Immer noch hält er meinen Arm fest.

»Hast du dich nie gefragt, wie es möglich ist, dass wir so friedlich inmitten des Deamhains wohnen können?«, fragt er. Ich schüttle den Kopf, atme den erdig-köstlichen Geruch der Bäume tief ein. »Ich habe keine Angst vor dem Wald.«

Er blickt mich ungläubig an. »Damit bist du die Einzige.«

Er lässt mich los, und sofort vermisse ich seine Berührung, obwohl er immer noch dicht neben mir geht.

»Die anderen Rebellengruppen im Deamhain leben in ständiger Furcht«, sagt er. »In Zelten und rasch errichteten Hütten. Sie bleiben nie lange an einem Ort und immer höchstens einen halben Tagesmarsch vom Waldrand entfernt. Trotzdem verschwinden viele von ihnen. Gefressen von wilden Tieren, gejagt von Soldaten oder verirrt in den Tiefen des Deamhains.«

»Aber ihr seid hier nicht in Gefahr?«, frage ich.

»Nicht, solange wir Barnabas haben. Und seine Lieder.« Er stockt.

»Erklär es mir«, bitte ich.

Er schweigt eine Weile mit nachdenklichem Blick. Wir überqueren einen schmalen Bachlauf. Der Hang wird jetzt flacher, die Bäume um uns rücken näher zusammen, und die Sonnenflecken werden von Schatten verdrängt.

»Weißt du, was Magie ist?«, fragt Finn.

Ich schüttle den Kopf.

»Natürlich nicht«, murmelt er. Er ballt die Faust, und jäh tanzt ein kleines Flämmchen darüber.

»Die Triebe sind Magie«, sagt er. »*Deam*, in der Sprache der alten Götter, die unsere Vorfahren Alvae nannten. Doch darüber redet keiner. Weil die Regierung es verboten hat.« Er schnaubt. »Weil in der Republik alles erklärbar sein muss, vernünftig und ihrer nüchternen Ordnung folgend. Und genau deshalb werden sie diesen Wald nie verstehen, und erst recht nicht uns Menschen.

Wir Draoidhs sagen magische Talente zu den Trieben, denn so wurden sie früher von unserem Volk genannt. In den verbotenen Legenden heißt es, fremde Götter hätten die Talente einst zu uns gebracht, bevor wir die Götter wieder vertrieben.

Doch noch ältere Überlieferungen der Draoidhs sagen, die Magie sei viel mächtiger und bestehe aus mehr als nur den beiden Talenten Heilung und Feuer – und sie sei auch vor den Alvae schon da gewesen. Im Land, in der Luft, in uns allen. Und in unzähligen Formen. Barnabas erweckt sie zum Beispiel in seiner Musik.«

Ich runzle die Stirn. »Das ist Aberglaube.«

Finn hebt die Schultern. »Weißt du so genau, was Aberglaube ist und was Wahrheit? Barnabas hält zum Beispiel die Republik für Aberglaube. Er nennt sie einen bösen Kult und sagt, sie sei hohler Betrug, da die Regierung ihren Gläubigen nichts schenke außer Demütigung und Scham.«

»Die Republik ist real«, widerspreche ich empört. »Sie hat uns vor der Dunklen Zeit gerettet.«

»Die Bürger vielleicht«, entgegnet Finn. »Für die Gemeinen sind die Zeiten dunkel wie nie.«

»Da hast du recht«, knurrt Magda vor uns, ohne sich umzudrehen.

Ich schüttle den Kopf, sage aber nichts mehr. Mein Herz ist ein Stein in meiner Brust. Finn ist so nah, dass ich seine Wärme spüren kann, doch wenn er so redet, ist er mir fremd. Sein Schweigen wirkt ebenso bedrückt wie meines.

Die Sonne zieht sich endgültig hinter den Wipfeln zurück, die Luft in den Schatten ist klamm und modrig.

»Ich wollte dir von Barnabas erzählen«, sagt Finn irgendwann in versöhnlichem Tonfall, und ich atme auf, als er das Schweigen bricht. »Er ist weit gereist in seinem Leben. Ursprünglich stammt er aus dem Süden, aus einem der Länder südlich von Miramar, wo früher viele eurer Sklaven gefangen wurden. Dort erlernte er als Kind bereits die Magie der Musik. Und auch wenn er jetzt die Lieder von Irelin singt – seine Magie ist darin wirksam.«

Er blickt mich endlich wieder an, seine Augen funkeln selbst im Schatten blau und braun. »Du hast den Steinring um unser Lager gesehen.«

Ich nicke.

»Diesen Ring haben Barnabas und Brom gebaut, als sie das Lager gegründet haben. Jeder dieser Steine wurde von Barnabas besungen. Und jeden Tag geht er zweimal diesen Ring ab und singt erneut. Das *Oran Oidhche* und das *Oran Latha*. Das Lied von der Nacht und das Lied vom Tag, so nennen wir sie. Wir wissen nicht, was er singt, wir verstehen seine Worte nicht. Doch der Deamhain versteht ihn. Und er duldet unseren Hort in seinem Inneren, solange Barnabas da ist.«

»Er singt für den Wald«, wiederhole ich voller Staunen. »Deshalb kann er nie fort.«

Finn nickt und blickt plötzlich gedrückt drein. »Seit der Hort gegründet wurde, hat er ihn nicht mehr verlassen.«

Ich denke an Barnabas' feines Gesicht, den traurigen Blick, mit dem er uns nachsah, höre den sanften, schmerzweichen Klang seiner Lieder.

Er ist ein Rebell, muss ich mir ins Gedächtnis rufen. So wie sie alle. Doch ich kann nicht anders, als ihn gernzuhaben. Und nicht nur ihn. Da ist Sami. Und Magda. Aylin. Und natürlich Finn. Ich atme tief durch und vertreibe die Angst, die mich plötzlich zu überwältigen droht.

»Brom und Barnabas haben den Hort gegründet?«, frage ich rasch.

»Zusammen mit Ruan und Lydia.« Finn lächelt wieder. »Lydia war damals noch ein Kind. Sie ist Broms Tochter.«

Ich nicke. Das habe ich bereits vermutet. Allmählich beginnen sich die Zusammenhänge vor mir zu entfalten wie ein Strauß unbekannter Blüten.

Barnabas sagte die Wahrheit. Der Hort ist ein Zufluchtsort. Und Brom mag der Anführer sein, doch der Barde ist der Behüter.

Ich muss an die Eichhörnchenbande denken, ihr unbeschwertes Kichern zwischen den Vogelschwärmen, und lächle unwillkürlich. »Sagt bloß, die Vögel genießen ebenfalls Barnabas' Schutz.«

»Gut erkannt, Bürgerin«, ruft Magda über die Schulter, und ich höre Lachen in ihrer Stimme. »Die Piepmatze sind schlau. Sie wissen, dass es im Hort keine Feinde gibt – dafür halten sie unsere Nester ungezieferfrei.«

Sie bleibt stehen. Über uns enden die Buchen, und vor uns beginnt das Tannendickicht. Die Schatten sind dort noch dunkler, kaum Licht dringt durch die nadelschweren Äste nach unten.

Etwas raschelt im Unterholz. Ein Tier schreit einen Steinwurf entfernt auf, schrill und verängstigt, dann ist es still. Finn strafft die Schultern, und Magdas Lächeln weicht einer grimmigen Miene. Sie zieht den Dolch aus ihrem Gürtel. »Ab jetzt reden wir nicht mehr«, zischt sie. »Bis wir die Beeren gefunden haben.«

Ich bleibe dicht hinter ihr. Ihre Anspannung greift auf mich über, und mein Herz schlägt schneller, doch mehr als eine vage Beklommenheit vermag ich nicht zu spüren. Es stimmt, was ich Finn gesagt habe: Ich fürchte den Deamhain nicht. Nicht einmal seine dunklen Tiefen oder das Dickicht, in das wir nun tauchen. Da ist das Wispern der Blätter und Nadeln, das Rauschen des Windes wie ein heiteres Flüstern über uns, der weiche, feuchte Duft nach Tannenharz und Farn. Vielleicht bin ich töricht, doch nach all den Jahren, die ich von ihm geträumt habe, scheint mir der Wald wie ein Freund.

Auch das Waldkind zeigt keine Zeichen von Angst. Träumend schlendert es weiter an meiner Seite, eine Hand in der meinen, die andere gleitet über die Tannenzweige, so als wäre es ein Teil von mir und dem Wald zugleich.

Und doch ist da etwas, das mich stört. Nicht Finn und Magda und ihre greifbare Nervosität, sondern etwas zwischen den Bäumen, wie eine fremde, kaum fassbare Anwesenheit, ein kalter Hauch in meinem Nacken.

Erneut raschelt es im Unterholz, ein Stück entfernt. Finn stößt ein grollendes Geräusch aus, und plötzlich geht eine solche Hitze von ihm aus, dass ich mich ihm zuwende. Seine Fäuste glühen, und seine sonst so jungenhaft offene Miene ist grimmig. Er spürt es ebenfalls.

»Da vorne!«, stößt Magda aus und rennt los. Erst weiß ich nicht, was sie meint, doch dann sehe ich die riesige Wurzel am Abhang vor uns aufragen, die wie ein Torbogen den Weg markiert, ein Stück dahinter hangaufwärts den Busch mit den gelben Archa-Beeren.

Wir sind da. Ich sollte mich freuen. Stattdessen bleibe ich stehen. Etwas an diesem Ort jagt mir eine Gänsehaut über den Rücken. Das Kind löst sich von meiner Hand.

Die Luft dort vorne flirrt bläulich, scheint dünner zu sein als anderswo. Unter der Wurzel ist es dunkel, eine viel zu frühe Nacht, die jedes Licht in sich einsaugt. Eine warnende Melodie erklingt in meinem Kopf, fein und fern und schrill, wie ein Glockenspiel.

»Halt!«, schreie ich.

Doch Magda ist bereits unter der Wurzel angelangt. Sie dreht sich zu uns um. Ihr Gesicht ist in unwirkliches Zwielicht getaucht, ebenso wie der Schatten, der sich vom Wurzelstamm löst und lautlos auf sie zuspringt.

Im nächsten Augenblick ist Magda verschwunden, von der

Finsternis verschluckt. Ich erstarre. Licht und Luft werden schwer, jede Bewegung so zäh wie Honig.
Ein Kreischen zerreißt die Luft – Magda.
Finn brüllt: »Nachtkatze!«
Er stößt mich beiseite und rennt auf Magda zu.
Immer noch kann ich sie nicht sehen. Doch im Dunkel unter der Wurzel lodern zwei Punkte, groß wie Fäuste. Augen.
Etwas bewegt sich in der Finsternis, geschmeidig und glänzend wie schwarzer Samt, und da ist ein Schnauben und nasses Reißen, wie Zähne in Fleisch. Magdas Kreischen sinkt zu einem Wimmern herab.
Finn schleudert im Lauf den Feuerball. Das Leuchtgeschoss rast auf die Wurzel zu. Und zerplatzt mitten in der Luft zum Funkenregen.
»Was ...« Finn bleibt stehen.
Das Waldkind tritt mit zur Abwehr erhobenen Händen neben der Wurzel aus dem Gebüsch. Ich keuche auf.
Sein dunkler Blick bohrt sich in meinen. *Lasst sie.*
Finn reißt die Faust hoch und schickt einen weiteren Feuerball, doch der Junge macht eine Handbewegung, und wieder zerplatzt der Feuerball wirkungslos.
Lasst die Nighear fressen.
Mit einem Fluch reißt Finn seinen Dolch aus dem Gürtel und nähert sich wachsam dem Jungen. Dessen Augen verengen sich in Angst und Abwehr.
»Nein!« Ich renne los, werfe mich gegen Finn und reiße ihn zu Boden. Ein Zweig schießt aus dem Dickicht, biegt sich suchend durch die Luft, nur eine Armbreit von Finns Kehle entfernt.
Er liegt unter mir, keucht in raschen Stößen. Über uns steht das Kind, und hinter ihm wirbelt die Dunkelheit. Magda ist verstummt. Ich höre nur das schreckliche Reißen und Schnauben der schwarzen Bestie.

Etwas flirrt durch die Luft. Instinktiv ziehe ich den Kopf ein und drücke Finn erneut zu Boden.

Zwei silberne Blitze sausen an uns vorbei. Das Kind reißt die Hand hoch, doch es ist zu langsam. Sie bohren sich in die Nacht unter der Wurzel.

Ich richte mich auf. Ein Fauchen zerreißt die Luft. Das Dunkel verschwindet wie eine Rauchwolke zwischen den Tannen, Grau zieht in den Schatten ein. Ich keuche. Jetzt sehe ich sie. Eine riesige Raubkatze, die dort unter der Wurzel kauert. Sie ist nicht schwarz, sondern braun gefleckt wie Erdkrumen und Lehm. Ein Messer steckt in ihrer Seite, ein weiteres zittert im Holz über ihr. Die gelben Augen der Nachtkatze blitzen auf, zwischen blutbefleckten Zähnen faucht sie ein weiteres Mal, ehe sie ins Tannengehölz gleitet und lautlos verschwindet. Nur ein gekrümmter, blutiger Körper bleibt am Boden zurück.

»Magda!« Finn rappelt sich hoch.

Sie hat der Nighear wehgetan! Das Kind heult auf. Wut verwandelt seine Miene in eine eisige Maske. Es streckt den Rücken durch und ballt die Fäuste. Hinter mir ertönt ein heiseres, stimmloses Keuchen, das mir seltsam vertraut vorkommt.

Ich fahre herum und traue meinen Augen nicht.

Es ist Raghi. Graubrauner Kittel, bronzene Haut, zum Bersten gespannte Muskelstränge. Ihr glattrasierter Kopf ist nach hinten überstreckt, eine Wurzel um ihren Hals geschlungen. Ihr Messer ritzt wirkungslos über das Holz. Langsam wird ihre dunkle Haut fahl, der Mund schnappt vergeblich nach Luft.

»Lass sie los!« Ich packe den Jungen am Arm. Er schüttelt den Kopf. Sein Blick ist immer noch auf Raghi gerichtet, Wut tobt wie ein Gewitter in seinen Augen.

Sie hat ihr wehgetan.

»Sie gehört zu mir!«, schreie ich. »Genau wie du zu mir gehörst.«

Er dreht den Kopf und schaut mich an. Überraschung vertreibt die Wut. Seine Fäuste entspannen sich, die dunklen Augen werden ruhig. *Du gehörst zu mir.*

Ja. Ich schließe ihn in die Arme, streiche über den vogelzarten Rücken, und er legt den Kopf federleicht auf meiner Schulter ab. Raghi streift die Wurzel ab und sinkt mit einem erleichterten Aufatmen zu Boden.

Doch es ist nicht vorbei. Magda wälzt sich mit einem Wimmern herum. Sie lebt. Finn kauert über ihr, die flammenden Fäuste geballt. Er starrt das Kind an, seine entsetzt aufgerissenen Augen spiegeln das Feuer.

»Wer zum Teufel bist du?«

Eva

Mitten im Nadelgehölz gerät der Trupp ins Stocken. Die Hunde vorne jaulen auf, die Maultiere hinter mir zerren an ihren Stricken und weigern sich weiterzugehen.

»Was ist los?«, frage ich Quinn.

Quinn blickt wachsam um sich, dann legt sie den Kopf in den Nacken und schaut zum Himmel. Ich weiß nicht, was sie sieht, doch ihre Miene verdüstert sich abrupt. »Runter!«

Gleichzeitig mit ihr gehe ich auf die Knie und ziehe den Kopf ein. Die Soldaten um uns herum tun dasselbe.

Zuerst passiert nichts. Der Wald ist schwarz und still, die Luft reglos.

Ein feines Summen ertönt hinter uns, wie von einem Bienenschwarm, und dann verwandelt es sich in ein Tosen, das durch die Luft heranrollt, lauter und lauter. Quinn bewegt den Mund, doch ich höre sie nicht.

Der Himmel verdunkelt sich plötzlich, als wäre es Abend. Dann wird es Nacht. Die Baumwipfel biegen sich in einem unsichtbaren Sturm, Tannennadeln und Zweige prasseln auf uns herab.

Dabei geht kein Wind. Nicht das kleinste Lüftchen. Und doch ist da etwas, das im Brausen über uns heranzieht und sich zusammenballt, unheimlicher und überwältigender als jeder Sturm. Dann ist es da. Zuerst spüre ich es, ein stechendes Prickeln auf der Haut.

Die Luft beginnt zu glühen. Bläulich leuchten die Umrisse der Bäume und Menschen, glimmen die Wipfel vor dem Himmel wie Nordlichter. Ich strecke meine Hand aus, und sie leuchtet ebenso. All meine Härchen richten sich auf. Die Luft prickelt auch in meiner Lunge, perlt durch meinen Körper wie ein Stoß, der mich aufkeuchen lässt, eiskalt und doch verzehrend wie Feuer.

Ich muss plötzlich an Horans Apparatur denken, an den wabernden blauen Nebel in den Schläuchen. *Magie.* Das ist es. Die Luft flirrt, tanzt, wabert in einer gigantischen Ladung Magie.

Und dann ist es vorbei. Das blaue Glühen erlischt, die Bäume bewegen sich nicht mehr, der Himmel hellt auf zu trübem Grau. Nur das Tosen erklingt noch, es zieht weiter nordwärts, in die Richtung, in die wir gehen wollen.

Quinn springt auf die Füße und streift sich die Nadeln von der Uniform. Ihre Miene ist grimmig. Auch die anderen Soldaten rappeln sich auf, körperlich ebenso unversehrt, die Gesichter allerdings bleich. Sie haben Angst. Doch wovor? Ich versuche, ebenfalls hochzukommen, doch ich strauchle. Beim zweiten Versuch erst gelingt es mir. Meine Beine zittern, und mir ist schwindelig. Fast wäre ich wieder umgefallen, doch Quinn fängt mich auf.

Hinter uns liegen die Maultiere auf der Seite, mit zitternden Flanken und Schaum vor den Nüstern. Ihre Augen sind ins Weiße verdreht. Egal, wie kräftig die Soldaten an den Stricken ziehen, die Tiere weigern sich aufzustehen.

»Was war das?«, frage ich.

»Der *Deamwind*«, sagt Quinn. »Keine Zeit für Erklärungen.« Sie blickt um sich. »Wo ist Hauptmann Alek?«

Immer noch muss sie mich stützen, doch der Schwindel verebbt langsam. Mein Blick gleitet über die Reihen der Soldaten. Spüren sie die Auswirkungen des Sturms nicht? Doch da sind die Heiler, die auf dem Boden sitzen und sich den Kopf halten. Einen der Brenner hat es noch schlimmer erwischt, er liegt bewusstlos in Lukas Armen. Der Jäger schaut mich an und nickt. Er weiß, was ich denke. Der magische Sturm trifft die Begabten mehr als andere.

Wylie stößt einen Schrei aus, und seine beiden Falken steigen hoch in die Luft. Hauptmann Alek eilt die Reihen entlang.

»Zusammenrücken«, ruft er. »Bildet Viererketten und bewaffnet euch. Wir wenden uns nach Nordosten!«

Schon werden Seile durch die Reihen gereicht. Quinn bindet sich ein Seilende um den Bauch, das andere reicht sie mir.

»Was ist los?«, rufe ich dem Hauptmann zu, als er an uns vorbeihastet. Seine grauen Augen richten sich für einen Augenblick auf mich.

»Nebel«, sagt er knapp. »Quinn erklärt es dir. Lass sie führen.«

Er wendet sich den Soldaten mit den Maultieren zu.

Ich spare mir die Fragen, die mir auf der Zunge brennen, und knüpfe das Seil fest. Mit Quinns Führung habe ich keine Probleme. Dafür habe ich sie mitgenommen. Sie kennt sich hier aus, ihr vertraue ich. Es widerstrebt mir allerdings, mich nicht frei bewegen zu können. Zwei weitere Soldaten treten hinter mich und binden sich an uns, damit ist unser Vierertrupp komplett.

»Die Maultiere bleiben hier«, brüllt Alke. »Vielleicht halten sie sie eine Weile auf. Leutnant Jaark, bring deine Männer her. Ihr übernehmt die wichtigsten Lasten!«

Er prescht erneut an uns vorbei, dieses Mal nach vorne. »Für die anderen gilt Abzug«, brüllt er. »Beeilung!«

Schon marschieren die Truppen vor uns los, und wir setzen uns ebenfalls in Bewegung. Sie haben einen raschen Laufschritt eingeschlagen. Quinn führt unsere zusammengebundene Vierergruppe an, dann komme ich, dann die zwei Soldaten. Jaark und drei weitere Soldaten laufen uns entgegen. Sie haben sich ebenfalls zusammengebunden. Ihre Mienen sind finster.

Gleich darauf biegt die lange Marschkette rechts ins Nadelgehölz ab – nach Nordosten, wie der Hauptmann befohlen hat. Es ist gar nicht so einfach, auf dem holprigen Untergrund in der Spur und in einer Reihe zu bleiben. Zwischen uns ist das

Seil jeweils etwa eine halbe Mannslänge lang. Es verhakt sich in unseren unhandlichen Schilden, ruckt, wenn Quinn über Wurzeln und Steine hinwegspringt, und auch zu meinem Hintermann spannt es sich immer wieder. Wir weichen knorrigen Baumstämmen aus. Tannenzweige schlagen mir entgegen.

»Warum verlassen wir unseren Weg?«, rufe ich. »Welchen Nebel meinte Alek?«

»Der Nebel folgt dem Deamwind«, ruft Quinn. »Das ist immer so. Aber meistens ist er nur zwei oder drei Meilen breit. Also versuchen wir, ihm auszuweichen.«

»Ist er gefährlich?«

»Nicht er«, keucht der Soldat in meinem Rücken. »Aber das, was in ihm lauert.«

Ich werfe einen flüchtigen Blick über die Schulter. Er ist ein junger Kerl mit rostroten Haaren und Sommersprossen.

»Ich bin Zach.« Er deutet einen Salut an. »Deine erste Expedition, oder? Freut mich, Hauptmann.«

»Ich bin Bren«, ruft der Schwarzhaarige hinter ihm.

Ich nicke ihnen beiden zu. »Was lauert dort?«

Quinn weicht im Laufen einer Baumwurzel aus und hätte mich beinahe umgerissen.

»Halt«, sagt sie knapp und bleibt einen Herzschlag später bereits stehen. Ich stoppe gerade noch rechtzeitig, um sie nicht umzurennen. Zach rumpelt mit der Schulter gegen mich. Auch die anderen Viererntrupps vor uns haben angehalten. Immer noch erklingt das Tosen des Deamwinds in der Ferne. Quinn zeigt südwärts zum Himmel, und auch alle anderen blicken dorthin. Ich schaue hoch. Im selben Augenblick verdunkelt sich die Welt erneut. Zuerst glaube ich an eine riesige Unwetterwolke, die vor die Sonne gezogen ist und grau und schwer auf die Wipfel drückt. Doch sie bewegt sich in die falsche Richtung. Nach unten. Schon hat sie die Wipfelspitzen verschluckt, dann die Baumstämme, und sie kommt träge, aber unaufhaltsam auf uns zu.

»Verdammt.« Zach stößt den Atem aus. »Der wird uns kriegen.«

Quinn nickt. Sie zieht einen Kompass aus ihrer Tasche. »Wir gehen weiter nach Osten«, sagt sie. »Ab jetzt in gedrosseltem Tempo. Das Seil kappen wir nur in absoluten Notfällen.« Sie schaut mich an. Ihre dunkelbraunen Augen wirken stumpf im Dämmerlicht. »Im Nebel verliert man leicht die Orientierung.«

Und dann ist er da. Eine weißgraue Wolke legt sich über uns, eine beißende feuchte Kälte, nicht unbedingt körperlich, aber in meinem Kopf. Das Atmen fällt mir schwer, eine seltsame, trübe Schwäche packt mich. Ich wische mir über die Stirn, um das Gefühl der Schwere zu vertreiben. Meine Haut fühlt sich seltsam an. Nass und kalt, empfindlich.

Obwohl Quinn nur eine Armlänge vor mir steht, wirkt sie bereits ein wenig durchscheinend, und das Gehölz hinter ihr verschwindet im milchigen Dunst.

Wir gehen los. Im Gänsemarsch, dichter zusammen, als es das Seil von uns fordert. Obwohl wir uns stetig bewegen, friere ich. Die Welt ist weiß und leblos. Äste knacken unter unseren Stiefeln, ansonsten ist es still, als verschlucke der Nebel jedes Geräusch. Wo sind die anderen Soldaten?

Bäume tauchen wie reglose Geister aus dem Nebel auf, und sobald wir sie passiert haben, verschwinden sie wieder. Wir tasten uns an einem Felsen entlang, steigen über Wurzeln, die vor Nässe glänzen.

Nur zweimal bleibt Quinn stehen und blickt prüfend auf ihren Kompass, dann führt sie uns weiter. Wir könnten die einzigen Menschen in dieser undurchdringlichen Milchsuppe sein.

Als ich das denke, ertönt irgendwo ein Schrei. Wir verharren. Ich öffne gerade den Mund, da dreht sich Quinn um und legt einen Finger vor die Lippen. Sie deutet auf Ohren und Nase, dabei schaut sie mich beschwörend an. Ich nicke. Was auch immer da draußen ist, kann vielleicht im Nebel nicht gut sehen, aber hören und riechen vermag es offenbar ausgezeichnet.

Wie weit ist der Schreiende entfernt? Einen Steinwurf? Zwei? Er könnte auch hinter dem nächsten Baum stehen. Dieser verfluchte Nebel verzerrt alles. Ich packe meinen Dolch fester und konzentriere mich ganz auf mein Gehör.

Der Schrei bricht abrupt ab. Zugleich raschelt etwas im Gebüsch links von mir. Ich weiche zurück, doch zu spät. Ein greller Schmerz sticht durch meine Hand. Ich reiße sie hoch. Ein grau flimmerndes Fellbündel, kaum größer als eine Ratte, hat sich in meinen Handballen verbissen. Zappelnd hängt es in der Luft. Nadelspitze, riesige Zähne, ebenso riesige Ohren, weiße Augen, die blind in den Höhlen rollen. Was ist das für ein Drecksvieh?

Quinn tritt neben mich. Keiner sagt einen Ton. Ich ächze, auch wenn ich lieber kreischen würde, weil es so wehtut. Doch obwohl ich es kaum ertrage, halte ich die Hand still und packe das Vieh mit der anderen Hand. Sein Körper windet sich in meinem Griff, aber seine Zähne lassen nicht los. Auch nicht, als Quinn zusticht. Das Blut des Viehs rinnt mir über die Hand. Es ist kalt und schleimig, grau wie verrottetes Fleisch. Erst als Quinn ihm den Dolch über die Kehle zieht, klafft das riesige Gebiss auf. Ich lasse es los, und das Vieh fällt tot zu Boden.

Erneut raschelt es neben uns. Wir weichen vom Gebüsch zurück. Schemen flitzen über die Zweige, noch mehr graues Fell flimmert im Dunst. Etwas trippelt über den Boden, und im nächsten Augenblick wird das tote Vieh davongeschleift, zu rasch, als dass ich sehen könnte, von wem.

Quinn fasst sich als Erste. Sie schlingt einen Lappen um meine Hand.

»Dein Blut darf nicht auf den Boden tropfen«, zischt sie. »Kannst du gehen?«

Ich nicke mit zusammengebissenen Zähnen. Meine ganze Hand pocht. Warum tut das so verflucht weh? Irgendwas stimmt hier nicht. Der Heiltrieb müsste einsetzen. Doch stattdessen durchnässt das Blut sofort den Lappen, sodass ich meinen Mantelärmel darüberziehe, während ich Quinn hinterherhaste. Ihr Umriss im Nebel ist mein einziger Ankerpunkt. Sie geht nun deutlich schneller als vorhin, auch wenn wir stolpern und mehrmals beinah alle gemeinsam zu Boden gehen.

Keine Magie, fährt es mir durch den Kopf. Hier im Nebel funktioniert keine Magie. Hat der Deamwind sämtliche Magie mit sich fortgewirbelt? Sieht so eine Welt ohne sie aus? Leblos, kalt, im ewigen Nebel?

Hör auf zu grübeln. Einen Fuß vor den anderen, weiter, weiter. Irgendwann muss der Nebel doch aufhören.

Wir biegen um einen Felsblock, als etwas aus dem Dunst herausschnellt. Es zischt auf Quinn zu, doch sie duckt sich rechtzeitig. Ein Geräusch wie ein Peitschenknall, und schon ist es wieder verschwunden. Verdammt, was war das?

Zurück!, gestikuliert Quinn. *Zurück!* Sie macht auf dem Absatz kehrt und rennt an mir vorbei, gleichzeitig stolpern Zach und Bren vorwärts. Ich halte gerade noch das Gleichgewicht, während sie mich an den Seilen in entgegengesetzte Richtungen reißen.

»Stopp!«, zische ich. Dann haben es die beiden Soldaten kapiert. Wir machen gemeinsam kehrt und rennen los. Zu spät. Am Seil hinter mir ruckt es so stark, dass es mich wieder fast von den Füßen fegt. Quinn fällt auf die Knie.

Jemand schreit. Bren.

Etwas hat sich um seine Arme gewickelt. Eine Schlange, nein, ein Tentakel. Jäh ist die Luft erfüllt von Peitschenknallen. Weitere armdicke weiße Stränge schießen aus dem Nebel heraus und packen ihn an den Beinen, winden sich seine Oberschenkel empor.

Er schreit erneut, laut und gellend. Zach hackt mit seinem

Schwert nach den Tentakeln, doch sie weichen ihm aus. Ich eile ihm zu Hilfe. Gerade als mein Dolch den ersten Tentakel trifft, reißt es Bren von den Füßen. Er fällt gegen Zach, und bevor der ihn packen kann, ziehen ihn die Tentakel ins Gebüsch hinein. Und sie sind rasend schnell. Bren schlägt auf sie ein und windet sich, doch die ersten Äste schließen sich über ihm. Zach wird vom Seil hinterhergezogen, stolpert und fällt ebenfalls zu Boden. Dann ist die Reihe an mir. Sosehr ich mich dagegen stemme, sie ziehen mich unaufhaltsam auf das Gebüsch zu.

»Hilfe!«, schreit Bren. Ich sehe ihn nicht mehr. Seine Stimme klingt gedämpft, obwohl er nur eine Mannslänge entfernt sein kann.

Meine Fersen graben sich in den Waldboden. Äste schlagen mir ins Gesicht. Quinn ächzt hinter mir. Über uns schwenken weitere Tentakel durch die Luft, suchend, tastend.

Was das auch immer für ein Ungeheuer ist, es ist zu stark. Bleiben wir zusammen, wird es uns alle erwischen.

»Schneid das Seil ab«, zische ich Zach zu.

Seine Finger krallen sich in Äste und Wurzeln, während er vor mir über den Waldboden geschleift wird.

»Das kann ich nicht«, keucht er. »Bren ...«

»Wenn du es nicht tust, tu ich es hier.« Ich halte den Dolch an das Seil zwischen uns, während ich den Arm mit der verletzten Hand um ein dürres Bäumchen schlinge. Gleich muss ich den Griff wieder aufgeben und ein paar Schritte weiterstolpern, bevor ich den nächsten Busch zu fassen kriege. Von Bren ist inzwischen nichts mehr zu hören.

»Ich ... ich kann nicht.« Zach schluchzt. Er wälzt sich herum und liegt nun auf seinem Schild wie eine Schildkröte auf dem Rücken. »Mein Dolch ist weg.«

Ich drehe mich zu Quinn um. Das Seil zwischen uns ist straff gespannt. Wie ich verkeilt sie sich zwischen Hölzern und Stämmen, mit ebenso wenig Aussicht auf Erfolg.

»Gib mir Leine«, keuche ich. »Auf mein Zeichen.«

Sie nickt. Als ich die verletzte Hand hochreiße und jeden Halt aufgebe, springt sie zu mir. Ich nutze den plötzlichen Freiraum und eile die zwei Schritte zu Zach, beuge mich über ihn, um das Seil zwischen ihm und Bren zu durchtrennen. Von unserem vierten Mann ist im Gebüsch nur ein schwarzer Schopf zu sehen. Tentakel winden sich um ihn wie Schlangen in ihrem Nest. Vielleicht ist er schon tot. Ich lege den Dolch an das Seil.

Ein Tentakel schießt über mir herab. Ich reiße meine Hand weg, und er greift ins Leere. Schon gleitet er suchend über Zachs Mantel auf mich zu. Statt stillzuhalten, hebt er die Hand, um ihn abzustreifen. Sein Fehler. Er umschlingt sofort sein Handgelenk, zerrt es nach oben, sodass sein Arm in einem unnatürlichen Winkel verdreht wird. Es knackt in seiner Schulter. Er schreit auf. Sein Gesicht ist weiß wie der Nebel, die Sommersprossen blutrote Punkte. Ein weiterer Tentakel umschlingt seinen Fuß.

»Hilf mir!« Er grapscht nach mir, doch ich weiche aus. »Bitte!«

Zu spät. Bedauern packt mich, doch ich kann die Situation nicht ändern. Ich kann nur wählen: sie beide oder wir alle vier. Für einen unendlich langen Herzschlag bohrt sich sein Blick in meinen, seine Augen helle, blanke Kiesel, um sein Leben flehend. Zwischen den Schreien versucht er, weitere Worte zu formen. Ich schließe die Augen und durchtrenne mit einem raschen Schnitt das Seil zwischen uns. Als ich sie wieder öffne, reißen die Tentakel erst Bren, dann ihn fort, und er gleitet schreiend und haltlos auf seinem Schild in den Nebel hinein.

Einen Augenblick später wirbeln die restlichen Tentakel in der Luft über uns mit einem satten Schnalzen herum. Sie haben ihre Beute. Sie ziehen sich zurück.

Hinter mir strafft sich das verbliebene Seil. Ich fahre zu Quinn herum, die bereits losstürmt. Wir kämpfen uns aus dem Gebüsch, und dann rennen wir. *Weg, nur weg*, bis Quinn für einen Augenblick keuchend innehält und auf den Kompass sieht. Wortlos und hastig führt sie uns danach durch die milchige Brühe. Irgendwann werden die Baumstämme dicker, die Abstände zwischen ihnen breiter. Ein matschiger Laubteppich löst Nadeln und Moos unter unseren Stiefeln ab.

Mich schüttelt es inzwischen vor Hitze. Meine Hand pocht nicht mehr, sie brennt.

Ich weiß nicht, wie lange es dauert, bis wir einen Lichtschimmer im Grau sehen. Nur zehn Schritte weiter, und wir sind draußen.

Sonnenstrahlen zwischen Grün. Eine Lichtung.

Sofort trenne ich das Seil zwischen mir und Quinn. Ich kauere mich auf den Boden, lege die freie Hand um meine Wunde. Dann schließe ich die Augen.

Da bist du ja. Mit einem erleichterten Seufzen heiße ich die Magie willkommen. Sie rinnt durch mich wie kühlendes Wasser, lindert das Feuer in meinen Gliedern. Hinter meinen Augenlidern flimmert es rötlich. Der Schmerz sinkt allmählich auf ein erträgliches Maß herab.

Ich öffne die Augen wieder und schaue auf die weiße Wand, die sich nur eine Mannslänge hinter mir mitten im Wald erhebt, dann wende ich mich um.

Vielleicht zwanzig weitere Soldaten tummeln sich auf der Lichtung. Ein paar sind entlang des Nebels postiert, andere kümmern sich um Verletzte oder sitzen auf dem Boden. Ich atme unwillkürlich auf, als ich Luka sehe. Auch Hauptmann Alek ist hier. Er tigert wie ein ruheloses Tier an der Nebelgrenze auf und ab, seine Miene eine starre Grimasse.

Quinn sitzt neben mir. Sie stiert auf den Boden, vor ihr eine Pfütze Erbrochenes.

»Quinn«, sage ich. »Quinn!«

Endlich blickt sie auf. Eigentlich wollte ich mich bedanken, doch das Wort bleibt mir im Mund stecken. Da ist eine schwarze Leere in ihrem Blick, ein Abgrund, der mich zurückzucken lässt.

»Du Drecksmensch«, sagt sie. »Du hättest wenigstens versuchen können, sie zu retten.«

Sie steht auf und schlurft zwischen den Baumstämmen davon, und obwohl ich es immer schon war, fühle ich mich plötzlich allein.

Cianna

Wir kauern in der Hütte, Raghi, das Waldkind und ich.
Draußen ist es dunkel. Ich sehe den Lichtschein der Feuerstellen durch die Ritzen zwischen den Bohlen. Es riecht nach Suppe und gebratenem Wildbret. Sie bringen uns nichts davon, und obwohl mein leerer Magen protestiert, verspüre ich keinen Hunger.
Vorhin im Wald hätten wir Finn überwältigen und davonlaufen können. Seine Feuerbälle waren keine Gefahr – nicht für das Kind. Raghi hätte Finn vermutlich gefesselt, sodass er uns nicht hätte folgen können, und wir wären jetzt bereits auf dem Weg nach Cullahill. *Nach Hause.*
Ich las dies alles in Raghis Blick, als sie neben mich trat, immer noch keuchend vom Würgegriff der Wurzel. Ich las es auch in den Augen des Waldkinds, dunkel und fremd, bereit, alles für mich zu tun. Für einen Augenblick zögerte ich. Doch dann sah ich Finn an, und ich sah Magda, die sich stöhnend in ihrem Blut wälzte. Ich dachte an Sami, ihren kleinen Sohn. An Barnabas, der sich sorgte, wann seine Freunde wiederkämen.
Ich konnte es nicht tun. Ich konnte sie nicht dem Wald überlassen, nur um meines eigenen Vorteils willen. Wir mussten einen anderen Ausweg finden.
»Finn«, sagte ich. »Hör mir zu.«
Immer noch kauerte er schützend über Magda. Auf seiner Handfläche schwebte ein Feuerball, er war bereit zum Angriff.
»Wer zum Teufel ist der Junge?«, rief er. »Sag es mir.«
Ich holte tief Luft und verdrängte das Zittern aus meiner Stimme. »Ich weiß es nicht.«

Er stieß ein Keuchen aus, eine Mischung aus ungläubigem Lachen und Wut. »Du weißt es nicht?«

»Ich weiß nur, dass er Magda heilen kann.«

»Niemals«, knurrte Finn. »Ich lasse ihn doch nicht zu ihr!«

Ich legte eine Hand auf den Nacken des Jungen, zerzauste sein blondes Haar. Er sah zu mir auf, und in seinen sanften Zügen und den dunklen Augen las ich weder Wut noch Angst, nur Warten. Er würde Finn töten, er würde Magda heilen, ohne auch nur einen Gedanken an die Konsequenzen zu vergeuden. Alles für mich.

Und sosehr mein Herz vor Liebe zu dem Jungen bebte, ich verstand Finn. Niemand konnte dem Waldkind trauen. Niemand außer mir.

»Sie stirbt«, beschwor ich Finn. »Der Junge ist ihre einzige Rettung. Wenn du ihm nicht traust, vertrau mir.«

Er zögerte einen unendlich scheinenden Augenblick, dann senkte er die Hand, und die Feuerkugel erlosch. Im Zwielicht sah er müde und blass aus.

»Na gut«, sagte er leise. »Ihr beide kommt her. Aber du ...«, er deutete auf Raghi, »... bleibst zurück.«

Ich nickte und führte das Waldkind zu ihm. Gemeinsam knieten wir uns neben Magda nieder. Ich konnte sie kaum ansehen, ihr zerrissenes Gewand, schwarz von Blut, darunter die Risse, die Bissspuren. Ihr Gesicht war fahl und von Blutsprenklern bedeckt. Sie wimmerte und zitterte, und ihr Blick irrte über uns hinweg, ohne uns zu sehen.

Ich nahm das Gesicht des Waldkinds zwischen meine Hände und drückte ihm einen Kuss auf die Stirn. *Heile sie.*

Er hob den Blick, das wundersam zarte Gesicht immer noch zwischen meinen Händen. *Warum?*

Weil wir Menschen sind. Weil wir einander helfen.

Er runzelte die Stirn. *Ich bin kein Mensch.*

Ich erzitterte bis ins Mark, doch ich ließ ihn nicht los. *Ich weiß. Bitte tu es für mich.*

Da nickte er mit ernster Miene und löste sich aus meinem Griff. Er legte beide Hände auf Magdas Brust und schloss die Augen.

Sofort wurde sie ruhig. Auch ihre Augen schlossen sich. Ich wusste erst nicht, ob es Wirklichkeit war, doch ein blauer Schimmer legte sich über Magdas Körper, hüllte sie ein wie ein feiner Kokon. Finn schnappte nach Luft. Ich nahm seine Hand und hielt sie fest, bis es vorüber war.

Der Schimmer erlosch. Das Waldkind sackte zusammen, und ich nahm es auf den Schoß, hielt es fest, während es den Kopf tief erschöpft in meiner Halskuhle vergrub und jäh in einen Dämmerschlaf sank.

»Magda.« Finn beugte sich über sie und rief besorgt ihren Namen. »Magda!«

Mit einem Schnauben öffnete die Frau die Augen, richtete sich auf. So lebendig. Ich schnappte nach Luft und wich unwillkürlich zurück. Ein rosiger Schimmer überzog ihre Wangen, ihre Haut war glatter, und ihr grauer Zopf war von dicken braunen Strähnen durchzogen. Sie sah auf irritierende Art nicht nur gesünder, sondern auch zehn Jahre jünger aus als noch heute Mittag.

»Was ...«, murmelte sie, tastete an ihren zerrissenen Kleidern hinab. »Wie ...«

Auch Finn war zurückgezuckt. Doch jetzt nahm er ihre Hand. »Alles gut«, murmelte er. »Du bist wieder da.« Er schloss sie in die Arme.

Hinter uns stieß Raghi einen krächzenden Laut aus. Mit besorgtem Blick deutete sie auf den Himmel, der über den Wipfeln bereits in Dämmerlicht getaucht war, dann auf den unsichtbaren Pfad, den wir gekommen waren. Finn nickte.

»Wir müssen los.« Er half Magda hoch. »Kannst du gehen?«

Sie runzelte die Stirn. »Natürlich.«

Raghi trug das Kind, und wir eilten, bis wir den Steinkreis erreichten und Finn uns zur Hütte brachte. Hier ließ er uns zurück. Ich weiß nicht, welche Worte er mit den Wachen des Horts tauschte, doch seither steht einer von ihnen vor unserer Tür, reglos und wachsam. Wir sind keine Gäste, sind es nie wirklich gewesen.

Es ist Nacht. Barnabas hat längst sein Lied gesungen, eine sanfte, wohltönende Melodie mit Worten, die so weich klangen, wie unsere Sprache es niemals vollbrächte.

Der Junge schläft immer noch. Ich halte ihn fest, während meine Gedanken um ihn kreisen. *Ich bin kein Mensch.*

Ein Teil von mir wusste es schon die ganze Zeit, doch ich wollte mich diesem Wissen nicht stellen. Bis jetzt. *Was bist du?* Ich streiche ihm übers flaumfedrige Haar. *Warum bist du zu mir gekommen?*

Eine Antwort finde ich nicht. Ich sehe auf, direkt in Raghis schwarze Augen, die im Dunkel glänzen wie Obsidian. Ihre Gesten sind schwer zu erkennen, aber ich weiß auch so, was sie sagen will.

Mutter hat sie geschickt, um mich nach Hause zu holen. Nach Cullahill. Und sosehr ich mich freue, Raghi endlich wieder bei mir zu haben, sosehr verwirrt es mich, dass ich bei dieser Aussicht keine Freude empfinde.

Seit ich aus Cullahill fort bin, ist zu viel geschehen. Ich zweifle an so vielem, an das ich mein Leben lang geglaubt habe – und weiß nicht mehr, was richtig und was falsch ist, was gut und was schlecht.

Fast erleichtert es mich, als die Hüttentür endlich aufgestoßen und ich aus meinen Grübeleien gerissen werde.

Im Schein einer Fackel kommt Finn herein. Seine Miene ist ernst. »Kommt.«

Ich hebe das Kind hoch, und es schlingt im Halbschlaf die Arme um meinen Nacken. Finn bringt uns an eines der Feuer. Dort sitzen Brom, Barnabas, Magda und Lydia und drei Männer, die ich nicht kenne. Ihre Blicke sind finster, und mein Herz flattert wie ein Sperling, der davonfliegen will.

»Setzt euch.« Brom deutet auf zwei freie Plätze. Ich setze mich mit geducktem Kopf neben Barnabas, das immer noch dösende Waldkind auf dem Schoß. Hinter Raghi und mir lassen sich zwei weitere Männer nieder, die Hände an ihren Schwertern. Hinter ihnen drängen sich dicht an dicht noch mehr Leute mit düsteren Mienen. Wir sind Gefangene, das ist deutlicher denn je. Und heute Abend wird das Urteil über uns fallen.

Brom und Lydia flüstern miteinander. Die meisten anderen Rebellen am Feuer starren Raghi an, ihren rasierten dunklen Kopf, ihren Kittel, die nackten Füße. Sie dagegen blickt mit unbewegter Miene ins Feuer. Nur ihre Schultern sind zum Zerreißen gespannt.

Dann springt Brom auf die Beine.

»Bürgerin«, donnert er, und sein Blick durchbohrt mich bis auf den Grund. »Du hast uns angelogen. Du hast einen *Alvae* zu uns gebracht.«

Ein ungläubiger Aufschrei geht durch die Reihen der Rebellen, gefolgt von einem Raunen. Die Menge weicht einen Schritt vom Feuer zurück.

Der Junge auf meinem Schoß richtet sich schlaftrunken auf, doch ich ziehe ihn wieder nach unten. Er schlingt die Hände um meinen Leib. Plötzlich verursacht mir seine Berührung eine Gänsehaut. Ich blicke auf sein weißes Haar hinab, das im Schein des Feuers glänzt wie uralte Spinnweben.

Alvae. Das Wort tost durch meinen Kopf. Ich habe es bisher nur einmal gehört. Finn hat von diesen Wesen gesprochen, heute auf dem Marsch durch den Wald. Er hat sie die alten Götter genannt.

»Ich wusste es!« Lydia springt auf und stellt sich mit geballten Fäusten neben ihren Vater, ihre Augen sprühen Funken. »Ich wusste von Anfang an, dass etwas nicht stimmt. Wahrscheinlich ist sie ebenfalls eine von ihnen. Ich sage, töten wir sie beide, bevor sie ihren Fluch über uns aussprechen!«

Raghi will aufspringen, doch sofort richten sich die Klingen der beiden Wachen auf ihre Brust. Mit einem Zischen lässt sie sich wieder sinken. Sie packt meinen Arm. Ihre schwarzen Augen blitzen, als sie mit der anderen Hand gestikuliert. *Sag ihnen, ich kämpfe für dich. Im Zweikampf. Gegen jeden Einzelnen von ihnen.*

Doch ich schüttle den Kopf. Ich kann nicht zulassen, dass sie für mich stirbt. Nicht mehr.

Barnabas steht auf. »Wer sagt, dass der Junge ein Alvae ist?«, fragt der Barde mit seiner sanften, melodiösen Stimme.

»Ich.«

Als ich die Stimme höre, zucke ich zusammen. Finn erhebt sich. Eindringlich schaut er mich an. Ich sehe in seinem Blick weder Angst noch Bedauern.

»Der Junge hat Wurzeln wachsen lassen und als Waffe gebraucht«, sagt er. »Er konnte meine Feuerbälle aufhalten.«

»Und ich.« Magda erhebt sich ebenfalls. Immer noch leuchten ihre Wangen rosig, als wäre sie lebendiger als wir alle zusammen, und ihr Gesicht ist immer noch verjüngt. Ein Raunen geht durch die Reihen.

»Schaut mich an.« Sie schnaubt, als sie durch die neugewonnene braune Fülle ihrer Haare streicht, kann jedoch ihr Lächeln nicht verbergen. »Als wäre ich durch einen Jungbrunnen gehüpft. Der Kleine hat mich geheilt, nachdem mich eine Nachtkatze angegriffen und beinahe getötet hat.«

»Ich bezeuge es ebenfalls.« Jefan steht auf, der hünenhafte Rebell, dessen Bart bis zu seiner Brust reicht. Trotz seines ehrfurchtgebietenden Äußeren wirkt er freundlich auf mich.

»In der Bastion habe ich es gesehen«, sagt er gelassen, in sich ruhend wie ein riesiger, doch gezähmter Bär. »Ich hielt es für Zufall, doch das Kind streckte die Arme aus, als die Wurzeln dort aus dem Boden schossen und die Soldaten angriffen. Er war auch bei uns, als die Schlingpflanzen über die Mauer wuchsen und uns die Flucht ermöglichten.«

So ist es!, will ich rufen. *Er hat euch gerettet.* Doch Finns beschwörender Blick hält mich davon ab.

Allmählich begreife ich. Dies ist ein öffentlicher Urteilsprozess mit vorher festgelegten Rollen und Abläufen. Ich habe davon gelesen, doch Mutter hat so etwas in ihrem Bezirk nie zugelassen. Werden die Rebellen gemeinsam das Urteil fällen? Oder hat Brom sich längst entschieden, und dies ist nur ein Schauspiel, um sie auf sein Urteil einzustimmen? Brom hebt die Arme. »Das heißt, ihr drei bezeugt, dass der Junge große magische Kräfte hat?«

»Ja, das glaube ich«, sagt Jefan mit ruhigem Nachdruck. »Er ist ein Pflanzenzauberer. Er hat uns geholfen.«

Magda nickt zustimmend. Finn enthält sich mit nachdenklichem Blick.

»Er hat vor allem sich selbst und der Bürgerin geholfen«, ruft Lydia. »Habt ihr die alten Legenden vergessen? Über die Zeiten, als die Alvae aus den grünen Hügeln kamen, um unsere schönsten Männer und Frauen zu schänden? Sie zwangen sie zu tanzen, bis sie tot umfielen. Sie entführten unsere Kinder. Sie waren böse. Wenn er ein Alvae ist, muss er sterben.«

»Keiner vergisst die Geschichten«, sagt Barnabas. »Sie sind mehr als Schauermärchen und Legenden. Sie sind unser Erbe und unsere Erinnerung und gemahnen uns daran, wer wir sind. Die Wahrheit, die sie enthalten, ist so bedeutsam, dass die Republik sie verboten hat. Doch reichen sie als Begründung, um ein Leben zu beenden? Noch dazu das eines Kindes?«

»Nein«, sagt Brom. »Wir verurteilen keine Kinder aufgrund von Vorurteilen und Geschichten.« Er hebt die Faust. »Wir sind doch keine Beamten!«

Ein vielstimmiger Schrei ist die Antwort. Ich höre Zustimmung und wütendes Lachen, doch ich sehe auch viele skeptische Blicke. Und wieder hebt Brom die Hand, und die Menschen verstummen.

Das Waldkind auf meinem Schoß richtet sich auf. Der Kleine ist nun hellwach, und ich halte ihn fest, als könnte ich ihm damit Schutz geben. Oder ihn an anderen Taten hindern? Ich schaudere.

»Der Alvae redet nicht«, sagt Brom. »Doch die Bürgerin tut es. Sie soll für den Jungen sprechen. Sie soll uns die Wahrheit über ihn erzählen.«

»Die Wahrheit.« Lydia schnaubt. »Sie weiß doch gar nicht, was das ist.«

Doch Broms Blick lässt sie verstummen. Auffordernd sieht er mich an.

Ich schlucke, als ich das Kind absetze und mich erhebe. Sofort springt es ebenfalls auf die Beine und schmiegt sich an meine Hüfte.

Gehen wir jetzt? Seine Stimme ist drängend, beinah ängstlich. *Gehen wir nach Hause?*

Schsch. Ich streiche ihm übers Haar. Alvae oder nicht. Er ist ein Kind, nur ein Kind.

Ich setze an zu reden, doch da ist ein Kloß in meiner Kehle, der jedes Wort verwehrt. Meine Hände zittern wie Espenlaub. *Ich kann das nicht.* Das einzige Mal, als Mutter mich zwang, vor so vielen Menschen zu sprechen, habe ich kläglich versagt.

Schon werden die Leute unruhig, ich spüre ihre Blicke wie Nadelstiche auf meiner Haut.

»Hexe!«, brüllt jemand. Ich erkenne Colins Stimme.

Das Blut rauscht in meinen Adern. Ich habe keine Wahl. Ich schaue auf den Jungen hinab, lege ihm die zitternden Hände auf die Schulter. Ich sehe zu Finn, der meinen Blick mit einem Nicken erwidert.

Rücken gerade. Mutters Lektion. *Rede laut und klar. Banne sie mit deinem Blick, und sie werden zuhören.*

»Dieses Kind kam zu mir«, sage ich. Zu leise. Ich räuspere mich, dann richte ich mich auf.

»Er kam zu mir«, wiederhole ich lauter. »Aus dem Wald.

Er war heimatlos und allein. Er hat meinen Schutz gesucht, und ich habe ihm diesen gegeben, ohne zu fragen und ohne zu zögern.«

Fest schaue ich ihnen ins Gesicht, Brom und Lydia und all den anderen. Ich habe wenig zu gewinnen, aber alles zu verlieren, und das gibt mir plötzlich Mut.

»Auch ihr seid auf Hilfe und Schutz angewiesen. Nur deshalb seid ihr hier. Weil andere euch gerettet und hierhergebracht haben, in eure Zuflucht. Dieser Junge war ebenfalls allein und in Not. Er ist nur ein Kind. Obwohl er über Kräfte verfügt, die wir nicht verstehen. Die uns deshalb Angst machen können.«

Ich blicke zu Lydia, die finster zurückstarrt. »Er ist nicht von meinem Blut und nicht von eurem«, fahre ich fort. »Er mag nicht einmal ein Mensch sein. Doch er kann Leid und Schmerz fühlen. Genauso wie wir. Und wie eure Kinder.«

Sie blicken skeptisch. Noch habe ich sie nicht überzeugt. Ich straffe die Schultern.

»In diesem Krieg ist der Junge nicht euer Feind«, rufe ich. »Im Gegenteil. Er hat ebenfalls jemanden verloren. Seine Mutter. Sie wurde von den Soldaten ermordet. Und zwar in denselben Kellern, in denen auch eure Draoidhs gefoltert wurden und starben.«

Ein Raunen geht durch die Reihen. Ich balle die Faust. »Beweist, dass ihr bessere Menschen als die Soldaten seid. Lasst den Jungen leben. Gebt ihm eine Zuflucht und Schutz.«

Schweigen entsteht. Brom schaut mich abwartend an. Doch mir fällt nichts ein, was ich noch hinzufügen könnte.

»Und was gibst du uns dafür?«, fragt er.

Ich hole tief Luft.

»Mein Versprechen«, sage ich. »Dass ich mich niemals gegen euch stellen werde. Dass der Junge und ich uns nicht in euren Kampf einmischen werden.«

Brom runzelt die Stirn.

»Das reicht uns nicht«, stellt er fest. »In diesem Krieg gibt es keine Unschuldigen, und es gibt keine Neutralität. Leiste den Schwur des Widders und schließ dich uns an.«

Lydia stößt einen ungläubigen Schrei aus. Und auch die Menge brüllt in vielen Stimmen auf. »Eine Bürgerin als Geárd?« »Unerhört.« »Sie gehört nicht zu uns!«

Das Feuer zwischen uns flammt auf, als stimmte es in den aufgebrachten Chor mit ein. Und in den flackernden Lichtspielen, die in den Mienen meiner Gegenüber tanzen, in den gespannten Blicken von Brom und Barnabas, lese ich die Wahrheit. Ich will zurückweichen, doch ich kann es nicht. Menschliche Körper umringen mich dicht an dicht.

Wäre ich eine von ihnen, wäre ich ungleich wertvoller denn als Geisel. Ich wäre ein Symbol und eine Geschichte, die sie in jedes Dorf und jedes Gefecht tragen könnten. *Wir kämpfen für das einzig Richtige. Selbst die Bürger schließen sich uns an.*

Deshalb hat Brom mich bereitwillig als Gast aufgenommen. Hat mich in Colins Dienste gestellt und zugelassen, dass ich mit den Kindern den Hort erklimme. Barnabas hat mich mit den persönlichen Geschichten der Rebellen berührt, und sie haben mir Finn als liebenswerten, überaus überzeugenden Begleiter an die Seite gestellt.

Sie haben es von Anfang an darauf angelegt.

Schließ dich uns an.

Wut flammt in mir auf. »Nein!«, rufe ich. »Nein.«

Ich habe es satt, als Marionette zu dienen, erst meiner Mutter und jetzt ihnen.

Die lärmende Menge verstummt. Sie starren mich ungläubig an. Meine Wut wandelt sich in Entschlossenheit – und neue Kraft. Ich spüre, dass ich das Richtige tue. Zum ersten Mal nicht für jemand anderen, sondern für mich.

»Ich könnte es tun«, stoße ich aus. »Ich könnte euren Eid schwören und so tun, als würde ich mich ab sofort gegen alles wenden, was ich kenne und bin. Doch dann wäre ich genau das, was ihr den Bürgern vorwerft. Eine gewissenlose Handlangerin, die nur auf ihren Vorteil aus ist. Aber das bin ich nicht.«

Ich muss erst einmal herausfinden, wer ich bin. Doch das spreche ich nicht aus. Ich straffe die Schultern. »Wenn ihr uns am Leben lasst, packen wir mit an. Ich werde für jeden Kanten Brot arbeiten, den ihr uns gebt. Aber verlangt nichts von uns, was wir nicht tun können, ohne euch zu belügen.«

Brom und Barnabas wechseln einen langen Blick. Damit haben sie offensichtlich nicht gerechnet. Ihre stille Zwiesprache scheint sich ins Unendliche zu dehnen, die Menge wispert dahinter wie haltlose Blätter im Wind.

Dann verschränkt Brom die Arme.

»Deine Ehrlichkeit in allen Ehren, Bürgerin. Aber wir können euch keine Heimat bieten, wenn ihr nicht zu uns gehört. Ich gebe euch eine Woche.« Er seufzt. »Als unsere Gäste. Doch dafür erwarte ich täglich Gegenleistung. Der Junge wird jeden Verletzten aus unseren Reihen heilen. Er wird uns an seiner Magie teilhaben lassen, damit wir lernen, den Wald besser zu verstehen.«

Ich seufze auf. Eine Woche. Eine Gnadenfrist, um neue Pläne zu schmieden. Allerdings nicht ohne Bedingungen.

Ich gehe in die Knie. Sachte streiche ich dem Jungen übers Haar. *Würdest du das tun? Für uns?*

Der Junge spannt die Schultern an. Seine dunklen Augen verengen sich skeptisch. *Das heißt, wir gehen nicht nach Hause? Du hast es mir versprochen.*

Ich schlucke. Er hat recht. Und ich habe keine Ahnung, worauf ich mich damit eingelassen habe. Meine Hände krampfen sich in seinen Schultern fest.

Wir können nicht gehen. Noch nicht. Zuerst muss ich mehr über diese Menschen herausfinden. Und über mich.

Der Junge seufzt, nimmt eine meiner Hände und schmiegt seine Wange daran. *Na gut. Dann heile ich sie. Wenn du es willst.*

Ja.

Ich hole tief Luft, stehe wieder auf und richte meinen Blick auf Brom. »Wir sind einverstanden. Aber nur so viele Heilungen, wie der Junge verkraften kann. Er ist nur ein Kind. Und ich trage die Verantwortung für ihn. Ich sage Stopp, wenn es ihn zu sehr anstrengt.«

»Gut.« Er nickt mir zu. In seinem Blick meine ich, Respekt zu lesen. Erleichterung und Stolz durchfließen mich. Kaum zu glauben. Ich, die flügellahme Träumerin, habe eine Rede gehalten und einen Kompromiss ausgehandelt, der einer Politikerin würdig wäre. Fast wünsche ich mir, Mutter könnte mich sehen.

»Und die Sklavin?«, ruft Lydia. »Soll sie ihr weiterhin den Hintern wischen?«

Raghi springt mit einem federnden Satz auf die Beine. Ihr Blick durchbohrt Lydia, als wollte sie sie aufspießen, doch die Rebellin weicht keinen Schritt zurück. Mit geballten Fäusten starren sie sich über das Feuer hinweg an.

»Lydia hat recht.« Barnabas' Stimme durchbricht den Bann. »Es gibt keine Sklaven bei uns. *Elia morian rosa larna. Hadjami rosa bakupa nadera.*«

Die meisten runzeln verständnislos die Stirn, doch Raghi stößt ein Ächzen aus und wirbelt zu Barnabas herum, mustert ihn mit einem ungläubigen Gesichtsausdruck.

»Wie hast du uns gefunden?«, fragt er sanft und bewegt die Fingerspitzen in einer der Sklavengesten des Willkommens zueinander. »*Lamorra.*«

Raghi öffnet mit einem Zischen ihre Fäuste, und dann wirbeln ihre Hände und Finger wie Schmetterlinge, so schnell, dass sie in der Luft zu verschwimmen scheinen. Barnabas antwortet ebenso rasch, in Gesten, die ich niemals zuvor gesehen habe.

»Was soll das?«, ruft Lydia ungeduldig, doch Brom bringt sie erneut mit einer Handbewegung zur Ruhe.

Als das stille Gespräch zwischen Barnabas und Raghi zu Ende ist, wendet sich Barnabas mit glänzenden Augen an uns.

»Diese Frau stammt aus meinem Volk«, sagt er. »Ein einst freier, stolzer Stamm von Menschen, jenseits der Grenzen der Republik. Seht ihr die Zeichen auf ihrer Haut? Sie ist eine *Lamorra*. Eine Kriegerin. Einst waren die Lamorras die Königinnen unseres Volkes. Sie hat geschworen, die Bürgerin zu beschützen. Zwar mag dieser Schwur unter Zwang geschehen sein, doch für unser Volk ist er trotzdem gültig.«

»Und wie hat sie durch den Wald hierhergefunden?«, fragt Finn stirnrunzelnd.

Barnabas lächelt. »Wir stammen aus Wüsten, in denen Sandwehen alle Spuren verwischen. In denen es tagsüber so heiß ist, dass die Steine glühen, und nachts bitterkalt. Und doch finden wir dort ausreichend Wasser und Nahrung und Wohnsitz, denn wir lauschen auf die Stimmen unserer Geister und Träume, auf die Jahreszeiten und die Winde, und sie führen uns dorthin, wo unsere Seelen bereits auf uns warten. Außerdem sagte ich es bereits – sie ist eine Lamorra. Sie wird die Bürgerin überall wiederfinden, gleichgültig, wo diese sich aufhält. Und sie wird sie mit ihrem Leben verteidigen, solange der Schwur für sie Gültigkeit hat.«

»Das heißt, sie bleibt ihr Leben lang eine Sklavin?«, fragt Finn ungläubig.

»Nein.« Barnabas wendet sich mir zu. »Du musst sie freilassen.«

Ich blicke zu Raghi. *Mein Herz*. Ich forme die Gesten wie von allein. Ihre schwarzen Augen lächeln stolz, sie steht aufrecht und dunkel. Eine Königin, das passt zu ihr. Und obwohl ich traurig werde bei dem Gedanken, sie vielleicht zu verlieren, fällt mir nichts leichter als das.

»Ich gebe dich frei.«

Eva

Die Nacht ist schlagartig über den Deamhain hereingebrochen, und der Schein der drei Lagerfeuer wirkt lächerlich schwach gegen die Finsternis, die die Bäume um uns verschluckt. Wir hatten noch eine Weile auf der Lichtung gewartet, ein deutlich geschmälerter Trupp. Neun Soldaten verloren wir im Nebel, die Maultiere und zwei von vier Hunden.

Nach einer Stunde zogen die weißen Schwaden endlich weiter, und die Soldaten, die danach das betroffene Waldstück durchkämmten, fanden keine Spur mehr von den Männern, Frauen und Tieren. Als wir aufbrachen, verschwand die Sonne bereits hinter den Wipfeln, und der Wald nahm wieder seine düsteren, reglosen Grautöne an.

Drei Stunden später sitze ich zwischen den Überlebenden und schlinge wortlos die zähe Ration an Militärfladen hinunter, die gemeinhin Ziegel genannt werden. Sie wurden an der Universität von Athos für das Militär entwickelt und enthalten alles, was der Körper braucht. Aber selbst wenn sie nach irgendwas anderem als Schuhleder schmecken würden, hätte ich keinen Appetit.

Hauptmann Alek sitzt neben mir. Quinn hat es vorgezogen, an einem anderen Feuer Platz zu nehmen. Am dritten Feuer sitzen die Jäger mit ihren Hunden, der Heiler und die Brenner. Sie sind eine Gruppe für sich und die Einzigen, die halbwegs angeregt miteinander zu reden scheinen.

Die meisten Soldaten dagegen sind still oder murmeln Belanglosigkeiten. Wenn sie mal lachen, klingt es falsch und flach. Alek hat mich vor dem Essen kurz zum Verlust von Zach und Bren verhört, deren Tod ihm offensichtlich einen ernsthaften Stich versetzt hat.

Verdammt, ich hätte die Männer nicht geopfert, wenn es nicht hätte sein müssen!

Im Gegensatz zu Quinn scheint Alek das verstanden zu haben. Danach hat er mir erneut einen Vortrag über den Deamhain gehalten. Er kam mir wirr vor, salbaderte zusammenhanglose Fetzen über Gefahren und den Tod, der abseits des Trupps auf jeden wartet. Alles andere als beruhigend hier draußen. Genau wie die Geräusche zwischen den Bäumen. Auch jetzt höre ich sie, und meine Sinne sind aufs Äußerste gespannt. Blätter rascheln, der Wind heult durch die Äste. Es sind warme, trockene Böen von Süden. Vielleicht ein Vorbote des Frühlings, vielleicht auch nur ein Gewitter im Anmarsch.

Tiere schreien kurz und abgehackt und verstummen gleich wieder. Es kommt mir vor, als würden sie nur darauf warten, dass unsere Wachen unaufmerksam werden, und dann über uns herfallen.

Meine Finger wandern über die Messer und Dolche an meinem Gürtel, dann über die Seitentasche meiner Uniform, in der ich ein Skalpell verborgen halte. Es ist aus reinem Silber. Vor unserem Aufbruch habe ich es von Meister Horans Instrumententisch gestohlen. Ich hatte keine Lust, einem Alben nur mit Stahl gegenüberzutreten.

Meine Finger tasten über die schlanke Silhouette, wieder und wieder. Ich muss mich zwingen, damit aufzuhören. Angst lähmt. Ich bin die Jägerin, nicht die Beute.

Ich weiß, was ich tun muss. Die Rebellen aufstöbern. Das Albenkind eliminieren, ehe Luka und seine Männer es in die Finger kriegen. Cianna daran hindern, dass sie mich verrät. Ob der Altmeister meine Nachricht inzwischen erhalten hat? Was wird er dazu sagen, dass sich hier im Wald still und heimlich eine abtrünnige Abteilung der Cathedra eingenistet hat? Erneut schaue ich zu den Jägern hinüber. Zu Luka. Im Gegensatz zu mir wirkt er völlig entspannt. Er fängt meinen Blick auf und winkt mir auffordernd zu.

Als sich die anderen Soldaten schnaufend vom Feuer erheben und ihre Hängematten vor dem schwarzen Schlund des Walds aufspannen, um sich darin zusammenzurollen, werfe ich mein Gepäck auf den mir zugewiesenen Platz und schlendere zu Luka hinüber.

Sofort rutscht er ein Stück und schiebt seine beiden Hunde beiseite. Mit einem widerwilligen Winseln machen sie Platz. »Setz dich, Effie.«

Sein Lächeln hat etwas Räuberisches. Er hat mich da, wo er mich haben wollte. Ich sitze so eng neben ihm, dass sich unsere Schultern bei jeder Bewegung berühren.

Seine beiden Kumpane Wylie und Rois nicken mir zu, Wylie grinsend. Die beiden Falken sind zu ihm zurückgekehrt, sie dösen auf seinen Schultern. Der weibische Rois blickt mürrisch. Die anderen vier Jäger kenne ich nicht.

Obwohl sie sich direkt nach meinem Eintreffen über eine handgezeichnete Karte beugen und weiterreden, als wäre ich nicht vorhanden, lässt meine Spannung ein wenig nach. Ich greife nach dem Becher mit Tee, den Luka mir reicht, akzeptiere, dass er mir mit einem Augenzwinkern einen Schluck Schnaps hineingießt, und lausche dem Jägerjargon, von dem ich nur einen Teil verstehe.

Sie sind feindliche Agenten. Sie sind gefährlicher als alle versammelten Soldaten zusammen. Trotzdem fühle ich mich in ihrer Mitte wohler als bei den anderen. Sie sind wie ich. *Drecksmensch.* Quinns Beschimpfung verursacht mir immer noch einen schlechten Geschmack im Mund. Sind wir das nicht alle? Genau deshalb habe ich mich einem Ziel verpflichtet, das über unsere erbärmlichen Leben hinausgeht. Mit einem tiefen Zug leere ich meinen Becher und lasse ihn von Luka wieder auffüllen.

Nach einer Weile herrscht auch hier Aufbruchsstimmung. Die Jäger knoten ihre Hängematten auf der anderen Seite des Feuers an die Bäume. Nur Luka und Wylie beweisen Sitzfleisch. Wylie gießt sich noch einen Schluck Schnaps in den Becher, dann beugt er sich zu mir herüber. Einer der Falken auf seiner Schulter öffnet ein graues Auge, klappt es wieder zu.

»Und, haste Angst gekriegt in dem Nebel?«, fragt Wylie.

Ich zucke mit den Schultern. »Natürlich. Mich nicht zu fürchten wäre dämlich gewesen.«

Er lacht. »Richtig. Bei meinem ersten habe ich mir in die Hosen gepisst vor Angst. Aber es wird besser.«

»Wie viele Nebel habt ihr schon erlebt?«, frage ich.

Luka und Wylie schauen sich an.

»Vier«, sagt Luka.

»Fünf.« Wylie hebt triumphierend die Hand. Dann sieht er mich ernst an. »Du hast zwei Männer da draußen verloren, habe ich gehört.«

Ich nicke. Zachs verzweifelt flehende Miene steigt vor meinem inneren Auge auf, doch ich vertreibe den Toten mit einem weiteren Schluck Schnaps.

»Das tut mir leid«, sagt Luka.

Wylie nickt. »Wir haben auch ein paar gute Männer da drin verloren, bevor wir wussten, worauf es ankommt.«

»Und worauf kommt es an?«

Er seufzt. »Schnell sein. Und leise. Die dämlichen Seile weglassen, auf die die Soldaten so pochen. Weil sie immer noch nicht wissen, wie man hier im Wald die Richtung erkennt.«

»Woran erkennt man sie?«, frage ich.

»Am Moos.« Er deutet auf einen Baumstamm, auf den der Feuerschein flackernde Schatten wirft. »Der meiste Regen im Wald kommt von Westen her, das ist hier nich' anders als draußen. Such dir einen Einzelgänger, also einen Baum, der ein bisschen freisteht. Da, wo der Regen bei ihm draufprasselt, wächst das Moos extra gut. Haste die Moosseite gefunden, weißte also, wo Westen ist. Und dann gehste rechts um den Baum herum. Westen, Norden, Osten, Süden. *Weiber Nörgeln Ohne Stopp.* Das ist der Merkspruch.«

»Toller Spruch.« Ich packe einen Ast und werfe ihn nach ihm. Grinsend duckt er sich.

»Die Frau gefällt mir.«

»Mir auch.« Luka blinzelt mir zu.

Ich kichere, und auch wenn das Geräusch nicht echt ist, hört es sich besser an als alles, was ich heute bisher von mir gegeben habe.

»Mal schauen, was du im Kampf draufhast«, sagt Wylie. »Wir werden schneller auf die Rebellen treffen, als du glaubst.«

»Ach ja?« Ich runzle die Stirn. »Hat uns der Nebel nicht ordentlich zurückgeworfen?«

»Nur ein paar Stunden«, sagt Luka. »So schnell lassen wir uns nicht unterkriegen.« Er tätschelt einen der Hunde, und das Tier legt hechelnd den Kopf in den Nacken. »Die Bastarde sind hier durchgekommen, das sagen die Hunde. Sie haben ein paar Haken geschlagen, um uns zu verwirren, doch die ganzen Frauen und Kinder, die sie aus der Bastion befreit haben, nützen uns diesmal. Sie haben eine deutlichere Spur hinterlassen, als ihnen wahrscheinlich klar ist. Außerdem wissen wir seit Wochen, dass sie irgendwo in diesem Gebiet stecken.« Er deutet auf die zusammengefaltete Karte, die neben dem Feuer liegt. »Der Kommandant hatte bisher nur nicht den Mumm, uns mit der nötigen Mannstärke herzuschicken. Aber dieses Mal erwischen wir sie. Noch zwei oder höchstens drei Tage, dann haben wir ihr Lager und damit auch das Albenbalg gefunden, das sagt mir meine Nase.«

Endlich mal eine gute Neuigkeit.

»Also vergessen wir den Nebel und machen ... weiter?«

»Genau«, sagt Wylie. »Aber erst denken wir noch mal an die, die wir dort verloren haben.« Er hebt seinen Becher.

»Auf die Toten.« Luka und ich stoßen mit ihm an, dann nehmen wir alle einen tiefen Schluck. In meinem Fall ist der Schnaps bitter nötig, um die Beklemmung zu vertreiben und meine Gedanken wieder aufs Ziel zu lenken.

Es ist Zeit, ein paar Fragen loszuwerden.

»Sagt mal.« Verschwörerisch beuge ich mich vor. »Ich habe noch eine Frage zum Deamwind, der vor dem Nebel durchzog. Wegen des An-Triebs.«

»Worauf willst du hinaus?« Luka wirft einen Blick über die Schulter. Doch die Soldaten sind weit genug entfernt.

»Du sagtest doch, wenn die Triebe von ihren Trägern isoliert werden, erhält man ihre Urform, den An-Trieb. Und bei dem Rebellen gab es so ein bläuliches Leuchten, als er seinen Trieb in den Absorbator entlud. Das gleiche Leuchten wie im Deamwind. Das war eine ordentliche Ladung An-Trieb, stimmt's?«

Luka nickt. »Du schaust genau hin.«

»Warum stellt ihr dann den Absorbator nicht einfach in den Wind?«, frage ich. »Dann müsstet ihr keine Gefangenen foltern.«

Wylie hebt die Augenbrauen. »Da hörst du es«, sagt er leise, und sein schiefes Gesicht verzerrt sich zu einer Grimasse, als er Luka anstarrt. »Sie nennt es ebenfalls Folter.«

»Es heißt Stimulation.« Luka wirft mürrisch einen Ast ins Feuer. »Wylie ist da ein bisschen empfindlich«, sagt er. »Wie du. Aber du darfst das. Du bist eine Frau.«

Ich tue so, als hätte ich das nicht gehört. Wylie schnaubt, doch er sagt nichts mehr. Stattdessen streicht er einem seiner Falken übers Gefieder, als hätte das Gespräch für ihn keinen Belang mehr.

»Was ist nun mit dem Wind?«, hake ich nach.

»Auf diese Idee sind unsere Sammler auch schon gekommen«, erwidert Luka. »Aber zum einen wissen wir nicht, wann und wo er auftritt. Und zum anderen widersetzte sich der An-Trieb hier im Wald bisher jeder Speicherung. Meister Horan hält deshalb die Entladung von Menschen für wesentlich effektiver.«

Effektiver. Ich spüre erneut die Abscheu, die mich im Kellerlabor erfasst hat. Diese Experimente fühlen sich einfach falsch an. Noch dazu, weil es nicht mehr nur um Rebellen geht. *23.* Die Zahl verfolgt mich. Wer weiß, wie viele Unschuldige noch zu Opfern werden, bevor der Altmeister diese perversen Auswüchse unseres Geheimdiensts schließt.

»Aber was ich nicht verstehe«, murmele ich und schlucke meinen Ekel hinunter. »Meister Horan hat jetzt den An-Trieb in dem Absorbator. Doch wie kann er ihn nutzen? Um die Triebe wieder zu stärken, wie er gesagt hat?«

Luka seufzt. »Das ist eigentlich nichts, worüber du dir den Kopf zerbrechen musst. Unser Ziel ist es, das Albenbalg zu fangen und zu ihm zu bringen. Nur dafür haben wir dich rekrutiert.«

Ich hebe die Augenbrauen. »Also weißt du es selbst nicht?«

Wylie versenkt sein Grinsen in seinem Schnapsbecher, Luka schnaubt.

»Du lässt nie locker, oder?«

»Niemals.« Ich lächle sanft und streiche über seinen Arm. »Wenn es um etwas geht, das ich will.«

Wylie prustet, doch in Lukas Augen flackert ein Hunger auf, der keinerlei Zweifel an seinen Absichten heute Abend aufkommen lässt.

»Wenn das so ist«, sagt er leise, »bekommst du, was du willst. Der An-Trieb wird im Absorbator gespeichert, solange der mit Dampfkraft erhitzt bleibt. Das ist …« Er zögert. »Nicht ganz ungefährlich. Horan sucht deshalb nach Wegen, ihn auf andere Weise zu konservieren. Und zu vermehren. Sodass wir über die Kraft verfügen, ohne sie Menschen entziehen zu müssen. Unendlich viel davon. Stell dir das vor.« Seine Augen glühen im Schein des heruntergebrannten Feuers. »Menschen wie du und ich, die plötzlich mithilfe des An-Triebs ganze Armeen heilen können. Die mit Feuerstößen den Deamhain abbrennen und ihn für die Republik urbar machen. Und die noch ganz andere Dinge vollbringen können. Pflanzen wachsen lassen, wie das kleine Albenbalg es tut. Waffen bauen, die mit einer kleinen Menge An-Trieb geladen werden und unseren Feinden an der Nordgrenze die Schädel wegsprengen. Vielleicht sogar Schiffe, die den Wirbelstürmen auf den Meeren standhalten, sodass unsere Flotte wieder fahren kann.«

Er glaubt das tatsächlich. Seine Vision jagt mir einen Schauer über den Rücken. Eine Welt voller Magie, in den Händen eines besessenen Wissenschaftlers wie Horan und seinen Konsorten. Was würde uns dann noch von den Alben unterscheiden, die wir vor fünfhundert Jahren rausgeworfen haben?

Unsere Aufgabe ist es nicht, die Republik zu ändern – sondern, die bestehende Ordnung der Dinge zu schützen. Was ist aus diesem Grundsatz der CG geworden, der doch allen Rekruten von Anfang an eingebläut wird? Mich überkommt Hass auf die Selbstüberschätzung dieser Kerle, die glauben, sich einfach darüber hinwegsetzen zu können.

»Horan hat noch nichts davon erreicht«, wende ich ein.

»Noch nicht.« Luka seufzt. »Aber in Othon haben sie es bereits geschafft, den Trieb von Mensch zu Mensch zu übertragen. Mithilfe einer handlichen Apparatur, einer kleinen Variante des Absorbators.«

Othon. Eine unserer größten Grenzfestungen im Norden. Das wird ja immer besser. Haben die Abtrünnigen dort ebenfalls einen Stützpunkt? Ich mache mir eine geistige Notiz für meinen nächsten Brief an den Altmeister.

Luka blinzelt mir zu. »Würden du und ich uns an diesen Apparat anschließen lassen, könnte mit ein bisschen Stimulation ein Teil deines Triebs auf mich übergelenkt werden. Zumindest für ein paar Minuten. Dann könnte ich zum Beispiel endlich Wylies hässliche Fassade sanieren.«

»Die geb ich nicht her«, knurrt Wylie. »Du würdest dich wundern, wie viele Frauen mein Gesicht unwiderstehlich finden.«

Ich sage nichts dazu. Meine Gedanken arbeiten. Auch von diesem Apparat muss der Altmeister schnellstmöglich erfahren. Wer weiß, was die Abtrünnigen damit jetzt schon für Schindluder treiben.

Das Feuer ist inzwischen zu einer Glut herabgebrannt, und die Gesichter der Männer werden von der Dunkelheit verschluckt. Über uns rauschen die warmen Böen, aus dem Wald ertönt das Keckern irgendeines Tieres. Als wäre das ein Signal an ihn, richtet sich Wylie mit einem Ächzen auf. Er lässt die beiden Falken auf einen Stock trippeln, dann hebt er die Landkarte auf und steckt sie ein.

»Ich hau mich aufs Ohr«, brummt er. »Meine Wachablösung ist schon in ein paar Stunden. Denkt dran, Holz nachzulegen. Dann sollt' ihr auch schlafen.«

Luka nickt. »Bald.«

Er wartet, bis Wylie zu den anderen Jägern hinübergetappt ist, bevor er den Arm um mich legt. Seine Finger kraulen meinen Nacken und verursachen mir eine Gänsehaut.

Ich schiebe seine Hand beiseite, und er hält mich am Handgelenk fest.

Im Schutz der Dunkelheit ist er mir ganz nah. Sein Atem streift meine Wangen. Er riecht nach Thymian und ganz sachte nach Schnaps.

Ich will ihn. Nicht nur, weil es schlau ist, sich sein Interesse zu sichern. Sondern weil das ein Weg ist, um den verfluchten Wald und all das, was mich umtreibt, kurz zu vergessen. Nicht der beste Weg vielleicht – aber der einzige.

»Nicht hier«, murmele ich.

Er nickt. Wir stehen auf. Mit einer Handbewegung gibt er seinen Hunden den Befehl zum Liegenbleiben, ich werfe rasch noch ein paar Scheite aufs Feuer, dann schiebt er mich in den Wald hinein. Niemand beobachtet uns außer den Wachen. Und die sind mir egal. Wer sich das Maul über zwei tändelnde Hauptleute zerreißt, hinterfragt sie wenigstens nicht.

Äste knacken unter unseren Stiefeltritten. Wir schaffen es gerade mal zwei, drei Mannslängen ins Unterholz, dann packt Luka mich und stößt mich gegen einen der Baumstämme. Sein Mund ist auf meinem, bevor ich auch nur nach Luft schnappen kann.

Er küsst mich hart und tief. Ich reiße seine Hose hinunter und er meine. Haut trifft auf Haut. Wir keuchen beide. Über uns tost der Wind in den Bäumen, raschelt im Laub.

Keine Gedanken, kein Hadern. Ich beiße in Lukas Uniformjacke, als er mich zum Höhepunkt treibt. Einen Herzschlag lang fliege ich. *Zu kurz, zu kurz.* Bevor ich den Augenblick festhalten kann, holt mich die Dunkelheit wieder ein.

Cianna

Ich kann nicht schlafen. Nicht in dieser Nacht, nach dem Palaver am Feuer. Mein Blick geistert durch die dunkle Hütte. Das Kind, das sich so vertrauensvoll an mich kuschelt, Raghi, zusammengerollt wie eine Katze im Schlaf – und immer noch bei uns, obwohl ich sie freigelassen habe.

Draußen rauschen die Baumwipfel im Wind, Äste knacken, manchmal schnalzt und keckert ein Nachttier. Längst sind mir die Geräusche des Waldes vertraut, doch heute Nacht scheinen sie lauter als sonst zu sein, der Duft intensiver, die Dunkelheit schwärzer. Oder bin ich es, deren Sinne über die Maßen gesteigert sind? Ich glaube, es liegt an meinen Gedanken, die mir keine Ruhe lassen.

Ich schlüpfe aus der Bettstatt aus Moos. Als Raghi den Kopf hebt, winke ich ihr beruhigend zu. Bin gleich wieder da. Dann husche ich hinaus. Statt zu den Latrinengräben zu gehen, die sich auf der anderen Seite der Lichtung befinden, bleibe ich jedoch stehen und atme tief ein. Der Wind streichelt meine Haut, als würde er mich liebkosen. Er ist trocken und warm, zu warm für diese Jahreszeit. Ich kann den Frühling darin schmecken. Über mir braust das Blattwerk der Bäume, dazwischen wogen die Seile und Netze. Manchmal reißt das Gefüge kurz auf, und ich sehe die Sterne darüber blitzen, kleine, gleißende Lichtpunkte im Schwarz, unendlich weit entfernt.

Ich gehe ein paar Schritte zwischen den Hütten hindurch. Aus einer erklingt Colins dumpfes Schnarchen, ansonsten sind keine Menschen zu hören, und auch die Nachttiere sind verstummt. Ich weiß nicht wohin.

Dann sehe ich das warme Licht hinter den Hütten glimmen.

Der schwarze Umriss eines Mannes davor, eine schimmernde Silhouette in der Nacht, die mich anlockt wie eine Kerze die Motten, um dann ihre Flügel zu Asche zu verbrennen.

Mit klopfendem Herzen trete ich näher, dann seufze ich. Es ist nicht Finn, nicht sein magisches Feuer. Es ist nur Barnabas, der Barde, und er hält tatsächlich eine Kerze zwischen den Händen, deren Flamme sein dunkles Antlitz in ein warmes Licht taucht. Er sitzt auf der niedrigen Steinmauer, und als er mich sieht, lächelt er – als hätte er mich erwartet.

»Kannst du auch nicht schlafen?« Er hält mir die Kerze entgegen wie eine Gabe. Ich nehme sie. Ihr Schein wärmt wohltuend mein Gesicht und meine Hände, als ich mich neben dem Barden auf einem der Steine niederlasse.

Wir schweigen eine Weile. Es kommt mir so vor, als ob auch der Wald stillhielte, harrend der Fragen, die mir gegen die Lippen drängen, auch wenn ich nicht sicher bin, ob ich die Antworten wissen will.

»Erzähl mir von den Alvae«, bitte ich Barnabas schließlich.

Er stößt seinen Atem mit einem Seufzer aus, und die Kerze flackert, malt Schatten und Furchen auf sein Gesicht, die ihn älter erscheinen lassen.

»Willst du die Legenden wissen oder die Wahrheit?«

»Sagtest du nicht, das sei dasselbe?«

Er schüttelt den Kopf. »Ich sagte, die Legenden enthielten die Wahrheit, und das tun sie. Doch nur einen Teil davon. Das andere haben die Menschen von Irelin längst vergessen, und vielleicht ist es besser so für sie.«

»Nicht für mich«, sage ich fest. Die hasenfüßige Träumerin in mir will es nicht hören, doch ich darf nicht mehr vor der Wahrheit davonlaufen. Die Zeit für Ausflüchte ist vorbei.

»Ich will alles erfahren.«

Barnabas nickt. »Die Ireliner kennen die Alvae als märchenhafte Wesen«, beginnt er leise. »Sie wurden auch Elfen oder Alfr genannt und kamen einst aus den Tiefen der grünen Hügel, mit verführerischer Schönheit und glockenhellem Lachen, hochgewachsen, langlebig und leichtfüßig – und durch und durch magisch.

Doch ihr Äußeres war trügerisch. Ihr Lachen war verdorben von Hohn und Arroganz, und das, was sie als Vergnügen empfanden, bedeutete meist Leid für alle anderen Lebewesen. Lydia deutete es bereits an; es gibt zahlreiche Geschichten darüber, wie die Alvae Männer und Frauen zum Tanz und zu liederlichen Spielen zwangen, wie sie sie in ihre grünen Hügel entführten und erst Jahrhunderte später freiließen. Wie sie unsere Kinder gegen ihre eigenen austauschten und diese dann ganze Familien ins Unglück stürzten. Es gibt auch Legenden über ihren wahnsinnigen König, der auch über die Menschen regierte, in einem elysischen, kristallenen Schloss.

Die Wahrheit dahinter ist weniger märchenhaft.«

Er seufzt. Über uns braust der Frühlingswind auf, ein unsichtbares Tosen und Wirbeln, das die Kerze flackern lässt. Schützend halte ich meine Hand um die kleine Flamme.

»Es stimmt, dass die Alvae in Irelin aus den Hügeln kamen«, fährt Barnabas fort. »In Merimar kamen sie aus den Vulkanen, in Jagosch von den Klippen, in Athos aus dem See Hogaisos und im Norden aus Felshöhlen. Denn dort überall hatten die Alvae zauberische Portale, die von ihrer Welt in die unsere führten. Anfangs kamen tatsächlich nur wenige von ihnen und nur zum kurzen Vergnügen – doch dann entdeckten sie die Bodenschätze und die wertvolle Arbeitskraft der Menschen. Immer mehr von ihnen kamen, und sie ließen sich fortan dauerhaft bei uns nieder. Sie nahmen das Land in Besitz, die Tiere und alles, was ihnen gefiel. Und dann versklavten sie die Menschen. Alle.«

»Alle?«, stoße ich ungläubig aus.

Barnabas nickt mit finsterem Blick. »Ihr Herrschaftsgebiet war das, was du heute als Athosia kennst, und ging noch weit über die Nordgrenze hinaus. Die Menschen hier waren nichts als Spielfiguren in ihren zauberischen Kriegen und Winkelzügen und natürlich nützliche Arbeiter, zum Beispiel für den Bau ihrer einst prächtigen Festungen. So wie Cullahill.«

»Mein Zuhause.« Gänsehaut breitet sich auf meinen Armen aus. Und doch überraschen mich Barnabas' Worte nicht sonderlich. Die fremdartigen Symbole und Schriftzeichen an den Wänden von Cullahill, die ausgekratzten Fresken und hohen Gewölbe, die aberwitzig gekrümmten Korridore, all die Rundungen und Bögen, so völlig anders als die geradlinigen Bauten neuerer Zeit. Irgendein Teil von mir wusste immer, dass das Kastell nicht von Menschen ersonnen wurde.

»Der Geist, der Cullahill erschaffen hat, war genauso wenig von unserer Welt wie der Deamhain«, bestätigt der Barde meine Gedanken. Er lenkt meine Aufmerksamkeit in den Wald hinaus, auf das schwarze, undurchdringliche Dickicht jenseits des steinernen Runds. Er schaudert dabei, und ich verstehe warum.

»Die Alvae hatten wohl auch hier ein Portal, irgendwo inmitten des Waldes«, sagt er. »Ich glaube, dass sie Pflanzen und Tiere aus ihrer Welt mitbrachten und hier freisetzten. Wer weiß, vielleicht haben sie diesen Wald auch erst gepflanzt. Der Deamhain gehört zu ihnen, uns wird er immer fremd bleiben.«

Für mich fühlt sich der Wald nicht fremd an. Als hätte der Deamhain meine Gedanken gelesen, raschelt plötzlich neben uns etwas im Gras. Außerhalb des Steinkreises, zwischen den Farnen, gleitet ein Schatten auf uns zu.

Ich hebe die Kerze. Im Lichtschein glänzen schwarze Schuppen, dazwischen gelb geschlitzte Augen. Zischend richtet die Schlange sich auf. Ihr Kopf pendelt drohend hin und her, und sie züngelt in meine Richtung. Das Tier ist nicht groß, doch sein stoßbereites Maul ist nur einen Armbreit von meinem Bein entfernt – das ich törichterweise außerhalb des Steinkreises abgestellt habe.

Barnabas atmet erstickt aus. »Nicht bewegen«, murmelt er. »Der Biss der *dubh nathair* ist tödlich.«

Wie erstarrt halte ich die Kerze, mein Herz hämmert gegen die Brust. Der Blick der Schlange bohrt sich in meinen. Ihre Augen sind fremdartig, erfüllt von einer dunklen, lauernden Intelligenz. Der Wind über uns tost lauter, die Farne wispern, Blätter rauschen. Oder ist es das Blut in meinen Adern? Ich schließe die Augen, spüre die Nacht um mich herum, den Wald. Sein dunkles, sanftes Grün, lichtlose Pfade unter Ranken und wogenden Wipfeln, sein Flüstern wie eine moosige Hand, die sich mir entgegenstreckt. *Cianna.*

Die Geräusche verstummen wie in einer zeitlosen Rast zwischen Ein- und Ausatmen.

Geh fort, flüstere ich. *Geh fort, dubh nathair. Ich bin nicht dein Feind.*

Als ich die Augen wieder öffne, ist die Schlange verschwunden.

Ich fange Barnabas' Blick auf. Seine dunklen Augen sind staunend aufgerissen.

»Waldfrau«, murmelt er. »Mir scheint, du hast deine eigene Art von Magie. Hat dich das Kind deshalb ausgewählt?«

»Das Kind ...« Ich stocke.

»Der Junge gehört zu ihnen, Cianna.« Er sieht mich eindringlich an. »Egal, was du glaubst. Nicht zu uns Menschen.«

Ich hole Luft. Zumindest versuche ich es. Pfeifend zerrt der Atem an meiner zugeschnürten Kehle.

»Aber wie ...« Ich beiße mir auf die Lippen. Ich weiß nicht, was soeben geschehen ist. Und wie so vieles, das ich nicht erklären kann, wische ich es lieber beiseite.

»Wo sind sie alle hin?«, frage ich stattdessen. »Die Alvae?«

»Die Menschen erhoben sich gegen sie«, sagt Barnabas. Er beginnt zu summen, eine dunkle, kraftvolle Melodie, in die er alsbald Worte webt. Wie gebannt lausche ich der Geschichte, die sie erzählen.

> *»Das alvische Blut in ihren menschlichen Adern floss,*
> *sie kämpften mit Schwertern und hoch zu Ross,*
> *mit Feuer, mit Eis, mit hoher Magie*
> *gegen die Alfr, die stark waren wie nie.*
> *Doch die Herzen der Menschen woben ein Schild gegen*
>   *die Nacht,*
> *mit dem uralten Wissen, das ein Sklave gebracht.*
> *Das Opfer vom uralten Blute schloss den Kreis,*
> *und sie zahlten den schrecklichen Preis.*
> *Ihre zerbrechlichen Seelen in Amulette gebannt,*
> *so kämpften sie tapfer Hand in Hand.*
> *Silber und Gold, Licht und Dunkel vereint,*
> *im Schmerz des Todes wurde die kristalline Träne geweint.*
> *Der Kuss der Götter schloss die Pforten,*
> *trennte unsere Welt von den finsteren Orten.*
> *Der Letzte der Krieger nahm ihre Seelen mit in die Nacht,*
> *wehklagend um alle, die das Opfer für uns gebracht.«*

Barnabas' Lied schwebt in die Nacht davon wie der Rauch seiner Kerze, und als er verstummt, klingt die Melodie weiterhin in mir nach. Obwohl ich den Text nur teilweise verstanden habe, bin ich plötzlich traurig, als hätte ich jene tapferen Menschen gekannt, die für die Schlacht ihr Leben ließen.

»Das war vor vielen hundert Jahren«, sagt Barnabas leise. »Die Alvae verschwanden aus unserer Welt bis auf wenige, die sich verbargen. Die Tore wurden geschlossen und mit Silber versiegelt – denn Silber ist für die Alvae so schmerzhaft und tödlich wie Gift für uns. Die Republik hat später all dieses Wissen ausgelöscht. Die Menschen sollen nichts von Magie wissen, von anderen Welten, von Helden und wahren Kriegern, damit sie nur an die kleingeistige Ordnung glauben, die die Republik ihnen erlaubt. Das Einzige, was den Menschen geblieben ist, was sie sich in ihren Hütten nachts zuraunen, sind Schauermärchen.«

»Und woher weißt du davon?«, frage ich.

»Mein Volk konnten weder die Republik noch die Alvae je gänzlich unterwerfen«, sagt der Barde stolz. »Die Wüsten jenseits von Merimar waren den Alvae zu unwirtlich, unsere Stämme zu wenig sesshaft und zu wild. So konnten meine Vorfahren aus der Ferne beobachten, was geschah, konnten Flüchtenden Unterschlupf bieten und in den ersten Jahren nach dem Krieg weiterhin Lieder und Geschichten darüber erzählen, ohne dass die Republik es ihnen untersagen konnte. Bis die Sklavenjäger kamen.« Sein Gesicht sieht plötzlich fremd und dunkel aus, erinnert mich in seiner Exotik an Raghi, auch wenn er keine Brandmale auf den Wangen trägt.

»Es waren Männer aus eurem Volk – ein Volk, das selbst einmal versklavt war und diese Gräuel dennoch weiter treibt, weil ihm die Möglichkeit verwehrt wurde, daraus zu lernen. Sie rissen mein Volk auseinander, hetzten meine Vorfahren bis aufs Blut.«

»Und warum wehrten sie sich nicht?«, flüstere ich. »Du nanntest sie vorhin frei und stolz, nanntest eine Reihe von unbesiegbaren Königinnen, von denen Raghi abstammt.«

»Die Lamorra.« Er seufzt. »Die Sklavenjäger hatten viele Wege, um ein Gift zu säen, das uns von innen zerstörte. Ich werde dir einmal ein Lied dazu singen. Es gab eine verhängnisvolle Liebesgeschichte, einen Familienstreit und einen Fluch. Und dieser Fluch war es, der die Stämme auseinanderriss. Und der auch heute noch jede Einigung zwischen ihnen verhindert. Du magst sie alle nur Sklaven nennen, und wenn du sie anblickst, mag dir ein dunkles Gesicht wie das andere erscheinen. Doch wir sehen die alten Ahnen in unseren Zügen und in den Brandmalen. Und viele hassen die anderen Stämme immer noch mehr als ihre Sklavenhalter. Nur die Lamorra könnten die Sklaven irgendwann vereinen, und dann ...«

Seine Miene verschließt sich, als hätte er etwas verraten, das er lieber zurücknehmen würde. Er schüttelt den Kopf.

»Als ich ein Kind war, gab es noch ein paar wenige Freie in der Wüste Sari, die versprengten Überbleibsel der einst stolzen Stämme. Als Kind gehörte ich zu ihnen. Ich war ein Lehrling unseres *Ogwobu*, der mich die Magie der Musik lehrte. Das rettete mich, als mich die Sklavenhändler fingen. Ich war gerade vierzehn geworden, volljährig in den Augen meines Volkes. Die Fremden verkauften mich an einen Gutsherrn in Merimar, der meine Lieder mochte. Er schätzte es, dass ich ihm vorsang. Das bewahrte mir meine Zunge. Somit hatte ich mehr Glück als jene wie Raghi, die bereits in Sklaverei geboren wurden und ihre Stimme verloren, noch ehe sie sprechen konnten.

Nach ein paar Jahren konnte ich fliehen. Ich kehrte nach Hause zurück.« Er schließt die Augen. »Doch in der Wüste fand ich niemanden. Meine Seele fand den Weg zu meinem Stamm nicht mehr. Weil sie sich zu gut verbargen? Weil ich die Stimme der Wüste nicht mehr verstand? Oder weil sie tatsächlich fort waren, alle gefangen und versklavt? Ich weiß es nicht. Irgendwann gab ich halbtot die Suche auf und kehrte in die Republik zurück.

Weil ich reden konnte und weil meine Haut kaum dunkler ist als Olivenholz, konnte ich mich als südländischer Gemeiner ausgeben. Ich reiste viel. Immer im Geheimen, denn niemand darf ohne Papiere reisen, wie du weißt. Doch mein Gesang sicherte mir stets Hilfe und Unterschlupf in den Dörfern. Die Menschen hungern überall nach Liedern, Cianna. Nach Geschichten. Die Republik hat ihnen das alles genommen, und deshalb sind ihre Seelen wie Vögel in Käfigen, die fast verlernt haben, zu fliegen.«

»Was ist eine Seele?«, wispere ich erstickt.

Er streicht mir über die Wange, wischt die Tränen fort, die seine traurige Erzählung aus mir hervorgelockt hat.

»Du weißt es«, sagt er leise. »Es ist das, was dich antreibt, wenn du liebst. Wenn du anderen beistehst, wenn du lachst, wenn du träumst. Es ist das, was das Alvae-Kind nie haben wird.«

Ich richte mich auf. »Dieses Kind hat uns gerettet. Es liebt mich und braucht meinen Schutz.«

»Vielleicht.« Barnabas seufzt. »Doch weißt du wirklich, was es antreibt? Warum es hier ist? Und was es tun würde, wärest du nicht bei ihm?« Sein dunkler Blick erforscht mein Gesicht, und ich senke den Kopf, denn ich kann seiner Prüfung nicht standhalten. »Pass auf dich auf, Cianna«, sagt er sanft. »Und denke an meine Worte. Die Alvae sind fremde, gefährliche Wesen. Sie sind nicht wie wir, und sie sind nicht unsere Freunde.«

*

Ich denke an Barnabas' Worte, jeden Tag, jede Stunde. Und ich weiß nicht, ob ich ihnen glauben soll oder meinem Herzen, das dem Kind immer noch so zärtlich zugeneigt ist, als wäre es mein eigenes. Doch es mischt sich allmählich Angst darunter, die vage Vorahnung einer Bedrohung, wie ein Schatten, der selbst im Sonnenlicht an mir haftet. Und die Sonne habe ich schon seit Langem nicht mehr gesehen.

Drei Tage sind seit der Entscheidung am Feuer vergangen. Drei Tage, die mir wie eine kurze Atempause vorkommen. Doch auch jetzt, am vierten Tag, weiß ich noch immer nicht, wie es nach Broms Gnadenfrist für uns weitergehen soll.

Zwischen den Bäumen ist es kühl. Die warmen Böen sind verschwunden, und sie haben die Ahnung von Frühling wieder mit sich fortgetragen. Stattdessen ballen sich dichte, dunkelgraue Wolken über dem Gespinst der Äste und Blätter. Die Luft riecht nach schwarzer Erde und Moos, nach der Hoffnung auf Regen mit seiner lebensspendenden Nässe für Wurzeln und Knospen.

Mehrmals glaubte ich bereits, im Blätterdach ein Plätschern

zu hören. Die Vögel keckern schon seit dem Morgengrauen unruhig gegen die Windstille an. Doch der Regen bleibt aus. Als wartete er auf etwas, genauso wie ich.

Ich sitze vor der Hütte, die Brom uns am ersten Tag zugewiesen hat. Mir gegenüber sitzt Aylin. Das Waldkind kauert vor ihr, seine kleinen, schmalen Hände ruhen auf ihrem Gesicht. Ein sachtes, blaues Glühen umgibt ihre Haut dort, wo er sie berührt, ein Schimmer so unwirklich wie ein Traum.

Aylin starrt mich über seinen Rücken hinweg an, Angst und ungeweinte Tränen glänzen in ihren Augen. Sie hat gezögert, sich von dem Jungen berühren zu lassen, so wie die meisten. Und doch ist sie gekommen, in der alles überwältigenden Hoffnung auf Heilung. Ich schenke ihr ein aufmunterndes Lächeln.

Das war mein hauptsächliches Tun in den letzten Tagen. Die Menschen beruhigen, ihre Angst mit ermutigenden Blicken und sanften Worten in Hoffnung verwandeln – mit einer Zuversicht, die ich nicht spüre.

Die größere Last liegt allerdings auf den schmalen Schultern des Jungen. Er hat bereits einige Kinder von der Krätze befreit, von Fieber und Ausschlag. Er hat einen Klumpfuß geheilt, mehrere Brüche und eiternde Zähne. Eine alte Frau kam mit stotterndem Herzen, ein Wachmann mit einem faustgroßen Geschwür unter der Achsel.

Sein kleines Gesicht wurde bei jeder Heilung bleicher, seine Augenringe tiefer. Letzte Nacht döste er wimmernd und unruhig in meinen Armen, als fände er inmitten all der Erschöpfung keine Ruhe mehr. Meine Fragen beantwortete er nicht, und ich scheue davor zurück, weiter in ihn zu dringen. Er tut so viel für mich, obwohl er gar nicht hier unter all den fremden Menschen sein will. *Alvaekind, wo ist dein Zuhause?*

Auch jetzt ist er ruhebedürftig. Bebend löst er seine Hände von Aylin und sackt zusammen, und ich eile zu ihm hinüber und fange ihn auf, bevor er mit dem Kopf auf dem Boden aufschlägt.

»Schscht, mein Kleiner.« Besorgt streichle ich ihm über den Rücken und die Arme, in denen jede Kraft erloschen scheint. Er hat die Augen immer noch geschlossen, seine weißen Wimpern zittern über der fahlen Haut, sein Atem geht leise und tief. Er schläft. Endlich.

»Bürgerin!« Das drängende Flehen in Aylins Stimme lässt mich aufblicken. Ich reiße die Augen auf.

»Was siehst du?«, flüstert sie. Sie hat die Hände erhoben, doch sie verharren auf halbem Weg zu ihren Wangen, als zögerte sie, sie zu berühren.

Die Haut auf ihrer einst von der furchtbaren Brandwunde zerrissenen rechten Gesichtsseite ist rosig und glatt. Ihr Antlitz ebenmäßig und von einem zarten Schimmer erfüllt.

»Du bist wunderschön.« Ich lache sie an, fröhlicher, als ich mich fühle. »Spüre es selbst.«

Sie tastet über ihre Wange, und über ihre Miene fliegen erst Unglaube und Erschrecken, dann unbändige Freude. »Sie ist weg. Die Narbe ist weg!«

Aylin will aufspringen, doch ihre Glieder zittern so stark, dass sie wieder auf die Knie fällt. Immer noch tastet sie über ihr Gesicht.

»Warte.« Sachte bette ich das Waldkind auf eine Decke, dann greife ich nach dem Krug mit Schnaps, den Magda mir gestern gebracht hat. Zwar widerstrebt es mir, den verbotenen Alkohol auszuschenken, doch ich konnte seine beruhigende Wirkung schon bei den Patienten vor Aylin beobachten. Ich gieße ihr einen kleinen Becher ein. Sofort stürzt sie ihn hinunter, schaudert und strahlt dann von einem Ohr zum anderen wie ein junges Mädchen.

»Ein Wunder«, flüstert sie. »Den Göttern sei gedankt. Und euch beiden!« Sie fällt mir um den Hals, drückt ihre rosig warme, glatte Wange an die meine. »Danke. Danke, Cianna.«

Ich schließe die Augen. Mein Herz flattert auf. Sie hat mich bei meinem Namen genannt. Doch allzu bald löst sie sich wieder von mir.

»Ich muss mich ansehen!« Mit weit ausgreifenden Schritten eilt sie davon, zu den Seilen des Horts. Staunende Pfiffe von vorbeikommenden *Geárds* begleiten sie. Wahrscheinlich will sie zu den Blätterwannen und sich im Spiegel des gesammelten Regenwassers bewundern. Ich freue mich so für sie, dass mein Herz etwas leichter wird.

Nach Aylin wartet kein Patient mehr. Zum Glück. Ich hebe das Waldkind hoch. Bevor ich es in unsere Hütte trage, werfe ich noch einen verstohlenen Blick zu Colins Hütte hinüber. Er ist nicht zu sehen. Offensichtlich humpelt er lieber weiterhin, als sich heilen zu lassen, und mich macht das auf aufwühlende Weise traurig und wütend zugleich.

Cianna ist niemals wütend, sagte Maeve einmal spöttisch zu ihrer Freundin Mona, nachdem sie mich geärgert hatten und ich in Tränen ausgebrochen war. *Das kleine Schäfchen weiß gar nicht, was das ist.* Sie konnte so lieb zu mir sein – und im nächsten Augenblick spitzzüngig und gemein. Doch ich bin nicht mehr die Cianna von damals. Ich habe eine Rede gehalten und dem Rebellenführer die Stirn geboten. Ich habe eine Sklavin freigelassen, und ich habe mehr von der Wahrheit hinter den Dingen erfahren, als ich jemals anstrebte.

Ich wünschte, ich könnte Maeve davon erzählen. Sanft streiche ich dem Waldkind das flaumige weiße Haar aus der Stirn, decke es zu und trete wieder aus der Hütte hinaus.

Draußen treffe ich auf Brom. Unruhig wippt der bullige Anführer auf den Zehenspitzen, sein Raufboldgesicht ist zerfurcht. Ich bin nicht überrascht. Ich habe erwartet, dass er kommt. Auch wenn ich seine Männer nicht sehe, ich höre ihr Rascheln über uns, und manchmal blitzt ein Stiefel oder ein Dolch auf. Er lässt uns nie unbewacht.

»Wie geht es ihm?«, fragt er.

»Er ist völlig erschöpft eingeschlafen.« Ich seufze. Dann

straffe ich den Rücken und schaue ihn an. »Das ist zu viel für ihn. Er kann nicht so viele Menschen in so rascher Zeit behandeln.«

»Das muss er aber«, sagt Brom. »Wir haben eine Vereinbarung.«

»Unsere Vereinbarung beinhaltet auch, dass ich eine Pause einfordern kann, wenn es zu viel für ihn wird. Und zwar, bevor er selbst der ganzen Sache überdrüssig wird.« Ich lege mir eine Hand auf den Mund, doch zu spät. Die Worte sind mir bereits entschlüpft.

Brom verengt die Augen. »Das Tun des Alvae liegt in deiner Verantwortung. Wenn er etwas anderes macht, als zu kooperieren, stehst du dafür gerade.«

»Ich weiß«, murmele ich. »Trotzdem muss er schlafen. Und essen. Wie jedes andere Lebewesen.«

»Jetzt schläft er doch«, knurrt Brom. Er streicht sich über die Stirn. Der harte Ausdruck auf seinem Gesicht wird ein wenig weicher, doch immer noch umwölken Schatten seine Augen. »Nicht jeder hier ist glücklich über unsere Vereinbarung. Um die Skeptiker zu überzeugen, braucht es mehr als ein paar strahlende Patienten.«

Ich weiß, wen er meint. Unter anderem seine eigene Tochter. Lydias Gegenrede am Feuer war nicht nur Schauspiel. Inzwischen kenne ich auch die Gesichter der Männer und Frauen, die zu ihrem Trupp gehören. Ich erkenne sie an ihren mürrischen Mienen, dem Geflüster und ihren verschränkten Armen, wenn sie aus der Ferne bei den Heilungen zuschauen.

»Was braucht es noch?«, frage ich beklommen.

»Zeit.« Er zuckt mit den Schultern. »Halte dich an die Leute, die dich unterstützen. Du brauchst ihre Fürsprache, sobald es zum nächsten Konflikt kommt.«

Ich fröstele. Er sagte nicht *falls*, sondern *sobald*.

»Ein Weg steht dir immer noch offen«, fügt er hinzu. »Damit hätten deine Gegner keinerlei Handhabe mehr.«

»Der Schwur der Widder.« Ich schüttle den Kopf. Er gibt einfach nicht auf. »Ich habe bereits erklärt, warum ich ihn nicht leisten kann.«

»Schon viele Leute haben aus politischen Gründen Entscheidungen getroffen, von denen sie erst nachher überzeugt waren. Du wirst zu uns gehören, Cianna. Früher oder später.« Die Siegesgewissheit in seinem Lächeln lässt mich erschauern. Ich beiße mir auf die Lippen. Hat er recht? Ich weiß es nicht. Ein Teil von mir wünscht sich so sehr, dazuzugehören, wie ein anderer Teil davor zurückschreckt.

»Hast du die Flugblätter gesehen?«, sagt er. »Ich habe sie dir in die Hütte legen lassen.«

Ich hatte schon vermutet, dass er das war. Ich habe die Blätter studiert, hetzerische Texte in einfachen, klaren Worten. *Erhebt euch, Männer und Frauen. Das Ende der Republik ist nah.* Dazu Karikaturen von stürzenden Palästen, von monströsen Bürgern, die mit aufgerissenen Mäulern Kinder verschlingen, von Galgenstricken und Waffen. Andere Texte waren umfassender, sie prangerten einzelne Gutsherren schrecklicher Taten an. Und überall der Widderkopf, wie eine Signatur.

»Meinst du, mich damit überzeugen zu können?«, stoße ich aus. »Mit Lügen?«

»Keine Lügen«, sagt er beinah sanft. »Du musst der Wahrheit ins Auge blicken.« Er seufzt. »Doch ich wollte dir damit etwas anderes sagen. Die wichtigsten unserer Kämpfe werden nicht mit dem Schwert ausgefochten, sondern mit dem Stift. *Information ist Macht*, das ist der Leitspruch unserer Drucker. Wir sind keine Tiere, Cianna, auch wenn uns die Oberen oft so behandeln.

Leider können viele Gemeine nicht lesen. Doch auch das wollen wir ändern. Magda unterrichtet die Kinder, wann immer sie Zeit dafür findet. Und Finn hilft ihr.«

Er tritt so nah vor mich, dass ich die geballte Kraft in seinem muskulösen Körper spüre, die zwingende Entschlossenheit seines Auftretens, die mich von Anfang an eingeschüchtert, doch auch beeindruckt hat. »Du magst Finn für einen einfachen Mann halten, doch das ist er nicht. Viele der Texte stammen von ihm. Er war ein Jahr lang in Clifdon. Dort hat er sich nicht nur die Tarnung eines Bürgers angeeignet, sondern in unseren Werkstätten das Handwerk der Drucker gelernt. Jetzt ist er wieder hier. Er ist hier zu Hause, und er hat dich hergebracht. Er hat dich gerettet. Gleichgültig, was du für ihn empfindest, dafür solltest du ihm Respekt zollen.«

Noch ehe ich in meiner Verwirrung eine Antwort für Brom finde, hat er sich schon abgewandt und stapft davon.

»Lass den Alvae schlafen«, ruft er über die Schulter zurück. »Ich halte mich an unsere Vereinbarung. Heute kommen keine Patienten mehr. Stattdessen holt Finn dich ab. Er hat den Auftrag, dir etwas zu zeigen.«

Finn kommt. Ich kann nicht verhindern, dass mein Herz schneller schlägt. In den letzten Tagen habe ich mit Magda und mit Barnabas gespeist, habe mit Sami herumgealbert und mehr als ein Dutzend Patienten kennen gelernt. Doch Finn habe ich selten gesehen, als hätte Brom ihn von mir ferngehalten. Oder hat er sich selbst von mir ferngehalten? Wenn er mich wirklich hätte sehen wollen, hätte ihn Broms Verbot nicht davon abgehalten. Ich schlucke den Kloß hinunter, der gegen meine Kehle drückt. Rasch packe ich die wenigen Habseligkeiten, die vor der Hütte liegen, den Schnapskrug und die Becher, und räume sie in die Hütte. Dann kontrolliere ich, ob das Waldkind immer noch zugedeckt ist.

Als jemand in die Tür tritt, fahre ich herum. Doch es ist nicht Finn, sondern Raghi.

Sie lächelt mit erhitzten Wangen, auf ihren dunklen Schultern glänzt der Schweiß. Eine Machete steckt an ihrem Gürtel, Bogen und Pfeilköcher sind auf ihren Rücken geschnallt. In jeder Hand hält sie einen Hasen am Hinterbein. Noch nie habe ich sie mit einer anderen Waffe als einem einfachen Küchenmesser gesehen. Waffenbesitz ist den Sklaven verboten, sie haben nichts als ihre Fäuste und ihre Kampfkunst. Doch Raghi ist keine Sklavin mehr.

Jagdbeute, signalisiert sie. *Fürs Abendessen.*

Es ist das erste Mal seit dem Morgengrauen, dass ich sie sehe. Zwar beäugen die *Geárds* sie noch mit Argwohn, vor allem aufgrund ihres fremden Äußeren, doch auch mit Respekt. Die *Lamorra,* sagen sie, wenn sie von ihr reden, als verstünden sie mehr von Barnabas' alten Geschichten als ich. Die Nachfahrin von exotischen Königinnen. Raghi scheint sich wenig darum zu scheren. Wenn sie nicht gerade auf der Jagd ist oder den Kindern ein paar Handgesten beibringt, steckt sie mit Barnabas zusammen, mit dem sie sich stundenlang mit fliegenden Fingern unterhält. *Wenn sich die Stämme endlich einigen könnten …* Seine Worte klingen wie ein Echo in mir nach. Doch worüber die beiden reden, verrät Raghi mir nicht.

Sie ist frei, und das war die beste Entscheidung, die ich treffen konnte. Die einzig richtige Wahl. Trotzdem versetzt es mir einen Stich. Ich vermisse ihre beschützende Nähe, jetzt, da sie hier ist und doch so weit fort.

Sie sieht mir wohl etwas von meinen Gefühlen an, denn sofort wird sie ernst. *Was ist los?*

Ich schüttle den Kopf. *Nichts.*

Ich schließe die Finger zur Faust und lasse sie wieder aufschnellen, kräusle dann die Finger in der Luft. *Feuerball. Locken.* Unsere Geste für Finn.

Er holt mich ab. Kannst du ein Auge auf das Kind haben?

Sie nickt und blinzelt mir zu. *Viel Spaß.*

Kaum trete ich vor die Hütte, kommt er mir schon mit federnden Schritten entgegen, die Locken ringeln sich auf seiner Stirn. Er lächelt, als er mich sieht, Bernsteinfunken leuchten in seinen blauen Augen.

»Bist du bereit für einen kleinen Ausflug?«

Ich nicke mit flatterndem Herzen. »Wohin?«

»Lass dich überraschen.«

Wir gehen zu den Leitern und Seilen, die in den Hort hinaufführen, und er schwingt sich mühelos daran empor. Zaghaft folge ich ihm. Ich fühle mich ungelenk und schwerfällig, keuche bereits, als wir die erste Plattform erreichen.

»Wie macht ihr das nur?«, schnaufe ich. Dabei vermeide ich jeden Blick nach unten.

Er lacht. »Das ist eine Sache der Übung, nichts weiter. Warte.« Er greift in seine Tasche und holt einen Strick hervor. »Binde damit dein Kleid hoch. Dann fällt dir das Klettern leichter.«

Ich tue, was er sagt, und bin froh, dass ich unter dem Gewand die langen Beinlinge trage, die Aylin mir gestern brachte. Mir ist schon aufgefallen, dass viele Frauen hier ihre Kleider entweder hochbinden oder auf Kniehöhe abgeschnitten tragen. Lydia und Magda tragen sogar Hosen, wie die Soldatinnen. In der Republik haben Frauen ähnliche Rechte wie Männer, wenigstens offiziell. Doch Bein zu zeigen verstößt zumindest in Irelin trotzdem gegen die Konventionen.

Tatsächlich fällt mir das Klettern nun leichter. Finn scheint meine Angst vor der Tiefe zu spüren, denn er lenkt mich ab, macht mich auf Vögel oder Schmetterlinge aufmerksam, die an uns vorbeischwirren, und manchmal hält er mir eine hilfreiche Hand hin, um kleinere Abgründe zu überwinden.

»Stürzt hier nie jemand ab?«, frage ich, als wir endlich eine der langen Hängebrücken erreichen, an deren Seilgeländer ich mich beim Gehen festhalten kann.

»Selten«, sagt er. »Die Kinder lernen am schnellsten, wie sie hier zurechtkommen.« Er winkt zu Sami und den anderen Eichhörnchen hinüber, der kleinen Kinderhorde, die lachend ein Stück entfernt an den Seilen schwingt. »Die Älteren, die sich schwertun, sichern sich manchmal mit Seilgurten ab. Möchtest du das?«

Ich schüttele tapfer den Kopf. »Es geht schon.«
Allmählich geht es wirklich. Fast vergesse ich meine Angst, während ich den Blick über die Nester und das geschäftige Treiben der Menschen hier oben schweifen lasse. Ich sehe Aylin, oben bei den Blätterwannen. Sie lacht und strahlt inmitten ihrer Freundinnen – und dabei trägt sie frecherweise das alte Kleid, in dem ich hier ankam. Ich muss lachen, als ich es sehe. Mit ihrem kastanienbraunen Haar steht ihr das Hellgrün viel besser als mir.

Das Lachen vergeht mir allerdings, als uns ein Trupp Männer und Frauen auf der Hängebrücke entgegenkommen. Ganz vorne geht Lydia, und ihr Blick ist alles andere als freundlich.

»Wen haben wir denn da«, zischt sie. Sie schiebt sich an Finn vorbei und bleibt direkt vor mir stehen. »Ist das nicht ein bisschen zu hoch für dich, Bürgerin? Pass auf, dass du nicht fällst.«

Eine plötzliche Bewegung von ihr versetzt die Brücke ins Schwingen. Unwillkürlich schreie ich auf, klammere mich am wackeligen Geländer fest. Einige Rebellen lachen.

»Lass sie in Ruhe«, ruft Finn. Mit einem schnellen Schritt tritt er zwischen uns. »Sie ist unser Gast.«

»Mein Gast ist sie nicht«, schnaubt Lydia. »Wo geht ihr überhaupt hin?«

»Das geht dich nichts an.« Finn nimmt meine Hand und drückt sie fest. Dann zieht er mich an Lydia vorbei.

»Schäferstündchen mit der Hexe?«, schreit sie uns hinterher. »Da hätte ich Besseres von dir erwartet, Finn.«

Er schüttelt nur den Kopf, dreht sich aber nicht um. Die Männer und Frauen machen uns nur widerwillig Platz. Ich spüre ihre Blicke wie Stiche auf der Haut.

Ein Teil von mir möchte stehen bleiben, möchte ihnen erklären, dass ich nicht ihre Feindin bin.

Finn scheint mein Zögern zu spüren. »Nicht hier«, sagt er leise. »Nicht jetzt.«

Ich nicke und folge ihm. Immer noch liegt meine Hand warm und fest in seiner. Er führt mich über weitere Brücken und Stege, höher und höher, bis der Boden unten nur noch eine schattige Ahnung ist. Wir passieren die letzten Nester. Sind wir überhaupt noch im Hort? Ich wundere mich, doch ich breche das Schweigen nicht. Unser schwingender Weg führt uns ins ausladende Laubgehölz eines Baumstamms. Wir betreten einen breiten Ast, der mir fast schon wie fester Boden vorkommt, und balancieren auf den Stamm zu. Er ist auf dieser Höhe immer noch so mächtig, dass drei Männer ihn kaum umspannen könnten. Dort, drei oder vier Mannslängen unter uns, führt ein schmaler Steg weiter über die anderen ausladenden Äste in den Wald hinein, bis er in den Schatten des nächsten Baums verschwindet. Doch Finn blickt nach oben. Ich tue es ihm nach und schrecke zurück.

In einer der Astgabeln direkt am Stamm über uns sitzt ein weiblicher *Geárd*, Pfeil und Bogen entspannt auf den Knien balancierend.

»Ihr wollt hoch?«

Finn nickt, und die Frau rutscht zur Seite. Finn schlingt mir das eine Ende eines Seils um den Bauch, das andere Ende um seinen. Ich bin froh darüber, denn hier gibt es keine Leitern mehr, keine Stege und kein Geländer. Hinter Finn klettere ich hoch, ziehe mich Ast für Ast nach oben, an der Wachfrau vorbei.

Es herrscht schattiges Zwielicht, so dicht ist das Blätterdach über uns. Und je weiter wir nach oben kommen, desto dunkler wird es. Ich runzle die Stirn über diesen Umstand, als Finn über mir jäh verschwunden scheint. Das Seil führt durch eine Lücke in einem dichten Geflecht von Zweigen. Ich strecke den Kopf hindurch und schnappe nach Luft.

Weite. Eine graue, von dunklen Wolken beschattete Ahnung eines Horizonts. So viel Himmel habe ich seit Tagen nicht mehr gesehen. Baumwipfel ragen um uns in die Höhe, verschwinden im Dunst von Grau, Blau und Grün. Wind, der unter dem Blätterdach fast verstummt war, zerzaust mir hier die Haare und raubt mir den Atem.

Doch das ist nicht alles. Meine Finger graben sich in dunkle, krümelige Erde. Staunend ziehe ich mich auf die Plattform hoch. Wie eine Krone sitzt sie auf dem Blätterdach des Baumes, etwa sechs Mannslängen im Durchmesser und begrenzt von einem geflochtenen Geländer. Der Stamm ragt in ihrer Mitte noch ein Stück weiter nach oben, und unwillkürlich halte ich mich an ihm fest, als ich mich umschaue.

Auf der Plattform wachsen Pflanzen, geordnet in Reih und Glied. Junge Kohlköpfe ragen aus der Erde, daneben das flaumige Grün von Rüben und Zwiebeln und Kräutern. Hauchdünne, weiße Tücher sind darüber gespannt, schützen die Pflänzchen vor dem Wind und allzu heftigem Regen. Auf der anderen Seite der Plattform sprießen hellgrüne, noch kaum kniehohe Getreidehalme. Die Luft riecht nach Regen, nach der vertrauten Schärfe der Zwiebeln, nach Dill und nach Thymian. Nach den Gärten zu Hause. Unwillkürlich steigen mir die Tränen in die Augen. Ich sinke auf die Knie und lasse die Erde durch die Finger rieseln.

Finn kniet sich neben mich und lacht mich an. »Willkommen auf unserer Plantage.«

»Das ist unglaublich«, flüstere ich. »Wer hat das angelegt?«

»Magda und zwei andere Frauen hatten letzten Herbst die Idee. Im Winter haben wir sie verwirklicht.« Seine Finger streichen liebevoll über die Pflänzchen. »Ich hoffe, sie schaffen es. Es wäre der erste Sommer, in dem wir etwas anderes essen als Fleisch und Käse, Beeren und Brot.«

Er blickt mich an. »Ein Stück Unabhängigkeit von der Welt dort draußen. Ein friedliches, freies Zuhause, was auch immer geschieht. Besonders für die Kinder. Das ist unser Traum.«

Ich nicke. An einem fernen Tag im Kastell fragte ich ihn, was er sich wünsche. *Einen Ort, an dem ich sein kann, wer ich will.* Das war seine Antwort. Hier hat er ihn gefunden, und plötzlich beneide ich ihn darum, so glühend, dass ich erzittere. Es wäre so einfach. Und doch wieder nicht. Ich kann die Welt dort draußen nicht loslassen. Genauso wenig wie er und die anderen Rebellen. Solange sie kämpfen, ist Frieden nur eine Illusion.

Finn scheint zu spüren, dass ich nicht reden will. Still holt er eine einfache Mahlzeit aus seinem Rucksack – Brot, Streifen getrockneten Wildbrets. Mehr aus Pflichtgefühl denn aus Hunger greife ich zu.

Wir lehnen uns an den Baumstamm und blicken über die Plattform hinweg in die dunstige Weite. Finn ist so nah, dass sich unsere Schultern berühren, und ich spüre mit einem wohligen Schauer, wie mich seine ruhige Wärme durchströmt.

»Brom wollte, dass ich dich hierherbringe«, sagt er. »Aber ich hätte es auch so getan. Weil ich möchte, dass du alles siehst. Dass du verstehst.«

»Brom«, murmele ich. Schon habe ich die Flugblätter wieder vor Augen, ihre zwingende Botschaft. »Er lässt nicht locker. Aber ich kann nicht ...«

Finn wendet sich mir zu. Seine Augen sind mir so nah, dass ich in ihnen versinken möchte. Die Bernsteinfunken darin glühen auf wie kleine Feuer, wie warme Versprechen.

»Es ist mir egal, wie du dich entscheidest«, flüstert er. »Ich habe mich schon entschieden.«

Er küsst mich. Die Welt zerfließt zu einem dunstigen, hellen Ort, und ich ertrinke im süßen, warmen Geschmack seiner Lippen, atme seinen Honigduft tief ein, ohne jeden weiteren Zweifel, mit nur einem Gedanken. *Endlich.*

Mit einem Seufzen weicht er zurück und schaut mich an, und da ist eine bange Frage in seinem Blick, eine Verletzlichkeit, die mich noch näher auf ihn zutreibt. Nun bin ich es, die die Arme um ihn schlingt und ihn küsst, heftiger dieses Mal, leidenschaftlicher. Ich will ihn nie wieder loslassen. Ihm geht es ebenso, sein Atem erzählt es mir, die Hitze seiner Haut, sein Herzschlag unter meinem.

Ich weiß nicht, wie viel Zeit vergeht, während wir uns küssen, Lippen auf Lippen, Haut auf Haut. Die Welt um uns spielt keine Rolle mehr.

Irgendwann ruft ein Käuzchen unter uns im Gehölz, zaghaft und dann noch einmal lauter, und ein weiteres Käuzchen antwortet.

Finn schreckt zurück. Sein Gesicht glüht, ebenso wie das meine glühen muss, doch seine Augen sind weit aufgerissen. »Hast du das gehört?«

Ich nicke, die Hände immer noch auf seiner Brust, die sich so rasch hebt und senkt wie die eines Vogels. Nicht meinetwegen. Wegen eines Käuzchenrufs mitten am Tag? Erst jetzt begreife ich, dass etwas nicht stimmt.

Er springt auf, zerrt mich ebenfalls in die Höhe.

»Das ist ein Alarmsignal«, stößt er aus. »Wir müssen nach unten!«

Mit fliehenden Fingern knotet er das Seil zwischen uns wieder fest, schnallt sich den Rucksack auf den Rücken. Es bleibt keine Zeit für Worte. So rasch es mir möglich ist, klettere ich den Baum wieder hinab, und Finn folgt mir, dichtauf und drängend. Die Geárd wartet bereits auf uns. Sie sitzt nicht mehr in der Astgabel, sondern ist ein Stück den Ast entlangbalanciert, sodass sie außerhalb des Schattens steht. Pfeilköcher und Bogen sind auf ihren Rücken geschnallt, und in der Hand hält sie eine tellergroße, metallene Platte. Sie fängt damit das Licht ein, erkenne ich. Und obwohl keine Sonne scheint, reicht die Helligkeit des Himmels, um die Platte in eine kleine, helle Scheibe zu verwandeln, reflektierend wie ein Spiegel.

»Feindliche Späher«, zischt sie und bewegt die Platte rasch hin und her. Ihre Miene ist bleich vor Anspannung. Unser zerzaustes Äußeres kommentiert sie nicht. »Unten am Steinring. Sie haben uns entdeckt!«

Finn stößt die Luft mit einem Laut des Entsetzens aus und läuft den schwankenden Steg entlang Richtung Hort. Ich folge ihm. Als wir das Laubgehölz verlassen, sehe ich kleine, weiße Scheiben auch auf den anderen Bäumen rund um den Hort aufflackern und im raschen Wechsel wieder verschwinden. Endlich verstehe ich es. Die Wachen senden sich auf diese Weise Signale.

Überall auf den Hängebrücken huschen Menschen entlang. Frauen und Kinder eilen mit bleichen Gesichtern zu ihren Nestern, weibliche und männliche *Geárds* zu ihren Sammelpunkten.

»Ich bringe dich in mein Nest«, sagt Finn und packt meine Hand. Doch ich schüttle den Kopf.

»Das Kind«, rufe ich. »Wir müssen es holen.«

Hinter ihm hangele ich mich die Seile und Leitern hinab, so schnell ich kann, und dennoch zermürbend langsam im Vergleich zu den anderen.

Keine Zeit, aufzuatmen, als ich endlich den Waldboden unter den Füßen spüre. Wir eilen zur Hütte.

Kleine Trupps formieren sich um uns. Ihren gezischten Rufen entnehme ich, dass sie den Wald durchkämmen wollen. Wer auch immer dort draußen unterwegs ist, er muss aufgehalten werden, ehe er den Ort unseres Lagers verrät. Ich stoße die Hüttentür auf.

»Finn!«, ruft Brom hinter uns. Offenbar hat er uns entdeckt. »Wir brauchen dich.«

Ich höre ihr Gespräch kaum. Mein Herz poltert in panischen Schlägen wie ein Trommelwirbel. Die Hütte ist leer.

Eva

Wir haben sie. Ich kauere in der Reihe der Soldaten, Quinn neben mir. Die schweren Rucksäcke haben wir im Gebüsch verborgen, nur unsere Schilde und Waffen haben wir dabei. Jetzt ist es Zeit für den Kampf.

»Erst die Macheten, dann die Schwerter«, zische ich. »Wartet auf mein Signal.«

Meine Hände sind ruhig, endlich. Die knarrenden Bäume über mir stören meine Konzentration nicht. Dann ertönt der Pfiff. Ich hebe die Faust. »Jetzt!«

Wir fahren in die Höhe und stürmen voran. Zweige peitschen mir ins Gesicht. Macheten zischen durchs Unterholz.

Da ist eine Steinmauer. Lächerlich, nur kniehoch. Mit einem Sprung setze ich über sie hinweg, dann ziehe ich mein Schwert. Eine Handvoll Hütten um eine Lichtung, erloschene Feuerstellen im dämmrigen Zwielicht des Nachmittags. Kein Mensch ist zu sehen.

»Durchkämmt sie«, zische ich. »Drei Mann pro Hütte.«

Wir sind fünfzehn Mann, die Vorhut, die Hauptmann Alek geschickt hat. Die anderen warten ringsum, nicht einmal einen Steinwurf hinter uns. Wir haben das Lager eingekesselt. Wir treiben sie zusammen, so der Plan.

Ich reiße die erste Hüttentür auf. Niemand zu sehen. Doch. Ein Schatten hinter der Tür schnellt auf mich zu. Mit einem Schwertstreich pariere ich eine Axt, mit dem nächsten bringe ich den Rebellen zu Fall. Weiter.

Schon bin ich an der nächsten Hütte, Quinn direkt hinter mir. Es ist zu ruhig hier. Wo sind die Rebellen?

Da ist noch ein Einzelner mit verfilzten, schwarzen Haaren und den rotgeränderten Augen eines Säufers. Er humpelt, strauchelt, schreit. Schon sind zwei Soldaten über ihm, hacken mit ihren Schwertern auf ihn ein. Ein Pfeil surrt durch die Luft. Ich ducke mich gerade noch rechtzeitig. Er bohrt sich in den Waldboden. Noch einer surrt, dann sausen sie im Dutzend auf uns herab, ein todbringender Regen. Ich reiße mein Schild hoch.

»Oben«, schreit ein Soldat. »Sie sind dort oben!«

Mit einem Sprung bringe ich mich unter dem Vordach der nächsten Hütte in Sicherheit. Dann blicke ich an den Bäumen hinauf. Seile, ein ganzes Wirrwarr an Stegen und Brücken, dazwischen hängen unförmige Klumpen wie riesige Nester. Rebellen kauern auf Plattformen, hängen wie Affen an Seilen und schießen auf uns herunter. Verdammt, haben unsere Späher nie nach oben gesehen?

»In Deckung«, rufe ich. Drei meiner Männer wälzen sich getroffen auf dem Boden, doch die anderen haben ihre Schilde hochgerissen und ziehen sich ebenfalls unter die Hüttendächer zurück. Quinn ist mir gefolgt und drückt sich mit blassem Gesicht neben mir an die Wand.

»Geh zurück!«, sage ich zu ihr. »Erstatte dem Hauptmann Bericht. Er soll zuerst die Armbrustschützen vorrücken lassen.«

Sie nickt, hebt ihren Schild über den Kopf und rennt in dessen Deckung davon. Ich schaue zu den Rebellen hoch. Sie haben zu schießen aufgehört, hängen lauernd in ihren Seilen. Meine Hand fährt an meinen Gürtel. Ich habe keine Armbrust dabei. Ich war noch nie eine gute Schützin. Doch ich wünschte mir, sie wären nah genug für meine Wurfmesser. Irgendwo muss es einen Aufstieg geben. Ich spähe über die Lichtung, mustere die mächtigen Baumstämme, aber keiner trägt auch nur Spuren von Stufen. Doch an zwei Stellen baumeln Seile und Leitern, nur zwei Mannslängen über unseren Köpfen. Verdammt. Sie haben sie hochgeholt. Wir brauchen einen Weg, um die Rebellen dort runterzukriegen.

Mit raschen Gesten mache ich die Soldaten unter den anderen Hüttendächern auf die zwei Aufstiegspunkte aufmerksam. *Behaltet sie im Auge. Wer runterkommt, wird getötet.*

Ich folge Quinn und eile den Weg zurück. Sofort donnern Pfeile gegen meinen Schild und bringen mich ins Wanken, doch das mit dickem Leder bezogene Holz hält.

Kurze Zeit später bin ich bei Alek und Luka. Quinn verharrt still vor ihnen. Sie debattieren bereits das weitere Vorgehen.

»Aushungern«, sagt Luka. »Irgendwann kommen sie schon herunter, und dann sammeln wir sie ein.«

Alek schüttelt den Kopf. »Das dauert zu lange.« Sein Blick durchbohrt das Dickicht, seine Miene ist starr. »Wir räuchern sie aus.«

Quinn schnappt nach Luft. »Das sind Frauen und Kinder, Hauptmann.« Hilfesuchend wendet sie sich an mich. »Wie siehst du das, Effie?«

Ich? Der *Drecksmensch?* Ich hebe die Augenbrauen, und Quinn wendet sich ab. Von ihrem anpackenden Selbstbewusstsein ist nicht viel übrig. Ihre massigen Schultern sind eingesunken, ihre Miene fahl. Doch sie hat recht. Auch ich habe keine Lust auf ein Massaker an Familien. An Cianna.

»Hauptmann Alek, denk an die Bürgerin«, gebe ich zu bedenken. »Wir sollen sie unversehrt zur Bastion bringen.«

Und das Kind. Ich werfe einen Blick zu Luka hinüber. Er nickt. »Ein Feuer könnte auf den Rest des Waldes übergreifen«, sagt er.

Alek schnaubt. »Nicht bei der feuchten Witterung. Das müsstest du wissen, Jäger.« Auch er ist ein anderer seit dem Nebel. Seine leblose Miene, seine leeren grauen Augen sprechen die Sprache des Krieges. Ich habe schon mehr Soldaten wie ihn gesehen. Nichts als töten und überleben, ein in die Ecke getriebenes Tier. »Wofür haben wir die Brenner sonst mitgeschleppt?«, knurrt er. »Rein in den Wald, raus aus dem Wald. Plant den Angriff, dann starten wir. Keine Gefangenen, so lautet mein Befehl.«

Cianna

Ich kauere in dem leeren Nest, in dem Finn sonst mit ein paar Männern untergebracht ist. Mein Herz hämmert vor Furcht. Raghi und Barnabas stehen an der Tür und lugen hinaus. Raghi hat die Hände zu Fäusten geballt.

Das Kind ist weg. Es ist ihr entwischt, ausgerechnet ihr, der sonst nie etwas entgeht. Hoffentlich hält es sich im Wald versteckt.

Die Soldaten sind hier. Zuerst hörte ich Schreie, und das Nest schwankte von den heftigen Bewegungen auf Brücken und Seilen. Jetzt ist es wieder ruhig. Die Luft ist schwer und reglos wie vor einem Gewitter. Selbst die Vögel haben aufgehört zu zwitschern.

Jäh stößt Raghi einen Laut aus. Ihre Schultern beben vor Anspannung. Ich springe auf, doch sie hält mich zurück. Barnabas legt sich die Hand vor den Mund. Ich erhasche einen Blick auf sein Gesicht. Seine Augen sind vor Schreck geweitet.

»Was seht ihr?«, flüstere ich. »Was ist los?«

Ein Schrei zerreißt die Stille, dann noch einer. Es zischt draußen, etwas ruckt am Netz der Seile. Plötzlich riecht es nach Rauch.

»Feuer!«, brüllt jemand. »Feuer!«

Ehe sie mich zurückhalten können, schiebe ich mich an Raghi und Barnabas vorbei auf die Plattform. Rauch steigt auf. Feuerbälle zischen durch die Luft, eine Kaskade leuchtender Geschosse. *Geárds* schwingen sich an Seilen entlang, rennen über die Brücken. Eine Plattform unter uns steht in Flammen, noch tiefer sehe ich Gestalten über den Waldboden rennen. Sie halten Schilde in die Höhe, goldgelb leuchtet darauf das Wappen der Republik. Mindestens eine der Gestalten trägt Schwarz.

»Brenner!«, keuche ich.

Der Barde packt mich am Arm. »Sie brennen den Hort ab. Das dürfen sie nicht. Das ...« Entsetzt schluchzt er auf und weicht zurück. Er ist kein Kämpfer. Ebenso wenig wie ich.

Schon seilen sich Männer und Frauen neben uns herab, mit Eimern und Schläuchen von den Blätterwannen. Sie schütten es auf die Brandherde, die sich durch die Seile und Brücken fressen wie gierige Raubtiere.

Einer der *Geárds* wird von einem Feuerball getroffen und geht in Flammen auf, eine brüllende, um sich schlagende Fackel, bis sein Seil durchschmort und er in die Tiefe stürzt.

Barnabas schreit. Ich will mir die Augen zuhalten, doch ich kann es nicht. Eins der Geschosse schlägt in ein Nest neben uns ein, und sofort brennt das Zweiggeflecht wie Zunder.

Noch mehr Schreie, große und kleine Gestalten, die aus der Tür taumeln. Seile, die durchbrennen und durch die Luft schnalzen wie glühende Peitschen.

Raghi hat sich als Erste wieder gefasst. *Weg hier*, zeichnen ihre Finger durch die Luft. Sie zerrt mich auf die Hängebrücke, die von hier zu den anderen Nestern führt.

»Wir müssen ihnen helfen!«, ruft der Barde. Seine bleiche Miene ist verzerrt von Angst, doch er greift nach einem Seil und zieht sich nach oben. »Wir brauchen mehr Wasser.«

»Barnabas, warte!« Doch er hört mich nicht, klettert weiter nach oben.

Raghi zieht mich vorwärts, dann reißt sie mich plötzlich zu Boden. Ein brennender Ast rast auf uns zu und schlägt hinter uns in die Brücke ein. Die Brücke gerät ins Schwanken. Taumelnd richte ich mich auf. Ich bekomme gerade noch das Geländer zu fassen. Hitze hinter mir, ein Knarren und Knacken. Die Brücke neigt sich, das Seil unter meinen Fingern wird schlaff.

»Halte dich an mir fest«, schreie ich, als es Raghi neben mir den Grund unter den Füßen wegreißt. Sie packt mich an der Hüfte, und meine Finger umklammern das Seil mit aller Kraft. Mit einem Knall löst sich die Brücke aus ihrer Verankerung. Wir sausen nach unten, eine Manneslänge, zwei, dann strafft sich das Seil plötzlich. Ein furchtbarer Ruck geht durch meine Schultern, als wir beide für einen zeitlosen Augenblick in der Luft hängen, nur von meinen Armen gehalten. Ich kreische auf vor Schmerz. Schon öffnen sich meine Finger. Ich kann uns nicht halten. Wir werden in die Tiefe stürzen.

Doch dann lässt Raghi los, und im nächsten Augenblick packt mich eine stützende Hand. Finn. Er balanciert auf einem schmalen Steg, hält mich umfangen, bis ich wieder das Gleichgewicht finde. Raghi klammert sich zu meinen Füßen an den Brettern fest, ihre schwarzen Augen weit aufgerissen. Finn zieht sie zu uns herauf.

»Ihr müsst dort hinüber«, er deutet nach Osten. »Zum Plantagenbaum. Schnell.«

»Und du?«, keuche ich, doch er schüttelt den Kopf. Sein Blick fliegt an mir vorbei nach unten, und er ballt die Faust, schleudert einen Feuerball. Er trifft eines der Leuchtgeschosse der Brenner, beide zerplatzen in einem Funkenregen.

Raghi packt meine Hand, und wir laufen los – über den schwankenden Steg, ohne Geländer, ohne Sicherheit. Erst an der nächsten Plattform blicke ich zurück. Finn hangelt sich an den Seilen nach oben auf eines der Nester zu. Magdas Nest. Die Plattform dort brennt bereits, und weitere Flammen fressen sich durch das Gezweig des Baumes darüber unentrinnbar auf das Nest zu. Schon ist der Rauch so dicht, dass ich nur Schemen sehen kann.

Ich atme den Qualm ein, huste, schluchze. Raghi zieht mich weiter über schwankende Bretter und Leitern. Frauen und Kinder sind neben und über uns, und alle klettern nach Osten. Ich sehe Aylin, doch Magda und Sami sehe ich nicht.

Sind sie noch im Nest? Ich will verharren, doch überall sind Menschen, und sie drängen mich weiter. *Geárds* hängen in den Seilen. Sie schießen nach unten, geben uns Deckung.

Der Steg, der vom Plantagenbaum tiefer in den Wald führt. Ich erinnere mich an ihn wie aus weiter Ferne, obwohl Finn und ich vorhin erst dort waren. Ein Fluchtweg?

Die ausladenden Äste des Baums sind wie ein Rettungsanker auf schwankender See. Ich ziehe mich am Holz empor und balanciere auf den Stamm zu, und dann lehne ich mich gegen die knorrige Rinde, klammere mich neben Raghi fest, während die anderen an uns vorbeiklettern. Mir ist schwummrig, ich bekomme kaum Luft. Die Gesichter ziehen wie in einem Albtraum an mir vorbei, in Todesangst aufgerissene Augen, panisch keuchende alte Frauen, Kinder, die sich weinend an die Rücken ihrer Mütter klammern.

Da sehe ich Brom. Er hat Pfeil und Bogen auf den Rücken geschnallt und steht breitbeinig auf einer Astgabel wie ein Kapitän auf seinem Schiff im Sturm.

»*Geárds* nach unten!«, brüllt er. »Zielt auf die Brenner! Und holt die Leute, die sich in die anderen Bäume geflüchtet haben. Die restlichen schirmen den Fluchtweg ab. Wo ist der verdammte Regen, wenn man ihn braucht? Und wo ist Finn?«

»Hier!«, brüllt eine vertraute Stimme, und ein Schemen schält sich aus dem Rauch. Erleichterung lässt mich zittern inmitten der Furcht. Finn balanciert über die Äste auf uns zu. Sein Gesicht ist rußgeschwärzt, ebenso das von Magda und Sami, der sich mit weit aufgerissenen Augen an Finns Rücken krallt. Dahinter kommt Barnabas.

»Du musst den Rückzug sichern«, ruft Brom, doch Finn schüttelt den Kopf und übergibt Sami an den Barden.

»Da sind noch mehr Leute draußen«, ruft er. »Erst muss ich sie aus dem Feuer holen.«

Sein entschlossenes Gesicht hat nichts mehr von einem Jungen, als er sich abwendet und wieder im Qualm verschwindet.

Ich will ihm etwas hinterherrufen, doch meine Kehle ist wie zugeschnürt.

Magda und Barnabas klettern auf uns zu. »Worauf wartet ihr?«, ruft Magda, als sie uns erblickt. »Kommt!«

Raghi nimmt meine Hand, löst sie von der Rinde, reißt mich aus meinem Bann. *Weiter.*

Wir klettern durch das Geäst, umrunden den Baum. Doch dort stauen sich die Leute plötzlich. Zu viele wollen den schmalen Steg betreten, den einzigen Fluchtweg. Etwas sirrt durch die Luft. Eine Frau taumelt, stürzt kreischend nach unten, in ihrer Schulter ein Armbrustbolzen.

Die Menschen schreien auf, schieben noch stärker nach vorne, behindern sich gegenseitig.

Plötzlich schwingt Brom an uns vorbei. Überraschend behände hangelt er sich durch die Äste bis zum äußersten Rand.

»Ganz ruhig«, ruft er. »Einer nach dem anderen. Lasst die Kinder vor. Ich gebe euch Deckung.«

In rascher Folge lässt er Pfeile nach unten regnen. Raghi zieht ebenfalls ihren Bogen von der Schulter, klettert ein Stück aus dem Gewühl heraus, dann legt sie den ersten Pfeil an und folgt Broms Beispiel. Ich luge durch die Äste nach unten.

Der Waldboden ist nur noch drei Mannslängen unter uns. Soldaten rennen dort, ducken sich unter Schilden, weichen unter dem Beschuss zurück. Bis auf einen. Ein schmales Gesicht lugt hinter einem Schild hervor. Scharfe blaue Augen verengen sich. Maeve. Sie schaut nicht zu mir. Sie schaut zu Brom. Etwas blitzt auf.

»Nein!«, schreie ich, und sie zuckt herum, doch zu spät. Ihr Messer ist bereits auf dem Weg, zischt durch die Luft wie ein metallischer Vogel und bohrt sich Brom in die Brust.

Mit einem überraschten Gesichtsausdruck greift er danach, macht einen Schritt nach hinten und kippt ins Leere. Dumpf schlägt sein Körper auf dem Waldboden auf. Die Menschen auf dem Baum schreien noch lauter, schreien seinen Namen in ungläubigem Entsetzen. Ich kann meinen Blick nicht vom Waldboden lösen, der mich auf einmal anzuziehen scheint, ein Abgrund, der sich unter mir auftut, um mich zu verschlingen. Maeve ist spurlos verschwunden.

»Pass auf!« Magda packt meinen Arm, bevor ich falle. Ihr Gesicht ist ebenso von Schmerz erfüllt wie von Entschlossenheit. »Wir müssen weiter.«

Der Weg ist frei. Das Gedränge hat sich aufgelöst, Frauen und Kinder laufen den Steg entlang und verschwinden vor uns im nächsten Baumwipfel. Mit einem Satz ist Raghi wieder neben mir, und wir betreten den schwankenden Weg.

Regen setzt ein, plätschert in den Blättern, sprüht uns ins Gesicht. *Zu spät, zu spät.* Sofort ist der Steg glitschig, und ich klammere mich an die losen Seile rechts und links, während das Wasser an meinem Gesicht herunterläuft und sich mit Tränen und Rotz mischt. Wir verlangsamen alle unseren Schritt, tasten uns vorwärts.

Der Wald ist nun in Dämmerlicht getaucht, der Regen ein dunstiger Schleier. Kampfschreie ertönen hinter und unter uns. Waffengemenge, Schwerter klirren. *Geárds*, die unter dem Steg entlanglaufen, unseren einzigen Fluchtweg sichern. Jefan, der mit einem Prügel unter den Soldaten wütet wie ein rasender Bär. Ich blicke nicht mehr hinab. *Einen Fuß vor den anderen.*

Ein Baumstamm zeichnet sich schemenhaft neben mir ab, ich ducke mich unter Ästen hindurch, dann kommt der nächste Stamm. Wie weit können wir hier oben entlanggehen?

Die Frage beantwortet sich zwei Steinwürfe weiter, als der Steg plötzlich endet. Wir hangeln uns eine Strickleiter hinab. Und da sind erneut Soldaten. Wir waren zu langsam, sie haben uns eingeholt. Frauen und Kinder rennen schreiend auseinander, fliehen in alle Richtungen.

Geárds kämpfen mit Knüppeln und Fäusten. Raghi packt

einen Ast vom Boden und rammt ihm einen Soldaten in den Bauch, wirft ihn zu Boden und packt sein Schwert. Noch bevor er sich aufrappelt, spießt sie ihn damit auf, dann lässt sie die Waffe los und packt meine Hand.

Wir rennen, umrunden andere Kämpfende. Doch wohin sollen wir fliehen? Sie sind überall. Ich sehe Menschen fallen, sehe Blut, das den Boden durchtränkt wie der Regen. Der Wald ist licht – kein Unterholz, das Schutz bietet.

Ein Mann rennt auf uns zu. Er trägt keine Uniform, sondern einen grünen Mantel, und ich erkenne sein scharfgeschnittenes Gesicht und den Schnurrbart im selben Augenblick, in dem er mich erkennt.

»Hab ich dich!« Er zieht sein Schwert. Er wird mich töten. Ich lasse Raghis Hand los.

»Lauf«, rufe ich. »Kämpf nicht für mich!«

Es reicht, wenn er mich erwischt. Sie hat es verdient zu leben. Allerdings werde ich es ihm nicht zu leicht machen. Ich packe einen Ast, dann weiche ich zurück.

Mit einem grimmigen Lächeln springt der Jäger auf mich zu. Ich reiße den Ast in die Höhe, doch er pfeift wirkungslos durch die leere Luft.

Der Jäger fällt mit einem Brüllen zu Boden. Eine Wurzel hat seinen Fuß gepackt. Gras wuchert hoch. Lianen schlängeln sich von den Wipfeln herab, Vögel stoßen mit einem schrillen Kreischen vom Himmel. Hinter einem Baum tritt das Waldkind hervor, sein Blick ist schwärzer als die Nacht.

Niemand tötet meine Schwester. Es hat die Hände erhoben, bläulich flirrt die Luft unter seinen Fingern.

»Packt das Kind«, schreit der Jäger, der sich wieder hochrappelt. »Wir brauchen es lebend!«

Raghi lässt einen Knüppel auf seinen Kopf niedersausen, und er kippt mit einem Stöhnen ins Gras.

Lianen umschlingen Soldatenkörper, Schnäbel stoßen und hacken nach ihren Gesichtern. Ein Schatten, schneller als jeder Mensch, springt aus dem wuchernden Gras, packt einen Mann und wirft ihn zu Boden. Reißzähne blitzen.

Erneut nimmt Raghi meine Hand. Wir weichen zurück, rennen und stolpern. Das Kind läuft neben uns, eine schmale Gestalt, die im Regendunst auftaucht und verschwindet, so unwirklich wie ein Traum.

Doch da sind immer noch mehr Soldaten. Hinter den Bäumen tauchen sie auf, eine ganze Reihe, die auf uns zumarschiert, ihre Schilde und Schwerter erhoben. Unter ihnen ist Maeve. Dieses Mal sieht sie mich, und sie stockt, doch dann erblickt sie das Kind. Ihr Gesicht verzieht sich zu einer Grimasse des Hasses. Im Lauf zieht sie etwas aus der Tasche ihrer Uniform. Ein schlankes Messer. Es blitzt silbern, heller als jede andere Waffe.

Sie kommt nicht dazu, es einzusetzen.

Dornenranken schnellen in einer Reihe aus dem Boden, bilden ein nasses hölzernes Gestrüpp um die Soldaten. Die fingerlangen Stacheln bohren sich in Uniformen und Glieder, Äste winden sich um Arme und Hälse. Brüllend schlagen die Männer und Frauen um sich, doch sie verfangen sich nur noch mehr im Gezweig. Auch Maeve hackt wirkungslos mit ihrem Messer gegen die Ranke, die ihren Hals umfängt wie eine Würgeschlange. Ihre Augen werden groß und dunkel. Sie schwankt.

»Nein«, schreie ich. »Nicht sie!«

Der Junge erstarrt, wendet sich mit einem skeptischen Blick zu mir um. Ich haste auf ihn zu. »Nicht sie!« Tatsächlich lässt er den Arm sinken, nimmt stattdessen meine Hand. Mit einem Keuchen sinkt Maeve inmitten des magischen Gestrüpps zu Boden, und wir rennen an ihr vorbei, weiter und weiter, noch tiefer in den Wald hinein.

Eva

Mein Hals schmerzt, als hätte ich ihn in einer Schraubzwinge gehabt, meine Uniform und meine Haut sind blutig und von Stacheln zerlöchert. Irgendein Gift war in den Dornen, denn mein ganzer Körper zittert, und ich fühle mich fiebrig. Nur mein Heiltrieb hält mich am Leben. Die meisten anderen hatten nicht so viel Glück. Ihr Gezappel verebbte rasch.

Als das verdammte Gestrüpp endlich zu wachsen aufhört, hängen tote Körper wie Puppen zwischen den Dornen.

Ich verberge das silberne Skalpell wieder unter der Uniform. Dann befreie ich mich von den Ranken, steige über Leichen von Rebellen und Soldaten und wanke unter den Bäumen in Richtung der schwelenden Rauchsäulen, die sich hinter dem Regendunst erheben. Hornstöße erklingen von dort. Das Signal, sich zu sammeln.

Cianna hat mich gerettet. Ich kann es nicht fassen. Das Albenbalg hat auf sie gehört, hat ihre Hand genommen, als wäre sie seine Mutter.

Ich war ihm so nah. Sein Anblick hat sich eingebrannt: der kleine, dürre Körper, das bleiche Gesicht mit den totenstarren schwarzen Augen. Sieht Cianna nicht, wie furchterregend es ist?

Wäre ich nicht so erledigt, würde ich ihnen folgen. Obwohl das nichts brächte, denn alleine habe ich keine Chance. Noch nie habe ich so starke Magie in Aktion erlebt.

Das Scharmützel ist vorbei, die überlebenden Rebellen geflohen. Von ihrem Lager ist nicht mehr viel übrig. Zwei unserer Brenner kämpfen gegen den Regen an und brennen den Rest der Seile und Nester nieder, der dritte liegt tot bei den anderen Leichen.

Luka ist am Leben, er kniet bei seinen Hunden. Auch Quinn sehe ich zwischen ein paar Verletzten. Hauptmann Alek lässt die verwundeten Soldaten aufsammeln. Für die wenigen überlebenden Rebellen gibt es keine Gnade, nicht einmal für die Kinder. Schaudernd wende ich mich ab.

Das ist die grausame, elende Fratze des Kriegs. Ich will kein Teil von ihm sein, doch das bin ich längst.

Ich lehne mich an einen Baum, mit einem tiefen Atemzug lasse ich weiter den Heiltrieb durch mich hindurchfließen. Allmählich schließen sich meine Wunden, der Schmerz verebbt, nur Erschöpfung bleibt. Auch unter den Soldaten kehrt Ruhe ein. Während sich die Trupps unter den Bäumen sammeln und ihre Wunden von den Heilern verarzten lassen, ruft Alek Luka und mich zu einer Einsatzbesprechung. Sein Gesicht ist ebenso grau wie seine Augen. Wie ein Sieger sieht er nicht aus.

»Wir marschieren zurück zur Bastion«, bescheidet er uns.

»Zurück?«, rufe ich ungläubig. »Nehmen wir nicht die Verfolgung auf?«

»In diesem verdammten Wald?«, fährt er auf. »Hast du nicht hingesehen, Hauptmann? Er hat genug meiner Leute getötet.«

Das war nicht der Wald. Ich wechsle einen Blick mit Luka. Der schüttelt den Kopf. Sinnlos, ihm von dem Kind zu erzählen.

»Die Bürgerin«, sagt er stattdessen. »Ich habe sie bei den Rebellen gesehen. Sie ist uns entwischt.«

»Na und?« Ächzend fährt sich Alek über die Stirn. »Wir überlassen sie dem Deamhain.«

»Das können wir nicht«, sagt Luka. »Unser Auftrag lautet, sie lebend zurückzubringen.«

»Nicht um diesen Preis.«

»Also ziehen wir die Schwänze ein und verschwinden?«, knurrt Luka. »Da mach ich nicht mit.«

Alek schüttelt den Kopf. »Du bist verrückt, Jäger.«

»Ich sage, wir ziehen weiter.«

Die beiden Männer messen sich mit Blicken. Alek hat über die Jäger keine Befehlsgewalt. Über mich allerdings schon.

»Es geht nicht nur um die Bürgerin«, sage ich selbstsicherer, als ich mich fühle. »Es sind noch zu viele Rebellen da draußen. Schaut euch die Leichen an. Vor allem Frauen und Kinder. Die Kämpfer sind größtenteils entkommen. Sie sind geschwächt und versprengt, aber sie werden sich erneut sammeln. Und Rache nehmen wollen. Gib mir das Kommando über fünf Soldaten, Alek, und ich begleite Luka.«

Luka schenkt mir ein überraschtes Grinsen, der Hauptmann stiert mich ungläubig an. »Du bist genauso verrückt wie er.«

»Vielleicht.« Ich hebe die Schultern. »Aber nicht verrückter als die Fanatiker hier draußen. Wir müssen ihnen Einhalt gebieten. Ein für alle Mal.«

Alek zögert. Sein Blick gleitet über die Truppen, über die Toten, dann verharrt er auf dem Wald.

»Du kannst gehen, Effie«, sagt er schließlich. »Und wenn du fünf Verrückte findest, nimm sie mit. Aber ich werde niemanden zwingen, mit euch in den Tod zu marschieren.« Ohne uns noch einmal anzuschauen, wendet er sich zum Gehen. »Ein Jäger muss uns begleiten, damit wir den Weg zurückfinden, außerdem zwei Brenner als Schutz. Schick sie zu mir, Luka. In zwei Stunden brechen wir auf.«

Luka und ich schauen ihm nach. Als er weit genug weg ist, breche ich das Schweigen.

»Ich habe das Kind gesehen«, sage ich leise. »Seine unglaublichen Fähigkeiten.«

Luka nickt. Seine grünen Augen verharren prüfend auf meinem Gesicht, suchen nach einer Spur von Zweifel, von Angst.

»Du musst das nicht tun«, sagt er.

»Doch«, widerspreche ich. »Dafür hast du mich rekrutiert.«

»Du hast recht.« Er stößt den Atem mit einem Seufzen aus, als bereute er es aus irgendeinem sentimentalen Grund. »Wir haben keine Zeit zu verlieren. Deshalb gilt für uns dasselbe wie für den restlichen Trupp. Zwei Stunden, um uns zu sammeln, dann brechen wir auf.«

Cianna

Ich kann nicht sagen, wie lange wir durch den Wald hetzen. Die grauen Schemen der Bäume werden allmählich dunkler, die Dämmerung wischt die letzten Farben hinfort. Die *Geárds* haben uns zu Gruppen zusammengetrieben. »Zusammenbleiben!«, lautet ihre Anweisung. »Immer nach Norden.«

Ich weiß nicht, was im Norden ist. Der Waldrand vielleicht. Magda, Barnabas und Sami sind bei uns, Raghi weicht nicht von meiner Seite. Sie trägt das Waldkind, das jetzt die meiste Zeit dösend verbringt. *Nach Hause*, murmelte der Junge vorhin, als er kurz wach war. *Bring mich nach Hause*. Darauf konnte ich nichts erwidern. Ich spüre, wie die meisten Fliehenden trotz der Anweisung der *Geárds* Abstand zu uns halten. Nicht wegen mir oder Raghi. Seinetwegen. Ihre Blicke zeigen Angst. Sie alle haben gesehen, was er vollbracht hat. Und obwohl sie ihm ihr Leben verdanken, scheuen sie vor ihm zurück.

Er hat auch mich gerettet. Erneut. Und er nannte mich *Schwester*. Das Wort jagt mir einen Schauer über den Rücken. Ich bin nicht seine Schwester, doch warum nennt er mich so?

Ich habe keine Kraft, darüber zu grübeln. Aylin habe ich nicht unter den Überlebenden gesehen, ebenso wenig Colin. Finn fehlt ebenfalls, und bei dem Gedanken kann ich kaum atmen vor Angst.

So schnell wir auch laufen, die schreckerfüllten Bilder werde ich nicht los. Ich sehe sie wie bleiche Spiegel in den Gesichtern der anderen, in Ruß und blutigen Kratzern, in den erschöpften, von Grauen und Angst erfüllten Augen.

Dann bricht die Nacht endgültig herein, und ich erkenne nur noch dunkle Silhouetten, die vor und hinter mir zwischen den Bäumen hindurchhasten, dazwischen Fackeln wie versprengte, flackernde Lichtpunkte in der Schwärze.

Irgendwann halten wir schließlich. Nicht, weil wir ein Ziel erreicht haben, sondern weil die Ersten vor Müdigkeit einfach umfallen.

Jetzt erst sehe ich die gesamte Gruppe. Etwas mehr als vierzig Menschen, alte und junge, große und kleine. *So wenige.* Ich zucke zusammen unter der schrecklichen Wahrheit, die sich hinter dieser geringen Zahl verbirgt.

Jemand hat ein Feuer geschürt, doch ein scharfer Befehl lässt es die Männer wieder austreten. Es war Lydias helle Stimme. Im Fackelschein sehe ich ihre schlanke Gestalt zwischen den Rastenden hindurcheilen. Sie ist ebenso von Erschöpfung gezeichnet wie die anderen, doch eine finstere Entschlossenheit lässt ihre Miene noch härter als sonst erscheinen. Ohne dass irgendwer darüber reden müsste, lese ich es in den Gesichtern, die hilfesuchend zu ihr aufblicken: Sie ist unsere neue Anführerin.

Ein paar *Geárds* sammeln auf ihr Geheiß die wenigen Lebensmittel ein, die die Geistesgegenwärtigen unter den Flüchtlingen eingesteckt haben, und verteilen sie neu. Ein handtellergroßer Kanten Brot für Raghi, das Kind und mich, für mehr reicht es nicht. Ich bin viel zu niedergeschlagen, um mehr als eine vage Dankbarkeit zu empfinden. Mit einer sachten Berührung wecke ich das Waldkind. Obwohl wir ihm die gesamte Mahlzeit überlassen, isst es nur einen kleinen Bissen davon, dann bettet es seinen Kopf auf meinen Schoß und schläft wieder ein.

Und dann flackert hinter den Bäumen plötzlich ein neues Licht auf, ein Feuerball, dessen sanfter, warmer Schein mich aufschluchzen lässt. Finn. Er hat es geschafft.

Gemeinsam mit drei weiteren Leuten tritt er aus der Dunkelheit hervor.

Ich will aufspringen und zu ihm rennen, und nur mit mühsamster Selbstbeherrschung gelingt es mir, sitzen zu bleiben. Sein immer noch rußgeschwärztes Gesicht wirkt kraftlos und müde, und es liegt eine Traurigkeit darin, die mich erzittern lässt.

Sie haben so viel verloren, sie alle. Ihr Schmerz greift auf mich über, und mein Herz sackt herab wie ein schwerer Stein in einen Brunnen. Ich bin längst nicht die Einzige, die weint. Unzählige Tränen spiegeln sich im Schein von Finns warmem Licht. Keiner schreit oder spricht, es ist ein verzweifeltes, stilles Trauern an einem feindlichen Ort. Selbst Lydia scheint angesichts all der Not keine Worte zu finden. Stumm steht sie vor uns, und ihr Blick irrt ohne Halt über die Köpfe hinweg.

Barnabas erhebt sich. Er nimmt zärtlich seine Laute auf, die reichlich mitgenommen aussieht, das Holz zerschrammt und mehrere Saiten gerissen. Dann beginnt er zu spielen. Ruhig und sanft, eine herzzerreißende Melodie, die er nicht mit Worten begleitet, sondern mit einem tonlosen Summen und Murmeln, und jedes Mal, wenn seine Stimme dabei bricht, stöhnen die Menschen leise auf. Es ist ein Lied der Trauer und des Verlusts, in dem er all das einfängt und bündelt, was die Menschen empfinden, und es dann freilässt, sodass es die Seelen nicht mehr verkrampft und wir zur Ruhe kommen können.

Viele schließen beim Lauschen seiner magischen Kunst die Augen, doch ich nicht. Ich muss Finn anschauen, der weiterhin aufrecht neben Lydia steht. Sein Gesicht ist matt, und er wirkt, als wollte er sich am liebsten zwischen die Menschen zu seinen Füßen kauern.

Immer noch lässt er sein tröstendes Licht über uns allen schweben, und ich kann nur ahnen, wie viel ihn diese Geste kostet.

Dann ändert sich Barnabas' Tonlage. Die Melodie schwingt nun in seltsamen, fremden Rhythmen, sein Gesang formt Worte, die ich nicht kenne. Und doch erkenne ich das Lied, ebenso die anderen, die unter der alltäglichen Vertrautheit seiner Tonfolge aufseufzen und zu wispern beginnen, sich in den Arm nehmen und gegenseitig trösten.

Es ist das *Oran Oidhche*, das Barnabas jeden Abend anstimmt. Und er singt es nicht für uns, sondern für den Wald. Mit sachten, wiegenden Schritten sucht er sich seinen Weg aus der Gruppe heraus, dann schreitet er um uns herum, während die magischen Töne wie Vögel in die Nachtluft steigen. *Schutz*. Immer noch kann der Barde ihn bieten, und die Leute verlassen sich auf ihn. Schon schlafen die Ersten ein, matt und entkräftet sinken Köpfe auf die Schultern der anderen, Körper schmiegen sich aneinander, um sich gegenseitig zu wärmen. Finns Feuerkugel schwebt immer noch über ihnen, taucht die Menschen in einen dämmrigen Schimmer. Auch Raghi schließt die Augen, und einen Augenblick später schläft sie so tief und fest wie ein Kind. Ich beneide sie um ihr unerschrockenes Herz, ihre Klarheit, die kein Zögern und Grübeln kennt.

Ich wache, bis Finn zu mir herüberkommt.

Er kauert sich neben mich, berührt meine Schulter. Seine Finger zittern, sein Atem geht rasch. »Ich wusste, dass du lebst«, wispert er. »Ich wusste es.«

Sachte bette ich das Kind auf den Boden, wo es sich mit einem Seufzen zusammenrollt, dann nehme ich seine Hand. »Komm.«

Wir gehen ein paar Schritte ins Dunkel, nicht weit.

Mit einem Schaudern sackt Finn zu Boden. Ich knie mich neben ihn, nehme ihn in den Arm. Sein Körper ist warm, viel wärmer als meiner, doch er zittert so sehr, als friere es ihn.

»Ich konnte so wenige retten«, murmelt er an meiner Schulter. »So wenige.«

Stumm streiche ich ihm über den Kopf.

»Warum habe ich überhaupt die Begabung, das Feuer zu beherrschen?« Er stöhnt auf. »Wenn es doch nicht reicht?«

Tränen steigen mir in die Augen. Ich blinzle zu seiner Feuerkugel hinauf, die wie ein tröstender Mond über den Schlafenden glimmt.

»Du bist, was du bist«, flüstere ich. »Du hast alles getan.«

Er stöhnt erneut, gefangen in Schmerz. »Es war nicht genug.«

Ich halte ihn fest, während er unter Schluchzern bebt. Über uns flüstert der Wald. Eine Brise streift meine Arme, sanft, beinah zärtlich. *Cianna.*

Etwas tapst im Moos neben uns. Dunkles Fell streift an einem Baumstamm entlang, zwei silberne Augen blinken zu mir herüber. Wir sind außerhalb von Barnabas' Schutzkreis, doch ich habe keine Angst. Der Wald und ich, wir sind auf untrennbare Weise miteinander verbunden. Ich hebe die Hand, und das Tier huscht ins Dunkel der Nacht zurück.

Finn weiß davon nichts. Noch nicht. Ich spüre, wie ich mich in ihn verliebe, mit jedem Atemzug mehr. *Weil er ist, was er ist.* Mein Atem bleibt ruhig, und nach einer Weile beruhigt Finn sich ebenfalls.

Er richtet sich auf. Sein Gesicht verbirgt sich in der Dunkelheit, nur seine Augen schimmern, zwei leuchtende Punkte, deren Wärme mich gänzlich umfängt. Wir beugen uns aufeinander zu, unsere Lippen begegnen sich auf halber Strecke. Ein Kuss, sachte wie der Flügelschlag eines Schmetterlings, ein kurzes Aufglimmen gegen die Kälte.

»Wir müssen zu Lydia«, murmelt Finn. Wir stehen auf und gehen zurück, aneinandergeschmiegt und beieinander Schutz suchend. Erst als wir die Menschengruppe wieder erreichen, trennen sich unsere Körper voneinander, und ich spüre, Finn fällt das ebenso schwer wie mir.

Etwas abseits der Gruppe sitzen Lydia, Magda, Jefan und zwei weitere *Geárds* im Licht einer Fackel zusammen. Als wir zu ihnen treten, lässt Finn seine Feuerkugel über den Schlafenden erlöschen, sodass die Dunkelheit sie mit ihrer kalten

Umarmung umfängt. Seine Schultern straffen sich unter der neuen Kraft, die er nun für sich braucht.

Ich zögere. Ich gehöre nicht hierher, zwischen die neuen Anführer der Überlebenden. Doch ehe ich etwas sagen kann, nimmt Magda meine Hand und zieht mich zu sich herab.

»Gut, dass du da bist«, flüstert sie. Aus ihren dunklen Augen sieht sie mich beinah beschwörend an. Ich bin nicht sicher, wie sie das meint, also nicke ich nur und lasse dann meinen Blick über die anderen streifen.

Auch hier sind die Gesichter müde, ausgezehrt von den Strapazen und dem Grauen, das sie erlebt haben. Doch Lydia hält die Schultern straff. Sie mustert mich eisig. »Du!«

Ich unterdrücke den Impuls, zurückzuzucken, und halte ihrem Blick mit klopfendem Herzen stand.

»Es tut mir leid wegen deines Vaters«, sage ich leise.

Ihre Miene verfinstert sich noch mehr, dann schüttelt sie den Kopf und wendet sich ab. Trauer umschattet ihr Gesicht. Für einen Augenblick sieht sie genauso verletzlich aus wie alle anderen, und mein Herz gefriert von dem Wissen, das ich nicht mit ihr teilen kann. Dass meine eigene Schwester ihren Vater getötet hat, mit kalter Hand und ohne jegliches Zögern.

»Wir haben so viele verloren«, sagt Magda. »Und es wären noch mehr gewesen ohne den Alvae. Er hat uns gerettet.«

Die anderen *Geárds* nicken. Bis auf Lydia.

»Verdammt, seht ihr es denn nicht?«, stößt sie aus. »Dass die Soldaten uns aufgespürt haben, ausgerechnet jetzt, das war doch kein Zufall. Die Bürgerin und der Alvae haben sie hergeführt. Oder die Sklavin.«

Ich kann ihrem feindseligen Blick kein zweites Mal standhalten und wende mich ab. Hat sie recht? Grauen kriecht in mir empor.

Packt das Kind. Die Stimme des Jägers hallt durch meine Gedanken. *Wir brauchen es lebend.* Haben wir die Soldaten hierhergeführt?

»Raghi ist keine Sklavin mehr.« Barnabas' sanfte melodiöse Stimme. Er tritt aus dem Schatten. Erst jetzt fällt mir auf, dass sein Lied verstummt ist, eine ganze Weile schon. »Und wir *alle* haben die Soldaten hergebracht. Wir wussten, dass sie nach dem Überfall auf die Bastion den ganzen Wald durchkämmen würden. Wir wussten, dass ihre Jäger den Wald fast genauso gut kennen wie wir. Dass sie uns finden würden, hat nichts mit unseren Gästen zu tun, sondern war nur eine Frage der Zeit.«

Mit einem Seufzen lässt er sich neben Lydia nieder.

»Brom wollte mir das nicht glauben«, sagt er leise. »Er verließ sich zu sehr auf den Schutz des Waldes und auf die Unfähigkeit der Soldaten. Er hat unsere Feinde unterschätzt. Doch je mehr wir gegen die Republik aufbegehren, desto erbitterter wehrt sie sich. Und sie ist eine mächtige Gegnerin, vielleicht zu mächtig für uns.«

»Also ist mein Vater an allem schuld?« Lydia funkelt ihn an.

»Das meinte ich nicht.« Müde streicht er sich über die Stirn, und dann legt er eine Hand auf Lydias Arm. »Es tut mir leid, Lydia. Brom war nicht nur mein Anführer, sondern mein Freund. Doch wir müssen aufhören, uns irgendwo in Sicherheit zu wiegen. Die Zeit des Horts ist vorbei.«

»Das wissen wir«, stößt sie aus, doch ihr Blick wird weicher, und sie lässt Barnabas' Hand, wo sie ist. »Sie haben unsere Heimat zerstört. Sie haben fast die Hälfte von uns getötet. Und manche irren wahrscheinlich noch dort draußen herum.« Sie ballt die Fäuste. »Wir müssen die retten, die wir können. Und dann müssen wir weitermachen. Sonst haben sie gewonnen, bevor wir richtig gekämpft haben.«

»So ist es«, brummt Jefan, und auch Finn und Magda nicken. Nur Barnabas seufzt. Und wieder weiß ich, er ist ebenso wenig ein Krieger wie ich. Der Wind, der ihn aus der fernen Wüste einst hierherwehte, trug nicht die Stimme der Rebellion, sondern die der Zuflucht. Doch manchmal entscheiden andere Kräfte über unser Schicksal als wir. Ich kralle mich mit den Fingern in den Falten meines Rocks fest.

»Das Wichtigste zuerst«, sagt Lydia. »Sobald es dämmert, müssen wir einen Suchtrupp losschicken. Wir müssen versuchen, diejenigen zu finden, die sich vielleicht bei dem Angriff im Wald verirrten. Wer von euch übernimmt das?«

Einer der *Geárds* hebt die Hand.

»Gut.« Sie nickt ihm zu. »Such dir drei Freiwillige. Mehr können wir leider nicht entbehren. Ich gebe euch zwei Tage. Durchkämmt den Wald hinter uns in einem weiten Radius, nähert euch dem Lager und macht euch ein Bild. Achtet auf Spuren, und denkt an den Käuzchenruf. Hoffen wir, dass die Verirrten euch hören.« Sie lässt den Blick ins Dunkel schweifen, zum Lager der Schlafenden.

»Wir haben sechzehn Frauen, von denen acht im Kampf geübt sind. Fast ebenso viele Kinder, darunter zwei Säuglinge. Vierzehn Männer, und dann noch unsere drei Gäste. Unser erstes Ziel muss es sein, die Hilflosen in Sicherheit zu bringen.« Ein besorgter Ausdruck tritt auf ihr Gesicht, und plötzlich sehe ich die Ähnlichkeit mit ihrem Vater. Die anderen scheinen sie ebenfalls zu bemerken, denn sie hören ihr respektvoll zu.

»Wenn wir ohne Unterbrechung von der Morgendämmerung bis zur Nacht marschieren, sind es noch zwei Tage bis zum nördlichen Waldrand.« Sie seufzt. »Doch das halten die Schwächeren nicht durch. Erst recht nicht ohne etwas zu essen. Außerdem wissen wir nicht, ob uns die Soldaten mit ihren Hunden folgen. Wir brauchen eine Strategie, um sie aufzuhalten, eine kleine Gruppe von Spähern, die uns Rückendeckung gibt. Außerdem müssen wir jagen, um uns mit Fleisch zu versorgen. Magda, du kennst dich mit Pflanzen aus, halte die Augen nach allem Essbaren offen. Und dann können wir nur hoffen, dass der Wald nicht noch mehr Überraschungen für uns bereithält.«

»Das wird er nicht«, sage ich mit einer Festigkeit, die mich selbst erstaunt. »Nicht, solange der Junge bei euch ist.«

Sie schnaubt. »Ich vertraue da eher auf Barnabas und seine Musik. Lasst uns die Aufgaben verteilen.«

Während die *Geárds* zu diskutieren beginnen, wechsle ich einen Blick mit dem Barden. Er hebt die Schultern. *Gib ihr Zeit.*

Doch die haben wir nicht. Ich spüre es am Zittern in jedem meiner Glieder. Maeve und die Soldaten sind hinter uns, irgendwo da draußen. Sie suchen uns, ich weiß es genau. Sie wollen den Jungen. Und zum ersten Mal stelle ich mir die bange Frage, ob die Flüchtenden nicht ohne ihn besser dran wären.

Eva

Es ist Vormittag, als wir die Spuren des Rebellenlagers finden. Ein ausgetretenes Feuer, ein paar niedergebrannte Fackeln. Sie können noch nicht lange fort sein, die umgeknickten Halme am Rand des Lagers sind noch grün.

Lukas Hunde durchwühlen bellend das Gestrüpp.

»Dafür, dass sie Frauen und Kinder mit sich schleppen, sind sie verflucht schnell.« Luka legt den Kopf in den Nacken.

Über uns pfeift der Wind durch die Wipfel, ein hohler, kalter Gesang. »Wer weiß, ob das Albenbalg überhaupt noch bei ihnen ist.«

»Das ist es«, sage ich. »Cianna gehört zu den Rebellen, und es vertraut ihr.«

Luka mustert mich mürrisch, doch er fragt nicht, woher ich das weiß. »Gehen wir weiter. Wenn wir uns beeilen, haben wir sie in ein paar Stunden eingeholt.«

Die Männer nicken. Wir sind zu acht – Luka, Wylie mit seinen beiden Falken, Rois, ein Heiler, ein Brenner und zwei Soldaten. Mehr Freiwillige habe ich nicht gefunden unter Aleks feigen Truppen. Quinn ist nicht dabei. Als meine Adjutantin hätte ich sie zwingen können, doch ihr leerer, bitterer Blick hat mich davon abgehalten. Vielleicht steckt doch noch ein guter Mensch in mir. Schnaubend zertrete ich die Asche der Feuerstelle. Oder auch nicht.

Luka pfeift nach seinen Hunden. Schwanzwedelnd springt der Erste heran. Luka pfeift erneut, ein schriller, langanhaltender Ton, der sofort von Vögeln über uns aufgegriffen wird wie ein fernes, hämisches Echo. Die grauen Baumriesen beugen sich über uns, der Wind lässt mich frösteln. Vom zweiten Hund fehlt jede Spur.

»Wo steckst du?«, ruft Luka.

»Schscht.« Wylie legt einen Finger vor den Mund. »Ich hab was gehört.«

Mit ein paar schnellen Schritten ist er am Gebüsch, zerhackt die Ranken mit der Machete und stapft hindurch. Luka und ich folgen ihm. Jetzt höre ich es auch, ein dünnes, leises Winseln.

»Da ist er.« Wylie biegt die Zweige zur Seite und fällt auf die Knie. Ich luge über seine Schulter.

Der Hund liegt in einer flachen, von Moos und Farnen bedeckten Fallgrube. Spitze Pfähle durchbohren seinen Körper. Er zittert, die Augen ins Weiße verdreht. Blut durchtränkt sein Fell und tropft von seinen Lefzen. Sofort schiebt Luka mich beiseite.

»Mein armer Kleiner«, murmelt er, als er sich über die Grube beugt und dem Tier übers Fell streicht.

»Beende sein Leiden«, knurrt Wylie und reicht ihm ein Messer. Luka folgt der Bitte, ohne zu zögern. Als er sich mit dem blutbefleckten Messer wieder aufrichtet, ist seine Miene blass und von Trauer erfüllt. So hat er nicht dreingesehen, als Menschen starben.

»Diese Schweine!« Mit einem Fußtritt befördert er ein Stück Trockenfleisch ins Gebüsch, das neben der Grube im Farn lag. »Sie haben ihm eine Falle gestellt. Und das werden wir mit ihnen auch tun!«

Cianna

Seit der Morgendämmerung marschieren wir.

»Weiter, weiter!«

Unerbittlich treiben die *Geárds* die müden Frauen und Kinder voran. Der Wald ist grau und dunstig, Nadelbäume lassen ihre schweren Äste über den Boden schleifen. Es ist schwierig, ein Durchkommen zwischen ihnen zu finden, ohne sich Arme und Beine zu zerkratzen.

Sami läuft vor uns, ich sehe, wie er sich einen Zweig in den Mund steckt, darauf herumkaut und dann weinend protestiert, als Magda ihn zwingt, das Holz wieder auszuspucken. Er hat Hunger. Wir alle haben Hunger, eine gähnende, knurrende Leere, die sich in unseren Bäuchen eingenistet hat wie ein Raubtier.

Mehr als die Hälfte der Männer ist verschwunden – auf anderen Pfaden, um zu jagen oder nach Feinden und weiteren Überlebenden auszuspähen. Ich hoffe, sie finden zu uns zurück.

Irgendwann ist Magda neben mir. »Kann er nichts tun?«, murmelt sie und zeigt auf das Waldkind, das ein Stück von uns entfernt durch das Nadelwerk streift. Sogleich begreife ich, was sie meint, aber ich antworte nicht direkt.

Stattdessen halte ich selbst die ganze Zeit Ausschau – nach Beeren und Wurzeln, nach Pflanzen, die essbar erscheinen. Einmal sehe ich ein Gesträuch, das mir bekannt vorkommt, mit kleinen durchscheinenden Beeren wie Regentropfen. Doch als ich das Kind zu mir winke, schüttelt es den Kopf. *Giftig.*

Als die *Geárds* endlich eine kurze Rast erlauben, rede ich leise mit dem Jungen. Kann er nicht Rüben wachsen lassen oder Nüsse? Ein paar Wurzeln, die den Kindern neue Kraft geben? Er scheint nicht zu begreifen, was ich meine. Oder will er nicht? Seine Miene wirkt abweisend, wie schon den ganzen Morgen. Beinah feindselig mustert er die Menschen um uns herum.

Eine Weile später erreichen wir einen breiten Bachlauf, der sich plätschernd zwischen den Nadelbäumen dahinschlängelt. Auf Lydias Anweisung ziehen wir unsere Stiefel aus und steigen ins Wasser. Zischend stoße ich die Luft aus. Eiskalt umspült der Bach meine Füße.

Während ich mich ans Wasser gewöhne, stellt sich Finn neben mich. Er war bei der Vorhut der Späher, und jetzt sind seine Wangen erhitzt vom raschen Lauf. Für einen kurzen Augenblick nimmt er meine Hand.

»Wir müssen wegen der Hunde in den Bach«, murmelt er.

Ich nicke. »Im Wasser können sie unsere Spur nicht verfolgen?«

»Hoffen wir es.« Er lässt meine Hand wieder los. Jäh vermisse ich seine Wärme und schlinge fröstelnd meinen Mantel um mich.

»Wie geht es dir, Kleiner?« Freundlich nickt er dem Jungen zu. Er streckt die Hand aus, um ihm übers Haar zu streichen. Das Waldkind durchbohrt ihn mit starrem Blick, und mit einem Seufzen lässt Finn die Hand wieder sinken.

»Ich muss zurück zu Lydia«, sagt er. »Lass es mich wissen, wenn ihr irgendetwas braucht.«

Er schenkt mir ein letztes Lächeln, ehe er seinen Schritt beschleunigt und an den anderen Flüchtlingen vorbei nach vorne watet. Sinnend sehe ich ihm nach, seinen honigfarbenen Locken, dem Schwung seines schwarzen Brennermantels, den er immer noch trägt. Auch die starren Blicke des Kinds verfolgen ihn. Der Junge stößt ein Zischen aus, während er über einen umspülten Felsen hinwegsetzt.

Raghi schnalzt tonlos mit den Lippen. Ihre Finger deuten

auf ihn, dann malen sie zwei rasche Gesten in die Luft. *Er will dich nicht teilen.*

Unsinn. Ich schüttle mürrisch den Kopf. Ich bin nicht blind, ich merke, wie wachsam sie ihn beobachtet. Sie mag ihn nicht – selbst nach allem, was er für uns getan hat.

Dem Jungen scheint es allerdings gleichgültig zu sein. Die einzigen Menschen außer mir, denen er mit einem gewissen Interesse begegnet, sind Barnabas und die Kinder – und Letztere mieden ihn bei ihren Spielen von Anfang an. Mein Herz wird schwer. Ich wünschte, ich könnte die Kluft zwischen ihm und den Menschen überbrücken. Ich wünschte, er wäre ... Ich schlucke. *Wie wir?* Doch ich weiß, das wird er niemals sein.

Als hätte der Junge meine Gedanken gespürt, greift er nach meiner Hand. Er lächelt mir zu, das erste Mal an diesem Tag. In seiner freien Hand hält er einen Fisch, einen silbrigen, zappelnden Körper. Er streckt ihn mir entgegen. *Essen.*

Im ersten Augenblick zucke ich zurück, doch dann sehe ich, dass Sami und Magda stehen geblieben sind und das Tier in seiner Hand mit hungrigem Blick anstarren.

»Wie hast du ihn gefangen?«, frage ich. »Gibt es hier noch mehr davon?«

Er nickt und deutet auf einen der Felsen neben uns. Schatten huschen an seinem Fuße im Wasser, schlanke, glänzende Leiber.

»Bleibt alle stehen«, rufe ich sofort entschlossen über die Köpfe der Menschen hinweg. »Finn, wir brauchen dich hier!«

Überrascht halten die Flüchtlinge am anderen Ende des Zuges inne. Lydia, Finn und andere *Geárds* schieben sich zwischen ihnen hindurch.

»Was soll das?«, ruft Lydia erbost. »Warum hältst du den Marsch auf?«

Doch dann sieht sie, was ich sehe, und hält inne.

Das Kind hat sich hingekniet, als spürte es die Kälte nicht. Es lacht, die Hände ins Nass gestreckt. Das Wasser um ihn herum brodelt von den Flossenschlägen silbriger Leiber, Fische, die sich um ihn tummeln, die schnappenden Mäuler zu ihm gewandt. Und noch mehr flitzen durch die plätschernden Fluten auf ihn zu.

Schon hat Raghi einen Ast von einem tiefhängenden Baum gerissen. Mit einer raschen Bewegung sticht sie damit ins Wasser und spießt den ersten Fisch auf. Sie reicht ihn an Magda weiter und reißt den nächsten Ast vom Baum.

Finn fängt meinen bittenden Blick auf und versteht sofort. Er streckt seine Hände vor sich aus wie eine Schale, Flammen schießen aus seinen Fingern hervor. Magda hält den Fisch über das Feuer, und im Nu färbt sich sein Silber braun und knusprig. Der Duft nach Gebratenem steigt zu uns auf.

»Und wenn sie giftig sind ...« Lydia verstummt. Unter den gierigen Händen der Flüchtlinge wird der Fisch beinah in der Luft zerrissen, weißes Fleisch in hungrige Münder gestopft. *Mehr, mehr.* Raghis geschickte Hände und die Hilfe der anderen *Geárds* reichen kaum aus, um die Nachfrage zu stillen. Finn lacht, die brennenden Hände immer noch ausgestreckt – und ehe ich weiß, was ich tue, springe ich zu ihm und drücke ihm einen Kuss auf die Lippen. Magda pfeift durch die Zähne, die anderen, die nicht gerade den Mund voller Fisch haben, stimmen johlend mit ein.

Erst, als ein Mann einen enttäuschten Fluch ausstößt, drehe ich mich um. Das Waldkind hat sich aufgerichtet. Sein Blick ist finster, seine Fäuste geballt. Die silbernen Leiber flitzen in alle Richtungen davon, vergeblich jagen zwei *Geárds* noch mit ihren Ästen hinter ihnen her.

Gänsehaut kriecht an meinen Armen empor. Ich fange Raghis Blick auf. Sie hatte recht. Er will mich nicht teilen.

Mit schnellen Schritten bin ich bei ihm, packe bittend seine Fäuste, doch er wendet sich ab und schüttelt den Kopf.

»Das muss reichen«, knurrt Lydia hinter mir. »Teilt die letzten Fische auf, und dann geht es weiter.«

Ihrem Befehl wird rasch Folge geleistet. Niemand ist wirklich satt geworden, doch die Nahrung hat allen neue Kraft gegeben. Und so folgen wir dem Bachlauf zwischen dem dunklen Nadelgehölz hindurch, während sich graue Wolken über uns ballen. Ich spüre meine Zehen längst nicht mehr, als wir endlich das Signal erhalten, aus dem Wasser zu steigen. Zeitgleich beginnt es zu tröpfeln, und wir schlüpfen fröstelnd in unsere Stiefel. Trockenen Fußes, doch mit immer nasser werdender Kleidung marschieren wir weiter – immer noch am Rande des Baches, zwischen moosigen Felsen und Kieselsteinen, der Wald dahinter wie eine undurchdringliche Mauer im Regendunst.

Es muss bereits Mittag sein, als das Nieseln aufhört und der Himmel über uns aufreißt. Der Bach wird tiefer, das Wasser braust und tost über rundgeschliffene Steinblöcke. Bald müssen wir klettern, und die kleineren Kinder werden auf den Rücken der Männer und Frauen getragen.

Der Junge hält sich dicht neben mir, doch immer noch weicht er mürrisch meinen Blicken aus. Finn hält Abstand. Ich spüre, dass er uns beobachtet. Ich glaube, er hat die Eifersucht des Kleinen bemerkt, und mein Herz schlägt dumpf und beklommen, denn auch wenn ich mich sehr nach ihm sehne, bin ich gleichzeitig froh, dass er fernbleibt. Der Junge braucht Zeit, sage ich mir. Er hat doch nur mich. Doch seine Nähe fühlt sich auf einmal schwer an, wie ein Mühlstein um meinen Hals.

Der Bachlauf vertieft sich zu einer Schlucht, kaum mehr passierbar für uns.

»Wir haben heute schon ein ordentliches Stück geschafft«, ruft Lydia. Sie geht die Reihen entlang, redet mit den Frauen und beugt sich zu den Kindern hinab, hat ein aufmunterndes Wort für alle. »Ab jetzt geht es wieder durch den Wald.«

Wir kommen allerdings nur einen Steinwurf weit, dann machen wir inmitten des Nadelgehölzes eine Rast. Ein Strauch, den Magda gefunden hat, liefert eine Handvoll vertrockneter Beeren vom Vorjahr für jeden. Viel zu rasch sind sie in den Mündern verschwunden. Der Rest des Hungers wird mit dem mitgebrachten Bachwasser gestillt, das danach in meinem Bauch schwappt.

Mir ist ein bisschen übel. Finn ist weit weg, zwischen den anderen Geárds. Dafür setzt sich Barnabas neben uns. Als er über seine Laute streicht, zaubert er das erste Lächeln seit Stunden auf das Gesicht des Jungen, der sich plötzlich wieder zufrieden an mich kuschelt. Auch Raghi lächelt, und sie mustert Barnabas mit einem liebevollen Gesichtsausdruck. Es ist nicht der Ausdruck, den ich vermutlich habe, wenn ich Finn anschaue, eher das stille Leuchten schwesterlicher Zuneigung.

Schwester. Meine Übelkeit wird stärker, wie eine dunkle Vorahnung. Und sie behält recht.

Gerade, als wir unsere wenigen Habseligkeiten zusammensuchen, um weiterzugehen, tritt ein Mann zwischen den Bäumen hindurch. Er ist einer unserer Späher, und seine Miene trägt die unheilverkündenden Anzeichen schlechter Nachrichten.

»Vier Soldaten«, keucht er. »Höchstens sechs Steinwürfe vor uns.«

»*Bas mallaichte!*« Lydia ballt die Fäuste. »Haben sie Hunde dabei?«

Er schüttelt den Kopf.

»Dann auf, auf, Leute«, ruft sie. »Zurück zur Schlucht! Wir müssen versuchen, ihnen auszuweichen.«

Barnabas schwingt sich seine Laute auf den Rücken, ich packe die Hand des Jungen. Wir rennen los, so schnell uns die Füße tragen. Nadelzweige peitschen uns ins Gesicht. Alle sind blass vor Furcht. Die Kinder weinen, und die Mütter herrschen sie an, still zu sein.

Schon sind wir zurück an der Schlucht, und der Pfad, der

vorhin unpassierbar erschien, ist nun unser einziger Ausweg. Wir steigen die Felsen entlang. Das Tosen des Bachs unter uns übertönt jedes andere Geräusch. Dank des täglichen Kletterns im Hort sind die meisten Flüchtlinge gewandter als ich, und auch das Waldkind springt von Stein zu Stein wie eine Gämse. Ich will ihnen nicht zur Last werden. Mit zusammengebissenen Zähnen schiebe ich mich den Bergpfad entlang, ignoriere den Schmerz der rasch aufgeschürften Finger.

Nur ein paar *Geárds* sind noch hinter mir. Sie haben unsere Fußspuren im Wald mit Zweigen verwischt. Hunde hätten sie damit nicht täuschen können, doch Menschen vielleicht. Ich hoffe es zumindest.

Schon ist unser Einstieg hinter der ersten Biegung verschwunden, doch wir klettern weiter, tiefer und tiefer in den Schatten der Felsen, die bald wie baumhohe Klippen über uns aufragen.

»In einer Meile kommt ein Ausstieg«, keucht der Späher hinter mir. »Dies ist sogar ein kürzerer Weg als der Pfad durch den Wald.«

Wenn er mich damit aufmuntern will, gelingt es ihm schlecht, doch ich ringe mir trotzdem ein schiefes Lächeln ab. Er erwidert es mit einem freundlichen Zwinkern, ehe er an mir vorbeiklettert. Ihm folgen die anderen *Geárds*, sodass ich nun die Letzte in der langen Reihe der Flüchtigen bin.

Die Schlucht verbreitert sich jäh. Unter uns sammelt sich der Bach in einem Becken, ehe er weiter vorne als Wasserfall eine schmale Klamm hinabspritzt. Der Kletterpfad wird hier ein bisschen breiter, sodass die Menschen wieder nebeneinander gehen können. Sogar ein paar Bäume und Büsche gibt es hier, ihre dicken Wurzelstränge ziehen sich über die Steine. Einige Trauerweiden lassen ihre Zweige ins Becken hängen, dessen tiefblaues Wasser im Sonnenlicht glitzert. Ich halte inne, um mir eine verschwitzte Haarsträhne aus der Stirn zu wischen, da klettert das Waldkind zu mir herab.

Als ich weitergehen will, packt es meine Hand. Sein bleiches Antlitz ist ernst, die Augen aufgerissen.

»Was ist los?«, frage ich, doch es schüttelt den Kopf.

Nicht weitergehen.

»Warum nicht?« Ächzend blicke ich an ihm vorbei zu den anderen. Sie marschieren vor uns zwischen Wurzeln und Steinen auf den Wasserfall und die Klamm zu, die vor ihnen wie ein schwarzer Spalt in den Wänden klafft. Nur Raghi ist stehen geblieben, ein Stück von uns entfernt, und wartet mit fragender Miene auf uns.

Sie kommen. Er hält mich fest.

Ich keuche auf. »Dann müssen wir uns beeilen!«

Doch er hört nicht auf mich, zieht mich stattdessen den Hang hinab und auf das Wasserbecken zu, an dessen Rand die Wurzeln der Weiden einen dichten Vorhang bilden. Der Junge ist unglaublich stark, stärker als ich.

Furcht packt mich mit eiserner Faust.

»Lass mich los!«, rufe ich. Sofort macht Raghi kehrt, eilt auf uns zu.

Ein Schrei ertönt vor uns, vielfach von den Felswänden zurückgeworfen. Ein *Geárd* sinkt zu Boden. In seiner Brust sehe ich einen Armbrustbolzen.

Noch mehr Bolzen fliegen, klacken gegen die Felswände.

Der Späher stolpert, brüllend vor Schmerz. Ein Bolzen steckt in seiner Schulter. Er versucht, sich an einem Baumstamm festzuhalten, und greift ins Leere. Vornüber stürzt er hinab, schlägt bäuchlings auf dem Wasser auf, das in einer Fontäne emporspritzt. Er rudert mit den Armen, prustet, keucht. Ich schreie auf vor Entsetzen, und ich bin nicht die Einzige. Schatten huschen unter der glitzernden Oberfläche, zahnbewehrte Mäuler tauchen empor, packen den Mann und ziehen ihn in die Tiefe. Jäh färbt sich das Wasser rot.

Die Flüchtigen drängen nach vorne und hinten, Kinder kreischen und drücken sich an ihre Mütter.

»Halt!«, ruft eine Stimme von oben. Soldaten tauchen dort am gegenüberliegenden Rand der Felsen auf, ihre Waffen zielen auf uns. »Bleibt stehen, oder wir schießen erneut!«

Mein Herz hämmert in der Brust. Wir sitzen in der Falle. Und immer noch zieht das Kind an meiner Hand, zieht mich ohne Unterlass auf die brodelnde Wasserfläche zu. Raghi macht zwei vorsichtige Schritte in unsere Richtung, als sich ein Bolzen vor ihr in den Boden bohrt.

»Ich sagte, stehen bleiben!«

Der Jäger mit dem Schnauzbart. Er ist nur vier Mannslängen über uns, sein Gesicht zu einer finsteren Grimasse verzogen. »Wer ist euer Anführer?«, brüllt er.

Neben ihm erscheint Maeve an der Kante der Schlucht. Mein Herz bleibt stehen. Sie sieht mich an, nein, das Kind, mit starrer, entschlossener Miene. Warum schießen sie nicht? Worauf warten sie noch?

Lydia tritt vor. »Ich bin die Anführerin«, brüllt sie nach oben, die Fäuste geballt. »Ihr verdammten Bastarde!«

Die *Geárds* hinter ihr halten ihre Bögen schussbereit, doch keiner regt sich. Träge treiben Schlieren von Blut über die Wasseroberfläche neben uns. Nur das Tosen des Wasserfalls vor uns zerreißt die Stille.

»Bastarde?« Der Jäger lacht auf. »Such die in deinen Reihen, Weib. Ihr habt etwas, das wir wollen!«

»Was soll das sein?«, brüllt Lydia zurück, doch ich weiß es schon, bevor der Jäger antwortet. Jetzt bin ich es, die die Hand des Jungen umklammert, ihn zum Stehen zwingt.

»Das Albenbalg! Rückt es raus, und ihr könnt abziehen. Ansonsten erschießen wir euch alle.«

»Nein«, flüstere ich. Die bleichen Gesichter der Flüchtlinge wenden sich zu uns um. Ich sehe Finn, Barnabas, ihre vor Bestürzung verzerrten Mienen. Ich sehe, wie Lydia entschlossen die Schultern strafft. Doch ehe sie antworten kann, ruft jemand anderes.

»Niemals!« Magda tritt ein Stück aus der Reihe und wirft einen Stein empor. »Wir lassen uns nicht erpressen, *gu dearbh*!«

Zuerst glaube ich, ihr Stein rast zurück, von einer unsichtbaren Kraft geschleudert. Doch es ist ein Bolzen, todbringend wie ein Raubvogel.

Er war auf Magda gezielt, aber er bohrt sich der Frau neben ihr in die Brust. Zwischen den anderen geht sie zu Boden.

»Nein!«, schreie ich. *Geárds* brüllen, in einem Tumult fallen und stolpern Menschen übereinander, und dazwischen höre ich das schrille Heulen der Kinder.

Meine Beine geben unter mir nach. Als der Junge mit neuer Entschlossenheit an meiner Hand zerrt, habe ich ihm nichts mehr entgegenzusetzen. Ich stolpere den Felsen hinab, in den Schatten einer der knorrigen Trauerweiden, die sich direkt ans felsige Ufer krallt. Raghis Hand greift nach mir, doch sie kommt zu spät.

Ich schreie. Ich will mich am Baumstamm festhalten, doch meine Hände verfehlen ihn. Schon meine ich, aufgerissene Mäuler zu sehen, Schatten, die unter dem Wasser lauern. Meine Hände tunken ins Nass, da werde ich herumgerissen. Die Wucht scheint mich zu zerreißen, die Welt wird dunkel.

Feuchte, haarige Flechten von Wurzelwerk streifen mein Gesicht. Ich keuche. Wo bin ich? Es ist immer noch dunkel. Doch da sind kleine Arme, die mich festhalten, ein Schemen in der Finsternis. Das Kind.

»Was?«, stoße ich aus. »Wo sind wir?«

Da es keine Antwort gibt, taste ich um mich herum. Auf drei Seiten ist Erde, klamm und feucht, dazwischen noch mehr Wurzeln. Auf der vierten Seite ist nichts, doch ich spüre einen sachten, kühlen Luftzug von dort. Mein Herz hämmert so laut, dass ich erst jetzt die Schreie höre. Durch die Wand klingen sie dumpf, aber nicht weit entfernt.

»Sie sind weg!« »Sucht sie, sucht sie!«

Eine Höhle. Das muss es sein. Doch wo ist der Ausgang? Die

Wand rechts von mir scheint etwas dünner, zwischen Wurzelfäden sickert Licht hindurch.

»Bring mich zurück«, flüstere ich. Ich lege meine Hände an die Wangen des Kindes, spüre, wie es den Kopf schüttelt. *Wir müssen weiter.*

Ich hole Luft. »Ist das hier ein Gang? Führt er fort von hier?« Das Kind nickt.

»Dann müssen wir die anderen holen«, rufe ich. Ich lege meine Finger ans Wurzelgeflecht, dort, wo die Wand heller scheint, und grabe. »Die Soldaten töten sie sonst!«

Der Junge packt meine Hände, versucht, mich am Graben zu hindern. *Komm.*

»Nein.« Ich kämpfe gegen seinen Griff an, der so unglaublich stark ist. Er versucht, mich tiefer in den Gang hineinzuzerren, doch ich stemme mich gegen die Wand. »Lass mich los! Warum willst du ihnen nicht helfen?«

Sie gehören nicht zu uns.

»Du kannst sie nicht sterben lassen!«

Nicht? Eine Verwunderung liegt in seiner Stimme, bei der mir heiß und kalt zugleich wird. *Sie sind nur Menschen.*

»So wie ich!« Voller Wut trete ich aus, und mein Fuß erwischt das Kind. Seine Hände gleiten von mir ab, es stöhnt auf, ein heller Laut voller Schmerz und Überraschung. »Hol sie rein, sonst gehe ich nirgendwohin mit dir!«

Das Kind verstummt. Ich höre tastende kleine Schritte, dann nichts mehr. Ist es fort? Ich keuche, meine Gedanken ein dunkler Strudel. Es lässt mich hier zurück, und die anderen sterben. Wie als Antwort werden die Schreie draußen lauter, und obwohl das Erdreich sie dämmt, meine ich Panik darin zu hören.

Mit fliegenden Händen grabe ich. Erde spritzt mir ins Gesicht, ich japse, meine Fingernägel brechen. Da reißen die Wurzeln wie ein Vorhang vor mir auseinander.

Ich drehe mich um. Im jäh eindringenden Licht sehe ich

das Kind, das hinter mir kauert, bleich, Tränenspuren auf den Wangen. *Du hast mir wehgetan.*

Seine stumme Stimme übertönt kaum die jäh laut gewordenen Schreie von draußen.

Es tut mir leid. Ich ziehe mich an den Wurzeln hinaus auf einen schmalen Vorsprung über dem Wasser, richte mich auf und spähe zwischen den niedrig hängenden Ästen der Weide hindurch die Felsen hinauf. Bolzen und Feuerbälle fliegen über die Klippen. Sofort ziehe ich den Kopf wieder ein. Ich keuche. Ich habe die anderen gesehen. Sie kauern unter Felsen, Büschen und niedrigen Überhängen, die Köpfe eingezogen. Mehrere liegen reglos auf dem Boden.

Und da war Raghi, nicht weit von hier. Sie hat mich ebenfalls erblickt.

Der Beschuss verebbt. »Wir können das Spiel ewig treiben!«, brüllt die Stimme des Jägers von oben. »Gebt uns das Kind, sonst erschießen wir euch, einen nach dem anderen!«

Weiß er noch nicht, dass das Kind nicht mehr unter den Flüchtenden weilt? Erneut spähe ich über den Rand, unter dem Blattwerk hindurch. Raghi starrt mich direkt an. Sie nickt, als ich auf die Leute deute, dann auf mich.

Zeig ihnen, dass ich hier bin.

Sie stupst Jefan neben sich an, zeigt auf mich. Er reißt überrascht die Augen auf und gibt die Geste weiter. Immer mehr schauen zu mir herüber. Dann erreicht die Nachricht Barnabas. Ich atme durch.

»Verflucht seid ihr – *Uilheist Mór!*«, brüllt Lydia hinauf. Sie kauert zwischen Finn und drei weiteren hinter einem Busch, die Hände um ihren Bogen gekrallt. Sie haben mich noch nicht gesehen, doch ich kann nicht warten.

Eine Höhle, gestikuliere ich zu dem Barden hinüber. Er ist der einzige außer Raghi, mit dem ich mich von hier verständigen kann. *Mit einem Fluchtweg. Lenkt die Jäger ab und schafft die Leute hierher.*

»Wie ihr wollt«, brüllt der Jäger von oben.

Ich ducke mich wieder, als weitere Bolzen fliegen, harre mit klopfendem Herzen unter dem Vorsprung aus. Werden die Flüchtlinge auf meinen Vorschlag eingehen? Oder wird Lydia nur die *Geárds* schicken, um das Kind auszuliefern? *Dann sterben wir alle.* Das Kind ist im Dunkel der Höhle hinter mir nicht mehr zu sehen, vielleicht ist es fort. Und wenn es noch da ist, wird es sich nicht fangen lassen. Es wird seine Angreifer töten, und dann erschießen die Soldaten alle anderen.

Bitte. Ich weiß nicht, wen ich anflehe, doch ich schließe die Augen. *Bitte, lass sie das Richtige tun.*

Es mag eine Minute vergangen sein oder ein halbes Leben, doch plötzlich ertönen Kampfschreie von oben.

»*Treun ey halgeach!*« »Für die Freiheit!«

Drei Herzschläge später gleitet Raghi neben mir herab, Sami auf ihrem Arm. Sie schiebt ihn in die Höhle hinein, dann richten wir uns beide auf und strecken die Hände aus. Frauen reichen uns weitere Kinder unter den schützenden Zweigen der Weide hindurch, während über ihnen Pfeile fliegen.

»Für die Freiheit!« Ich erhasche einen Blick auf die *Geárds*. Sie beschießen die Klippen über uns, spannen mit fliegenden Händen nach und zwingen die Soldaten damit in Deckung. Feuerkugeln fliegen von Finns Händen, Qualm und Flammen steigen oben vom Waldrand auf.

Wie lange sie das durchhalten können? Die Pfeilköcher leeren sich bestimmt rasch. Und da richten sich auch die ersten Soldaten auf, jagen Bolzen nach unten, bevor sie rasch wieder hinter den Felsen verschwinden.

Die Kinder sind vollzählig, und jetzt springen die Frauen zu uns herab auf die schmale bröckelnde Böschung vor der Höhle. Ich schiebe sie zu den Kindern hinein. Dabei vermeide ich den Blick auf das trügerisch glatte Wasser neben uns.

Magda landet neben mir. Keuchend hält sie sich an meinem Arm fest. Gerade will sie sich ducken, da sirrt ein Bolzen durch die Luft, durchdringt das Dickicht der Zweige und bohrt sich in ihre Kehle. Ich schreie, sie fasst sich gurgelnd an den Hals und schwankt, ihre Augen quellen vor Entsetzen aus den Höhlen.

Raghi packt Magdas Arm und bewahrt uns gerade noch vor dem Fall ins Wasser. Magdas Blut spritzt, eine schreckliche rote Fontäne, und ich gehe mit ihr im Arm auf die Knie. Weitere Bolzen sausen über uns durch die Luft, ein todbringender Hagel. Raghi schiebt Magda und mich in die Höhle hinein.

Schluchzend lasse ich Magda zu Boden sinken, während draußen die Bolzen niedergehen. Ich halte die Hände an ihre Kehle, als könnte ich den Blutfluss zum Stocken zwingen. Immer noch starrt sie mich an, versucht Worte zu formen, doch es dringt nur ein Rasseln aus ihrem Mund. Dann kippen ihre Augen zur Seite, und sie verliert das Bewusstsein.

Aus den Augenwinkeln sehe ich Barnabas die Böschung herabspringen. Er schlüpft zu uns herein, beugt sich mit schreckgeweiteten Augen über Magda. Um uns drängen sich die Menschen, dunkle, zitternde Körper, ein Chor aus ersticktem Atem und Wimmern. Zu viele, zu eng.

»Geht«, flüstere ich Barnabas zu. »Wir kommen nach. Geht!«

Er nickt. Schon taucht er in die Höhle, zwischen den anderen hindurch. Feuerstein ratscht über Zunder, eine kleine Flamme leuchtet auf und verschwindet gleich wieder.

»Folgt mir«, ruft der Barde den anderen zu. »Tiefer in die Höhle!«

Die Enge löst sich auf, die Menschen schieben sich weiter, während über uns der Beschuss weitergeht.

»Wo ist Mam?«, höre ich Samis panische Stimme. »Wo ist sie?« Seine Schreie verklingen in der Dunkelheit hinter mir, als sich der Tross fortbewegt. »Mam! Mam!«

Schluchzend halte ich Magda fest, spüre das Blut zwischen meinen Fingern hindurchrinnen.

Ein *Geárd* verdunkelt den Eingang, hinter ihm noch einer. Raghi winkt sie vorbei. Eine kleine Hand schiebt sich unter meine, tastet über Magdas blutnassen Hals. Zuerst glaube ich, es sei Sami, doch es ist das Waldkind. *Du bist da.*

Erleichterung durchströmt mich. *Kannst du sie heilen?*

Der Junge schüttelt den Kopf. Mit einem Ruck zieht er seine Hand wieder unter meiner hervor.

Mein Herz wird taub. Doch ich kann Magda nicht loslassen, noch nicht. Zwei weitere *Geárds* drücken sich an mir vorbei. Von oben erklingen keine Kampfrufe mehr, sondern Schreie von Schmerzen und Tod.

Raghi packt mich, will mich in die Höhle hineinziehen, doch ich schüttle den Kopf. *Noch nicht.*

Jefan verdunkelt das Licht, seine bärenhaften Schultern passen kaum durch den Höhleneingang. Ich deute auf die Gruppe, und entschlossen poltert er an uns vorbei. Nach ihm kommt so lange keiner mehr, dass ich glaube, mein Herz bleibe stehen. Die Schreie über uns verebben, ich atme nicht mehr.

Doch dann kommt er. Finn. Ein Feuerball glimmt in seiner Hand auf, beleuchtet sein fahles Gesicht.

»Magda!« Er beugt sich über die reglose Frau. »Heile sie«, ruft er dem Kind zu, das sich neben mir an die Wand drückt. »Schnell!«

»Das kann er nicht«, flüstere ich mit erstickter Stimme. »Sie ist tot.«

Er keucht auf. Sein Feuerball zittert, droht zu erlöschen. Dann legt er seine Hand auf meine, löst sie von der Toten.

»Wir müssen gehen.«

»Und die anderen?«, stoße ich aus. »Lydia?«

Er schüttelt den Kopf. Schatten zerfurchen sein Gesicht, seine Hand bebt in meiner. Ich will es nicht glauben, doch ich muss, und ich schluchze auf, ein schriller, fremder Laut wie von einem Tier.

Er zieht mich in die Höhe.

»Nein.« Ich kämpfe gegen das Schluchzen an, das mir Stimme und Atem abschnürt. »Noch nicht. Die Jäger dürfen uns nicht folgen.«

Ich winde meine Hand aus seinem Griff, fasse das Kind an den Schultern. Ohne dass ich es sagen muss, weiß es, was ich von ihm will. Es streckt die Hände aus. Bläulich flirrt die Luft, als Ranken und Wurzeln über den Boden schlängeln. Sie winden sich um Magdas stillen Körper wie Schlangen, gleiten über das fahle Licht des Eingangs und wuchern ihn zu.

Rasch hüllt uns Dunkelheit ein, Finns Feuerball bleibt als einzige Lichtquelle. Ich keuche. Die plötzliche Enge schließt sich um meine Kehle wie eine Halszwinge aus Eisen.

Wir weichen zurück, während die Wurzeln Magda einhüllen, in einem Gewirr, das immer dichter wird. Über uns poltert es im Fels, als sich das Erdreich unter der Macht der Pflanzen beugt. Krumen lösen sich von der Decke, Steine poltern herab. Staub füllt meine Kehle. Hustend drängen wir zurück, immer tiefer in die Erde, dann wenden wir uns ab. Finns Feuer wirft flackernde Schatten auf die Wände des niedrigen Gangs, der sich vor uns waagrecht in den Felsen bohrt, zerklüftet und uralt. Ich schlinge die Arme um mich. Die Luft ist modrig, als hätte sie seit Jahrhunderten hier verharrt.

Finn geht voraus, sein Körper ein schwarzer Schemen im Licht. Wir steigen über Wurzeln und kleine Felsbrocken, dann biegen wir um einen Vorsprung und sehen die anderen. Sie sind stehen geblieben, eine Herde ängstlicher Rehe, die gegen Finns Feuerschein anblinzeln.

Das Waldkind schiebt seine Hand in meine.

»Wohin führt der Gang?«, frage ich ihn, obwohl ich die Antwort schon kenne. Ich sehe sie im kindlich freudigen Leuchten seines Gesichts, unbeeindruckt von all dem Schmerz um ihn herum. Er lacht auf.

Nach Hause.

Eva

Einer der Soldaten lässt mich an einem Seil die Wand hinunter. In der niedrig stehenden Abendsonne huscht mein Schatten über die Felsen wie das verzerrte Abbild einer Riesin.

Sobald meine Füße festen Boden berühren, binde ich mich los und wende mich um. Die Jäger sind bereits in der Schlucht. Unsere Patrouille, die die Rebellen Richtung Klamm trieb, ist eingetroffen, und Wylie und Rois durchkämmen mit ihr die Felsvorsprünge und Büsche. Der Heiler überprüft die Erschossenen vergeblich auf Lebenszeichen. Es sind acht Leichen. Männer und Frauen, doch keine Kinder, was mich wundert.

Sie glaubten, wir hätten ihre Spur am Wasser verloren, doch da unterschätzten sie die Fähigkeit unserer Jäger, Fährten zu lesen. Ein paar abgeknickte Zweige, ein schlammiger Handabdruck an den Felsen, und wir wussten, dass sie dem Bachlauf folgten. Luka und Wylie kennen den Wald wie niemand sonst. Sie fassten den riskanten Plan, uns aufzuteilen, um die Rebellen vor dieser Klamm in die Falle zu treiben.

Der Plan ist aufgegangen. Aber auch wir sind nicht ohne Tote davongekommen. Ein Feuerball des verdammten Rebellenbrenners hat einen meiner Soldaten erwischt. Er ist von den Felsen gestürzt und liegt jetzt verkohlt und verdreht zwischen den anderen Leichen.

Ich atme tief durch und eile zu Luka. Er kauert an der Böschung, unter der sie verschwunden sind.

»Verdammt!« Er klopft mit den Händen über das Erdreich zwischen den Wurzeln, die zum Wasser hinunterwuchern wie ein Vorhang. »Hier ist nichts! Als hätte der Boden sie einfach verschluckt.«

»Das war das Albenkind.« Ich widerstehe dem Impuls, gegen die Wurzeln zu treten. Wieder sind sie uns knapp entwischt. »Unter den Felsen gibt es bestimmt Höhlen. Es muss ihnen einen Eingang geöffnet haben.«

Luka schüttelt den Kopf und richtet sich auf. »Dann stecken sie immer noch irgendwo da unten.«

»Wer weiß«, knurre ich wütend. »Vielleicht haben sie auch einen anderen Ausgang gefunden. Oder Gänge, die sonst wohin führen.«

»Dann haben wir keine Chance, sie zu finden«, sagt Rois hinter mir. »Ich sage, wir kehren um.«

Er hält sich den Arm, den unser Heiler bisher nur notdürftig behandelt hat. Eine der Feuerkugeln des Brenners hat auch ihn gestreift. Er stinkt nach Rauch, sein Mantel ist völlig verkohlt.

»Dann geh doch heim.« Ich balle die Fäuste. »Ich gebe nicht so schnell auf.«

Rois schnaubt nur. »Was sagst du, Luka?«

Luka blickt nachdenklich von ihm zu mir, dann auf die Wurzeln zu unseren Füßen. »Ich frage mich, warum das Balg den Rebellen dauernd hilft«, murmelt er. »Das sieht den Alben gar nicht ähnlich.«

Da muss ich ihm recht geben. Und ich habe eine Ahnung, auch wenn sie mich nicht unbedingt beruhigt. *Cianna.* Auf irgendeine Weise hat sie das Kind im Griff. Oder hat das Kind sie im Griff? Mich fröstelt es plötzlich.

»Wir werden es nur rausfinden, wenn wir weitermachen«, stoße ich aus. »Was haben wir zu verlieren? Es ist schon spät. Wenn wir jetzt umkehren würden, kämen wir eh nicht mehr weit. Lasst uns hier an dem geschützten Fleck unser Nachtlager aufschlagen. Das verschafft Rois und Wylie noch ein paar Stunden, in denen sie mit dem Hund die Umgebung durchkämmen können. Vielleicht stoßen sie auf einen Ausgang. Meine Soldaten und ich werden den Rest des Tages hier graben. Wenn wir nichts finden, hauen wir morgen in der Morgendämmerung ab. Aber ich verwette mein Schwert darauf, dass wir was finden. Menschen lösen sich nicht einfach in Luft auf. Vor allem keine Frauen und Kinder, die ihre Anführerin verloren haben.«

Ich nicke zur Leiche der kurzhaarigen Frau mit der grimmigen Miene hinüber, die vorhin mit Luka verhandelt hat. Sie liegt auf dem Bauch. Luka hat ihr einen Bolzen in den Rücken gejagt, während sie als eine der Letzten versuchte, zu fliehen.

»Meinetwegen«, knurrt Luka. »Ihr könnt den Rest dieses verdammten Tages haben. Aber erst werfen wir die Leichen ins Wasser.« Er schaut zu den riesigen Krähen hinauf, die kreischend über uns ihre Kreise ziehen. »Nicht, dass sie weitere Aasfresser anziehen.«

Wortlos machen sich die Jäger ans Werk. Das Wasser brodelt unter den Leichen auf. Ich schaue lieber nicht genauer hin, wer da sein Festmahl gefunden hat. Die Bestien dieses verdammten Waldes warten doch nur darauf, dass wir Schwäche zeigen.

Ich packe die Axt, die Wylie mir aushändigt, und schlage sie in die Wurzeln, wieder und wieder. Bald läuft mir Schweiß über die Stirn. Die Abendsonne ist längst hinter den Klippen verschwunden. Doch ich gebe nicht auf. Niemals. *Ich finde euch, und wenn es das Letzte ist, was ich tue.*

Cianna

Der Gang windet sich vor uns weiter und weiter. Längst müssen wir die Felsen der Schlucht hinter uns gelassen haben. Finns Feuerkugel huscht über steinerne Zacken und Wurzelstränge, Schatten tanzen, als wären sie lebendig. Ich umklammere die Hand des Kindes. Die Enge des Gangs schnürt mir die Kehle zu, die Vorstellung der schweren Masse an Steinen und Erdwerk über uns erdrückt mich. Alle Geräusche hier unten wirken gedämpft, selbst Samis anhaltendes Schluchzen. Er hat seine Ärmchen um Barnabas' Hals geschlungen, und der Barde trägt ihn mit bleichem, traurigem Gesicht.

Neun Menschen haben wir bei diesem Überfall verloren. Neun gegen das Leben des Alvae. Zumindest glaube ich, diesen Vorwurf in manchen Gesichtern zu lesen, doch vielleicht sind es auch nur die Schatten hier unten, die die Mienen zu finsteren Fratzen verzerren, ehe sie weiterhuschen, immer tiefer ins Erdreich hinein.

Es muss etwa eine Stunde vergangen sein, als sich der Gang endlich zu einem größeren Raum weitet. Von hier führen mehrere Gänge in alle Richtungen. Von der Decke hängen Wurzelfäden wie vermoderte Vorhänge, der schwarze Erdboden ist feucht. Wasser schwimmt in dunklen Pfützen, doch keiner traut sich, es zu trinken. Mit einem Seufzer lasse ich mich zu Boden sinken, kauere mich zwischen Raghi und das Kind. Nicht nur das Erdreich drückt schwer auf mein Gemüt, sondern auch der Verlust von Magda und Lydia, diesen starken, doch so unterschiedlichen Frauen, die beide auf ihre Art für das Wohl der Gruppe sorgten.

Finn kniet sich vor uns. Er blickt nicht mich an, sondern das Waldkind.

»Welchen Gang sollen wir wählen?«, fragt er leise, und ich sehe ihm nicht nur Erschöpfung, sondern auch Unbehagen darüber an, dass der Junge der Einzige ist, der sich hier unten zurechtzufinden scheint.

Das Kind deutet ohne Zögern auf die gähnende Schwärze des Gangs, der rechts von uns abzweigt.

Finn nickt und gesellt sich zu Barnabas, der immer noch Sami auf dem Arm hält. Sie flüstern, während sich die Flüchtlinge um sie scharen. Jefan hackt mit seiner Machete auf Wurzelstränge ein, aber trotz seiner Bärenkräfte reißt er sie nur mit größter Mühe heraus. Finn entzündet die ersten Hölzer als Fackeln. Die feuchten Wurzeln qualmen mehr, als dass sie brennen, und nur ein leiser Luftzug aus den Gängen verhindert, dass die Luft zu stickig zum Atmen wird.

Barnabas gibt Sami an Finn, dann geht er die Reihen ab, wie es vor wenigen Stunden noch Lydia tat; erkundigt sich nach dem Befinden, streicht den Kindern über die Köpfe und sammelt die wenigen essbaren Reste ein, über die wir verfügen. Wie durch ein Wunder ist niemand der Überlebenden ernsthaft verletzt, sie haben nur ein paar Schrammen und Beulen abbekommen. Keiner kommt zu uns, zum Kind, um sich behandeln zu lassen, und diese Erkenntnis lässt etwas in mir verkrampfen. Das Kind hat sich mir anvertraut, es hat mich gerettet und beschützt, und ich liebe es, als wäre es mein Fleisch und Blut. Und doch nagt da ein Zweifel an mir, eine unheildrohende, immer lauter werdende Stimme. Sie sind anders als wir – und nicht unsere Freunde. Die Tragweite von Barnabas' Warnung wird mir jetzt bewusst, da das Wohlergehen aller vom Willen des Kindes abhängt. Und da sind auch noch unsere Verfolger. Eine dunkle Ahnung sagt mir, dass wir sie keineswegs abgeschüttelt haben. Nicht den Jäger, der zu allem bereit scheint, nicht Maeve mit ihrem hasserfüllten Blick.

Finns Stimme unterbricht meine Grübeleien. Er ruft zu

einer Abstimmung auf. Ein neuer Anführer muss gewählt werden.

Raghi und ich enthalten uns der Stimme. Das Ergebnis überrascht mich kaum. Barnabas und Jefan haben dieselbe Zahl an Fürsprechern – und rasch einigen die beiden sich, das Amt gemeinsam auszufüllen.

Neue Entschlossenheit kehrt in die Gruppe ein, nun, da diese wichtige Entscheidung getroffen ist. Wir machen uns zum Aufbruch bereit. Auf Jefans Anweisung hin bilden wir nun die Spitze des Trupps – Finn mit seinem Feuerlicht, das Waldkind und ich. Raghi hält sich wie ein Schatten direkt hinter uns. Wir marschieren schweigend voran, während die Zeit so klebrig wie Baumharz dahintropft. Es muss inzwischen Abend sein. Mehrmals kommen wir an Abzweigungen vorbei, und das Kind zeigt uns den Weg.

Mit der Zeit wird der Gang schmaler, der Boden unebener. Wir werden langsamer. Bald müssen wir uns zwischen Wurzeln hindurchzwängen, und als ich sie berühre, fühlen sie sich warm und glitschig an, lebendig wie Schlangen. Wasser rinnt an ihnen herab, und unsere Stiefel versinken im Schlamm.

Schatten wandern über die Wände. Als Finns Feuerkugel sie einfängt, schrecken wir mit einem Keuchen zurück. Es sind Käfer, handtellergroß, mit schwarz glänzenden Rückenpanzern und fingerlangen, gekrümmten Mandibeln, die wie Zangen nach dem Licht schnappen, ehe sie rückwärts wegkriechen. Sie erinnern mich an Krebse in einem Flussbett. Zögernd gehen wir weiter, doch es werden immer mehr neben und über uns, bevor sie vor uns den Weg verstopfen, ein krabbelndes, zangenklapperndes Gewühl, das nur träge vor dem Licht davonweicht.

Raghi stößt einen dumpfen, tonlosen Schrei aus und schlägt auf ihr Gesicht ein. Blut tropft zwischen ihren Fingern hervor. Einer der Käfer hat sich mit den Zangen in ihre Wange gekrallt. Mit einem Satz ist Finn bei ihr, und erst, als er mit

Feuerhänden den Käferpanzer berührt, lässt das Tier los und fällt mit einem Knacken zu Boden. Wimmernd hält Raghi ihre Wange. Ich lege ihr die Hand auf die Schulter. Ihre verletzte Gesichtshälfte schwillt an, die Wunde leuchtet rot wie ein Hornissenstich.

»Wir kommen hier nicht weiter«, stößt Finn aus. »Gibt es einen anderen Weg?«

Das Waldkind scheint ihn indes nicht gehört zu haben. Mit verträumter Miene streicht es über die Panzer der Käfer, die sich neben ihm sammeln, als wären sie Schoßtiere und keine furchterregenden Insekten. Ich lasse Raghi los und trete zu ihm, doch er ignoriert auch mich, so vertieft ist er in sein Spiel. Schon krabbeln sie an ihm vorbei auf mich zu.

»Zurück«, ruft Finn warnend den anderen zu. »Zurück!«

Als auch ich nach hinten weiche, stolpere ich über eine Wurzel und bekomme gerade noch eine andere zu fassen. Das Holz unter meinen Händen fühlt sich erneut warm an, lebendig. Wurzelfäden streichen über meine Hand, als ob sie mich liebkosten. *Cianna.* Erneut ist mir so, als raune der Wald meinen Namen. Plötzlich erlischt meine Angst. Ich lege beide Hände auf das Holz. *Lasst uns vorbei.* Mit entschlossenem Blick fixiere ich die Käfer. *Wir sind nicht eure Feinde.* Sie halten inne. Ihre Zangen verharren zitternd in der Luft, als lauschten sie mir. Das Waldkind dreht sich zu mir herum, ein erstauntes Lächeln auf den Lippen.

Lasst uns vorbei, wiederhole ich stumm, und das Unglaubliche geschieht: Die Tiere weichen in die Schatten der Wände zurück. Nur eines nicht. Der größte der Käfer, sein Panzer so breit und rund wie ein Kinderkopf, krabbelt auf mich zu. Seine Zangen klappern suchend in der Luft, und dann berühren seine Vorderfüße meine Finger.

»Vorsicht«, zischt Finn und will mit Feuer nach ihm greifen, doch ich schüttle abwehrend den Kopf.

»Geht«, flüstere ich. »Schnell. Führ die Leute an mir vorbei.«

Er zögert, doch in meinem beschwörenden Blick muss er lesen, dass ich es ernst meine, also nickt er und winkt den Flüchtlingen.

Die Füße des Käfers tasten über meine Hand, erforschen sie wie einen fremden Leckerbissen. Sie fühlen sich klebrig an, ihr Kribbeln und Krabbeln jagt mir einen Schauer über den Rücken. Doch ich atme tief durch und unterdrücke jede Bewegung. Angst ist hier fehl am Platz. Diese Tiere sind nicht böse, ebenso wenig wie der Wald. Genauso fremd, wie sie uns erscheinen, müssen auch wir für sie sein.

Mit bleichen Gesichtern drücken sich die Menschen an mir vorbei, eilig und still, mit eingezogenen Schultern und Armen, um nicht die Wände zu berühren. Barnabas nickt mir zu, ich glaube, Ehrfurcht in seinem Blick zu lesen. Als Letztes gehen Raghi und Finn. Nur das Waldkind bleibt neben mir.

Sachte streiche ich mit den Fingern über den glatten, harten Panzer. *Wir müssen gehen.* Mit klappernden Zangen zieht sich das Tier zurück, und ich packe den Jungen an der Hand, folge leisen Schritts den anderen, während sich die Käfer hinter uns wieder wispernd und rasselnd im Dunkel verteilen.

Waldfrau hat der Barde mich genannt. Der Name klingt in mir nach, während wir zum Licht der anderen aufschließen. Da ist eine Verbindung zwischen mir und dem Wald und all seinen Geschöpfen, ein dünner Faden wie die Saite einer Laute, die in fremdartig geflüstertem Gesang schwingt. All die Träume, die Sehnsucht nach den verborgenen Pfaden in seinen Tiefen. Der Deamhain hat schon immer zu mir gesprochen, doch jetzt erst bin ich wirklich bereit, ihm zu lauschen.

Raghi reißt mich aus meinen Gedanken. Sie taumelt. Ich packe sie am Arm, bewahre sie gerade noch vor dem Fall. Ihre Augen glänzen fiebrig, auf ihrer geschwollenen Wange pocht zwischen den Feuermalen eine riesige blaurote Beule. Mein Herz hämmert vor Sorge.

»Was ist mit dir?«, rufe ich. Auch Finn ist stehen geblieben.

Seine Feuerkugel taucht uns in warmes Licht, das Raghis fahle Blässe noch deutlicher hervortreten lässt.

Gift, formen ihre Hände in schwachen Gesten. *In den Käferzangen*. Dann verdrehen sich ihre Augen. Sie stöhnt, weiße Schaumbläschen zittern auf ihren halb geöffneten Lippen.

Ich bette ihren Kopf auf meinen Schoß.

»Hilf ihr«, bitte ich den Jungen. »Schnell.«

Er zögert.

»Bitte«, flehe ich. Zu meinem Entsetzen schüttelt er den Kopf.

»Sie ist meine Freundin«, rufe ich. »Ich brauche sie.«

Ein verstockter Ausdruck tritt auf sein Gesicht, das Schmollen eines wütenden Kindes. *Du brauchst doch nur mich*, gellt seine Stimme in meinem Kopf. *Aber immer muss ich was für die Menschen tun. Immer und immer. Und du tust gar nichts für mich.*

Das stimmt nicht! Vor Wut packe ich seine Hand so fest, dass ein gewöhnliches Kind mit einem Schmerzensschrei reagiert hätte. Doch ihn lässt es unbeeindruckt, ebenso wie mein weiteres Flehen.

Ich will sie nicht hierhaben, sagt er, klein und störrisch, die Augen zu Schlitzen zusammengekniffen. *Die Menschen gehören nicht in den Wald. Nicht zu uns.*

Ich will ihn hassen für seine Gefühllosigkeit, doch ich kann es nicht. Mein Herz hämmert gegen die Brust, und die unheilvolle Ahnung, die mich seit Stunden nicht loslässt, schwappt über mich wie ein Guss eiskaltes Wasser.

Ich blicke auf Raghi hinab, die den Atem in schwachen, keuchenden Zügen ausstößt. Sie liegt im Sterben. Und das ist meine Schuld. Ich habe sie hierhergebracht, wie sie alle. Weil ich mir den Jungen menschlicher träumte, als er ist. Weil ich von ihm forderte und forderte, Dinge, die er weder geben noch verstehen konnte. Jetzt ist es an mir, mein schreckliches Versäumnis wiedergutzumachen.

Du hast recht, sage ich stumm. *Die Menschen gehören nicht hierher. Doch sie liegen mir am Herzen, denn ich bin eine von ihnen.*

Das Kind zischt.

Hör mir zu! Ich drücke seine Hand erneut fester. *Rette sie ein letztes Mal. Zeig ihnen einen Ausgang aus diesen Höhlen. Dann gehe ich mit dir. Ich allein.*

Versprochen? In seinen Augen blinkt ein Funke, ein erwartungsvolles Leuchten.

Ich hole tief Luft, mein Herz bäumt sich in einem einzelnen harten Schlag auf. *Versprochen.*

*

In der nächsten Stunde fühle ich mich wie unter einem Schleier, die Welt kommt mir fern und unwirklich vor. Obwohl es bereits spät in der Nacht sein muss, folgen wir weiter den dunklen Gängen, die sich in irrwitzigen Kurven um Wurzeln und Felsen herumwinden. Raghi geht vor mir, mit dem federnden, starken Schritt einer Gesunden. Die Beule ist unter den Händen des Jungen verschwunden. Jedes Mal, wenn ich sie ansehe, weiß ich, dass ich mich richtig entschieden habe, doch dieses Wissen kommt nicht gegen die Traurigkeit an, die sich in mir eingenistet hat wie ein Insekt, das seitdem an meinem Herzen nagt.

Endlich erreichen wir eine etwas größere Kammer. Wurzeln, dick und massiv wie Säulen, bilden über uns ein Gewölbe, das im Dunkel oben verschwindet. Es ist warm hier, die Luft ist trocken und riecht nach Baumharz und Erde. Ich bin nicht sicher, woher ich das weiß, doch wir sind unter einem Baum, einem der ehrwürdigen, stillen Riesen, die ihre Blattkronen sanft im Wind wiegen. Dieses Wissen gibt mir ein vages Gefühl von Geborgenheit. Mit einem Ächzen lasse ich mich neben Raghi und dem Jungen nieder und massiere meine schmerzenden Füße. Auch die anderen Flüchtlinge kauern sich rundum an den Wänden zusammen, die Ersten schlafen direkt ein, so erschöpft sind sie. Barnabas und Jefan beraten sich leise. An ihren ernsten Blicken erkenne ich, was sie besorgt.

Das Waldkind zögert nicht mehr, als ich es stumm um Hilfe bitte. Der Preis, den ich dafür entrichten werde, ist hoch genug.

Wir gehen zu einer der baumdicken Wurzeln. Die Luft flirrt bläulich, als der Junge seine Finger über das Holz tanzen lässt. Unter seinen Händen öffnen sich kleine Löcher rund um den Wurzelstamm. Eine Flüssigkeit rinnt heraus, zäh und weiß wie Buttermilch. Ich halte meine Hand unter das Rinnsal und koste davon. Süß und klebrig rinnt das Nass meine Kehle hinab, mit einem würzigen Nachgeschmack wie Harz. Mein Magen bäumt sich auf. *Mehr.* Doch ich verharre. Ich spüre die hungrigen Blicke der Menschen auf meinem Rücken.

»Wir brauchen Gefäße«, rufe ich ihnen zu. »Alles, was ihr habt!«

Schon schleppen sie sich heran, bringen Schüsseln, Trinkschläuche, sogar Mützen. Finn tritt neben mich und hilft mir, die Gefäße zu füllen. Das Waldkind kauert sich an die Wand und beobachtet uns. Die anderen Kinder tummeln sich jetzt um mich, die Aussicht auf Nahrung hat sie wieder wach gemacht. Sie strecken die kleinen Hände aus und formen Schalen, schlürfen gierig die süße Flüssigkeit.

Selbst als alle satt sind, rinnt das Harz weiter, tropft auf den Boden und bildet kleine Pfützen, die dann im Erdreich versickern. Das Waldkind hat seine Aufgabe gut erfüllt. Das Harz sollte den Menschen auch in ein paar Stunden noch einmal eine nahrhafte Mahlzeit geben, bevor sie sich zum Waldrand aufmachen. Ohne uns. Ich presse meine Hände zusammen, als könnte ich darin Halt finden, doch der Schmerz nagt weiter an meinem Herzen.

Die meisten rollen sich zum Schlafen zusammen wie Kinder. Fünf Stunden Ruhe hat Jefan verordnet, dann geht es für die Flüchtenden weiter. Finns Licht erlöscht, als er sich neben uns legt. Wir tauschen einen langen Blick, und in seinen Augen sehe ich eine Zärtlichkeit, die mir die Kehle zuschnürt. Im rauchenden Glimmen zweier Fackeln schlafen bald alle, nur ich bleibe wach, meine Gedanken ein rastlos kreisender Vogelschwarm, der mich nicht zur Ruhe kommen lässt. Nach etwa zwei Stunden wecke ich Finn mit einer Berührung. Als er sich mit einem verschlafenen Blinzeln aufrichtet, winke ich ihm, mir in den nächsten Gang hinein zu folgen. Er stellt keine Fragen. Erst als wir etwa einen Steinwurf ins Dunkel gegangen sind, bleibe ich stehen.

Feuer erblüht in der Dunkelheit seiner Hände wie eine Rose. Es taucht unsere Gesichter in einen zarten Schimmer, der tröstend und zerbrechlich zugleich wirkt. Ich drehe mein Gesicht aus dem Licht, um meine Tränen vor ihm zu verbergen.

»Was ist los, Cianna?«, murmelt Finn. Ich weiß, er mustert mich jetzt mit besorgt gerunzelter Stirn. »Was hast du mit den Käfern gemacht?«

Vergiss die Käfer!, will ich schreien, doch ich schlucke meinen Widerspruch hinunter. Ich will ihn nicht überfallen mit dem Schmerz meiner Entscheidung. Ich muss ihm von Anfang an berichten.

Also drehe ich mich ihm wieder zu und fange seinen Blick ein, schattig und leuchtend zugleich über den Flammen, die auf seinen Fingern tanzen. Mit einer wirbelnden Bewegung formt er sie zu einem Feuerball und lässt ihn hinaufschweben, damit er die Arme für mich frei hat.

Schon bin ich bei ihm, schmiege mich an seine starke Brust und bin dankbar und traurig zugleich, dass ich ihm so nicht ins Gesicht blicken muss. Eng umschlungen lassen wir uns auf den Boden nieder, ich auf seinem Schoß, den Blick auf den Feuerball gerichtet.

»Der Wald und seine Wesen reden mit mir«, flüstere ich. »Die Käfer, die Schlangen, die Bäume. Und sie hören auf mich. Wir sind auf irgendeine seltsame Art und Weise verbunden.«

»Das ist deine Magie«, murmelt Finn. Er klingt nicht überrascht. »Ich wusste, dass du besonders bist, Cianna. Du bist ein Geschenk für uns, mit und ohne diese Gabe.«

Ein vergiftetes Geschenk. Ich schlucke gegen den plötzlichen Groll an, der mit klebrigen Fingern nach mir greift, um mich zu verwirren und abzulenken.

»Da gibt es noch mehr, das ich dir erzählen muss.«

Er schweigt, und in dieses Schweigen hinein rede ich, flüsternd und stockend, unbeholfen nach Worten suchend. Als ich ihm sage, dass meine Schwester lebt, zieht er scharf die Luft ein, doch er stellt keine Fragen. Er lässt mich weiterreden, und ich berichte von Maeves und meiner ersten Begegnung im Kerker der Bastion, von unserer zweiten Begegnung im Hort. Ich spüre, wie sich seine Schultern anspannen, als ich ihm erzähle, dass sie es war, die Brom tötete.

»Sie sind hinter dem Kind her«, wispere ich. »Der Jäger hat es den anderen zugerufen. Gleichgültig, wohin wir uns wenden, sie werden keine Ruhe geben, bis sie es haben.«

»Was haben sie mit ihm vor?« Es ist das erste Mal, dass Finn eine Frage stellt.

»Ich weiß es nicht.« Ich hebe die Schultern. »Doch sie hatten seine Mutter, dort unten in den Kerkern.«

Finn nickt, ich spüre sein Kinn an meinem Haarschopf entlangstreifen. »Ich glaube, ich habe sie dort gesehen«, flüstert er. »Eine hellblonde, überirdisch schöne Frau, übersät mit Narben und Brandwunden. Sie lag tot neben den Leichen eines Jägers und einer Soldatin. Was auch immer sie ihr angetan haben, es muss furchtbar gewesen sein.«

»Das darf dem Kind niemals passieren«, stoße ich aus.

»Nein.« Er schlingt seine Arme fester um mich, gibt mir Halt. »Wir werden es beschützen.«

Mein Herz zieht sich zusammen. »Das können wir nicht. Nicht mit all den Frauen und Kindern in unserer Obhut.« Ich packe seine Hand und drücke sie fest. Bald genug werde ich sie wieder loslassen müssen. »Der Alvae und ich müssen den Weg ab hier alleine gehen.«

»Nein!« Mit einem Ruck schiebt er mich von sich und dreht mich um, sodass ich ihn anschauen muss. Seine Haut glüht, Bestürzung und Wut färben seinen Blick dunkel wie Kohlen. »Das lasse ich nicht zu.«

Erneut steigen Tränen in mir auf, und ich wische sie nicht weg, als sie meine Wangen hinabrinnen. Ich erwidere seinen Blick, halte seine Hand fest.

»Es muss sein. Abgesehen von den Verfolgern ...« Meine Stimme bricht. »Ich habe es dem Kind versprochen. Nur deshalb hat es Raghi geheilt. Nur deshalb hat es uns vorhin Nahrung gegeben. Es ...« Ich suche nach den richtigen Worten. Finn öffnet schon den Mund, doch ich bin schneller.

»Hör mir zu«, sage ich. »Der Junge wird zur Gefahr für alle. Er ist der Menschen überdrüssig. Nur meinetwegen hat er überhaupt so lange in eurer Gesellschaft durchgehalten. Du hast seine Reaktion gesehen, als ich dich küsste.« Ich schluchze auf. »Er betrachtet mich als ...«

»Als seinen Besitz.« Finn ballt unter meiner Hand eine Faust. »Ich kann nicht zulassen, dass du allein mit ihm gehst. Er ist gefährlich, du sagst es selbst.«

Ich schüttle den Kopf. »Nicht für mich.«

»Und wohin könntet ihr überhaupt gehen?«, murmelt er mit wildem Blick.

»Es gibt da einen Ort, zu dem er schon immer wollte. Seit seine Mutter tot ist, spricht er davon. Er nennt es *Zuhause*.«

Finn verengt die Augen. »Ach ja? Und wo ist das?«

»Ich weiß es nicht.« Ich atme tief durch, suche nach einer Ruhe, die ich unmöglich finden kann. »Ich weiß nur, dass eine Stunde von hier ein Ausstieg aus diesen Höhlen führt. Das hat er mir gesagt. Dort werdet ihr euch nach Norden wenden und nach einem oder zwei Tagesmärschen den Waldrand erreichen. Wir wenden uns dagegen nach Südwesten. Danach ...« Ich hebe die Schultern.

Finns Feuerkugel über uns erlischt. Im nächsten Augenblick verschließt er meine Lippen mit einem Kuss, so fest und so bitter wie die Traurigkeit in unseren Herzen.

»Geh nicht«, flüstert er. »Ich habe dich doch gerade erst gefunden.«

Ich packe seinen Nacken und ziehe seinen Mund zu mir. Wieder und wieder küsse ich ihn, vergrabe meine Hände in seinen Locken. Jedes Wort wäre zu viel, jeder Atemzug ohne seine Lippen auf meinen ein verfrühter Abschied.

Doch viel zu bald raschelt es hinter uns in der Dunkelheit. Finns Licht flackert alarmiert auf und taucht das Waldkind in einen fahlen Schimmer.

»Wir müssen gehen.« Ich schiebe Finns Arme von mir und springe auf. Mein Körper schmerzt vor ungestilltem Verlangen, so sehr vermisst er Finns Berührung. Rasch weiche ich zurück, tiefer in die Dunkelheit, damit Finn mich nicht festhalten kann.

»Jetzt?« Er keucht auf, die Augen ungläubig aufgerissen.

Tränen verschleiern meine Sicht, während ich weiter rückwärts stolpere. Sein warmes Licht ist nur noch ein verwischter Fleck, das Letzte, was ich von ihm sehe.

»Ich markiere euch den Weg«, stoße ich aus, meine Stimme krächzend und heiser. »Damit ihr den Ausgang findet. Bring die Kinder heil aus dem Wald. Kümmere dich um Raghi ...«

»Warte doch! Warte!«

Seine Rufe lassen mich aufschluchzen, doch ich drehe mich auf den Fersen herum und beschleunige meinen Schritt. Und schon spüre ich die Hand des Kinds in meiner. Kalt und drängend zieht es mich in die Dunkelheit. *Komm.*

Eva

Es ist bereits später Vormittag, als wir die Höhlen endlich hinter uns lassen. Mit einem tiefen Atemzug inhaliere ich die klare Luft. Der Wald mit seinen dunklen Wipfeln und huschenden Schatten sieht nicht gerade einladend aus, doch alles ist besser als die Enge da unten.

Wir stießen gestern Abend tatsächlich noch auf den Höhleneingang. Keinen Augenblick zu früh – die Jäger hatten sich bereits zum Schlafen hingelegt, und Luka war drauf und dran, mein Grabungsteam ebenfalls zur Ruhe zu verdonnern. Unser Fund änderte das allerdings. Im Fackelschein halfen alle mit, den Einstieg in die Höhlen freizulegen, und obwohl Rois maulte, wie müde er sei, brachen wir direkt auf.

Nun, Rois kann sich jetzt ausruhen, so viel er will. Er ist tot. Ich kann nicht behaupten, dass ich um ihn trauere, obwohl sein Sterben kein schöner Anblick war.

Käfer haben ihn angefallen, eine ganze Horde mit klappernden, kneifenden Zangen, deren Gift ihm das Lebenslicht ausblies.

Immerhin blieb er das einzige Opfer. Unser Brenner hat die Viecher ordentlich gegrillt. Mit Tüchern vor Mund und Nase rannten wir durch die rußig-rauchende Engstelle, und seither blieb es ruhig in den Höhlen. Wir stießen auf den Lagerplatz der Flüchtlinge, nur einen Stundenmarsch vom Ausgang entfernt.

Obwohl wir selbst eine Rast einlegen mussten, um ein wenig zu schlafen, können sie nicht viel mehr als ein paar Stunden vor uns sein. Ein Wunder, dass sie überhaupt so weit gekommen sind. Ein zähes Volk, diese Rebellen.

Ich schnappe mir einen der Fladen aus meiner Soldatenration und knabbere daran. Wir sind jetzt nur noch zu sechst. Der letzte Soldat, der muskulöse Heiler und der Brenner gesellen sich zu mir, während Luka und Wylie mit dem Hund den moosigen Boden nach Spuren absuchen.

Schon jault der Hund auf und huscht zwischen den Büschen hindurch, Luka dicht an seinen Fersen. Er muss etwas gefunden haben. Gespannt beobachten wir sie. Doch dann wendet sich der Hund um und kommt zurück, dreht sich witternd im Kreis, rennt ein paar Mannslängen in eine andere Richtung, ehe er wieder hechelnd zurückkommt. Er vergräbt seine Schnauze in Lukas Händen, schwanzwedelnd und offensichtlich völlig unbeeindruckt von unserer Verwirrung.

»Zwei Spuren.« Luka runzelt die Stirn. »Eine nach Norden und eine nach Südwesten. Sie haben sich aufgeteilt.«

»Verdammter Mist!«, flucht Wylie. »Wie soll'n wir rauskriegen, wo das Balg mitgegangen ist?«

Er stiert nach Norden und Süden, als könnten ihm die Bäume die Lösung verraten. Doch da ist nichts als wuchernder Schatten, schwarz und braun und grün, und das hämische Kreischen der Vögel über uns.

In meinem Nacken kribbelt die Erinnerung an etwas, das ich immer noch mit mir herumschleppe. Hoch lebe mein Instinkt. Ich öffne den Rucksack und ziehe von ganz unten den klammen, dreckigen Fetzen heraus, der einst zu Ciannas Hausmantel gehörte. Ich reiche ihn Luka.

»Probier es damit. Der stammt von der Bürgerin.«

Kurz zögert er und sieht mich nachdenklich an. Ist da Misstrauen in seiner Miene? Verdammt. Ich setze einen ungeduldigen Gesichtsausdruck auf. »Nun mach schon.«

Statt etwas zu sagen, hält er dem Hund den Fetzen vor die Schnauze. Das Tier wittert eifrig, dann trippelt es zwischen den Bäumen hindurch, die Nase dicht auf dem Boden, hierhin, dorthin. Schließlich stockt es mit einem Jaulen und zeigt uns schwanzwedelnd eine Richtung an.

»Wo die Bürgerin ist, ist auch das Kind«, sage ich. »Die klebten doch bei der Flucht schon aneinander wie Pech und Schwefel.«

»Du könntest recht haben.« Luka nickt anerkennend. Sein Misstrauen scheint wieder verschwunden, vielleicht habe ich es mir auch nur eingebildet. Trotzdem bleibt ein Rest Anspannung in mir zurück. Ich muss verflucht noch mal besser aufpassen, was ich sage und tue.

»Damit ist das entschieden, Männer«, ruft er. »Auf nach Südwesten!«

Cianna

Die zweite Nacht nach unserem Aufbruch aus der Höhle umfängt uns schon, doch auch sie bietet weder Ruhe noch Trost. Eulen streifen lautlos über uns durch die Wipfel. Ein zerrissenes Gespinst aus Mondlicht dringt durch die Zweige herab. Es raschelt und flüstert, Winde fächeln über meine Haut wie Rabenfedern. Mein Herz bebt dunkel und schwer in der Brust, jedes Pochen ist ein schmerzhafter Schlag.

Raghi, Barnabas, Sami und Finn. Immer wieder Finn. Ihre Gesichter verfolgen mich wie traurige Schattenwesen. Ich vermisse sie so sehr.

Doch meine Augen sind leergeweint, mein Herz ein Stein und mein Körper ein ungelenkes, träges Gefährt, das mich weiter und weiter trägt, stets dem Kind hinterher.

Der Alvae strebt mit federndem Schritt nach Südwesten, unbeirrbar und siegesgewiss. Er hat seine Schuhe in der Höhle zurückgelassen und geht nun mit nackten, bleichen Füßen, so lautlos und schmal wie der Sichelmond über uns.

Wenn es mich dürstet, scheint der Junge es eher zu spüren als ich, denn dann sprudelt Wasser aus unsichtbaren Quellen aus dem Boden empor. Zweige biegen sich unter saftigen Beeren, wenn er meint, dass ich Hunger hätte, und ich folge seinen stummen Bitten und stopfe mir jedes Mal den Mund voll, ohne die Süße zu schmecken.

Zwei Tage laufen wir bereits, nur in den dunkelsten Stunden der Nacht ruhten wir. Da umfing er mich stets mit seinen zerbrechlichen Ärmchen, deren Vogelknochen doch so schwer wogen wie Fels. Sein rascher Puls war ein störrisches Klopfen neben meinem versteinerten Herzen. Doch ich habe ihm versprochen, mit ihm zu gehen – und so umarmte ich ihn und bettete ihn mit mir ins Moos, und das Leuchten in seinem kleinen Gesicht tröstete mich ein wenig. Doch viel zu rasch trieb uns seine Rastlosigkeit wieder vorwärts, auf unsichtbaren Pfaden zwischen den Bäumen hindurch.

Allmählich hält der Morgen Einzug, mit einem fahlen, fliederfarbenen Glimmen am Horizont, halb verborgen hinter den Wipfeln. Mit dem Licht gewinnen die Schemen der Bäume an Kontur, sanft dämmern die Farben herauf.

Meine Trauer wird von Staunen verdrängt, mein Herz beginnt wieder zu schlagen. Dunkel und hell schimmern alle Facetten von Grün über dem matten, tiefen Braun des Erdreichs. Silbrig glitzert der Morgentau auf smaragdenen Farnwedeln, dazwischen wogt ein Meer von noch geschlossenen Blütenkelchen. Ihr knospendes Rosa und Weiß birgt ein Versprechen in sich, eine zarte Ahnung ihrer Pracht, die sich erst im Sonnenlicht vollends entfalten wird.

Tief inhaliere ich den süßen Duft der Wildblumen, den harzigen Odem der Bäume, das würzige Aroma der Kräuter. So lange bin ich schon im Deamhain auf Reisen, doch nirgends habe ich ihn so gesehen wie hier. Seine Farben glühen von innen heraus, tanzen im Morgenlicht wie Funken eines rätselhaften, nie erlöschenden Feuers.

Magie.

Wie konnte ich vor wenigen Wochen noch nicht wissen, dass es sie gibt? Hier spüre ich sie überall, ein Flirren und Säuseln im Wind, eine alles überströmende Lebendigkeit.

Das Kind geht nun langsamer, lässt mir Zeit, all die neuen Eindrücke mit tiefen Atemzügen in mich aufzunehmen.

Staunend streiche ich über die knorrigen Rinden der Baumriesen. Jeder von ihnen ist anders, trägt neue, fremdartige Formen von Blättern auf seinen mächtigen Astkronen, die sich mit den anderen verflechten, als würden sie sich umarmen. Fast meine ich, sie würden sich gemeinsam in einem stillen, verschlungenen Tanz wiegen.

Dann geht die Sonne auf, trennt Schatten und funkelndes Licht. Die Blüten öffnen sich in allen Farben des Regenbogens. Winzige Vögel steigen in Schwärmen auf, jagen zwitschernd durch die mit Düften gesättigte Luft. Schmetterlinge und Libellen entfalten ihre gläsernen Flügel, Käfer mit schillernden Panzern krabbeln zwischen Erdreich und Wurzeln die Baumstämme hinauf.

Zwischen den Schatten regen sich große Gestalten, Lichtreflexe schimmern auf braunrotem Fell. Ein Dutzend Hirsche treten hinter den Bäumen hervor, ihre mächtigen, mannsgroßen Geweihe sind verzweigt wie das Astwerk über uns. Der Junge ist stehen geblieben, und ich verharre ebenfalls. Angst verspüre ich keine, doch ich beobachte das Schauspiel voller Ehrfurcht.

Wenige Schritte vor dem Kind bleiben die riesigen Tiere stehen, neigen ihre mächtigen Geweihe vor ihm wie vor einem fremden König. Er streckt die Hand aus, streicht dem Größten der Tiere übers Fell. Wie auf einen stummen Befehl kniet es sich inmitten des Blütenmeers hin, die dunklen Augen zu Boden gerichtet. Ich halte den Atem an, als der Junge mit einem Satz auf seinen Rücken aufspringt. Er stößt einen hellen Juchzer aus und hält sich an dem dicken Nackenfell fest, als der Hirsch sich wieder zu seiner majestätischen Größe aufrichtet.

Schon tritt eine Hirschkuh auf mich zu, mit Augen wie zwei schwarz spiegelnde Seen. Sie kniet sich vor mich, und ich will zurückweichen, doch meine Füße sind mit dem Boden verwurzelt.

Steig auf. Der Junge winkt mir mit fröhlichem Lachen zu. *Wir sind bald da.*

*

Wenig später traben die beiden Hirsche so leichtfüßig unter den Bäumen hindurch, als spürten sie unsere Last nicht. Ihre Huftritte auf dem weichen Untergrund sind beinah lautlos. Die anderen Tiere folgen uns in geringem Abstand.

Zunächst klammere ich mich mit beiden Händen so fest an das borstige Nackenfell, dass die Adern an meinen Fingern weiß hervortreten, doch mit der Zeit entspanne ich mich und blicke mich stattdessen erneut staunend um. Gibt es Worte, um solche Schönheit zu beschreiben, die nicht plötzlich nichtssagend klingen? *Finsterwald* heißt es über den Deamhain, und nichts könnte weniger zutreffend sein. Denn überall ist Licht, sprenkelnd und glitzernd und schimmernd zwischen den Pflanzen und Tieren, und die Schatten sind wie die dunklen Striche auf einem Gemälde, mit der einzigen Aufgabe, die Leuchtkraft des Bildnisses noch zu beflügeln.

Irgendwann blicke ich auf, mein Blick wie magnetisch angezogen von einer dunklen, massiven Stelle in der Ferne, wie eine Mauer, auf die wir zureiten und an deren Fuß die Welt zu enden scheint. Zuerst halte ich es für einen Felsen, doch als wir noch zwei Steinwürfe entfernt sind, reiße ich überwältigt die Augen auf.

Es ist ein Baum. So wuchtig und breit wie eine Festung, wie meine alte Heimat Cullahill. Ich lege den Kopf in den Nacken, und mir wird schwindelig von der Höhe, in die sich seine Äste emporschwingen, bis sie sich im Dunst von Wolken und Himmel verlieren. Ich kann die Mächtigkeit seiner Krone kaum erahnen, die sich über den Wipfeln der anderen Bäume ausbreitet wie die schützenden Flügel einer Mutterhenne über ihren Küken.

Die Hirsche knien sich hin, und wir steigen ab. Dankend streiche ich der Hirschkuh übers Fell, und ihre schwarzen Augen blinzeln mir zu, ehe sie sich erhebt und mit lautlosen, ausgreifenden Tritten im Wald verschwindet.

Das Kind geht auf den mächtigen Baum zu und legt seine

Hände auf ihn. Getrieben von einer jähen unerklärlichen Sehnsucht folge ich seinem Beispiel.

Die Rinde ist zerfurcht und verwittert wie Stein. Und doch ist der Baum äußerst lebendig. Ich spüre es in der Wärme seines uralten Holzes unter meinen Fingern, sehe es im Glanz der Harztropfen, die an seinem Stamm herabrinnen, im verborgenen Glimmen seiner Furchen. Seine mächtige Gegenwart lässt meinen Atem stocken. Sie erzählt die Geschichte vieler Jahrtausende. Die Geschichte von allem, was der Baum schon gesehen hat, von Winden und Wettern und von Wurzeln, die sich ins tiefe Erdreich bohren und unter den anderen Bäumen hindurch erstrecken, unermesslich weit.

»Du bist sein Herz«, wispere ich. »Das Herz des Deamhains.« Und ich meine, ein Zittern unter meinen Fingern zu spüren, ein Beben, als lachte der Baum über meine zaghaften Worte. Fast kommt es mir vor, als neigte seine ehrwürdige Krone sich mir zu. Blätter liebkosen mein Haar, meine Schultern.

Willkommen, Cianna, murmelt das Laub. Ich kenne die Stimme. Sie ist es, die in meinen Träumen immer zu mir gesprochen hat.

Unter den Händen des Kindes öffnet sich eine dunkle Spalte im Baumstamm. Ohne Zögern tritt es hindurch, und ich folge ihm.

Ich taste mich durch das warme, harzig riechende Dunkel, das mich so eng umfängt wie ein Mutterleib. Eine Mannslänge, zwei. Dann meine ich, Licht vor mir zu sehen, einen diffusen Schein. Schon hat er das Kind eingefangen, umschwärmt seinen schmalen Körper wie das Leuchten tausender Glühwürmchen.

Für einen Augenblick verlässt mich der Mut. Ich fröstele. Wird mich diese verzauberte Welt mit Haut und Haar verschlucken, wird sie mich jemals wieder gehen lassen? Doch dann straffe ich den Rücken und gehe die letzten Schritte ins Herz des Baums hinein.

Eine riesige, runde Höhle öffnet sich vor mir. Die Wände sind aus sanft gemasertem Holz in allen Facetten von Braun, die sich wie Wellen zu einem Gewölbe hinaufschwingen. Was ich für Glühwürmchen hielt, sind Harztropfen, die träge an den Wänden herabrinnen. Sie leuchten von innen heraus wie ein Spiegelbild der Sterne, und ihr sanftes Gleiten und Perlen lässt mich schwindeln, wenn ich versuche, sie mit den Blicken einzufangen. Es ist ein warmes, behagliches Licht, und mein Frösteln verebbt.

Ehrfürchtig schaue ich mich um. In der Mitte des Raumes befinden sich ein großer Tisch und zwei Bänke, außerdem sehe ich mehrere schmucklose Truhen. Kräuterbüschel hängen von den Wänden herab und verströmen einen würzigen Duft nach wildem Lavendel und Thymian. An mehreren Stellen sehe ich Türen im Holz, übermannshoch und nach oben abgerundet.

Der Junge dreht sich zu mir um.

»Endlich!«, ruft er, und seine Stimme ist hell und klar wie metallene Glöckchen. »Das ist der *Eruad Minhe*. Der uralte Baum. Mein Zuhause.«

Ich taumle. »Du kannst sprechen?«

»Natürlich!« Er lacht klirrend auf. »Was hast du gedacht?«

»Ich dachte ...« Ich verstumme, und er nimmt meine Hände und wirbelt mich im Kreis herum.

»Mam sagt, ich soll nicht mit den Menschen sprechen«, sagt er. »Nur mit denen, die sie herbrachte. Und jetzt hab ich dich hergebracht. Schau, da ist unser Tisch.« Er zieht mich zu der großen hölzernen Tafel, auf der ein paar Holzschüsseln stehen, die mit klarem, spiegelndem Wasser gefüllt sind. Dann tanzt er weiter, dreht sich so schnell an den halbrunden Türen vorbei, dass ich kaum hinterherkomme.

Er wirkt so anders als der in sich gekehrte Junge, der sich schutzsuchend an mich klammerte wie ein Kleinkind. Von dem ich glaubte, dass er gar nicht sprechen könne. Doch dann denke ich an seine Fröhlichkeit, als er im Hort herumkletterte, an die verzauberte Miene, mit der er Barnabas' Musik lauschte, und ich finde ihn schon eher in dem Kind wieder, das jetzt hier herumwirbelt.

»Dort sind die Kammern von uns und den anderen, die aber längst nicht mehr hier sind. Alle sind ...« Er hält inne in seinem Tanz, und ich schnappe dankbar nach Luft. »Sie sind fort«, flüstert er, und Trauer zieht über seine Miene wie ein Schatten. Doch dann lächelt er wieder und dreht mich erneut so im Kreis, dass die Lichter vor meinen Augen verschwimmen. »Jetzt habe ich ja dich.«

»Halt«, keuche ich, halb lachend, halb verwirrt. »Mir wird schwindelig. Du musst mir alles in Ruhe erzählen.«

Zu meiner Erleichterung wird er tatsächlich langsamer. In seinen dunklen Augen blitzt immer noch Übermut, und er hält meine Hände so fest, als wollte er mich nie wieder loslassen.

»Was willst du wissen?«

Ich atme durch. »Alles.«

Er nickt und führt mich an den Tisch, drückt mich mit seiner übermenschlichen Kraft auf die Bank und lässt sich zu meinen Knien nieder. Den Kopf legt er auf meinen Schoß.

»Zuerst deinen Namen«, sage ich.

»Gelrion Ometheos Miamiel«, sagt er eifrig. »*Leverai* aus dem Geschlecht der Lys.«

»Gelrion«, wiederhole ich. Mein Herz poltert, immer noch überwältigt von all den Eindrücken und seiner plötzlichen Offenheit, doch meine Gedanken werden allmählich wieder klarer. »Berichte mir von deinem Zuhause. Und von den ... anderen.«

Er nickt. »Ich wohne schon immer hier«, sagt er. »Im Herzen des Waldes, im *Eruad Minhe*. Mam sagt, das ist unsere einzige Heimat. Weil wir nicht mehr ins Schloss können und nicht mehr nach Alfrheimr. Ihr habt die Tore geschlossen im großen Krieg.«

»Der große Krieg?« Ich runzle die Stirn. »Damals, vor der Republik?«

Gelrion zuckt mit den Schultern. »Ich weiß nicht. Was ist eine Republik? Mam und ihre Schwestern wollten nicht weggehen«, plappert er weiter. »Sie haben sich immer um den Deamhain gekümmert. Das war die Aufgabe, die ihnen der König von Alfrheimr gegeben hat. Sie haben Pflanzen hergebracht und sie wachsen lassen. Das ist die Pflicht der Leverai. Mam sagt, eigentlich gehört diese Welt hier auch uns. Weil wir viel stärker sind als ihr.« Er senkt den Kopf. »Aber die Menschen sind gemein gewesen. Sie haben alle vertrieben und alles vergessen. Manchmal hat Mam trotzdem Menschen hergebracht, vor allem Männer. Manche waren nett, doch die meisten wollten nicht hier sein. Mams Schwestern sind auch gegangen. Sie sind tot, sagt Mam. Genauso wie Leifr und Dweor. Dweor war mein Vater.« Er seufzt. »Dann waren wir meistens zu zweit. Nur manchmal eben die Männer. Aber die haben es nicht lange ausgehalten, und Mam war oft enttäuscht. Wir zwei, hat sie immer wieder gesagt. Wir sind uns genug. Und dann ging sie weg und kam nicht wieder. Ich wusste, dass sie sie gefangen haben. Die bösen Soldaten aus dem alten Schloss.«

»Du meinst die Bastion?«

Er nickt. »Unser Schloss«, wiederholt er. »Zuerst haben sie es ganz lange verfallen lassen. Doch dann sind sie doch gekommen, mit ihren hässlichen braunen Kitteln und ihren Waffen. Sie wollten den Wald eigentlich abbrennen, doch das haben sie nicht geschafft. Erst waren sie ganz viele, dann immer weniger. Keine Gefahr für uns, sagte Mam immer. Aber sie sollen uns nicht sehen. Weil sie uns nicht hier haben wollen.«

Meine Gedanken rasen. Wie lange ist die Bastion schon bemannt? Mutter sagte einst, die ersten geordneten Versuche der Republik, den Wald einzudämmen, lägen bereits hundert Jahre zurück.

»Wie alt bist du?«, flüstere ich.

Das Waldkind zieht nachdenklich die Nase kraus. »Hundertzweiundsechzig Sommer. Glaube ich.«

»Hundertzweiundsechzig Jahre?« Ich schnappe nach Luft. Plötzlich fröstele ich. »Warum bist du ... du bist doch noch ein Kind!«

Er hebt die Schultern. »Wir leben länger als ihr. Ihr Menschen seid wie die Ameisen, sagt Mam. So viele. Und so schnell kaputt.«

Kaputt. Mein Herz gefriert. »So wie die Männer?«, flüstere ich in einer dunklen Ahnung. »Wohin sind sie gegangen?«

Er springt auf die Beine. »Ich zeige sie dir.«

An den Händen zieht er mich hinter sich her, durch eine Öffnung in einen Gang. Ich will gar nicht sehen, was er mir zeigen will. Doch er zerrt mich durch die perlenbesetzte Dämmerung um zahlreiche Windungen herum. Wir kommen an mehreren Türen vorbei, doch an keiner hält er inne. Erst als es hinter einer Biegung plötzlich heller wird, bleibt er stehen.

Wir sind in einer Kammer. Sie ist etwas kleiner als der erste Raum, doch ungleich höher. Stufen winden sich rund um die Wände nach oben, ich kann nicht erkennen, wie weit.

Dies muss das wahre Herz des Baumes sein. Die Luft ist warm und feucht. Wasser tropft von irgendwoher. Aus den Wänden ertönt ein leises Rauschen, wie Blut, das in Adern strömt. Die Harztropfen hier leuchten in einem rötlichen Licht, dämmrig, unheimlich.

Dann sehe ich sie. Trotz der Wärme klirrt mein Herz wie Eis in einer jähen Böe, die Kälte lässt meine Glieder erstarren.

Aus dem rötlich schimmernden Holz der Wände ragen Gesichter. Es müssen mehrere Dutzend sein, die sich entlang der Stufen die Wände hinaufziehen. Sie sind aus Holz, als wären sie aus dem Baum geschnitzt, und sehen dabei so friedlich aus, als schliefen sie. Allerdings weiß ich es besser.

Auf meinen Lippen gefriert ein Schrei. Gelrion hält immer noch meine Hand, er lässt mich nicht gehen.

»Wir haben sie dem *Eruad Minhe* geschenkt«, sagt er. »Die Menschenkörper geben ihm, was er braucht, damit er gut wächst. Und für jeden Menschen wächst ein Samen. Schau.« Er deutet mit dem Kinn auf eine Vertiefung am Boden. »Mam hat sie ausgesät, seine Kinder. Überall im Wald. Doch die letzten beiden habe ich noch nicht geschafft.«

Ich starre auf die Vertiefung in der Mitte der Kammer. Ein schwaches, pulsierendes Leuchten geht von ihr aus. Die Kuhle ist mit rotglänzendem Moos gepolstert wie ein Nest. Darin sehe ich tatsächlich zwei Körner schimmern, hell und glatt wie Sonnenblumenkerne, doch dabei so groß wie meine Daumenkuppe.

»Die letzten beiden«, echoe ich mit gebrochener Stimme. »Wer ... wer sind sie?«

Ohne zu zögern lässt der Junge eine meiner Hände los und deutet auf zwei Gesichter in der Reihe. Sie sind klein, so zart wie das Antlitz von Gelrion.

»Kinder«, flüstere ich entsetzt. »Das sind Kinder.«

Er nickt. Trotz des warmen roten Lichts bleibt sein Gesicht weiß, wie Marmor, wie Schnee.

»Ich hab sie vor ein paar Wochen gefunden«, sagt er stolz. »Am Waldrand bei einem der Dörfer. Da hab ich sie hergebracht, wie Mam die Männer. Ich wollte mit ihnen spielen. Aber sie wollten nicht. Sie wollten nur wieder heim.« Er verzieht den Mund. »Deshalb habe ich sie einschlafen lassen.«

»Du hast sie getötet.«

Er nickt. »Das war doch besser für sie, als dauernd zu weinen, oder? Ich habe ihre Körper dem Baum gegeben. Jeder Mensch hat ein wenig Deam, weißt du? Und nie ist er stärker als im Augenblick des Sterbens. Der *Eruad Minhe* freute sich über die Kraft und gab mir dafür die Samen. Und ich war wieder allein. Aber dann hab ich dich gefunden.«

Er kuschelt sich an mich, vertrauensvoll und zufrieden, als

spürte er mein Grausen nicht. Ich will ihn wegschieben, doch meine Glieder gehorchen mir nicht.
»Meine Schwester«, wispert er.
»Ich bin nicht deine Schwester!« Jäh finde ich meine Kraft wieder. Ich stolpere rückwärts, und er stolpert mit mir, bis ich meine Hände gewaltsam aus den seinen reiße und den Gang zurückrenne. Dunkelheit umfängt mich wie ein erstickender Umhang. Dann bin ich wieder im großen Raum. Ich haste die Wände entlang.
Wo ist der Ausgang aus dieser warmen, lebendigen Hölle? Doch ich finde ihn nicht. Die Wände sind glatt, geschwungenes, regloses Holz, die Türen geschlossen. Ich bin gefangen. Keuchend sinke ich auf die Knie nieder. Schon ist Gelrion wieder bei mir, seine Hände streichen über mein Haar.
»Wovor hast du Angst?«, fragt er verwirrt. »Der Deam ist so stark in dir, ich hab es gleich gespürt. Der *Eruad Minhe* hat mich zu dir geführt.
In dir fließt unser Blut, Cianna. Meine Mam hatte noch andere Kinder als mich, weißt du. Viele, sagt sie. In den ganzen Sommern. Sie hat oft einen runden Bauch gehabt und ihn gestreichelt und dabei gesummt, und dann hat sie kleine Babys bekommen. Sie hat sie aber immer zu den Menschen zurückgebracht, bevor der Baum sie haben wollte.«
»Mich?«, flüstere ich tonlos. Grauen zieht mich in einen dunklen, alles verschlingenden Albtraum.
»Du Dummerchen!« Gelrion kichert, seine Finger krabbeln wie Spinnen in meinem Haar. »Nicht du. Jemand, der dich gemacht hat.«
»Aber ...« Ich schüttle den Kopf. »Meine Mutter stammt aus Athos. Sie kann es nicht sein.«
»Diese komische, strenge Frau?« Mit einem Seufzen setzt er sich neben mich und hebt mein Kinn, sieht mich aus seinen dunklen, fremden Augen an. »Aber nein«, sagt er. »Ich meine deinen Papa.«

Ich stöhne auf. Mein Vater. Sein blasses Gesicht mit dem blonden Haar, so wunderschön und undurchdringlich auf dem Gemälde in unserem Salon. Den ich nie wirklich kennenlernte, weil er vor sechzehn Jahren bei einem Jagdunfall starb.

»Er war ...« Ich schluchze.

»Ich weiß noch, als er ein Baby war«, sagt der Junge mit verträumtem Blick. »Ein paar Wochen haben wir ihn behalten, und er gluckste mich an, wenn ich ihn draußen auf das Moos in die Sonne legte. Dann hat Mam ihn nach Cullahill gebracht, da war nämlich sein Vater. Der trug auch viel von unserem Blut in sich, seine Mutter war nämlich ein Kind von Tante Fae oder so. Ich weiß es nicht mehr genau. Das haben Mam und ihre Schwestern immer wieder gemacht. Sie haben sich mit den Anführern von euch Menschen am Waldrand getroffen, um sie zu küssen und ihnen später ihre Kinder zu bringen. Unser Blut bringt ihnen Glück, sagten manche von diesen Menschen. Und dafür ließen sie uns im Wald in Ruhe. Aber ich glaube, die allermeisten von euch haben das inzwischen vergessen. Später haben wir ab und zu deinen Papa gesehen, wenn er mit deinem Großpapa am Waldrand entlanggeritten ist. Wir haben uns aber nicht mehr gezeigt. Dein Papa ist auch so schnell gewachsen, viel schneller als ich. Und dann war er ...« Er runzelt die Stirn. »Wie nennt ihr eure Anführer noch mal?«

»Er war der Ipall. Nach seinem Tod hat Mutter das Amt von ihm übernommen.«

»Ach«, seufzt Gelrion. »Ihr Menschen sterbt so schnell, wie ihr wachst.«

Ich starre ihn an. Wie konnte ich je glauben, ihn zu kennen? »Werde ich auch sterben?«

»Ich hoffe, nicht so bald.« Er legt sich eine Hand vor den Mund, dann blinzelt er mich schelmisch an. »Ich kümmere mich um dich, Cianna. Ich kann dich immer heilen, weißt du? Außerdem, was soll dir passieren?« Er küsst mich zärtlich auf die Wange. Seine Lippen sind kalt wie Eis. »Du wirst hierbleiben«, wispert er. »Wie die anderen. Immer und immer bei mir.«

Eva

Es ist fast Abend. Der Himmel färbt sich im aufziehenden Zwielicht rauchblau. Meine Füße fühlen sich schwer an in den Stiefeln, und unter dem Mantel rieche ich nach Schweiß.

Wir sind die letzten drei Tage beinahe ohne Unterlass marschiert. Der Wald bleibt unheimlich und unberechenbar, aber im Laufe des heutigen Tages hat er sich eine neue Tarnung zugelegt. Er ist heller geworden, beinah parkähnlich, und das Unterholz ist völlig verschwunden. Zur Mittagszeit schien sogar die Sonne, und sofort summte und brummte es überall. Riesige Libellen surrten durch die duftgeschwängerte Luft, winzig kleine Vögel saugten Nektar aus bunten Blüten. Kaninchen hoppelten völlig angstfrei zu unseren Füßen. Wylie erlegte ein paar für unser Abendessen, doch ich bin nicht sicher, ob ich sie anrühren werde. Ich traue dieser plötzlichen Idylle nicht. Hinter jeder Ecke können neue Gefahren lauern.

Immerhin war es nicht schwer, der Spur von Cianna und dem Albenbalg zu folgen. Im feuchten Moos waren teilweise noch die Stiefelabdrücke meiner Schwester zu sehen, daneben die schlanken kleinen Spuren von nackten Kinderfüßen. Irgendwann waren sie überlagert von Hufabdrücken, als hätte ihnen ein Rudel Hirsche auf dem Marsch Gesellschaft geleistet – oder als wären sie auf den Tieren geritten.

Jetzt, in der Dämmerung, endet die Spur. Wir stehen etwa einen Steinwurf entfernt vor einem Baum, der so gigantisch ist, dass mein Verstand sich weigert, seine Ausmaße einzuschätzen.

»Das gibt's doch nicht«, stößt Wylie neben mir aus, den Kopf in den wulstigen Nacken gelegt. »Der ist bestimmt doppelt so hoch wie die anderen.«

Er lässt die beiden Falken von seinen Schultern auf den niedrigen Ast eines anderen Baums steigen, dann stiefelt er über die dicken Wurzelstränge hinweg auf den knorrigen Stamm zu. Ich folge ihm nicht. Der Hund hat sich nämlich geweigert, näher heranzugehen. Stattdessen läuft er ruhelos hechelnd vor mir auf und ab, als patrouillierte er an einer unsichtbaren Grenze. Ich mag keine Tiere, doch ich habe gelernt, auf ihre Instinkte zu hören.

»Und?«, ruft Luka. Auch er ist stehen geblieben. »Irgendeine Spur an dem Baum?«

Wylie läuft die Rinde auf und ab und klopft dagegen.

»Kein Eingang, aber es hört sich hohl an«, ruft er. »Bestimmt wieder irgend so ein magischer Trick. Ich wette, sie sind da drinnen.«

Ich sage nichts, doch ich bin mir sicher, dass er recht hat. Der Magiemesser unter meiner Achsel glüht, und meine Fingerspitzen kribbeln, wenn ich den Baum anschaue, als beobachtete uns etwas aus den Furchen seiner Rinde heraus. Sie sind hier. Cianna ist hier.

Luka schickt den Heiler und den Soldaten um den Baum herum, um nach einem anderen Eingang zu suchen, doch nach fünf Minuten kommen sie ergebnislos zurück.

Wylie marschiert ebenfalls schnaufend zu uns.

»Ich sage, wir brennen ein Loch rein. Dafür haben wir dich ja dabei.« Er klopft dem Brenner so fest auf die Schulter, dass dieser unter Wylies mächtiger Pranke zusammenzuckt.

Luka schaut mich an. Ich zucke mit den Schultern.

»Einen Versuch wär es wert«, entscheidet er. »Aber wir halten Abstand.«

Er zieht ein filigranes Netz aus seinem Rucksack, das im Dämmerlicht fahl glänzt. Silber.

»Hier!« Er reicht Wylie zwei Armbrustbolzen, zwei weitere dem Soldaten, die letzten zwei behält er selbst. »Die sind ebenfalls mit Silber versetzt. Zielt damit auf das Kind. Schießt, falls es seinen Trieb einsetzt. Aber tötet es gefälligst nicht. Du nimmst das Netz.« Er wirft es dem Heiler zu, dann blickt er mich an. »Und du gibst dem Brenner Rückendeckung.«

Zähneknirschend nicke ich. Zu gerne hätte ich ein paar der Bolzen gehabt. Ich muss das Kind ausschalten, am besten ehe die anderen es in die Finger kriegen. Aber immerhin habe ich noch das Skalpell aus dem Labor. Ich taste nach der schmalen silbernen Klinge in meiner Tasche, dann packe ich mit jeder Hand einen Wurfdolch.

»Los jetzt!« In einer weitläufigen Kette umringen die Männer den Baum. Ich bleibe bei dem Brenner an unserer Ausgangsposition. Die Falken sitzen reglos auf dem Ast hinter uns, der Hund kauert sich auf Lukas Befehl jaulend in den Farn.

Der Brenner tritt zwei Schritte vor, ballt die Fäuste und atmet tief durch, das schmale Gesicht vor Konzentration verkniffen. Dann glühen seine Hände auf, und auf Lukas Pfiff hin reißt er sie hoch.

Flammenstöße schießen aus seinen Fingern und rasen auf den Baum zu. Als sie auf die Rinde treffen, sprühen Funken. Rauch steigt auf.

»Weiter«, ruft Luka. »Nicht nachlassen!«

Flammen, Rauch. Die Sekunden verstreichen ergebnislos. Kann Feuer so einem Giganten überhaupt etwas anhaben?

Da zerreißt ein Kreischen das Zwielicht, so gellend und laut, dass mir die Ohren klingeln. Ich reiße die Arme hoch, die Messer wurfbereit. Es ist der Baum, der schreit. Noch während mir das klar wird, verdunkelt ein Schatten über uns den Himmel. Instinktiv lasse ich mich zu Boden fallen.

Etwas fegt durch die Luft, rammt den Brenner und wirbelt ihn in die Höhe. Ein Ast. Der verfluchte Baum peitscht mit seinen Ästen durch die Luft, als wären sie Tentakel. Eine Bö zerfetzt die Luft, Blätterstürme gehen auf mich herab.

Die Männer brüllen auf. Wylie krümmt sich auf dem Farn.

Die schwarze Gestalt des Brenners fliegt ein paar Mannslängen weit, dann fällt sie mit einem dumpfen Klatsch auf den Boden. Ich zögere einen Atemzug lang. Doch Luka hat mir befohlen, dem Mann Rückendeckung zu geben. Geduckt springe ich auf und haste zu ihm, weiche mit gewagten Sprüngen einer weiteren Astattacke aus. Dann habe ich ihn. Der Brenner ist schlaff wie eine Puppe, doch er atmet.

So schnell ich kann, schleife ich ihn durch den Blätterregen, fort, nur fort, in die schützende Deckung der anderen Bäume.

Kaum sind wir zwei Steinwürfe weit weg, kommt der Baumgigant wieder zur Ruhe, erstarrt mit seinem wogenden Blätterdach, als wäre nichts gewesen. *Verdammte Magie.*

Keuchend lasse ich den Brenner zu Boden sinken.

Auch die anderen sind zurückgewichen. Nach und nach sammeln sie sich um uns. Luka stützt Wylie, der sich mit schmerzverzerrtem Gesicht die Seite hält.

»Lass mich sehen.« Grob schiebt mich der Heiler beiseite und beugt sich über seinen Brennerkumpel. Ich wende mich ab. Der Kerl hat sicher mehr drauf als ich, schließlich hat er einen Abschluss auf der Akademie.

Mit zittrigen Beinen stake ich zu Wylie hinüber. »Zeig her.«

Ächzend schiebt er sein Hemd hoch, zeigt mir den tiefen Bluterguss, der sich bereits an seiner Hüfte sammelt.

»Das war wohl nichts«, murmelt er zwischen zusammengebissenen Zähnen.

Ich knie mich neben ihn und lege die Hände auf seine Haut. Er zieht scharf den Atem ein, dann verstummt er.

Ich weiß nicht, wann ich das letzte Mal einen anderen Menschen geheilt habe als mich selbst. Nur zögernd fließt die Magie aus meinen Fingern, ein tröpfelndes, warmes Rinnsal. Doch anscheinend hilft es, denn Wylie schließt die Augen und seufzt. »Ach Effie. Ich hätte mich eher unter den Baum geworfen, hätte ich gewusst, dass du mich dann befummelst.«

»Pah.« Ich kann ein Grinsen nicht unterdrücken, als ich meine Finger zurückziehe. »Das muss reichen.«

Wir schauen zum Brenner hinüber, der sich unter den Händen des Heilers stöhnend zu regen beginnt.

»Kriegst du ihn wieder hin?« Besorgt beugt sich Luka über ihn.

»Ich denke schon«, sagt der Heiler. »Wird aber eine Weile dauern.«

»Dann schlagen wir hier unser Lager auf«, bestimmt Luka. »Morgen machen wir einen neuen Versuch.«

Ein paar Minuten später brennt ein kleines Lagerfeuer. Wir spannen unsere Hängematten auf, und Wylie nimmt gerade die Kaninchen aus, als über uns ein Pfiff ertönt. Einen Moment später segelt ein Falke vom dämmrigen Himmel und landet lautlos auf Wylies Schulter.

»Na so was!« Wylie gluckst und hält dem Tier ein Stück Kaninchendarm hin, das der Falke mit reglosem Blick hinunterwürgt. »Hallo Kleiner.«

Wie hat das Tier uns gefunden? Ich staune über seinen Instinkt, der für die anderen selbstverständlich scheint. Wylie streicht ihm über den Kopf, dann nestelt er am Rücken des Vogels, löst ein kleines Behältnis aus Leder und öffnet es.

»Nachricht aus der Bastion.« Er pfeift durch die Zähne und wirft Luka einen zusammengerollten Zettel zu. »Und ein Brief für dich, Effie.«

Während ich mir die kleine Papierrolle schnappe, murmelt Luka ehrfürchtig: »Der Gelehrte schreibt. Die Soldaten sind wieder wohlbehalten in der Bastion angekommen. Er fragt, ob wir Verstärkung brauchen ...«

Seine restlichen Worte dringen nicht mehr zu mir durch. Ich starre auf den Text in meiner Hand. Ich habe mit Nachricht vom Altmeister gerechnet. Doch das ist nicht seine krakelige Klaue. Es sind nichtssagende, ordentliche Schriftzeichen, nur ein Buchstabe in der ersten Zeile trägt einen

runden Schnörkel, als wäre dem Schreiber kurz der Stift weggerutscht – das Erkennungszeichen, das ich mit Krateos vereinbart habe, dem Sekretär des Altmeisters. Plötzlich habe ich Angst, den Text zu lesen. Doch meine Augen rasen schon über die Zeilen, entschlüsseln die Botschaft hinter den belanglosen Sätzen.
Tot. Halte dich fern.
Ich stöhne auf. Die Worte verschwimmen vor meinen Augen. Ich knülle das Papier zusammen. Der Altmeister ist tot. Das darf nicht sein. Nicht er. Ich kriege keine Luft mehr.
»Effie?« Jemand ruft mich. Eine Hand rüttelt an meiner Schulter. »Effie?«
Widerstrebend blicke ich auf.
»Was ist los?«, fragt Luka mit besorgtem Blick.
»Tot.« Krächzend ringe ich nach Luft. »Er … sie … meine Tante.« Ich werfe ihm die Wörter wie einen Rettungsanker hin, strecke meine Hand aus. »Lies ihn vor.«
Er entwindet den geknüllten Zettel aus meiner Faust, streicht ihn glatt. Sie alle starren mich neugierig an, und ich lege meine Hände vors Gesicht, als könnte ich ihre Blicke nicht ertragen, und lausche angespannt Lukas Worten. Es ist riskant, ihn den Brief lesen zu lassen, doch noch riskanter wäre es, sein Misstrauen zu schüren, indem ich ihm den Inhalt vorenthalte.
»Liebe Effie«, liest er halblaut vor. »Danke für deinen Brief. Es freut mich zu hören, wie gut es dir ergangen ist. Auch Tante Lilli freute sich sehr über deinen neuen Posten. Es tut mir leid, doch ich muss dir eine schlimme Nachricht mitteilen. Sie ist tot. Wenige Stunden nach Erhalt deines Briefs hat sie sich mit den Pocken infiziert, die ihre Cousine Téssera aus Athos hier einschleppte. Innerhalb kurzer Zeit haben sie sie dahingerafft. Wir trauern sehr um sie. Ich erwarte nicht, dass du kommst. Du darfst dich nicht anstecken. Dort, wo du bist, erweist du uns allen einen größeren Dienst. Auch Lilli hätte sich ge-

wünscht, dass du deinen Pfad weiter verfolgst. Viele Grüße und alles Gute, dein Onkel Marten.«

Meine Gedanken rasen. Tante Lilli ist mein Tarnname für den Altmeister. Sie haben ihn getötet. Lillis Cousine – also Leute aus unseren eigenen Reihen. *Téssera* bedeutet Vier. Die vierte Abteilung? Auf Befehl aus Athos?

Ich kann nicht glauben, dass die Verschwörung schon die oberen Ränge unserer Regierung infiziert hat. Doch anders kann ich den Brief nicht deuten.

Und noch eines ist klar: Krateos will nicht, dass ich zurückkehre. Er sieht mein Leben in Gefahr, wenn ich es tue. Stattdessen soll ich meinen Auftrag weiter ausführen. Das Albenkind töten. Mehr über die Verschwörung herausfinden. Doch für wen? Mein Vorgesetzter ist tot. Krateos ist nur Befehlsempfänger, genauso wie ich.

»Effie.« Wieder stört Lukas Stimme meine Gedanken. Er legt einen Arm um mich, und ich widerstehe gerade noch dem Impuls, ihn zurückzustoßen. »Es tut mir leid«, sagt er. »War deine Tante dir wichtig?«

Ich nehme die Hände vom Gesicht. Eine Träne rinnt über meine Wange. »Sie hat mich großgezogen«, stoße ich aus.

Ich weine fast nie. Doch ich habe gelernt, Tränen fließen zu lassen, wenn ich sie brauche. Und selbst wenn mein Verstand so fassungslos ist, dass ich mich wie benebelt fühle, mein Körper funktioniert weiter.

»Mein Beileid«, murmelt Wylie. Auch die anderen nicken mir etwas hölzern zu.

Lukas Blick ist dunkel. Ist es Besorgnis, die ich darin lese? Oder Skepsis? Er streicht mir über den Arm. »Sag mir, wenn ich irgendetwas für dich tun kann.«

Ich schüttle den Kopf. »Ist schon gut.«

Er drückt mir den Brief in die Hände, und ich stecke ihn in die Tasche. Wylie reicht mir seine Schnapsflasche, und ich nehme einen tiefen Schluck.

Anschließend beobachte ich die anderen bei ihrem Tun. Der Soldat hält Wache, der Heiler bleibt bei dem verwundeten Brenner. Wylie dreht die gehäuteten Kaninchen auf Stecken über dem Feuer. Luka streckt sich neben ihm aus, und sie unterhalten sich leise über den Brief des Gelehrten. Ihr Vorgesetzter, der meinen hat ermorden lassen.

Ich kneife die Augen zusammen. Es wäre einfach, sie stellvertretend zu verabscheuen. Doch wir alle haben Dreck am Stecken. Wir alle sind Befehlsempfänger. Und wer am Ende siegt, entscheiden ganz offensichtlich nicht irgendwelche moralischen Werte, sondern der, der zuerst die anderen erledigt.

Lilli hätte sich gewünscht, dass du deinen Pfad weiter verfolgst.
Plötzlich habe ich das alles so satt. Krateos kann mir gar nichts sagen. Unser Boss ist tot, ich bin auf verlorenem Posten.

Ich springe auf und marschiere ins Dunkel hinein, tiefer und tiefer in den Wald.

Die großen Bäume stehen bewegungslos. Eine Eule dreht ihren Kopf, um mich von einem hohen Ast aus zu beäugen. Ich packe einen Stecken und werfe ihn nach ihr, doch ich verfehle sie. Lautlos wie Mondlicht breitet sie die Schwingen aus und schwebt davon.

»Effie.« Luka steht hinter mir. Ich wirbele zu ihm herum und ramme ihm meine Faust in den Bauch, und als er zurückweicht, trete ich mit den Füßen nach. Meine Fäuste trommeln auf ihn ein, bis er meine Handgelenke packt.

»Hör auf«, knurrt er. »Hör auf!«

Ich winde mich aus seinem Griff und stoße ihn weg, sodass er zu Boden geht. Mit einem Satz sitze ich auf ihm, nagle mit den Händen seine Arme auf den Grund.

»Sag mir nicht, was ich tun soll«, zische ich. Sein Gesicht ist ganz nah, Sternenlicht zeichnet das Schattengespinst der Zweige auf seine Miene. Für einen Augenblick liegt er ganz still, dann grinst er und windet sich, reibt seinen Unterkörper an meinem.

Er nutzt meine Überraschung, um seine Hände zu befreien, und packt mich an der Jacke, streift sie mir über die Schultern, sodass meine Arme plötzlich gefangen sind.

»Mistkerl«, keuche ich, da schnellt sein Kopf hoch, und seine Lippen knallen auf meine, so hart, dass ich zurückzucke. Doch er lässt mich nicht gehen. Mit einer Hand umfasst er meinen Nacken, mit der anderen tastet er meinen Bauch hinab. Dann schiebt er seine Finger in meinen Hosenbund.

»Wut ist gut«, knurrt er gegen meine Lippen. »Lass sie raus.«

Ich stöhne auf, als seine Finger in mich dringen, kalt und gewaltsam. Es gibt nichts, was ich jetzt weniger brauchen kann, und nichts will ich mehr.

Ich reiße den Kopf zurück und schiebe meine Hüften nach vorne, drücke seine Finger tiefer in mich hinein, keuche dabei auf vor Schmerz und vor Lust. Er bedeutet mir nichts. Niemand bedeutet mir etwas. Ich blicke in die kalte Nacht hinauf und fluche aus vollem Herzen, während er mich zum Höhepunkt treibt.

Danach sacke ich kraftlos über ihm zusammen. Der Farn raschelt ebenso wie der Wind in den Bäumen, als Luka sich sachte unter mir hervorschiebt und mich auf den Rücken legt, mir das Hemd aufknöpft und beinah bedächtig die Hose von den Beinen schält.

»Jetzt bin ich dran«, murmelt er heiser, und ich habe ihm nichts entgegenzusetzen. Doch er lässt sich Zeit.

Seine eine Hand streicht voll zurückhaltender Vorfreude über meinen Körper, während er mit der anderen seine Hose öffnet. Ich schließe die Augen und spüre dem viel zu rasch verfliegenden Glücksgefühl nach, dessen Nachwehen immer noch in mir beben.

Dann ist er auf mir. Sachte bewegt er sich, flüstert dabei meinen Namen. Darin klingt eine Zärtlichkeit, die mich irritiert die Augen öffnen lässt. Empfindet er etwa mehr für mich, als ich dachte?

Tatsächlich studiert er mich so intensiv, als wollte er sich trotz der Dunkelheit meinen Anblick einprägen.
Ich will etwas sagen, doch ich komme nicht mehr dazu.
Über uns schreit ein Kind. Jämmerlich und schrill, eine dünne Stimme, die in einem Schluchzen verebbt.
Luka erstarrt. »Hörst du das auch?«, flüstert er.
»Ja«, wispere ich. »Ist es das Albenbalg? Ist es hier?«
Er schüttelt den Kopf. Seine Miene verzerrt sich in jäher Bestürzung. »Das ist eine Bansei«, keucht er.
»Unsinn.« Ich spüre, wie er in mir erschlafft, und will ihn von mir herunterschieben, doch er regt sich nicht. Das Kind heult erneut, klagend und traurig, und dann erheben sich über uns dunkle Schwingen in die Luft. Eine plötzliche Bö lässt mich schaudern, als ein riesiger Vogel sich zwischen den Bäumen fortschwingt. Sein wehmütiges Schreien wird leiser und verebbt schließlich ganz. Nur das Rauschen der Bäume und Lukas schneller, flacher Atem bleiben.
»Wer das Weinen der Bansei hört, stirbt«, flüstert er. Endlich bewegt er sich von mir herunter.
»Das hat Quinn mir erzählt.« Ich richte mich auf. »Am nächsten Tag, hat sie gesagt. Aber das ist dummer Aberglaube.«
»Nicht am nächsten Tag.« Ich spüre, wie er zittert. »Das glauben die Soldaten, aber es stimmt nicht. Doch innerhalb des nächsten Mondes passiert es. Ich habe es selbst erlebt. Bei zwei von meinen Leuten.«
»Aberglaube«, wiederhole ich bestimmt. Für einen Augenblick schweigt er.
»Natürlich«, stößt er schließlich aus. »Noch leben wir. Und können den alten Geschichten das Gegenteil beweisen.«
Er wirft mich erneut auf den Farn, reibt sich an mir und stößt dann in mich, und obwohl meine Lust erloschen ist, lasse ich ihn. Ich spüre seine Angst in der Wucht, mit der er mich nimmt. Es dauert nicht lang, dann bäumt er sich auf und bettet sein Gesicht auf meine Brust.

Ich ertappe mich dabei, wie ich ihm übers Haar streiche. Tröste ich ihn etwa? Schlucke ich gegen einen Kloß in meiner Kehle an?

Im Gegensatz zu ihm glaube ich tatsächlich nicht an die alten Geschichten. Und selbst wenn – der Tod ist nicht das Schlimmste, was mir passieren kann. Ich habe ihn oft genug zu anderen gebracht, um das zu wissen. Ich balle die Fäuste und spüre das Leben in ihnen. Noch bin ich hier. Und falls ich doch in diesem Wald sterbe, werde ich das verfluchte Albenkind mit mir nehmen.

Cianna

Ich wache in völliger Stille auf. Als ich über das Moosbett taste, ist die schmale Kuhle neben mir kalt. Gelrion ist fort.
Mein Herz schlägt langsam und kraftlos. Ich weiß nicht, wie lange ich schon hier bin. Zwei Tage? Drei? Vielleicht auch länger. Die Zeit verrinnt zäh wie Honig, die Stunden wie Nebel. Am ersten Tag habe ich noch das Labyrinth der unzählig scheinenden leeren Kammern erkundet und nach einem weiteren Ausgang gesucht – vergebens. Seitdem habe ich mich nur noch selten aus dem Bett erhoben. Ich schlafe kaum, doch ich dämmere immer wieder weg, und dann finde ich mich in wirren, angsterfüllten Träumen wieder, als fände mein Geist in ihnen die einzige Flucht.
Ich könnte hier einfach liegen bleiben. *Immer und immer.* Gelrions Worte lassen mich nicht los. Er meinte sie als Versprechen, doch für mich sind sie eine Verurteilung, schlimmer noch als der Tod. Er meint es gut – und das macht es nur umso schrecklicher.
Der endlose Winter in seinen Augen. Seine feinen Züge, so reglos wie Marmor. *Du wusstest es.* Die Worte kriechen ständig wie eine Schlange um mein Genick, umschlingen mich, erdrücken mich. *Du wusstest, dass er dir Schmerz bringen würde.*
Ich schulde ihm so viel. Er hat Raghi und alle anderen gerettet. Und doch. Die Vorstellung, diesen Baum nie wieder zu verlassen, bringt mich um.
Matt richte ich mich auf. Meine Kehle ist ausgedörrt. Ich muss trinken.
Die Nahrung, die Gelrion mir brachte, verschmähte ich am ersten Tag und vielleicht auch am zweiten. Dann weinte er kullernde, gläserne Tränen, und ich aß und trank. Ein wenig

zumindest, bis er zufrieden war. Trotz allem, was er mir antut, trifft mich sein Schmerz fast ebenso wie meiner.

Er versteht nicht, was er tut. Er versteht nicht, warum ich ihn anflehe, mich gehen zu lassen. Ist er überhaupt fähig, Liebe für einen Menschen zu empfinden? Vielleicht bin ich doch nur ein Spielzeug für ihn. Ich begreife das Wesen des Alvae immer noch nicht.

Auch der Baum hört mein Flehen nicht. Seine Stimme ist verstummt, seit ich ihn betreten habe. Der Baum, der Menschenkörper als Opfer nimmt.

Ich schaudere. Fast wäre ich wieder aufs Bett gesunken. Doch dann nehme ich all meine Kraft zusammen. Mühsam stake ich auf zittrigen Beinen zum Ausgang der Kammer. Das Leuchten der Harztropfen erlischt nie, und so kann ich nicht sagen, ob Nacht oder Tag ist. Doch was spielt das noch für eine Rolle? Ich werde die Sterne niemals wiedersehen. Ebenso wenig wie Finn, Raghi, Sami, Barnabas. Oder meine Mutter.

Ein Rascheln ertönt. Gleichgültig blicke ich auf. Gelrion steht am Tisch.

»Du bist wach.« Ein Strahlen geht über sein Gesicht. »Komm, ich habe ein Geschenk für dich.«

Langsam gehe ich zu ihm hinüber, jeder Schritt ein anstrengendes Unterfangen.

»Schau.« Er zieht etwas hinter dem Rücken hervor, hält es mit geheimnisvoller Miene in der verschlossenen Kammer seiner Hände. Als ich vor ihm stehen bleibe, öffnet er sie.

Ein hellbrauner Vogel, kaum größer als mein Zeigefinger. Er schüttelt verwirrt sein zerknittertes Gefieder und stößt einen Triller aus, dann breitet er die Flügel aus und schwingt sich in die Höhe.

Ich schrecke zurück, und Gelrion lacht. »Für dich!«, ruft er und breitet die Arme aus, als würde er selbst gleich zu fliegen beginnen. »Damit du nicht allein bist, wenn ich fort bin.«

»Du gehst fort?«, flüstere ich. Meine Augen folgen dem kleinen Piepmatz, der von einer Wand zur anderen flattert.

»Nur ein paar Vorräte sammeln. Du musst mehr essen, Cianna.« Er mustert mich mit besorgtem Blick. »Damit du wieder fröhlicher wirst.«

»Nimm mich mit«, rufe ich wider besseres Wissen. »Ich kann dir helfen!«

»Du weißt, dass ich das nicht kann.« Er seufzt. »Du gehörst hierher. Wo du in Sicherheit bist. Dort draußen würden sie dich kriegen. Wenn ich sie nicht zuerst erwische.«

»Wer?«, flüstere ich.

Er deutet in eine der Ecken. Erst jetzt sehe ich die schwarz gewandete Gestalt, die dort liegt. Entsetzen packt mich. *Das darf nicht sein. Nicht er!* So schnell mich meine Beine tragen, haste ich hinüber, drehe den reglosen Körper herum.

Ein Schluchzen entringt sich meiner Kehle. Das ist nicht Finn. Der Mann hat ein schmales, wächsernes Gesicht und trägt das Abzeichen der Armee auf seinem Brennermantel.

»Wo …«, stottere ich. »Warum hast du …«

»Ich gebe seine Leiche dem Baum«, sagt Gelrion. »Es sind noch mehr da draußen. Sie suchen und suchen und sehen nichts.« Er kichert. »Wahrscheinlich sind sie bald wieder weg.«

Die Jäger. Maeve. Mein Herz hämmert in der Brust.

»Bitte«, flüstere ich. »Nur ein kurzer Spaziergang. Ich brauche ein wenig Tageslicht.«

Er schüttelt den Kopf. »Du brauchst nur mich.«

Damit eilt er auf die Wand zu, und die Maserungen des Baumes regen und wölben sich vor ihm. Ein kleiner Spalt öffnet sich.

»Warte«, rufe ich. »Gelrion, warte!«

Doch er ist bereits halb in der Öffnung verschwunden, die gerade groß genug ist für seine schmale Gestalt.

Ich renne los, aber als ich die Wand erreiche, ist er verschwunden, das Holz ist warm und glatt und reglos wie Stein.

»So warte doch«, schluchze ich auf. Ich kratze mit den Fingern über die gemaserten Linien. Hinter mir flattert der Vogel durch die Luft, stößt gegen die Wände und ruft in kleinen, hohen Trillern. Diese Höhle ist ebenso wenig sein Zuhause wie meines. Sie ist unser Grab, so wie das des toten Brenners und all derjenigen, deren hölzerne Gesichter in ewigem Schlaf erstarrt sind.

Oder doch nicht? Eine absurde Hoffnung erfüllt mich plötzlich. Menschen sind dort draußen.

Ich schlage auf die Wände ein, und all der Druck und die Verzweiflung in meinem Inneren bersten hinaus in einem gellenden Schrei.

»Hilfe!« Ich schreie so laut, dass es in meinen Ohren widerhallt. »Hört mich jemand? So helft mir doch!« Und selbst als meine Stimme vor Heiserkeit bricht, schreie ich weiter. »Ich bin hier drinnen gefangen!«

Eva

Ich bin wie erstarrt, das Skalpell zittert in meinen Fingern. Die Baumrinde hat sich gerade bewegt, und da war ein silbriger Schatten, ein weißes Gesicht.

Habe ich es geträumt? Nein. Ich träume nie.

Rasch nähere ich mich dem Baum bis auf ein paar Schritte, doch er ist fort. Es war der Junge. Ich stecke das Skalpell ein und balle die Fäuste. Seit Tagen hält er uns zum Narren, taucht auf und verschwindet, ohne dass wir ihn zu fassen kriegen.

Obwohl ich weiß, dass es aussichtslos ist, stoße ich einen gellenden Pfiff aus. Rund um den Baum regen sich die anderen, eilen auf mich zu. Ihre angespannten, müden Gesichter gefallen mir nicht. Das Ausharren und Warten, ohne zu wissen, ob wir Erfolg haben, tut ihnen nicht gut.

Wylie fragte gestern Abend schon mürrisch, wie lange wir das noch durchziehen wollen. Auch der Soldat wirkt längst nicht mehr begeistert von seinem freiwilligen Abenteuerausflug. Und Luka? Er ist still und grüblerisch geworden, seit wir das Weinen der Bansei gehört haben. Doch trotz seiner abergläubischen Angst hält er durch. Er beweist Mut und Beharrlichkeit, und dafür zolle ich ihm Respekt.

»Ich hab ihn gesehen!«, rufe ich. »Er ist aus dem Baum gekommen.«

Sofort durchkämmen sie das hüfthohe Farnwerk rund um die Wurzelstränge. Ergebnislos, wie ich es mir dachte. Doch immerhin tut ihnen die Abwechslung gut.

Ich schließe mich der Suche nicht an. Stattdessen betrachte ich den Baum und seine graue Rinde, deren Rillen so tief sind wie Ackerfurchen. *Welches Geheimnis verbirgst du Ungetüm?*

Ein dumpfer Laut ertönt, wie von weit entfernt. Die Haare

auf meinen Armen richten sich auf. Da. Noch einmal. Was war das? Ich widerstehe dem Impuls, zurückzuweichen. *Mit mir spielst du keine Spielchen.*

»He!« Lukas Ruf reißt mich aus meinen Gedanken. Er ist stehen geblieben und schaut sich um, die Hand zur Abschirmung der einfallenden Sonnenstrahlen über die Stirn gelegt.

»Wo ist Kori?«

Ich folge seinem Blick von Wylie zum Heiler, dann zum Soldaten. Der Brenner ist auf meinen Pfiff hin tatsächlich nicht gekommen. Ich lese dieselbe Befürchtung in seinem Blick wie er wohl in meinem.

Meine Hände wandern zu den Dolchen an meiner Hüfte. Wir haben uns einlullen lassen. All die Kaninchen, die friedlich herumhoppeln, die Blumen, die zwitschernden Vögel im Sonnenschein. Der Wald war ruhig, viel zu ruhig. Bis jetzt.

»Sucht ihn«, ruft Luka. Er zieht sein Schwert. »Wylie, schau auf der Nordseite des Baums nach, wo Kori postiert war. Ihr anderen marschiert in zwei Steinwürfen Abstand um den Baum herum. Ruft nach ihm. Sucht nach Spuren. Und wenn ihr auf etwas Beunruhigendes stoßt, pfeift sofort nach Verstärkung.«

Da. Ich wirbele zum Baum herum. Da war der dumpfe Schrei wieder.

Vielleicht ist es eine Falle. Oder es ist Kori, der um Hilfe ruft.

Zum ersten Mal, seit wir hier sind, trete ich bis auf eine Armlänge an den Baum heran. Nachdem seine Zweige dem Brenner so unsanft den Hintern versohlten, hat ihn keiner von uns mehr angefasst. Wieder höre ich den Schrei, so unglaublich weit entfernt und doch ganz nah.

Pfeif auf die Vorsicht. Ich lege erst eine Hand auf die Rinde, dann ein Ohr. Das Holz ist steinhart, und trotzdem fühlt es sich warm an. Auf widerliche Art fast lebendig.

»Was machst du da?« Luka ist hinter mir aufgetaucht.

Ich hebe die Hand. »Schsch.«

Da ist er wieder, der Schrei. Fast meine ich, ein Wort zu hören. *Hilfe?* Und die Stimme, so fern sie auch klingen mag, ist unverkennbar weiblich.

Ich reiße die Augen auf. Dann forme ich die Hände zu einem Trichter vor meinem Mund.

»Cianna!«, brülle ich gegen die Rinde. »Cianna, bist du das?«

Zuerst herrscht Stille. Erneut presse ich mein Ohr gegen den Stamm. Unverkennbar ein Schluchzen. Dann ein Schrei, verzweifelt und ungläubig. *Maeve?*

Ich hole tief Luft. Schon formt sich in meinem Kopf ein Plan.

»Verflucht, was soll das?«, zischt Luka neben mir. Ich ziehe ihn zu mir heran.

»Sammle die Männer«, flüstere ich, und dann erläutere ich ihm in raschen Worten meine Idee.

Cianna

Ich keuche. In meinem Kopf schwirren die Gedanken wie ein Bienenschwarm. Da war Maeve. Ich habe sie gehört, dumpf und trotzdem so nah, als wäre sie bei mir. Als würde der Baum ihrer Stimme erlauben, zu mir durchzudringen. Doch jetzt herrscht Stille. Habe ich es mir nur eingebildet?
»Maeve!« Mit den Fäusten trommle ich gegen die Wand. »Hörst du mich?«
»Cianna.« Da ist sie wieder, gedämpft, doch unverkennbar. »Ich bin hier, auf der anderen Seite des Baumes. Kannst du zu mir herauskommen?«
Ich schluchze auf. »Ich bin gefangen. Hol mich hier raus!«
»Das kann ich nicht. Du musst zu mir kommen.«
»Aber ich ...«
»Such den Ausgang. Schnell!« Ihre Stimme klingt gehetzt. »Ich bring dich von hier fort!«
Such den Ausgang. Meine Hände kratzen über das Holz, bis meine Fingernägel splittern und bluten.
»Ich kann nicht«, krächze ich verzweifelt.
»Du musst!« Der Befehlston in ihrer Stimme lässt mich weinen und lachen zugleich. Das ist sie. Das ist Maeve.
Doch wie soll ich jetzt tun, was ich bisher auch nicht geschafft habe? Tränen verschleiern mir die Sicht. Ich sinke auf die Knie, meine Finger schaben über das Holz. Es ist vergebens. Ich bin verloren. Ich bette mein Gesicht in die Hände, mein Blut tropft von ihnen auf den Boden.
Cianna. Zuerst dringt das Wispern kaum zu mir durch. Cianna. Wie tausend flüsternde Blätter, wie raschelndes Laub. Ich nehme die Hände vom Gesicht. Dort, wo mein Blut den Boden berührt, wölbt er sich auf. Ein diffuses Licht dringt

aus dem Wurzelwerk, lässt die Blutstropfen schimmern wie Achat.

Cianna. Es ist die Stimme des Baums, die meinen Namen murmelt, so zärtlich, als wäre er gleichfalls ein kostbarer Edelstein. *Was ist mit dir, mein Kind?*

»Bitte«, flüstere ich. Neue Hoffnung keimt in mir auf. »Lass mich gehen.«

Gehen, wispern die Wurzeln, das Holz. *Gehen*, murmeln die Wände.

Ich lege meine Hände auf den Stamm, doch er regt sich nicht.

»Bitte!«

Es kommt keine Antwort, doch die Stille ist wie das Verharren zwischen zwei Atemzügen. Er wartet. Der *Eruad Minhe* wartet, und er ist geduldig, wie es nur ein Wesen der Ewigkeit sein kann. Doch ich habe nicht so viel Zeit wie er. Ich schluchze auf, und eine Wurzel schlängelt sich aus dem Boden, umschlingt sanft meine linke Hand wie in einer Umarmung. *Was ist mit dir, Kind?*

Ein zittriges Seufzen entringt sich meinen Lippen. Der Baum ist nicht mein Feind, ist es nie gewesen. Doch er ist fremd, ein Wesen aus einer anderen Zeit und Welt. Abrupt richte ich mich auf. So fremd, dass er nicht versteht, was ich meine?

Ich lege die rechte Hand auf sein Holz, seinen Leib, dann schließe ich die Augen. *Ich zeige es dir.*

Meine Gedanken fliegen erst wirr, doch mit einem tiefen Atemzug beruhige ich sie. Ein Bild formt sich vor meinem inneren Auge. Ein Riss im Holz, dunkel wie ein Schlund, der sich zu einem Spalt verbreitert. Schmale Streifen von Sonnenlicht, das hindurchfällt, das Zwitschern der Vögel.

Magie. Deam. So mag es heißen, doch ich finde keine wirklich passenden Worte für die unerklärliche Kraft, die mich erfüllt. Ein warmer Strom fließt durch mich hindurch, aus meiner Hand in den Leib des *Eruad Minhe*, und ich schicke ihm das Abbild meiner Gedanken in einem leuchtenden Strahl.

Unter meinen Händen bebt das Holz, und als ich blinzle, sehe ich den Spalt, der sich vor mir auftut. Doch dies ist nicht mehr nur meine Vorstellung, dies ist Wirklichkeit.

Keuchend schiebe ich mich in die Ritze hinein. Doch immer noch hält die Wurzel meine linke Hand fest, und sosehr ich mich winde, sie lässt mich nicht los. Erst, als ich mit meiner Rechten sanft über die Wurzel streiche, bewegt sie sich. Sie schlängelt um meine Hand herum, schiebt etwas hinein, dann lässt sie mich los.

Ein Geschenk, flüstern die tausend tonlosen Stimmen des Baums. *Und jetzt geh.*

Mit fliegenden Schritten haste ich ins Dunkel, das mich für einen endlosen Augenblick umfängt. Fest umschließen meine Finger den kleinen, rundlich glatten Gegenstand. Und dann bin ich draußen.

Sonnenlicht umfängt mich. Das Zwitschern der Vögel, ein kühler Wind, der über meine fröstelnden Schultern streift.

»Du hast es geschafft!« Maeve steht im dunkelbraunen Mantel der Soldaten vor mir, ihre klaren Augen von derselben Farbe wie der Himmel über uns. Sie packt meine Hand. »Komm!«

Noch ehe ich Worte finden kann, zerrt sie mich mit sich.

»Schnell!«, ruft sie. »Bevor uns das Kind erwischt.«

Ich renne mit ihr durch den wogenden Farn. Ein Schwarm Vögel fliegt vor uns auf, ein zwitschernder Sturm flatternder Körper. Hinter mir höre ich das Trillern des kleinen Vogels. Hat er ebenfalls den Ausgang gefunden?

Ich habe keine Zeit, mich umzudrehen. Maeve fegt mit ausgreifenden Schritten auf den Schatten der anderen Bäume zu, ihre Hand ist mein einziger fester Halt.

Dann schlägt sie plötzlich einen Haken, der mich fast von den Füßen reißt.

Hinter dem Stamm des nächsten Baumes tritt eine kleine Gestalt hervor, ein bleiches Gesicht unter einer Kapuze. Gelrion. Ich stöhne auf.

Er ruft meinen Namen, mit ungläubiger, trauriger Stimme.

»Schneller«, zischt Maeve. »Lass dich nicht von ihm beirren.«

Ich taumle. Doch ihr unnachgiebiger Griff lässt mir keine Wahl. Glaubt sie wirklich, wir könnten ihm entkommen? Obwohl ich ihn nicht mehr sehe, weiß ich, dass er uns mit fliegenden, lautlosen Schritten folgt.

»Bleib bei mir!« Seine Stimme tönt hinter uns wie Glöckchen, hell und kalt und schrill zugleich.

Wir rennen unter dem Blätterdach zweier weiterer Bäume hindurch. Dann bleibt Maeve unter dem dritten Baum so abrupt stehen, dass ich gegen sie stoße. Sie fährt herum. Mit einer Hand hält sie mich fest, mit der anderen reißt sie einen Dolch aus ihrem Gürtel.

Gelrion ist nur noch zwei Mannslängen von uns entfernt.

»Bleib stehen«, keucht Maeve und hält ihm das Messer entgegen.

Doch natürlich bleibt er nicht stehen. Leichtfüßig wandelt er über das Moos auf uns zu. Er schaut nur mich an. In seinen Augen glitzern Tränen. »Verlass mich nicht.«

Es zerreißt mir das Herz, ihn so zu sehen. Trotz allem ist er doch nur ein Kind, das nicht allein sein möchte. Ich will die Hand nach ihm ausstrecken, doch Maeve hält mich fest wie in einem Schraubstock.

»Wenn du näher kommst, töte ich dich«, brüllt sie mit hasserfüllter Stimme.

Er blickt von mir zu ihr. In seinen Augen blitzt Wut auf. Er hebt die Arme.

»Nein«, schreie ich, als Wurzeln vor uns aus dem Moos kriechen, sich auf Maeve zuwinden wie Schlangen. »Tu das nicht!«

Im selben Augenblick fällt etwas vom Baum über uns herab.

Ein fahler, lautloser Schatten. Die Zeit bleibt stehen. Ich atme nicht mehr. Dann geht alles sehr schnell.

Es ist ein Netz, ein silbrig glänzendes Netz wie von Fischern, das sich um Gelrions Kopf und Schultern legt. Er taumelt. Sein Mund öffnet sich zu einem Schmerzensschrei, doch nur ein Wimmern entringt sich ihm, dann sackt er in sich zusammen. Zwei Männer springen vom Baum herab. Der eine ist ein Soldat, der zweite ist der Jäger mit dem Schnauzbart. Keuchend weiche ich zurück.

Maeve hat mich losgelassen und eilt zu den Männern, zu Gelrion unter dem Netz.

Eine Falle. Das Wort tost in meinem Kopf, als ich herumfahre, um davonzurennen. Dies alles war nichts als eine Falle, um Gelrion zu fangen.

»Stehen bleiben.« Ich blicke auf und direkt in eine gespannte Armbrust. Der Mann, der sie hält, ist bullig und dunkel wie ein Eber. Kleine Augen in einem hässlichen, knollennasigen Gesicht mustern mich neugierig. Er legt den Kopf schief.

»Hallo Bürgerin«, sagt er beinahe sanft. »Ich dachte schon, wir erwischen euch nie.«

Eva

Wir haben unsere Sachen gepackt und marschieren im Stechschritt durch den Wald. Nach Osten. Zurück zur Bastion. Keiner von uns will mehr Zeit verlieren als nötig.

Das Idyll mit Kaninchen und Blüten haben wir rasch hinter uns gelassen – stattdessen umringen uns moosige Felsen. Graue Wolken hängen in den Wipfeln, zwischen die Laubbäume mischt sich Nadeldickicht.

Die meiste Zeit schaffe ich es inzwischen, die wabernden Schatten und Geräusche dieses verfluchten Baumlabyrinths auszublenden, genau wie das Kribbeln im Nacken und das ständige Gefühl, beobachtet zu werden. Aber verdammt noch mal, ich werde auf die Knie fallen und den Boden küssen, wenn ich endlich wieder den Horizont sehen kann.

Das Albenbalg dämmert derweil im Silbernetz apathisch vor sich hin. Die Männer tragen es abwechselnd auf dem Rücken. Cianna geht schweigend. Ihre Hände sind gefesselt, und sie ist mit einem Seil an Wylie gekettet. Der Vorwurf in ihren Augen verfolgt mich. Er trifft mich jedes Mal, wenn ich mich zu ihr umdrehe. Ihr Schweigen wird sicher nicht anhalten. Innerlich wappne ich mich gegen ihr Ausplaudern, das früher oder später kommen wird.

Nach ein paar Stunden verordnet uns Luka eine erste Rast.

Der Heiler legt den Alben auf dem Boden ab und setzt sich neben ihn. Der Kleine stöhnt leise, doch seine Augen bleiben geschlossen. Setzt ihm die Berührung des Silbers so zu? Ich traue ihm nicht. Selbst wenn ihn das Metall all seiner Magie beraubt, hat er sicherlich noch Tricks auf Lager – so wie seine Mutter. Luka ist offensichtlich der gleichen Ansicht, denn er weist den Heiler an, das Netz im Auge zu behalten. Schlecht für meine Absicht, den Alben in einem unbemerkten Augenblick zu töten. Doch mein Zeitpunkt wird kommen. Das bin ich dem Altmeister schuldig. Was danach kommt? Keine Ahnung. Mit einem Seufzen streife ich den schweren Rucksack von meinen Schultern und setze mich auf einen der Felsblöcke.

Wylie hat Cianna an einem Baum festgebunden. Reglos beobachtet sie uns. Beobachtet *mich*. Ich weiche ihren Blicken aus.

Luka kritzelt eine rasche Nachricht auf einen Zettel und reicht ihn Wylie. Der steckt ihn in ein Behältnis und bindet es einem seiner Falken an den Rücken, ehe er ihn fliegen lässt. Die Kunde unseres Erfolgs wird die Bastion eher erreichen als wir.

Ich ziehe einen Fladen aus meinem Rucksack. Ihr Geschmack hängt mir inzwischen zum Hals heraus, doch mein Körper braucht Nahrung, damit er reibungslos funktioniert.

»Gib der Gefangenen was zu essen und zu trinken«, weist Luka mich an.

Bisher hat noch keiner der Männer ein Wort mit ihr gewechselt. Warum auch? Sie ist nur der unwichtige Nebenfang unserer Beute. Zögernd erhebe ich mich. Um eine Begegnung mit ihr komme ich wohl nicht herum.

Ich packe den Fladen und meinen Wasserschlauch und gehe zu ihr hinüber. Schweigend starrt sie mich an. Ihre grauen Augen sind wie die eines waidwunden Tiers.

»Trink!« Ich binde ihre linke Hand frei und gebe ihr den Schlauch. Sie trinkt gierig, bis sie nach Luft schnappen muss. Keuchend wischt sie sich mit dem Ärmel das Nass von den Lippen. Ich lege den Fladen neben ihr ab.

»Du hast mich an die Jäger verraten«, flüstert sie. »Meine eigene Schwester.«

»Was sagt sie?«, ruft Luka hinter mir.

Ich zucke mit den Schultern und wende mich von ihr ab. »Nichts.«

Eilig gehe ich zu meinem Platz zurück.

»Und ob ich etwas gesagt habe«, ruft sie plötzlich hinter mir. Als ich herumfahre, steht sie aufrecht, mit flammenden Augen, die befreiten Hände zu Fäusten geballt. »Maeve ist meine Schwester!«

Maeve. Ich erstarre. Ihr Blick bohrt sich in meinen. »Sag es ihnen«, ruft sie. »Sag ihnen, wer du bist!«

Wylie legt seine Kaninchenkeule zur Seite, der Soldat und der Heiler richten sich auf. Ich spüre ihre wachsamen Blicke wie Nadelstiche.

Im nächsten Augenblick steht Luka neben mir.

»Was meint sie mit Schwester?«, fragt er, die Stirn gerunzelt. »Wer ist Maeve?«

Ich stoße hart die Luft aus. Ich darf mir keine Blöße erlauben, solange mein Auftrag noch nicht erfüllt ist. Bewusst langsam zucke ich erneut mit den Schultern.

»Sie ist verrückt«, sage ich abschätzig. »Schon als ich sie im Gefängnis verhört habe, hat sie mich für ihre tote Schwester Maeve gehalten. Und was soll ich sagen? Ich hab sie in dem Glauben gelassen. Damit hab ich sie aus dem Baum gelockt.«

Wylie schnappt sich mit einem Kopfschütteln wieder seine Kaninchenkeule, der Heiler und der Soldat entspannen sich.

Luka mustert mich nachdenklich. Eine lauernde Kälte ist in seine blauen Augen getreten. Der Verdacht, den ich schon länger hatte, erhärtet sich. Er ahnt, dass ich etwas verberge.

Ich erwidere seinen Blick mit spöttisch hochgezogenen Augenbrauen, aber im Inneren fröstele ich. Was wird er tun?

Doch er wendet sich ab.

»Sehr schlau.« Er schnaubt. »Wundert mich nicht, dass sie verrückt ist. Ein normaler Mensch hätte sich nie auf einen Alben eingelassen.«

Seine Miene wirkt plötzlich leer, als hätte er sich an einen Ort zurückgezogen, an den ich ihm nicht folgen kann.

Er traut mir nicht mehr. Dessen bin ich mir jetzt sicher.

Und doch tut er nichts. Weil er mich zu sehr mag? So viel Sentimentalität passt nicht zu ihm. Außerdem scheint seine Lust auf Sex mit mir gänzlich vorbei zu sein. Da ist eine Trägheit in seinen Bewegungen, eine Melancholie, die ihn seit der Bansei nicht loslässt.

Offensichtlich glaubt er immer noch, dass er sterben muss. Nach allem, was wir erreicht haben. Innerlich schüttele ich den Kopf. Ich kann eigentlich froh sein, dass sich seine Gedanken mehr mit abergläubischen Ängsten befassen denn mit mir, und doch ist da eine Seite in mir, die ihn trösten will. Ein irrationales, gänzlich unwillkommenes Gefühl.

Ich lasse mich auf einem Felsen nieder und kaue mit wenig Appetit auf meinem Fladen herum. Cianna wende ich den Rücken zu. Wylie hat sie wieder gefesselt, und sie ist verstummt. Auch ohne sie anzusehen, weiß ich, dass sie weint. Bestimmt sind es große, kullernde Mädchentränen, wie damals als Kind.

Natürlich habe ich Mitleid mit ihr. Ich bin nicht aus Stein. Und sie hat recht, ich habe nicht fair gespielt. Andererseits hat sie sich ihr Schicksal selbst eingebrockt. Und was soll ihr schon passieren? Wir bringen sie zur Bastion, und von dort wird sie wahrscheinlich direkt nach Cullahill verfrachtet und erhält ein paar Monate Hausarrest. Mutter wird alles schön unter den Teppich kehren, wie schon bei mir. Für sie beide und mich ist es besser, wenn wir nichts mehr miteinander zu tun haben.

Ich bemühe mich, tief Luft zu holen, was mir allerdings nicht gelingt. Da ist dieser Druck auf meiner Kehle, diese Mischung aus Wut und Traurigkeit, und sie ist seit unserer ersten Begegnung nur schlimmer geworden. Mein verdammtes, verlorenes Herz.

Ich will auf etwas einprügeln. Egal auf was, nur damit ich wieder freier atmen kann. Stattdessen muss ich hier sitzen, mit der kecken, unbekümmerten Miene von Hauptmann Effie.

Ich bin Eva. Mir meinen Namen zu sagen hilft etwas. *Nicht mehr lange, und ich hab diesen ganzen Mist hinter mir.*

Allerdings fürchte ich, diese bizarre Reise wird mich nicht so schnell wieder loslassen.

Cianna

Drei Tage sind wir schon unterwegs. Die Luft ist erfüllt von Dunst, der wie Spinnweben zwischen den Bäumen hängt. Tautropfen glänzen fahl zwischen den Farnen wie ungeweinte Tränen. Meine Füße schmerzen nicht mehr, mein Herz fühlt sich taub an. Wie viel Schmerz kann ein Mensch ertragen, wie viel Sorgen und Reue? Ich will nicht mehr gehen, doch ich muss. Die Leine, die mich an den Jäger bindet, zieht mich vorwärts, mitleidlos und unentrinnbar. Dabei sind die Männer nicht einmal gemein zu mir. Doch Bösartigkeit könnte ich besser ertragen als ihre Gleichgültigkeit.

Sie halten mich für verrückt. Maeve hat mir diesen Stempel aufgedrückt, und vielleicht hat sie recht. Was habe ich mir nur dabei gedacht, dem Kind in den Wald hinterherzugehen? Alles, was danach folgte, war nur die Konsequenz dieses einen Fehltritts. Das Kind und ich haben Leid zu so vielen Menschen gebracht. Und jetzt müssen wir dafür büßen.

Ich werde Finn nie wiedersehen, niemanden, den ich je liebte. Und da ist Gelrion, gefangen in dem Netz. Mein Herz schmerzt bei seinem Anblick. Wenn ich ihn still anrufe, reagiert er nicht. Vielleicht hört er mich nicht, weil das Silber ihn in eine Welt des Schmerzes verbannt hat, in der er nur stumm und allein um sein Überleben kämpfen kann. Ich kann es kaum ertragen, mir vorzustellen, was er erleiden muss. Trotz allem ist er nur ein Kind. Gleichgültig, was er mir angetan hat, so ein Schicksal hat er nicht verdient.

Wenigstens eines habe ich richtig gemacht. Ich habe Raghi freigelassen. Und ich hoffe, sie wird etwas Besseres mit ihrer Freiheit anfangen als ich mit meiner.

Für mich scheint der Weg der Schande vorgezeichnet. Mutter wird mich nicht mehr aufnehmen. Sie kann mich nicht mehr aufnehmen, so treu und fest, wie sie zu den Prinzipien der Republik steht, gegen die ich verstoßen habe. Sobald wir die Bastion erreicht haben, werden mich die Soldaten in ein Gefängnis für Rebellen bringen, ein finsteres Loch, in dem sie mich wahrscheinlich für immer begraben. So viel habe ich den wenigen Äußerungen der Männer entnehmen können.

Ich trauere und ich bereue, ja das tue ich. Doch ich hadere nicht mit meinem Schicksal. Maeve ist es, die mir keine Ruhe lässt.

In den Nächten schlafe ich kaum, und ich weiß, dass sie ebenfalls wach ist. Manchmal beobachte ich, wie sie sich im fahlen Licht des Mondes verstohlen aufrichtet und sich umschaut. Niemals sieht sie mich an. Sie blickt erst zu Gelrion. Dann schaut sie stets zum Wachhabenden. Sie prüft, ob er wach ist. Sie ist wie ein Raubtier, gewissenlos und gerissen. Ein Augenblick der Unachtsamkeit, und sie würde ihn nutzen.

Ich will sie hassen, doch vor allem fürchte ich sie, nun, da sie alle Bande zwischen uns unwiederbringlich gekappt hat. Ich weiß, was sie vorhat, im Gegensatz zu den Männern, die völlig zufrieden damit scheinen, Gelrion und mich zur Bastion zu verschleppen. Bemerken sie nicht, wie sie alles verstohlen beobachtet? Wie sie immer wieder in ihre Tasche greift, um dort etwas zu betasten?

Sie trägt dort eine Waffe, ich bin mir sicher. Wahrscheinlich ist sie aus Silber. Sie will Gelrion töten. Schon das erste Mal, als ich sie im Wald auf uns zukommen sah, las ich es in ihrer entschlossenen, kalten Miene. Ist sie deshalb hier und gibt sich als Soldatin aus?

Manchmal wünschte ich mir fast, es würde ihr gelingen, Gelrions Leiden zu beenden. Was ihn in den Kellern der Festung erwartet, ist vielleicht schlimmer als der Tod.

Ich habe die Männer an den abendlichen Rastplätzen belauscht. Dass sie mich als verrückt betrachten, hat den Vorteil, dass sie es nicht für nötig halten, ihre Zunge zu hüten. Sie wollen Gelrion benutzen, seine Magie, die sie immer noch Trieb nennen, als meinten sie, sie damit bezwingen zu können. Folter und Schmerz, das wollen sie ihm antun – und seine Kräfte für schändliche Zwecke nutzen. Diese Ungeheuerlichkeit ist es, die mich dazu bringt, zu kämpfen.

Mein Leben mag verloren sein, doch ich werde nicht aufgeben. Für ihn.

Auch ich trage etwas in meiner Tasche. Noch während sie mich gefangen nahmen, schmuggelte ich es hinein. Warm ruht es dort, beinahe tröstlich. Es ist ein Samenkorn. Der *Eruad Minhe* hat es mir geschenkt. Vielleicht wird es das Letzte sein, was mir von dieser verhängnisvollen Reise in den Wald bleibt.

Der Deamhain ist mein einziger Anker, meine einzige Hoffnung. Wenn ich die Augen schließe, höre ich sein Wispern im Rauschen der Blätter, im Raunen und Heulen des Windes, der durch die Wipfel fegt. Ich höre die Stimme des *Eruad Minhe* im Zwitschern der Vögel, im Surren der Insekten.

Manchmal erspähe ich zwischen den Buchen und Tannen ehrwürdige, alte Baumriesen, die von einem sanften, flirrenden Licht umgeben sind, als wäre die Luft bei ihnen dünner als anderswo. In ihrer Nähe erfasst mich ein inneres Beben, eine Sehnsucht, die mich wünschen lässt, ich könnte mich in einen Vogel verwandeln und auf ihren Ästen niederlassen. Ich bin sicher, das sind die Kinder des *Eruad Minhe*, die Gelrions Mutter und ihre Schwestern in all den Jahren pflanzten und hegten.

Überall fühle ich ihre Magie, und ich kann sie riechen, im harzigen Duft der Rinde, im feuchten Geruch der Erde. Die Bäume reden miteinander. Wenn ich innehalte, spüre ich es unter meinen Füßen wie eine sanfte, stetige Vibration. Das Wurzelgeflecht des Eruad und seiner Kinder verbindet sie alle. Auch mich. Seit meinem Aufenthalt im *Eruad Minhe* bin ich endgültig zu einem Teil dieses Waldes geworden. Schmetterlinge und Libellen lassen sich gern auf meinen Schultern nieder, und die Männer reißen verständnislose Witze darüber, wenn sie es bemerken.

In der Dunkelheit kommen mich manchmal Mäuse und Kaninchen besuchen, huschen über meine Hände und knabbern liebkosend an meinem Haar. Ich freue mich über ihre pelzige Berührung, das Blinken ihrer großen, dunklen Augen. Manchmal sehe ich weitere Tiere, die sich in die Schatten des Unterholzes ducken. Katzenaugen leuchten auf in stillem Gruß, Schlangen gleiten züngelnd neben uns her.

Begleitet uns, flüstere ich in den Wind. *Seid wachsam und hört auf meinen Ruf.*

Ich glaube, nur deshalb können wir den Deamhain so unbehelligt passieren, durch Nadeldickicht und schroffe Schluchten, an giftigen Dornen und tödlichen Wesen vorbei. Meine Gegenwart schützt meine Gefangenenwärter. Ein höchst ironischer Winkelzug des Schicksals.

Allerdings wird der Schutz nicht mehr lange währen. Seit wir heute Morgen aufgestanden sind, spüre ich ihn, einen kalten, schweren Fremdkörper vor uns, der sich in den Wald gebohrt hat wie ein Armbrustbolzen in lebendes Fleisch. Die Bastion ist nicht mehr fern. Dieser vierte Tag wird der letzte unserer Reise sein. *Nie ist der Deam stärker als im Augenblick des Sterbens*, höre ich Gelrions fröhliche Worte. Ich bin nicht so schwach, wie ich glaubte – wie sie alle glauben. Ich bin eine Kämpferin. Und bald werde ich all meine Stärke zusammennehmen müssen und den Wald zu Hilfe rufen, selbst wenn es das Letzte ist, was ich tue – für ihn und für mich.

Eva

»Es ist nicht mehr weit«, hat Luka schon vor einer Stunde gerufen. »Bald stoßen wir auf die Straße.«

Wylie hat noch einmal einen Falken losgeschickt, wahrscheinlich, damit sie ein Willkommenskomitee für uns vorbereiten. Vermutlich hoffen die Männer auf ein warmes Büfett und eine Auszeichnung für ihren Erfolg. Ich knirsche mit den Zähnen.

Und da ist die Straße auch schon. Wir schieben uns durch das dichte Gebüsch und stehen auf den Pflastersteinen.

Ich bin weniger erleichtert als frustriert. Was soll ich noch in der Bastion? Ich will den vermaledeiten Auftrag erledigt wissen und Effie endlich hinter mir lassen.

Immer noch zähneknirschend schaue ich zu dem Soldaten hinüber, der das Albenbalg schleppt.

Das Skalpell brennt in meiner Tasche. Während der ganzen letzten Tage bin ich nicht ein Mal an das Kind herangekommen. Den anderen ist es offensichtlich nicht aufgefallen, doch Luka hat mich weder das Kind tragen lassen, noch hat er mich zu einer der Nachtwachen eingeteilt. Weil er mir nicht mehr traut. Und genau deshalb sollte ich keinesfalls in die Bastion zurückkehren.

Ich könnte den Alben erledigen, gleich hier. Ich stelle mir vor, wie ich dem Soldaten meinen Dolch über die Kehle ziehe, das Kind dann durch das Netz hindurch ersteche und abhaue. Auf der Straße finde ich auch selbst aus dem Wald heraus. Ich hätte nicht übel Lust dazu. Meine Chancen, damit davonzukommen, wären allerdings gering. Wylie bleibt ein ausgezeichneter Schütze, und auch Luka wird mich garantiert nicht einfach davonrennen lassen. Und obwohl ich gern was riskiere, habe ich doch einen ausgezeichneten Überlebensinstinkt.

Mir bleibt keine Wahl. So riskant es ist – wenn ich den Auftrag erledigen will, muss ich noch mal in die Festung hinein. Sie werden das Kind in den Käfig sperren, in dem auch schon seine Mutter saß. Nur eine kurze Unaufmerksamkeit von Luka, und ich verschwinde, tauche im Gewirr der Gassen unter und suche mir einen Weg in den Keller. Ich werde das Kind töten, und danach haue ich ab, ohne mich noch mal umzudrehen. Und dann muss ich mein Herz von dieser vermaledeiten Schwäche für meine Schwester und jedem Bedauern säubern und weitermachen.

Doch womit? Wohin soll ich gehen, wenn das alles vorbei ist? Ich versuche, den Gedanken daran zu verdrängen, doch er lässt mich einfach nicht los. Er macht mich zögerlich und schwach. Ich balle die Fäuste, während wir die Straße entlangmarschieren. Es ist Zeit, zu meiner alten Stärke zurückzukehren.

Die Pflastersteine klappern unter unseren Stiefeln. Wir kommen zügig vorwärts, und in Lukas Miene kann ich bereits Erleichterung lesen, die Hoffnung, bald unser Ziel erreicht zu haben. Wir biegen um eine Kurve, und in der Ferne ragt die Bastion auf, ein dunkler Klotz von Mauern und Zinnen, vielleicht noch drei Pfeilschussweiten entfernt. Doch ihr Anblick ist es nicht, der uns innehalten lässt.

Es ist ein Karren, von zwei Ochsen gezogen. Rumpelnd kommt er uns vom Bastionstor entgegen. Ich kneife die Augen zusammen. Auf dem Kutschbock sitzt der Händler Christoph und neben ihm – ich traue meinen Augen nicht – Meister Horan. Der Alte winkt uns, und Luka stößt ein Keuchen aus. Er wirkt ebenso überrascht wie ich. Die Ladung des Karrens ist unter einer Plane verborgen.

Luka und Wylie beschleunigen ihren Schritt, Cianna stolpert an ihrer Leine hinter den Jägern her. Ohne sie anzuschauen, eile ich im Laufschritt an ihr vorbei und schließe zu den Jägern auf.

Wir stoppen direkt vor dem Karren, Christoph bringt mit einem Schnalzen die Ochsen zum Stehen.

»Willkommen zurück!«, ruft der alte Horan und klettert erstaunlich behände von seinem Sitz herunter. »Wir haben vor zwei Stunden die Nachricht eures Falken erhalten. Wo ist der Alb?« Suchend blinzelt er hinter seinen Augengläsern über unsere Köpfe hinweg.

Luka winkt den Soldaten an uns vorbei nach vorne. Ächzend hebt der Mann seine Last von den Schultern und lässt das Netz mit dem Kind auf die Pflastersteine sinken. Der Heilermeister trippelt mit seinem Gehstock heran und beugt sich über das Netz.

»Schön, schön«, murmelt er. »Unverletzt, will ich meinen?«

Er stupst mit dem Gehstock vorsichtig in das Netz hinein. Der bewusstlose Junge stöhnt auf, regt sich aber nicht. »Nun gut.« Horan blickt lächelnd auf. »Wir haben große Pläne mit ihm. Doch zuerst ...«

»Christoph!« Ciannas Ruf unterbricht ihn. Sie läuft an Wylie vorbei auf den Karren zu, und im letzten Augenblick packt der Jäger sie an der Hüfte. Sie wehrt sich vergebens gegen seinen Griff. »Christoph, sag meiner Mutter, dass es mir leidtut.«

Der Händler streicht sich über den blonden Bart, der die Hälfte seines Gesichts verbirgt. Gemächlich richtet er sich zu seiner bärenhaften Größe auf und steigt zu uns herunter. Die Männer beobachten ihn reglos, Meister Horan trippelt auf seinem Stock ein Stück zurück. Plötzlich wird mir kalt.

Der Händler. Der in der Bastion ein- und ausgeht, als gehörte er dazu. Der ein Bürger ist und damit unbehelligt durch die Republik reisen kann und Zutritt zu allen Orten hat, die den Gemeinen verwehrt bleiben. Zum Beispiel zum Kastell Cullahill oder in die privaten Kammern des Kommandanten.

Das ist doch nur Christoph, höre ich Quinn in meiner Erinnerung rufen. Jeder kennt den brummigen Sonderling, keiner misst seinem Gehen und Kommen große Bedeutung bei.

Es ist die perfekte Tarnung.

»Ich denke nicht, dass ich das tun kann, Cianna.« Er schaut sie dabei nicht einmal an. Die Autorität, die von ihm ausgeht, ist gänzlich anders als die des kauzigen Händlers.

Sie reißt die Augen auf. Auch sie erkennt offensichtlich, dass dieser Mann ein anderer ist, als sie immer glaubte. »Wer bist du?«, flüstert sie.

Er lacht auf. »Niemand, mit dem du dich noch beschäftigen musst.«

Mir wird noch kälter. Doch Cianna scheint ihn nicht zu verstehen. Sie windet sich mit neuer Kraft in ihren Fesseln. »Was ist mit Jannis?«, ruft sie. »Deinem Onkel? Ist er ...«

»Jannis ist ein dummer, alter Mann«, fährt er ihr über den Mund. »Und nicht mein Onkel. Und jetzt halt den Mund, Gör, ehe ich ihn dir stopfe.«

Cianna verstummt mit bestürztem Gesichtsausdruck.

»Ihr habt gute Arbeit geleistet«, sagt Christoph in ruhigem, geschäftsmäßigem Tonfall. Er nickt Luka und Wylie zu, und sie senken tatsächlich die Köpfe vor ihm. »Ab jetzt übernehmen wir.«

Zeit für die vorlaute Effie, in Aktion zu treten.

»Also wirklich, Christoph. Du bist doch nicht etwa ...« Ich kichere. Luka wirft mir einen aufgeschreckten Blick zu, den ich geflissentlich ignoriere. »Der *Gelehrte?*«

Christoph zieht die Augenbrauen hoch. Abgesehen davon reagiert er nicht auf meine Frage, und das ist mir Antwort genug.

»Ladet den Alben auf den Wagen«, befiehlt er. »Wir haben keine Zeit zu verlieren, der Weg ist weit.«

Schon tritt Luka dienstbeflissen um den Karren herum und zieht die Plane herunter. Eine wuchtige Truhe kommt zum

Vorschein. Das perfekte Versteck, wie ich aus eigener Erfahrung weiß.

»Wo bringt ihr ihn hin?«, frage ich. »Er sollte doch ...«

»Das reicht, Rekrutin.« Christoph tritt ganz nah vor mich. Seine blauen Augen unterziehen mich einer kalten Musterung. Der Leiter der vierten Abteilung, der Mann, der den Altmeister hat töten lassen. Der buschige Bart kann nicht echt sein. Ich hätte große Lust, ihn aus seinem Gesicht zu reißen. Stattdessen senke ich widerwillig den Blick.

»Ich halte nichts von weiblichen Agenten«, knurrt er. »Sie reden zu viel und leisten zu wenig. Luka!«

Eilig kommt der Jäger zu uns. Er beobachtet mich mit wachsamen Augen. Wird er mich jetzt verraten? Doch seine Lippen bleiben fest aufeinandergepresst. Irgendwas lässt ihn zögern. Ist er sich doch nicht sicher, was mich betrifft?

Der Soldat und der Heiler aus unserem Trupp heben zwischenzeitlich das Kind in die Höhe. Verdammt, was hat Christoph mit ihm vor? Es juckt mich in den Fingern, das Skalpell aus der Tasche zu holen, doch ich halte still. Solange Luka mich beobachtet, habe ich keine Chance.

»Sorg dafür, dass in der Bastion keine Fragen gestellt werden«, weist Christoph Luka an. »Die Rebellen sind tot, die magischen Zwischenfälle hat der Wald selbst verursacht. Der Alb darf nicht erwähnt werden. Und keine Zeugen.«

Er nickt zu dem Heiler hinüber. Und noch ehe ich verstehe, was dieses Nicken bedeutet, hat der Kerl schon das Netz mit dem Kind zu Boden gelassen und zieht sein Messer. Ohne zu zögern, tritt er auf den Soldaten zu, der die gesamte Reise mit uns verbracht hat. Er schneidet ihm mit einer ruckartigen Bewegung die Kehle durch. Ich keuche auf, während der Mann mit einem ungläubigen Gurgeln zu Boden sinkt. So schnell, so erbarmungslos.

Mein Herz hämmert in meiner Brust. Der Gelehrte macht keine Gefangenen.

»Was ist mit ihr?« Luka deutet auf Cianna, die immer noch von Wylie festgehalten wird und das Geschehen mit entsetzten Augen verfolgt.

»Sie ist ebenfalls im Wald gestorben«, erwidert Christoph. Cianna schreit auf, doch er wirft ihr nur einen desinteressierten Blick zu. Stattdessen wendet er sich an mich.

»Rekrutin.« Sein Blick bohrt sich in meinen. »Zeig mir, ob du dein Leben wert bist. Töte sie.«

»Gelehrter«, setzt Luka an. Offensichtlich fasst er sich jetzt doch ein Herz. »Du solltest über Effie etwas …«

Doch Christoph bringt ihn mit einer Handbewegung zum Schweigen.

Sie alle starren mich an, Luka mit finsterem Blick, die Hand griffbereit an seinem Dolch. Cianna schluchzt wie ein Kind. Die Zeit dehnt sich zu einer Ewigkeit. Plötzlich werde ich ganz ruhig. Warum soll ich noch hadern? Sie haben mir die Entscheidung abgenommen. Mit festen Schritten gehe ich auf Wylie zu.

Schon hat er die Leine gekappt, die ihn mit Cianna verbindet. Er schubst sie zu mir. Weich und schwer landet sie in meinen Armen, klammert sich für einen Augenblick an mich, und ich spüre ihr Herz poltern, schnell und verzweifelt.

»Bitte«, keucht sie. Ihre grauen Augen flehen mich an. Sie schnell zu töten? Oder sie leben zu lassen? Ich weiß es nicht.

»Ich werde deiner Mutter sagen, dass es ein schneller Tod war«, sagt Christoph beinah sanft. »Die Rebellen haben dich umgebracht. Dein Ruf wird wieder sauber sein.«

»Hör nicht auf ihn!«, schluchzt sie. »Mae…«

Grob drehe ich sie herum. Mit einem Arm fixiere ich sie wie mit einer Schraubzwinge, mit der anderen Hand ziehe ich den Dolch aus meinem Gürtel. Ihr Haar kitzelt meine Nase, duftet nach Frühlingsblumen. Bebend presse ich den Dolch an ihre Kehle. Verdammt soll der Gelehrte sein, verdammt sind sie alle! Doch sie lassen mir keine Wahl.

Cianna

Wer entscheidet, wie viel unser Leben wert ist?

Die Republik, die jedem von uns mit seiner Geburt einen festen Platz zuweist? Die Menschen, die uns lieben, weil sie nicht anders können? Oder wir selbst, mit unseren Taten und unserem Scheitern? So viele habe ich sterben sehen, und ihr Leben war nicht weniger wert als meines.

Ich blicke hinauf in die Ewigkeit der Bäume. Mein Körper wehrt sich noch gegen das unausweichliche, doch mein Herz wird ruhig.

Sanft streicht ihr Messer über meine Kehle. Über mein Leben entscheidet sie – und ich habe keinen Zweifel, wie ihr Urteil lauten wird. Sie wird mich töten, so wie sie einst meine Schwester tötete.

Doch ich bereue nichts. *Kommt*, rufe ich in den Wald hinein, rufe die Katzen, die Schlangen, die dunklen Wesen des Deamhains. Schon meine ich, es im Unterholz rascheln zu hören, Schatten gleiten an Baumstämmen vorbei, Wurzeln regen sich im Erdreich unter den Pflastersteinen.

Mein Leben war niemals mehr wert als in diesem Augenblick, in dem ich es verliere. Denn mein Tod rettet ein Kind. Und vielleicht eine ganze Welt. Meine gefesselten Hände ballen sich um das Samenkorn.

Nie ist der Deam stärker als im Augenblick des Sterbens. Ich schließe die Augen. Innerlich beschwöre ich das Bild herauf, wie die Männer unter den Bissen der Raubtiere fallen und sterben, ich sehe Mäuse und Kaninchen an Gelrions Netz nagen, bis die silbernen Schnüre von ihm abfallen. *Rettet ihn.* Ich hoffe so sehr, dass der Wald meine Botschaft versteht, dass mein sterbender Geist diese Nachricht aussendet, wenn der

Deam aus mir hinausströmt, in der kulminierten Kraft meines Todes.

Maeve erschauert hinter mir. Worauf wartet sie noch?

Plötzlich löst sich das Messer von meiner Kehle. Etwas sirrt durch die Luft, zugleich brüllt Maeve auf, ein dunkler Schrei voll geballter Wut. Ich öffne die Augen. Ungläubig sehe ich ihr Messer auf Christoph zufliegen, den unheimlichen, kalten Mann, den ich niemals kannte. Die Zeit dehnt sich zu einem zähen Band. Der Jäger mit dem Schnauzbart hechtet nach vorne, wirft sich vor seinen Anführer.

Mit tödlicher Lautlosigkeit trifft ihn das Messer in die Kehle. Er kippt hintenüber, die Augen aufgerissen in fassungslosem Schmerz.

Maeve hat mich losgelassen. Schon wirft sie ein weiteres Messer. Silbern zischt es durch die Luft. Sie hat auf Gelrion gezielt, doch es verfehlt ihn, beim *Eruad Minhe*, es klappert neben dem Netz auf den Boden.

Die Zeit findet zu ihrer alten Geschwindigkeit zurück. Der bullige Jäger Wylie hebt seine Armbrust. Er zielt auf Maeve, auf mich. Wenn sie mich nicht tötet, wird er es tun.

Kommt, rufe ich ein letztes Mal in den Wald. *Rettet das Kind!* Die Antwort erfolgt sofort. Ein Vogel fliegt durch die Luft, bohrt sich in Wylies Brust. Nein, kein Vogel. Ein gefiederter Pfeil. Ungläubig keuche ich auf.

Zugleich rast Feuer durch meine Brust, ein glühender Schmerz, der mir den Atem raubt. Ich taumle, fasse mir an die Brust. Wylies Armbrustbolzen. Er hat es doch noch geschafft.

Und plötzlich ist da noch mehr Feuer – Flammenstöße, die aus dem Unterholz schlagen und den Karren erfassen, den alten Mann, der kreischend nach seinem Kittel schlägt.

»Cianna!« Jemand schreit meinen Namen. Es ist Finn. Ich will den Kopf herumreißen, doch mich schwindelt es. Die Welt verschwindet im Zwielicht. Ich muss die Tiere stoppen, ist mein letzter Gedanke. Sie dürfen Finn nichts antun.

Bleibt zurück, rufe ich. *Bleibt zurück, ihr Wesen des Waldes!* Dann umfangen mich schwarze Rabenflügel, ziehen mich hinein in die Dunkelheit.

*

Ich erwache in unglaublicher Helligkeit. Keuchend fahre ich hoch.

»Ruhig.« Jemand streicht mir über die Stirn. Es ist Finn.

Ich krächze seinen Namen, und seine Arme legen sich fest und warm um mich. Tief atme ich seinen vertrauten Duft nach Honig und Holzkohle ein, und ein ungläubiges Wimmern steigt in mir auf. Er ist tatsächlich hier. Und ich bin am Leben. Am liebsten würde ich für immer in seinen Armen verharren, doch in meinem Kopf flattert ein aufgeschreckter Vogelschwarm voller Fragen.

Ich blicke über seine Schulter und keuche ein weiteres Mal ungläubig auf. Grüne Hügel, weiß betupft von grasenden Schafen. Sonnenstrahlen, die alles in ein beinah grelles Licht tauchen, das ich nicht mehr gewohnt bin. Ein Horizont. Bei seinem Anblick wird mir beinah schwindelig, und ich wünsche mir die dunkle Geborgenheit des Waldes zurück.

Ich lasse Finn los und drehe mich um. Wir sitzen am Rande Deamhains. Neben mir kauert Raghi, die mich aus ihren dunklen Augen besorgt anschaut – und da ist Maeve. Ich zucke zusammen. Sie sitzt zwei Mannslängen von uns entfernt unter den Büschen, aufrecht und mit starrem Blick. Ihr androgynes Gesicht unter den Haarstoppeln ist bleich, und ihre Hände ruhen wachsam auf den Messern an ihrem Gürtel.

»Was machst du hier?«, frage ich.

Sie gibt keine Antwort. Ihr mürrischer Blick zeigt, dass sie sich diese Frage selbst schon gestellt hat.

»Sie hat dich geheilt«, sagt Finn. Er wirft ihr einen misstrauischen Blick zu, den sie mit feindseliger Kälte erwidert.

Ihre Gegenwart verunsichert mich so sehr, dass ich nur ein zittriges »Oh!« herausbringe. Ich taste über meine Brust, die Stelle neben dem Schlüsselbein, wo mich der Bolzen getroffen hat. Dort spüre ich einen dumpfen Schmerz, doch die Wunde ist nur noch ein geschlossenes, verkrustetes Rund.

Ich will mich bedanken, aber das Wort bleibt mir in der Kehle stecken. Maeve regt sich nicht.

Ich strecke meine Hände nach Raghi aus und drücke ihren Arm. »Ihr seid uns gefolgt.«

Sie nickt. Ein Lächeln wandert über ihr Gesicht, das entschlossen und sanft zugleich wirkt und seine Wirkung auf mich nicht verfehlt. Ich atme tief ein.

Ich beschütze dich, solange du mich brauchst, malen ihre dunklen Finger in die Luft. *Das habe ich geschworen.*

»Wir mussten dir folgen«, sagt Finn im selben Augenblick zärtlich und streicht über meine Schultern. »Wir hätten dich nie mit dem Kind alleingelassen. Erst recht nicht mit den Jägern auf eurer Spur. Wir haben uns nach dem Ausstieg aus den Höhlen ein Stück entfernt im Wald verborgen, und dann sind wir euren Verfolgern gefolgt. Wir haben gewartet.« Er lacht leise auf und wechselt einen Blick völligen Einverständnisses mit Raghi, der mein Herz weit werden lässt wie der Himmel über uns.

»Raghi war viel geduldiger als ich«, sagt er. »Sie hat mich daran gehindert, die Jäger sofort anzugreifen, sobald wir verstanden hatten, dass du in diesem Baum warst. Und sie hat recht behalten. Sie holten dich dort raus, und wir folgten euren Spuren durch den Wald bis zur Straße.« Er zögert, zieht mich mit einer stürmischen Bewegung an sich. »Ich sah das Messer an deiner Kehle und dachte schon, wir wären zu spät. Aber deine Schwester …« Er blickt zu Maeve hinüber. »Sie hatte ganz offensichtlich einen eigenen Plan.«

Ich nicke. Und dann biete ich meiner Angst vor meiner eigenen Schwester die Stirn. Ich lasse Raghi und Finn los, richte mich auf und gehe auf zittrig schwachen Beinen zu ihr hinüber. Der Schatten der Büsche umfängt mich wie eine Umarmung, und ich bin froh, die grelle Sonne hinter mir zu lassen. Ich knie mich neben sie.

»Du hast mich verschont«, sage ich leise. »Danke dafür. Und für die Heilung.«

Sie zuckt mit den Schultern. Ihrem reglosen Gesicht kann ich nicht ablesen, was sie denkt.

»Deine Wunde war nicht so schlimm, wie sie aussah«, sagt sie. »Und dich zu töten hätte ...« Sie stockt. »Dein Tod wäre sinnlos gewesen. Ich hatte eh nie vor, in die Bastion zurückzukehren.«

Ich will sie berühren, doch meine Hände verharren in der Luft. Jetzt, da ich sie wirklich ansehe, so fern von all den Soldaten, jetzt, da ich nicht mehr ihre Gefangene bin, wirkt sie auf einmal überraschend zart. Vielleicht ist sie tatsächlich kleiner als ich, zumindest ist sie schmaler. Nicht unbedingt ihre Gesichtszüge, doch ihre Mimik erinnert mich so stark an Mutter, dass ich nicht aufhören kann, sie anzustarren.

»Wer bist du?«, flüstere ich. »Warum bist du hier?«

Ein Schatten zieht über ihre blauen Augen wie Wolken über den Horizont.

»Ich bin Eva«, stößt sie aus. »Und der Mann, in dessen Auftrag ich hier bin, ist tot.«

Sie schaut weg. Ihre Hände zucken über ihren Gürtel, ihre Schultern spannen sich an, als wollte sie aufspringen, doch sie bleibt sitzen.

Raghi schnalzt mit der Zunge, und als ich zu ihr hinüberblicke, gestikuliert sie mit grimmiger Miene in der Luft. *In ihr wohnt das tote Herz einer Jägerin.*

Ich schrecke zurück. Ein Windstoß geht durch den Wald wie ein Schaudern.

»Raghi sagt, du seist eine Jägerin.«

Maeve verengt die Augen. Ich sehe, wie etwas in ihr kämpft,

eine dunkle, zerstörerische Wut, die sie die Hände um ihre Messer ballen lässt. *Totes Herz.* Gänsehaut kriecht an meinen Armen empor.

»Wen jagst du?«, flüstere ich. Und dann weiß ich die Antwort. »Gelrion«, rufe ich. »Du warst die ganze Zeit hinter ihm her.«

»Heißt so das Albenbalg, mit dem du dich eingelassen hast?« Sie schnaubt.

»Der Alvae.« Ich nicke nachdenklich. »Was weißt du von ihm? Warum jagst du ihn?«

»Ich jage sie alle«, stößt sie aus. »Die Alben sind Ungeheuer, die schlimmsten Feinde unserer Republik.«

»Und was unterscheidet dich dann von den Kerlen, die Cianna verschleppt haben?«, knurrt Finn hinter mir. »Warum hast du dich gegen sie gewandt?«

»Weil sie verdammte Verräter sind.« Mit einem Ruck steht sie auf. »Das, was sie treiben, ist verboten. Und ich werde sie umbringen, einen nach dem anderen – bis sie damit aufhören.«

Sie packt ihren Rucksack und wendet sich zum Gehen.

»Warte!« Ich springe auf und halte sie am Arm fest. Ihr Blick lodert auf, doch ich lasse sie nicht los. »Heißt das, Christoph und diese Männer sind mit Gelrion noch da draußen?«

»Was dachtest du denn, du Dummerchen?«, schnaubt sie. »Sie sind uns nicht gefolgt, doch sie haben sicherlich nach Verstärkung gerufen. Bald wird sie hier sein. Aber ich werde mich nicht jagen lassen. Ich werde mich an ihre Fährte heften.«

Ich beiße mir auf die Lippen. »*Du* bist dumm, wenn du glaubst, dass du das alleine schaffst. Wir begleiten dich.«

Ungläubig starrt sie mich an. Finn stößt einen skeptischen Laut aus, doch ich drehe mich nicht zu ihm um.

»Christoph ist offensichtlich ein gemeiner Verbrecher«, sage ich mit fester Stimme, entschlossener, als ich mich fühle. Denn ich kann sie nicht gehen lassen. Mein Herz sträubt sich beim Gedanken daran wie das Fell eines verängstigten Waldtiers. »Ich lasse nicht zu, dass er und diese Männer Gelrion weiter quälen«, sage ich. »So wie es aussieht, weißt du, was sie vorhaben und wo sie hinwollen. Du wirst es uns sagen. Und dann gehen wir dorthin und halten sie auf.«

»Und warum sollte ich das tun?«, zischt sie, ihre Augen ein eisiges Blau.

»Weil ich deine Schwester bin«, erwidere ich. Es fällt mir schwer, ihrem Blick standzuhalten, doch ich halte den Kopf aufrecht. »Weil du mir nach all dem noch was schuldest. Und weil du uns brauchst.«

Immer noch starrt sie mich an. Das Sonnenlicht lässt ihre Wangen noch bleicher erscheinen, ihre Augen noch kälter. Ich sehe, wie ihr scharfer Geist hinter ihrer Stirn arbeitet. Wie wird sie sich entscheiden?

»Also gut«, murmelt sie schließlich. Erleichtert atme ich aus. »Packt eure Sachen und folgt mir. Wir haben keine Zeit zu verlieren.«

Eva

Dieses zähe, entschlossene Biest. Ich knirsche mit den Zähnen, während wir den Waldrand entlangwandern, immer nach Norden. Die drei anderen bleiben ein Stück hinter mir. Ich kann nicht anders, als Cianna meinen Respekt zu zollen – auch wenn sie völlig falschliegt. Ich bin ihr nichts schuldig. Verdammt, ich habe ihr das Leben gerettet, nicht einmal, sogar zweimal. Erst im Wald, als ich sie aus dem Baum befreit habe, und gestern noch einmal. Außerdem brauche ich ihre Hilfe nicht. Alleine arbeite ich am besten, und diese drei Leute sind nur ein Klotz an meinem Bein.

Aber ich kann auch keine Zeugen gebrauchen, die ziellos am Waldrand herumlaufen und allzu bald von Christophs Schergen geschnappt werden. Sie würden ihnen nicht lange standhalten und erzählen, dass Maeve, die Tochter der Ipallin, eine Agentin ist. Da könnte ich mir gleich eine Zielscheibe auf die Stirn kleben.

Außerdem gibt es da noch dieses sentimentale Poltern in meiner Brust. *Sie ist immer noch deine kleine Schwester. Du musst sie beschützen.*

Verdammte Gefühle. Sie vernebeln einem die Sicht. So wie es Luka passiert ist.

Ich habe ihn getötet. Ich wollte es nicht. Der dumme Kerl hat sich einfach in die Flugbahn meines Messers geworfen. Das ist die verdammte Konsequenz von Aberglauben und Vorhersagen und einer der Gründe, warum ich sie so verabscheue. Dabei hat es mir in die Hände gespielt. Luka hätte mich auffliegen lassen können. Er wollte es sogar. Doch seine Angst hat ihn nicht mehr klar denken lassen. Er glaubte, er müsse sterben, also hat er alles dafür getan, dass es auch passierte. Und ich habe ihn eindeutig zu nah an mich herangelassen – sonst würde mich das jetzt nicht auch noch kümmern.

Ich hole tief Luft. Ich muss meine Gedanken auf etwas anderes lenken. Zum Beispiel auf die Tiere, die im Gebüsch hockten, als wir vor einem wütend brüllenden Christoph flohen.

Da waren Schlangen, Vögel, sogar Kaninchen. Ich kann ihre starren Blicke nicht vergessen. Als hätten sie uns beobachtet. Sie stoben unter unseren raschen Tritten auseinander, doch bis zuletzt war ich mir nicht sicher, ob sie uns noch weiter folgten, geduckt im Unterholz und in den Schatten der Bäume.

Bei der Republik, ich bin froh, diesen Wald hinter mir gelassen zu haben! Hier an seinem Rand sind die Bäume licht, und die Büsche tragen noch keine Blätter, hinter denen sich Tiere verstecken könnten. Ich blicke hinaus auf die grünen Hügel, deren Anblick mir nur allzu vertraut ist. Im Wald fühlte ich mich wie eingesperrt, doch hier kann ich mich endlich wieder frei bewegen. Zumindest fast frei. Irgendwo hinter den Hügeln muss Cullahill liegen, und dahin werde ich auf keinen Fall gehen. Nie wieder.

Selbst Cianna scheint keine Lust zu haben, dorthin zurückzukehren. Zumindest erwähnt sie ihr Zuhause mit keinem Wort. Mit einem raschen Blick mustere ich sie und meine zwei anderen hartnäckigen Verfolger.

Etwas ist seltsam an Cianna: Sie scheut das Licht der Sonne und drückt sich weiterhin in den Schatten der Bäume, als wünschte sie sich in den Deamhain zurück. Was findet sie nur an dem Wald? Ich runzle die Stirn.

Der Brenner geht direkt hinter ihr. Der Wald scheint ihm egal, nicht aber unser neues Ziel. Er wirkt alles andere als begeistert, und ich kann es ihm nicht verdenken. Auf mich wirkt er noch wie ein Junge. Er ist schlaksig, und mit seinen großen, fragenden Augen verschlingt er Cianna geradezu. Auch sie schaut ihn so zärtlich an, dass ich nicht weiß, ob ich lachen oder den Kopf schütteln soll. Eine süße Romanze haben die zwei da am Laufen, unschuldig wie zwei Entenküken. Es geht mich nichts an, aber der Junge passt zu ihr – zumindest zu der Cianna, die ich einst kannte.

Die Sklavin dagegen ist ein harter Brocken. Ihr kann ich nichts vormachen. Sie bewegt sich wie ein Raubtier, schnell und zielstrebig – und ist sicherlich ebenso gut im Nahkampf wie ich. Cianna behandelt sie nicht wie eine Sklavin, obwohl sie ganz offensichtlich ihre Leibwächterin ist, wahrscheinlich von Mutter zugeteilt. Ich frage mich, welche Bande die Schwarze sonst noch an meine Schwester fesseln, dass sie ihr so fraglos folgt.

Meine Schwester. Meine Gedanken kreisen schon wieder um sie wie eine Motte um das Licht. Ich habe ihr nichts zu sagen. Doch. Ich habe ihr so viel zu sagen. Aber ich weiß nicht, wie ich es anstellen soll.

Lächerlich. Ich balle die Fäuste.

Irgendwann dämmert der Abend herauf. Zweimal haben wir uns im Gebüsch vor Hirten verborgen, die ihre Schafherden zusammentrieben. Ansonsten sind wir niemandem begegnet.

An einer geschützten Senke am Rande eines Bachlaufs halte ich inne und warte, bis die anderen mich einholen.

»Hier machen wir Rast«, bestimme ich. »Wir schlafen ein paar Stunden. In der Dunkelheit gehen wir weiter.«

»Nachts?« Cianna runzelt die Stirn.

»Wir müssen den Waldrand jetzt hinter uns lassen«, erkläre ich ungeduldig. »Die Straßen können wir allerdings nicht nutzen. Und tagsüber sind zu viele Leute unterwegs.«

Der Brenner nickt. Offensichtlich sind ihm die illegalen Reisewege der Gemeinen nicht neu.

»Cianna braucht eine Tarnung«, sage ich. »Und wir brauchen Pferde, sonst entwischen sie uns.«

»Wie beschaffen wir uns Pferde?« Cianna lässt sich müde

ins Gras sinken. Auch ich bin müde. Dass ich sie geheilt habe, fordert seinen Tribut.

»In Kriluby kenne ich jemanden, der uns helfen könnte«, sagt Finn. Er ist dicht neben mir stehen geblieben und blickt mich herausfordernd an. »Das Dorf liegt vielleicht noch einen halben Nachtmarsch nördlich von hier. Er ist ein Unterstützer unserer Sache. Aber zuerst muss ich wissen, ob ich dir vertrauen kann.«

»Noch ein Rebell?« Ich seufze. »Vergiss es.«

»Ich wusste es«, zischt er. »Verdammte Soldatin.«

»Ich bin keine Soldatin«, stelle ich klar, während ich mich hinsetze und meinen Rucksack neben mir ablege. Mit wütender Miene bleibt er vor mir stehen.

»Die Rebellen sind mir im Augenblick völlig egal«, sage ich. »Aber wir sollten niemandem unsere Gesichter zeigen. Noch weiß Christoph nicht, wer die Leute sind, die uns im Wald geholfen haben. Er hat nur Cianna und mich gesehen. Und Letzteres ist schlimm genug und einer der Gründe, warum ich ihn umbringen werde. Wenn Christoph der Mann ist, für den ich ihn halte, wird er ab jetzt nicht nur mit Begleitschutz reisen, er wird auch seine Agenten die ganze Umgebung durchkämmen lassen. Und wenn dein *Unterstützer* dabei auffliegt, wissen sie über euch Bescheid. Wir müssen uns bedeckt halten.«

Finn hält meinem Blick nicht nur stand, er mustert mich langsam und prüfend. Mutiger Junge. Schließlich nickt er und lässt sich neben Cianna nieder.

»Dann weihe uns endlich ein«, sagt er ruhig. »Für wen hältst du Christoph? Ich kenne ihn bisher nur als harmlosen Händler. Wo will er mit dem Kind hin?«

Ich zögere meine Antwort hinaus, indem ich erst einmal meine restlichen Fladen aus dem Rucksack ziehe. Nur noch vier. Ich werfe jedem von ihnen einen zu.

»Du nanntest ihn einen Gelehrten«, sagt Cianna. Hungrig beißt sie in ihren Fladen hinein, doch ihr Blick ist dabei fest

auf mich gerichtet. »Ist er der Anführer dieser Leute, die die Experimente mit den Draoidhs und den Alvae durchführen?«
»Ja, das glaube ich.« In knappen Worten schildere ich ihnen, was ich über ihn denke. Dass er meinen Abteilungsleiter hat ermorden lassen. Dass er hier im Stillen einen abtrünnigen Zweig meiner Organisation aufgezogen hat, mit dem Ziel, die Triebe zu isolieren und zu vermehren. Wie genau er es getan hat, führe ich nicht aus. Doch an ihren bestürzten Blicken kann ich ablesen, dass sie bereits einiges über die Kellerlabore wissen. Auch den Namen der Cathedra Génea oder ihre genauen Tätigkeiten erwähne ich nicht. Doch schon allein das Wissen, dass die Republik über einen Geheimdienst gut ausgebildeter und skrupelloser Agenten verfügt, genügt, um zumindest Finn wütend und bleich aussehen zu lassen.

»Christoph – oder wie auch immer er in Wirklichkeit heißt – muss Unterstützung aus den höchsten Kreisen haben«, teile ich ihnen meine weiteren Überlegungen mit. »Sonst wäre es ihm nie gelungen, meinen Boss zu töten. Sein Ziel ist es bestimmt nicht, weiter hier mit ein paar abtrünnigen Agenten in der Provinz herumzulungern. Ich glaube, er will ein offizieller Teil der Organisation werden. Oder er ist es vielleicht schon.« Wütend zerdrücke ich den Fladen in meinen Händen. »Er sagte, sie hätten noch einen weiten Weg vor sich. Die Labore in Othon sind im Krieg zerstört worden, und sonst gibt es meines Wissens keine anderen. Mir fällt nur ein Ort ein, wo er mit dem Kind hinwollen kann – nach Andex. Dem Hauptsitz unserer Organisation. Und dort muss ich ebenfalls hin. Um ihn zu stoppen.«

»Und Gelrion zu befreien«, sagt Cianna leise.

Ihn zu befreien? Konsterniert starre ich sie an. Auch Finn und Raghi blicken ungläubig.

»Hast du vergessen, was er dir angetan hat?«, ruft Finn. »Er hat dich in einen Baum eingesperrt. Er wollte dich nie wieder gehen lassen!«

»Er ist nur ein Kind«, sagt sie.

»Er ist gefährlich«, ruft er. »Was, wenn er versucht, dich wieder zu verschleppen? Oder zu töten?«

»Er ist nur ein Kind«, wiederholt sie beharrlich. »Er wusste nicht, was er tat.« Ihr Blick ist so zerbrechlich, dass ich sie zugleich schützen und schütteln will. Ihr schwaches, weiches Herz. So war sie immer.

Sie richtet sich auf. Nein, sie ist nicht schwach. Ich muss mein Urteil revidieren.

»Wenn wir ihn in ihren Fängen lassen, sind wir nicht besser als sie«, sagt sie fest. »Keiner hat es verdient, auf diese Weise gefoltert und langsam getötet zu werden.«

»Du weißt, dass ich ihn nicht gehen lassen kann«, sage ich.

»Das werden wir sehen.« Unsere Blicke treffen sich. Ein stummer Zweikampf entbrennt zwischen uns. Keine von uns will nachgeben, keine den Blick senken.

Raghi beendet unser Duell. Sie stößt einen dumpfen Laut aus. Ihre Finger gestikulieren in der Luft. Cianna folgt ihren Gesten aufmerksam, dann nickt sie.

»Gut. Wir gehen mit dir nach Andex«, sagt sie zu mir. »Wir werden alles tun, um Christoph und seine Handlanger zu stoppen. Und was Gelrion betrifft ...«

Erneut gestikuliert Raghi in entschlossenen, kräftigen Bewegungen. Misstrauisch folge ich dem wortlosen Austausch zwischen ihr und Cianna. Was hecken sie aus? Es fuchst mich, dass ich sie nicht verstehen kann.

»Das können wir immer noch vor Ort entscheiden«, sagt Cianna. »Und jetzt sag uns, wie wir deiner Meinung nach an Pferde kommen sollen, Maeve. Und was du mit einer Tarnung für mich meintest.«

»Nenn mich nicht Maeve«, sage ich. »Ich bin Eva.«

Sie beißt sich auf die Lippen und sieht plötzlich traurig aus. Reglos warte ich, bis sie schließlich nickt. Dann erläutere ich ihnen meinen Plan.

Cianna

Es ist stockdunkel und stickig. Der Geruch nach Heu und Mist hängt schwer in der Luft, mischt sich mit dem erdig-muffigen Gestank meiner Haare. Ich kann mich nur schwer an das hässliche Graubraun auf meinem Kopf gewöhnen. Pflanzenfarbe. Das also war das Geheimnis von Maeves dunklen Stoppeln. Ich stecke die losen, leicht klebrigen Strähnen unter meine Kapuze zurück. Immerhin muss ich sie im Dunkel nicht ansehen. Pferde schnauben in ihren Boxen, ansonsten ist es ruhig. Dass Maeve neben mir kauert, weiß ich nur anhand ihrer leisen Atemzüge und des verstohlenen Raschelns des Strohs, wenn sie ab und zu ihre Position ändert.

Wir sind noch vor dem Morgengrauen losmarschiert und haben den Wald hinter uns zurückgelassen. Als die Dämmerung aufzog, war er nur noch ein dunstiger schwarzer Streif am Horizont. Voller Bedauern nahm ich Abschied von ihm. Seither fühlt es sich an, als würde eines meiner Glieder fehlen, und der freie Himmel verunsichert mich immer noch. Nur das Samenkorn in meiner Tasche verbindet mich noch mit den schützenden Tiefen des Deamhains.

Der Weg führte uns im Nebel durch Grasland und über mit Riedgras und Heidepolstern bewachsene Hügel. Nur selten duckte sich ein Busch oder verkrüppelter Baum gegen den kalten Wind, der hier außerhalb des Deamhains viel winterlicher erscheint als in der frühlingshaften Fülle der waldigen Tiefen.

Erst als sich der Nebel vormittags verzog und die Sonne schon hoch am blauen Himmel stand, als unter ihren wärmenden Strahlen der herbe Geruch der Moorkräuter aufstieg, hielten wir am Rande einer Koppel an. Vier bewaffnete

Knechte bewachten die drei Dutzend Pferde, die auf dem Grün weideten. Zu viele, um sie zu überwältigen.

Also verbargen wir uns in der Nähe, schliefen ein paar Stunden, schmiedeten einen Plan und redeten ansonsten wenig. In der Abenddämmerung beobachteten wir, wie die Pferdeknechte die Tiere von der Koppel in den Stall trieben.

Als kurz danach die Wachen wechselten, rannten Maeve und ich über die Wiese und verbargen uns hinter den Strohballen im rückwärtigen Teil des Stalls.

Er gehört zum Hof des Gutsherrn Kaines. Durch die Ritzen in den Bohlen sehe ich die Mauern des festungsähnlichen Gebäudes, das wie ein dunkles, wildes Tier zwischen den Hügeln kauert. Kaines ist ein Bürger, ein polternder, schwitzender Mann. Wahrscheinlich schlafen seine Familie und er gerade in ihren gepolsterten Betten. Seine Tochter ist zwei Jahre jünger als ich. Sie hat letzten Sommer einen Bürger aus dem Nachbarsbezirk geheiratet, der den Gutshof übernehmen soll.

Ich war auf ihrer Hochzeit, einem pompösen Fest, von dem ich mich mit jeder Minute verzweifelter fortwünschte. Lampions erhellten das üppige Büffet, Bedienstete eilten hin und her, und das ausgefallenste Geschenk war ein geschmückter Elefant, der ruhelos an seiner Leine zerrte – das Lieblingstier der Braut, das ihre Schwiegereltern extra aus Athos hatten bringen lassen.

Mutter und ich saßen als Ehrengäste am Tisch des schweigsamen Brautpaars und ihrer Eltern. Letztere redeten Mutter unterwürfig nach dem Mund und schmeichelten mir mit Komplimenten. Doch ich hatte nur Augen für das neugetraute Paar – die zufriedene Miene des Bräutigams, seinen besitzergreifenden Arm auf den Schultern der Braut und die Mischung aus Zweifel und Hochmut, die in ihren Augen flackerte. Ich hatte Angst vor jedem Mann, der mich um einen Tanz bat, sorgte mich, dass ich über meine eigenen Füße stolpern und mich lächerlich machen würde – oder, noch schlimmer, dass ich einem von ihnen gefallen könnte und er Mutter um die Ehe-Erlaubnis für mich bat.

Soweit ich mich erinnere, tanzte ich auch mit Christoph. Ich schaudere. Sein brummiges Schweigen, seine trägen, schweren Schritte und die Lethargie, mit der er gemeinsam mit mir diese Pflichtübung absolvierte, erschienen mir damals wie eine willkommene Ruhepause. Im Nachhinein kommt mir der Tanz mit dem harmlosen Händlergesellen, den ich damals zu kennen glaubte, vor wie ein schlechter Traum.

Jetzt bin ich wieder hier, und die Welt, die ich einst für die meine hielt, ist mir fremd geworden. Im Dunkel höre ich das schläfrige Trompeten des Elefanten, das Klirren seiner Ketten vom anderen Ende des Stalls. Er lebt immer noch hier, wie eine Mahnung an verlorene Zeiten. Vorhin konnte ich ihn in der Dämmerung auf der bewachten Koppel zwischen den Pferden stehen sehen, mager und gebeugt, seine graue Haut knittrig wie Pergament.

Die strenge Bewachung der Koppel hatte Maeve bereits vorhergesehen. Sie murrte, wegen der diebischen Rebellen lasse niemand mehr seine Tiere aus den Augen. Finn zuckte nur mit den Schultern. Die Menschen im Hort verfügten keineswegs über Pferde, doch offensichtlich wollte er sich nicht mit ihr streiten. Für einen Augenblick fragte ich mich, woher er das prächtige Tier hatte, mit dem er damals nach Cullahill kam, doch ich schluckte die Frage danach herunter. Es gibt Dinge, die muss ich nicht erfahren.

Also haben Maeve und ich uns in den Stall geschlichen. Raghi hält sich draußen am Zaun bereit, Finn wird bald für die nötige Ablenkung sorgen.

»Eva.« Der Name fühlt sich fremd an auf meiner Zunge. Ich kann nur erahnen, wie sie sich zu mir herumdreht.

»Was?«, knurrt sie. Ihr bisheriges Schweigen hatte etwas Wachsames, vielleicht ähnlich Verlegenes wie meines. Doch ich kann es nicht länger aufrechterhalten. Zu viele Fragen brennen in mir, und der Schutz der Dunkelheit schenkt mir den Mut, sie zu stellen.

»Warum bist du damals fortgegangen?«

Warum hast du mich einfach verlassen? Warum bist du niemals zurückgekehrt? Ich sage es nicht, denn ich will es nicht wie einen Vorwurf klingen lassen. Sie ist eine Weile still, doch dann seufzt sie.

»Du hast keine Ahnung, oder?«

»Nein.« Zitternd stoße ich die Luft aus. »Wie sollte ich? Ich war noch ein Kind.«

»Du warst dreizehn. Alt genug, um die richtigen Fragen zu stellen.«

Ihr Vorwurf lässt mich erbeben. »Vielleicht habe ich sie gestellt«, flüstere ich. »Aber keine Antwort erhalten.«

»Natürlich nicht.« Sie knurrt. »Mutter war eine Meisterin darin, uns die entscheidenden Dinge vorzuenthalten.«

Uns. Ich halte die Luft an. Dieses kleine Wörtchen gibt mir plötzlich Hoffnung, dass sie bereit ist, die Distanz zwischen uns zu überbrücken. Doch zunächst verfällt Maeve wieder in ihr Schweigen. Die Pferde schnauben im Schlaf, der Nachtwind zieht kalt durch die Ritzen. Irgendwo stößt ein Nachtvogel einen Schrei aus.

»Der Maskenball zu meiner Volljährigkeit«, sagt sie endlich, mit zögernder, zurückhaltender Stimme, als müsste sie nach den richtigen Worten suchen. »Erinnerst du dich daran?«

»Ich durfte nicht hingehen. Mutter hielt mich für zu jung.«

»Sie hätte dich gehen lassen sollen. Dann wäre das alles nie passiert.«

Und dann erzählt sie mir endlich, was damals vorgefallen ist. Ihre Sätze sind knapp, beinah schroff, ihre Stimme gefühllos, als spräche sie über das Wetter. Und doch kann ich ihren Schmerz dahinter erahnen.

»Ich habe sie getötet«, stößt sie zum Schluss aus. »Mona, Alby. Und Patricia.«

Erneut schweigt sie. Ich weiß nicht, welches Band sie mit den drei Jugendlichen von damals verband, doch besonders Patricia scheint ihr einst sehr wichtig gewesen zu sein. Ich wünschte, ich könnte ihr das Schuldgefühl nehmen, könnte ihr sagen, dass alles doch schon so lange zurückliegt, begraben in der Vergangenheit. Doch das ist nicht der Fall, nicht für sie. Ich höre es an ihrem zittrigen Atem, ihrer wachsamen Stille.

Ich strecke die Hand aus, und sie zuckt unter meiner Berührung zurück.

»Wegen mir sind auch Menschen gestorben«, flüstere ich. »Ruan wahrscheinlich. Magda. Die *Geárds* in der Schlucht.«

Sie atmet aus. »Das war doch nicht wegen dir«, knurrt sie. »So ist der Krieg. Menschen sterben eben.«

»Menschen sterben eben«, wiederhole ich, und die Abgestumpftheit, die in diesem Satz schwingt, trifft mich mehr als alles andere, was sie erzählt hat. Was nur haben sie aus ihr gemacht, diese Agenten, die für die Republik skrupellos alle niedermetzeln, die sich ihnen in den Weg stellen? Obwohl ich diese Männer und Frauen, für die sie arbeitet, nie getroffen habe, verkrampft sich mein Herz in plötzlichem Hass. Sie haben mir meine fröhliche, ungestüme Schwester genommen, und ich werde sie vielleicht nie wieder zurückbekommen. Ein Schluchzen steigt in meiner Kehle auf, und sosehr ich auch dagegen ankämpfe, dringt es doch aus mir heraus, ein jammernder Laut.

Es raschelt neben mir, und dann spüre ich plötzlich ihre Hand in meiner. Sie ist warm, ihr Druck zögerlich, als überlegte sie sich, sie jeden Augenblick wieder zurückzuziehen. Doch das werde ich nicht zulassen. Ich packe ihre Finger und drücke sie fest, und diese stumme Verbindung zwischen uns gibt mir die Kraft, alle weiteren Schluchzer zurückzuhalten. Ich werde nicht über die Vergangenheit weinen, ebenso wenig wie sie. Sie ist hier, und das ist alles, was für den Augenblick zählt.

Einvernehmlich schweigend warten wir, und immer noch ist ihre Hand in meiner, als eine ganze Weile später draußen vor dem Stall ein Mann aufschreit. »Feuer!«

Maeve lässt mich los und schiebt sich an die Bohlenwand, späht hinaus. Ich tue es ihr nach.

Schwarz heben sich die Mauern des Gutshofs gegen den Nachthimmel ab, die Sterne tauchen alles in fahles Licht. Zunächst sehe ich nichts, doch dann rieche ich Rauch.

»Feuer!«, brüllt erneut jemand. »Das Kutschenhaus brennt!«

Jetzt sehe ich das flackernde Licht, das über die Mauern tanzt. Das ist Finns Ablenkungsmanöver.

»Los«, zischt Maeve, und ich höre ihre raschelnden Schritte. Geduckt folge ich ihr zur Stalltür. Sie lugt erneut zwischen den Bohlen hindurch. Hinter uns schnauben unruhig die Pferde an ihren Leinen, der Elefant rasselt an seiner Kette.

»Die Wachen verlassen ihren Posten«, wispert sie. »Mach die Leinen los, schnell.«

Ich folge ihren Worten ohne Zögern. Wir haben vorhin im Dämmerlicht vier Stuten ausgesucht, gesattelt und nebeneinander festgebunden. Jetzt taste ich über ihre warmen Körper, flüstere beruhigende Worte, während ich die Knoten in ihren Leinen löse.

Schon hat Maeve das Stalltor aufgeschoben. Sie packt die Leinen der ersten beiden Tiere und läuft los, und ich folge ihr mit den anderen beiden Pferden in kurzem Abstand.

Wir rennen mit den Tieren über die Koppel auf das schmale Nebengatter zu, das auf die Schafsweiden hinausführt. Dort wartet Raghi. Zumindest hoffe ich, dass sie die schattenhafte Gestalt ist, die dort soeben mit einem Dolch das Schloss aufbricht.

Sie ist es. Aufatmend warte ich neben Maeve, bis sie das Gatter aufschiebt. Wir führen die Tiere auf einen schlammigen Feldweg hinaus, der sich zwischen den Büschen ins Dunkel windet.

Immer noch höre ich Schreie aus der Ferne, der Wind treibt den Rauchgeruch zu uns herüber. Wo bleibt Finn?

Wie zur Antwort raschelt es im Gebüsch, hastige Schritte ertönen.

»He!«, ruft jemand. »Stehen bleiben!«

»Still«, zischt Maeve. Sie drückt Raghi die Leinen in die Hand und duckt sich ins Gebüsch. Die Pferde schnauben beunruhigt und scharren mit den Hufen. *Zu laut*. Mein Herz schlägt so schnell wie das eines Vogels, die Leinen rutschen in meinen schweißnassen Händen.

Eine schwarze Gestalt bricht durch das Gebüsch. Maeve richtet sich auf. Ein Messer blitzt silbern im Sternenlicht.

»Ich bin es«, keucht Finn, und mit wenigen Schritten ist er an Maeve vorbei. »Hinter mir!«

Schon höre ich, wie noch jemand durch das Unterholz kracht. Für einen Herzschlag sehe ich ein bärtiges Gesicht unter dunklem Haar, dann ist Maeve über ihm. Jemand keucht, gurgelt, dann ist es still.

Meine Schwester richtet sich auf. »Aufsitzen!«

Mit zitternden Fingern taste ich nach meinem Sattel. Mein ganzer Körper bebt. Neben mir schwingt sich Finn auf den Pferderücken.

»Cianna«, flüstert er. Etwas in seiner Stimme verleiht mir neue Kraft. Irgendwie schaffe ich es auf mein Pferd, und schon trabt es hinter den anderen Tieren her.

Maeve schnalzt mit der Zunge. »Machen wir, dass wir wegkommen!«

Eva

Wir reiten die restliche Nacht hindurch, so schnell uns die Pferde tragen. Zweimal schlagen wir unter dem sternklaren Himmel Haken und wechseln die Richtung, immer auf Schotterwegen abseits der Felder und Wiesen, auf denen sie hoffentlich morgen unsere Spuren nicht lesen können.

Die Knechte des Gutsherrn werden uns ganz bestimmt folgen. Die vier Pferde sind zu wertvoll, um sie einfach so ziehen zu lassen. Wir haben gute Tiere ausgesucht – mit kräftigen, ausdauernden Schritten tragen sie uns durch die Dunkelheit.

Ich erinnere mich gut an das karge Ireliner Hügelland, die kleinen, armseligen Dörfer, deren Wege nirgends kartiert sind, doch es ist Jahre her, dass ich hier war. Also überlasse ich bald Finn die Führung, der sich hier noch am besten auskennt. Er ruft mir leise die Namen der Dörfer zu, die wir von ferne passieren, und ihre Namen steigen wie Geister aus meiner Kindheit auf.

Da ist Ifris – ein kleiner, verschlafener Ort, in dem Mutter früher häufig Geschäfte mit dem ansässigen Gutsherrn tätigte. Manchmal nahm sie uns mit. Cianna und ich nutzten die Zeit, um uns fortzuschleichen und mit den Dorfkindern zu spielen. Ian hieß einer der Jungen, ich erinnere mich an sein fröhliches Lachen. Ein schlaksiges Mädchen hieß Thea. Die anderen verspotteten sie, weil sie so blond und so still war, wahrscheinlich ein Bastard des Gutsherrn. Ich hörte später, sie sei nach Athos gegangen, um ihren Feuertrieb ausbilden zu lassen. Ich wünsche ihr, dass sie es geschafft hat. Wahrscheinlich prahlen die Leute, die sie damals auslachten, nun stolz damit, dass aus ihrem Dorf eine Brennerin stammt. So sind die

Menschen. Ich bin froh, dem kleinlichen Leben der Provinzen entronnen zu sein.

Erst als die Sonne schon hoch am Morgenhimmel steht, rasten wir im Schutz eines kleinen Wäldchens.

In der nächsten Nacht schlagen wir einen weiteren Haken, der uns in die Nähe der Hauptstraße nach Osten bringt. Wir verschlafen den Tag in einer verlassenen Hirtenhütte. Am späten Nachmittag überdeckt Finn das Brandzeichen seiner Stute mit einem Teil der Pflanzenfarbe, die Cianna und ich in den Haaren tragen. Er bürstet seinen schwarzen Brennerumhang sauber und reitet in eines der Dörfer am Rande der Straße. Raghi nutzt die Zeit, um in den Hügeln Kaninchen zu jagen. Schon nach einer halben Stunde kommt sie mit zwei Fellbündeln über der Schulter zurück.

Dafür, dass sie als Sklavin keinen Umgang mit Waffen haben darf, geht sie erstaunlich geschickt mit dem Bogen um. Auf meine Frage diesbezüglich zuckt sie allerdings nur mit den Schultern und grinst. Interessiert studiere ich die Brandzeichen auf ihrem Gesicht und den dunklen Armen. So viele Male habe ich selten an einer von ihnen gesehen. Wofür mögen sie stehen? Und wo um alles in der Welt hat Mutter diese Frau für Cianna gekauft? Dafür, dass die Sklaven so ein wichtiger Teil unseres täglichen Lebens sind, wissen wir viel zu wenig über sie.

»Raghi ist frei«, sagt Cianna plötzlich. Sie kauert auf dem Boden der tristen Hütte. Offensichtlich hat sie mich beobachtet. »Ich habe sie freigelassen.«

»Warum?«, frage ich überrascht.

»Weil die *Geárds* keine Sklaverei dulden. Und weil …« Sie zögert. Ihre grauen Augen weiten sich, als hätte sie selbst etwas erkannt, was ihr bisher noch nicht klar war. »Weil ich es ebenfalls falsch finde. Niemand sollte Menschen besitzen dürfen.«

Ich hebe die Augenbrauen. »Ohne Sklaven hätten die Bürger aber ein Problem. *Du* hättest ein Problem. Oder weißt du, wie du deine Wäsche machst? Wie du Essen kochst und Latrinen reinigst?« Ich seufze, als ich ihre finstere Miene sehe. »Nimm es mir nicht übel. Aber die Republik basiert darauf, dass es unterschiedliche Klassen von Menschen gibt. Die Bürger sind die Spitze der Gesellschaft. Damit sie dort ihre Verantwortung erfüllen können, brauchen sie Sklaven, die sich um alles andere kümmern.«

»Und wer bestimmt, dass sie die Spitze der Gesellschaft sind?« Ciannas Augen funkeln. »Ich habe in den letzten Wochen Dinge über Bürger und ihre Taten gehört, die mich daran zweifeln lassen, dass sie ihre Privilegien verdienen. Raghi und Finn und all die anderen sind tausendmal bessere Menschen als diese Übeltäter. Ich will lieber mit den Sklaven auf einer Stufe stehen als mit ihnen.«

»Hör dich reden«, schnaube ich. »Sie haben aus dir eine astreine Rebellin gemacht.«

Sie reißt die Augen auf. Sosehr meine Schwester sich verändert haben mag, ihr Gesicht ist nach wie vor ein offenes Buch. Statt Wut lese ich plötzlich Unbehagen in ihrer Miene, rasch gefolgt von einer neuen Entschlossenheit. »Vielleicht haben sie das«, sagt sie. »Aber wo stehst du in all dem? Kämpfst du immer noch für eine Republik, die dir alles genommen hat? Und jetzt auch noch deinen Anführer getötet hat?«

»Das war nicht die Republik«, knurre ich und stehe auf. »Das waren Christoph und ein paar Abtrünnige.«

»Bist du sicher?«, flüstert sie.

Ich wende ihr den Rücken zu und trete aus der Hütte, blicke über die dunstigen Hügel gen Westen, wo die Abendsonne soeben hinter die Wolken taucht. Cianna hat natürlich recht. Ich kann mir dessen nicht sicher sein. Aber verflucht, die ganzen politischen Belange sind mir egal. Es gibt keine *gute* Gesellschaft, das ist eine romantische Wunschvorstellung. Es gibt nur Menschen, schwache, rücksichtslose und verwirrte Menschen. Die es nicht hinkriegen werden, in freiem, friedlichen

Miteinander zu leben, falls die Republik jemals stürzt. Wir brauchen die Ordnung aus Athos, die uns zwingt, das Beste aus uns herauszuholen und gleichzeitig unsere dunklen Seiten zu bändigen. Verdammt. *Ich* brauche diese Ordnung.

Was bliebe denn von mir übrig, wenn ich aufhörte, für sie zu kämpfen? Nur ein dummes, verdorbenes Ding, das aus einer Laune heraus drei Freunde in den Tod gestürzt hat. Und seither vor sich selber flieht.

Diese erbärmliche Wahrheit versetzt mir einen solchen Stoß, dass ich an der Hüttenwand Halt suche. Keuchend kralle ich die Finger ins Holz, bis meine Nägel splittern und die Wucht meiner Gefühle unter dem Schmerz nachlässt.

Cianna ist es, die diesen Sturm in mir auslöst. Ich habe ihr in der Nacht im Stall alles erzählt – und trotzdem ist sie nicht vor mir zurückgeschreckt. Im Gegenteil, sie hat meine Hand gehalten, als wollte sie mir Kraft geben, als wäre nicht ich die Stärkere, sondern sie.

Ich liebe sie. Irgendwie ist es erleichternd, mir das einzugestehen. Ich habe sie immer geliebt. In Cullahill, als ich mich um sie kümmerte, während Mutter den Bezirk regierte. Als ich sie nachts tröstete, wenn sie von Albträumen aufschreckte, als ich ihr trotz ihrer Angst reiten beibrachte und sie überredete, Bauchweh oder Fieber vorzutäuschen, damit sie nicht bei den öffentlichen Hinrichtungen dabei sein musste. Ich begehrte gegen Mutters starre Regeln auf, ich drängte mich ins Rampenlicht, damit Cianna Kind bleiben konnte.

Und wenn ich sie piesackte, tat ich das, weil ich wollte, dass sie abhärtete – gegen die unbarmherzige Welt dort draußen, die uns unseren Vater entrissen und eine kaltherzige Mutter geschenkt hatte. Egal, wie verdorben ich war, Cianna war meine lichte Seite.

Ich drücke die Hände vor die Brust, als könnte ich damit mein pochendes Herz festhalten.

Gefühle machen uns schwach, sagte der Altmeister, und ich

übernahm diesen Leitsatz von ihm so bereitwillig wie alles andere. Aber vielleicht stimmt das gar nicht. Vielleicht gibt es welche, die uns antreiben, die uns über uns hinauswachsen lassen. Denn nie war ich entschlossener, diesen Kampf zu Ende zu bringen. Wenn nicht für mich, dann für Cianna.

Oder ich bin dabei, völlig in die Irre zu laufen.

Mein Kopf dröhnt von all den ungewohnten Gedanken. Beinah bin ich erleichtert, als sich ein einsamer Reiter am Horizont nähert. Finn kehrt zurück.

Er springt von seinem Pferd, wischt sich die verschwitzten Locken aus der Stirn, reicht Raghi einen Sack mit erstandenen Lebensmitteln und küsst Cianna, ehe er sich endlich mir zuwendet.

»Es gibt gute und schlechte Nachrichten«, verkündet er. »Christoph ist gestern Nachmittag hier durchgekommen. Allerdings nicht in dem Ochsenkarren, sondern in einem schnellen, mit zwei Truhen beladenen Zweispanner, der von Pferden gezogen wird. Der alte Heilermeister saß neben ihm auf dem Kutschbock. Beide waren in prächtige Togen gehüllt wie reiche Bürger. Sie nannten sich hochrangige Beamte aus Athos. Die Beschreibungen passen genau. Das ist jedoch nicht alles: Sechs bewaffnete Männer und Frauen begleiten sie. Die Leute im Wirtshaus waren sich nicht ganz einig, ob es Ordner oder Soldaten waren.«

»Agenten.« Ich knirsche mit den Zähnen.

»Christoph hatte außerdem ein offizielles Dekret der Bezirksregierung dabei. Jeder Fremde muss sich bei den örtlichen Vögten melden und seine Reisedokumente vorzeigen, der Vogt macht dann eine Notiz, die er an die Divisionen meldet. Wegen rebellischer Umtriebe, heißt es.« Finn verzieht die Miene. »Der Wirt hat ganz hilfsbereit direkt nach dem Vogt des Dorfes rufen lassen, doch ich konnte durch die Hintertür abhauen, ehe er auftauchte. Wir sollten allerdings hier verschwinden, ehe sie anfangen, mich zu suchen.«

»Gestern schon ...« Ich schließe die Augen, um nachzudenken. »Verdammt, Christoph ist schnell. Es wird schwierig, wenn nicht gar unmöglich, ihn einzuholen, weil wir nicht die Straßen nutzen können.«

»Das brächte uns auch nichts.« Finn schüttelt den Kopf. »Gegen sechs zusätzliche Mann kommen wir nicht an.«

Ich schnaube. Er hat keine Ahnung. Am richtigen Ort ein Hinterhalt, ein paar gut ausgewogene Messer, und ich allein würde mindestens die Hälfe von ihnen von der Straße radieren. Allerdings sind es Agenten, ich darf sie nicht unterschätzen. Und da wir sie nicht einholen können, brauche ich mir auch nicht den Kopf darüber zu zerbrechen.

»Es bleibt beim ursprünglichen Plan«, bestimme ich. »Wir reiten nach Andex.«

*

Drei Nächte lang reiten wir, was das Zeug hält. Dann erreichen wir im nebligen Morgengrauen den Fluss Sair und führen die Pferde an einer seichten Stelle hindurch. Er markiert die Grenze zwischen der Provinz Irelin und der Zentralregion von Athosia.

Schlagartig verändert sich die Landschaft. Die kargen Hügel weichen der fruchtbaren Tiefebene, die Siedlungen werden zahlreicher. Wir kommen langsamer vorwärts, seit wir uns noch versteckter halten müssen. Nachts herrscht für die Gemeinen Ausgangssperre, trotzdem ist das offene Land gefährlich. Zweimal können wir uns in letzter Minute vor Ordnerpatrouillen verbergen. Uns bleibt nichts anderes übrig, als einen weiten Bogen um die Hauptstraße zu schlagen, die von Irelin Richtung Athos führt – jene Straße, auf der ich vor wenigen Wochen erst als Beamtin in der Postkutsche reiste, ohne zu wissen, was mich erwartete.

Immerhin hat der Frühling hier bereits mit aller Macht

Einzug gehalten. Die Nächte sind mild, und je tiefer wir in die Zentralregion vordringen, desto wärmer wird das Klima. Bald lösen Palmenstauden, Olivenbäume und Obsthaine die Wälder und Hügel des Westens ab. Affen keckern in den Büschen, die Guthäuser der Bürger sind mit Säulengängen geschmückt, weiß getüncht und nur noch selten von Mauern geschützt. Jetzt bin ich es wieder, die unseren kleinen Trupp führt. Cianna und Finn haben Irelin noch nie verlassen – und manchmal höre ich sie staunend flüstern. Mit großen Augen betrachten sie die ausgeklügelten Bewässerungssysteme, die die Gemeinen auf den Feldern errichtet haben. Sie sollten einmal im Sommer hier sein, wenn die Sonne herunterbrennt und das Gras sich braun färbt, wenn die Flüsse und Bäche zu Rinnsalen werden und die Erntearbeiter sich mit breitkrempigen Hüten vor dem Hautbrand schützen.

Ab und zu stellt Cianna mir wissbegierige Fragen, doch meistens ist sie zu müde, und mir ist wenig nach Reden zumute. Mein Gefühlsaufruhr ist vorbei. Meine Konzentration ist auf unser Ziel gerichtet – jetzt ist es nicht mehr fern.

Nach drei weiteren Nächten erreichen wir in der Morgendämmerung endlich Andex. Die Festung erhebt sich inmitten der Ebene, ein behäbiger, schmuckloser Klotz, umgeben von Macchia und ungepflegten Olivenhainen. Kein Dorf ist in der Nähe, keine Bevölkerung, die das Treiben in der Festung der Cathedra Génea auskundschaften könnte.

Offiziell gehört die Festung zum Verteidigungsministerium. Angeblich werden dort Elitesoldaten ausgebildet – und so falsch ist das tatsächlich nicht.

Nur einen kurzen Blick lasse ich meine drei Mitreisenden auf Andex werfen, dann führe ich sie in einem Bogen wieder einen einstündigen Ritt von dort fort. Inmitten einer der verlassenen Obstplantagen halte ich an. Die Bewohner wurden schon vor Jahrzehnten vertrieben, weil sie der Festung zu nah kamen.

Ich springe vom Pferd und stoße die Tür des verfallenen einstigen Lagerhauses auf. Staub steigt auf, Ratten huschen in die dunklen Ecken.

»Hier müsste es sicher genug sein für euch«, bestimme ich. »Heute Abend breche ich auf.«

»Allein?« Cianna runzelt die Stirn.

»Natürlich«, erwidere ich. »Ihr würdet keine zwei Bogenschussweiten an Andex herankommen, ehe euch die Agenten schnappen. Ich kundschafte alles aus. Und wenn ich euch brauche, hole ich euch.«

Es kribbelt in meinen Beinen, wenn ich nur daran denke, in die Festung zurückzukehren. Andex hat mich zu der Agentin geschmiedet, die ich heute bin. Und nichts liegt mir ferner, als die drei wie Küken in einen Fuchsbau zu führen, in dem die hungrigen Raubtiere schon auf sie lauern.

»Lass wenigstens Raghi mitkommen«, bittet mich Cianna. »Sie kann dir Rückendeckung geben.«

Ich schüttle den Kopf. »In Andex gibt es keine Sklaven. Sie würde auffallen wie ein bunter Hund. Es bleibt dabei. Ich gehe alleine.«

Zunächst widerspricht mir keiner mehr. Doch an Ciannas Blick sehe ich, dass sie noch nicht aufgegeben hat. Sobald wir unser Lager gerichtet und einen Happen gegessen haben, ziehe ich meine Messer und einen Schleifstein hervor und bearbeite sorgfältig die Klingen. *Nicht deine Waffen sind es, die töten.* Die Stimme des Altmeisters klingt in meinen Ohren. *Du bist es.*

In den Kellern der Festung hat er mich trainiert, hat meinen Körper und meinen Verstand genauso geschärft und geschliffen wie ich gerade meine Klingen.

Ich habe Cianna nicht die Wahrheit gesagt. In Andex gibt es sehr wohl Sklaven. Doch sie wischen uns nicht die Hintern ab, sie kämpfen um ihr Leben. Und ich war eines der Messer, das durch ihre dunklen Körper fuhr, das lernte, ihre tonlosen

Schreie zu ignorieren. *Übungsmaterial*. Und so manch anderes ist in der Festung der Cathedra passiert, was ich ihr niemals erzählen würde. Was in Andex geschieht, bleibt dort. Einer der ersten Grundsätze, die ich lernte.

Außerdem möchte ich nicht, dass Cianna weiß, wie schlimm ich wirklich bin. Doch vielleicht weiß sie es schon. Da ist manchmal eine düstere Besorgnis in ihrem Blick, wenn sie mich anschaut, ein nachdenkliches Erkennen, das mich zusammenzucken lässt.

Eine Berührung reißt mich aus meinen Gedanken. Sie hat sich neben mich gesetzt. Von draußen dringt das Vormittagslicht durch die vernagelten Fensterluken, taucht ihr Gesicht in Streifen von Sonne und Schatten.

»Gelrion«, sagt Cianna leise. »Was wirst du tun, wenn du ihn in Andex findest?«

Ich hebe die Schultern und lasse sie wieder sinken, bearbeite meine Messer mit konzentrierter Hand. Welche Antwort will sie hören?

»Ich muss dir etwas über ihn sagen«, murmelt sie. »Etwas, das dich vielleicht daran hindert, ihn zu töten.«

Ich sage nichts, doch meine Neugier ist geweckt.

Sie holt tief Luft. »Er ist unser Onkel.«

»Was?«, fahre ich auf. »Verdammt!« Ich stecke mir den Daumen in den Mund. Ich habe mich an der Klinge geschnitten, und der Schnitt ist tief. Blut tropft auf meinen Schoß herab, der Rest sprüht in meinem Mund. Es schmeckt widerlich metallisch und süß zugleich.

»Tut mir leid.« Mit aufgerissenen Augen beugt sie sich über mich. »Lass mich sehen.«

»Ist schon gut«, zische ich. Schon sammelt sich die Wärme in meinem Inneren. Der Heiltrieb setzt ein. »Was redest du für einen Unsinn?«

»Es ist die Wahrheit. Er hat es mir erzählt. Unser Vater ist sein Halbbruder.«

Trotz des Heiltriebs wird mir kalt. »Was hat er genau gesagt?«

»Er sagte, dass sich seine Mutter manchmal mit Menschenmännern traf«, erzählt sie leise. »Einer davon war unser Großvater. Anscheinend gab es da irgendeine Form eines Pakts. Sie hat ihnen die Kinder gebracht. Und sie haben sie als die ihren großgezogen.«

»Und warum, bei allen Barbaren, sollten sie das tun?«

Sie hebt die Schultern. »Sag du es mir.«

Ich presse die Lippen zusammen. Vorsichtig lege ich die Messer zur Seite. Wenn ich so wütend bin wie jetzt, sollte ich sie besser nicht in der Hand halten. *Ruhig.* Ich atme tief durch.

Wenn ich ehrlich bin, habe ich von solchen alten Pakten gehört – in einem Vortrag der zweiten Abteilung, unserer Religionsverfolger. In mehr als einem Dutzend Dörfern waren diese Pakte nach den Wirren des Krieges üblich, ein Überbleibsel der alten Zeit. Wechselbälger, so nannten die Leute diese Sprösslinge von den versprengten Alben, die bei ihnen Obhut suchten, bis unsere Agenten sie erwischten. Kinder aus den grünen Hügeln. Es heißt in den Mythen, dass sie Glück bringen. Dass in den Jahren, in denen sie geboren werden, das Korn höher wächst, die Menschen in den Dörfern von Krankheiten verschont bleiben und die Schafe und Rinder doppelt so viele Lämmer und Kälber werfen wie sonst.

Ich balle die Fäuste. Im Gegensatz zu Cianna erinnere ich mich an unseren Vater. Sein sanftes, für einen Mann etwas zu melodiöses Lachen, wenn er mich auf seinen Schoß zog und mich kitzelte. Anders als Mutter schien er immer für mich da zu sein, und doch war er meistens fort, auf langen Ausritten durch den Bezirk. Wenn er mich ab und zu mitnahm, staunte ich, wie die Menschen in den Dörfern ihn mit Geschenken überhäuften, wie sie ihm an den Lippen hingen. Jeder Raum wurde bei seinem Betreten ein wenig heller, jedes Gesicht freundlicher.

Ein Träumer, sagte Mutter nach seinem Tod über ihn. *Viel zu weich für sein Amt.* Sicher ahnte sie nichts von seiner Herkunft. Und Cianna kommt ganz nach ihm. Ich kann ihr nicht in die Augen schauen.

»Selbst wenn es stimmt«, stoße ich aus. »Was hat das mit uns zu tun?«

»Verstehst du nicht?« Sie nimmt meine Hand. »Nur deshalb hast du deinen Heiltrieb. Und ich …«

»Dafür, dass diese Scheusale mit uns verwandt sein sollen, ist mein Trieb verdammt schwach«, grolle ich. »Und was ist mit dir? Du kannst weder heilen noch brennen.«

»Doch ich höre den Deamhain«, sagt sie leise. »Seit ich denken kann, redet er mit mir. Er und ich – wir sind verbunden. Im Wald kann ich … Dinge tun. Ich konnte den Baum öffnen und mich befreien. Die ganze Zeit dachte ich, ich sei einfach nur merkwürdig. Stattdessen liegt es an meinem Blut. An *ihr*.« Sie lächelt zerbrechlich. »Unserer Großmutter.«

Die ich getötet habe. Ich denke an dieses wunderschöne, bis zuletzt heimtückische und völlig gefühllose Wesen in dem Käfig, und mir stellen sich alle Haare auf.

Ich packe ihre Hand. »Du bist ein Mensch«, sage ich fest. »Und ich auch. Vielleicht haben wir ein paar nützliche Fähigkeiten, doch sonst haben wir mit den Alben nichts gemeinsam.«

Sie seufzt. »Vielleicht. Trotzdem bitte ich dich, ihn zu verschonen.«

Ich lasse ihre Hand los und packe meine Messer zusammen. »Das kann ich nicht versprechen.«

Als ich mich in den Mantel wickle und die Augen schließe, spüre ich ihre Blicke auf meinem Rücken. Was erwartet sie von mir? Dass ich alles über den Haufen werfe, nur wegen einer Blutlinie?

Im Gegenteil. Das, was sie mir erzählt hat, bestärkt mich noch in meinem Tun. Dieses Blut hat uns nur Unglück gebracht. Ohne den Heiltrieb wäre ich auf dem Pflaster zerschellt, so wie Mona und Alby. So wie ich es verdient hätte. Und Cianna hätte sich ohne diese mystische Verbindung, die sie zu haben glaubt, niemals auf das Albenkind eingelassen. Sie wäre jetzt immer noch in Cullahill, behütet und ahnungslos. Ich bin mehr davon überzeugt denn je: Die Alben haben in unserer Welt nichts mehr zu suchen. Genauso wenig wie die Triebe, ihr verkommenes Erbe. Und jeder, der das anders sieht, muss aufgehalten werden. Mit diesen Gedanken schlafe ich ein.

In der Abenddämmerung erhebe ich mich. Trotz allem habe ich tief und fest geruht. Ich stecke mir die Messer zurück an den Gürtel und packe noch ein paar Dinge ein. Das silberne Skalpell liegt nach wie vor in meiner Tasche.

»Gib mir deinen Mantel«, fordere ich Cianna auf. »Meine Uniformjacke würde nur auffallen.«

Stumm reicht sie ihn mir.

Zu Finn sage ich: »Von dir brauche ich einen Ärmel deines schwarzen Hemds. Los, mach schon.« Er zögert, doch dann gibt er mit einem Seufzen nach.

Ich stecke den Ärmel in meine Tasche.

»Wenn ich bis morgen früh nicht zurück bin, verschwindet ihr von hier. Falls sie mich schnappen und verhören, kann ich nicht versprechen, dass ich euren Aufenthaltsort geheim halten kann. Nicht unter der Folter.«

Cianna erbleicht. Ich weiß, dass ich das nicht tun sollte. Ein großer Teil von mir sträubt sich dagegen. Trotzdem trete ich zu ihr und drücke sie fest an mich.

»Pass auf dich auf«, flüstert sie.

»Du auch.« Am liebsten würde ich sie nie wieder loslassen. Ich trete von ihr zurück und ziehe die Tür auf, werfe einen prüfenden Blick in die menschenleere Dämmerung, dann tauche ich ins Dickicht zwischen den Olivenbäumen ein.

Wenig später liegt die Festung im Abenddunst vor mir.

Rauch kräuselt sich über zwei Schornsteinen in der Luft, sonst regt sich nichts. Doch die Stille kann mich nicht täuschen. Ich weiß, dass sie hier sind. Oben auf den Zinnen stehen die Wachen, behalten reglos die Umgebung im Blick. Und an strategischen Plätzen rund um die Festung postiert lauern Agenten. Im Gebüsch neben dem Bach, in dem es manchmal unvermittelt raschelt. Auf einem der wenigen hohen Bäume, verborgen im Geäst.

Allzu oft habe ich mich unbeobachtet zur Festung hin- und wieder fortschleichen müssen. Nachts, tagsüber, bei Regen und Sommerhitze. Während Übungskämpfen, in denen sie mir auflauerten, um mich grün und blau zu schlagen. Und später im Ernstfall, wenn der Altmeister nicht wollte, dass jemand von meinen Missionen erfuhr.

Der Altmeister war ein Geheimniskrämer, wie sie alle – und außerdem ein großer Anhänger von Fallen. Deshalb prüfe ich sorgfältig jeden meiner Schritte. Ich umrunde zwei Fallgruben und einen Stolperdraht, der ein Netz zwischen den Büschen auslöst. Als ein Schwarm Lerchen erbost zwitschernd vor mir auffliegt, verharre ich minutenlang bewegungslos.

Immerhin haben die Wachen ihre Hunde noch nicht losgelassen. Sobald es dunkel wird, durchstreifen sie den Landstrich rund um die Festung, doch noch habe ich Zeit. Ich werfe einen Blick auf den fliederfarbenen Himmel, wo die Sonne vor Kurzem untergegangen ist, dann schleiche ich weiter.

Endlich bin ich dort, wo ich sein wollte. An einer knorrigen, fast manngroßen Wurzel, die sich inmitten der Macchia erhebt. Der zugehörige Olivenbaum ist inzwischen verrottet, doch die Wurzel steht immer noch, wie ein Mahnmal an alte Zeiten. Ich knie mich zu ihren Füßen nieder und taste mit den Fingern durch das Wurzelgeflecht, bis ich den schmalen Griff finde. Ich drehe ihn und ziehe die Holzscheibe heraus, die den Eingang verdeckt. Dann schiebe ich mich hindurch. Ich muss mich umdrehen, um den Eingang wieder zu verschließen, aber der kleine Hohlraum ist so eng, dass ich mir dabei ein paar Schrammen zuziehe. Die Holzscheibe rastet in der Fassung ein, und es wird dunkel. Dann wende ich mich wieder um und robbe durch den Tunnel. Nach einer Mannslänge geht es jäh abwärts. Nur meine ausgestreckten Hände bremsen den Fall. Mit einem unterdrückten Fluch richte ich mich in die Hocke auf. Immer noch sehe ich nichts, doch meine Hände finden den Weg.

Der ganze Untergrund um die Festung ist zerlöchert wie ein Termitenbau. Dieser Eingang ist allerdings das Geheimnis des Altmeisters und mir. *War* unser Geheimnis.

Langsam taste ich mich vorwärts. Irgendwann stoßen meine Hände auf Erde und Schutt. Jetzt muss ich graben. Das Scharren meiner Finger kommt mir viel zu laut vor. Doch endlich habe ich es geschafft. Ich schiebe mich durch die enge Öffnung, dann ertaste ich festgetretenen Boden. Immer noch ist es stockdunkel. Aber jetzt riskiere ich es, kurz mit Feuerstein und Zunder einen Holzspan zu entfachen, den ich neben mir in den Boden ramme. Ich klopfe Erdreich und Schutt wieder fest, verberge dahinter die Öffnung des Geheimgangs. Rechts und links von mir windet sich der niedrige Tunnel durch das Erdreich, die Erde gestützt mit uralten Holzbohlen.

Bevor ich weitergehe, ziehe ich Finns schwarzen Ärmel aus meiner Tasche. Ich schneide einen schmalen Sichtschlitz hinein, einen zweiten Schlitz für den Mund, und binde ihn oben zu, dann ziehe ich ihn mir über den Kopf. Eine schäbige Maskierung, doch sie muss reichen.

Ich erinnere mich an die anderen schwarzen Masken, die ich hier unten trug, den elastischen Seidenstoff auf meinem Gesicht, der sich jeder Bewegung anpasste und sich bald anfühlte wie eine zweite Haut. Der Altmeister verlangte das von all seinen Jägern, die er persönlich ausbildete. *Wer dein Gesicht kennt, ist bei jeder deiner geheimen Missionen eine latente Gefahr. Das gilt auch für dich: Wen du nicht siehst, kannst du auch nicht verraten.* Die anderen Abteilungen nahmen es nicht so genau damit, doch er schon. In den acht Monaten meiner Ausbildung in Andex nahm ich die Masken nicht einmal zum Schlafen ab, nur zum verstohlenen Waschen oder wenn ich mit dem Altmeister alleine war. Anfangs wunderte ich mich über seine Vorsicht, doch jetzt verstehe ich sie.

Als die Maske halbwegs sitzt, lösche ich das Feuer und stecke die Reste des Holzspans ein. Es ist nicht mehr weit. Ich wende mich nach links und eile geduckt den Gang entlang. Bald passiere ich die ersten Abzweigungen.

Einmal höre ich Stimmen, ein Lichtschein huscht vor mir über die erdigen Wände. Ich haste zurück und verberge mich mit angehaltenem Atem in einer der Biegungen. Maske hin oder her, ich weiß nicht, ob sie mich passieren lassen würden. Vielleicht trägt keiner mehr Masken. Vielleicht sind das Christophs Leute. Ein Kampf hier unten, und sie wüssten sofort, dass ich da bin.

Zum Glück biegen die Männer in einen anderen Gang ein. Ich eile weiter durchs Dunkel, eine Hand immer tastend an der Wand. Abrupt wird das Erdreich von Mauerwerk abgelöst, meine Stiefel poltern über Steine. Ich habe die Keller der Festung erreicht. Hinter der nächsten Biegung sehe ich Licht. Vorsichtig luge ich um die Ecke, ziehe mich aber sofort wieder zurück. Mist.

Nur drei Mannslängen entfernt befindet sich der Treppenabgang zu den Katakomben. Und genau dort stehen zwei Archivagenten, dämmrig beleuchtet von einer Petroleumlampe in einer Wandhalterung. Es sind zwei ältere Frauen. Die Archivarin, die Leiterin der ersten Abteilung der CG – *Verwahrung der Vergangenheit* –, rekrutiert mit Vorliebe Frauen. Die beiden haben sich die dicken Augengläser, mit denen sie sonst über den Schriften brüten und die ihre Augen so unglaublich vergrößern, in die Stirn geschoben. Leise reden sie miteinander.

Ich will sie nicht töten, wenn es nicht unbedingt nötig ist. Entweder ich kehre um und nehme einen anderen Gang, oder ich warte.

Was tun sie hier überhaupt, am Fuße der Treppenschlucht, die abwärts in die Archive führt? Nach meiner Ausbildung war ich nur noch selten da unten, doch ich erinnere mich an schier unendlich reichende Regale, gefüllt mit Akten – nicht nur über die alten Zeiten, sondern auch über wichtige Bürger von heute. Einmal schlich ich in die Reihe der Ipalle und schlug die Akte von Cullahill auf. Ich weiß nicht, was ich erwartete – vielleicht einen Bericht über die Todesfälle auf dem Maskenball oder irgendwelche kleinen Verfehlungen meiner Mutter. Über Vater und Großvater fand ich ein paar alte Zeilen, doch die Akte meiner Mutter war blütenrein. Natürlich war sie das – sie war immer schon schlauer als die meisten, sie lässt sich sicherlich nicht so einfach ausspionieren.

Ich schiebe den Gedanken beiseite. So wie die beiden Archivagentinnen in dem Gang miteinander tuscheln, haben sie interessante Informationen. Ich schiebe mir die Maske in die Stirn und spitze hinter meiner Ecke die Ohren. Leider ist ihr Wispern zu leise, um alles zu verstehen. Doch Bruchstücke schnappe ich auf.

»Archivarin und Politiker ... abgereist nach Athos ... der neue Abteilungsleiter ...«

Ich runzle die Stirn. Haben sie bereits einen Ersatz für den Altmeister gefunden? Oder reden sie von jemand anderem – von Christoph? Ist die vierte Abteilung inzwischen offiziell? Ich kann es mir nicht vorstellen. Ein plötzlicher Impuls lässt mich den Kopf noch einmal um die Ecke schieben. Ein kurzer Blick auf die beiden muss genügen. Schnell ziehe ich mich wieder zurück.

Die verstohlene Art, wie sie die Köpfe zusammenstecken, ihre bangen Blicke. Meine Nackenhaare stellen sich auf. Was auch immer hier in Andex los ist, wenn selbst die tumben Archivagenten ängstlich aus ihren Löchern kriechen, ist es ernst.

Außerdem habe ich noch etwas gesehen, in der Sekunde, bevor ich mich zurückgezogen habe: Dokumente mit dem gelben Siegel der obersten Geheimhaltungsstufe. Die eine Agentin hielt sie offen in den Händen, machte die andere mit schnellen, aufgeregten Gesten auf Passagen aufmerksam.

Was auch immer sie da haben, ich brauche es. Ich muss wissen, was hier vorgeht.

Rasch schiebe ich mir die Maske wieder übers Gesicht, ziehe eins meiner Messer. Dann schließe ich die Augen und vergegenwärtige mir noch einmal, was ich gesehen habe. Die Entfernungen, die Größen und Staturen der Frauen.

Lautlos springe ich um die Ecke, lande auf beiden Füßen, die Schultern locker, den Blick gerade. *Du selbst bist die Waffe.*

Mein Arm schnellt hoch, die Klinge nur eine Verlängerung meiner Hand, die das Ziel fokussiert. Ich lasse sie fliegen. Es geht so schnell, dass keine Zeit zum Atemholen bleibt. Eine der Frauen hebt den Kopf. Im selben Augenblick trifft die Klinge die Lampe. Es klirrt, das Licht erlischt beinah sofort.

Schon bin ich bei ihnen. Ein Schrei der ersten Frau verschafft mir Orientierung. Meine Faust trifft hart ihre Schläfe. Ein Hieb auf den seitlichen Kopf ist der schnellste Weg, um jemanden bewusstlos zu schlagen. Mit einem Ächzen geht sie zu Boden. Die andere poltert mit ihren Stiefeln Richtung Treppe. Ich packe ihr Gewand und ziehe sie zu mir zurück, und sie stößt einen schrillen Schrei aus, überzieht mich mit kleinen, harten Handkantenschlägen. Verdammt. Einen Kampf wollte ich vermeiden. Ich versetze ihr einen Fauststoß in den Bauch, der sie keuchend vornübersacken lässt. Doch sie kommt sofort wieder hoch. Finger reißen an meiner Maske, ihre andere Hand greift nach meinem Nacken. Sie will mich in den Schwitzkasten nehmen. Ihr Kampfstil ist gut. Und ich darf weder Zeit verlieren noch das Risiko einer Verletzung eingehen.

Ich wollte sie nicht töten, doch jetzt bleibt mir keine Wahl. Mein zweites Messer findet wie von selbst den Weg zu ihrer Kehle. Gurgelnd sackt sie vornüber, ich springe aus dem Weg und spüre das Blut feucht gegen meine Maske sprühen. Schnell jetzt. Ich gehe auf die Knie und taste über den Boden, finde die Dokumente. Schon springe ich wieder auf und renne den Gang entlang, tiefer ins Stockdunkel.

Mein Herz rast von dem Kampf, meine Brust schmerzt von den eingesteckten Schlägen. Mein Verstand allerdings ist zu gut geschult, um das Wesentliche zu vergessen. *Zwanzig, zweiundzwanzig, vierundzwanzig.* Als ich bei hundertvierzig Schritten angekommen bin, halte ich ruckartig an.

Meine Hände tasten über die Wand. Da ist die Luke, etwa bauchhoch und nur drei Schritte weiter. Hoffentlich ist es die Richtige. Alle dreißig Schritt gibt es eine von ihnen. Sie sind den Abteilungsleitern vorbehalten, und jede führt an andere Orte innerhalb der Festung. Geheimgänge, angelegt für Zeiten der Belagerung.

Die Luke ist verschlossen, natürlich ist sie das. Doch ich weiß, dass das dicke Schloss nur eine Maskerade ist – vorausgesetzt, der Altmeister hat die Codierung nicht geändert. Ich atme tief durch.

Meine Finger finden die Wölbungen in der Wand über dem Holz. Ich schiebe die Zeigefinger in die vierte und achte hinein und drücke sie gleichzeitig. Das Holz schiebt sich knirschend aus seiner Verankerung und schwingt auf. Erleichtert stöhne ich auf.

Stimmen ertönen vom Ende des Ganges. Jemand kommt die Treppe herauf oder herab. Offensichtlich sind die Schreie der Agentin nicht unbemerkt geblieben. Ich ducke mich in die Luke hinein. Schon sehe ich einen Lichtschein in der Ferne – doch ehe er mich erreicht, habe ich die Tür hinter mir zugezogen und taste mich die Treppe hinauf. Sie werden mich suchen, und sicher kommen sie schnell darauf, dass ich durch eine der Luken entkommen bin. Doch sie wissen nicht, durch welche, und das ist mein Vorteil. Der Republik sei gedankt für die Geheimniskrämerei der CG.

Zwanzig Stufen erklimme ich, dann setze ich mich und ziehe den Holzspan hervor, entfache ihn ein weiteres Mal. Viel Zeit habe ich nicht, doch ich muss einen Blick auf die Dokumente werfen. Es sind nur drei Seiten, eng beschrieben von akribischer Hand. Eine zusammenfassende Notiz für die Abteilungsleiter, wie ich den Kommentaren am Rand entnehme. Rasch überfliege ich den Text. Zuerst stockt mir der Atem, dann beschleunigt er sich. Verdammt, hätte ich das alles nur eher gewusst!

Der Holzspan verglimmt in dem Augenblick, da ich meine hastige Lektüre beende. Ich stecke mir das Dokument unter den Mantel und eile die enge Treppe empor. Dann bin ich da. Ich drücke gegen eine weitere Luke. Lautlos schwingt sie auf, und ich schiebe mich hindurch.

Ein geräumiges Zimmer schimmert im Licht mehrerer Petroleumlampen. Die Wände sind mit dunklen Kacheln aus Holz vertäfelt. Eine davon ist die Luke, die ich wieder schließe. Danach ist sie nicht mehr von den anderen Kacheln zu unterscheiden.

Regale voller Bücher säumen eine Wand, mehrere Stühle sind im Raum verteilt. Durch ein schmales Fenster fällt Mondlicht herein. Ein wuchtiger Schreibtisch steht in einer Ecke – und darüber beugt sich mit dem Rücken zu mir ein magerer kleiner Mann, liest vertieft in einem Schriftstück. Ich schleiche mich zu ihm und presse ihm eine Hand auf den Mund.

»Schscht«, flüstere ich. »Ich bin es.«

Wässrig helle Augen, die mich durch Augengläser hindurch anstarren.

Krateos, der Sekretär des Altmeisters, scheint wenig überrascht. Als ich ihn loslasse, tritt er zurück. Er schüttelt sich, streicht beinah empört über das zerknitterte Hemd. Sein kahler Kopf auf dem mageren Hals lässt mich an einen Truthahn denken, die fliehende Stirn und das kleine Kinn, von dem die Haut in Falten herabhängt, verstärken diesen Eindruck noch. Hinter den Augengläsern blinzelt er kurzsichtig, ganz der wunderliche alte Mann, der nie aus seinem Büro herauskommt. Doch ich mache nicht den Fehler, ihn zu unterschätzen.

»Eva.« Er seufzt. »Was machst du hier?«

»Was machst du im Büro des Altmeisters?«, frage ich zurück.

Er rückt seine Brille zurecht, mustert mich mit leicht verwirrtem Ausdruck. »Meine Arbeit natürlich. Du hast Blut an deiner Maske. Nimm sie besser ab.«

»Das ist nicht mein Blut.« Und ich setze die Maske garantiert nicht ab. Er hat mich noch nie ohne gesehen.

Ich packe ihn am Arm, und er erschauert unter meinem festen Griff. »Ich habe ein paar Fragen.«

Sein Blick schweift von mir weg, als hätte er Angst. Doch ich weiß, dass hier überall Waffen verborgen sind – und ausgetüftelte Zugmechanismen, die Alarmglocken bei den Wachen auslösen. Und Krateos weiß, dass ich es weiß. Sein Blick kehrt zu mir zurück, und er legt die Maske des harmlosen Alten ab. Seine Schultern straffen sich, seine Augen verengen sich zu harten, kleinen Schlitzen.

»Was ist mit deinem Auftrag? Ich befahl dir, dich fernzuhalten.«

»Du hast mir gar nichts zu befehlen«, knurre ich. »Setz dich.«

Ich schubse ihn auf einen Stuhl zu.

»Ich schrieb dir das zu deinem eigenen Besten«, zischt er, als er sich niederlässt. »Hier ist es nicht sicher.«

»Ich bleibe nicht lange.« Ich ziehe mir einen Stuhl heran, setze mich jedoch noch nicht. »Wer hat den Altmeister getötet? Was ist hier passiert?«

Er seufzt. »Ach, ich vergesse immer, wie ahnungslos ihr

Außenagenten seid. Alles hat sich geändert in den letzten Monaten. Wann warst du das letzte Mal hier?«

»Vor zwei Jahren, bevor ich nach Merimar gereist bin«, sage ich, in dem Wissen, dass er die Antwort bereits kennt. Er führt akribisch Buch über unsere Aktionen, in einer Schrift, die allein er lesen kann. Der Altmeister hat ihm bedingungslos vertraut, doch ich tue das nicht.

»Hat Christoph den Altmeister getötet?«

Er reagiert nicht.

»Der Gelehrte?«, helfe ich nach.

Er runzelt die Stirn. »Du weißt von ihm?«

»Ich habe ihn getroffen. In der Bastion im Deamhain. Er führt die Abtrünnigen an. Nur, dass sie keine Abtrünnigen mehr sind, hab ich recht?«

Er sagt weder Ja noch Nein. Offensichtlich überlegt er, was ich noch alles weiß.

»Er war hier«, sagt er bedächtig. »Vor zwei Tagen.«

»*War?*« Ich schnappe nach Luft. »Wo ist er hin?«

»Nach Athos. So heißt es zumindest. Er blieb nur eine Nacht.«

»Hatte er Gepäck dabei?«

»Eine Truhe, die keiner anrühren durfte. Er hat sie wieder mitgenommen.« In Krateos' Augen blitzt etwas auf. Er wittert Wissen bei mir, über das er noch nicht verfügt. »Was ist in der Truhe?«

»Zuerst bist du mir noch ein paar Auskünfte schuldig«, sage ich. »Wer hat den Altmeister ermordet?«

»Er wurde nicht ermordet. Sie haben ihn hingerichtet.«

»Was? Warum?«

»Umtriebe mit dem Feind. Die Beweise waren selbstverständlich fingiert. Morgens haben sie ihn abgeholt, noch am selben Tag wurde ihm der Prozess gemacht.« Er betrachtet meine entsetzte Miene mit finsterer Befriedigung. »Ich sagte bereits: Die CG hat sich verändert.«

Ich stelle mich so dicht vor ihn, dass er zu mir aufblicken muss. Nicht, dass ich ihn damit wirklich einschüchtern könnte.

»Es ging die ganze Zeit um die Forschungen um den An-Trieb, nicht wahr?«, stoße ich aus. »Um die vierte Abteilung. Ihr wusstet längst von ihr. Sie wurde schon vor zwanzig Jahren gegründet.«

Seine Miene läuft noch röter an, die Falten unter seinem Kinn wackeln, so fest presst er die Lippen zusammen. Ich ziehe das Dokument aus meinem Mantel und werfe es ihm vor die Füße.

»Streng geheim«, schnappe ich. »So geheim, dass ihr es nicht für nötig befunden habt, mich darüber aufzuklären, und mich lieber ahnungslos losgeschickt habt.«

Er bückt sich nach der Mappe und hebt sie auf, blättert mit gerunzelter Stirn durch die Papiere. Er schindet Zeit. Soll er doch. Ich werde alles auf den Tisch legen, was ich erfahren habe, und den Rest aus ihm herausprügeln, wenn es nötig ist.

»Vor zwanzig Jahren.« Meine Stimme zittert vor Wut und Enttäuschung. »Damals traten die drei Abteilungsleiter der CG an den Kanzler heran, mit der Bitte, eine vierte Abteilung zu gründen. Der Altmeister war einer von ihnen, genau wie die Archivarin. Sie informierten den Kanzler über den Rückgang der Triebe und dass sie dadurch eine gefährliche Schwächung der Republik befürchteten. Auf ihren Rat unterschrieb der Kanzler das Dekret, das die Gründung der neuen Abteilung gestattete. Ihr Auftrag: *die Erforschung der Triebe.*«

Die Wahrheit ist schlimmer als alle Lügen. Die Sätze des Dokuments haben sich in mich eingebrannt wie Feuermale, die ich nie wieder auslöschen kann.

»Sie ernannten für die Abteilung einen neuen Leiter, einen hochkarätigen Wissenschaftler der CG. Gemeinsam mit weiteren Wissenschaftsagenten forschte er in der Universität von Athos. Sie fingen an mit Paarungen von hochkarätigen Brennern und Heilern unserer Organisation, und die dabei gezeugten Kinder waren die ersten Forschungsobjekte. Dann holten sie Kriminelle und Gefangene dazu, die über Triebe verfügten. Doch sie waren leichtsinnig, und sie konnten mit den erzeugten Kräften nicht umgehen. Vor siebzehn Jahren gab es eine Explosion, bei der dreißig Menschen starben, darunter auch zahlreiche Unbeteiligte. Das konnten sie nicht mehr vertuschen. Im Ältestenrat, unserer werten Regierung, wurde bekannt, was dort getrieben worden war. Die Ältesten protestierten, insbesondere die Vertreter der Brenner- und Heilergilden. Daraufhin erließ der Kanzler ein neues Dekret.

Die vierte Abteilung der Cathedra wurde wieder geschlossen, alle beteiligten Agenten und Wissenschaftler wurden exekutiert, auch der neue Abteilungsleiter. Alle Beweise, dass diese Abteilung je existiert hatte, wurden aus den Archiven und Geheimdokumenten getilgt, und der Mantel des Schweigens wurde darübergelegt.« Erneut hole ich tief Luft, wappne mich dafür, den schlimmsten Teil der Nachrichten wiederzugeben, die mich vorhin auf dem Treppenabsatz so unvorbereitet erwischten.

»Bis vor fünf Jahren«, stoße ich aus. »Irgendjemand aus der Cathedra nahm die Forschungen nämlich wieder auf. Beinah wäre er damit durchgekommen. Doch letzten Herbst brach an der Nordgrenze der Republik eine Seuche aus, die in einem Krieg gipfelte. Die Barbaren der Norlande stürmten gegen unsere Festungen an. Othon, unsere größte und wichtigste Grenzbastion, gelangte in ihre Hand. Zwar wurde sie rasch zurückerobert, die Seuche wurde eingedämmt, und inzwischen herrscht ein wackeliger Waffenstillstand. Doch in Othons Kellern kam in den Wirren der Kämpfe etwas ans Licht, das keiner jemals sehen sollte: ein geheimes Laboratorium voller Gerätschaften für die An-Triebs-Forschung, glänzend ausgerüstet für Folter und Mord. Es trug die deutliche Handschrift der Cathedra.«

Ich zeige auf die Papiere, die Krateos so fest hält, dass seine Knöchel weiß hervortreten.

»Hier in diesen Dokumenten steht, dass unsere Agenten vier Jahre lang heimlich die Norlande durchstreiften und dort die triebbegabten Magier der Barbaren entführten, um mit ihnen in Othon zu experimentieren. Über die Jahre müssen es Dutzende gewesen sein. Und das ist nicht das Schlimmste.«

Ich schüttle entsetzt den Kopf. »Offenbar ist bei den Forschungen etwas aus dem Ruder gelaufen. Unsere Agenten haben die Seuche ausgelöst, die den Krieg im Grenzgebiet verursachte.

Der Seuche und dem Krieg sind nicht nur unzählige Norländer zum Opfer gefallen, sondern auch beinah die Hälfte unserer Grenztruppen. Die Republik ist deshalb militärisch so schwach wie nie. Und die CG ist schuld.«

Keuchend ringe ich nach Luft. Tränen der Wut stehen in meinen Augen. Die Organisation, der ich mein erbärmliches Leben verschrieben habe, hat Tausende Menschen in den Tod geschickt. Nicht auf Geheiß der Republik, sondern auf eigene Faust, aus skrupelloser Wissensgier und Selbstüberschätzung.

»Es wäre besser, du hättest nichts davon erfahren«, sagt Krateos. Ein Teil von mir möchte ihm an die Gurgel springen und das Leben aus ihm herauspressen, doch es ekelt mich, seinen faltigen Hals anzufassen. Ich trete einen Schritt von ihm zurück.

»Dass Othon fiel, war verschmerzbar, oder?«, krächze ich. »Weil ihr einen weiteren Forschungsstützpunkt im Deamhain hattet. Aber warum habt ihr mich überhaupt dorthin geschickt?«

Krateos lässt die Dokumente sinken. Seine Augen blitzen aufgebracht.

»Du bist nur eine dumme kleine Agentin, wenn du dir das nicht zusammenreimen kannst. Wo ist deine Loyalität zum Altmeister? Er hätte das alles nie zugelassen.«

Ich hebe die Augenbrauen. »Du willst mir weismachen, er hätte nichts davon gewusst?«

Krateos nickt. Seine Finger fuhrwerken auf dem Dokument herum, reißen immer wieder kleine Fetzen davon ab, doch ich glaube, er merkt es nicht einmal.

»Schon vor zwanzig Jahren waren ihm die Forschungen suspekt«, murmelt er. »Doch er musste sich der Mehrheit der Abteilungsleiter fügen. Als dann drei Jahre später bei der Explosion in Athos all die Leute starben, war er es, der dem Kanzler geraten hat, die vierte Abteilung wieder zu schließen. Er selbst hat für die Exekutionen aller Beteiligten gesorgt und dafür, dass dieses Wissen seitdem unter Verschluss gehalten wurde – weil er wusste, wie gefährlich es ist.«

Er verstummt. Ich sehe den Altmeister vor mir. Die dunklen Furchen um seine alterslosen Habichtaugen, seine rissigen Hände, in denen mehr Kraft steckte als in jedem von uns.

Unsere Aufgabe ist es nicht, die Republik zu ändern – sondern, die bestehende Ordnung der Dinge zu schützen. Dieser Grundsatz war ihm so wichtig, dass er ihn mir mit den Fäusten einbläute, wieder und wieder. In meinen Augen brennt es. Dieser Mann hätte die Prinzipien der CG niemals verraten.

»Sprich weiter.« Ich stoße Krateos mit dem Fuß an, und er blickt wie ein verletztes Huhn zu mir auf. Wenn er glaubt, damit mein Vertrauen zu wecken, täuscht er sich.

»Als im Winter die Forschungen in Othon und ihre verheerenden Auswirkungen entdeckt wurden, fielen der Altmeister und ich aus allen Wolken«, sagt er. »Die Archivarin und der Politiker stritten ab, davon gewusst zu haben, und wir glaubten ihnen. Es schien sich also nur um ein kleineres Projekt von Abtrünnigen zu handeln. Doch es war nicht mehr geheim zu halten. Die Regierung hatte bereits davon erfahren, sowohl der Kanzler als auch der Ältestenrat.«

Er seufzt. »Auch dir kann es nicht verborgen geblieben sein: Die Pfeiler unserer Regierung sind nicht mehr so stark und standhaft wie früher. Der Krieg im Norden, die Seuche, die Missernten und dann auch noch die Unruhen in den Provinzen, sie beunruhigen die Bürger selbst in Athos. Jetzt wäre der Zeitpunkt, da sie mehr denn je auf unsere Stärke vertrauen müssten, denn sie brauchen die Schlagkraft und das eng gesponnene Spionage-Netzwerk der CG, um das durchzustehen. Doch stattdessen sind die kritischen Stimmen im Ältestenrat lauter geworden. Vielleicht suchen sie einen Schuldigen, um davon abzulenken, wie viele Maßnahmen sie selbst in den friedlichen, reichen Jahrzehnten versäumt haben. Diese Ältesten versuchen, uns in eine kleine, machtlose Behörde zu verwandeln, die sie kontrollieren können – und das wäre das Ende der CG.«

Nach dieser Predigt haben seine Hängebacken rote Flecken. Ich warte darauf, dass er endlich zum Punkt kommt.

»Einzig der Altmeister war noch in der Lage, das Blatt zu wenden«, sagt er. »Weil der Kanzler nach wie vor auf ihn hört. Er reiste also sofort nach Athos, um die Gerüchte einzudämmen und den Kanzler zu beschwichtigen.«

»Deshalb war der Altmeister in Athos, als er mir den Auftrag gab«, murmele ich.

Krateos nickt. »Der Kanzler beauftragte ihn, diese illegalen Umtriebe sofort zu stoppen. Der Altmeister sollte Beweise vorlegen, dass es sich nur um ein paar verirrte Abtrünnige gehandelt hatte. Das war die letzte Möglichkeit, die Abschaffung der CG aufzuhalten.

Der Altmeister hatte all diese Beweise aus Othon bereits beschafft. Doch einige Indizien deuteten darauf hin, dass Othon nicht der einzige Stützpunkt der Forschungen sein konnte. Es musste einen zweiten geben, und den musste er finden und beseitigen, um alle Gefahr einzudämmen. Allerdings wusste er nicht, wo genau er suchen sollte. Er hatte zwei Orte im Verdacht. An einen davon schickte er dich.«

»Und warum hat er mich nicht eingeweiht?«

»Weil du nur eine einfache Agentin bist.« Krateos faltet die Hände und blickt mich an, und in seinen Augen lese ich keine Spur von Gefühl. »Ein unbedeutendes kleines Rädchen im Getriebe. Je ahnungsloser du warst, desto geringer die Gefahr, dass die Abtrünnigen etwas erfahren – so dachten wir vor ein paar Wochen zumindest, als wir sie noch für eine überschaubare Gruppe hielten.«

Niemand weiß alles. Ich kenne den Grundsatz der Cathedra. Ich habe ihn immer mitgetragen, genau wie alles andere. Egal wie entsetzlich meine Taten waren, ich wusste, ich tat sie für das richtige Ziel. Bis jetzt.

»Aber es waren keine Abtrünnigen«, flüstere ich. »Es waren *alle anderen*, nicht wahr? Und als der Altmeister das herausfand, haben unsere eigenen Leute ihn hingerichtet, damit er dieses Wissen nicht zum Kanzler trägt.«

Er nickt. »Unterschätze niemals die Verführung der Macht.«

Plötzlich wirkt er müde. »Die Archivarin und der Politiker haben uns all die Jahre hintergangen«, murmelt er. »Und jetzt haben sie ihn aus dem Weg geräumt und seine Abteilung aufgelöst. Ich bin nur noch hier, um ein paar Akten zu ordnen. Alle Jäger des Altmeisters unterstehen nun dem Neuen. Dem Gelehrten. Sie sollen weiterhin Alben jagen. Doch statt sie zu töten, sollen die Jäger sie nun zu Forschungszwecken hier abliefern.«

»Was für ein Irrsinn!« Ich balle die Fäuste.

Er nickt. »Ich dachte mir, dass du so reagierst. Deshalb wollte ich, dass du dich fernhältst. Wenn sie dich finden, werden sie dich ebenso töten wie ihn.«

»Sollen sie es versuchen.« Ich schaue zum Fenster hinaus, auf die von Mondlicht beschienene Ebene.

Hunde bellen, Agenten eilen durchs Buschwerk. Sie suchen nach mir. Aber noch habe ich Zeit.

»Wer ist der Gelehrte?«, frage ich.

Krateos hebt die Schultern. »Ein Agent. Spielt das wirklich

eine Rolle?« Er wirkt müde. »Wir alle sind ersetzbar, einer wie der andere. Wenn du ihn tötest, wird der Nächste seinen Platz einnehmen. Das ist das Wesen der Cathedra – und du weißt das.«

Ich weiß es. Und doch sehe ich des Altmeisters Miene, sehe Lukas dreistes Grinsen. Die Agenten mögen ersetzbar sein, die Menschen sind es nicht. Ich erschaudere. Ich muss sie aufhalten, bevor sie die CG endgültig in ein Ungeheuer verwandeln. Das bin ich dem Altmeister schuldig.

»Und jetzt sind sämtliche Köpfe der Cathedra nach Athos gereist. Wie wollen sie den Kanzler und die kritischen Ältesten umstimmen?«, frage ich. »Wie sollen sie ihnen den Tod des Altmeisters erklären – und die Tatsache, dass sie mit den Forschungen weitermachen wollen?«

Er hält den Kopf gesenkt. Sein magerer Nacken ist faltig wie der Hals eines gerupften Vogels. Und jäh weiß ich, warum er mir nicht in die Augen schaut.

»Sie wollen sie gar nicht umstimmen«, sage ich langsam. »Sondern ausschalten. Du weißt es. Und du hättest keinen Handstrich dagegen getan. Du willst mir was von Loyalitäten erzählen?« Bitter spucke ich vor ihm aus. »Wie lange bist du schon auf ihrer Seite?«

Er blinzelt hinter den Augengläsern.

»Ich bin auf keiner Seite«, sagt er. Seine Stimme klingt hohl, seine Finger sind still geworden. »Meine Loyalität gilt allein der CG. Die Gesichter ändern sich, die Aufträge ändern sich. Doch sie besteht seit Anbeginn der Republik, und sie wird fortbestehen. Nur sie hält die Republik zusammen, nicht die Politiker in Athos mit ihren wankelmütigen Interessen. Wenn du unsere Geschichte kennen würdest, wüsstest du das – solche Krisen sind nichts Neues. Und immer ging die CG gestärkt daraus hervor. So wird es auch dieses Mal sein. Wir Agenten werden die Köpfe unten halten, bis der Machtkampf zu Ende ist. Und dann weitermachen, wie es unsere Pflicht ist.« Beschwörend blickt er mich an. »Und auch du solltest das tun. Du bist ein wertvolles Werkzeug für die CG. Füge dich, und sie werden dich am Leben lassen.«

Als ob ihm mein Leben etwas bedeutet. Jetzt, da ich hier aufgetaucht bin, wird er alles tun, um seinen Ruf zu wahren. Er wird mich verraten, sobald ich den Raum verlasse. Mein Schicksal hier in der CG ist besiegelt, seit ich Christoph ahnungslos das erste Mal gegenübertrat.

Mir ist es zuwider, Krateos zu töten – als müsste ich einem glitschigen, spuckenden Truthahn den Hals umdrehen. Voller Ekel vor ihm und mir selbst lasse ich seine Leiche fallen, dann wische ich mir die Hände am Mantel ab.

Die Nachtluft schlägt erstickend warm aus dem Fenster herein, als ich es öffne, um mich daran abzuseilen.

Alles ist totenstill, nur einmal bellt in der Ferne ein Hund. Der Himmel hat eine fahle, graue Farbe, als wäre der Morgen nicht mehr weit.

Die Dokumente habe ich Krateos verkrümmten Fingern entwunden und eingesteckt. Ich hinterlasse Tote, wohin ich auch komme, und mein Weg ist noch nicht zu Ende. Ich muss jene zerstören, die all das niederreißen wollen, woran ich in den letzten Jahren glaubte. Doch mein Herz drängt nur zurück zu Cianna – als ob sie mich retten könnte vor dem, was ich bin.

Cianna

Maeve kehrt zurück, als der Morgen dämmert. Sie ist bleich, und der Mantel, den sie mir wortlos zurückgibt, ist von Blutflecken gesprenkelt.

»Wir haben den Gelehrten verpasst. Er ist mit dem Kind nach Athos weitergereist.« Das ist die einzige Information, die sie uns gibt.

Finn verzieht hasserfüllt das Gesicht, als hätte sie mit dem klangvollen Namen unserer Hauptstadt seinen ärgsten Feind erwähnt.

Ich erschauere in einer Mischung aus Erwartung und Angst. Seit meiner Kindheit wünsche ich mir, Athos zu sehen, die prachtvolle Wiege der Republik, erbaut und geschmückt mit dem Reichtum der höchsten Bürger. Die Heimat unserer Mutter. Auch Raghi wirkt plötzlich aufgekratzt, ihre Augen funkeln wie Onyxe, und ihre Finger beben unruhig, doch sie enthält sich jeden Kommentars.

Maeve verfällt in düsteres Schweigen. Ich weiß, dass sie uns nur einen Bruchteil dessen sagt, was sie erfahren hat. Ich sehe es wie einen Schatten über ihrem Haupt. Mit gekrümmten Schultern rollt sie sich auf dem Lager zusammen. Sie tut nur so, als würde sie schlafen, ihr Schlafsack hebt und senkt sich unter flachen Atemzügen. Ich traue mich nicht zu ihr, obwohl ich es möchte, und mein Herz wird schwer, weil ich die Distanz zwischen uns nicht überwinden kann.

Raghi schnappt sich ihren Bogen und geht hinaus in die Dämmerung, um zu jagen. Finn nimmt mich an der Hand und führt mich nach draußen vor den Eingang, wo er mich auf seinen Schoß zieht. Gemeinsam schauen wir über die verfallenen Mauern des Bauernhofs – Plantage, hat Maeve ihn genannt. Dahinter erstreckt sich die dunstige Ebene, die sich im Licht des Morgens mit fahlem Grün färbt. Dort draußen lauert die Festung Andex, die Maeve heute Nacht aufgesucht hat, reglos und schwarz wie ein Raubtier. Gestern bei dem kurzen Anblick habe ich sie instinktiv verabscheut, und mich gruselte die verlassene Ebene um sie herum, die menschenleere Wildnis, als hätte die Festung alles Leben daraus getilgt. Geheimdienst. In dem Wort schwingt etwas Feindseliges mit, etwas Skrupelloses und Verstohlenes, wie jene Dunkelheit, die ich in Maeve spüren kann, seit ich sie das erste Mal wiedersah.

Ich weiß, dass auch Finn sich mit düsteren Gedanken trägt. Als ich meinen Kopf an seine Brust lehne, schlägt sein Herz dumpf und schwer.

»Athos«, murmelt er in mein Haar. »Das ist, als würden wir dem Löwen direkt ins Maul springen.«

Ich beiße mir auf die Lippen. »Vielleicht. Aber wir haben keine andere Wahl.«

»Haben wir nicht?« Er dreht mich zu sich herum, seine blaubraun gesprenkelten Augen schimmern wie Kiesel in einem Bach. »Wir könnten nach Irelin zurückkehren. Zu Barnabas und Jefan. Denk an all die verängstigten Mütter und Kinder in ihrer Obhut, alle auf der Suche nach einer neuen Zuflucht. Sie können vier hilfreiche Hände brauchen.«

Sehnsucht schwingt in seiner Stimme. Ich weiß, dass ein großer Teil seines Herzens bei seinen Leuten zurückgeblieben ist, dass er sich in jeder freien Sekunde um sie sorgt. Dafür, dass er trotzdem bei mir ist, liebe ich ihn nur noch mehr.

»Gelrion braucht uns auch«, flüstere ich. »Wir können ihn nicht diesen grausamen Männern überlassen. Das würde ich mir niemals verzeihen.«

Nachdenklich mustert er mich, als suchte er in meiner Miene nach Zweifeln. Und da sind Zweifel, die mein Herz beben lassen, und die Angst, dass ich uns auf einen verlorenen

Weg führe, so wie ich es im Wald mit all den Menschen tat. Doch mein Wille ist stärker als alle Bedenken.

»Wir tun es nicht nur für ihn«, flüstere ich. »Wer weiß, was sie mit ihm vorhaben? Er ist so unglaublich stark, Finn. Du hast es erlebt. Nicht auszudenken, was geschieht, wenn sie seine Kräfte für schlimme Dinge missbrauchen, wenn sie anderen Menschen damit Schaden zufügen. Wir müssen sie aufhalten.«

»Ich weiß.« Er nimmt mein Gesicht in die Hände und küsst mich. Seine Lippen sind fest und warm, eine Heimat in der Fremde. »Ich stehe auf deiner Seite. Was auch passiert.«

Doch dann seufzt er und blickt über meinen Kopf hinweg in den Schatten der Wand hinter uns. »Was ist mit deiner Schwester? Ich traue ihr nicht. Sie sagt uns längst nicht alles.«

»Das wird sie noch«, sage ich überzeugter, als ich selbst bin. »Gib ihr Zeit.«

»Zeit haben wir nicht«, entgegnet er. »Und sie wird auch nichts daran ändern, dass Eva für die Republik arbeitet. Egal, was sie sagt, letzten Endes wird sie gegen uns stehen.«

Ich will ihm sagen, dass er unrecht hat, doch ich kann es nicht. Wie kann ich wissen, was Maeve tun wird? Das Herz meiner Schwester ist mir so nah, doch ihre Gedanken sind wie die einer Fremden, verborgen hinter einer reglosen Miene.

Vor uns geht die Sonne auf, ein orangefarbener Feuerball, der die alten Gemäuer der Plantage zum Glühen bringt. Vögel zwitschern im alles überwuchernden Dickicht, ein paar Affen tauchen aus den Trümmern der Ruine auf und jagen sich keckernd über den Hof. Unter dem heller werdenden Himmel fühle ich mich plötzlich schutzlos. Ich wünsche mich ins Grün des Deamhains zurück, unter das dichte Blätterdach seiner Baumkronen, die die Welt auf wenige Mannslängen begrenzen. Werde ich ihn je wiedersehen?

»Ich rede mit Eva«, sage ich leise. »Jetzt lassen wir sie schlafen.«

Doch dazu kommt es nicht. Zu unserer Linken bricht Raghi aus dem Gebüsch. Wir springen auf.
Männer, gestikuliert sie. *Nur noch ein paar Pfeilschussweiten entfernt. Sie durchkämmen das Dickicht.*
Ihr schweißbedecktes Gesicht ist düster, ihre Augen stumpf wie zwei Kohlestücke. Ich sehe, dass in ihrem Köcher mehr als die Hälfte der Pfeile fehlen, und für einen Augenblick nehme ich ihre Hand und drücke sie fest. Noch jemand, der für mich furchtbare Opfer bringt. Ich habe diese Menschen nicht verdient. Doch ich habe keine Zeit für Reuegefühle.
Rasch wecken wir Maeve und schwingen uns auf die Pferde. Im Schein der Morgensonne preschen wir durchs Gebüsch, fort von der düsteren Festung und dem verlassenen Landstrich.
Maeve führt uns an einen schlammigen, sich träge dahinschlängelnden Fluss. Wir treiben die Pferde ins Wasser und folgen seinem Verlauf eine Wegstunde lang, um die Verfolger und etwaige Hunde abzuschütteln. Im Schutz eines Palmenhains lassen wir den Fluss hinter uns. Staub steigt in kleinen Wolken auf, als wir an einem Dorf vorbeigaloppieren. Die kleinen Häuser mit Flachdächern aus Lehm sehen aus wie Schachteln, die mit grober Hand an eine Felswand gedrückt wurden. Ich meine, aus den Fensteröffnungen verstohlene Blicke zu spüren, doch niemand zeigt sich. Kurz darauf reiten wir über Felder, die sich in grünbraunen Wellen um uns ausbreiten. Sonnenstrahlen flirren auf den Halmen. Der Wind ist trocken und birgt bereits etwas von der Wärme des Sommers in sich. Immer wieder reiten wir an Frauen und Männern vorbei, die geduckt über Furchen und Ackerkrumen ihrem Tagwerk nachgehen. Sie wirken in ihren kurzen Kitteln ärmlicher als die Menschen in Irelin, ihre Haut dunkler und ihre Gesichtszüge gröber. Keiner von ihnen schaut uns an oder wirft uns einen Gruß zu, doch ihr angespanntes Verharren, bis wir sie passiert haben, spricht deutlicher als jedes Wort.

Ich schäme mich, wenn ich daran denke, dass mir das vor ein paar Wochen kaum aufgefallen wäre. Mein behütetes, einsames Dasein in Cullahill war wie das jahrelange Dahinträumen unter einem Betäubungsmittel, von dem ich mich Stück für Stück befreie, seit ich von dort fort bin. Endlich sind meine Sinne offen für das kostbare, so zerbrechliche Leben, das in meinen Adern pulsiert, aber auch für die Grausamkeit, mit der die Republik all jene behandelt, die nicht privilegiert geboren wurden wie ich. Ich weiß es jetzt so sicher, wie ich den Pferderücken unter mir spüre, der mich auf das Ungewisse zuträgt – gleichgültig, was kommen mag, in den betäubenden Schoß von Cullahill will ich nicht mehr zurückkehren.

Erst am Nachmittag rasten wir in einem Wäldchen aus Orangenbäumen, deren Früchte einen intensiven, beinah bitteren Duft verströmen.

Wir binden die Tiere an und reiben ihre verschwitzten Flanken mit Stroh ab. Dann setzen wir uns in den Schatten der Bäume.

Nur, weil Finn und ich sie bedrängen, gibt Maeve ein paar weitere Informationen preis. Ich erschrecke vor der Niedergeschlagenheit in ihrer Stimme, als sie uns berichtet, dass jene Abtrünnigen, die sie aufspüren wollte, kein versprengter, abartiger Zweig ihres Geheimdienstes mehr sind, sondern es geschafft haben, die Mehrheit der Organisation an sich zu reißen.

Ich wusste es, sagt Finns düsterer Blick. *Diese verdorbene Welt der Spione kann nichts Gutes hervorbringen.* Doch er enthält sich jeden Kommentars, wofür ich ihm dankbar bin. Wie ich scheint er den Kampf zu spüren, der sich in Maeves Innerem abspielt. Was wird sie mit dieser neuen Erkenntnis anfangen?

»Was meinst du, haben Christoph und die anderen Anführer vor?«, frage ich. »Warum sind sie wohl alle in den letzten Tagen nach Athos aufgebrochen?«

»Keine Ahnung«, erwidert Maeve. Doch ihr düsterer Blick sagt etwas anderes. Er spricht von Tod.

Mich fröstelt es, und ich packe ihre Hand, nicht sicher, ob ich ihr damit Halt geben will oder mir. Wenn ich sie berühre, kommt sie mir nicht mehr fremd vor. Irgendwann löst sie sich von mir. In ihre Miene ist Ruhe eingekehrt.

»Wir sollten schlafen«, murmelt sie. »Wir brauchen unsere Kräfte.«

*

Zwei Tage später erreichen wir Athos. Maeve war in der Nacht vorher erneut allein unterwegs. Als sie zurückkam, trug sie ein Bündel Kleider über dem Arm, helle, seidige Togen, die weich über unsere Haut gleiten und unsere Figuren umschmeicheln. Maeve und ich haben die braunen Haare in Tücher gehüllt. Finn sieht in der Toga unglaublich gut aus – ich kann die Augen kaum von ihm lassen. Und auch er flüsterte mir vor dem Aufbruch ein zärtliches Kompliment ins Ohr. Das hob meine Stimmung ein wenig, die geprägt ist von der Sorge und Aufregung darüber, was uns erwartet.

Raghi allerdings bleibt in ihrer dunklen, schäbigen Kleidung. Ihren Bogen gab sie Maeve, genau wie ihr Pferd – in Athos ist es nicht üblich, dass Sklaven reiten, und in diese Haut muss sie nun wieder schlüpfen, so unangenehm es Finn und mir ist.

Es ist Vormittag, als wir in die Stadt einreiten. Maeve führt das freie Pferd am Zügel, Raghi trabt mit unbewegter Miene neben mir her.

Tagsüber sei es sicherer als nachts, weil dann mehr Menschen auf den Straßen unterwegs seien, hat Maeve gesagt. Mich überwältigt die Masse der Leute, die um uns wimmeln, sobald wir die ersten Häuser passiert haben.

Es sind großgewachsene Menschen, in aberwitzige Moden

gekleidet, und die meist blonden Haare sorgfältig zu Locken getürmt. So viele Bürger! Ganz anders als in den Provinzen, in denen sie die privilegierte Minderheit darstellen. Viele tragen Gelb, die Farbe der Republik. *Adelphos, Damarys, Melechaos.* Die Namen, die sie sich zuwerfen, sind wohlklingend und erhaben, genauso wie ihre stolzen Blicke. Manche mustern uns abschätzig, doch die meisten beachten uns kaum. Die Anonymität komme uns zugute, sagte Maeve, doch mir jagt sie Angst ein. Wie sollen wir hier jemals Gelrion und seine Entführer finden?

Ich wende den Blick von den Gesichtern der Fremden ab und lasse ihn über die Stadt gleiten. Alles an Athos ist von großzügigem Wohlstand geprägt. Auf den Flachdächern der weiß verputzten, mehrstöckigen Gebäude wuchern Palmen und Aloen in bemalten Töpfen. Die Sonnenflagge der Republik flattert im warmen Wind, und viele Gebäude sind darüber hinaus mit bunten Bändern geschmückt. Die breiten, schnurgeraden Straßen bestehen aus gleißend hellen Steinplatten, auf denen die Hufe der Pferde klappern. Es gibt sogar Gehwege, die von Platanen gesäumt sind. Ich erspähe luftige Säulengänge mit Sitzbänken für die müden Passanten, und auf den Höfen und Plätzen stehen Becken aus Marmor, in denen Wasserfontänen in der Sonne funkeln. Und wie es duftet! Überall herrscht die blühende Fülle des Frühlings. Blumen säumen in eleganten Rabatten die Vorgärten, Mandelbäume tragen schwer an rosa und weißer Pracht, und an manchen Häusern rankt sich Wein empor.

Wir überholen gemächlich ratternde Kutschen, die von Schimmeln gezogen werden, Kamele, die schwer an Lasten tragen – und sogar Elefanten sehe ich, auf deren grauen Rücken Sänften mit verschlossenen Vorhängen thronen. Ich kann nur mutmaßen, welch hohen Rang ihre bürgerlichen Besitzer einnehmen mögen.

Finn muss dies alles ebenso fremd sein wie mir – doch in

seiner Miene lese ich vor allem grimmige Entschlossenheit. Ich weiß, was er denkt. *Der Wohlstand weniger auf dem Rücken vieler.* Natürlich hat er recht. Und doch kann ich nicht aufhören zu staunen. Selbst wenn Ordnerpatrouillen unsere Wege kreuzen, muss ich mich ermahnen, sie nicht anzugaffen. Ihre grauen Uniformen sind makellos, und ihre quadratischen Neunerphalangen marschieren in perfekt gleichgetaktetem Stechschritt, als wären sie keine unterschiedlichen Männer und Frauen, sondern ein einziger, geschlechtsloser Organismus.

Maeve ist weder Furcht noch Zweifel anzumerken. Aufrecht reitet sie vor mir, und aus jeder ihrer Gesten spricht selbstbewusster Stolz, als wäre sie hier zu Hause.

Sie führt uns zur glitzernden Weite des Sees Hogaisos. Sein Anblick ist eine Erholung nach der Masse an Eindrücken. Breite Treppen führen zu den Ufern hinab, die von marmornen Terrassen gesäumt sind. Dort räkeln sich weitere Bürger auf gepolsterten Liegebänken, Sklaven eilen zwischen ihnen hin und her und versorgen sie mit Erfrischungen.

An einer der Tavernen hält Maeve an und heißt uns abzusteigen. Mit herrischer Miene drückt sie einem der heraneilenden Sklaven die Zügel in die Hand, und ich tue es ihr gleich. Der Wirt weist uns einen der wenigen freien Plätze zu. Raghi bleibt wie ein dunkler Schatten hinter mir, und als wir uns auf den Bänken niederlassen, kauert sie sich mit gesenktem Kopf zu unseren Füßen nieder. Es tut mir weh, sie so zu sehen.

Mit wenig Appetit nippe ich an dem zuckersüßen Getränk, das uns gebracht wird. Gefrorene Stücke exotischer Früchte schwimmen darin. Haben wir überhaupt Geld, um es zu bezahlen? Ich hoffe, Maeve weiß, was sie tut.

Als die dienstfertigen Sklaven wieder abschwirren, massiert sie sich mit halbgeschlossenen Augen die Stirn – das erste Anzeichen von Anspannung, seit wir die Stadt betreten haben.

»Warum ist die Stadt so verdammt voll?«, murmelt sie. Offensichtlich ist das Gewühl an Menschen doch nicht so gewöhnlich, wie ich vermutete. Mein Blick schweift über den See und bleibt an den elegant geschwungenen Pfeilern der Laternen hängen, die in regelmäßigen Abständen auf den Terrassen stehen. Im Augenblick brennen die Dochte in den gläsernen Kugeln nicht, doch in den Abendstunden müssen sie eine beeindruckende Reihe von Lichtern bilden, die den See wie eine glitzernde Perlenkette umschließen.

Auch die Pfeiler sind mit bunten Bändern geschmückt, und neben kleinen Sonnenflaggen aus Stoff sehe ich stilisierte Papiermasken hängen, die im Wind auf und ab flattern. Jäh richte ich mich auf.

»Welches Datum haben wir?«

»Den Ersten des Avros, sagte der Wirt vorhin«, erwidert Maeve mit gerunzelter Stirn. »Warum fragst du?«

»Der Maskenball!«, stoße ich aus. »Zu Ehren des fünfhundertsten Jubiläums. Er findet am Dritten statt – übermorgen Abend!«

Immer noch runzelt sie die Stirn. Kann es sein, dass ich davon weiß und sie nicht?

»Die Ipalle der ganzen Republik sind dazu eingeladen«, sage ich aufgeregt. »Sicherlich sind Hunderte von ihnen angereist. Genau wie…«

Ich verstumme. Meine Finger ballen sich so fest um das Glas, dass die gefrorenen Fruchtwürfel klirren.

»Deine Mutter«, beendet Finn den Satz für mich. »Sie ist auch hier.«

»Ein Maskenball.« Maeves Stimme klirrt wie das Eis in meinem Getränk. Mit starrer Miene blickt sie auf den See hinaus. Ich kann nur ahnen, was in ihr vorgeht.

»Das ist es.« Mit einem Ruck stellt sie ihr Glas auf den niedrigen Tisch zwischen uns und beugt sich vor, und ihre Worte sind ebenso leise wie abgehackt.

»Alle Regierenden werden dort sein«, zischt sie. »Der Ältestenrat und auch der Kanzler. Dort werden sie sie töten.«

»Töten?« Ich schnappe nach Luft. Schon schauen die anderen Gäste zu uns herüber, und Maeve heißt mich mit einer harschen Geste, die Stimme zu senken.

»Das ist es, was sie vorhaben«, murmelt sie. »Die kritischen Stimmen zum Schweigen bringen und dann den Regierungswechsel nutzen, um die CG noch stärker zu positionieren – mit neuen, pervertierten Aufgaben. Wahrscheinlich haben sie sogar schon einen neuen Kanzler im Auge.« Sie knirscht mit den Zähnen.

»Und wann genau wolltest du uns das sagen?«, knurrt Finn.

Feindselig kreuzen sich ihre Blicke, dann zuckt Maeve mit den Schultern. »Ich sage es euch jetzt.«

»Die Frage ist, wie sie es anstellen wollen«, sage ich, nachdem ich über den ersten Schreck hinweg bin. »Haben sie deshalb Gelrion hergebracht?«

«Aber natürlich.« Maeve pfeift leise durch die Zähne. »Schlaue kleine Schwester. Luka hat mir von einer Erfindung berichtet, die sie in Othon benutzt haben. Ein handlicher Apparat, der kleine Bruder des Absorbators. Damit können sie den Trieb von einem Menschen direkt auf einen anderen übertragen.«

»Oder von einem Alvae auf einen Menschen.« Ich balle die Fäuste. »Mit den Kräften von Gelrion könnten sie Schreckliches anrichten und unzählige Menschen töten. Wir müssen das verhindern.«

»Aber wir wissen nicht, wo sie sich aufhalten.«

Maeve wiegt nachdenklich den Kopf. Dann richtet sie sich ruckartig auf. Auch Finn und ich lehnen uns auf unsere Bänke zurück, während Sklaven auf dem Tisch zwischen uns ein üppiges kleines Büffet aus Leckereien aufbauen. Das meiste Essen ist mir in seinem vielfarbigen Gepränge fremd, und ich habe auch kein Interesse daran. Meine Gedanken wirbeln wie Schmetterlinge.

»Wir wissen vielleicht nicht, wo sie sind«, sage ich leise, sobald die Sklaven sich wieder entfernt haben. »Doch wir wissen, wo sie hinwollen. Und ich weiß, wer uns dort Zutritt verschaffen kann.«

Maeve zuckt zusammen, und im nächsten Augenblick lodert eine solche Abneigung in ihren Augen auf, dass ich beinah befürchte, sie werde sich auf mich stürzen. »Das meinst du nicht ernst.«

»Ich habe nie etwas ernster gemeint.« Es fällt mir schwer, doch ich halte ihrem Blick stand. »Sie kann uns helfen. Wenn wir ihr erklären, was auf dem Spiel steht, dann tut sie es. Es geht schließlich um den Schutz unserer Regierung. *Ihrer* Regierung. Ich kenne niemanden, der patriotischer ist als sie. Oder hast du eine bessere Idee?«

Langsam stößt Maeve die Luft aus. Sie schüttelt den Kopf, doch ich sehe, wie ihre Wut Nachdenklichkeit weicht. Sie zieht es tatsächlich in Erwägung.

»Selbst wenn sie uns helfen würde«, murmelt sie. »Erst einmal müssten wir sie aufstöbern.«

Eine Hand zupft an meinem Ärmel. Raghi. Ihre Finger wirbeln rasch und verstohlen.

Überlasst das mir. Ich kann sie finden.

Eva

Raghi stammt aus Athos. Ich hätte eher darauf kommen können, so gut, wie sie ausgebildet ist. Mutter hat sicher ein Vermögen für sie auf den Tisch legen müssen. Den Großteil der Bewohner von Athos stellen nicht die Bürger, sondern die Sklaven. Zwei von ihnen auf jeden Freien, diese Rechnung habe ich schon häufiger gehört. Die meisten bekommt die Welt nie zu Gesicht – sie bleiben ihr Leben lang hinter den Toren und Mauern von privaten Anwesen und Ämtern, Theatern und Lyzeen. Das heißt jedoch nicht, dass sie austauschbar sind – die begehrtesten Haussklaven können einen Preis erzielen, der in Irelin eine ganze Familie auf Jahrzehnte ernähren würde. Die Ahnenreihen dieser Sklaven gehen fast genauso weit zurück wie die der Bürger, denen sie gehören – und über sie wird genauso akribisch Buch geführt. Ihre Ausbildung erhalten sie an eigenen Akademien, und obwohl sie nicht sprechen können, haben sie eine angeblich so ausgefeilte Sprache mit ihren Händen entwickelt, dass sie damit klügere Dispute führen können als so mancher unserer Minister.

Raghi zu unterschätzen, wäre also ein Fehler. Lautlos wie ein Schatten ist sie vorhin aufgesprungen und in einem dunklen Spalt zwischen zwei Tavernen verschwunden – einer nahezu unsichtbaren Lücke, die den meisten Leuten nicht auffallen dürfte. Sklavenpfade. Ich habe von ihnen gehört, doch ich hatte bei meinen kurzen Besuchen in Athos bisher nie die Gelegenheit, mir ein Bild von ihnen zu machen.

Die Sklavenpfade sind ein weiterer Grund, warum man so wenige Sklaven in der Öffentlichkeit sieht. Für Botengänge nutzen sie nicht die breiten Alleen der Bürger, sondern ein

Netz versteckter Gassen und Stiegen über Dächer und steile Treppen, durch Keller und das Gewirr der Hinterhöfe. Ein Netz, das nicht einmal ihre Dienstherren kennen.

Es wären perfekte Geheimwege für die CG – doch ich schätze, dass die meisten Agenten hier Bürger sind und es für unter ihrer Würde halten, sie zu benutzen.

Wir trinken noch unsere Limonaden aus, und ich zahle mit dem Geld, das ich heute Nacht zusammen mit den Kleidern aus einem der Stadtrandhäuser gestohlen habe. Es ist sicherer für uns, immer in Bewegung zu bleiben, und so bringen wir unsere Pferde in einem Mietstall unter und flanieren im Fluss der Menschenmenge weiter durch Athos, über den großen Basar und am Hafen entlang, vorbei an den prachtvollen Palästen der Ministerien.

Cianna und Finn halten Händchen, ganz das verliebte Touristenpaar – die perfekte Tarnung zwischen all den anderen Fremden. Da sind fettleibige Männer und ihre puppenhaften Frauen, die sich mit den Halbedelsteinen aus Miramar behängt haben. Andere haben die kantigen Gesichter der Bewohner aus Jagosch. Jetzt, da ich es weiß, kann ich sie leicht identifizieren: Ipalle und ihre Angehörigen, die zur Feier der Republik von weither angereist sind und nun staunend die Sehenswürdigkeiten betrachten, die die Hauptstadt ihnen bietet. Die meisten von ihnen scheinen erpicht darauf zu sein, die zwei Tage bis zum Maskenball voll auszukosten – und die Geschäftstüchtigen dieser Stadt haben das längst kapiert. Spärlich bekleidete Bedienstete der Vergnügungsviertel verteilen handbedruckte Zettel. *Kommt zum üppigen Büfett der vier Jahreszeiten. Lauscht dem Musikabend der berühmtesten Komponisten Athosias. Bewundert den Lichtertanz der Wüstenschlangen von Sari.*

Mich widert die Dekadenz an, und bei dem Gedanken, auf Mutter zu stoßen, dreht sich mir der Magen um. Oberflächliches Gepränge, schmeichelnde Gespräche, die mit Küsschen auf die Wangen beendet werden, kleine giftzüngige Spitzen über die Geschmacklosigkeiten der anderen – das ist ihre Welt.

Fast hoffe ich, dass es Raghi nicht gelingt, sie aufzustöbern. Doch Cianna hat recht, sie ist unsere einzige Möglichkeit, an Christoph heranzukommen. Ich kenne mich hier zu wenig aus, um auf eigene Faust viel herauszufinden. Das Agentennetzwerk kann ich nicht mehr nutzen, und ohne Ausweisdokumente können wir uns nicht in einem der Gästehäuser einmieten. Entweder wir verlassen am Abend wieder die Stadt – oder wir finden Mutter.

Als wir Raghi am vereinbarten Treffpunkt treffen, ist es bereits später Nachmittag. Auch ohne die Gesten lesen zu können, die sie mit Cianna wechselt, weiß ich, dass sie erfolgreich war.

»Sie ist im *Goldenen Horn*«, übersetzt Cianna aufgeregt.

»Wo sonst«, murmele ich. Der Name ist sogar mir ein Begriff – es ist eines der größten und prächtigsten Gästehäuser der Stadt. Es wundert mich nicht, dass Mutter eine solche Residenz den Häusern unserer Verwandtschaft vorzieht. Ihre Eltern sind tot – und ihre Schwestern mit Männern verheiratet, die sie abschätzig als Beamte bezeichnete. Egal wie vornehm sie sich gibt, sie hat mit unserem Vater in der sozialen Leiter nach oben geheiratet – und es würde ihr im Traum nicht einfallen, jemals wieder abzusteigen.

Wenige Minuten später spazieren wir am hohen, schmiedeeisernen Gitterzaun des *Goldenen Horn* vorbei. Wer hier gastiert, wünscht Privatsphäre, ähnlich wie die Minister in ihren Stadtpalais. Zwischen den Gitterstäben können wir einen Blick auf das protzige, vierstöckige Gebäude werfen. Es hat große, gegen die Sonne getönte Fenster mit Balkonen davor. Geschwungene Treppen führen zu drei offenen Flügeltüren empor. Im Garten flanieren die Gäste unter Säulengängen oder ruhen auf gepolsterten Bänken rund um die Springbrunnen und Blumenrabatte.

»Weitergehen!«, zische ich, als Cianna vor dem Tor stehen bleiben will. Die Pförtnerin, die mit ihrer aufreizend geschnittenen Toga und dem weiß gebleichten Haar auf Bürgerin macht, mustert uns abschätzig. Unter den Schatten der Palmen harren zwei Bewaffnete so reglos aus, dass Cianna sie wahrscheinlich gar nicht bemerkt. Sie werden uns nicht einlassen.

Also flanieren wir weiter, bis wir hinter dem Gebäude in eine Seitengasse einbiegen.

»Kannst du uns reinbringen?«, murmele ich Raghi zu. Sie wirft einen prüfenden Blick nach rechts und links, dann hebt sie die Hand. *Wartet hier.*

Schon ist sie verschwunden – wieder in einer der Ritzen zwischen zwei Häusern, die so gut versteckt sind, dass man sie kaum bemerkt.

Eine Ordnerpatrouille taucht am Ende der Gasse auf, eine Neunerphalanx in eiligem Stechschritt. Sofort setzt Finn eine wachsame Miene auf, Cianna zieht den Kopf ein. Diese Dummköpfe. Kichernd packe ich Finn am Arm.

»Sei fröhlich.«

Wenigstens kapiert er es sofort. Er stößt ein hohles Lachen aus, packt Cianna an den Hüften und drückt ihr einen Kuss auf die Lippen. Ihre ängstlichen Augen suchen weiterhin nach den Ordnern, doch er dreht sie so zu sich herum, dass seine Gestalt die ihre verdeckt. Er inszeniert eine ordentliche Knutscherei, über die ich mich kichernd auslasse, und die Ordner ziehen ohne weiteren Blick an uns vorbei.

»Nichts ist verdächtiger als Angst«, zische ich, als sie sich keuchend voneinander lösen. Cianna hat rote Flecken auf den Wangen. Die Leidenschaft war offensichtlich nicht gespielt.

»Ich bin nicht dumm«, knurrt Finn. »Ich hasse nur diese Stadt.«

»Ich auch«, gebe ich zu. Überrascht starrt er mich an. Doch ehe er antworten kann, taucht Raghi wieder auf. Sie winkt uns in den Spalt hinein.

Wir schlüpfen hinter ihr in den Schatten und drücken uns an mehreren Pforten vorbei. Es geht über eine Stiege nach oben, unter einem Vorsprung hindurch, dann durch einen kaum schulterbreiten, verwinkelten Gang. Der Himmel ist nur ein schmaler Strich über uns. Hier sind die Wände keineswegs mehr weißgetüncht, sondern aus grobem Ziegel und der Boden aus festgestampfter Erde. Kleine Zeichnungen sind darauf, Pfeile und Symbole, die ich nicht kenne. Wegweiser?

Noch ein paar Mal biegt Raghi vor mir um Ecken, es geht eine knarzende Stiege aus Holzbrettern hinauf, und dann klopft sie mit dem Knöchel gegen eine Tür. Eine offensichtlich genau abgestimmte Folge von Schlägen, zu rasch, als dass ich sie mir einprägen könnte.

Eine ältere Sklavin öffnet uns. Hinter ihr quillt Dampf aus der Tür, gemischt mit Essensgerüchen. Sie tritt zurück und lässt uns herein. Ihre Augen sind nur Schlitze im fetten Gesicht, und ihre Haut ist schwarz wie Kohle. Schweißperlen glänzen darauf. Auch mir wird sofort warm.

Wir sind in der Küche des *Goldenen Horn*. In riesigen Pfannen schmoren Zwiebeln und Gemüse in Olivenöl, und aus Kesseln, so groß wie Fässer, dampft und brodelt es. Ich will mir die Nase zuhalten, Cianna hingegen blickt sich staunend um und zieht die Gerüche tief in sich ein. Ich muss sie in den Rücken stoßen, damit sie sich bewegt. Hinter Raghi eilen wir durch das hektische Treiben der Küchensklaven.

Ich weiß nicht, wie sie unsere Anwesenheit erklärt hat – oder ob sie es überhaupt musste. So, wie die Sklaven zurücktreten, sobald sie ihr Gesicht sehen, ist sie eine Autoritätsperson für sie. Das liegt an ihren Brandmalen, da bin ich mir sicher. Für uns sind es nur hässliche Kringel und Linien auf ihrer Schläfe und Stirn, doch für die Sklaven müssen sie mehr bedeuten.

Raghi bleibt vor einem großen Mann stehen, der über dem Sklavenkittel eine Kochschürze trägt und ein riesiges Messer in der Hand hält. Sklaven werden Waffen verwehrt, aber solche Messer dürfen sie nutzen? Ich ziehe die Augenbrauen hoch, doch er beachtet mich nicht. Raghis Finger flirren durch die Luft, und er erwidert die Gesten ebenso schnell, dann legt er das Messer ab und führt uns zu einer der Seitentüren hinaus, eine schmale Treppe empor. Es wundert mich nicht, dass im Gästehaus ebenfalls überall Seitengänge und Stiege eingebaut sind – so kommen die Sklaven in die Gemächer der Gäste, ohne ihnen unter die Augen treten zu müssen.

Irgendwann stößt der Mann eine letzte Tür auf und lässt uns hindurch, ehe er sich lautlos zurückzieht. Wir sind am Ziel.

Die große Suite ist ebenso prachtvoll wie geschmacklos eingerichtet – ganz im Stil unserer Mutter. Gepolsterte Liegen stehen in Dreierformationen, bedeckt mit bunten Fellen und Kissen, dazwischen zierliche Tische aus Marmor und gedrechseltem Holz. Üppige Fresken bedecken die Wände, die Decke ist von Säulen gestützt. Aus geöffneten Fenstern scheint die Sonne herein.

Der Raum ist leer bis auf zwei Sklavinnen, die uns verschreckt anstarren und sich nach ein paar raschen Gesten von Raghi sofort zurückziehen. Ich stoße die Türen auf und finde zwei Schlafgemächer mit riesigen Himmelbetten. Neben dem einen stehen zwei große Truhen mit dem eingeprägten Wappen von Cullahill. Wahrscheinlich sind sie bis obenhin gefüllt mit Kleidern und Schnickschnack. Vor dem Spiegel in der Ecke sind Tuben und Haarbürsten aufgereiht, und in der Luft hängt der Duft von Mutters schwerem, süßlichem Parfum. Ich verdränge den kindischen Wunsch, direkt wieder hinauszurennen. Stattdessen setze ich mich auf einen der Stühle. »Wir warten hier. Wo immer sie steckt, sie kommt sicher vor dem Abendessen her, um sich umzuziehen.«

Cianna nickt mit beklommener Miene. Finn legt den Arm um sie. »Es wird schon gutgehen«, murmelt er, obwohl ich seiner Miene ansehe, dass er selbst daran zweifelt. »Sie wird uns glauben.«

Mit einem Seufzen legt sie den Kopf an seine Schulter. Eine Zeitlang stehen sie eng umschlungen, dann löst sie sich. Sie schiebt den Schleier von ihrem Kopf, entblößt die braungefärbten Haare, schaut mich mit wildem Blick und gerötetem Gesicht an.

»Lass mich mit ihr reden. Ich kenne sie besser als du.«

»Da wäre ich mir nicht so sicher«, entfährt es mir.

»Du hasst sie, nicht wahr?«

»Sie ist mir egal.« Eine Lüge. Ich habe keine Lust, über meine Gefühle zu sprechen. Darüber, wie sie mich jahrelang in ihre starren Regeln gezwängt hat, ohne jegliches Zeichen der Zuneigung, nach der ich als Kind so sehr dürstete. Wie sie mich nicht tröstete, als Vater starb, sondern mich schwach schimpfte, weil ich weinte. Wie sie mich zwickte, wenn ich mich ihr widersetzte, bis meine Arme voller blauer Flecken waren. Sie wollte mich zu ihrem Ebenbild formen, auch, wenn sie meinen Willen dafür brechen musste. Sie hat es nicht geschafft – und trotzdem brodelt der Groll in mir immer noch hoch wie kochendes Wasser, wenn ich daran denke. Cianna hat recht. Ich bin nicht die Richtige, um mit ihr zu reden.

»Also gut«, lenke ich ein. »Du übernimmst das Gespräch, und ich ergänze.«

Es dauert nicht lange, da hören wir, wie draußen die Tür aufgestoßen wird. Stimmen murmeln, dann ein künstliches Lachen, von dem sich mir die Fußnägel aufrollen. Das ist sie. Jemand verabschiedet sich salbungsvoll, die Türe macht erneut ein Geräusch, als sie sich schließt, dann kehrt Stille ein.

Als sich wenige Momente später die Schlafzimmertür öffnet, drehe ich den Kopf weg. Cianna dagegen springt auf und eilt ihr entgegen. »Hallo Mutter.«

Stille. »Cianna.« Ihre Stimme klirrt wie Eis. »Kind. Was hast du mit deinen Haaren gemacht?«

Meine Haut summt. Immer noch blicke ich nicht auf.

»Das ist …« Ciannas Stimme kippt. »Wir müssen mit dir reden, Mutter. Es ist wichtig.«

»So, so. Du und der Rebell. Und die Sklavin, die dich zurückbringen sollte. Es hat länger gedauert als erwartet.« Perfekt manikürte Fingernägel klicken gegen ein Glas, raschelnde Röcke bewegen sich in mein Blickfeld. »Und wer ist das?«

Ich blicke auf. Ihre schmalgezupften Augenbrauen heben sich, blaue Augen reißen auf wie ein Vorhang. Der Glaskelch gleitet ihr aus der Hand, schlägt auf dem Boden auf und verteilt Scherben und Limonade über den Steinboden.

»Maeve.«

Irgendwie befriedigt mich ihre Bestürzung. Ich stoße mich vom Stuhl ab und stehe direkt vor ihr. Ich bin immer noch kleiner als sie, doch nicht mehr viel – als hätten mich die Jahre noch einmal wachsen lassen. Oder sie ist geschrumpft. Ansonsten sieht sie aus wie vor fünf Jahren, dieselbe Porzellanhaut, das weißglänzend gebürstete Haar, das in langen Wellen ihren Rücken hinabfällt. Eine perfekte, puppenhafte Fassade, von der ich nur ahnen kann, wie viel Arbeit sie sie kostet.

»Putz das auf.« Eine Handbewegung zu Raghi und dem Boden.

»Seid ihr von Sinnen, hier einfach hereinzuspazieren?« Ihr Blick gleitet über mein Gesicht, sie schaut mir jedoch nicht in die Augen. »Hat euch jemand gesehen?«

Keine Begrüßung. Kein *Wie schön, dass du doch nicht tot bist*. Ein Kloß bildet sich in meiner Kehle, doch ich schlucke ihn hinunter. Ich habe nichts anderes erwartet.

»Niemand hat uns gesehen.« Cianna berührt Mutter zaghaft an der Schulter und lenkt ihre kalte Aufmerksamkeit endlich von mir fort. »Setz dich. Ich erkläre dir alles.«

Mutter schüttelt den Kopf. Nur an der ruckartigen Bewegung erkenne ich, dass sie immer noch um ihre Fassung ringt.

»Ich sagte, aufputzen!« Sie klingt schrill.

»Das wird Raghi nicht tun«, sagt Cianna sanft. »Ich habe sie freigelassen. Setz dich hin, Mutter. Maeve bringt dir ein neues Glas.«

Sie nickt mir entschlossen zu. *Ich habe es im Griff.*

Ich bin beinah erleichtert, für einen Augenblick die Flucht antreten zu dürfen. Auf zitternden Beinen eile ich hinaus, schnappe mir die Kristallkaraffe, die auf der Kommode neben der Eingangstür steht, und fülle Limonade in ein neues Glas. Fast die Hälfte schütte ich daneben. Den konsternierten Blick von Mutters Eskortsklaven, der neben der Tür steht wie festgenagelt, ignoriere ich.

Als ich ein paar Minuten später zurückkehre, lehnt Finn mit verschränkten Armen an der Wand, Raghi steht wachsam neben ihm. Mutter thront mitten auf dem Bett, aufrecht und schmal, den Rock wie einen Fächer um sich gebreitet. Mit starrer Miene lauscht sie Ciannas Bericht, die neben ihr auf der Kante kauert. Mein Glas betrachtet sie, als wollte ich sie vergiften, und stellt es zur Seite.

»Eine schöne Bescherung«, murmelt sie, als Cianna eine kurze Pause einlegt. Rote Flecken tauchen auf ihren Wangen auf und verschwinden wieder – die einzige Regung, die ich an ihr erkennen kann.

»Du arbeitest also für die Cathedra Génea?«, fragt sie mich.

Mir wird kalt. Den Namen des Geheimdiensts habe ich Cianna und Finn nie genannt. »Du weißt von ihr?«

»Natürlich tue ich das.« Sie seufzt, als wäre ich immer noch ein begriffsstutziges Kind. »Oisin ist ihr Kontaktmann auf Cullahill. Als ich ihn vor zehn Jahren einmal in meinem Büro erwischte, hat er mir alles erzählt. Ich habe ihn daraufhin zum Kommandanten meiner Wache befördert.«

Kommandant Oisin also. Monas Vater, der damals meinetwegen seine Tochter verlor. Das erklärt, warum in Mutters Akte in Andex nichts davon erwähnt wird – und ihre Weste auch ansonsten blütenrein ist.

»Und deine Aufgabe dort ist ... was?« Sie runzelt die Stirn. »Irgendwelche Wesen zu töten, die zaubern können?«

Wut brodelt in mir hoch. Ich reiße zwei Messer aus den Falten meiner Toga, lasse das erste durch die Luft wirbeln. Nur zwei Handbreit neben Mutter bohrt es sich in die Wand. Im nächsten Augenblick kauere ich über ihr, das zweite Messer an ihrer Kehle.

»Du weißt nicht, wen ich umbringe und aus welchem Grund.«

Cianna keucht auf, doch ich beachte sie nicht.

»Du hast recht«, flüstert Mutter. Zum ersten Mal meine ich, Angst in ihren Augen zu lesen. »Ich weiß nichts über dich. Und ich hoffe, du tötest mich nicht, ehe ich das ändern kann.«

»Es geht hier nicht um uns. Es geht um das Wohl der Republik. Nicht, dass dich das groß kümmern würde.«

»Natürlich kümmert es mich.« Sie schafft es, tatsächlich verletzt auszusehen. Ihre Hand legt sich auf meine. Sachte drückt sie das Messer nach unten. »Für wen hältst du mich?«

»Für eine gute Lehrmeisterin, was Lügen und Taktieren angeht«, sage ich bitter. »Aber keine gute Mutter.«

»Ach, was sind schon Mütter«, murmelt sie. »Meine hat mich herumgescheucht wie die Sklavin, die sie sich niemals leisten konnte.« Sie hebt die Schultern. »Und genau deshalb habe ich sie übertrumpft. Mir könnt ihr solche Herzlosigkeit nicht vorwerfen. Ich konnte auch nie viel mit Kindern anfangen. Trotzdem habe ich euch immer gefördert. Ich habe euch alles gegeben, was ihr brauchtet, um genauso erfolgreich zu werden wie ich – noch erfolgreicher sogar. Selbst nach dem ärgerlichen Vorfall auf dem Maskenball habe ich alles getan, um deinen Ruf zu schützen.«

»Du hast es vertuscht, um deinen eigenen Ruf zu retten.«

»Ist das nicht dasselbe? Du hättest in der Clifdoner Akademie deine Ausbildung absolvieren und dann zurückkommen können. Anders als deine verträumte Schwester hattest du alle

Talente, um meine Nachfolgerin in Cullahill zu werden, oder, wer weiß, vielleicht hättest du auch hier in Athos eine noch erfolgreichere politische Karriere einschlagen können. Nicht ich habe dir alles genommen.« Sie seufzt. »Diese Agenten waren es. Sie haben aus dir eine Unsichtbare gemacht, eine Barbarin mit einem Messer.«

»Es reicht, Mutter.« Ich reiße mich von ihr los, springe vom Bett und stecke mein Messer wieder in den Gürtel. Das Messer in der Wand lasse ich stecken. Soll sie es ruhig sehen, wenn sie heute Abend ins Bett geht. »Du weißt nichts über mich. Und ich bin nicht hier, um das zu ändern. Wir brauchen deine Hilfe, und danach verschwinden wir wieder.« Ich schaue zu Cianna, die mit Tränen in den Augen immer noch an der Bettkante sitzt. »Zumindest *ich* verschwinde so schnell wie möglich wieder.«

Cianna geht nicht auf meinen letzten Satz ein. Stattdessen holt sie tief Luft, wie um ihre Gedanken zu sammeln, dann setzt sie ihren Bericht fort. Als sie Christoph und unsere Konfrontation vor der Bastion erwähnt, runzelt Mutter ungläubig die Stirn, doch sie äußert sich nicht. Während Cianna die Experimente anführt und die Entwicklungen, die sie in der CG ausgelöst haben, ziehe ich die Dokumente aus meinem Rucksack und reiche sie Mutter. Sie beginnt zu lesen. Ihre Lippen werden schmal.

»Das ist ... erschreckend«, murmelt sie.

Ich hätte es drastischer formuliert – aber zum ersten Mal sind wir einer Meinung.

»Wenn wir sie nicht aufhalten, werden sie die Republik aus den Fugen reißen«, sage ich. »Dann wird nicht mehr die CG der Regierung dienen, sondern die Regierung der CG.« Ich balle die Fäuste. »Und falls es diesen machtgierigen Hunden dann auch noch gelingt, ihre Forschungen auszuweiten und irgendwann den An-Trieb dauerhaft zu isolieren – sehe ich schwarz für uns alle. Dann wird nämlich wieder Magie die

Welt regieren, und wir sind zurück bei den Tyrannenherrschern, die wir vor fünfhundert Jahren aus dem Land warfen.«

»Und woher sollen diese Agenten so viel Macht nehmen, das alles zu erreichen?«, fragt Mutter.

»Indem sie jeden umbringen, der ihnen im Weg steht«, antworte ich. »Sämtliche Köpfe der CG sind mit einer Begleitmannschaft von Andex nach Athos gereist. Außerdem haben sie das Albenbalg dabei. So ein groß angelegtes Manöver hat einen Grund – und sicher nicht den, dass sie die Kritiker in der Regierung mit süßen Worten überzeugen wollen. Das können sie vergessen, nachdem sie den Altmeister getötet haben, den langjährigen Vertrauten des Kanzlers. Sie haben nur eine Möglichkeit, ihre pervertierte Version der CG durchzusetzen: indem sie ihre Kritiker umbringen. Allen voran den Kanzler selbst. Und zwar auf dem Maskenball.«

Mutter starrt mich an, und ich sehe, wie es hinter ihrer Stirn arbeitet. »Habt ihr dafür Beweise?«

Cianna und ich schütteln gleichzeitig den Kopf.

Sie seufzt. »Falls ich überhaupt Zugang zum Kanzler erhalte – und daran habe ich große Zweifel –, wenn ich ihm mit bloßen Theorien aufwarte, wird er mich auslachen. Oder Schlimmeres.«

»Wir wollen nicht, dass du zum Kanzler gehst«, sage ich. »Wir wollen, dass du uns in den Maskenball einschleust. Damit wir sie selbst aufhalten können.«

»Ihr?« Sie mustert uns. »Wie wollt ihr das anstellen?«

»Überlass das uns. Du bringst uns hinein, und damit bist du raus. Falls es schiefgeht, kannst du ohne Probleme deinen Kopf aus der Schlinge ziehen.«

»Oh, daran habe ich keine Zweifel.« Sie faltet die Dokumente fein säuberlich zusammen, doch statt sie mir zurückzugeben, legt sie sie neben sich auf das Bett. »Ich behalte sie. Wir brauchen sie als Beweis. Wenn euer Plan gelingt, wird es viele Fragen geben.«

»Das heißt, du hilfst uns?« Ich kann es kaum glauben.

»Zwei Begleitpersonen sind beim Maskenball zugelassen«, sagt sie mit einem sachten Lächeln. »Nun, Ciannas Ausflug in den Wald konnte ich bisher vor der Öffentlichkeit geheim halten. Und dein tragisches Schicksal ist so lange her, dass sich sicherlich die wenigsten daran erinnern, wie viele Töchter ich eigentlich habe, weit entfernt in der Provinz. Da ich also in euer beider Begleitung in der Stadt weile, kann ich euch kaum den Wunsch versagen, an einem solch feierlichen Ereignis teilzunehmen.«

»Cianna kommt nicht mit.« Ich wechsle einen kurzen Blick voller Einverständnis mit meiner Schwester. »Finn und ich begleiten dich.«

»Ein Rebell?«, fährt Mutter auf. »Der meine eigene Tochter entführt und ihr törichte Flausen in den Kopf gesetzt hat?« Der Blick, den sie Finn zuwirft, könnte Soldaten töten. Finn, der immer noch mit verschränkten Armen an der Wand lehnt, mahlt so fest mit den Kiefern, dass ich seine Zähne knirschen höre. Wir haben ihn gebeten, sich nicht in das Gespräch einzumischen. Mutter hört nur wenigen Menschen wirklich zu – und egal, was er sagt, es würde ihren Widerwillen nur verstärken.

»Was, wenn er die Gelegenheit nutzt, um selbst Hand an den Kanzler zu legen?«, ruft sie aufgebracht. »Dann bin ich mit schuld an einem Attentat.«

»Finn wird nichts dergleichen tun.« Cianna nimmt Mutters Hand. »Er hat es mir geschworen.«

»Ich habe noch nie einem Schwur geglaubt. Nein, das kann ich nicht zulassen.«

»Dann gehe nur ich«, sage ich. Als Cianna widersprechen will, werfe ich ihr einen eindringlichen Blick zu. *Setz unseren Plan nicht aufs Spiel. Ich finde einen Weg.*

Ich habe zwar keine Ahnung, wie, doch noch haben wir zwei Tage Zeit.

Mutter streift Ciannas Hand ab wie eine lästige Fliege und gleitet aus dem Bett, um mich aus der Nähe zu mustern. »Du brauchst ein Kostüm. Etwas Unauffälliges und doch Betörendes. Und wegen deiner kurzen Haare ...« Abfällig schnalzt sie mit der Zunge. »Ich lasse mir etwas einfallen. Heute Nacht könnt ihr hierbleiben. Aber tagsüber haltet ihr euch außer Sichtweite – ich empfange einige wichtige Besucher und wünsche keinerlei Störungen.«

Sie streicht sich über die blonde Frisur, kontrolliert sorgfältig ihren Sitz. Ihre Wimpern flattern, als ihr Blick für einen Augenblick am Messer in der Wand hängen bleibt. »Ich werde im anderen Zimmer nächtigen. Dieses ist schauderhaft, viel zu hell in der Morgensonne.« Ihr spitzer Finger deutet zu Boden, während sie zur Tür rauscht. »Und kümmert euch selbst um die Glasscherben, wenn sich eure Sklavin zu gut dafür ist.«

Cianna

Ich liege mit Finn auf Mutters Bett. Das Bettzeug ist so weich, dass wir beinah darin versinken, und die seidige Decke schmiegt sich sanft an unsere Körper. Doch sie fühlt sich kühl an im Vergleich zu Finns Haut, und ich kuschle mich an ihn, als könnte mich seine Wärme von allem heilen.

Mutter wiederzusehen hat mich erschüttert. Doch noch aufwühlender war ihr Zusammenprall mit Maeve. Sie sind sich in ihrer Willensstärke so ähnlich und doch so entzweit, wie es zwei Menschen nur sein können.

Mutters enttäuschte Erwartungen an ihre älteste Tochter, die niemals mit Liebe zu tun hatten, sondern allein mit Ehrgeiz. Maeves brodelnder Hass als Erwiderung. Ihre beiderseitige Kälte war mir nie bewusster als jetzt, da ich weiß, was es bedeutet, einem Menschen wirklich nah zu sein.

Sehnsucht ist ein trauriges Gefühl. All die Jahre sehnte ich mich nach so vielem, jeden Tag, jede Stunde. Nach Freiheit, nach Frieden, nach Mutters Bestätigung. Nach Maeve. Danach, mit jemandem zusammen zu sein, der mich versteht. Weder in Mutter noch in Maeve habe ich diesen Menschen gefunden – aber jetzt liegt er neben mir, den Arm um meine Schultern geschlungen. Und doch kann ich keine Ruhe finden, denn die Sehnsucht ist wie die Angst – sie hört nie auf, wenn man ihr keinen Einhalt gebietet. Und ich habe Angst, große sogar. Vor allem davor, dass ich ihn wieder verlieren könnte.

Glitzernder Staub tanzt im Licht der Petroleumlampe in der Luft. Maeve ist in die Nacht hinausgegangen, ich weiß nicht, wohin.

Mutter schläft bestimmt schon, ein feuchtes Tuch auf den

Augen und ihr Haar zu einem straffen Zopf geflochten, damit es nicht zerwühlt ist, wenn sie morgen wieder aufsteht. Sie hat immer schon gut geschlafen – selbst wenn die Herbststürme um Cullahill tobten, ruhte sie traumlos und tief. Hätte sie mich einmal dabei ertappt, wie ich in den letzten Jahren manchmal zu ihr schlich, um sie im Schlaf zu beobachten, hätte sie mich geohrfeigt. Sie schätzt ihre Privatsphäre, wir durften ihr Schlafzimmer nie betreten. Doch jetzt ist alles anders. Ich bin hier, und sie ist gegangen. Ich betrachte den Dolch, der über uns in der Zimmerwand steckt, und schaudere.

Finn zieht mich näher an sich heran. »Ist dir kalt?«

»Zu viele Gedanken«, flüstere ich. »Kannst du sie zum Verschwinden bringen?«

Er kann. Er zieht mich zu sich und küsst mich, bis die Gedanken in einem Schwarm glitzernder Schmetterlinge auseinanderwirbeln, bis in meinem Bauch eine zittrige Wärme aufsteigt, sodass ich mich an ihn presse, als könnte ich mich in ihm verlieren. Er streichelt mich, zuerst zaghaft, dann forschend. Ich schluchze auf unter der Schönheit dieses Verlangens, das er in mir weckt – eine ganz andere Art von Sehnsucht, von der ich bisher gar nicht wusste, dass sie in mir existiert.

Und doch nehme ich seine Hand und halte sie fest, bevor er mir die Toga von den Schultern streifen kann.

»Nicht hier«, flüstere ich. »Nicht jetzt.«

»Du hast recht.« Er dreht meine Hand und streicht mit seinen Fingern so sachte darüber, als wäre sie zerbrechlich.

»Mutter. Sie ist nebenan. Sie ... was sie zu Maeve gesagt hat ...« Meine Stimme stockt.

»Entschuldige, dass ich das ausspreche«, knurrt Finn. »Aber deine Mutter ist schrecklich.«

»Ich weiß. Trotzdem ist sie meine Mutter.«

Ich drücke mich an ihn, und er lässt mein Haar durch seine Finger gleiten. Seine Miene ist düster, und als er wieder meinen Blick sucht, schimmern seine Augen in plötzlicher Qual.

»Willst du zu ihr zurück? Wenn das alles vorbei ist?«

Bisher haben wir es vermieden, über die Zukunft zu sprechen. »Nein. Selbst wenn ich es wollte, ich kann nicht mehr Teil ihrer Welt sein«, flüstere ich, und noch während ich es sage, weiß ich, dass es wahr ist. »Wenn wir die nächsten Tage überleben, gehe ich mit dir.«

»Tatsächlich?« Er zieht mich so an sich heran, dass sich unsere Nasenspitzen berühren, und seine Augen lachen. »Cianna, das ist das Schönste, was ich seit langer Zeit gehört habe.«

Erneut küssen wir uns, lange und tief, doch dieses Mal gelingt es mir nicht, die düsteren Gedanken fortzuwischen. Als ich mich von ihm löse, spüre ich, dass auch er abgelenkt ist.

»Denkst du auch an den Maskenball?«

Statt mir zu antworten, richtet er sich auf, seine Finger glühen plötzlich.

»Das, was wir vorhaben, ist Irrsinn.« Aus seiner Stimme spricht eine solche Bitternis, dass ich mich frage, wie lange er sie schon zurückhält. »Ich will den Kanzler und seine Lakaien nicht retten. Sie stehen für alles, wogegen ich seit Jahren kämpfe. Andererseits dürfen wir nicht zulassen, dass die CG sie umbringt, denn das, was uns dann blüht, ist noch schlimmer. Das ist, als müssten wir zwischen zwei tödlichen Krankheiten wählen, von denen die eine uns langsam und unmerklich tötet, die andere schnell und grausam.«

Ich nicke beklommen. Ähnliches ist mir ebenfalls schon durch den Kopf gegangen.

Er packt meine Hände. Seine Finger sind so heiß, dass ich zusammenzucke. »Wir können nicht einfach zusehen, wie Eva ihren Plan durchzieht. Ich weiß, du willst vor allem Gelrion retten. Doch ich will mein Volk retten. Und deshalb kann ich nicht zulassen, dass die Regierung nach dem Ball einfach weitermacht wie vorher.«

»Was hast du vor?«

»Bisher habe ich nur eine Idee.« Er mahlt mit den Zähnen.

»Information ist Macht. Wenn all das, was wir wissen, öffentlich wäre, könnten sich die Mächtigen nicht mehr hinter einer Fassade verstecken.«

Er beugt sich über das Bett und zieht aus der Tasche seines Mantels eine Handvoll zerknitterter Zettel. »Die wurden heute auf den Straßen verteilt.«

Die Überschriften der mit Großbuchstaben bedruckten Papiere springen mir ins Auge. *Üppiges Buffet. Musikabend. Lichtertanz.* Ich nicke.

»In Clifdon haben wir Hunderte ähnlicher Zettel gedruckt«, sagt er. »Du hast ein paar von ihnen im Hort gesehen. Karikaturen und kurze Texte, um die Bevölkerung aufzurütteln. Daran habe ich gearbeitet, bevor mich Brom mit dem Auftrag betraute, nach Cullahill zu kommen.«

Die wichtigsten unserer Kämpfe werden nicht mit dem Schwert ausgefochten, sondern mit dem Stift, sagte Brom. Ich erinnere mich.

»Aber wie willst du in Athos solche Papiere anfertigen?«

»Ich weiß, dass es hier ebenfalls eine Druckerei im Untergrund gibt.« Er springt auf. Seine Augen glühen vor Tatendrang. »Ich kenne den Leiter nicht persönlich, aber seinen Namen. Der Anführer aus unserer Clifdoner Gruppe war bei ihm, um das Drucken zu lernen, und er hat uns zweimal mit Ersatzteilen für die Presse beliefert. Er wird uns helfen.«

»Und was willst du schreiben?«

»Alles, was wir wissen«, sagt er entschlossen. »Was die Republik ihrem Volk verschweigt. Dass es einen Geheimdienst gibt, der nicht nur Rebellen und Religiöse jagt, sondern auch Informationen über jeden wichtigen Bürger sammelt – und sie skrupellos gebraucht, wenn er es für nötig hält. Wenn das die Ipalle erfahren, wird ein Aufschrei durch ihre Reihen gehen.«

Falls sie nicht wie Mutter das System längst für sich nutzen. Doch ich schlucke den bitteren Gedanken herunter. Finn hat recht. Alle, die in der Republik etwas zu sagen haben, sind im Moment in der Stadt versammelt. Das ist unsere einzige Chance, wirklich etwas zu bewirken. Jäh kribbeln meine Glieder vor Aufregung.

»Du brauchst unbedingt Karikaturen, die den Text illustrieren«, sage ich. »Ich zeichne sie dir.«

Er eilt zu mir und drückt mir einen flammenden Kuss auf die Lippen. Ich packe seine Hand und drücke sie fest.

»Wir brauchen auch Raghis Hilfe«, füge ich hinzu. »Nur sie ist in der Lage, deinen Drucker zu finden.«

*

Die halbe Nacht verbringen wir damit, Texte zu formulieren und Pläne zu schmieden. Als der Morgen graut, ist mein Körper müde, doch mein Geist flatterig wie ein Vogel, der endlich seinen Käfig verlassen hat.

Die Sonne ist noch nicht aufgegangen, als wir Mutters Suite verlassen. Fliederfarbene Wolken ziehen über den grauen Horizont, und auf den Straßen sind bereits die ersten Bürger unterwegs, auf den Dächern dagegen die Sklaven. Das Tagwerk in Athos beginnt früh. Das liegt an den glühenden Sommern, hat Maeve uns erzählt, in denen die Luft vor Hitze flirrt und die Pflastersteine so heiß sind, dass die Menschen nicht nur nachts, sondern auch in der Mittagszeit hinter ihren getönten Fenstern und dicken Mauern schlafen und stattdessen die frühen und späten Stunden nutzen, um hinauszugehen.

Maeve haben wir nicht zu Gesicht bekommen. Nur eine Notiz an der Tür verriet uns, dass sie kurz in der Suite gewesen sein muss. *Bin unterwegs. Sehen uns heute Abend hier.*

Ich fühle mich nicht ganz wohl bei dem Gedanken, ihr unsere Pläne zu verheimlichen, obwohl ich weiß, es ist besser so. Sie würde niemals zustimmen.

Ich spüre, sie will mich schützen, so wie sie es früher tat – wenn sie mich von den Hinrichtungen fernhielt oder absichtlich Mutters Wut auf sich zog, damit ich ihren eisigen Lektionen entkam.

Doch jetzt ist es vielleicht an mir, sie zu schützen. Denn welcher Kampf auch in ihr brodelt, er hat wenig mit Finns und meinem zu tun, und ich will ihn nicht noch verschlimmern.

Unsere Sandalen klappern auf den Pflastersteinen. Der Weg zum Drucker ist nicht weit. Raghi brauchte nicht lange, um seine Adresse herauszufinden.

Tarasios Orestis. Er trägt den Namen eines Bürgers. Das beunruhigt mich mehr, als ich vor den anderen beiden zugeben will. Raghi ist hingegen kein Zögern anzumerken. Vor uns strebt sie die Gasse hinab, und trotz des Sklavenkittels geht sie selbstbewusst und aufrecht. Seit Längerem hat sie sich die Haare nicht mehr abrasiert, und jetzt bedeckt ein schwarzer Flaum ihren Kopf, der ihre stolzen Gesichtszüge noch betont.

Lamorra. Ich habe gesehen, wie ehrfürchtig die Sklaven in der Küche vor ihr zurücktraten.

Meinst du, sie werden uns helfen?, fragte ich sie heute Nacht.

Ja, malten ihre Finger in die Luft. *Wenn ich es ihnen sage, werden sie es tun. Sie werden protestieren, und sie werden sich sorgen. Doch es ist Zeit, sie aufzuwecken. So, wie ich aufgeweckt wurde, im Wald.*

Wer weckte sie? Ihre Freilassung? Oder Barnabas, der dort zu ihrem Vertrauten wurde? Ihre Worte gehen mir erst aus dem Sinn, als wir vor einem der großzügigen Stadthäuser innehalten.

Hier ist es, gestikuliert sie.

Ich blicke zu den geschwungenen Arkaden, die von eleganten Marmorsäulen getragen werden. Darüber erheben sich zwei Stockwerke mit großen getönten Fenstern. Ein schmiedeeisernes Tor, breit genug für eine Kutsche, führt in den Hinterhof, in dem ich frisches, wucherndes Grün erahnen kann. All das atmet gediegenen Wohlstand aus, ganz anders, als ich es erwartet habe. Neben der Eingangstür ist ein großes, schmiedeeisernes Schild angebracht, auf dem in zierlich geschwungenen Lettern das Alphabet eingraviert ist, verziert mit eisernen Rosen und Efeu, der sich zwischen den Lettern emporrankt.

Das ist der einzige Hinweis darauf, dass wir hier richtig sein könnten. Während Finn an die Tür klopft, verstecke ich meine schwitzenden Hände hinter dem Rücken und bemühe mich um eine aufrechte Haltung.

Ein Bediensteter öffnet uns. Er hat grobe Haut und dunkelbraunes Haar. Auf Finns Bitte hin führt er uns beflissen durch einen hohen, gekachelten Korridor. Durch offene Türen erblicke ich Männer und Frauen, die sich konzentriert über Schreibpulte beugen. Federn und Pinsel kratzen über Papier, Finger huschen geschäftig über Setzkästen voller Metallbuchstaben, im Hintergrund stehen groß und wuchtig die Druckerpressen.

Manche der Arbeitenden sind kahlköpfige Sklaven, doch die meisten haben wie der Bedienstete helle Haut und braune Haare – offenbar gibt es doch mehr Gemeine in Athos, als ich bisher glaubte.

Wir gehen eine breite, geschwungene Treppe hinauf. Immer wieder kommen uns Sklaven entgegen, die Arme voller Bücher und Papierstapel. Raghi hält sich dicht hinter mir, doch ich bemerke die scheuen, verstohlenen Blicke, die sie ihr zuwerfen.

In einem großen, herrschaftlich eingerichteten Salon endet unser Weg. Der Bedienstete lässt uns ein und verschwindet wieder. Das orangefarbene Licht der aufgehenden Sonne fällt aus zwei großen, offenstehenden Fenstern herein und lässt Staubkörnchen in der Luft tanzen. Ein mächtiger Schreibtisch ist das Herzstück des Raums. Sessel und Liegen sind eng darum postiert wie Küken um ihre Mutterhenne. In einem Käfig keckern zwei Papageien. Bücherregale säumen die Wände, und ein dicker, dunkelroter Teppich verschluckt unsere Tritte.

Während Raghi wachsam an der Tür verharrt, tritt Finn an eines der Fenster und blickt auf die Gasse hinab. Sein Gesicht wird von dem rötlichen Licht angestrahlt, sodass es fast zu brennen scheint. Seine Hände umklammern die Tasche, in der seine Texte und meine Zeichnungen stecken. Soeben will ich zu ihm treten, als ein Mann zur Tür hereinkommt.

»Einen wunderbaren guten Morgen«, ruft er fröhlich. Hinter ihm tritt der Bedienstete ein, der uns hergeführt hat.

Finns Gesicht verwandelt sich so plötzlich in eine glatte Maske, dass ich die Luft anhalte. Er geht auf den Fremden zu und reicht ihm mit einem breiten Lächeln die Hand.

»Tarasios Orestis?«

»Der bin ich.« Beherzt ergreift der Mann die Hand und schüttelt sie. »Mit wem habe ich die Ehre?«

Ich habe mir einen alten Mann vorgestellt, gebeugt von der jahrzehntelangen Arbeit an der Presse. Dieser Mann dagegen ist noch keine vierzig, großgewachsen und gutaussehend, mit einem einnehmenden Lächeln. Rotblondes Haar schmiegt sich in Locken an seinen Kopf, seine von Sommersprossen übersäte Haut ist so hell, dass sie durchscheinend wirkt.

»Ich bin Finnegus Sullivar«, sagt Finn. Wir sind übereingekommen, dass er seine alte Tarnidentität aus Cullahill nutzt. »Und das ist meine Verlobte Cianna Agadei.«

»Sehr erfreut.« Der Mann nimmt meine Hand und haucht einen galanten Kuss darüber, dann deutet er auf die Sessel.

»Wollt ihr euch setzen? Darf ich euch Erfrischungen bringen lassen? Mein Diener sagte mir, ihr hättet einen Auftrag für mich.«

»Ein Tee wäre nett«, sagt Finn.

Der Bedienstete eilt hinaus. Raghi schließt hinter ihm mit einem leisen Klicken die Tür.

»Erlaubst du, dass ich auch die Fenster schließe?«, fährt Finn fort. »Meine Verlobte fröstelt schnell.«

»Natürlich.« Tarasios lässt es sich nicht nehmen, selbst eines der Fenster zu schließen. Erneut deutet er auf die Sessel, doch als er merkt, dass wir seiner Bitte nicht nachkommen, lässt er die Hand wieder sinken.

»Geht es um Hochzeitseinladungen?«, fragt er. »Ich kann euch zahlreiche Muster zeigen, Drucke auf Seidenpapieren, verziert mit handgemalten Portraits ...«

»Unser Auftrag ist etwas delikaterer Natur«, sagt Finn. »Wir kommen aus Clifdon.«

»Eine pittoreske Stadt, wie ich hörte.« Tarasios lächelt etwas verwirrt. In mir wächst die Angst, einen furchtbaren Fehler zu begehen. Am liebsten würde ich Finn an der Hand packen und fliehen, stattdessen verharre ich stumm und steif neben den Männern wie eine Marmorsäule.

»Auch dort gibt es angesehene Druckereien«, sagt Finn. »Kennst du die von Meister Kevin? Er selbst hat dich uns empfohlen.«

Jäh tritt ein wachsamer Ausdruck auf Tarasios' Gesicht. »Meister Kevin? Ich verstehe nicht ganz, was ...«

Die Tür wird aufgestoßen. Der Bedienstete balanciert ein Tablett mit Porzellantassen, in denen dunkler Assain-Tee dampft.

Als der Mann seinen Platz an der Tür einnehmen will, winkt ihn Tarasios hinaus. »Lass uns allein. Ich rufe dich, wenn wir noch etwas brauchen.«

Als der Bedienstete fort ist, wendet er sich wieder an uns: »Es tut mir leid, ich kenne keinen Kevin. Ihr müsst euch in der Druckerei geirrt haben.«

»Das glaube ich nicht.« Finn tritt so nah vor ihn, dass sie sich fast berühren. Sie sind gleich groß, doch Finn wirkt trotz seiner schlaksigen Gestalt deutlich kräftiger als der beinah durchscheinende Bürger.

»*Information ist Macht*«, sagt er leise. »*Immer treue Waffenbrüder. Die Freiheit gehört dem Volk.*«

Tarasios wird so bleich, dass seine Sommersprossen als rote Punkte hervorstechen.

»Du solltest diese Worte kennen«, sagt Finn. »Sie stammen von Flugblättern aus deiner Werkstatt. Kevin hat sie bei sich an die Wand gehängt, als Vorbild und Ansporn.«

Für einen Augenblick schweigt Tarasios, dann reibt er sich die Stirn, und als er die Hand herunternimmt, sieht sein Gesicht verändert aus. Härter und auf unbestimmbare Weise älter.

»Vorbild?«, schnaubt er. »Hat Kevin nichts bei mir gelernt? Das waren meine allerersten Versuche. Setzt euch endlich!« Seine Stimme klingt schroff. »Und dann sagt mir, was ihr wollt. Wir haben nicht viel Zeit.«

Wir lassen uns nieder. Tarasios sitzt mit nervös wippenden Beinen am Sesselrand, Finn dagegen wirkt so gelassen, dass ich ihn beneide. Mit ruhiger Hand zieht er unsere Notizen aus seiner Tasche und gibt sie Tarasios.

Während sich der Bürger in den Text vertieft, berührt Finn kurz meine Finger. *Wir haben es fast geschafft.*

»Das ist unglaublich!«, stößt Tarasios einen Augenblick später aus. »Stimmt es, was da steht? Dass es diese Wesen gibt, die Alvae? Und den Geheimdienst der Regierung, der mit seinen Spitzeln alles und jeden überwacht?«

»Jedes Wort«, sagt Finn. In kurzen, sachlichen Sätzen erzählt er Tarasios von unserer Reise, lässt allerdings die Informationen über die Forschung der Cathedra und das geplante Attentat weg.

»Eine Geheimagentin hat euch das alles gesteckt.« Tarasios staunt. »Habt ihr auch Beweise?«

»Ja. An einem sicheren Ort.«

»Dann wäre das der größte Regierungsskandal seit zwanzig, ach, was sage ich, seit hundert Jahren!« Tarasios' Augen blitzen, seine Schroffheit ist wie weggewischt. »Ein bisschen feilen müsste man am Text allerdings noch. Ich denke an eine dreiseitige Flugschrift. Und die Karikaturen sind noch zu filigran. So können meine Leute sie nicht auf Holzschnitt übertragen.«

Er hilft uns. Zum ersten Mal seit unserer Ankunft habe ich das Gefühl, wieder Luft zu bekommen.

»Wir müssen schnell handeln«, sagt Finn. »Dank des Jubiläums sind jetzt alle Ipalle in der Stadt, und wir können sie mit diesen Nachrichten direkt erreichen.«

»Und wie wollt ihr die Flugschrift an die Leute bringen?« Wir erläutern ihm unseren Plan.

»Die Sklaven.« Tarasios schüttelt staunend den Kopf. »Weiß der Himmel, wie ihr die dazu bewegen wollt.«

»Wir haben unsere Mittel und Wege. Wie lange brauchst du, um, sagen wir, sechshundert Flugschriften zu drucken?«

Tarasios überlegt. »Ich kann dafür natürlich nicht meine Standardpressen nutzen. Ich habe eine versteckte Werkstatt. Meine Leute dort müsste ich erst zusammentrommeln – aber wenn sie die ganze Nacht schuften, könnte es bis morgen Mittag klappen.«

Noch ehe Finn und er sich in den planerischen Details verlieren können, beuge ich mich vor. Eine Frage brennt mir auf der Zunge, seit ich Tarasios vorhin das erste Mal gesehen habe.

»Warum tust du das? Ein wohlhabender Bürger wie du?«

Er blickt mich an, doch seine hellblauen Augen wirken verschleiert, als hätte er die Vorhänge zugezogen.

»Jeder von uns hat seine Gründe, nicht wahr?«

Er seufzt. Meine entschlossene Miene zeigt ihm wohl, dass ich mich mit dieser Antwort nicht zufriedengeben werde.

»Du nennst das hier Wohlstand?« Seine Finger huschen abschätzig durch die Luft, als wollte er den Salon um uns fortwischen. Die Papageien im Käfig schlagen protestierend mit ihren bunten Flügeln.

»Meine Mutter würde sich im Grab umdrehen, wenn sie dieses einfache Stadthaus hier sehen würde. Oder mich, bei der schmutzigen Arbeit als Drucker.« Seine Miene ist grimmig. »Mein Vater war der Informationsminister, einer der angesehensten Bürger in der Stadt. Wir wohnten in einem der größten Palazzi im Regierungsviertel, zwei Häuser neben dem Kanzler. Doch mein Vater war ein Sturkopf, wie ich. Er strebte unbequeme Reformen an, und weil er offener redete, als es den Speichelleckern gefiel, zerstörten sie ihn. Zuerst seinen Ruf, dann seinen Wohlstand. Mit heimtückischen Winkelzügen haben sie uns alles genommen und ihn in den Selbstmord getrieben. Bei den Barbaren, ich hätte mich auch umgebracht, würde ich nicht so am Leben hängen.« Er seufzt. »Einer meiner Onkel hatte ein Einsehen. Er lieh mir ein bisschen Geld, mit dem ich mir eine neue, bescheidene Existenz aufbaute. Eine Druckerei, das hätte wenigstens meinem Vater gefallen, der aus Liebhaberei selbst ein paar Druckerpressen im Palazzo hatte. *Information ist Macht.* Ihr glaubt vielleicht, dieser Satz stamme von mir, doch er stammt von ihm.«

»Also tust du dies alles aus Rache?«, frage ich.

Er seufzt. »Ein solch profanes Wort. Aber ja«, gibt er zu. »Wenigstens anfangs. Inzwischen auch, weil ich überzeugt bin, dass die Republik ihren Zenit überschritten hat. Kevin aus Irelin ist längst nicht der Einzige, der bei mir in die Lehre ging. Auch in Miramar brodelt es. In Jagosch. Dann dieser Krieg, der die Leute mit seinen zusätzlichen Steuern aushungerte. Hungrige Menschen werden wütend, ihr wisst es selbst. Und hier in Athos zerfleischen sich die Minister gegenseitig wie räudige Ratten, die spüren, dass die fetten Zeiten allmählich zu Ende gehen. Morgen auf dem Maskenball werde ich in ihre feisten, dummen Gesichter blicken, und während ich mich vor ihnen verbeuge, werde ich mir innerlich ins Fäustchen lachen – weil ich dank euch weiß, welches Desaster sie am nächsten Tag erwarten wird.«

»Du gehst auf den Ball?«, hakt Finn nach.

Tarasios nickt. »Sie haben mir eine Einladung geschickt, um mich zu beschämen. Sicherlich rechnen sie nicht mit meinem Erscheinen. Diese Genugtuung werde ich ihnen allerdings nicht geben.«

»Nimm mich mit«, sagt Finn. »Falls du noch keine Begleitung hast.«

»Habe ich nicht.« Nachdenklich mustert Tarasios ihn. »Was willst du dort? Doch keine krummen Dinger drehen?«

»Die krummen Dinger überlasse ich den Regierenden«, erwidert Finn. »Aber ich glaube, dass es dort spannend werden kann. Und nicht ganz ungefährlich. Mir ist da etwas zu Ohren gekommen, und das will ich nicht verpassen.«

»Du machst mich neugierig.« Tarasios' Augen glänzen. »Aber so wie du dreinblickst, wirst du es mir nicht verraten, oder?«

Finn schüttelt den Kopf.

»Also gut. Ich nehme dich mit.« Tarasios klatscht in die Hände, dann reibt er sie wie ein eifriger Geschäftsmann. »Ich besorge dir ein Kostüm. Aber zuerst haben wir ein paar Flugschriften zu drucken.«

Eva

Als ich zur Suite im *Goldenen Horn* zurückkehre, ist die Nacht schon längst hereingebrochen. Raghi hat ihren Posten neben Mutters Sklavinnen an der Tür eingenommen, Finn hat sich offensichtlich ins Schlafzimmer zurückgezogen. Cianna kauert in einem Sessel, während Mutter um sie herumschwirrt und belanglose Anekdoten von ihrem Tag zum Besten gibt. Dabei stürzt Mutter in vollen Zügen die klebrig süße Limonade hinunter, die sie schon immer liebte – und ich seit jeher verabscheue.

Limonade sei ihr schändlichstes Laster, wie sie bei launigen Empfängen früher nie müde war, zu betonen. Schon immer konnte sie mühelos zwischen gurrender Fröhlichkeit und eisiger Strenge hin- und herspringen, wobei sie Ersteres eher selten zeigte, wenn wir mit ihr alleine waren. Dass sie nun so eifrig um Cianna bemüht ist, zeigt, dass sie etwas auf dem Herzen hat.

Ich will mich an ihnen vorbeischleichen, als sie herumfährt und mit ihrem spitzen Finger auf mich deutet.

»Wo warst du?«

»Ein paar Sachen klären. Einer muss sich schließlich um alles kümmern.«

Mit argwöhnischem Blick mustert sie mich, doch statt weiter nachzufragen, wendet sie sich ab. Sie neigt ohnehin nicht zu tiefergehenden Fragen, außer, es betrifft Dinge, die sie wirklich interessieren – dann kann sie ein Verhör führen wie unsere besten Agenten.

»Cianna, weißt du, wen ich heute getroffen habe?«, gurrt sie. »Den Bürgermeister von Clifdon. Er ist weitläufig mit uns verwandt, wusstest du das? Über euren Vater natürlich.« Sie nimmt einen weiteren tiefen Schluck von ihrer Limonade. »Wir haben uns sehr nett unterhalten. Er hat eine geschmackvolle Stadtvilla in Clifdon, nur wenige Steinwürfe von der Universität entfernt. Dort Botanik zu studieren war doch immer dein Wunsch. Im Sommer fängt der nächste Jahrgang an. Wenn du teilnehmen möchtest, kannst du bei ihm wohnen.«

Studieren? Ich ziehe die Augenbrauen hoch. Über Ciannas Gesicht huschen in rascher Folge Überraschung und dann Bestürzung.

»Das ist sehr nett von ihm«, murmelt sie. »Aber ich bin nicht sicher, ob ich das noch will.«

»Ach nein?« Die gläserne Schärfe in Mutters Stimme lässt Cianna für einen Augenblick zusammensinken, doch dann richtet sie sich auf.

»Nein«, sagt sie fest. »Falls ich jemals nach Irelin zurückkehre, dann nicht mit dir.«

Bravo, kleine Schwester. Ich bin tatsächlich ein bisschen stolz auf sie.

Mutter stellt mit einem Ruck ihr Glas auf den Tisch.

»Raus«, zischt sie und deutet zur Tür. Ich zucke zusammen. *Meint sie das ernst?*

»Aber Mutter!« Tränen stürzen aus Ciannas Augen. Finn taucht mit grimmiger Miene in der offenen Tür des Schlafzimmers auf. Offenbar hat er von dort alles mit angehört.

»Verschwinde, du undankbares Balg«, ruft Mutter. »Und nimm deinen Liebhaber mit!«

Ich balle die Fäuste. Für einen Augenblick bleibt Cianna stehen, unter den Tränen ist ihr Gesicht weiß vor Zorn. Doch dann nimmt Finn sie am Arm und führt sie behutsam zur Tür.

»Du nicht.« Mutters eisblaue Augen starren mich so finster an, als plante sie, mich aufzufressen. »Ich habe ein Kostüm für dich. Du musst es anprobieren.«

Während sie durch die Suite auf einen Stapel Kleider zueilt, der sorgfältig gefaltet auf einem Sessel liegt, drücke ich

Ciannas Hand. Verdammt, ich will mit ihr gehen. Und vorher will ich Mutter noch einen kräftigen Faustschlag verpassen für das, was sie ihrer jüngsten Tochter antut. Doch das kann ich nicht – nicht, ehe die Sache zu Ende ist. Außerdem ist es das Beste für Cianna, wenn sie aus Mutters vergiftetem Dunstkreis verschwindet. Ein klarer Schnitt, ohne zurückzublicken.

»Wartet in der Küche auf mich«, flüstere ich. »In einer Stunde.«

Sie reagiert nicht, doch Finn und Raghi nicken an ihrer statt, ehe sie in den Korridor verschwinden und die Tür hinter sich zu ziehen.

Die nächste Stunde ist eine der längsten meines Lebens. Mutter ist zu ihrer kühlen Strenge zurückgekehrt, zupft und zerrt an mir herum, während sie mich in exotische Stoffe hüllt. Ihre Miene ist weiß wie Marmor. Es sieht fast so aus, als wären ihre Augen gerötet. Liegt ihr doch etwas an Cianna? Doch ihr Mund ist so verkniffen, dass ich mich jeden Kommentars enthalte. Ob ich will oder nicht – ich brauche sie als Eintrittskarte für den Ball.

Das Motto für die Masken lautet Tiere. Mutter geht als Adler, für mich hat sie den Fuchs ausgesucht. Wie passend. Sie erinnert sich sicher so gut wie ich an mein Schneefuchs-Kostüm vom letzten Maskenball, auch wenn dieses hier wesentlich weniger kindlich ausfällt. Es ist ein knappes Kostüm aus Streifen roten Fells mit goldenem Glitzer, das sich aufreizend an meine wenigen Kurven schmiegt. Der kurze, pelzige Rock lässt meinen Bauchnabel und ein gutes Stück darunter frei, das Oberteil ist aus beinah durchsichtiger Seide. Falls sie mich damit verunsichern will, gelingt ihr das nicht. Freizügigkeit kommt meinem Vorhaben entgegen – je aufreizender die Frau, desto weniger traut man ihr zu.

Ich stülpe mir die blonde Lockenperücke über den Kopf, dann die Maske, die nur meinen Mund freilässt.

»Ich brauche ein größeres Sichtfeld«, sage ich. »Lass die

Augenlöcher noch etwas weiten. Und der Rock braucht eine Handbreit mehr Länge. Ich muss meine Messer darunter verstecken können.«

Sie stößt einen missbilligenden Ton aus, ansonsten äußert sie sich kaum. Als die Kostümprobe endlich zu Ende ist, erkläre ich ihr noch, wie ich mir unseren Auftritt morgen Abend vorstelle, dann wende ich mich zur Tür.

Fast schon bin ich hindurch, als sie mit dünn klingender Stimme fragt: »Du kommst doch nachher zurück?«

Erstaunt drehe ich mich um, doch sie wendet mir den Rücken zu und faltet die Gewänder. Sie stellt sich überraschend geschickt dabei an, obwohl das sonst die Aufgabe ihrer Sklavinnen ist.

Welche Gefühle sie auch hat, sie zeigt sie nicht. Sie ist wie ich. Meine Haut glüht plötzlich, der nächste Atemzug fühlt sich schwer an. Ist es so weit gekommen? Dass ich zu ihrem Ebenbild geworden bin, trotz allem, was passiert ist?

Nein. Das darf ich nicht zulassen.

»Natürlich komme ich wieder«, sage ich knapp, dann ziehe ich die Tür hinter mir zu.

*

Die anderen erwarten mich in einer stickigen Kammer neben der Küche. Der Sklave, der uns auf Raghis Geheiß hin gestern bereits in die Suite geführt hat, steht wie ein Wachmann davor. Er hat das Messer in den Gürtel seiner Kochschürze gesteckt. Anders als bei Sklaven üblich, schaut er mir direkt in die Augen, während er mich passieren lässt. Ich muss ein Knurren unterdrücken. Einen Aufstand der Sklaven anzuzetteln, hatte ich nicht im Sinn, als ich Raghi um Hilfe bat.

Cianna scheint sich inzwischen wieder gefasst zu haben. Sie kauert auf einer schmalen Pritsche, der einzigen Sitzgelegenheit in diesem kargen Raum.

»Sie hat dich nicht wirklich rausgeworfen«, sage ich. »Sie denkt, dass sie dich mit Härte umstimmen kann.«

»Ich weiß.« Cianna seufzt. »Das macht es noch schlimmer.« Sie streicht die braunen Haare zurück, unter denen bereits das helle Blond wieder durchschimmert. Als sie mich ansieht, ist ihr Blick ruhig, doch dahinter lauert ein Schmerz, der mir beinah körperlich wehtut.

Sei froh, dass du sie los bist, will ich schnauben, kalt und hart. Doch ich schlucke es hinunter. Ich will nicht so sein wie sie. Diese Worte hämmern in meinem Kopf. Stattdessen strecke ich die Hand nach meiner Schwester aus, und sie umfasst sie ohne jedes Zögern.

»Kleine Träumerin«, wispere ich. »Du gehst deinen Weg. Lass dir nie etwas anderes einreden, hörst du? Weder von ihr noch von mir.«

Ich ziehe sie an mich heran, spüre, wie sie in meinen Armen zittert.

»Das Kind«, flüstere ich. »Gelrion.«

Sie blickt zu mir auf, und in ihrem Blick ist plötzlich ein Misstrauen, das mich schmerzt.

»Wir werden ihn nicht töten, wenn du es nicht willst«, sage ich. Ein Teil von mir kann kaum glauben, was ich da von mir gebe, auch wenn ich diesen Entschluss schon gestern gefasst habe, als ich mir überlegte, wie wir Christoph zu Fall bringen könnten. »Ich kann dir nicht vorschreiben, was richtig ist. Wie auch? Ich weiß es ja selbst nicht.« Ich schlucke. So viel Offenheit geht mir schwer über die Lippen. »Nur eines weiß ich: dass sich die wahren Ungeheuer als Menschen herausgestellt haben. Deshalb tu, was du tun musst. Es ist deine Entscheidung.«

Sie nickt langsam, beinah ungläubig. »Danke.«

Für einen Augenblick schauen wir uns an, und da ist eine bedingungslose Zuneigung in ihrem Blick, die mich für alles entschädigt. Und doch. Noch haben wir nicht geschafft, wofür wir hier sind. Und wenn wir scheitern, ist das, was uns erwartet, vielleicht schlimmer als der Tod.

Cianna weiß es ebenfalls. Sie löst sich von mir und richtet sich auf. In ihren Augen – und auch in den Mienen von Finn und Raghi – lese ich dieselbe Entschlossenheit, die ich selbst empfinde.

Vier für immer. Eine fast verdrängte Parole steigt in meinem Inneren auf. Und dieses Mal ist es kein dummer Streich. Im Gegenteil. Es ist die Chance, endlich etwas in Ordnung zu bringen.

Ich setze mich auf den Boden. Ein tiefer Atemzug klärt meine Gedanken.

»Sag, was hast du heute herausfinden können?«, fragt mich Finn.

»Ich habe sämtliche Schneiderwerkstätten abgeklappert«, berichte ich. Jetzt erst merke ich, wie sehr meine Füße schmerzen. Verdammt hartes Pflaster, diese Stadt. »Nun weiß ich, in welchen Maskierungen die Agenten auf dem Ball erscheinen werden. Außerdem habe ich herausgefunden, wo Christoph gastiert. Und ihr?«

Cianna und Finn wechseln einen Blick.

»Ich komme mit auf den Ball«, sagt Finn. »Ich habe jemanden, der mich hineinbringt.«

Überrascht richte ich mich auf. »Wer ist es?«

»Ein Bürger namens Tarasios Orestis.«

»Der Sohn des in Ungnade gefallenen Informationsministers?« Meine Augenbrauen rucken in die Höhe.

»Genau der. Er ist ein Unterstützer unserer Sache.« Finn bemerkt meinen finsteren Blick. »Keine Sorge. Er weiß nichts von dem, was auf dem Ball passieren wird. Er bringt mich rein, und das war's.«

»Gut.« Ich will es nicht zugeben, doch es erleichtert mich. Alleine wäre die Aufgabe, Christoph auszuschalten, wesentlich schwerer. »Ich habe einen Plan für morgen. Passt auf.«

Cianna

Heute brannte die Sonne so erbarmungslos auf die Stadt herab, dass ich einen herben Vorgeschmack auf den Sommer von Athos erhielt. Meine Haut glüht rot an den Armen, wo ich zu viel Licht abbekam.

Trotz der Hitze haben wir die Mittagsstunden damit verbracht, die Flugschriften von Gasthaus zu Gasthaus zu tragen. Zwei von Tarasios' Männern haben uns dabei unterstützt.

Raghi hat die Vorarbeit geleistet. Ich weiß nicht, wie sie die Sklaven überzeugt hat. Offenbar gibt es ausgeklügelte Netzwerke, über die sie sich verständigen – und die Küchensklaven der Gasthäuser verfügen über ihr eigenes.

Meine Füße sind schwer, ich bin erschöpft von der Anspannung, die mir im Nacken sitzt wie der finstere Blick eines Verfolgers. Wir haben getan, was wir konnten. Morgen früh, wenn der Ball vorbei ist, werden hoffentlich sämtliche Ipalle, die in den Gasthäusern von Athos eingekehrt sind, die Flugschriften auf ihren Frühstückstabletts finden.

Ich hoffe nur, dass wir dann noch am Leben sind.

*

Raghi und ich kauern auf einem der von der Sonne erhitzten Flachdächer. Zum Schutz vor dem Licht haben wir uns Tücher über die Köpfe gezogen. Auf der Straßenseite uns gegenüber erhebt sich der prächtige Palazzo, in dem Christoph und Meister Horan Unterschlupf gefunden haben. Es ist ein Privathaus, von vier bewaffneten Männern und Frauen bewacht. Agenten, sagte Maeve. Sie dürfen euch keinesfalls sehen. Ich weiß nicht, woran sie sie erkannte – für mich sehen sie aus wie einfache Wachleute. Doch dass sie da sind, in den Schatten der Palmen und vor dem vergitterten Tor, bestärkt mich in meiner Ahnung: Gelrion ist dort.

Seit Tagen habe ich viel zu wenig an ihn gedacht, doch nun, da es um seine Rettung geht, sehe ich sein kleines, weißes Gesicht wieder vor mir, seine zarte Gestalt, gefangen in den silbernen Netzen. Er ist noch am Leben, ich spüre es. Mein Herz schlägt schnell und hart, ein polternder Knochen in meiner Brust.

Ich bin hier, flüstere ich. *Hörst du mich?*

Doch die Luft bleibt still, nur die Sonne brennt auf uns herab, und ein paar Papageien keckern zwischen den Palmen.

Als sich der Himmel in der Abendsonne dunstig färbt und es endlich ein wenig kühler wird, öffnet sich das Tor. Eine Kutsche rattert heraus. Vorsichtig recke ich den Kopf. An einem der Fenster sehe ich kurz ein Gesicht, und obwohl es so fremd wirkt, durchfährt es mich kalt. Es ist Christoph. Er hat seinen Bart abgenommen, was seinem Gesicht einen hageren und härteren Anschein gibt – doch er ist es.

Es ist so weit. Raghi berührt mich an der Schulter. *Komm.* Wir eilen die verborgenen Stiegen der Sklaven hinunter und betreten die Gasse. Sorgfältig drapiere ich das Tuch über meinem braunen Haar. Wir heften uns an die Spur der Kutsche, deren langgezogener Schatten im Abendlicht wie eine Drohung über die Köpfe der Passanten wandert.

Inmitten der flanierenden Menschenmassen kommt der Wagen nur langsam vorwärts, kaum schneller als die Fußgänger – unser Glück. Ich vermeide es, die Bürger anzustarren, an denen wir uns vorbeidrängen. Ich werde mich nie an das Gewühl all dieser fremden Stimmen, Gesichter und Hände gewöhnen. Viele haben dieselbe Richtung eingeschlagen wie wir, und sie tragen bereits ihre exotischen, bunten Kostüme. Federbüschel flattern durch die Luft, Goldfäden blinken, Seide und Samt wogen wie ein Meer aus Stoff. Masken baumeln an Handtaschen oder sind in schwitzende Stirnen geschoben, und die Gesichter glühen vor Vorfreude.

Die Menge wird immer dichter, je näher wir unserem Ziel kommen. Mittlerweile sind wir nur noch zwei Mannslängen von der Kutsche entfernt, deren Kutscher immer wieder fluchend die Peitsche über den Pferden knallen lässt, als könnte er damit die Menschen vertreiben.

Inmitten der schiebenden Körper erreichen wir endlich den Ältestenpalast, in dem der Ball stattfinden soll. Am Ufer des Hogaisos erhebt sich das stattliche Gebäude. Es übertrifft selbst die anderen Paläste noch einmal an Pracht. Ein Dutzend mächtiger, mehr als fünfzehn Mannslängen hoher Säulen tragen das Vordach, und in ihrer stillen Eleganz erinnern sie mich an die Buchen des Deamhains – nur dass die Säulen nicht graubraun schimmern, sondern weiß.

Verstand, Ordnung, Ehre. Die Worte sind in großen Lettern auf das Dreieck des Vordachs geprägt. Ich kann sie kaum lesen, denn die Marmorwände des Palasts sind ebenso weiß wie die Säulen, und die spiegelglatte Fläche reflektiert das Licht der untergehenden Sonne so gleißend hell, dass ich den Blick abwenden muss.

Wie von Maeve prophezeit, hält Christophs Kutsche nicht direkt vor dem Palast, in dem in weniger als einer Stunde der Ball beginnt. Dort werden die Eingänge bereits von zahlreichen Bediensteten flankiert. Auf ausgerollten roten und gelben Teppichen warten aufgeregt schnatternd die Gäste. Sklaven entzünden die Lampions, die ersten leuchten bereits ebenfalls in Rot und Gelb.

Für einen Augenblick schließt sich die Menschenmenge vor uns zu einer beinah undurchdringlichen Mauer. Eine Frau mit weißblondem Haar stößt einen spitzen Schrei aus, als ich auf den Saum ihres Gewandes trete.

»He!« Als ihr bleiches, puppenhaftes Gesicht mit empörtem Ausdruck zu mir herumfährt, erinnert sie mich einen Herzschlag lang so sehr an Mutter, dass ich keuchend zurückweiche. Ich murmele eine Entschuldigung und spüre, wie meine Wangen aufglühen.

Mutter. Die mich verstoßen hat wie eine ungehorsame Bedienstete. Der Schmerz pocht in mir wie eine offene Wunde, und ich fürchte, er wird noch lange nicht nachlassen. Und doch ist es vielleicht besser so. Ich war nie das, was sie sich wünschte – ebenso wenig wie Maeve.

Raghi nimmt mich am Arm und holt mich in die Gegenwart zurück. Als wir uns endlich zwischen den Passanten hindurchgezwängt haben, ist die Kutsche verschwunden.

Noch mehr Bürger maulen, als wir uns hastig an ihnen vorbeidrängen, doch dieses Mal entschuldige ich mich nicht. Raghi hangelt sich an einem Laternenmast empor, und während die Menschen sich aufgebrachte Blicke angesichts solch schamlosen Verhaltens einer Sklavin zuwerfen, schaut sie sich mit regloser Miene um. Als sie wieder herabspringt, deutet sie nach links. *Dort.*

Ich atme erst wieder aus, als ich endlich selbst die Kutsche erblicke. Vor dem übernächsten Gebäude haben sie angehalten. Es ist ein wenig kleiner als der Ältestenpalast, doch nicht weniger prachtvoll. *Innenministerium* steht in metallisch glänzenden Lettern über klassischen Säulen.

Ein Bediensteter öffnet die Kutschentür. Ich erspähe dunkelgrau schimmernde Federn, darunter die massigen Schultern von Christoph. Er geht als Krähe auf den Ball, das hat Maeve herausgefunden. Und da ist eine ebenholzschwarze Truhe, die zwei bewaffnete Männer aus dem Kofferraum der Kutsche wuchten. *Gelrion!* Mein Herz schreit auf. Raghi zieht mich zur Seite, fort aus Christophs Blickfeld, ehe er uns entdecken kann.

Gemächlich flanieren wir an die Seite des Gebäudes, dessen Vorderfront von einer Viererschaft Ordner bewacht wird. Während sie damit beschäftigt sind, das Ausladen der Kutsche zu beobachten, biegen wir unbemerkt um die Ecke des Ministeriums. Raghi schiebt eine schmale Nebenpforte auf, kaum erkennbar in den langgestreckten Abendschatten der Säulen. Wie alle Sklavenwege ist sie unbewacht. Ich kann über die Sorglosigkeit der Athosier nur staunen.

Maeve sagte uns, dass zahlreiche unterirdische Gänge die Ministerien und den Ältestenpalast verbinden – um die Minister und ihre Beamten im Sommer vor der Hitze zu schützen. Sie glaubt, dass Christoph diese Wege dazu nutzen wird, das Kind unbemerkt ins Gebäude zu bringen.

Die Hälfte des heutigen Tages hat sie damit verbracht, uns die Pläne dieser Gänge zu besorgen – wie auch immer sie das geschafft hat. Sie hat sie am frühen Nachmittag in die Küchenkammer gebracht, wo Finn und ich bereits auf sie warteten. Wir waren erhitzt und ein bisschen erschöpft von unserer Runde zu den Gasthäusern, von der ich ihr nichts verraten durfte. Dieses Schweigen wog so schwer, dass ich kaum ein Wort herausbrachte.

Eine letzte Umarmung, ein letztes Versichern, dass alles gut gehen würde – und unsere Wege trennten sich.

Finn ging zu Tarasios, Maeve zu Mutter. Ihre entschlossenen Gesichter habe ich in meinem Herzen verwahrt wie ein kostbares Kleinod, und allein ihr Mut hält mich aufrecht, obwohl meine kleinliche Angst mich zum Zittern bringt. Ich hoffe so sehr, dass ich sie beide morgen wiedersehe.

Eilig führt mich Raghi durch die stickigen, engen Sklavengänge ins Innere des Ministeriums. Als wir zwei Sklaven begegnen, nickt sie ihnen zu, und obwohl sie uns konsterniert nachblicken, stellen sie keine Fragen.

An einem Treppenaufgang lässt sie mich zurück, und ich kauere mich in einen Winkel, die Hände zu Fäusten geballt.

Ein Sklave ist für unsere Feinde wie der andere – daran halte ich mich fest. Selbst wenn Raghi direkt an ihnen vorbeigeht, werden sie nicht wissen, wer sie ist.

Die Zeit tropft zäh wie Honig. Erleichtert atme ich auf, als etwa fünfzehn Minuten später ihre dunkle Gestalt am Ende des Gangs auftaucht.

Sie sind hinuntergegangen, gestikulieren ihre Finger. *Sechs Männer und eine Truhe.*

Sie ist barfuß, ihre Sandalen hat sie am Gürtel festgebunden. Auf ihr Geheiß verfahre ich mit meinen ebenso. Sorgfältig lugt sie um jede Ecke, führt mich eine enge Stiege hinab. Ein Stockwerk tiefer kommen wir in einen breiten, hallenden Korridor, der spärlich von Petroleumlampen erleuchtet ist. Das müssen die Verbindungsgänge sein, die Maeve gemeint hat, exklusive Wege für die Minister, die die Mittagshitze scheuen. Raghi beschleunigt ihren Schritt, sodass ich kaum hinterherkomme. Unsere nackten Füße machen fast keine Geräusche, anders als mein Atem, der in meinen Ohren viel zu laut klingt. Wir rennen vielleicht vier Steinwürfe weit, nur einmal ducken wir uns in einen Nebengang, als vor uns Sandalengeklapper und Stimmen lauter werden und wieder verebben.

So oft, wie ich Maeves Pläne auf dem Flachdach vorhin studierte, bin ich mir sicher: Wir müssten bald unter dem Ältestenpalast ankommen. Doch wo sind die Agenten?

Ich keuche erstickt, als wir ein weiteres Treppenhaus erreichen. Ein feuchter Gestank dringt von unten herauf, lässt mich die Nase krausziehen. Ohne zu zögern geht Raghi die Stufen hinab. Ich packe sie am Arm.

»Noch weiter hinunter?«, wispere ich bestürzt. »Dort unten ist nichts mehr.«

Zumindest laut den Plänen in meiner Tasche. Doch ehe ich sie hervorziehen kann, schüttelt Raghi den Kopf.

Sie sind aber hier entlang, gestikuliert sie. *Ich habe sie gesehen.*

Schaudernd folge ich ihr. Hier unten gibt es kein Licht mehr, nach wenigen Schritten umfängt uns die Dunkelheit. Ich taste mich mit den nackten Füßen die kalten Steinstufen hinab. Irgendwann streicht Raghis Hand über meinen Arm, sachte drückt sie meine Schultern nach unten. *Warte hier.*

Ich setze mich, schlinge die Hände um meine kalten Füße. Wieder lässt sie mich eine ganze Weile alleine. Irgendwo tropft es – das Platschen hallt durch das Treppenhaus und füllt bald meine Sinne aus. Der Gestank hat noch zugenommen, hüllt mich ein wie eine schmutzige Decke. Das muss die Kanalisation sein – ich habe gehört, dass die größeren Städte der Bürger darüber verfügen.

Als unter mir ein Licht aufflackert, zucke ich zusammen. Doch es ist Raghis Gesicht im Kerzenschein. Sie winkt mir. *Komm.*

Dann führt sie mich einen weiteren Gang entlang. Das Platschen wird lauter, andere Geräusche mischen sich darunter – ein monotones Klirren und ein Brausen, das mir die Kehle zuschnürt. Es erinnert mich an den Wind in den Wipfeln des Deamhains.

Vor uns scheint der Gang ein jähes Ende zu finden, doch als wir bis auf eine Mannslänge heran sind, sehe ich die schmale Pforte an der Seite.

Nicht mehr weit, malen Raghis Finger. *Ab jetzt keine Worte mehr.* Sie nimmt meine Hand, und dann löscht sie mit einer raschen Bewegung die Kerze.

Schritt für Schritt tasten wir uns voran. Meine Schulter prallt schmerzhaft gegen den Türrahmen, als Raghi mich durch die Pforte zieht.

Dann sehe ich plötzlich ein ganzes Stück vor uns einen Lichtschimmer. Aus dem Licht schälen sich Körper mit schlingernden Armen und verzerrten Schädeln, wachsen in die Höhe, nur um wieder zusammenzusacken und dann neu aufzuerstehen. Sie scheinen nach mir zu greifen, und ich ducke mich instinktiv weg, ehe mir bewusst wird, dass es nur Schatten sind, die vor uns über kahle Wände und Regale huschen.

Dies ist kein Gang mehr, sondern eine große Halle, und die Geräusche werden lauter, das Klirren und Brausen als Echo vielfach von den Wänden zurückgeworfen. Dumpfe Stimmen mischen sich von irgendwo darunter.

Raghi zieht mich noch ein Stück weiter, als ein Rascheln hinter uns ertönt. Sofort schlägt sie einen scharfen Haken hinter ein Regal und reißt mich zu Boden. Atemlos kauern wir im Dunkel.

Wieder raschelt es, schnelle Schritte ertönen. Einen Wimpernschlag lang erspähe ich im Lichtschimmer einer Kerze gelben Seidenstoff, der sich über muskulöse Schultern spannt, darüber krauses, hellblondes Haar – dann taucht der Mann in den nächsten Schatten ein.

Raghi führt mich in einem Bogen noch einen halben Steinwurf weit zwischen fremdartigen, scharfkantigen Gerätschaften hindurch, an denen ich mir mehrmals die Zehen stoße, ehe wir endlich stehen bleiben. Vor und neben uns erkenne ich mehrere Umrisse von hüfthohen Rohren, die mich an schlafende Riesenschlangen denken lassen. Aus ihnen erklingt das hohle Brausen, und als ich meine Hand darauflege, spüre ich ihr Vibrieren. Es muss das Wasser der sagenumwobenen Kanalisation sein, das durch sie hindurchfließt, angetrieben von Kohlenfeuer und der Dampfkraft der Brenner. Angeblich gibt es nirgendwo auf der Welt etwas Vergleichbares.

»Minister. Gut, dass du auch schon da bist.«

Christophs bärbeißiger Tonfall, so nah, dass ich mir die Hand vor den Mund presse, um nicht aufzuschreien. Raghi zieht mich auf die Knie hinunter.

»Schon, sagst du?«, erwidert eine volltönende Stimme im kultivierten Tonfall eines hohen Bürgers. »Ich möchte wohl meinen, dass ich nichts verpasst habe. Ist dies das Kind?« Ein scharfer Atemzug. »Ist es tot?«

Ich zucke zusammen, und Raghi drückt mich für einen Augenblick beruhigend an sich.

»Natürlich nicht«, schnaubt Christoph. »Das Silber hält ihn bewusstlos. Meister Horan! Ist der Absorbator einsatzklar?«

»Sofort.« Die dienstbeflissene, leicht zittrige Stimme eines Alten. »Ich brauche mehr Licht.«

Schon flammt es vor uns heller auf, Schatten türmen sich erneut zu zuckenden Gestalten. Ich richte mich ein wenig auf und spähe über das Rohr hinweg, doch da sind Säulen, Regale und schwere Kisten, die uns den Blick versperren. Frustriert beiße ich mir auf die Lippen.

»Der Geruch hier unten ist fürchterlich«, murrt der fremde Bürger.

Christoph schnaubt. »Einen besseren Ort gibt es nicht. Hier sind wir wenigstens ungestört. Krempel deinen Ärmel hoch, Minister. Hier sind Nadel und Schlauch. Gleich wird es kurz schmerzen.«

Ich stutze. Sollte sich nicht Christoph an das Gerät anschließen, damit die Kräfte von Gelrion auf ihn übertragen werden? Zumindest war das die ganze Zeit unsere Vermutung – und wenn wir falschliegen, kann dies alles zum Scheitern bringen. Ich zupfe Raghi am Ärmel und deute nach vorne, doch sie schüttelt den Kopf. *Zu gefährlich.*

»Nehmt das Netz ab«, knurrt Christoph. »Und stellt euch in Position!«

Plötzlich zerreißt ein helles, kindliches Heulen die Luft.

Gelrion!, schreie ich innerlich.

Und da ist seine Stimme, hell und voller Furcht in meinem Kopf. *Cianna.*

Ich bin hier, schluchze ich. *Halte noch ein wenig durch.*

Er heult erneut auf, und die Wände nehmen das Geräusch auf, verzerren es und werfen es vielfach gebrochen zurück.

»Wo ist der verdammte Knebel?«, brüllt Christoph. »Haltet ihn fest!«

Ein Schlag ertönt. Und schon wird das Heulen zu einem Wimmern, und dann höre ich Feuer zischen, den Minister aufkeuchen, rieche den abscheulichen Odem von verbranntem Fleisch.

Sie tun mir weh. Seine kindliche, verzweifelte Stimme. *So weh, Cianna.*

Halte durch. Ich balle die Fäuste so fest, dass mir die Nägel in die Handflächen schneiden. *Wir werden dir helfen.*

Wenn ich doch nur zu ihm könnte. Tränen rinnen meine Wangen hinunter, während er in meinem Kopf schreit und schreit.

Alles in mir drängt danach, die grausame Folter sofort zu beenden. Doch Maeve hat mich beschworen, es nicht zu tun. *Wir müssen sie in der Öffentlichkeit aufhalten – sodass sie ihr Tun nicht mehr leugnen können.* Sie hat recht. Wenn wir die Agenten jetzt an ihrem Tun hindern, wird niemand dort draußen von ihren Plänen erfahren – oder uns Glauben schenken.

Und selbst wenn wir Christoph und die Agenten um ihn herum töten könnten, selbst wenn ich fähig wäre, mit dem Dolch zuzustoßen, der wie ein Fremdkörper in meiner Tasche steckt – diese Männer vor uns sind nur Werkzeuge.

Sie sind ersetzbar, sagte Maeve. *Rädchen im Getriebe der CG – wie ich. Sie werden einfach die nächsten schicken. Nicht heute Nacht vielleicht, doch in ein paar Tagen. Und dann werden wir keine Möglichkeit mehr haben, sie aufzuhalten.*

»Das muss genügen, Minister.« Christoph, sein Ton schroff und hart. »Denk daran, höchstens eine Stunde, dann erlischt die Wirkung.«

»Bei der Republik, ich spüre es in meinen Adern kochen. Das ist besser als Sex.« Staunen in der Stimme des Bürgers, dann Gier. »Kann ich es testen?«

Christoph lacht schnaubend. »Nicht an meinen Männern. Such dir einen Sklaven.«

Sie kichern beide für einen kurzen, bösartigen Augenblick.

Dann klappern Schritte. »Wir sehen uns gleich.« Der Minister entfernt sich. »Der Plan steht?«

»Der Plan steht«, grollt Christoph. »Sie werden umfallen wie die Fliegen. Denk daran, der Kanzler zuletzt. Wenn du es dann schaffst, dass sie dich morgen zum neuen Kanzler wählen, gehört das Balg dir. Du kannst es ihnen als Jagdbeute der CG vorlegen – der Organisation, die als einzige weitere albische Attentate verhindern kann. Danach werden sie uns schalten und walten lassen, wie wir wollen.«

Sie lachen erneut, und die Siegesgewissheit in ihren Stimmen lässt mich schaudern. Dann verebben die Schritte des Fremden im Treppenhaus, ebenso sein klangvolles Lachen.

»Jetzt bin ich dran«, knurrt Christoph, und dann keucht er auf. »Verdammt. Pump alles in mich rein, was das Kind hergibt, Horan. Ich mache schließlich den Hauptteil der Arbeit. Aber lass ihn am Leben.«

Eva

Die Sonne, die heute die Pflastersteine glühen ließ, als wäre es bereits Sommer, ist seit einigen Minuten hinter dem Horizont verschwunden, und ich spüre noch einen Augenblick lang die wohltuende Kühle auf meiner Haut.

Doch schon stemmen die Sklaven die riesigen Tore des Ältestenpalasts auf. Unruhig trippelnd schaut Mutter dem Bediensteten über die Schulter, der ihren Namen auf einer Liste durchstreicht. Dann passieren wir die Reihe der Ordner und treten durch das wuchtige Mauerwerk.

Mutters Gegenwart strengt mich an. Ihr ständiger Wechsel zwischen gurrender Zuwendung und eisiger Strenge ist völlig unberechenbar – und jeder Gefallen, um den ich sie bitte, ein kleiner Kampf. Wir sind zu Fuß gekommen, wie die meisten Gäste, denn Kutschen sind heute nur den höchsten Regierungsmitgliedern gestattet.

Mutters Sklavin verabschiedet sich mit einer Verbeugung und bleibt draußen. Sie hat den ganzen Weg über Mutters Schleppe getragen, um sie nicht auf dem Pflaster schleifen zu lassen, doch eigene Bedienstete auf den Ball mitzubringen ist ebenfalls nicht gestattet.

Sind Cianna und Raghi auf Christophs Spur? Ich hoffe es. Ich fühle mich nicht wohl bei dem Gedanken, dass sich Cianna in der Nähe des Albenbalgs aufhält. Er hat sie einmal schon beeinflusst, er wird es wieder versuchen. Doch ich habe keine andere Wahl, als ihr zu vertrauen.

Über eine breite Treppe gelangen wir in den großen Saal des Palasts. Riesige Säulen stützen ein kuppelartiges Gewölbe, das über einen Steinwurf entfernt über uns thront. Kunstvolle Fresken überziehen die Wände, Marmortreppen schwingen zu den Galerien der nächsten Stockwerke empor. Die meisten Gäste bleiben ehrfürchtig flüsternd stehen und mustern die Pracht. Sklaven bringen Tabletts mit fruchtigen Erfrischungen – es sind sämtlich junge, dunkelhäutige Frauen, die zur Feier des Tages ebenfalls in so etwas wie ein Kostüm gehüllt sind: Ein schwarzer Affenschwanz baumelt hinten an ihren schwarzen, eng geschnittenen Tuniken, auf den kahlen Köpfen tragen sie Kapuzen aus ebenfalls schwarzem Fell.

Ich nehme mir eines der Getränke, doch ich bekomme keinen Schluck hinunter. Ein Maskenball. Ausgerechnet. Unter dem roten Fuchsfell juckt meine Haut, und ich widerstehe dem Impuls, den Kragen meines Oberteils zu lockern.

Und doch muss es vielleicht so sein. Ich habe nie an abergläubische Sprüche von Schicksal geglaubt. Doch alles, was ich in den letzten Jahren getan habe, um diesem einen Maskenball zu entrinnen, hat mich schlussendlich hierher geführt. Und endlich habe ich das Gefühl, dass ich wirklich zur richtigen Zeit am richtigen Ort bin. Um etwas in Ordnung zu bringen.

Die Gäste haben sich herausgeputzt. Fratzen, Schnäbel, künstlich grinsende Tiergesichter, die um mich schwappen wie ein Meer, in dem ich nicht untergehen darf. Zahlreiche Papageien schimmern im Federputz aller Farben, und da sind Bären und Tiger in wuchtigen Fellumhängen und mit fletschenden Zähnen. Ich sehe ein paar Ipalle aus Irelin, die tatsächlich als wollige Schafe gehen, Widderhörner trägt allerdings keiner. Die Ipalle aus den Küstenprovinzen haben sich dagegen in glitzernde Schuppenkostüme gezwängt, und ein Mann ist komplett in die Haut eines Elefanten eingenäht, die zu grau und faltig erscheint, um nicht echt zu sein.

Mutter in ihrem Adlerkleid fällt trotzdem auf – es muss sie ein Vermögen gekostet haben, eine solch wallende, bodenlange Robe über und über mit schwarzen und weißen Federn benähen zu lassen, die sie auch noch in einer Schleppe hinter sich herzieht. Der gelbe Schnabel auf ihrer Nase wirkt dagegen filigran, und ihr hellblondes Haar fällt unverhüllt über ihre nackten, weißen Schultern.

Die ersten Gäste schieben ihre Masken bereits in die Stirn, um ungehindert zu plaudern und den Erfrischungen zusprechen zu können. Ich ächze danach, es ihnen gleichzutun, doch ich lasse die Fuchsmaske auf meinem Gesicht. Christoph hat mich in der Waldbastion gesehen, und ich werde nicht riskieren, dass er mich wiedererkennt.

Vor uns trippelt eine kleine Frau mit langen grauen Haaren, die sie zu einem Dutt gebunden hat. An ihren dürren, gebückten Körper schmiegt sich das Kostüm einer Schlange – metallisch glänzende, leise klackernde Schuppen. Als sie sich für einen Augenblick herumdreht und ihre klugen grauen Augen argwöhnisch über die Menge wandern, wird mir heiß in einer Mischung aus Schreck und Wut. Die Archivarin. Die Chefin der Katakomben aus Andex. Offenbar ist sie allein, und sicherlich ist sie eher Zuschauerin als treibende Kraft bei dem Anschlag – doch ich kann ihr nicht trauen.

Ich atme tief durch und streife Mutters Hand von meiner Schulter, mit der sie mich beinah besitzergreifend festhält.

»Ich drehe eine Runde«, murmele ich ihr zu. »Behalte die Frau im Schlangenkostüm im Auge. Wenn sie sich dem Kanzler nähert, schlägst du Alarm. Und halte dich von den Ältesten fern.«

Sie nickt, und für einen Augenblick richtet sich der Blick ihrer strahlend blauen Augen auf meine. Ich lese Besorgnis in ihnen, und ich kann nur raten, ob sie mir gilt oder ihr selbst. Doch die Zeit für Ratespiele und Groll ist vorbei. In diesem viel größeren Spiel geht es nicht mehr um uns.

Ohne mich noch einmal zu ihr umzudrehen, schiebe ich mich durch die Menschenmenge. Wo ist Finn? Der Kerl hat doch versprochen, ebenfalls so früh wie möglich da zu sein.

Vierhundertsechzig Bezirke hat die Republik – und ebenso

viele Ipalle werden es sich nicht nehmen lassen, heute hier zu sein. Dazu kommen noch die Begleitpersonen, die Regierungsmitglieder aus Athos und die Bediensteten – insgesamt deutlich mehr als zweitausend Personen, die nach und nach die riesige Halle und ihre zahlreichen Galerien füllen.

Ich vermeide die Mitte der Halle und gehe die Säulengänge an den Seiten entlang. Hier haben sich Ordner im Abstand von zwei Mannslängen postiert. Ich beachte sie kaum; mein Blick gleitet ebenso wie die ihren rastlos über die Gäste. Frauen kichern, Männer reden mit aufgeregten, weit ausholenden Gesten, Bäuche werden eingezogen und Limonaden hinuntergestürzt, als könnten die Leute sich damit einen Schwips antrinken. Immer wieder gleiten lüsterne Blicke über meinen Körper, Kerle wollen mich in Gespräche verwickeln, aber ich weise sie mit einem, wie ich hoffe, geheimnisvollen, doch deutlichen Lächeln ab.

Dunkelgraues Gefieder in der Menge, vielleicht vier Mannslängen von mir entfernt. Abrupt biege ich in die Halle hinein. Das silberne Skalpell brennt an meinem Oberschenkel unter dem Rock. Tatsächlich. Eine Krähe mit Federbusch auf dem Kopf, in einer schwarzen, bodenlangen Toga. Ich stelle mein Glas auf dem Tablett einer der überall schwirrenden Sklavinnen ab, dann nähere ich mich ihr langsam, schiebe mich um eine Gruppe gackernder Papageienweiber herum. Nur noch zwei Leute zwischen uns. Meine Hand wandert gerade den Rock hinab, als sich die Krähe in meine Richtung dreht. Wässrige hellbraune Augen, ein betrunken wirkendes Grinsen. Der nutzlose Schnabel baumelt an einer Schnur um den Hals. Das ist nicht Christoph.

Enttäuscht reihe mich wieder unter die Gäste zwischen den Säulengängen.

Dann öffnen sich plötzlich die Türen an den Wänden, die von der Halle in weitere Räume des Palasts führen. Die hochrangigsten Gäste des Maskenballs treten heraus, jene, die es vorziehen, nicht im Gewühl der Massen am Vordereingang zu warten. Die Ältesten. Fünfzehn Mitglieder hat die Regierung, und zehn von ihnen bekleiden Ministerposten. Dazu noch die beiden Leiter der Heiler- und der Brennergilde, ein Vorsitzender des Handelsverbands, der oberste General der Armee und der Vizekanzler.

Keiner von ihnen ist kostümiert – und das hätte ich auch nicht erwartet. Aber als ich die Ersten von ihnen aus den Türen treten sehe, staune ich doch. Sie alle tragen das gleiche strahlende Gelb der Republik, in maßgeschneiderten Togen aus Seide, die ihre Körper im Licht der Lampions glänzen lassen wie Sonnenstrahlen.

Ehrfürchtig machen die anderen Gäste ihnen Platz, als sie von mehreren Standorten aus gleichzeitig nach vorne spazieren. Für jene, die ihnen von den Galerien oben zuschauen, müssen ihre Reihen tatsächlich wirken wie Sonnenstrahlen, die mit ihrem Licht die Menge teilen. An der Spitze der Halle treffen sie sich auf einer übermannshohen Tribüne, und dort wartet der Kanzler auf sie. Ich erkenne ihn an seinem schmalen, betagten Gesicht, das in Zeichnungen so oft die Titelblätter der Zeitungen schmückt – und an der breiten, goldenen Schärpe um seine Schulter. Im Gegensatz zu den Goldfäden in meinem Kostüm muss sie aus echtem Gold sein, das inzwischen so selten und kostbar ist, dass sein Bestand rationiert wurde.

Meine Haut unter dem Kostüm summt. Die Zeit wird knapp. Und immer noch habe ich weder Finn noch Christoph entdeckt.

Er wird sie nicht auf der Bühne töten. An diesem Gedanken halte ich mich fest. *Er wird es verstohlen tun, inmitten der Menge.*

Außer, Cianna hat Mist gebaut. Bei dem Gedanken schaudert es mich.

Der Kanzler breitet die Arme aus und umfängt die Menge

mit einer beinah väterlichen Geste. Abrupt verstummen alle Gespräche, gerötete Mienen wenden sich ihm zu.

Seine kurze, feierliche Rede dringt kaum zu mir durch. Immer noch tastet mein Blick über die Menschen, sucht nach einem Anzeichen von Christoph oder den Agenten, die ihn begleiten. Als Mäuse und Ratten gehen sie, habe ich in der Schneiderei erfahren – die bevorzugte Beute der Rabenvögel. Christophs schräger Sinn für Humor lässt mich allerdings kalt.

Eine Berührung an der Schulter lässt mich herumfahren.

Finns jungenhaftes Gesicht. Seine wirren Locken kräuseln sich unter einer hellbraunen Fellkapuze. Das kleine, stöckchenartige Geweih eines Rehbocks thront auf seiner Stirn, und seine schlaksigen Arme und Beine sind in hellbraunen Samt gehüllt.

»Wo hast du gesteckt?«, grolle ich. Er zuckt nur mit den Schultern. Hinter ihm wartet ein prächtiger, sandfarbener Hirsch, der ein mächtiges Geweih auf rotblondes Haar gespannt hat und ein überaus neugieriges, sommersprossiges Lächeln zur Schau trägt. Tarasios Orestis, wie ich vermute.

Ich ziehe Finn an ihm vorbei an die Wand. »Hast du ihn gesehen?«

Er schüttelt den Kopf. »Wir sind einmal um die ganze Halle gegangen. Keine Spur von ihm.«

Verdammt. »Gehen wir nach oben. Von den Galerien aus haben wir bessere Sicht.«

Ein Hirschgeweih schiebt sich heran. Tarasios drängt sich mit der unbekümmerten Arroganz eines hohen Bürgers zwischen uns.

»Finn sagte, ihr sucht eine Krähe«, sagt er. »Meint ihr die, die gerade dort drüben aus der Tür kommt?«

Unsere Köpfe fliegen herum. Tatsächlich. Eine der Türen, aus denen vorhin die Ältesten kamen, steht offen, und davor sehe ich eine große, breitschultrige Krähe mit einem silbrigspitzen Schnabel und zotteligem Federumhang, hinter ihr die grauen Pelze von zwei Nagetieren.

Schon verschwinden sie in der Menge.

Das sind sie. Ich muss es nicht aussprechen, denn ich sehe am Hass, der in Finns Augen aufblitzt, dass er es ebenfalls weiß.

»Du von rechts, ich von links.«

Eben beendet der Kanzler seine Rede, und die Menschen applaudieren mit ergriffenen Jubelrufen. Sie wollen gar nicht mehr aufhören.

»Was ist mit mir?«, brüllt Tarasios gegen den Lärm an.

»Wenn du am Leben hängst, hältst du dich besser von der Krähe fern«, zische ich ihm ins Ohr.

Er hebt die perfekt geschwungenen Augenbrauen, doch ehe er widersprechen kann, ziehe ich den Kopf ein und tauche mit Finn ins tosende Gewühl.

Cianna

Trotz des Brausens in den Rohren ist es still, viel zu still. Gelrions Schreie sind verstummt, nur mein Herz pocht so laut in meiner engen Brust, als wollte es bersten. Ich halte Raghis Hand umfangen, und die Zeit verrinnt so langsam, als hielte auch sie den Atem an.

Vor wenigen Minuten ist Christoph gegangen, in der Begleitung von zwei seiner Agenten. Immer noch meine ich ihre hallenden Schritte zu hören, schnell und siegesgewiss.

Endlich drückt Raghi meine Hand. *Jetzt.*

Sie taucht in den Schatten zwischen den Rohren, ihre Bewegungen so lautlos wie die einer Katze. Schon ist sie verschwunden. Gewiss ist es leichtsinnig, doch ich kann nicht warten. Die Ungewissheit, was als Nächstes geschieht, ertrage ich nicht.

Mit zitternden Fingern lege ich meine Tasche auf den Boden, meine Hand umschließt den Holzgriff des Dolchs. Ich schiebe mich zwischen den Rohren hindurch und taste mich an den Regalen entlang. Sand und kleine spitze Steine knirschen viel zu laut und bohren sich schmerzhaft in meine Füße. Vorsichtig recke ich den Kopf. Da ist der alte Mann, sein weißes Haar glänzt im Schein der Petroleumlampe. Er hält ein Gerät umklammert wie ein Schoßtier, sein Blick hinter den Augengläsern wirkt müde. Zu seinen Füßen glitzert das Silbernetz. Die zusammengesunkene kleine Gestalt darunter kann ich nur erahnen. Mein Herz wimmert auf.

Ich komme, flüstere ich in der Hoffnung, dass er mich hört.

Doch am Rande des Lichtkegels stehen die beiden Agenten, ihre wachsamen Augen durchkämmen die Dunkelheit. Schatten huschen hinter ihnen flackernd über die Wände, bäumen sich auf und zerfallen wieder – bis auf einen. Raghi. Sie schnellt nach vorne, packt einen der Agenten an der Kehle. Im nächsten Augenblick sehe ich Blut, das an seinem Hals herabrinnt. Aus seinem aufgerissenen Mund ertönt ein gurgelnder Schrei.

»Verdammt!« Der andere Mann fährt mit erhobenem Messer herum. Schon umkreisen Raghi und er sich, ihre Schatten tanzen und zucken wie monströse Kreaturen.

Der Alte fährt ebenfalls auf, die Augen weit aufgerissen. Sein müder Anschein trog – sofort lässt er das Gerät fallen und tastet an seinem Gürtel, an dem silbernes Metall blinkt. Im nächsten Augenblick beugt er sich über Gelrion.

Ich hechte um das Regal herum, mein Stoß wirft ihn von den Füßen. Ehe ich noch zögern kann, bin ich über ihm. Mit dem Fuß trete ich ihm das silberne Messer aus der Hand, mein Dolch findet den Weg an seine Kehle.

»Unmensch«, keuche ich. Mein Atem beschlägt an seinen Augengläsern. Zitternd schnappt er nach Luft. All der Hass in meiner Brust, all die Furcht. Doch ich verharre. Noch nie habe ich einen Menschen getötet, und auch jetzt kann ich es nicht.

Langsam schiebe ich mich von seinem knöchernen Körper herunter, mein Dolch bebt an seiner Kehle.

»Setz dich auf«, zische ich. »Nimm die Hände über den Kopf.«

Meine Stimme zittert, doch vielleicht merkt er es nicht, denn er tut, was ich sage. Seine mageren Arme wackeln über ihm in der Luft wie Fahnen im Wind. Die Gläser rutschen ihm von der hageren Nase, und seine Augen blinzeln kurzsichtig an mir vorbei.

Hinter mir keuchen die Kämpfenden. Doch ich begehe nicht den Fehler, mich zu ihnen umzudrehen.

Mit der freien Hand taste ich über das Silbernetz, über die zerbrechliche, reglose Gestalt. *Ich bin hier.* Der Verschluss klickt unter meinen Fingern.

»Tu das nicht«, keucht der Alte, und schon streckt er die Hand aus, um mich aufzuhalten. Ich packe den Griff des Dolchs fester, der zwischen meinen schwitzenden Fingern rutschen will, und drücke ihn gegen seine Kehle. Ein dünner Rinnsal Blut kriecht seinen Hals hinab. Bin das wirklich ich? Mein Herz jagt wie ein wildgewordenes Pferd.

Es ist schwierig, das Netz mit nur einer Hand von Gelrions Kopf und Schultern zu streifen, doch es gelingt mir. Er stöhnt auf, seine Brust bebt unter einem jähen Atemzug. Erstmals schaue ich ihn genauer an, und bei seinem Anblick löst sich all meine Entschlossenheit auf.

»Gelrion!« Ich werfe das Messer fort und packe ihn mit beiden Händen, schäle ihn aus dem Netz heraus. Er ist nackt, seine Haut so fahlweiß wie Nebel und über und über mit schorfigen Wunden bedeckt. Schluchzend wiege ich seinen zarten Körper in den Armen.

»Was haben sie dir angetan?«

Eine Bewegung zu meiner Linken. Ich bin so dumm. Noch ehe ich mich zu dem Alten umwenden kann, ist er über mir. Fingernägel kratzen über mein Gesicht, ein Arm umschlingt meinen Hals. Er kreischt wie ein Vogel in mein Ohr, sein ganzes Gewicht auf meinem Rücken. Panisch schlage ich nach ihm, doch er ist stärker, als er aussah, und ich bekomme keine Luft mehr.

Gelrion öffnet die Augen. Sie sind dunkel und starr, wie Tore in fremde Welten. Seine Hand tastet an meinem Bauch empor, über meine Brust, und dann packen kleine, weiße Finger den Arm des Alten.

Sein Schrei verhallt beinah sofort, sein Griff lockert sich. Ich ringe nach Luft, schäle mich aus seinen Armen, und er sackt hinter mir zusammen. Ich rutsche vor, ziehe Gelrion von ihm weg. Im nächsten Augenblick ist Raghi da.

Sie packt den Alten bei den Schultern, als wollte sie ihn schütteln, doch sein Körper ist kraftlos und leer wie der einer

Puppe, seine Augen ins Weiße verdreht. *Tot*, lese ich in ihrem erschrockenen Blick. Und auch ihre Gegner sind tot, ihre Leichen schwarze Silhouetten am Rande des Lichtkegels.

Cianna. Gelrions Augen flattern. Erneut ziehe ich ihn an mich, wiege ihn wie einen Säugling. Sein Gesicht ist totenbleich, und seine Arme hängen schlaff herab, nur seine Finger zucken.

»Mein armer Kleiner«, schluchze ich, stoße weitere sinnlose, schmerzliche Worte der Liebkosung aus. »Es tut mir so leid.«

Sein Blick irrt haltlos über mein Gesicht, sein Atem geht schnell und flach wie der eines Tiers. Er ist so schwach, und was auch immer er dem Alten angetan hat, es hat ihn seine letzte Kraft gekostet. Ich meine zu spüren, wie sein Leben in meinen Armen erlischt, wie das letzte, kraftlose Flackern einer Kerze. Seine Augen öffnen sich weit, so dunkel und endlos, dass sie beinah sein ganzes Gesicht ausfüllen.

Cianna. Seine Stimme ein Flüstern. *Das Samenkorn. Ich spüre es. Es kann mir Kraft geben. Gib es mir.*

Seit ich es habe, trage ich es immer bei mir wie einen Glücksbringer. Kann es ihm helfen? Zitternd nestle ich in den Falten meiner Toga, bis ich die kleine Ausbuchtung der Tasche finde, und dann schließen sich meine Finger um den kleinen, warmen Samen des *Eruad Minhe*.

Gelrion öffnet die bleichen Lippen, und ich lege ihm das Samenkorn in den Mund.

Lass mich los, wispert er, und dann schreit er es in meinem Kopf, so laut, dass meine Gedanken zersplittern wie Glas. *Lass mich los!*

Raghi ist es, die mich zurückreißt. Gelrion bäumt sich auf, sodass sich sein magerer Brustkorb eine Armlänge über dem Boden wölbt. Ein Zucken und Beben geht durch seinen Körper wie eine mächtige Welle, die Luft um ihn flirrt bläulich.

Raghi hält mich fest, keuchend starren wir ihn an.

Aus seinen Fingern und Zehen schießen grüne Ranken. Sie

gleiten über den Boden wie Schlangen, wuchern über uns in die Höhe, während sich Wurzelfäden in den Boden bohren.

Nein! Gelrion kreischt in meinem Kopf so hell wie Tausende Glöckchen, klirrend im Sturm. Das dichte Grün und Braun wogt im bläulichen Licht um uns herum auf, und immer noch wächst und verzweigt es sich weiter. Steine poltern herab, als sich armbreite Wurzeln in die Decke bohren, sich zu bebenden Wülsten verdicken, ehe sie erneut mit unbändiger Kraft gegen den Stein stoßen. Der Keimling strebt nach oben, zu Licht und Luft, wie alle Pflanzen es tun. Zum Ältestenpalast.

Bestürzt blicken Raghi und ich uns an.

Eva

Finn hält sich stets zwei Mannslängen rechts von mir, sein Geweih tanzt zwischen den anderen Maskierten auf und ab. Die Ältesten verlassen im immer noch anhaltenden Applaus die Tribüne. Einige von ihnen mischen sich ins Gewühl, doch andere gehen über eine Treppe zu den Galerien hinauf, unter ihnen auch der Kanzler. Ihn flankieren jetzt acht Ordnungswächter – seine Leibgarde. Die einzig offensichtlich bewaffneten Leute, die sich innerhalb der Halle bewegen. Doch ich bin nicht so dumm, das zu glauben. Christoph muss weitere Agenten hier postiert haben, schon allein, um seinen Rückzug zu sichern.

Unbekümmert spaziert er in seinem dunklen Krähenkostüm nur drei Mannslängen vor mir, und inmitten der leuchtenden Farben wirft er einen Schatten über die Menschen.

Auf der Tribüne vorne setzt Musik ein. Musiker mit Lauten und Flöten spielen die salbungsvolle, leicht monotone Melodie einer Hymne auf die Republik.

Schon wiegen sich die ersten Bürger im Takt. Die Krähe lässt die Musik allerdings unberührt. Soeben passiert sie zwei ältere Männer in lächerlich schrillgrünen Froschkostümen. Gerade als ich bei ihnen angelangt bin, sackt der eine mit einem Stöhnen zu Boden, sein Gesicht beinah ebenso grün wie sein Gewand.

Ich berühre ihn, ohne stehen zu bleiben.

Krankheit, schwarz und brodelnd wie Pech. Er atmet noch, doch er ist so gut wie tot. Sofort lasse ich ihn wieder los. Meine Finger fühlen sich taub an, als ich weitergehe, und ich strecke und knete sie, dann balle ich sie zu Fäusten.

Sicherlich war der Mann nicht wichtig – ein beiläufiges

Opfer für Christoph, vielleicht ein Austesten seiner Fähigkeiten.

Er nähert sich nun den Treppen, die zu den Galerien führen.

Noch ein Mensch sackt zu Boden, dieses Mal eine Frau. Ich schlage einen Bogen um die besorgten Bürger, die sich um sie sammeln.

Der Tod wandert durch den Saal. Das könnte der Titel eines Lieds sein, einer abergläubischen Sage. Und mir schwant, dass Christoph soeben dabei ist, eine solche zu erschaffen. Aus voller Absicht.

Will er so sein Ziel verschleiern und der CG zu alter Macht verhelfen? Indem er nicht nur ihre Kritiker tötet, sondern dazwischen wahllos Unschuldige?

Genau das tut er. Und wahrscheinlich werden die Agenten den Überlebenden des Ältestenrats morgen ein totes Albenbalg servieren, dem sie die Schuld an allem in die Schuhe schieben. *Schaut her, zu welchem Unheil die Alben fähig sind. Und nur wir können sie aufhalten.*

Ein entsetzlicher Plan, doch so bestechend in seiner Einfachheit, dass ich ihnen meinen Respekt zollen müsste – sollte er aufgehen.

Wird er aber nicht, wenn ich es verhindern kann. Wut pulsiert durch meine Adern. Ich steige die Treppe empor, schiebe mich durch das Gewühl der Feiernden. Eine Frau lehnt blicklos am Geländer, ihr Kopf pendelt wie ein haltloser Sack. Ein drittes Opfer. Und immer noch feiern die Massen weiter. Keinem fällt auf, was hier geschieht.

Auf der ersten Ebene der Galerien, die die ganze Halle umspannen, gebe ich Finn ein Zeichen, und er schlägt den Weg rechts um die Galerie ein. Wir werden Christoph in die Zange nehmen.

Die Krähe verharrt kurz, lässt ihren Blick hinter dem wuchtigen Schnabel über die Menge schweifen. Ich ducke mich hinter ein paar wichtigtuerisch tratschenden Beamten und schnappe mir ein Glas Limonade von einer der Sklavinnen. Dann warte ich ungeduldig, bis Christoph sich wieder in Bewegung setzt. Noch ist es zu früh, um ihn zu entlarven. So übel es mir aufstößt, drei unwichtige Tote werden nicht reichen.

Wir müssen warten, bis er sich die Ältesten vornimmt.

Und schon ist es so weit. So rasch setzt er sich in Bewegung, dass er mich bereits ein ganzes Stück abgehängt hat, ehe ich hinterherkomme. Er steuert direkt auf eine Dreiergruppe von Ältesten zu, die sich gerade mit hoheitsvollen Gesichtern von Ipallen hofieren lässt.

Der Verteidigungsminister, daneben die beiden Vorsitzenden der Heiler- und der Brennergilde. Natürlich. Ich beschleunige meinen Schritt. Wer hat ein Problem mit den Forschungen der CG, wenn nicht die Gilden? Sollte es den Verrätern tatsächlich gelingen, den An-Trieb zu isolieren, dann könnte er eines Tages jedem zur Verfügung stehen, der dafür bezahlen kann – und die Heiler und Brenner würden ihre Sonderstellung verlieren.

Auf der anderen Seite der Galerie legt auch Finn einen Schritt zu. Doch plötzlich verharrt er. Ich sehe, wie sich ein paar Menschen um einen leuchtenden Fleck am Boden scharen. Das gelbe Kostüm eines Ältesten.

Finn wirft mir einen alarmierten Blick über die Brüstung zu, seine Hand fährt über seine Kehle. *Tot.* Wie kann das sein, obwohl Christoph doch gar nicht dort war? Vielleicht nur ein Zufall. Ein Herzinfarkt in all der Aufregung. Doch ich glaube nicht an Zufälle.

Ich beiße die Zähne zusammen, dann winke ich Finn. *Weiter!* Schon setzt er sich wieder in Bewegung. Noch ist er zu weit weg, um mir Rückendeckung zu geben. Ich muss es trotzdem riskieren.

Die Krähe hat die drei Männer fast erreicht. Sie schiebt zwei Frauen beiseite, die sich kichernd hinter die Gruppe der Hofierenden drängen. Eine von ihnen berührt Christoph dabei mit der Hand. Mit bleichem Gesicht taumelt sie gegen eine Säule und sinkt auf die Knie nieder.

Vom selbstbewussten Auftritt der Krähe irritiert, treten bereits die ersten Bürger zurück, die sich um die Ältesten scharen.

Ich kann nicht zulassen, dass er sie alle drei tötet. Ich lasse das Glas fallen und reiße das Skalpell unter meinem Rock hervor. Dann setze ich zum Spurt an. Zwei Sklavinnen springen mit aufgerissenen Augen vor mir zur Seite.

Unten in der Halle kreischt jemand. Weitere Schreie werden laut. Die Musik verstummt mit einem misstönenden Klang.

Aufgescheucht eilen die Bürger ans Geländer, schieben mich mit sich, ob ich will oder nicht. Über ihre Köpfe hinweg sehe ich, dass auch die drei Ältesten ans Geländer getreten sind und hinunterblicken. Ihre bestürzten Mienen verheißen nichts Gutes.

Ich schaue auf das Gewühl der Kostümierten hinab und traue meinen Augen nicht. Der Marmorboden ist an mehreren Stellen aufgebrochen. Zweige winden sich hervor, sprießen in die Höhe. Die Menschen schieben und drängen zur Seite, stürzen dort unten übereinander, um ihnen auszuweichen.

»Was ist da los?« Eine Bürgerin starrt mich an, ihr Gesicht unter der Katzenschminke ist bleich.

Ich gebe ihr keine Antwort. Das Kind muss dahinterstecken. Hat Cianna es befreit? Mein Herz fliegt zu ihr, fragt sich voller Besorgnis, wie es ihr geht und welche Entscheidungen sie getroffen hat. Doch ich gebe dem nicht nach. Sie tut das Richtige. Ich vertraue ihr, mehr als jedem sonst.

Mir bleibt nicht viel Zeit. Ich dränge mich durch das Gewühl der Leute an der Balustrade entlang.

Die Krähe. Offenbar unberührt von der Panik steht sie direkt hinter den Ältesten, legt dem ersten die Hand auf die Schulter.

Verdammt, warum müssen mir alle im Weg stehen? Bis ich dort bin, ist es vorbei.

Alle drei Ältesten sacken in die Knie. Ihre Bewunderer pressen sich geschockt die Hände vor die Münder, nur zwei knien sich hin, um den Todgeweihten zu helfen.

Die Krähe ist auf dem Weg zur nächsten Treppe, flankiert von den beiden Ratten. Schon erklimmen sie die ersten Stufen. Offensichtlich hat auch Christophs Gelassenheit ein Ende gefunden. Rücksichtslos schieben die Agenten und er die Menschen beiseite, und die, die er direkt berührt, taumeln und fallen mit bleichen Mienen die Treppe hinunter – mir entgegen.

Er ist auf dem Weg zum Kanzler. Fluchend haste ich hinter ihnen her. Fast habe ich sie erreicht, als ein Beben durch das Gebäude geht. Ich falle auf die Knie, knalle schmerzhaft mit dem Schienbein gegen die Stufenkante. Überall ertönen Schreie. Ein schwerer Körper fällt auf meinen Rücken, drückt mich auf die Treppe, und nur mit Mühe gelingt es mir, ihn von mir herunterzustoßen. Der Mann rollt brüllend die Stufen hinab, reißt dabei andere mit sich. Krabbelnd und boxend bahne ich mir meinen Weg zum Ende der Treppe, dann richte ich mich auf. Zweige schlängeln sich durch das Geländer, umranken die Säulen, Blätter entfalten sich in dunklem Grün.

Wo ist Christoph? Mir bleibt keine Zeit, mich nach ihm umzusehen. Jäh wölbt sich vor mir der Boden auf. Steinsplitter fliegen mir gegen die Arme, die ich schützend vors Gesicht gerissen habe. Ihre Wucht reißt mich von den Füßen.

Cianna

Gelrion schreit in meinem Kopf. Sein Körper zuckt, umtost von blauem Licht. Grün schießt aus seinen Händen und Füßen. Der Dschungel aus Wurzeln und Zweigen hat uns inzwischen vollkommen eingehüllt, wogt wie ein Meer um uns herum. Der Körper des Alten ist unter dem Dickicht verschwunden, das Licht der Petroleumlampe flackert in einem unsichtbaren Sturm. Und immer noch schieben sich pulsierende braune Stränge durch die Decke, verdicken sich nach oben hin wie die Körper riesiger Schlangen. Staub und Schutt rieselt auf uns herab.

Wir müssen verschwinden. Raghi zerrt an meinem Arm. Aber ich kann Gelrion nicht zurücklassen.

»Ich muss ihm helfen.« Ich entwinde mich ihrem Griff und hechte nach vorne, ehe sie mich wieder zu fassen bekommt. Schon bin ich bei ihm, umfasse seinen bleichen Brustkorb. Ich will ihn anheben, doch es gelingt mir nicht. Die Ranken an seinen Händen und Füßen halten ihn auf dem Boden fest. Eine Wurzel peitscht in die Höhe, und ich ducke mich. Um Haaresbreite verfehlt sie mein Gesicht.

»Gelrion, beende es!«, rufe ich gegen sein stummes Schreien an. Seine Augen sind geschlossen, sein totenbleiches Gesicht schweißüberströmt. Zuerst glaube ich, er höre mich nicht, doch dann öffnet er die Augen. Sein Blick geht geradewegs durch mich hindurch. Als er den Mund aufreißt, kommen keine Worte daraus, sondern ein Wust an Ranken, die sich raschelnd entfalten und über seine Wangen hinab auf den Boden gleiten, wo sie ihren Weg an mir vorbei durchs Dämmerlicht suchen.

Grauen kriecht meinen Rücken empor. Er kann es nicht

stoppen. Er hat die Kontrolle verloren. Unaufhaltsam pulsiert sein Deam aus ihm heraus, versorgt das Samenkorn des *Eruad Minhe* mit Kraft.

Plötzlich ist Raghi neben mir. Mit grimmiger Miene durchwühlt sie das Dickicht um den Alten, pflügt kopfüber durch Ranken, die zischelnd mit Dornen nach ihr schlagen. Als sie sich zu mir umdreht, leuchten ihr Gesicht und ihre Arme rot von unzähligen Wunden. Ihre Faust ballt sich um einen Dolch. Die Waffe des Alten, die ich ihm aus den Händen geschlagen habe. Silbern blitzt sie im Licht der Lampe auf.

Raghi deutet auf Gelrion.

»Nein!« Schluchzend werfe ich mich auf seinen Körper, schirme ihn von ihr ab. Ich nehme sein Gesicht in die Hände, betrachte seine zarten, wunderschönen Züge, selbst im Sterben noch so kalt und vollkommen wie Schnee.

Wurzeln rascheln über meine Hände, doch ich beachte sie nicht. Das Kind des *Eruad Minhe*, das so lange als Samen in meiner Tasche ruhte, wird mir nichts tun. *Lass ihn gehen*, beschwöre ich ihn.

Tatsächlich meine ich, ein Raunen durch den Dschungel gehen zu hören. Zweige rauschen unter einer Böe, ehe sie für einen Herzschlag zum Stillstand kommen. *Nein. Er gehört uns.*

Gelrion bäumt sich in meinen Armen auf. Seine starren Augen kippen ins Weiße, als der Deam mit neu erstarkender Macht aus ihm bricht.

Meine Tränen tropfen wie Regen auf sein Gesicht. Meine Lippen finden seine kalte, feuchte Stirn.

Cianna. Ein Flüstern, so weit entfernt wie die See. Seine dunklen Augen irren haltlos herum, doch dann findet er plötzlich meinen Blick, hält sich daran fest wie ein Ertrinkender an vorbeitreibendem Holz.

Er ist mir so nah und doch bereits so weit weg, unentrinnbar davonfließend im Sog der Magie.

Beende es.

Meine Worte von vorhin, doch nun ist er es, der sie flüstert wie ein schwindendes Echo.

Seine dunklen Augen öffnen sich weit, und ich lese darin, als könnte ich direkt in sein Innerstes sehen. Ich schluchze auf. So viel Angst, so viel Einsamkeit. Barnabas hat sich geirrt. Auch ein Alvae hat eine Seele – und Gelrions ist die eines Waisen. Ein verlorener Fremder, ein Kind, das nicht versteht, wo es ist, das leidet und unter der Last seiner Magie zerbricht. Sein Schmerz zerreißt mir das Herz. Auch Maeve irrte sich, und doch hatte sie recht – er ist kein Ungeheuer, aber er gehört nicht in unsere Welt.

Trotz der Ranken, die aus seinen Händen sprießen, schafft er es, eine Hand zu heben und mir über die Wange zu streichen. Wurzelfäden knistern auf meiner Haut. *Beende es. Und dann bring mein Herz zurück in den Deamhain.*

Ich weiß nicht, wie, doch das Messer findet einen Weg in meine Hand. Als sich Gelrion in einem letzten verzweifelten Kraftakt gegen das Grün aufbäumt, seine kleinen Hände meinen Nacken umschlingen, als könnte ich ihn aufheben und nach Hause bringen, stoße ich zu.

Dann ist es vorbei. Die Ranken und Wurzelfasern, die von Gelrions Körper herabhängen, neigen sich mit einem letzten Rascheln, bevor sie verstummen und in ihrem Wachstum verharren, als hielten sie den Atem an.

Weinend bette ich Gelrion auf die Erde zurück. Er liegt inmitten der Ranken und Wurzeln wie in einem grünen Himmelbett, dessen Dach sich rund um uns nach oben wölbt. Sein Gesicht ist still und wächsern im Anblick des Todes, und das Messer in seiner Brust umgeben von einem fahlen Schimmer. Blut läuft in einem dünnen Rinnsal an seinem Brustbein herab, viel zu wenig angesichts einer solchen Wunde. Aber es ist nicht der Stich, der ihn tötete, sondern das Silber. Und doch – neben dem Messer regt sich etwas in seiner Brust, als pulsierte sein Herz ein letztes Mal. Eine kleine grüne Ranke dringt dort aus seiner Haut, entfaltet unter meinem ungläubigen Blick eine filigrane, leuchtend blaue Blüte.

Bring mein Herz zurück in den Deamhain.

Und ich erfülle ihm diesen letzten Wunsch. Mit zitternden Fingern pflücke ich die vollkommene Blume, berge sie an meinem eigenen Herzen.

Ein Beben geht durch den Dschungel, als das Kind des *Eruad Minhe* Gelrions Körper in eine letzte Umarmung nimmt, der Boden unter der Macht der Wurzeln aufbricht und den Alvae ins Dunkel des Erdreichs hinabzieht.

Auch über unseren Köpfen poltern die Mauern, das Deckengewölbe wankt unter der Kraft des Baumes. Raghi hebt mich auf die Beine. Wir rennen stolpernd durch das Dunkel davon, während der Keller hinter uns zusammenstürzt.

Eva

Ich rapple mich auf und wische mir die Splitter von den schmerzenden Armen. Die Heilung setzt sofort ein – doch die Welt bebt weiter. Schreie ertönen von überall her. Bürger hasten mit schreckgeweiteten Gesichtern an mir vorbei, stürzen übereinander in dem Versuch, als Erste die Treppen zu erreichen.

Als mein Blick nach links wandert, stockt mir der Atem. Inmitten der Halle erhebt sich ein Baum. Sein Stamm ist dick wie ein Dutzend Männer, und seine Zweige entfalten sich zu einem mächtigen Blätterdach, das sich bis zur Kuppel erstreckt. Ich höre das Ächzen des Mauerwerks, gegen das Äste drücken. Staub wirbelt dort auf, wo die Steine unter der Kraft der Natur bersten.

»Eva!« Inmitten all des Lärms erklingt mein Name.

Finn. Er rennt zwischen den Menschen auf mich zu, sein Gesicht eine Grimasse rot glühender Wut. Er deutet nach oben.

Und da sehe ich die Krähe wieder. Auf der Treppe zum dritten Stockwerk, das einzig dem Kanzler und speziell geladenen Gästen vorbehalten ist. Die Ordner, die den Treppenaufgang flankiert haben, sind fort, verschwunden im Gewühl der Menge. Doch der Kanzler könnte immer noch dort sein.

Rücksichtslos schubse ich die Leute aus dem Weg. An der Treppe stößt Finn zu mir, gemeinsam bahnen wir uns einen Pfad hinauf.

Wir sind jetzt direkt hinter der Krähe und ihren beiden Handlangern. Vor ihnen sehe ich samtene Polsterliegen und zerbrochene Glastische, umgeworfen vom Erdbeben. Der Boden ist von Splittern und den Resten bunter Speisen und Getränke überzogen wie ein hässliches Mosaik.

Der Kanzler steht fünf Mannslängen entfernt inmitten seiner Leibgarde, darum schart sich ein panisches Häufchen Ältester und besonderer Gäste. Zwei Ordner rammen mit den Schultern gegen eine Tür, doch das Mauerwerk muss sich unter der Wucht der Beben verschoben haben – sie bekommen sie nicht auf. Sie sind hier gefangen, zwischen dem Geländer, den Wänden und der Krähe, die sich ihnen mit schnellen Schritten nähert. Wenigstens wackelt der Boden nicht mehr. Irgendwas hat das Wachstum des monströsen Baums zum Stillstand gebracht. Cianna? Keine Zeit, darüber nachzudenken.

»Jetzt!« Ich zücke links ein Messer, rechts mein silbernes Skalpell. Finn hebt die Hände, Flammen zucken hervor.

Die zwei Ratten wirbeln herum, und Finns Feuerball trifft den ersten von ihnen. Der zweite setzt direkt auf mich zu. Mit einem Fußtritt fege ich ihn um, mein Messer dringt durch das graue Fell in seine Brust.

Christoph ist herumgefahren. Über dem Schnabel blitzen zwei eisblaue Augen. Ich schiebe die Maske in die Stirn.

»Du!«, brüllt er und hebt die Hände. Er springt auf mich zu. Im letzten Augenblick weiche ich seinem Griff aus. Wenn er mich berührt, ist es aus mit mir, Heiltrieb hin oder her.

Schon setzt er zum nächsten Angriff an. Finn hat seinen Agenten inzwischen erledigt. Er schießt einen Feuerball auf Christoph zu, doch der pflückt ihn einfach aus der Luft, zerdrückt ihn zu Asche.

Dann ist er bei mir. Ich gleite unter seinen Händen hindurch, ziele mit dem Skalpell auf seine Brust. Er zuckt zurück, mein Hieb lässt nur ein paar Federn zu Boden segeln. Verflucht, ist er schnell. Gehört das auch zur Magie des Alben, die er gestohlen hat?

Ich weiche einen Schritt zur Seite, um mir eine neue Stoßrichtung zu überlegen.

»Scheuchen wir ihn zum Geländer«, zischt Finn. Er hat recht. Wir müssen Christoph in die Enge treiben. Von zwei

Seiten nähern wir uns, doch er stößt nur ein hämisches Lachen aus und reißt die Hände hoch. Wurzeln zischen aus seiner Handfläche, peitschen wie Tentakel durch die Luft.

Wir können uns gerade noch zu Boden werfen. Hinter ihm nähern sich zwei Ordner der Leibgarde des Kanzlers mit gezogenen Schwertern. Ihr Blick zuckt zwischen uns und der Krähe hin und her. Verdammt, sie wissen nicht, wer hier der Böse ist.

»Rebellen«, brüllt Christoph und deutet auf uns. »Stoppt die Rebellen!«

Allerdings hängen immer noch die Wurzeln an seinen Händen wie zuckende Seile – das schadet seiner Glaubwürdigkeit ein wenig.

Wir rappeln uns hoch. Finn kommt von links, ich von rechts. Tatsächlich weicht Christoph einen Schritt zurück, doch nicht aufs Geländer zu, sondern mitten in den Raum hinein.

Beinah beiläufig wischen seine Wurzelstränge den ersten Ordner von den Füßen, doch der andere hat sich nun entschieden und rennt mit grimmiger Miene auf Christoph zu. Ich nutze die Ablenkung, die er bietet, und sprinte um sie herum. Ich muss zwischen ihn und den Kanzler kommen, koste es, was es wolle.

Dann bin ich hinter ihm, gerade als er den zweiten Ordner zu Fall bringt. Ich ziehe ein weiteres Messer unter dem Rock heraus, ziele und werfe. Eigentlich wollte ich seine Brust treffen, doch die Klinge erwischt ihn nur an der Schulter. Von der Wucht des Treffers getrieben, weicht er einen Schritt nach hinten, dann bleibt er stehen und reißt das Messer aus dem Federgewand.

»Mehr hast du nicht?« Er lacht.

Doch, du Mistkerl. Aber ich werde das Silber nicht einsetzen, ehe ich ganz sicher bin, dass es sein Ziel erreicht.

Finn bombardiert ihn jetzt mit Feuerbällen. Und tatsächlich weicht Christoph weiter zurück auf das Geländer zu, während er die Flammen aus der Luft wischt.

Gleich haben wir ihn. Ich setze mit dem Skalpell auf ihn zu. Doch über meinen Kopf fliegen plötzlich Bolzen. Einer streift mich am Arm, und als ich mich zu Boden werfe, klackern drei weitere auf den Marmorsteinen.

Die Kavallerie des Kanzlers. Ich drehe mich nicht um, obwohl ich das Knacken ihres Nachladens höre. Wir müssen das rasch zu Ende bringen.

»Das Geländer«, rufe ich Finn zu. Und er weiß, was ich meine. Seine Feuerbälle gelten nun nicht mehr nur Christoph, sondern auch den hölzernen Streben, die hinter ihm auflodern wie Zunder. Ich rapple mich hoch.

Auf der Treppe erscheint Mutter. Verdammt, was hat sie hier zu suchen? Ungerührt trippelt sie die Stufen herauf, geht dann hinter Finn vorbei auf Christoph zu. Sie wird ihm direkt in die Arme laufen! Ich öffne die Lippen zu einem warnenden Schrei, doch dann verharre ich. Noch hat die Krähe sie nicht bemerkt. Und ich werde sicher nichts tun, um das zu ändern.

Mit vier großen Sätzen bin ich bei Christoph. Seine Wurzeln schnappen nach mir wie wütende Hunde. Ich weiche ihnen aus, setze nach vorne, weiche wieder aus.

Meine Nackenhaare stellen sich auf. Ich kann beinah spüren, wie die Ordner hinter mir mit nachgeladenen Armbrüsten in Position gehen.

Zielen, stoßen, ausweichen. Er ist zu schnell für mich. Wenn ich ihn töten will, habe ich keine Wahl. Ich setze zum finalen Sprung an. Wenn ich ihn unter mir begrabe, wird er mich berühren, und das wird mein Ende sein. Doch mein Silber in seiner Brust, und er ist genauso Geschichte. Das ist es wert.

Er liest wohl etwas von meinem Plan in meinen Augen, denn tatsächlich geht er einen weiteren Schritt zurück. Und rutscht auf Mutters ausgebreiteter Federschleppe aus.

»Ups.« Mit gespitzten Lippen tritt sie zur Seite, weicht seinen rudernden Armen aus. Er prallt mit dem Rücken gegen das brennende Geländer. Sofort steht sein Federkleid in Flammen. Die Streben knirschen, geben dem Feuer und dem Gewicht des Mannes nach. Christoph bricht durch, und Finn setzt ihm nach, schießt Flammenstöße und verwandelt die fliegende Krähe endgültig in einen tosenden, brüllenden Feuerball. Ich sehe nicht, wie er unten aufschlägt, doch ich höre es am Geschrei der Leute, das zu uns heraufdringt wie schrilles Vogelgeschnatter.

Das wird nicht reichen, um ihn zu töten. Ich will zur Treppe rennen, an Mutters triumphierendem Blick vorbei. Doch dann sehe ich, wie sich ihre Miene bestürzt verzerrt.

Ihre Hand deutet hinter mich. Ich fahre herum.

Immer noch stehen rechts und links die Ordner mit erhobenen Armbrüsten. Doch sie schießen nicht. Der Kanzler ist zwischen seine Leibgarde getreten, trotz seines Alters mit erhobenem Haupt. Aus zornigen Augen blitzt er uns an.

»Was ist hier los? Wer seid ihr, hier so ein Gemetzel zu veranstalten?«

Hinter ihm stehen die Ältesten, ein gelbes Häuflein geducktes Elend. Nur einer hat sich aus ihrer Reihe gelöst. Der Innenminister. Auch sein Gesicht kenne ich nur aus den Zeitungen. Er gilt als gutaussehend mit den geschleckten Löckchen, den maskenhaften Zügen. Sein Politikstil, so heißt es, sei ehrgeizig und erbarmungslos, sein Charme legendär.

Jetzt ist von Letzterem allerdings nichts zu sehen. Seine Miene ist zu einer hasserfüllten Grimasse verzogen, und im Gehen öffnet und schließt er seine Hände, als lockerte er sie vor einem Kampf. Sein Blick gilt nicht mir, sondern dem Rücken des Kanzlers.

Zwei Attentäter. In mir rattert ein letztes Puzzleteil an seinen Platz. Der tote Älteste auf der anderen Seite der Galerie! Er ging nicht aufs Konto der Krähe, sondern auf das des Innenministers. Des *Politikers*. Der einzige Abteilungsleiter der CG, dessen Gesicht ich nicht kannte. Wer könnte die obersten Kritiker besser beseitigen als einer aus ihren eigenen Reihen?

Er ist nur noch drei Schritte vom Kanzler entfernt.

Ich weiß, was es mich kosten wird. Doch ich kann nicht zulassen, dass er gewinnt. *Zeit, das in Ordnung zu bringen.* Mit erhobenem Skalpell renne ich auf den Kanzler zu.

»Nein!«, gellt Mutters Schrei hinter mir.

»Nein!«, brüllt Finn.

Mit aller Kraft springe ich, schnelle in die Luft wie eine Bogensehne.

Im dem Moment, da das Skalpell meine Hand verlässt und über den Kanzler hinwegfliegt, schnalzen die Armbrüste der Leibgarde.

Der Innenminister sackt auf die Knie, eine Hand an der Brust. Zwischen seinen Fingern glitzert das Skalpell. Der Kanzler geht ebenfalls zu Boden, begraben von zwei Männern seiner Leibgarde.

Ich lande auf den Füßen. Krächzend hole ich Luft. Doch in meiner Lunge kommt nichts an außer Schmerz.

Ich habe ihn erwischt. Bei der Republik, ich habe es geschafft.

Mein Blick gleitet an meiner Brust hinunter. Vier, nein fünf Bolzen nageln das Fuchskostüm an meinen Körper. Blut pulsiert in Fontänen aus mir heraus. *Zu viel, zu schnell.* Keine Chance, dass mein Heiltrieb gegen diesen Blutverlust noch etwas ausrichten kann.

Meine Beine knicken ein, ich falle auf die Knie. So fühlt es sich also an, wenn das Leben aus einem herausfließt. Erneut schnappe ich vergebens nach Luft. Die Welt taucht in rotes Dämmerlicht. In meinen Ohren summt das Weinen der Bansei, vor Ewigkeiten, in Lukas Armen. Nein, es ist Mutters Weinen. Ihr Arm umfängt mich, drückt schmerzhaft gegen meine Brust.

Warum weint sie? Ich habe getan, was ich konnte, und dieses Mal war es endlich genug.

Ist schon gut, will ich flüstern, stattdessen stürzt Blut in einem Schwall aus meinem Mund. Ich kann den Kopf nicht mehr halten. Er sackt kraftlos zur Seite, und sie streicht mir die Fuchsmaske von der Stirn. Ihre Tränen tropfen wie Regen auf mein Gesicht.

Der Tod ist nicht das Schlimmste. Das habe ich damals im Wald gedacht, und das denke ich auch jetzt. Was habe ich zu verlieren? Nur mein rastloses, knöchernes Herz, das mir nie etwas bedeutete – bis ich es Cianna ein zweites Mal schenkte. Und egal, wohin ich gehe, bei ihr wird es bleiben.

Als die Welt um mich still und dunkel wird, denke ich an Frieden, an die grünen Hügel von Irelin. An Zuhause.

Cianna

Ich kauere in meinem Garten in Cullahill.

Ein Blütenmeer wogt um meine Knie. Narzissen leuchten gelb und weiß. Ihr Duft erfüllt meine Nase mit dem süßen Gesang des Frühlings.

Aus den Hügeln jenseits der Kastellmauern fliegt ein Schwarm Gänse auf, zieht schnatternd über den Himmel Richtung Norden.

Neben mir trillert eine Amsel in den Himbeersträuchern, deren große rosa- und goldfarbenen Blüten im Sonnenlicht glänzen. Die Vögel bauen Nester in den Rosenbüschen, die grün und dornig über die Wege wuchern. Moos überzieht die Steinstatuen mit einer schimmernden Haut, und in den stillgelegten Springbrunnen plantschen Frösche. Der Garten ist verwildert, während ich fort war, und doch war er nie schöner als jetzt.

Fünf Wochen sind seit dem Maskenball vergangen, aber mir kommt es vor, als wären wir gestern noch dort gewesen, an diesem sonnenglühenden, schicksalsträchtigen Tag, der alles veränderte.

Ich blicke auf das Grab meiner Schwester.

Maeve. Ich flüstere ihren Namen, und er verflüchtigt sich über mir im Frühlingswind, weht hinfort zwischen den aufgeblähten Wolken, die von Regen künden, zieht mit den Gänseschwärmen in Länder, die ich nie sehen werde.

Meine Finger streichen über den schmucklosen Stein, der sich über dem Grab erhebt. Mutter hat ihren Leichnam hier zur Ruhe gebettet, in meinem Garten, der mir einst alles bedeutete. Es gibt keinen besseren Ort für sie.

Und doch ist mein Herz ebenso schwer wie der Grabstein.

Tränen tropfen zwischen meinen Fingern hindurch, benetzen die Blütenkelche und die schwarze, fruchtbare Erde.

Ich konnte nie Abschied von ihr nehmen, konnte ihr nie sagen, wie viel ich für sie empfand – oder hören, ob sie mich ebenfalls liebte. In Gelrions Augen habe ich seine Seele gesehen – in Maeves Seele hingegen habe ich nie blicken können. Und doch. Ihre Taten sprechen mehr als Worte, von denen sie nie viele gemacht hat. Ihre Hand in meiner, ihre letzte, feste Umarmung, bevor sie ihren Weg ging, ohne sich noch einmal umzudrehen. Ihr Opfer, das sie für uns alle gebracht hat. Was ist Liebe, wenn nicht das?

Meine starke, kompromisslose Schwester. Jetzt meint ausgerechnet die Republik dort draußen, sie zu kennen, besser als ich. Sie gilt als Heldin in Athos, als die Retterin des Kanzlers. Mutter hat dafür gesorgt, dass Maeves Andenken hochgehalten wird. Ich glaube, das war ihre eigene Art der Wiedergutmachung, nach allem, was zwischen ihnen passiert ist.

Es soll sogar eine Büste für Maeve errichtet werden, an den Ufern des Hogaisos, zwischen den anderen Helden der Republik.

Ich glaube, sie würde darüber lachen.

Du würdest staunen, flüstere ich in den Wind. *So viel hat sich bewegt, seit du fort bist.*

Raghi und mir gelang die Flucht aus den Kellern, ehe sie zusammenstürzten. Finn tauchte im Gewühl der Menge unter, die panisch aus den Toren des Palasts strömte, und stieß ebenfalls zu uns.

Nur du fehltest, Schwester. Ich blicke zu den Wolken hinauf, kann den nahenden Regen riechen.

Ein paar Tage schlüpften wir bei Tarasios unter, und er versorgte uns strahlend vor Genugtuung mit allen Nachrichten aus der Außenwelt. Unser Vorhaben war geglückt. Die Flugschrift fand ihren Weg auf die Frühstückstische der Ipalle, und nach den magischen Eruptionen auf dem Maskenball war unser Text der Funke, der die erhitzten Gemüter endgültig zum Brennen brachte.

Der Aufschrei der Ipalle gellte durch die Stadt wie ein Feuersturm, riss für ein paar Tage die Schranken zu den Palästen ein und brachte die Sonnenflagge der Republik ins Wanken. Der eingestürzte Ältestenpalast und der mächtige Baum, der bis heute in seinen Ruinen am Ufer des Hogaisos emporragt, taten das Übrige. *Albenmagie*, schrieben die Zeitungen, und sie nahmen die bisher verbotenen Worte so bereitwillig in ihren Wortschatz auf, als hätten sie nur darauf gewartet.

Der Kanzler lebt weiter, genauso die Mehrheit der Ältesten. Sie schoben das Attentat den Alvae in die Schuhe, natürlich taten sie das. Christoph, der seinen Sturz dank der gestohlenen Magie überlebte, schmort nun in geheimen Kerkern und wartet auf seine Hinrichtung. Die Öffentlichkeit weiß nichts von dem, was er vorhatte, ebenso wenig von den Forschungen zum An-Trieb. Mutter sorgte allerdings dafür, dass der Kanzler Maeves Dokumente erhielt, und ich glaube, dass er die richtigen Schlüsse zog.

Drei Tage nach dem Maskenball gab er die Auflösung der CG bekannt. Für die Ipalle wies er die Offenlegung aller über sie gesammelten Informationen und Akten an, die in Andex seit Jahrhunderten geheim gehalten worden waren.

Nun, fast aller Akten, nicht wahr?

Ich meine, Maeves zynisches Schnauben zu hören. Sie hat recht. Keiner von uns glaubt, dass sie mehr preisgeben als unbedingt nötig.

Ich blicke hinüber zu der Amsel, die mit stolzgeschwellter Brust ihre Triller ausstößt, ehe sie die Flügel ausbreitet und auf der Suche nach Regenwürmern und Schnecken über den Boden gleitet.

Die offizielle Richtlinie in Athos ist die der Besänftigung. Doch Männer wie Tarasios stehen nun öffentlich auf, und ihre Empörung wird nicht so leicht zu beschwichtigen sein.

Raghi ist bei Tarasios in Athos geblieben, wohnt nun in seinem Stadthaus und bringt ihm die Gesten der Sklaven bei.

Eine Sklavenkönigin und ein rachedurstiger Ministersohn?

Im Wind höre ich Maeve kichern. Mag sein, dass die beiden ein ungleiches Paar von Verbündeten sind, doch ich weiß, welche Pläne auch immer sie gemeinsam schmieden, ihre Wirkung wird gewaltig sein.

Jemand tritt hinter mich, ein vertrauter Schatten fällt über die Blumen.

»Es ist Zeit.« Finn streicht sachte über meine Schulter, doch ich schüttle den Kopf.

»Noch nicht.« Ich lege meine Stirn an den kalten Grabstein und schließe die Augen, atme tief den berückenden Duft der Narzissen ein, der für mich von nun an der Duft meiner Schwester sein wird.

Zu wenig Zeit für uns beide. Ich möchte für immer hierbleiben, und doch zieht es mich bereits fort.

Die Räder der Zeit drehen sich weiter, Maeve.

Ich weiß nicht, ob in die richtige Richtung, aber ich hoffe es. Mein Herz flattert wie ein Vogel, der endlich freigelassen wurde und nun erstmals fliegt – zaghaft noch, ein wenig taumelig vielleicht, doch voller Neugier auf das, was kommen mag.

Athos versucht vielleicht noch, es zu leugnen, aber die Republik wankt bereits. Es geht das Gerücht von Aufständen um, in Miramar und Jagosch und an den Küsten. Und auch in Irelin brodelt es – mehr denn je.

Ich weiß es, denn wir sind vor drei Wochen auf Barnabas und Jefan getroffen, die sich rastlos und von Soldaten gejagt jede Nacht in einem anderen Dorf versteckten.

Sie warten auf uns.

Siebzig heimatlose Menschen in unserer Obhut. Darunter sind Sami und Aylin, die auf eigene Faust den Soldaten im Wald entkam, weitere Frauen und Kinder und einige *Geárds*. Sie sind bereit, uns erneut in den Deamhain zu folgen.

Der *Eruad Minhe* ist unser Ziel. Sein Inneres bietet Platz und Schutz, bis wir ein neues Lager gebaut haben, einen neuen Hort.

Wird er sicher sein?, fragte uns ein Vater, der zwei Kinder an sich drückte.

Sicher genug, sagte Barnabas. Der Barde und ich werden uns darum kümmern. Denn der Wald mag den Menschen vorerst noch fremd sein, doch er ist nicht unser Feind. Er wird uns Zuflucht geben, ein Stück Heimat auf Zeit – ein Ort, an dem wir sein können, wer wir wollen, ohne die Ketten der Republik.

Die Zeit ist reif für Veränderung, Maeve.

Und dieses Mal bin ich dabei. Wir haben schon die ersten Pläne geschmiedet. In unserem Gepäck befinden sich eine Druckerpresse, viele Ideen und unzählige Blatt kostbaren Papiers aus Tarasios' Lager. Ich habe meinen Stift und meine Vorstellungskraft, die ich fliegen lassen werde. Weil ich frei bin und bereit zu kämpfen.

Nicht nur für eine neue Ordnung, Maeve. Für die Menschen.

Und ich werde eine Blume pflanzen. In meiner Tasche spüre ich die wartende Kühle von Gelrions blauer Blüte. Sie hat Wurzeln geschlagen und weitere Knospen gebildet, und ich werde einen Platz für sie finden, wie er es sich gewünscht hat.

Einen Ort für ihn und einen für uns, flüstere ich Maeve zum Abschied zu. *Und ein Ort für dich, für immer in meinem Herzen.*

Ich stehe auf. »Ich bin so weit.«

Einmal noch blicke ich zum grauen Gemäuer von Cullahill hinauf. Hinter einem der Fenster regt sich eine schmale Gestalt, schemenhaft wie ein Geist. Ich hebe die Hand zum Abschied, und ich meine, sie tut es mir nach. Doch bei Mutter kann man nie sicher sein.

Dann packe ich Finns Hand, spüre seine Wärme in meiner. Zuversicht und Hoffnung. Das ist alles, was zählt. Ich drücke die Finger meines Liebsten und schreite aus, ohne mich noch einmal umzudrehen.

Wir durchqueren den blühenden Garten, gehen auf die Mauerpforte zu, die uns von den Wipfeln des Deamhains trennt. Bis zum Horizont erstrecken sie sich, ein wogendes Gespinst voller Schatten und Grün, Verheißung und Geheimnisse, und ihr Blätterrauschen heißt mich zu Hause willkommen.

Die Community für alle, die Bücher lieben

Das Gefühl, wenn man ein Buch in einer einzigen Nacht verschlingt – teile es mit der Community

In der Lesejury kannst du

★ Bücher lesen und rezensieren, die noch nicht erschienen sind

★ Gemeinsam mit anderen buchbegeisterten Menschen in Leserunden diskutieren

★ Autoren persönlich kennenlernen

★ An exklusiven Gewinnspielen und Aktionen teilnehmen

★ Bonuspunkte sammeln und diese gegen tolle Prämien eintauschen

Jetzt kostenlos registrieren: www.lesejury.de
Folge uns auf Facebook:
www.facebook.com/lesejury